如果
再次相爱

周板娘 著 上册

天地出版社 | TIANDI PRESS

图书在版编目（CIP）数据

如果再次相爱 / 周板娘著. — 成都：天地出版社，
2023.1
ISBN 978-7-5455-7181-3

Ⅰ. ①如… Ⅱ. ①周… Ⅲ. ①长篇小说 – 中国 – 当代
Ⅳ. ①I247.5

中国版本图书馆CIP数据核字（2022）第117082号

RUGUO ZAICI XIANGAI

如果再次相爱

出 品 人	杨　政
作　　者	周板娘
策划编辑	张潆允
责任编辑	杨　露
责任校对	张思秋
封面图片	哆　多
封面设计	杨西霞
内文排版	杨西霞
责任印制	白　雪

出版发行　天地出版社
　　　　　　（成都市锦江区三色路238号　邮政编码：610023）
　　　　　　（北京市方庄芳群园3区3号　邮政编码：100078）
网　　址　http://www.tiandiph.com
电子邮箱　tianditg@163.com
经　　销　新华文轩出版传媒股份有限公司

印　　刷	北京金特印刷有限责任公司
版　　次	2023年1月第1版
印　　次	2023年1月第1次印刷
开　　本	880mm×1230mm　1/32
印　　张	17.25
字　　数	428千字
定　　价	78.00元（全二册）
书　　号	ISBN 978-7-5455-7181-3

目录

出 狱   1

车 房   24

暗 恋   49

拜 山   74

崩 溃   95

沸 腾   116

戒 烟   137

宝 藏   159

兄 妹   179

噩 梦   200

告 白   222

生 日   244

归 家   264

出　狱

"小子，出去了给我好好过日子，要是敢再回来，我第一个打断你的狗腿。"张建辉语气恶狠狠，手里也没闲着，狠拍了身前男人的手臂两下。

手掌被硬邦邦的肌肉震得发麻，张建辉立刻笑成眯眯眼："嚯，你这小子，没白白炒了几年大锅菜，这手臂肌肉练得挺好嘛。"

蓝色口罩上的浓眉微微上扬，今天的雷伍终于能笑得自在舒畅，语气轻松地说："那是，天天扛着那大铲子，跟练哑铃似的。"

张建辉的视线从上至下，一遍遍看着终于脱下十年囚服、换上便装的雷伍。他上身穿藏蓝色毛衣，下身穿浅蓝色水洗牛仔裤，再搭配一双黑色运动鞋，全是新的，看得出来送衣服的人花了心思，可惜尺码买小了，那毛衣和牛仔裤裹着他一身腱子肉，显得十分紧绷。还有一件外套，但雷伍嫌热没穿，塞进了自己的包里。

张建辉这人一开心就话多，嘴里碎碎念叨着："人靠衣装佛靠金装，明天去商场多买几套衣服，你现在这身材，穿啥都好看。"

雷伍眼睛笑得弯弯："好，我下次穿成斯文败类的样子，回来看看你和其他警官。"

"呸呸呸！"张建辉白他一眼，"回来个屁！"

四米高的电动铁门缓慢打开，阳光从门缝里迫不及待地照进来，越来越多，越来越亮。

雷伍没忍住，转过头去看门外。冬天的阳光清冷，浮尘颗粒在光线里起起伏伏，如金粉一般，落在雷伍眼里，让他眼眶泛起酸楚。

张建辉拍拍雷伍的肩："走吧。"

雷伍垂下头，屈起指节压了压鼻梁，应了声："好。"

他跟在张建辉身侧，从黑暗里一步一步走进了光明。突然他仰起头，深吸一口气，冰凉的空气灌进鼻腔和胸腔，再从口中呼出，白烟似的从口罩缝隙渗出。

湛蓝清澈的天空飘着棉絮状的云朵，有几只黑鸟在空中自由飞翔。雷伍突然冒出个念头，这飞着的鸟儿，是来南方过冬的燕子吗？

两个人走到黄色警戒线处，停了下来。面前是一条笔直敞亮的步道，直直通往最后一道大门。监狱所在地远离烦嚣，附近人烟稀少，对雷伍而言，这门外就是另一个世界。

在门内，时间似乎凝滞了，生命被蜡封，被冰裹住，似看不见尽头的黑暗，动弹不得。人处在黑暗中，有些记忆会格外深，在二监区看过的每一张面孔，雷伍都记在了心里。

转到出监区的前一个礼拜，雷伍把那个月能消费的额度一口气全花光了。宽管级犯人一个月限额四百，他买了烟，买了些吃的，全分给了与他同屋的另外十一个人，尤其是刚进来不到半年的老幺，雷伍多给了他几根烟和半包火腿肠。

老幺姓林，今年二十岁，刚进来时不适应，每天劳改完晚上都躲在被子里哭，雷伍睡他上铺，听他个大老爷们儿哭成林黛玉似的也是心烦，没少骂他晦气。

老幺抱着火腿肠又开始哭，说伍哥你怎么对我那么好。雷伍没告诉他，因为老幺和他一样，都是因交通肇事逃逸才进来的。而且看见他哭的模样，雷伍就会想起当初自己刚来时的窝囊样子，实在是丢人。

张建辉把一直拿在手里的透明文件夹递给雷伍，嘱咐道："这个收好了，记得按时去相关单位办理手续啊，以后要遵守法律，做个好公民，听到没有……"

雷伍低头看，文件夹最上方的一份文件，白纸黑字写着"释放通知书"。

见他呆站着一动不动，张建辉把手绕到他背后，用力一推。雷伍被推着往前踏了两步，也就这么跨出了警戒黄线。

他还想转身给张建辉鞠个躬，但张建辉先于他开口："不许回头，看着前方这条路，给我昂首挺胸走出去。"

雷伍不知不觉已经挺直了腰杆，迈出了第一步，接着是第二步，第三步……

他走得很快，举起手里的文件夹在空中扬了扬，大声道："我不会再回来了！"

张建辉一直目送着他身影渐小，直到看不见人了，才转身返回。

岗哨见他情绪不高，打趣道："怎么了老张，舍不得救命恩人了？"

张建辉叹了口气，感到宽慰，说："哎，这小子是犯了错，但好在重新活过来了。"

张建辉一想起当年的事还心有余悸。二监区六年前有一段时间新收入监的刺儿头特别多，难教得很。有一群人拉帮结伙，在一天午饭时集体叫嚣闹事。

当时在饭堂守着的是张建辉这个老狱警和另外两名年轻狱警，三个人寡不敌众，被众人围着殴打。增援还没赶来时，张建辉已经被人摁在地上。他来不及护住头，太阳穴挨了好几个猛拳，眼前已经冒金星了，意识也有点迷糊。

这时突然有人扯开了层层围堵，直接扑到张建辉身上替他挡下许多拳打脚踢。那个人就是雷伍。当时两个年轻狱警，一个被打得脑震荡，一个手指折了两根，都没再继续干了。

张建辉指指自己的脑袋："要不是那一天小雷扑到我身上帮我挡，估计我现在得瘫在家里了。"

那边张警官跟岗哨正聊着几年前的事，这边雷伍已大步流星地走出监狱门。见大马路旁只停着一辆红色的SUV，看来今天出狱的只有自己一人。他扯起嘴角笑笑，朝那显眼的车子走去。

许超龙就倚在车旁，正衔着根烟低头看手机，听见脚步声后抬起头，双手在空中挥舞："伍哥！这儿这儿这儿！"

雷伍走到他跟前，绕到车头看了几眼："哟，你现在可真够可以的，以前不都嫌我们那些车的颜色太招摇吗？"

"哎，小青她喜欢大红色，说这颜色旺我们。"

闻言，雷伍睁大眼骂了句粗口，然后说："你可别告诉我，今天给我带的那条红底裤是你老婆帮我选的啊！"

雷伍进去太久，以前的私人衣物早不能穿了，最后一次给许超龙打亲情电话时，麻烦他帮忙带一套衣服鞋袜。但没料到今早拿到手的衣物里还有条大红色底裤，颜色艳俗，晃得他眼花，边上还绣了个金色的福字。

"不是不是，我岳母月初做个小手术，小青她回老家帮忙去了。"许超龙把手从车窗探进去，拿了包大中华出来。

雷伍见烟盒上的薄膜都还没拆，伸手拦住许超龙，指指车头另一包烟盒已经半扁的芙蓉王："别拆新的了，给我那个就行。"

许超龙安静地看了他一眼，吐了口白烟，感叹道："以前的伍哥抽烟，可至少得是'软中'起跳啊。"

"你自己都说，那是以前了。"雷伍语气淡淡的。

他拉下口罩，接过许超龙递来的烟，郊区风大，许超龙手中的打火机刺啦响了好几次才吐出丁点火苗。

烟点燃，雷伍猛抽一口后，又回到刚才讲了一半的话题："所以这红底裤该不会是你选的吧？什么眼光啊。"

其实这个话题幼稚又无聊，但雷伍不愿让它就这么结束，他需要有一个切入口，能够让自己顺势提起那个人的名字。

许超龙停顿了一会儿，夹着烟的手指挠挠后脑勺，撇嘴道："是飞燕买的，你这一身衣服和鞋子都是她挑的，她买底裤的时候我还劝过她，说你不喜欢这种老土的款式……"

后面许超龙说的话，雷伍都听不进去了。

因为他已经听见了那个人的名字。

"阿嚏！"许飞燕捂着嘴打了个大喷嚏。

阿明剔着鱼鳞，关心道："看吧看吧，感冒了是吧？昨天降温时我就说你穿那么少，肯定得中招。"

许飞燕吸了吸鼻子，市场嘈杂，阿明声音不大，她勉强听清，只能微微侧过身子，将盖住右耳的头发掖至耳后，解释说："没有，我这才不是感冒，就是突然鼻子痒了一下。"

"你就逞强吧。"阿明处理着刀下的大金鲳，小心不让鱼鳞溅到案台前的女人身上，低着头问："今天买这么大条鱼，还买虾，家里要来客人了？"

许飞燕嘴里应了声"对啊"，然后按亮手机屏幕，微信有三条未读信息，都是许超龙发来的。

一条在十来分钟前："还在门口等着呢。"

接着一条："接到人了。"

最后竟是张相片。

没按开的小图里，是那好多年没见的身影，虽然身形似乎有了些不同，但记忆里那人蒙灰的模样还是一点点地被拂去浮尘。

许飞燕迟迟没点开相片大图，直到阿明唤了她一声，她才回过神。她接过阿明递来的两个袋子，边道谢边扫码付款，再把大红塑料袋挂到菜篮拉车把手处，免得鱼和虾被其他肉菜压坏了。

"走啦。"她对阿明挥挥手，拉着小拉车离开。

阿明刚甩掉手套上的水珠，还想跟她多聊两句，一抬头，人已经不见了，在旁边等着的老婶已经挤进空位，指着冰上的红衫鱼："头家，红衫鱼来两条。"

阿明的母亲从鱼档另一边走来，见阿明还在发呆，恨铁不成钢地朝他脑袋打了一巴掌："醒醒啦！没听见客人在叫你吗？"

男人在人前被母亲打了一掌，后脑袋不疼，脸颊倒是烧起火，他拎着红衫鱼走到一旁的砧板旁，母亲也跟着站过去，压着声音骂："我再警告你一次，别总和汽修店那女人眉来眼去的。"

阿明喊冤："哎呀！妈，你说什么啊，哪有什么眉来眼去！"

母亲瞪他："每次她一来你就像被勾了魂魄，不是算少斤两，就是抹了零头。你可别忘了，她带着个孩子，不适合你。"

阿明翻了个白眼，飞快地给红衫鱼去鳞，不再搭理母亲。

十点半的菜市场人头攒动，吆喝声、讲价声、车轮声、剁肉声、捞鱼声都混杂在一起，许飞燕在人群中穿梭，身后的小拉车也越来越沉。

买完菜走出菜市场时，挂在脖子上的手机震了一下，她拿起来低头看了一眼，还是她哥的信息。她拉着车走到一旁，按开手机，没立即看最新信息，而是手指轻触，点开刚才没放大的相片。

他哥是站在那个人身后偷拍的，手有些晃，图片一旦放大了就模糊。那人穿着她上个礼拜买的衣裤，毛衣尺码明显小了，肩头手臂绷得紧实，袖子盖不住他的手腕，裤子看着也很紧，尤其是屁股的位置……

许飞燕揉了揉还发痒的鼻子，从他的屁股移开视线。她心里想，这下惨了，那红底裤肯定也买小了，以那个人的公子哥脾气，指不定会骂骂咧咧好久。

但很快，许飞燕又骂自己就是瞎操心，也不想想，她是雷伍的谁啊。

一不是他老婆，二不是他女朋友，三不是他身边的红颜知己，她只是雷伍以前车房里一个帮工的妹妹，两个人勉强只能算是……朋友一场，对，就是普通朋友。现在连底裤都替他准备了，也算仁至义尽了吧，难不成雷伍还敢说她半句不是？

手指往下滑，亲哥刚发来的是一段语音，许飞燕没直接点开，长按绿色气泡，把语音转成了文字："我带五哥去外头洗个澡，中午你们不用等我们吃饭了啊，然后跟大伙说，今晚在店里好好吃一顿。"

语音识别有错字，伍成了五，看起来流里流气的。许飞燕直接翻了个白眼，刚出来就要去洗浴中心，狗就是改不了吃屎！

不过他哥铁定不敢带雷伍去那些不合规矩的店，不然，等她嫂子回来，她哥轻则睡一个月客厅，重则要把储物箱里的指压板拿出来大刑伺候。

许飞燕对着买菜小拉车拍了张相片，给亲哥发了过去，再讲了一段语音："今天买这一堆用了快五百块钱，麻烦大哥你先给我报销一下吧。"

她拉着车往汽修店的方向走，经过了水果摊，走出了几步，突然停下，又拉着车子折返到水果摊前。她指了指摆在显眼位置的柚子说："老板娘，来两颗。"

水果摊老板娘正喂着小孙儿吃米糊，让客人自己挑："惠来今年的红心柚子，包甜，多水！你随便挑！"

甜不甜的许飞燕倒是无所谓，她挑了两颗个头最大、连着几片叶子的让老板娘上秤，老板娘放下米糊走来，想帮她把叶子摘了再称重，许飞燕急忙阻止她："叶子留着，叶子留着。"

老板娘也不觉得奇怪，柚子叶泡水洗澡能去晦气，他们这边迷信的人经常这么做，她问许飞燕："你是要叶子啊？我还能给你找小半袋出来，要吗？"

许飞燕连连点头："要要要，谢谢你啊。"

"客气，你帮我看下我孙子，我给你找。"老板娘走到一旁从纸箱里找叶子，顺口问了句，"今天怎么不见你带女儿来买菜？"

因为老板娘背对着她，加上菜市场周边吵闹，许飞燕一时听不清，走近两步问她说了什么，老板娘把话重复了一遍，她才回答："她要去幼儿园啊。"

"哦，总算弄好转学的事了？"

许飞燕叹了口气："对啊，要进这边的公立幼儿园真够麻烦的。"

她没水山市户口，就没办法上这城里的公立幼儿园，私立的费用又不是她能承担的，好在嫂子周青有相熟的人，花了些钱，把许朵朵送进了侄子许浩读的那家公立幼儿园。

一想起今年夏天里花出去的人情红包和所谓的茶水费，许飞燕的心肝还一抽一抽地疼，要是还在霞丰村的话，这好几万块钱都够许朵朵到镇里从小学读到高中了。

她的储蓄不多了，这笔钱是许超龙帮她出的，虽然亲哥一直说用不着她还钱，但许飞燕还是将这笔钱记到小本子上了，打算在未来的日子里慢慢还给他。

许飞燕走到老板娘刚才坐的位置。这两天降温，南方沿海小城空气里裹挟着深入骨髓的寒意。小娃娃被裹得跟颗雪球似的，坐在藤编的婴儿车里，他的嘴角和下巴糊了一层米糊，油亮亮的，一双小胖手在半空中扑腾，好奇地看着许飞燕笑。

许飞燕没忍住，蹲下身，做着鬼脸逗他玩。这时，老板娘递给她凑出的小半袋柚子叶，许飞燕说要付钱，老板娘吓得直拍胸口，说别开这种玩笑，要是这点破叶子都要收钱，以后哪还有人来店里买水果了。

许飞燕被她可爱的模样惹得笑出了声。她弯下身子把拉车里的肉和菜一袋袋拿出来，将两颗柚子放到最下面，再重新把肉和菜码回篮子里，最上面搁着那一小袋轻飘飘的柚子叶。

她拿手机给老板娘付柚子的钱，突然想起一事，问："老板娘，菜市场这边有没有哪家店能买到土盆子？要矮的，烧纸钱的那种。"

监狱位于田滨，在水山市和隔壁城市的相交处，周边没什么人烟，得走一段国道才能上高速，高速再跑接近半小时就能回到市区。

有一段国道正在改造，大轱辘碾过滚滚沙尘，雷伍手肘支窗，看着窗外不停后退的光影，扬起的黄沙像是从破碎的沙漏里泄了出来，十年光影在尘土中一幕幕闪过，影影绰绰。

后视镜里早已没了监狱大门的踪影，但雷伍的视线总会不自觉地往那儿瞅。

许超龙以前就不是个多话的人，还在雷伍车房干活时，他就是一群小工里头话最少的，后来自己开了汽修店，常要与客人交际应酬，才慢慢健谈了一些。

这时副驾驶上的雷伍一直安静地望着窗外，许超龙有些为难，总怕自己嘴巴不灵光，哪壶不开提哪壶，等会儿说了些不中意的话，那就坏了。

倒是雷伍先从晦涩难明的情绪中抽离出来，他很快察觉到许超龙的紧张感，转过头轻松道："这么多年没见，你怎么还跟以前一样，闷葫芦似的。还有，以后你也别总'哥、哥'地喊我了，你也就小我一岁。而且这些年多得你……的帮忙，我才能在里面安下心接受改造。"

许超龙好似没听出雷伍的话语里有一秒钟不大明显的停顿，咧开一嘴白牙笑笑："我就知道你肯定又要提这件事，之前你给我打电话时我也说了，这辈子我肯定一直都喊你哥，你帮了我那么多次，我做的这些力所能及的事微不足道，你别放在心上了。"

放在十五年前，许超龙和雷伍只不过是雇佣关系，身份地位悬殊，许超龙不是像现在这样喊他"伍哥"，而是随着众人喊他"雷少"，有钱人家的大少爷自然嚣张跋扈，许超龙刚进车房那时没少挨莫名其妙的骂。

车房里接待的客人多是大少爷、大小姐，改装的车不是宝马就是奥迪。水山市不大，里面的关系弯弯绕绕就是那一拨人。许超龙除了要学会认车，还得学会认人，稍有怠慢都要遭受白眼嗤笑和刁难挖苦。

他一直告诉自己，多干活少说话，得罪了哪一位公子和小姐都能让他吃不了兜着走。结果他没得罪公子和小姐，他亲妹儿许飞燕得罪了。

那是他在车房干的第二年，许飞燕初中毕业后在水山市念职高，平日都在学校，周末会来找他改善伙食。

这一天，许飞燕拎着一饭盒的油炸韭菜粿蹦跳着进车房，眼睛没看路，一脚踩着地上的扳手，整个人往前扑，油淋淋的韭菜粿和上面浇着的辣椒酱全糊到面前一位千金手里挽的包上。

许超龙耳闻眼见久了，知道那包的价格得当他好几年的工钱，他还知道，这世界上有一些皮包不能沾水，娇贵得很。可许飞燕不知道啊，随手扯了条他们抹车用的毛巾就往包上擦，将油渍和辣椒酱生生扩大了一倍面积。

忘了千金姓陈还是林，是雷伍那时的正牌女友，某家本地知名实业老总的小女儿，也是位暴脾气的主，一见自己的铂金包成了这鬼模样，红了眼，捡起扳手就想往许飞燕手臂上敲。

许超龙还来不及大喝一声，就见那扳手被人挡在半空。雷伍卸了女友手里的扳手，随手往旁一丢，"锵啷"一声响。许超龙回过神，冲到妹妹面前，急忙给千金和雷少道歉，说是自己没教好妹妹，包他肯定会赔的，不赖账。

但雷伍没让他赔，只让他把地板擦干净，拉着夅毛的千金大步往店铺外走，把人塞进红色兰博基尼内，排气管轰鸣声还在，车已经没了影。

再后来，听说雷伍带千金去香港玩了几天，回来时千金拎了个同款不同色的新包，在车房像只趾高气扬的开屏孔雀般走来走去。

许超龙忐忑了许久，在隔月收到足额工资时才松了口气，自那一次之后他便觉得，雷少并不像外界传的那么惹人憎。但真让许超龙死心塌地跟着他的，是雷伍出事之前大半年。

那时正值酷暑，许父在地里干活时突然倒地，两兄妹接到消息后正想往家里赶，但被许母阻止了，说县医院没有收，现在救护车正往水山市中心医院赶。

许父直接被送进ICU，许超龙把微薄的存款全给了母亲，许飞燕刚毕业找到工作，只能红着眼揽住母亲在ICU门口等待。

ICU里花钱如流水，不过几天，自家的钱和借来的钱就都用完了，许超龙拉下脸去跟雷伍预支工资，怕雷伍不信任，他还准备了欠条，说将来只要车房在，他就会一直在这儿干下去。

没想到雷伍直接丢了张卡给他，欠条都没让他摁红指印，咬着烟挥挥手，说密码是六个零，让他快点回医院，把家里的事情处理完了再回来上班。

卡里的余额让两兄妹瞠目结舌，两人长那么大了还没见过这么多钱。他没乱花，许飞燕更是认真，将医院的每一张收据都好好保留下来，她还拿了个小本子，密密麻麻地记录了每一笔钱花在了哪儿。

可惜，最后还是无力回天，母子仨抱头哭着商量了好久，最终让医院拔下了呼吸管。

葬礼是回村里办的，雨连着下了几天几夜，许超龙兄妹披麻戴孝跪在简陋的灵堂，突然听到门口一阵熟悉的排气管轰鸣声由远及近，他和妹妹面面相觑，心想他怎么会来这儿。

村里虽然铺了路，但还是不够平，底盘低的法拉利本来黑得发亮的车身现在溅满黄泥，直到车门缓缓升起，一身正装的雷伍从车里走出来，眉眼难得褪去了纨绔痞气，嘴唇严肃地抿成一线，对着墙上的黑白照片鞠躬上香。家中亲戚都在交头接耳，问这是哪来的大人物，只有兄妹两个人流着泪鞠躬回礼。

"哎，那时候我空有一身臭钱，要是换成今天，我可就没办法帮你了。"雷伍自嘲道。

这时车子已经来到高速入口，雷伍见许超龙进了一条车道，稍微放慢车速，很快车道旁边的电子显示屏跳出车辆信息，前方杆子抬起，车辆通过。

"哦，这就是ETC啊。"雷伍微仰着头，饶有兴致地看贴在挡风玻璃内侧的那个插着卡的小机器。

许超龙有些惊讶："哇，你连ETC都知道啊？"

雷伍点头，知道他心里的想法，笑道："你们把里面想得太闭塞，又不是无人岛。别说经常看《新闻联播》，我们还能订杂志和书籍，还会组织我们看电影。而且我那屋子常有人进进出出，每来一个人，我们就会让他多讲讲社会近况，什么扫码付款、共享单车、滴滴代驾、抖音网红、直播带货……哦，还有最近的网上买菜，我都知道的。"

直播带货就是哭成林黛玉的那个老幺讲的，他开了个什么网红公司，这两年乘着东风赚得盆满钵满。就是雷伍觉得那名字不大好入耳，什么"孵化基地"，听起来跟养鸡养鸭场似的。

雷伍进去后第二年，微信才流行起来。再过几年，进来的新人已经在给他们讲解扫码支付的日常使用率有多高，雷伍接受新事物的速度很快，但有几位老大叔就无法接受了。

老大叔们大多是九几年就进去了，别说智能手机了，连电脑都没摸过几次，他们不愿意接受自己不习惯的生活模式。在新人滔滔不绝时，老大叔不屑地说，票子当然是要拿在手里才有感觉，只是雷伍看见，他们嫌弃归嫌弃，眼里还是会有闪烁的光。

雷伍无法想象，自己的刑期如果不是十年，而是二十年、三十年的话，他还能不能对外面的世界保有这份期盼。

许超龙爽朗地笑了几声："那我也考考你啊，有一句话叫'做人不能太 ETC'，你知道什么意思吗？"

雷伍不解，许超龙解释了一下，雷伍恍然大悟，两人哈哈大笑。

气氛瞬间轻松了不少，许超龙将自己的手机递给雷伍："你先拿我手机用用看，熟悉一下，等会儿我们洗完澡吃了饭，我带你去买新手机。本来我想直接给你买的，想着就挑最贵、最新型号的总没错了吧，还是飞燕提醒我，说这玩意儿还是得你自己去实体店试用一下比较好。哎，我妹比我细心多了……"

多年没碰过电子产品，雷伍多少有些不适应。他最后用的手机型号是 iPhone4，还记得手机的按键常坏，但他懒得修，只要坏了还是哪儿磕碰了，他就直接买新的，把坏的那台清空内容后直接丢垃圾桶了。

结果有一次让那小姑娘瞧见了，她边把手机捡起来，边骂他就是个大败家子，饶是家里有金山银山都不够他这么折腾。那台手机后来怎么样了？雷伍偶尔还会想。

以前的手机一按按键就可以解锁手机，但如今雷伍翻看手里的机器，除了侧面按钮，正面黑镜一样的手机屏幕上没有其他按钮。

见状，许超提示道："先按一下旁边的按钮，密码是 111213。"

雷伍摁亮手机，跳出来的页面让他一怔。

那是个对话页面，最上方顶头处写着"yanzi"，后面跟着个灰色鸟头。

雷伍一眼扫过对话框里很多的绿色气泡和相片，最后目光停留在最下方的白色气泡上。

她的头像是个小女孩，笑眼如弯月，手里举着颗什么，图太小了雷伍看不清，手指已经本能地移到那小方格处，点了点。

许是有些急，他多点了一下，只见那小方块摇了摇，手机颤了颤，接着跳出一行灰字："我拍了拍'yanzi'，往她的钱包塞了两千万"。

雷伍眨了眨眼，半晌才问许超龙："yanzi 是你妹吧？"

"是啊！"

雷伍蹙眉，疑惑道："我好像不小心用你的账号给她转了两千万？"

许超龙笑出声："伍哥你也太看得起我了，我哪来那么多钱转给她！"

他反应过来，问："哦，你是拍了拍她是吧？"接着跟雷伍简单解释，这不是真的转账，只是个娱乐的小程序。

一来就搞了个小乌龙，但雷伍也没觉得丢脸，许超龙给他介绍，点一下头像就进入对方名片资料，点两下会变成拍一拍。

雷伍又拍了她几下，才按开她的头像。小女孩浓眉大眼，短发齐耳，与许飞燕学生时的模样有两三分相似，但小女孩有点瘦，手指头没什么肉，和她指尖拍着的贝壳一样洁白。

许超龙余光瞥过去，介绍道："这是飞燕的女儿，叫许朵朵。"

好似突然有团湿透的棉花堵住了嗓子，雷伍声音淡淡地问道："飞燕的婆家和你们一样姓许啊？"

"不是不是，朵朵是跟飞燕姓的，她婆家……呃……"

听见他的欲言又止，雷伍转头看他，见许超龙眉眼难得挂上了明显的不屑和厌恶，有些讶异。

雷伍很快反应过来，也皱起了眉："她婆家对她不好？"

几年前他在里面得知飞燕嫁人，具体的情况没过问，只给许超龙打了个电话，让他帮忙包一份礼金给她，再帮忙道一声，祝她幸福。

后来雷伍总刻意避开这个话题，电话都不多打了，隔上一段时间，他才会给许超龙打电话报平安。

前方高速道路笔直，许超龙握方向盘的手松了紧，声音慢慢沉下来："我妹的一只耳朵，被婆家的人……给打聋了。"

胡军听见车轱辘由远及近的声音，双腿一蹬，从车底滑了出来，刚坐直身，就见许飞燕像平时一样拉着菜篮子从大铁门走进来。

今天的小拉车装得满满当当，她手里还拎着个土红色矮盆。

"怎么买那么多东西？"胡军放下手里的工具，迎上去想帮她拿重物。

许飞燕摇摇头说："不用不用，你忙你的。"

正在往一辆大众车顶喷泡沫的五福停下手，朝拉车里好奇地张望："燕姐，中午饭吃什么啊？"

龙兴汽修规模谈不上大，但也养着四个青年小伙，加上龙哥和嫂子，吃饭能围一圆桌。

燕姐没来时，厨房是嫂子负责的，但嫂子做饭一般，且喜油好辣，他们一帮南方沿海小伙口味没这么重，辣椒稍微多放个几颗，额头、下巴就得长几颗痘。

燕姐来了之后，老板让她管厨房，说她学过几年厨，做菜特别好吃。果不其然，才两顿饭，燕姐就将他们的胃收拾得服服帖帖。

许飞燕小心绕开地上的工具往车间后方的厨房走："中午吃得简单一点，酱油炒饭，西洋菜猪杂汤。今晚那顿丰盛不少，有鱼有肉，还有你最爱的油焖大虾。"

五福举着泡沫喷壶一脸欢喜："燕姐万岁！"

一旁拿着高压水枪的胖子昌笑骂他："看你那狗腿样，无用鬼！"

许飞燕顾不上搭理这两个整天斗嘴的小弟弟，穿过几辆车子走进厨房，胡军跟在她身后，问："龙哥接到朋友了吗？"

"接到了，他们在外面吃饭，中午就我们几个吃。"许飞燕将拉车里的东西一样样拿出来，把那袋轻飘飘的柚子叶与土盆子放在一起。

"那位朋友对龙哥来说很重要吧？我见他从大半个月前就一直念叨。"

"嗯，我们认识他很多年了。"许飞燕顿了顿，歪着脑袋掰手指，"那时我刚读职高……2006 年……哦，原来已经这么多年了啊。"

厨房是铁皮搭起来的，没有窗户，有个大排气扇装在侧面，冬日冷阳从扇叶的间隙淌入，空气中的颗粒浮沉，在许飞燕的侧脸上勾勒出深浅光影。那双眼尾带钩的凤眼此时有些出神，与平日相比，褪去了不少艳美之气。

胡军微有恍神，耳根很快升温。

许飞燕扬扬手赶人："好了，你别在这儿待着，去干活吧，我收拾好东西就开始准备做饭了。"

胡军声音闷闷道："哦，阿燕，我早上只吃了两个肉包……"

话还没说话，他的脑袋就被一个大白萝卜敲了一下，许飞燕挥着萝卜，不满道："五福他们都叫我姐，就你最没礼貌！"

少年龇牙咧嘴，捂着额头佯装很痛的样子，故意不回应许飞燕的不满，继续撒娇："我现在已经饿了。"

许飞燕白他一眼："就你成天心思多，尾巴一翘起来我就知道你在想什么。"

她掀开手边的泡沫盒盖子，葱白手指拈起一块皮薄肉厚、汁水微渗的卤鹅肉举到胡军嘴边，没好气地说："张嘴。"

胡军立刻咧开嘴笑，张嘴直接咬住鹅肉。

许飞燕很快松了手，再次扬手赶人。等厨房只剩她一个人，许飞燕把晚饭的肉菜先收拾好，该放冰箱的放冰箱，再拿出鸡蛋、火腿、洋葱等准备切料。

她饭量不大，但四个青年人穷坑难满，一旦中午没吃饱，下午三四点就开始嚷着饿，所以她先焖上一大锅米饭。

备料前她想起什么，拿起胸前的手机看了一下，这才发现，亲哥拍了她好几次，给她钱包"塞"了好多钱，却偏偏不给她转买菜钱。

许飞燕索性直接打了个电话过去，等了一会儿对方才接起。

她把手机夹在右边肩脖处，空出双手将鸡蛋磕进盆里，对着手机问："许超龙，你干吗一直拍我啊？买菜钱呢？还有你找个机会，偷偷问问雷伍，我买的那条红底裤是不是太小了？我看你拍的相片，衣服码数明显小了。要是那底裤太紧，等会儿我吃完饭去超市里再买两条大一码的，趁着中午日头好，洗了在院子里晒晒，晚上他回家还能穿……"

就这么一段话的时间，六颗鸡蛋都磕到盆里了，许飞燕拿起筷子正准备搅蛋液，突然惊觉情况不妙。

空气安静了几秒，只听他哥声音吞吞吐吐："妹啊，手机连着车内蓝牙呢……"

大白天的洗浴中心没几个人，雷伍觉得自己现在就是进了大观园的刘姥姥，对什么都感到好奇。他浸在暖水池里左看右看："现在这种店还能开成 24 小时的？是正规的吧？"

调到出监区的这几个月，张警官不止一次让他出来后要将心态放平，遇上好的进步的事物，要虚心接受，遇上与自己过去生活相差太多的事物，也不要迷失自己。不要觉得自己被时代抛弃，应该努力多跑几步去追上它。

"不用着急，不懂的就慢慢学。别说你们，就我有的时候都跟不上，每一年都有新的玩意儿出来，之前我闺女发我个链接，让我给她砍个什么一刀两刀，我搞不明白，还遭了她几个白眼。"

那时张建辉嘴角是笑着，可从眼神里流露出来的无奈，雷伍还能记得。

"这家当然正规了，一个人168元就能玩上十几个小时，自助餐任吃，电影任看，还有儿童乐园，小青和飞燕可喜欢了，时不时就带两个小孩过来这边玩水。"

许超龙挠了挠头，见左右没人，才压下声音问："还是你想要……嗯……不那么正规的？"

他挤眉弄眼的样子惹得雷伍大笑："想什么呢！"

许超龙也跟着笑，看雷伍笑得整个人后仰，他一时感慨，眼眶止不住发热。

十年光阴，时过境迁，物是人非，许超龙之前担心的，是几乎快失去一切的雷伍在狱中放弃自己，毕竟中途有好几年雷伍的状态很糟糕，是经历了什么，他才能放下过往拥有的一切，现在笑得如此坦然？

飞燕有一句话说得对，她说雷伍没有坏到无可救药的地步，只要有人愿意用力拉他一把，他一定能回到正轨上。

两个人泡得差不多，从池子里起来，各自围了条浴巾往汗蒸房走。

许超龙走在后头，盯着雷伍浅麦色的宽肩窄腰有些羡慕，好奇地问："里头是有健身房吗？瞧你现在这身材练得……"

雷伍回过头看他，一脸好笑："你想得倒美，健身房没有，只有伙房，从早晨五点就要开始工作，扛食材、整理餐盘、拿大铲炒菜，天天都干一样的活，大夏天的时候就跟这汗蒸房一样，挥汗如雨，想胖都难。"

两个人换上了汗蒸服，汗蒸房里只有他俩，雷伍由得额头的汗珠一颗颗蹦落，把话题往许飞燕身上带："刚才你还没说完，你妹的婆家是怎么回事？"

他一回想起刚才车上听到的许飞燕那一段碎碎念就止不住嘴角的弧度。雷伍千算万算，怎么也算不到出狱后自己和许飞燕聊的第一个话题，居然是买底裤。话说，那大红底裤确实是小，穿着还不觉得，脱了才看到大腿根的肉被勒出了淡淡的红痕。

这结过婚的小女人是不一样了，真敢讲话。

当许超龙开口提醒她说手机连着蓝牙时，那叽叽喳喳的小燕子立刻噤了声。

那时雷伍忍着笑，直接对中控说："飞燕，是我，麻烦你给我多买几条大一码的吧，黑色、白色、灰色都行，实在没有，红色也可以。"

"咔嚓"一声，电话陡然被掐断了线，雷伍更是直接笑出声。

许超龙抹了把汗津津的脸，沉下声："唉，我都不想提起那家极品，儿子死了是很惨，但凭什么怪到我妹身上？"

雷伍微垂眼帘安静地听着。

水山市临海，周边有好几个岛屿，其中一个小岛名叫石沧岛，就在水山市跨海大桥下方，离市区二十分钟车程。

许飞燕那年相亲结婚，婆家是石沧岛的岛民，丈夫蔡景尧在海滩边开了个大排档。飞燕婚后就在他的档口帮忙，生意红火，两个人的小日子过得十分甜蜜，而且一年后飞燕就怀了孕。

但孕中期时，蔡景尧为了救一个溺水的游客，不幸身亡。

"其实我那妹夫，人真挺好，老实人，对飞燕很不错。"许超龙叹了口气，又摇摇头，声音里满是遗憾，"可惜了，可惜了啊。"

许超龙接着说，飞燕那时挺着个大肚子，跪在灵堂好几个小时，婆家不管不问，他和他妈看不下去，去扶她起来，那时飞燕的小腿已经肿得厉害。

"她老公去世纯属意外，为什么婆家要怪罪她？"雷伍打断他问。

"那天是飞燕发现了溺水者，接着跑回店里说这件事，然后我妹夫就……"

只能说造化弄人，好人并没有好报。

"至于她耳朵的事，我也是等到她快生了才知道。我妹夫去世后，家公白发人送黑发人，病倒了，好了之后腿脚都不利索了。家婆情绪也不好，没怎么给我妹好脸色，两个人就大排档和妹夫去世的事经常起口角，有一次飞燕还挨了好几个耳光……从那之后她耳朵就开始有些听不清了，时好时坏的。"

雷伍太阳穴接连跳了两三下，猛地攥紧了拳头。

许超龙接下来说的每一句都如刀扎喉："因为她怀着孩子不好用药，飞燕也不愿意吃药，安慰我们说有可能只是什么……哦，孕期突发性耳聋，说等生完孩子后可能就好了。但生完朵朵之后，她的左耳直接听不到了……

"等朵朵出生之后她的处境更加糟糕。她家婆迷信，还跑去问了个仙儿！那神棍说什么朵朵是个大煞星，还没出世就把父亲克死，接下来还要克她爷爷！"

许超龙越说越气，声线渐昂："你知道我妹那臭脾气，报喜不报忧，这些事要不是我和我妈逼着问，她是牙齿被打碎了也能咕噜一声吞落肚！

"我妈心疼飞燕，想去帮忙，但我妹不让，一出了月子就背着娃娃回大排档帮忙。她手艺向来好，大排档生意越来越好，婆家一开始没话说，但今年年初刚过完年没多久，婆家又提店铺是他家上面一代传下来的，既然大儿子不在了，就应该传给小儿子，变着法子要赶我妹走。我呸，就一破烂大排档，还自以为是传皇位！

"蔡家小儿子从小被他家人惯坏了，就是一个不学无术的下三烂，招了一群地痞去店里捣乱，当时朵朵和其他工人都在店里，我妹被逼急了，拿着菜刀拦在档口，放话说来一个她砍一个……"

许超龙一提起这件事还心有余悸，肩膀和语气都渐渐塌了下去，就像个气球嗞嗞漏气。

"我带着人赶到的时候，我妹正护着朵朵，额头和嘴角都破皮流血了，但手里还拿着那把菜刀。朵朵在她怀里一直哭，哭得特别凄凉……而那烂仔就在地上蜷着，血流一地，其他人都围在旁边不敢靠近……我妹砍了他的背一刀，人送医院后没什么大碍，缝了十来针，但婆家死活要告我妹故意伤人……"

雷伍把拳头攥得特别紧，指甲深深嵌入手掌里。

"然后呢？"他的声音哑得像被砂纸磨了好几个来回。

"和解了，条件就是我妹带着朵朵净身出户，他家不再追究。"

许超龙冷冷嗤笑一声："后来才知道他们费这么大的功夫赶我妹走究竟是图什么。原来那小岛要改造成重点风景区，沙滩一整片老建筑都得拆迁，会以两倍的面积补偿给他们市区的高层商品房，飞燕如果还在蔡家户口上，那市区的房子也就有她一份。"

话音刚落，汗蒸房门被推开，走进来两个中年男人，雷伍与许超龙对视一眼，起身离开。

他们不在那儿吃饭，许超龙在酒楼定了个包房给雷伍接风洗尘，两个人回更衣室换回衣服。

雷伍提起牛仔裤，低头扣着裤扣，斟酌了一会儿，还是问出口："飞燕……她很喜欢那男的吗？"

许超龙一时没反应过来："谁？"

"你妹夫。"

"怎么突然这么问？"

雷伍套着毛衣："这不是你刚才讲的吗，飞燕那么重视那家店……"

心脏最深的地方好像有条虫子，时不时咬他一口，酸麻难忍，又疼又痒。他能想象出许飞燕拿着菜刀护在大排档门口的样子，就像老鹰护着心爱的崽。

没等到许超龙的回答，雷伍回头看他。意外的是，雷伍在他眼里看见了许多谨慎和认真。他愕然，好像自己一直隐藏的小心思已经被许超龙看穿。

也是，许超龙早不是那个听到一丁点儿荤话就要耳根发红的小孩了，又怎么会不懂他问话的目的呢？

过了一会儿，许超龙才缓缓开口："当初飞燕嫁的时候我问过她，她说她想重新开始，她会努力去爱她的丈夫。不过，哥啊，无论她爱的是谁，都已经是过去的事，我希望她能向前看，你说对吧？"

车 房

　　胡军在院子的水槽洗了手，抬头便瞧见挂在晾衣绳上的几条底裤，好几个颜色，白的、黑的、蓝的，还有一条红艳艳的格外显眼，就在冷风中飘荡。

　　他心情不太好，扬起手，故意把手上的水珠往晾衣绳那甩，冯振强瞧见，觉得他莫名其妙，特意提醒他："这几条底裤不是燕姐下午刚洗好的吗，你这是干吗？"

　　胡军龇牙咧嘴："这可是男人的底裤！"

　　冯振强皱眉，不明白："所以呢？"

　　"飞燕家哪来的男人？"

　　"龙哥不就是男人？"

　　"龙哥有嫂子给他买啊！"胡军白了他一眼，不明白这小子脑筋这么不会转弯。

　　冯振强眉毛舒展，恍然大悟："哦，你是指这是燕姐给……男朋友买的？"

　　胡军抿唇不语，买底裤这么私密的事儿，不是男女朋友可干不出来，但他天天盯着许飞燕，也没见她有谈恋爱的迹象啊。

五福刚把洗好的车停到路旁等客人来取,摸着肚子走回小院子里,大声嚷嚷着好饿,胡军心情不悦,逮上他就骂:"你中午不是把最后那口炒饭也吃了吗,怎么还好意思喊饿呢!肚子里长虫了是吧!"

五福知道他像炮仗一样,经常一点就燃,但五福饿得实在没心情与他吵架,声音懒懒道:"我年纪小,正长身体,吃得自然多一些。"

好一个年纪小,也就比自己小半岁,胡军憋着闷气,用脚钩了张塑料凳子到身边,坐下开了局王者。

五福还在哀号,想去冰箱偷块鹅肉吃,但又怕燕姐拿锅铲敲他头,想去前屋的旧沙发上躺一下,结果那处已经被胖子昌霸占了。

胖子昌正躺着刷抖音,视频一个接一个地放,五福走过去踢了他一脚,他只好坐起身挪了一小块位置给他。

五福把脑袋也凑过去,一看,又是些什么豪车超跑改装车的视频,他戏谑道:"你成天看这些有什么用,我们又没什么机会接触到这种车子。"

汽修店附近有几个高档住宅小区,三大德系车不说,周边出入的保时捷、玛莎拉蒂不在少数,不时还能瞅见宾利、幻影、迈巴赫,过节外乡游子回流,帕加尼、兰博基尼满大街跑。但这些车自然都不会来龙兴,他们走的是平价路线,附近其他汽修店洗车一次平均五十,他们家十次只要三百,客人是挺多,就是没什么机会能让他们摸一摸百万级别的车子。

胖子昌叹了口气:"过个眼瘾罢了。"

五福调侃归调侃,年轻小伙没几个不对香车美人感兴趣,很快他就和胖子昌讨论起每天晚上在路口轰鸣而过的那几辆改装跑车。

直到眼角瞄到许飞燕的电动车驶进铁门,五福才从沙发上跳起身,笑脸迎人："燕姐你总算回来了！"

许飞燕把电动车开到墙边，双脚刚沾地，坐她身后的许浩已经跳下车，小炮弹般往前屋冲去。

"帮我把小孩的书包拿进屋里。"她对五福交代道，接着放低声音对站在她身前的许朵朵说，"宝贝，先去洗手、洗脸，然后和浩浩去看电视，妈妈要去做饭。"

朵朵小心翼翼跳落地，乖巧应了声"好"。

许飞燕把车停好，又走到前屋，对已经开始按电视遥控器换台的小男孩唤了一声："浩浩，你也要洗手、洗脸。"

院子的水槽没有热水，许浩扁着嘴，满脸不情愿："姑姑……"

"快快快，还得用上洗手液，认真洗。"许飞燕指着墙上贴的七步洗手法卡通图片，强调一次，"要边洗边唱洗手歌哦！"

"两个朋友手碰手，你背背我，我背背你……"水槽对小孩们来说有些高，朵朵踩在小木凳上，已经开始边唱着儿歌，边搓揉着手心手背的白色泡泡。

许飞燕眼里有掩不住的欣慰。她之前心里一直忐忑难安，一来发生了那么多事情，怕给朵朵留下太大的心理阴影，二来朵朵是插班生，担心她融入不了新的集体。

九月刚开学时，朵朵一开始确实不太适应新的幼儿园，老师反映说她有些怯，不爱与其他小朋友玩，经常一个人发呆，过了将近一个月，这种情况才慢慢有了变化。

许飞燕每天都会陪女儿聊聊幼儿园里发生的事情，会问她有没有认识新的朋友，有没有学了什么新的儿歌、故事，有没有碰上开心的事情。女儿从一开始的"没有""忘了"，到现在会主动跟她谈起幼儿园一天的见闻，事无巨细，活泼了不少。光是这样，许飞燕已是心满意足。

五福放完书包，在许飞燕面前嬉皮笑脸："姐，什么时候能开饭啊？"

许飞燕看了看手机时间，十分钟前他哥给她发了信息，说他们刚在商场买完手机，现在准备回来。但路上已经开始堵车了，她推算怎么也得二十多分钟才能回到汽修店。

"料都备好了，牛腩汤在炖，天气冷，等我哥他们回来了再把鱼蒸上。你们先把桌子支起来，碗筷摆好，记得多加双筷子。"

"没问题！"

许飞燕伸手探了下晾衣绳上的几条底裤，基本都干了，她一条条收下来，一转身，见胡军本来与她相撞的视线忙不迭地逃开。

许飞燕走到他跟前，屈起指节轻轻叩了下他的脑袋："你怎么了？饿过头了，还是谁又惹你生气了？"

胡军瞄到她手里抓着的几条底裤，垂下头，闷声道："没事，就是饿了。"

看他情绪不高，许飞燕揉了把他染得金黄的头发："乖啊，再等等，人到齐了很快就能吃。"

空落落的心好像又有温暖的春风拂过，胡军耳根微微发烫，应了声"哦"。

许飞燕将几条底裤装回塑料袋，然后丢进电动车的车篮里，转身回了厨房。排气扇开着，将浓郁的牛腩香气带到屋外，大理石台面放满了已经处理好的晚餐材料，大虾开了背去了肠线，大金鲳躺在姜丝葱段上，一篮子择好了的芥蓝还滴着水，嫩白豆腐切成小块等着下锅焯水，还有一大盘淋上卤汁的肥嫩鹅肉。

这个时间段许飞燕也没什么做的，在狭小通道来回走了两趟，担心葱花备少了，便再取了一小把青葱洗净，刀起刀落嚓嚓声清脆，没一会儿装葱花的小碗就堆起了小山。完了许飞燕又觉得葱花太多了，整个小葱拌豆腐而已，用不了这么多葱。

"龙哥回来了！"

院子里的声音让许飞燕终于可以结束她的无事找事，此时脸颊似乎被从炖锅里咝咝冒出来的热气熏热了。她拧开水龙头洗手，再用湿漉漉的手背捂脸颊降温，又蹲下身从灶台下拉出今早买的陶土盆，里面装了几块干木头，还有些易燃物铺在盆底。

她捧着土盆走到大铁门，许超龙的哈弗大狗就停在对面路边，而那人已经下了车，在车后方站着。天还没全黑，路灯已经亮起，昏暗的光洒在他眉眼之间，也将脚下的影子拉得长长的。许飞燕有一瞬恍惚，这样的雷伍对她而言无疑是陌生的。

以前的雷家公子过得精致，发型每日都用发胶或发泥精心护理，隔着老远就能闻到他身上须后水的味道。穿的衣服牌子她念都念不明白，一件平平无奇的卫衣得要四位数，说话不着调，笑容带有锋芒，车库里的跑车颜色也与他的性格一样嚣张跋扈。

而现在，他顶着个极短的板寸，穿两百块钱的毛衣和牛仔裤，肤色黑了一些，肩膀宽了不少，身上的刺儿似乎都被拔了，棱角被磨得圆润光滑，比七年前探视室里隔着一面玻璃的男人稳重了许多。

此时，他有一半脸隐在暗处，可许飞燕仍能感受到他目光如炬，像要将她从头到脚都看穿。这样的眼神，许飞燕从未在雷伍眼里看见过。

就连那一个萦绕着酒精味道的仲夏夜，她也没感到过这样的灼热。

而这样的许飞燕，雷伍倒是不陌生。她和最后一次来探监时的模样相差无几，个子到他肩膀，头发乌黑，长度及肩，眼尾如燕子羽毛轻扬起来，比起少女时，她也就是身材稍微丰润了一些。只不过在她的眼眸里，多了许多雷伍看不清的情绪。

以前的许飞燕性子直，心里藏不住事，睫毛轻轻一颤，雷伍就能看懂她那拼命想捂住的小心思。就连七年前在探视室里的一面也是，许飞燕被他一句又一句的垃圾话激得眼眶泛红，那双黑眸里积起了厚厚的积雨云，但最后还是没有落下一滴泪。但雷伍清楚地知道，那场雨下在了她的心里，狂风骤雨会将一颗心泡得冰寒。

以前的许飞燕很爱笑，而现在面前的女子沉着内敛了许多，这几年雷伍有心避开她的消息，不清楚她究竟经历了什么。两个人中间隔了一条车道，也隔了七年光阴，雷伍看不穿她的情绪，不知道那里是喜是悲，或是不喜不悲。

中午许超龙说的那番话他听得明白。那一年飞燕既然选择了别人，不管他们夫妻俩的感情如何，飞燕算是已经放下了之前的执念，虽然现在那人不在人世了，仍希望雷伍别去招惹她。

还有，雷伍问的是"喜欢"，但许超龙答的是"爱"，这让雷伍又是一阵恍惚。是了，那些年全世界都知道许飞燕爱雷伍，可后来，这份爱也是雷伍自己亲手葬送的。

"愣着干吗？走啊。"许超龙拍了拍雷伍的肩，先于他往汽修店走。

雷伍迈开腿，几步便走到铁门前。铁门上的车行招牌已经亮了灯，简简单单的黄底红字，让两根灯管照得明亮醒目。

收拾好情绪，他朝许飞燕淡淡一笑："好久不见。"

灯光从他的头顶打下来，许飞燕被他笼进了阴影里，她别开眼，后退了几步，声音也淡淡的："嗯，好久不见。"

她蹲下身将怀里的土盆子放到地上，朝她哥扬扬手："火机呢？"

许超龙掏出火机抛给她，嘴里调侃道："前些天我说要跨火盆，你不是还嘲笑我 TVB 连续剧看多了吗？"

"我问过胡军和五福，他们都说最好跨一下，运气会好一些。"有了易燃物在底下助燃，很快盆里出现了火花，火焰一寸寸往上慢慢燃烧着木头。

空气里的冷冽被驱逐开一些，胸腔里渐渐有了暖意，雷伍低头看着跃动的火光从许飞燕圆润的鼻尖跳到黑长睫毛，挂在睫毛尖尖上好像随时都会掉下一地。

许飞燕的脸颊、眼皮、耳垂都好似被火燎过一般的烫，她总觉得雷伍还在盯着她看，但又不太确定，只好硬着头皮仰起脖子看他一眼。两道视线在火苗上方相撞，两人皆是一愣。

在许飞燕的记忆中，多年前她有过许多次这样仰望雷伍的瞬间，其中仅有一次他看了过来，可在她心跳刚加速时，雷伍已经移开了视线大步离开。只不过就是那一眼，她晚上便开心得多吃了一大碗白米饭。

如今许飞燕在心里暗叹一声，年轻可真好啊，能不顾一切地去喜欢一个人，他的喜怒哀乐、每一个举动都能让自己跟着欣喜或哀愁，她还能不自量力地妄想去为他遮风挡雨，摘星夺月。

好蠢，这种想法太蠢了。许飞燕很快低下头，手里拿着根细树枝轻轻拨动火盆里的木头，她默默提醒着自己，已经是三十岁的孩子妈了，早没有闲情雅致去幻想那些不切实际的东西。

而雷伍见她低下头，才将胸口憋的一口大气轻且慢地呼出。他心跳如擂鼓，一瞬间闯进眼中的那张脸太过光彩动人，火苗摇晃时带起了淡淡白烟，她凤眼微眯，火光如流星从一片宁静夜空中划过，很快消逝不见。

雷伍面上波澜不惊，心里却在狂骂自己太不济事。在监房，十二个男人凑一起能谈什么国家大事啊，聊的话题多数是话当年，绕来绕去，最终还是不能免俗地落到女人身上，两年前他那屋来了位二进宫的小哥，总爱以过来人的身份侃侃而谈。

母猪能赛貂蝉啊，那位小哥这么说。

可当时雷伍冒出的第一个想法竟是，这句话可跟飞燕没有半毛钱关系，人家姑娘长得可好看着呢，小小年纪那双凤眼就能招魂。当然，这也是他那年把人骂跑之后才回忆起来的点点滴滴。

"好了。"许飞燕见盆里的火烧起一些，站起身给雷伍让出道，"你可以跨了。"

雷伍敛起那些乱七八糟的想法，长腿一跨，跃过了火盆。

而许浩早跑来院子里，站到父亲身旁，拉着他的衣角好奇地问："爸爸，这是在干什么啊？为什么姑姑要点火啊？"

许超龙胡乱抓了一把小男孩的短寸，胡说八道："这位叔叔刚从北极回来的，太冷了，姑姑起个火盆给他烤烤腿。"

闻言，雷伍咧嘴大笑："你就这么教小孩的？"

"嗐，他哪懂这些。这我儿子，许浩。"许超龙将男孩揽到身前，"浩浩，叫叔叔，雷叔叔。"

"雷叔叔好。"许浩这时倒是乖巧。

这称呼一时听在耳里，雷伍还不怎么习惯，他弯下腰对男孩笑笑："你好。"

眼角余光有一抹嫩黄动了动，雷伍抬眼看过去，看到了飞燕的女儿。

小姑娘的脸比微信头像里圆润了些许，一双黑眸怯生生的，躲在门旁，见他看过来，便一转身跑回屋里了。

"不好意思，我女儿怕生，对谁都是这样，不是你的问题。"许飞燕解释了一句，再朝站在一旁观望的四个大小伙子招招手，"你们帮忙把火盆移进去，正好今天降温，放桌子旁边当火炉烤一下吧。"

胡军先走了过来，语气无奈："去晦气的火盆你拿来烤火？真服了你了，我表姨上次让我跨了火盆后，直接把那破盆丢楼下垃圾桶了，说要是我以后再犯浑，就直接拿盆扣我头上。"与面前高壮的男子对上眼时，胡军敛去嘴角的轻松笑意，认真地打了声招呼，"你好，胡军。"

都是短寸头、麦色皮肤，都跨过火盆。不只胡军，在场的另外三个人都明白了许超龙很重视的这位朋友刚从哪儿出来，毕竟他们都是"过来人"。

"你好，雷伍。"雷伍朝他颔首。

他有些意外，这四个小伙子对他虽有眼神打量，但没有释出鄙夷不屑的态度。再听闻胡军毫不避讳地提起跨火盆的事，心里大致有了数。

"小军在我这儿干的时间最长，"许超龙给他介绍另外三个人，"胖胖的叫阿昌，长得跟瘦猴似的那个是五福，又高又壮的叫小强。你们几个，跟我一样喊他伍哥就好。"

雷伍一一打过招呼，余光却依然凝在那人的身影上。许飞燕今日穿着桃红色海马毛的毛衣，格外显眼，她将火盆交给别人处置后，就扭头往后院走去。

雷伍打量起汽修店，这里位于内街，占了一小块空地，有百来平方米，满打满算能同时搁下六七辆车子。附近都是小区，地理位置还不错。许超龙说，小区车库的停车位不太够，有时访客车辆找不到车位停，就会驶进来洗车顺便当停车了。

大铁门旁边建了两层楼高的小屋，面积不大，装修简单，一楼面街，放沙发、茶几外加几个塑料凳。许超龙指着二楼："上面是办公室，不过我们哪有办公的，放了张床，晚上轮流值班，中午谁困了也能上去歇一会儿。"

雷伍说："生意看起来很不错啊。"

小院里这会儿还停着三辆小车，一辆引擎盖敞开着，一辆换轮毂，一辆镀了晶，滑不溜秋泛着光正等主人来取。

许超龙挠挠后脑勺说："这规模是没法和以前的雷火相比呀，但能养活老婆和儿子，能让那四个小孩有个工作的地方，算还可以啦。"谦虚的话语里透出些许自豪。

雷伍浅笑："那就行了，安安稳稳的比什么都强。"

小男孩在前屋喊："爸爸！动画又卡住了！"

"伍哥你先随便看看，我给小孩弄一下电视，那盒子最近老连不上网。"许超龙解释。

"没事你先忙。"

水槽旁边的空地上摆了张折叠圆桌，上面铺着雾白色一次性桌布，红蓝塑料凳挤了一圈。雷伍朝内走了几步，越过车顶，很容易就看到那抹桃红。

铁皮屋顶上的排气扇嗡嗡运作着，有浓郁的牛肉香气飘出。才短短一会儿工夫，许飞燕已经把鱼下了蒸锅，炒锅热油，开背虾滑进锅里煎至通红。

她转过身时看见站在厨房门外的雷伍，吓了一跳，瞪大眼问："你怎么站在这儿？油烟大啊，你去前屋吧，一会儿就能吃。"

油锅和排气扇太大声，许飞燕见雷伍嘴唇一开一合，好像说了句什么，但她听不清，她只好走到他面前，拂开听力正常的右耳旁边的头发，微微侧过脸朝向他："刚才我没听清，你说什么？"

她的每一个动作都落进雷伍眼中，他胸口一阵酸涩，倏地倾身向前，低下头，靠近她耳边。

许飞燕忽觉两人距离太近，但还没来得及后退，便听见一声若有似无的叹息，还有一句"对不起"。

雷伍说完也是一怔，刚才他第一次开口问的其实是"今晚吃什么"，等许飞燕再问一次，他说出口的就成了"对不起"。

是什么让他在几秒钟内改了话语？他直起身，许飞燕也往后退了半步，抬手将头发放下来，盖住耳朵。

雷伍觉得自己有些唐突，正想解释，却听许飞燕咕哝了一句"没什么需要说对不起的"，之后直接转身回了厨房。

雷伍伫立在原地，突然身后低沉的声音传来："麻烦让让。"

雷伍回头，是刚才替飞燕收拾火盆的那个年轻人。他身材高瘦，五官清秀，染了一头金黄色的头发，头顶已经长出了一小截黑发。

雷伍让了道，胡军从他身前走过，拿整个身子挡住厨房门口，大声问："阿燕，有什么需要帮忙的吗？"

听见他唤许飞燕的称呼，雷伍微微挑起眉毛。

这时许飞燕正颠着锅把虾子翻面，又被吓了一跳，一条虾子在滚油中蹦得老高，差点掉出锅。她回头一看是胡军，才松了口气，扬扬下巴指着角落里的大炖锅："汤可以先拿出去了，撒点芹菜末，再帮忙倒两碟辣椒酱。"

"好哦。"

炖锅的锅耳极烫，胡军拿了两个洗碗布隔热，端起炖锅往外走，发现那男人已经离开了。

胡军哼了一声，只要不是个瞎子，都能看出来这叫雷伍的大叔与许飞燕之间有些说不清道不明的关系，眉来眼去的，好像是有几多情深的话未曾讲，麻了他一身。那几条底裤又一次跳进脑海里。胡军暗骂了句粗口，这哪儿跳出来个程咬金，硌硬死了。

"程咬金"雷伍不知有人在背后腹诽他，走到前屋，撩起挡风的塑料片走进去。地上放了个长型电暖器，屋内比屋外热了不知多少，他一下子沁出细汗。

许超龙正捣鼓着遥控器，雷伍站他旁边看了两眼，问："这又是什么东西？"

"小米盒子，就是网络机顶盒。现在好多人都不办有线电视了，直接搞个盒子，里面安装不同的程序，既有电视台的直播，又有好多视频网站。"

许超龙给小孩们调出看了一半的动画片，再跟雷伍解释这小盒子的用途、功能，末了讲了一句："回头我带你去买一个放你家里，再搞几个视频网站的会员，就能电视剧、电影随便看了。"

雷伍若有所思地点点头，倒是小男孩好奇地问道："叔叔，你家里怎么没有买盒子啊？我每一个同学家里都有的。"

许超龙轻拍了一下儿子后脑勺："小孩子家家，管这么多干吗。"

雷伍倒是无所谓，笑答："叔叔去了北极啊，好多年没有回家了，等叔叔家里买好装好，你来叔叔家看动画片好不好？"

"好啊！"

那穿嫩黄毛衣的小姑娘眼睛瞟了过来，雷伍主动对她笑笑，没想对方抿紧唇，转过头紧盯住电视，一秒都没有移开视线。

雷伍年轻时极其讨厌小孩，尤其他那个还没断奶、同父异母的弟弟。有多讨厌呢？小婴儿百日时，老来得子的雷广包下一家酒楼大设宴席，雷伍却刻意买机票出了国，摆明了态度，死活都不愿意去参加。

后来他出了事，人刚被移到田滨，还在入监区，就轮到雷广出事。背了一身外债是一回事，老头子还被查出了患鼻咽癌，是晚期。而他的继母愿同甘不共苦就算了，还把厂里和家里能用的剩余现金转移走，带着那小孩跑路了。

这辈子应该没机会再见到那小男孩了吧？当有这想法后，雷伍反而偶尔会想起那小男孩的样貌，眼耳口鼻，多多少少有雷广的样子。

怕雷伍心生芥蒂，许超龙压着声音解释："你别介意，我外甥女从小就不爱说话，之前遇上那种事，话就更少了。有时我同她讲话，她也不理我的，也就飞燕跟她说话时，她会稍微活泼一些。"

雷伍睨他一眼："哦，在你心里我就是这么小心眼的人？会跟个小娃娃过不去？"

许超龙哈哈大笑，雷伍也跟着浅浅地笑，沙发上两个娃娃不明所以，面面相觑。

过了一会儿，胖子昌撩开塑料片来喊人："哥，开饭了。"

雷伍问："两个小孩呢？和我们一起在外面吃？"

"外面冷，他们在这屋内吃，没事，我们先出去，等会儿飞燕会给他们拿饭来。"

雷伍走到院子里，圆桌上已经摆得满满当当，暖汤冒气，菜肴飘香，在座的大多是年轻小伙，碗里的白米饭压成一座座小山。

也没有分什么主位，许超龙弯腰拉开一张塑料凳："伍哥，你坐这儿。"

雷伍坐下，许超龙坐他右手边，另外三人便跟着在他那边坐下，胡军帮许飞燕捧来最后一碟青菜，看桌边只剩两个空位，一时纠结落座问题。最后他放下炒芥蓝，坐到五福旁边，空了身旁的位置给许飞燕，毕竟还没探出对方虚实，他也不好做得过分明显。

天气冷人就容易饿，五福已经抓起筷子，就等许超龙一声令下便开动。

这时许飞燕端着俩不锈钢碗走来，见一群男人围着桌子傻坐着不动筷，便说："你们先吃啊，不然一会儿菜都凉了。"

一听这话，五福手里的筷子即刻高高举起，往他最爱的油焖大虾夹，却在还差几厘米时被一人的话语生生拦下。

雷伍坐姿笔直，嘴角浅笑："等你来了再一起吃。"

许飞燕脚步也没停下，丢下一句"哎呀不用等"经过餐桌。五福偷偷左右环视一眼，见大家都没起筷，饶是肚子叫得再大声，也只好乖乖撤回筷子。

许飞燕把两只盛满饭菜的小碗放到茶几上，顺手将桌上杂七杂八的东西往旁拨，见烟灰缸都快盛满烟屁股了，她眉头微蹙，拿着烟灰缸往垃圾桶一磕，灰烬簌簌掉落。

"好了，你们两个人快吃，吃完了再给你们盛汤。"许飞燕拍拍手，对正意图拨开胡萝卜丝的许浩说，"浩浩，不许挑食。"

许浩无精打采地应了一声"知道了"，许飞燕在两个小孩头上都揉了一把，拨开帘子走回院里。

连平日一吃饭就兴奋的五福这会儿都乖巧地坐好，六双眼睛直直看着她，许飞燕讶异，快步走到最后一个空位坐下，忙招呼："快吃快吃，都起筷吧。"

许超龙对雷伍说："托你的福了，我们今晚有鱼有肉有大虾，足足五百块钱的菜钱呢，平时哪有那么奢侈哦，一天伙食能吃个三百就顶天了。"

"是是是，许老板破费了。"雷伍笑得眉眼弯弯，主动夹了虾搁许超龙碗里。

他再夹一只虾，转了个方向，放到许飞燕的碗中，语气不高不低不急不缓："也麻烦许大厨了，辛苦你了，谢谢。"

许飞燕只觉得自己的右耳郭好似让羽毛轻抚过，痒痒的，她挠了挠耳朵，没回他。

她伸手去够桌子另一边的小葱拌豆腐，把盘子拉到雷伍面前，压低声音说："你先吃这个，我在网上看来的，说，嗯……"

她斟酌了一会儿也不知道怎么表达，只能将那盘青葱白豆腐往他那儿拉近一些说："总之你先吃。"

一刹那，雷伍鼻息间全是许飞燕身上的味道。和他在监狱伙房时一样，在厨房待过的衣服上难免会沾上饭菜油烟味。这让雷伍悬浮飘荡了一整天的心，此时终于能稳稳落下。

"好。"雷伍夹了一箸嫩白豆腐，放进嘴里。

"龙哥，今晚有这么好的菜，能喝一杯吗？"开口试探的是胖子昌。

许超龙点头："行啊，你去拿半打出来，今天高兴，手上的活都放放，明天再做！"

胖子昌连声应下，跑去厨房，抱着啤酒跑回来，先递了罐给客人："哥，给你。"

雷伍道谢接过，但放到了许超龙面前："我不喝，你喝吧。"

许超龙眼珠子来回转："啊，啊，那我也不喝，你们几个喝吧。"

"不用，你想喝就喝，不用顾忌我。"雷伍直接帮他拉开铁环。

"哪有顾忌？没有没有，就是……"许超龙找了个理由，"晚上我还得开车送你回家，现在就不喝了。"

倒是飞燕开口："你喝吧，今晚我开车。"

许超龙眼睛一亮："真的？"

"还能骗你？"

"行啊，那我就不客气了。"

胖子昌分完酒，又回去冰箱捞了两罐王老吉，分给许飞燕和雷伍。

许超龙张罗着碰杯，高举铁罐："来，大家干一个！"

铁罐相碰，啤酒入口，饭桌上气氛又轻松起来。

雷伍将每个菜都尝过一遍，中午那顿饭许超龙是花了些钱的，吃的东西不差，可山珍海味也比不上这时桌上的任何一道菜，连那道最简单的小葱拌豆腐，他都觉得美味到极致。

雷伍寻找话题："你是什么时候学开车的？"

许飞燕想了想说："结婚前吧，我老公是做点小生意的，会开车能帮上忙。"

明明是自己问的问题，得到答案了却忍不住心里泛酸。

雷伍夹了个虾子，沉沉地"哦"了一声。

一罐啤酒入喉，许超龙莫名有了些感慨，食指对着天绕了一圈，对四个小年轻说："你们可能都不知道，如果没有伍哥，就没有这家车房了。当年我也就是个打工仔，是伍哥借本给我开了第一家车房，一开始只有我一人，后来小军来了……"

说着，他拿起啤酒伸长臂，胡军意会，与他碰了一下。

许超龙继续："慢慢地我们从一格铺面的小店，扩大到两格，从老市区搬到东区，接着小强来了，五福来了，阿昌来了……"

他一个个碰过去，最后到雷伍那儿："虽然这里远远比不上伍哥当年的大车房，但我真的、真的很满足了。哥，讲真，当初如果没有你借我的那一笔资金，就没有今天的我。"

许超龙的感言很是真挚，但雷伍却很尴尬。许超龙每提一次那笔钱，他就尴尬一分，恨不得立刻捂住他的嘴不让他再讲下去，但没办法，雷伍只好拿王老吉与他碰杯，想要赶紧结束这个话题："行了行了，多大点事。"

他明显察觉到身旁许飞燕的头越来越低，只顾着扒自己碗里的饭，刚才轻松自然的气氛一下子烟消云散，取而代之的是一股低气压笼罩在他俩中间。

几个人喝了一会儿，胡军拎着啤酒罐的罐口，朝旁边许飞燕面前的王老吉碰了一下。

他笑的时候露出有些少年气的小虎牙，提议道："我觉得还得敬飞燕一杯，她也是我们的一分子呀。"

许飞燕把含在嘴里的米饭咕噜一声咽下喉，囫囵应了声"哦"。

"感谢燕姐的到来，给我们改善伙食，让我的体重继续节节上升！"

"谢谢姐！带我们脱离苦海！"

胖子昌和五福纷纷举杯，一直不怎么说话的冯振强也道了声谢，连许超龙都敬了妹妹一杯，但也忍不住笑骂这几人："听你们这意思，以前我老婆做饭就是虐待你们了？我等会儿就给她打电话，说你们嫌弃她做的饭。"

"别别别，嫂子的厨艺别有一番风味，太久没吃到，又有点想念了……"五福笑着奉承道。

火盆里的火苗差不多要灭了，皎洁弯月不知何时悄悄爬到屋顶上，低头安静凝望地上哈哈大笑的人，也细数着灰烬里还有多少未灭的黯淡火星。

许飞燕吃得很快，吃完就回前屋看俩小孩有没有把胡萝卜丝挑出来，再给他们盛了汤。

五福已经喝了三四罐啤酒，等许飞燕离开，他才壮起胆子，细声问雷伍："哥，能问你个事吗？"

雷伍点头："你说。"

五福还是有点怂，瞄了许超龙一眼，才壮起胆子问："哥你是从哪里出来的？"

雷伍顿时一怔，许超龙也立刻翻脸："问什么呢？你小子不会说话就别开口啊。"

五福挠挠头，对自己提起的这个问题似乎毫不在意，他嬉皮笑脸的："我先自曝啊，我在朝阳看守所待过一年。"

接着指阿昌："胖子在少管所，一年。"

指冯振强："小强和我同个看守所，比我早半年出来。"

指胡军："他在花都那边待了一年出头吧。"

五福没有说得特别直白，不过雷伍一下听明白了。他看了眼旁边的青年，胡军的脸上倒是没有什么别扭的样子，一直半垂眼帘地小口喝酒。雷伍心想，时代真是变了，现在的年轻人们居然能坦坦荡荡谈起自己这样的过往。

胡军仿佛看明白了他的想法，补充解释："我们只有在这里才会提起这件事，在外面自然是不可能到处宣扬的，但在龙兴的话，这里没人会歧视对方。"

他说得淡然轻松，但从雷伍的角度，却可以看见他藏在桌下的左手，将身前的一次性桌布抠出一个个破洞，好似在努力隐藏自己的不自在。

雷伍也没什么必要掩着藏着，自己做错的事，别人想知道的迟早会知道，于是说道："我在田滨待了快十年，本来刑期是十一年的，减了一年。要不是刚进去的前几年我一直撩事斗非，估计还能提前个一年出来，现在是挺后悔的。"

他转过脸看向许超龙，眼里情绪有点复杂："我认识你们许老板这么多年，知道他是个老好人，却没想到他还存有这份心。"

二进宫的那位小哥说，他第一次犯的是盗窃，第二次还是。他不止一次埋怨出去后多么难以融入社会，说现在信息透明化，他认真找了份工作，但不知是怎么回事，老板突然之间就知道他坐过牢，直接撵走了他，之后也干过几份工作，但时间都不长。他媳妇早跑了，留下六岁的小孩在老家让父母帮忙带着，有一次小孩出了点意外进了医院，急需医疗费，可他却刚被一个地盘工头给撵走。为了给家里寄点钱，他又走上了歧路。

二进宫小哥唏嘘感叹，要是当初有哪个老板不戴有色眼镜看他，愿意给他一个稍微公平一点的机会，他肯定会为他做牛做马。

胖子昌连连点头，眼神略微黯淡下来："虽然我进过少管所的档案是保密的，但老家那头早就有许多人都知道，这种丑事，一传十十传百，加上我学历太低，没有人肯请我干活，直到龙哥收留了我……"

"打住打住，别把我捧得太高了啊，我也不是谁都收留的。要是你们当初犯的是欺负小姑娘，或者吃些不该吃的东西之类的事，那我可没法接受。又或者出来后没学好，整天流里流气、喊打喊杀的，我也没法留你们。"

许超龙手里的啤酒罐空了，他捏扁，又开了一罐："而且当年知道小军的事情后，我有过犹豫的，那时候小军在我这儿干了有……有半年了？"

时间有点久，许超龙记不大清，胡军更正他："是七个月零八天。"

许超龙点头："我犹豫了，是飞燕说给他一次机会，结果他就跟着我到现在。"

五福闻言，开始挤眉弄眼，低声揶揄胡军："所以真不怪胡军这么喜欢燕姐，当年是燕姐站出来为他求情，他现在就要以身相许！"

许超龙哈哈大笑，不以为意："可拉倒吧，这个梗讲了那么久都快讲烂了，你赶紧换一个梗，别总拿小军和飞燕开玩笑。"

胖子昌和冯振强互看一眼，不明白这么显而易见的事情，为什么他们老板好像一直没有发觉。

胡军倏地丢下啤酒伸臂去钩五福的脖子，狠声威胁道："你别喝了几口酒就开始发疯啊！"

五福伸舌头又翻白眼，佯装自己快要窒息的样子，惹得其他人开心大笑。唯独雷伍一人，一直盯着脸都涨红了的胡军若有所思。

院子里一阵阵酒酣耳热的嬉笑，许飞燕也被大家的欢乐感染，嘴角悄悄上扬。

"姑姑，你在笑什么？"六岁的许浩已经很会看大人眼色。

"觉得开心就笑呀。"

许飞燕坐在女儿旁边，揉揉她的发顶，问："你们呢？今天在幼儿园有什么开心的事吗？"

小男孩耸耸肩，貌似老成："和平时一样啊。"

小姑娘则是点点头，从自己书包的口袋里摸出一个发夹，举高给妈妈看："这是林兰今天送给我的礼物。"

林兰是朵朵班里的一个小女孩，许飞燕最近经常听到她的名字，两个孩子关系似乎不错。这是女儿第一次收到同学的礼物，许飞燕有点小欣喜，觉得朵朵在一点点变得开朗。

她接过发夹，上面缀着个棕黄色小熊，挺可爱的。"那你有跟她说谢谢吗？"

朵朵点点头，眼里有光："有的。"

许飞燕搂紧女儿，脸颊抵在她发旋儿上来回蹭："朵朵好乖呀，明晚我们去商场看看有没有什么小礼物，你挑一份送给林兰好不好？"

"好呀。"

许飞燕想了想，斟酌道："但除了对同学老师要有礼貌，也要对其他人有礼貌，朵朵说对不对？"

朵朵仰起小脸看妈妈，大眼睛眨了眨。

许飞燕解释道："刚才雷叔叔看到你的时候，是不是给你打了招呼？那朵朵有没有跟他打招呼呀？"

朵朵缓慢摇头。

许飞燕继续说："那下次朵朵试试看，对着小军哥哥、雷叔叔他们都好好打一声招呼，好不好？就像每天早上在幼儿园同老师打招呼那样，说声'早上好'，或者就说一句'你好'，这样行吗？"

朵朵没有吭声，只往妈妈的怀里躲得更深了，垂着脑袋埋在她胸口。

许飞燕瞬间就软了心肠，轻拍女儿的背，哄道："啊，抱歉、抱歉，还是妈妈太着急了，没关系，你按照自己的节奏来，不要太勉强自己了……"

雷伍推开门帘看见的就是母女相拥的场景，小姑娘的表情还有些难过，他愣了一下，问："没事吧？"

许飞燕摇摇头："没事，小姑娘撒娇而已。"

雷伍看了她俩几秒，才指指正在播着动画片的电视："我想借一下电视看看新闻，可以吗？"

这话从雷伍嘴里说出来，许飞燕着实觉得有些奇怪。面前的男人又一次变得好陌生，她熟悉的那个雷少爷，连电视剧都极少看，跟新闻这名词更是八竿子打不着。

看到她眼里的疑惑，雷伍解释："我习惯了这个时候看看《新闻联播》。"

许飞燕瞬间明白，这是雷伍长达十年的生活习惯。

"好了，浩浩你要去写作业了。"

许飞燕拿起遥控器把动画片换掉，许浩不满地嗷呜了一声，又不敢提出异议，因为比起爸爸妈妈，他更怕发脾气的姑姑。

许飞燕找了个电视直播程序，调出中央一台，催促许浩："你先上去，先做拼音作业，念读生字的视频我等会儿上来帮你拍。"

"好——"许浩的回答有气无力，拉着书包走出屋子，小脚丫把铁楼梯踩得乒乓作响。

雷伍没坐沙发，拉了张塑料凳在沙发旁坐下，坐姿笔直，双手撑着膝盖，好奇地问："浩浩不是在读幼儿园吗？怎么这个时候就有作业要写了？"

"他现在读的是幼儿园衔接小学的课程，所以和读小学一样，每天老师都会布置作业。"

许飞燕想了想，解释了一下："幼衔小就是我们以前说的学前班、大大班之类的。现在的孩子念小学比起我们以前麻烦太多了，一年级刚开始孩子最好能有一定的识字量。听说有些学校，要求不到四周就得学完拼音，要是没有足够长的适应期，小孩很容易会跟不上进度。"

"压力这么大啊？"在雷伍印象中，自己小学一二年级时好像还在学一加一等于二之类的。时间太久记不清了，反正玩耍的时间肯定比读书多得多。

许飞燕道："小孩压力大，家长压力也很大的，基本上等于家长要陪着小孩再读一遍小学。"

"我家这个明年也得上的，主要是她性格比较内向，适应期要比别的小孩长一些。"许飞燕揽着女儿的肩膀轻拍，突然叹了口气，"说是这么说，到时候有没有书读还不好说。"

熟悉的《新闻联播》片头曲响起，雷伍侧过脸看许飞燕："为什么这么说？"

"我的户口移回霞丰村了，就是我妈那儿。这边的小学和幼儿园一样，没有户口就没办法上公立，私立又太贵。我嫂子说，以前还能托人找找关系，但小学今年突然变了政策，无论公立还是私立都要摇号派位，没户口就不能参加，所以朵朵上小学的事就更难了。"

从蔡家离开时，许飞燕和女儿的户口迁回了娘家，如今许朵朵的读书问题，成了她首要考虑的事情。

雷伍的想法有些想当然："那怎么不把户口移来这边？"

许飞燕回看他的眼神奇怪："没买这边的房子我要怎么入户？"

雷伍一噎，这方面的事情他以前不清楚，现在更加不清楚。小孩、房子、教育、户口……这些都不是当年的雷伍关心的。

年轻时的他，被速度、酒精、情爱、金钱塞得满满的，只在乎及时行乐，今朝有酒今朝醉，从没认真设想过未来。成家、结婚、生子，对那时候的他而言，是陌生的词语。

新闻主播开始字正腔圆地介绍今日主要内容。

雷伍把视线移回电视，思索了一会儿后再问："如果朵朵上不了这边的小学，怎么办？"

许飞燕语气很平淡，就像屋外的清冷空气："还能怎么办？就只能回村里了呀。"

闻言，雷伍眉头皱起。

许飞燕抬头看看墙上玻璃泛黄的壁钟，站起身对女儿说："走吧，我们上楼帮哥哥录视频。"

她再与雷伍确认时间："等你看完新闻我就送你回家吧，七点半可以吗？"

"好，麻烦你了。"

先是"对不起"，接着是"谢谢"，现在是"麻烦你"，许飞燕好不习惯这么有礼貌的雷伍，忍不住对他说出心中的想法："雷伍，你真的……变了好多。"

雷伍扬起嘴角，浅笑着问："变成什么样子了？是不是没以前那么遭人嫌了？"

许飞燕没想太多，脱口而出："嗯，确实是没那么让人讨厌了。"

话音刚落，她瞧见雷伍那双向来招桃花的眼睛稍微眯起，黝黑瞳眸里反射着电视里的光芒，跳跃且闪亮。就好像刚才在火盆的灰烬里明明暗暗、不停闪烁的那猩红火光，随时都准备着重燃起烫人的火焰。

是了，这才是许飞燕熟悉的那个雷伍，眼神极具侵略性的嚣张小少爷。

耳垂好似被火苗燎过，又痒又烫，许飞燕牵着朵朵往外走，匆匆丢下一句"那不打扰你看新闻了"。

她在心里骂自己好不中用，怎么还是这么容易就被他好看的皮囊迷了眼。又不是十八九的怀春少女了，好看的皮囊是不能当饭吃的。

塑料门帘起了又落，一阵冷风吹灭了雷伍眼中烫人的火星，他半掩眼帘，转回头看新闻。

许久，他对着空室低声喃喃一句："也行，只要不讨厌我就好。"

暗 恋

许飞燕没在许浩的班级群里，她把录好的视频发给周青，再由周青发给老师。"行了，你们去玩吧。"

"耶！可以去玩滑板车喽！"许浩如释重负，丢下笔就急匆匆往楼下跑，朵朵像条小尾巴一样跟在他身后。

许飞燕帮侄子把一支支铅笔削尖，再把作业簿和文具都收回书包内，才拎着书包下了楼。

胡军几人已经把碗盘洗好，桌椅也收拾干净，雷伍和许超龙正站在铁门处聊着什么，手指间有火星闪烁。

她走到许超龙面前，摊开手说："车钥匙给我吧，我送他回家，你和两个小孩先在这儿，等我回来了再一起回去。"

许超龙掏出车钥匙给她说："也行，新换的热水器你会用吧？还有一些小家电，你都给伍哥说一下怎么用。"

"知道了。"许飞燕扬扬钥匙，对雷伍说，"我们走吧。"

雷伍与四个小伙子道别，在一旁玩滑板车的两个娃娃也停了下来。雷伍弯下腰也与他们说再见，许浩回了声"拜拜"，而朵朵眼神闪烁，不吭一声，腿一蹬就滑了出去，许浩急忙去追。

"你们两个都别滑太快了！慢点！"许飞燕大声叮嘱，接着忍不住叹气，"不好意思啊，她不是没礼貌，就是……"

没等她说完，雷伍安慰道："没事，你别怪她，慢慢来。"

"我没怪她，我是怪我自己，当初保护不了她。"

雷伍本想追问，但见许飞燕没有继续这个话题的意思，便也作罢。

上车前许飞燕把手里的两个塑料袋交给雷伍："裤子下午都洗过了，可以直接穿，尺码按你说的买大了一码，要是还不合适，就得你自己去买了。"

"谢谢。"雷伍把那个鼓囊囊的袋子放进包里，拿起另一袋体积较大的看了看，里面装了些叶子，轻飘飘的。

他问："这又是什么？"

"柚子叶，你今晚洗澡时可以用的。"

他挑挑眉，说了声："哦。"

雷家只剩下一套位于市中心的老房子。那时候雷父病来如山倒，癌症晚期直接住进医院，雷伍人在铁窗中，只能委托许超龙配合律师唐苑淇把自己和雷父名下的资产基本都卖了，替雷父填那天价赌债和支付医药费。

许飞燕能做的事情不多，想法也简单，只想帮当时的雷伍多省点钱，跟着陪护学了两天后就辞了对方，和她哥哥守在病床前忙前忙后，直到雷父撒手人寰。

留下来的那套房子有些楼龄了，没有电梯，许飞燕也是后来一次与唐律师聊天中，才知道这套房子其实是雷伍的生母留下来的。

从汽修店到雷伍的家车程接近十分钟，十年前的东区还没完全发展起来，而如今高楼林立，宽敞的车道上车来车往，灯火璀璨，商场 LED 幕墙播放着裸眼 3D 广告。

雷伍望着那些新奇趣怪的画面，感叹一句："3D 啊……我最后一次看的 3D 电影是《阿凡达》，得戴着一副又丑又笨的眼镜。你看，现在都已经可以直接裸眼看了。"

手握着方向盘松了又紧，许飞燕声音淡淡地道："好像说《阿凡达 2》要做成裸眼 3D 的效果，但说了好多年，也没见续集推出，不知道是真是假。"

雷伍像想起什么，接着问："当年《阿凡达》太火了，场场爆满，车房那群小子吵着说想看，我找人要了一堆票，还多分了一张给你哥，让他给你，你后来去看了吗？"

许飞燕抿唇不语。红灯转绿，她狠踩一脚油门，生生把笨重的大狗开出些许推背感，往前熟练地超了两辆车，才慢慢降下车速。

"没有，我没去看。"她回答。

老社区虽然位于市中心，但深藏于内街，弹丸之地，没有停车场，道路两旁也停满车辆。许飞燕绕了两圈才见到前面有一辆车子驶走，她加速开上去后打转方向盘，干净利落地停好车。

雷伍心神微动，谁能想到当年连摩托车都不会骑的小姑娘，现在已经变成能单手倒车完美入库的女司机了。

停车的地方离房子还要走上一段路，内街步道上绿树成荫，路灯藏匿在其中，将郁郁葱葱的树叶照得像是浸泡在橙子苏打水里的薄荷叶。

雷伍有很长时间没来过这附近了，小学快毕业时他爹开始富贵起来，一家人搬去新买的别墅里住，旧房子就没再回来过。

他边打量着沿街店铺边说："初中之前我们一家三口就住在这里，虽然当时家里没那么有钱，但过得还算挺开心的吧，至少那时候，我妈还在。"

许飞燕安静地听着，双手背在身后，低头踩着一块块红砖，有时路灯会将雷伍的影子拉长，带到她的脚边，然后又匆匆溜走。她是第一次听雷伍说起自己的过去，低沉的声音萦绕在她右耳耳畔，不再像之前在监狱里那样，隔着一层厚重的玻璃。

许飞燕觉得他哥这个嘴巴没把门的家伙，肯定同雷伍讲了自己的事，要不然雷伍不会总特意走在她右手边。思及此，她头垂得更低，耳边发丝摇晃，盖住了她孤独寂寞的左耳。

"哎，燕子，你看。"

许飞燕脚步顿住，猛地抬头看他，却见雷伍正指着斜对面一家店铺。

她压下心里蒸腾起的异样感觉，顺他指着的方向看过去，是一家小卖部，许是有些岁月了，店招牌都褪了颜色。

雷伍感慨："它居然还在，我以为它早就倒闭了。我小学放学时总在这里买零食，还有玩戳戳乐。老板是个白胡子大爷，记性不大好，总是忘了收钱……"

说着说着，他们已经走到小卖部门口了，许飞燕不由自主地朝店内看，没见到雷伍说的那个白胡子大爷。也是，这都过了多少年了。

再往前走，就是雷伍以前读的小学，校园门口挂着许多荣誉牌匾，最醒目的一块是"省一级小学"，许飞燕放缓了脚步，朝校门内黑乎乎的操场和远处的教学楼多看了几眼。她嫂子周青最近总把这家重点小学挂在嘴边，因为许超龙买的那套二手房周边能派位的小学没什么名气，她想找找看有没有办法能将许浩送来这边读。

走出一段路后，雷伍突然开口："这么说起来，我这套房子也算是学区房了？"

许飞燕点头："对，这附近就算是老房子，房价也不会太低。你要是觉得房子太旧了，住不习惯，可以考虑卖了，重新在东区那边买一套。"

"哦，我就问问，没打算卖。"

房子在六楼，楼梯弯弯绕绕，老墙壁斑驳，楼梯扶手上贴着许多通渠开锁灭白蚁的小广告。

"锁是新换的，钥匙都在这里了，你收好。"许飞燕从斜挎包里翻出两套钥匙，递给雷伍。其中一套钥匙的钥匙圈上挂了块儿黄铜吊牌，小鸟模样。

"我怕搞混钥匙，才挂了个钥匙扣，你回头拆了吧。"许飞燕说。

钥匙上还贴了白色贴纸，标记上哪一把钥匙是铁门，哪一把是木门。雷伍很熟悉上面的字迹了，像小学生一样的写法，字体边角圆润，"门"字都快画成一个圆圈。

水磨石地面，绿墙裙，拱形门，这样的八十年代装修风格在这个喜爱怀旧的年代卷起了新的风潮。

"油漆重新刷过，有一年刮台风时面街窗户的那面墙渗水，现在处理好了。以前那组沙发太旧，也太久没人用，上面的皮子都粉化了，所以重新买了一套。蹲厕换成马桶了，两个卧室的窗式空调都拆了，现在的空调是冷暖一体，你今晚要是觉得冷，记得开暖气。新装的热水器和小家电那些没什么特别，和你以前用的那些一样，要是有什么不清楚的你可以打电话问我哥。衣服我就买了两套，另外一套挂在衣柜里，也是洗过的，能直接穿，其他衣服没给你买，你自己去买喜欢的吧……"

许飞燕说了一会儿，才发现屋子里只有她的声音，一回头，那人正倚着房间门框上，眉眼含笑，不说话，只是直勾勾地看着她。

"就这些了，你洗个澡早点休息，半夜要是饿的话，橱柜里有几桶泡面。"许飞燕喃喃，从包里拿出钱包，抽出一张银行卡和一张名片，放到床头柜上，"唐律的新名片，她律所搬了，让我转交给你的。银行卡是当年你借给我们……给我爸看病的那一笔钱的剩余部分，还有我哥汽修店的启动资金，我们算上利息了，密码是六个零。"

雷伍嘴角的笑容一点点消逝，就像在海平面沉没的落日。

他说："我跟超龙说过，不用还我钱。"

"要的。"

许飞燕直视他的眼睛，语气坚定地说："这样子，我就不欠你雷伍一分钱了。"

许飞燕有多固执有多倔强，雷伍是知道的。当年许家为了许父，将家里原本就不多的储蓄用得一干二净，还跟亲戚朋友借了不少钱，等到最后借无可借时，许超龙才同他开了口。

雷伍那时候除了车房，还投资了一些其他大大小小的生意，每个月杂七杂八赚得不少，但同样，花钱也大手大脚的。给许超龙丢的那张银行卡里面有多少钱他没去查过，只告诉许超龙什么时候还都可以，他无所谓。

但这件事许飞燕上了心。她是学餐饮的，当时刚从职高毕业，白天在一家西餐厅做学徒，晚上下班后还找了份兼职。从早做到晚，赚的钱除了日常开销，其他的都还给雷伍了。

那个时候的雷伍眼高于顶，真看不上许飞燕还的那点钱。对他而言，那两三千块钱不够他车子喷一身新漆，不够他一晚上在夜店开个小卡座，不够他买来送的香奈儿包价格的五分之一。

直到有一晚，雷伍与一群朋友飙完车准备去夜店，其中有个姑娘嚷着饿了，喝酒前想先吃点东西垫底，于是一行人就在一家麦当劳门口停下车。

一进门，雷伍就看到了站在柜台后的许飞燕。她戴着快餐店的鸭舌帽，帽檐投下的阴影笼住了她半张脸，看上去有些疲倦，平日神采飞扬的眼眸失去了光芒，但她还是带着笑容，对着进门的顾客说"欢迎光临"。

许飞燕没单独与他打招呼，两个人连视线都没对上，雷伍皱了皱眉，也装作不认识。他没走近柜台，径直走到用餐区找了张桌子坐下，同行的男男女女在柜台边磨蹭了许久，才下好单。

深夜的快餐店值班的员工很少，许飞燕一人要干几份活，下完单后要帮后厨的同事配餐，之后还帮忙把餐送到桌子旁。

雷伍和朋友有一句没一句地聊天，只是眼睛不时会瞄向柜台，看许飞燕忙里忙外，一有客人离开她还要扬起声音同对方说"欢迎下次光临"。

等一行人嘻嘻哈哈离开时，雷伍走在最后方，推开门的时候他似乎听见了一声"路上要小心"。他回过头，只看见许飞燕正在收拾他们一桌子的垃圾。

第二天雷伍回车房时候暗示许超龙，让他劝一下自己的亲妹妹别打那么多份工，要是把身体熬坏了，就得不偿失了。但到了下一个月，许飞燕还是照旧托她哥哥将微薄的工资交给他。

这倔强的性子，这么多年了倒是没变。

雷伍躺在沙发上，想到许飞燕刚才一脸决然的表情，忍不住笑了一声，两指拈着那张蓝色银行卡，高高举起。薄薄的卡片逆在吊顶灯昏黄的光线里，边缘模糊，连同他脑海里的回忆都有些不清晰了。

雷伍在几年前后知后觉，才开始努力回想这姑娘的一切。

不熄灯的监房夜如白昼，有时晚上雷伍睡不着，就会强迫自己紧闭双眼，开始从回忆中找寻许飞燕的身影。想想她做过什么事，想想她说过什么话，就像在漫无边际的沙漠中，一点点挖掘深埋在沙子里的宝藏，直到有一个完整的记忆，他才能进入梦乡。

只可惜，那些年雷伍的目光并没有经常放在她身上，所以能挖出来的宝物其实并不多。

有些金子失去光芒，有些宝石碎了一角。有的时候他挖得好深，小心翼翼拾起一件蒙尘的物件，可还没来得及拂去上面的沙尘，来了阵风，那物件便土崩瓦解，成了握不住的手中沙。那物件到底长成什么样子，他也没机会再看到了。

雷伍叹了口气，坐起身点了根烟，在客厅里抽完才进卧室整理自己从狱中带回的包。他将今天没机会穿的外套取出挂进衣柜里，这样就剩一小沓信封安静地躺在包底部。

十年光阴，他从田滨离开，只带走了这堆信件。他取出信件，很多牛皮信封的边角已经被磨得起了毛边，甚至有些信封边缘已经裂开长长的口子，信封上面的手写字体边角圆润，像是个小女孩写的。

雷伍只翻了翻信封，拉开床头柜的抽屉，找了个位置把信件安放进去。再打开了那个装着多彩底裤的塑料袋，雷伍见到又有条红色底裤，裤腰处也还是绣了一个金色的福字。

他呵呵笑出了声。你看，她这人真的很固执啊。

最后雷伍才拿着那袋柚子叶进了浴室。他找了个塑料桶将叶子泡起，花洒崭新，热水温度可调，置物架上还有新开封的沐浴露、洗发乳，这一切都与过去十年的生活环境截然不同。

虽然如今洗澡没有时间限制，但雷伍还是洗得飞快，甚至没用洗发乳洗头，在脑袋上随意弄了几下就算完事。回想起今天晚上吃饭时也是。他吃完第一碗米饭时别人才吃了半碗，许飞燕便替他添了第二碗饭，说慢慢吃，不用急。

卧室里比监房暖和多了，雷伍索性不穿上衣，只套了条长裤，坐在床上研究新买的手机。用的手机号码还是以前那个，许超龙这些年都帮他养着号，SIM 卡从大变小，手机型号从 4 跳到 12，新办的话费套餐，网络从 3G 升级到 5G。

SIM 卡装进手机后，自动读取了一些以前保存在卡里的电话号码，手指扫了几下，他开始删除一个个还残存些许记忆或者完全忘了对方是谁的名字。

什么是树倒猢狲散，雷伍深有体会。

在他入监后，平日里称兄道弟的朋友们装聋作哑，有的托人给他带了句话，说在狱中好好保重就再无下文。等到他老爹倒下时，那些平日高捧雷家的叔伯直接与雷家割席，还不忘了顺便踩上几脚。

曾经，雷伍怨天尤人，不明白人为什么能这么现实。所以刚进号子时他带着浑身戾气，是让教官们头疼不已的刺儿头，整天不是和这个有口角，就是和那个有推搡，心里怒火中烧时，抡起拳头就直接往别人身上招呼，关过禁闭，也躺过监狱医院。

雷广去世的那一天，雷伍等到晚上才被告知。那一晚他挺平静的，盯着亮堂堂的天花板一夜无眠，可隔天在车间踩缝纫机的时候他又闹了一回，自然还是被关禁闭。

从禁闭室出来后，张警官找了他去做心理辅导，没说太多，只让他节哀顺变。还说，以后想哭就哭，别觉得丢脸，不用专门闹事后再躲去禁闭室里哭。

通信录的名字被删至 L 列，雷伍看见了梁伊的名字，手指在屏幕上点了几下，很快按下删除键。最后联络人里就只剩下两个名字，超龙和飞燕，飞燕的电话号码还是下午他跟许超龙要来的，以前雷伍没有保存过她的号码。

手机里也没几个 APP，许超龙给他提前下载好了五大常用 APP，还有几个视频和直播 APP。以前的 QQ 号雷伍没能记住，索性不折腾了，直接开通了微信。微信里只有许超龙一个好友，至于燕子，雷伍发出了好友申请，还没通过。

一头短寸很快就干了，雷伍躺在床上开始翻看许超龙的朋友圈。当了爹的男人发的内容大多数都是有关小孩的事：上周末去农庄采摘草莓，期中测评拿了三朵小红花的试卷，国庆假期在电影厅里捧着爆米花与朵朵的合照，夏天两个小孩在沙滩挖出来的寄居蟹……

没一会儿雷伍就学会了点赞，以及保存相片。看着看着，眼皮子慢慢耷下，一不留神手松了劲，手机啪一声砸到自己脸上。

"嗷呲——"

他揉了揉被砸得发酸的鼻梁，把手机抛到一旁，钻进蓬松暖和的羽绒被里准备睡觉。突然他想起了什么，倏地睁开眼下床，光脚走到门口。

啪！他把灯关了。

许超龙打着哈欠从卧室里走出来，厨房亮着昏黄的微光，他走到门口，飞燕正揉着面团，他敲了敲门问："在弄什么呢？"

"两个小孩说明天早餐想吃炸油条。"面团已经被搓揉得很光滑，许飞燕拿保鲜膜封上，得发酵半个小时。

"油条去早餐店买就好了啊，还自己做……好麻烦的。"许超龙喝了酒犯困，又打了个哈欠，眼泪都出来了。

许飞燕洗干净手上的残留面粉："反正我还得等衣服洗完，正好搓个面团，没多大工夫，而且在家炸，油比较干净。你都困成这样了，怎么不跟浩浩一起睡觉？"

"想跟你聊会儿天，刚才小孩们在，不方便说。"

许飞燕笑问："什么事？搞得神神秘秘的。"

许超龙挠了挠后脑勺，吞吞吐吐道："你觉得伍哥跟以前比起来，是不是变化太大了？我都觉得这是两个人了。"

"嗯，我也觉得变了好多，好有礼貌，人沉稳了不少，而且……"

"而且什么？"

许飞燕顿了几秒之后，摇摇头说："没什么。"

许超龙问："银行卡给他了？"

"给了，他一开始说不用还钱，但我坚持。"许飞燕想起一事，"对了，哥，我约了中介，过几天去看房子。"

许超龙皱起眉头，有些不满地说："啊，你真的要搬？在我家住着不好吗？又不是没有房间让你住。是不是有谁说闲话让你听见了？"

许超龙这套二手房也是楼梯房，楼龄大，因为楼层高，买的时候便宜，而且更幸运的是在许超龙买后的一年，这附近的楼梯房全都加装上电梯了。房子面积有一百二十平方米，三房两厅，因为许浩仍与父母睡在主卧，准备做小孩房的次卧就让给了许飞燕和朵朵住。

许飞燕从一开始就觉得自己打扰了哥嫂一家三口的生活。寡居的女人回娘家还比较常见，但像她这样寄住在哥哥家里的情况实属罕见了，不过周青对她的态度倒是没太大变化，还说让她和朵朵安心在这里住下。

但是今年暑假时，周青老家的父母来水山市看外孙，屋里顿时拥挤起来。许飞燕主动搬到杂物房，把次卧让给两个老人家住，她和朵朵挤在不到一米的小沙发床上。

那个礼拜，周母总有意无意地试探，问她将来有什么打算，问她有没有想要再嫁，问她接下来一个人带着孩子工作会不会不好找。许飞燕不傻，能听明白周母话里的潜台词，就差没问她还要在哥哥家住多长时间。她不想给哥哥添麻烦，不想让嫂子左右为难，所以搬出去住是必须的。

她找了个借口："嫂子之前跟我说过，想在浩浩上小学之前分床，让他慢慢适应一个人睡觉。"

"一个小娃娃能睡多大地方？回头把杂物房整理一下，让浩浩睡那张沙发床不就行了。"

"我真要怀疑浩浩是不是你亲生的了。"许飞燕瞪他，"反正我已经决定了，最晚下个月初就要搬的。"

许超龙知道，妹妹一旦下定了决心，很难劝得动她。

他叹了口气："唉，你这倔脾气，就跟阿爸一模一样。你从蔡家离开时身上就剩那么几万块钱，以后朵朵要用钱的地方还很多，我让你住我这儿，也是想让你省点没必要花的钱……还有，你该做人工耳蜗就去做，钱的问题你别担心，有我在呢。"

许飞燕下意识揉了揉左耳的耳垂，小声嘀咕："我觉得这才是没必要花的钱，我还有一只耳朵好着呢。一个耳蜗多少钱呐，都够朵朵在城里读完小学了吧？还能报些课外班。"

许超龙翻了个白眼说："你就不能对自己好一点？别人想对你好，你还不领情，我也是服气了。"

许飞燕立刻笑出声："知了知了，您对我的好，我牢牢记在心里，以后一定好好孝敬您和嫂子。"

许是因为老婆不在家，又喝了点小酒壮胆，许超龙今天的话格外多："妹啊，不是我说，你现在和你嫂子都变得跟城里那些家长一样了，什么幼衔小，什么重点学校，一件接着一件……以前浩浩才一两岁，你嫂子就想让他去上早教，那时候汽修店一个月才赚多少钱呐，那什么银宝贝还是金宝贝，几十节课就要一万多块钱，我没同意，你嫂子怨了我好久，说什么不能让这一代人输在起跑线上……你说，我们以前小时候哪有这些玩意，现在还不是活得好好的？是，咱们文化水平是没有别人高，但我们会的，文化人不一定会啊。我不是舍不得那些钱，只是我觉得，这房子能摇上号的那小学挺不错了，但你嫂子就是不满足，非要让浩浩去上金源小学……"

许超龙说的金源小学就是今晚许飞燕与雷伍经过的那所小学。

许飞燕这次倒是站周青那边，解释道："金源作为排名第一的公立小学是有它的优势和强项的，不是那种徒有虚名的学校，里面的老师是出了名的负责任，学习氛围很好的，别说嫂子了，连我也想送朵朵进去读书。"

许超龙不以为然地耸了耸肩："反正我是无法理解，要是浩浩是块读书的料，那他在普通一点的学校也能发光发亮；相反地，如果他不是这块料，那送他去再好的学校又有什么用？"

毕竟是她亲哥，许超龙的想法她也能理解。他们两兄妹的学历都不高，初中毕业后直接念了职高，许超龙学汽修，她学烹饪，为的就是早点进入社会开始工作，赚点钱给家里早日盖起新房子，让阿爸阿妈不用再起早摸黑地干活。

她不想和许超龙争论这个问题。两个人的观念不一样，谁都有自己的道理，谁也都无法在短时间内说服对方。而且说到底，这主要还是许超龙与周青夫妻之间的矛盾，她也插不上话。

她斟酌着一字一句地说道："你别对自己的孩子那么没信心啊，浩浩的老师不总在群里表扬他功课完成得很好吗？我想，嫂子的想法也没那么复杂，不是说想跟谁去攀比，只不过是想在力所能及的范围内，给孩子提供更好的生活。"

阳台的洗衣机这时嘀嘀叫唤起来。许飞燕趁机走开："衣服好了，我去晾，你别想东想西了，早点去睡吧。"

可等她晾完衣服，见许超龙还在餐厅坐着，手里拿着手机看，嘴边挂着浅浅的笑，许飞燕调侃他："是不是在看哪个小妹妹的信息，自个儿偷着乐呢？"

"屁，我在看朋友圈。"许超龙把手机递到她面前，"你看看，伍哥几乎把我发的每一条朋友圈都点赞了。他加你微信了吗？下午他跟我要了你的手机号码。"

许飞燕顿了顿："是吗？我一直没空看手机，等一下再看看。"

她回厨房检查面团发酵的情况，用手指头戳了下面团，不会回软，再把面团拎出来揉捏排气，最后抹油包上保鲜膜，放进冰箱里。

整理清洁完灶台，许飞燕走出厨房，他哥已经回屋睡觉了，她检查了大门有没有锁好，熄了灯，洗漱完走回卧室。

许飞燕买了个小夜灯，贴在床板上，轻轻一拍就会亮，还能调节光线明暗，夜里如果朵朵要上厕所也能当手电筒用。朵朵已经睡着好一会儿了，一圈淡淡的橘黄的光轻轻洒落在她安宁平静的侧颜上，像落在冰山上的晚霞，美丽且珍贵。

许飞燕掀开被子上了床，伸手探了探女儿后颈看有没有出汗，再替她把滑到嘴侧的发丝掖到耳后。接着关了小夜灯，摸到在床柜上充电的手机，按开微信。

通信录处有个小红点，她点进去，是个好友申请，微信 ID 简单明了，就是一个阿拉伯数字 5，接着下方跟着一句"我是雷伍"。

他的头像很眼熟，有些困意的许飞燕盯着看了两秒，待她反应过来，眼睛陡然睁大，倦意尽褪。那一瞬间，好像坐上了游乐场里的跳楼机，心一上一下胡蹦乱蹿，不由得她控制。发烫的指尖点开头像，放大了相片，是块黄铜吊牌，小鸟的模样——是她挂在雷伍家钥匙上的那一只。

许飞燕没后悔过喜欢雷伍这件事。

她在镇上念初中时寄宿在堂姐家，她哥那时已经职高毕业，留在水山市打工，偶尔过节才会回家，许飞燕便会缠着他讲城里的生活，讲他干活的地方。

平日话少的许超龙这个时候才会侃侃而谈，说自己打工的车房那老板姓雷，才比他大一岁，虽然是位公子哥，但做生意挺有一手。

他干活的地方是水山市第一家专门只做汽车改装的车房，日系、美系、德系，想要的改装件，雷少都能搞到手。不仅是周边城市玩车的有钱阔少会光顾，连广深两市都有客人会专门把爱车送来雷火这边改装。

那一会儿《头文字 D》风头正猛，三位当红男明星的颜值都很高，AE86、漂移、秋名山车神、藤原豆腐店……就连许飞燕身边的男同学都将这些词语挂在嘴边。

"长大后有钱就要买一部 GTR"更是成了许多乳臭未干的小男生当时的人生目标。

当时的许飞燕不理解她哥所说的那一切，只知道像雷少这样的人与她不是一个世界的。他就像是电影里开着车在弯弯绕绕的山路上玩漂移的明星，而她是坐在堂姐家的笨重台式电脑前，看着从网上下载的盗版电影的无名观众。

一年后她去水山市上职高，学校离许超龙工作的地方不过五站公交车的距离。第一个周末放假，她去车房找许超龙改善伙食，没见到那位听闻许久的雷伍，后来第二、第三、第四次也都没有见到。

倒是因为经常带着在学校里练习做的传统小吃去车房，先和其他小工混熟了。入秋的那个礼拜，学校教做韭菜粿，许飞燕多做了一些，装在饭盒里带去车房给那些哥哥们当点心。

许是因为她哥提前跟她讲了传说中的小老板今天铁定会来车房，那天的许飞燕有些兴奋，走路没带眼睛，结果一进车房就踩着地上什么个东西，脚打滑，直接往前扑了过去，手里一整盒韭菜粿就这么泼洒到别人身上。

女人骤起的尖叫声快要刺穿她的耳膜，接着是好多句难听的脏话。许飞燕被骂得有点不知所措，眼角瞧见条湿毛巾，没多想就扯过来，想帮那位姐姐擦去皮包上的污渍，胡乱着急地说着对不起。

结果自然是越擦越糟糕，许飞燕被对方用力推了一下，接着听到当啷几声，还没反应过来，眼角余光里已经闪起银光。她后知后觉地抬起手挡脸，但迟迟没有锥心刺骨的疼痛传来，她才缓缓睁开眼，心里仍有余悸，有些模糊的视线看向把扳手拦在半空的那个男人。

　　第一眼看到雷伍时，觉得好像并没有多帅，逆在淡凉的灯光里五官看不清，只能感觉到他的眼神又凶又狠，脸臭得不像话，只冷冷瞥一眼，许飞燕便像只被花豹逮住的肥兔子，动都不敢动。等到跑车轰鸣离去，她才脚软摔坐到地上，撞到车门的后腰开始火辣辣地疼。

　　本来像白纸一样的青春期，猝不及防地就被谁泼上了色彩明亮的油漆，鲜红如火，那一双如兽的眼眸轻而易举就闯入了她的世界，深入了她的脑海，上课会想、走路会想、吃饭会想，睡觉之前更甚，在夜里翻来覆去睡不着，铁架床吱吱呀呀惹得室友出声投诉。

　　来读职高的姑娘家境都差不多，也都是情窦初开的怀春少女。大通铺睡十二人，其中有两三个第一个学期没结束就已经与人谈起懵懂的恋爱，每晚寝室熄灯后，便是明恋暗恋分享会。

　　谈恋爱的姑娘说起接吻时有些害羞还有些小自豪，暗恋的则在说起自己中意的对象谈了女朋友时潸然泪下。许飞燕躺在上铺一直只听不说，把自己的秘密藏得严严实实。

　　室友奇怪平日活泼多话的她为何在这个时候如此安静，许飞燕咕哝着说自己还没有喜欢的人，接着装睡糊弄过去。

　　她没时间做不切实际的幻想，深知灰姑娘的童话故事不过是哄哄小孩。有些暗恋注定没有结果，既然没有结果，那干脆不要说出口，让它成为埋葬在记忆里的一场梦就好了。

　　她还是会在每个周末去车房，从秋天到春天，从夏天到冬天，有时能遇上雷伍，但大部分时间不能。每一次听见轰隆隆的雷声似的车声，许飞燕的目光就已经不由自主地飘了出去，瞧瞧那人有没有在红的、黄的、黑的跑车上走下来。

　　见不到他时，许飞燕失望，但见到他时，许飞燕多数时间会难受，因为雷伍身边总会站着别的女子。那个年代好似还没有"渣男"这一词语，每次见雷伍身边换了人，许飞燕就会在心里暗骂他花心大萝卜。

在学校做点心时，她会把那软绵绵的面团当作雷伍的脸，搓圆又按扁，还会抡起拳头狠砸两拳。而她自以为藏得很好的心事，却在年长者面前无所遁形。当时车房里有一位年龄较大的工人，大家都称他老猴。有一次老猴吃着她做的萝卜糕，忍不住劝了一句，妹啊，不值得，真的。

许飞燕倔强，脖子绷直得像一只骄傲的丑小鸭，回答说，值不值得她自己说了算。

毕业前，谈恋爱的室友与劈腿的男朋友纠缠不清，暗恋的室友还陷在沼泽中不愿放过自己。而许飞燕曾天真地以为自己那破土而出的暗恋幼苗很脆弱，只要她想，随时可以掐断。结果三年过去，那份迷恋长成了参天大树。

她还是没有参与寝室熄灯后的聊天，跟室友借了 MP3，一遍遍听着那些好像在诉说自己孤单心事的歌曲，用被子蒙着自己，任由泪水在枕头上洇开一片苦涩的海。

"我在你的心里，有没有一点特别，就怕你终究没发现，我还在你身边……"

许飞燕睁开眼时眼前一片模糊，泪迷了眼，什么都看不清。

天还没全亮，房间里昏昏沉沉，让她分不清时间和地点，直到听见身旁匀称细长的呼吸声，她才长长吁出一口气。胸口酸苦得她想呕吐，疯了吧，是有多久没因为做梦哭醒了？她吸了吸鼻子，抹去眼角的泪花，侧身在昏暗中凝视着女儿的脸许久，才起了床。

她披了件外套，轻轻拉开床头柜的抽屉，拿出平躺在里面的相框。

相框里的黑白相片在昏暗光线里更显阴沉，她拉起外套袖子，擦了擦覆着相片的那一层薄薄玻璃，同相片上的男人无声地说了句早安，然后把相框放回抽屉里，关上。

清晨的空气湿冷刺骨，寒气从脚底向上蔓延，攀着一节节脊椎骨头往上，让人头皮发麻。许飞燕抱臂哆嗦着，等到水龙头出水变暖和了，才敢拿毛巾去浸湿。

冰箱里的面团二次发酵完成，擀平，切条，面团在热油中炸至金黄，捞起沥去油。许飞燕看了看时间，开了豆浆机，先去敲主卧的门，把喜欢赖床的两父子叫醒，再回房间唤醒朵朵。

几个人吃完早餐，炸好的油条还剩不少，许飞燕拿了一个大塑料袋装起，准备带去汽修店赏给那几个弟弟。

许超龙开车，先送儿子去幼衔小机构，再送朵朵去幼儿园。两兄妹到汽修店时还不到九点，大铁门已经打开了，昨晚轮值的胡军正在抬起前屋面街的铁卷门。胡军一头黄毛睡得凌乱变形，运动裤腰松松垮垮地挂在腰间，见许飞燕来了他赶紧扯高了裤腰，把绑带系上。

许飞燕揶揄他：“哇，你今天转性了啊，我们还没来你就已经起床了？”

胡军还没刷牙，用手捂着嘴，眼睛往院子里瞥，小声嘟囔：“被人喊醒了呗……”

门前路边停了辆蓝色助力车，许飞燕看了一眼：“这么早就有客人啊？快去刷牙洗脸，我早上炸了油条。”

许超龙下车才看见手机信息：“哦！不是客人，是伍哥……”

话音未落，雷伍从院子里走出来，朝他们扬扬手里的袋子，说话时有白雾从他嘴中冒出：“这么巧啊？有炸油条，刚好我买了豆浆。”

许超龙继续说："啊，我昨晚困得忘记跟你说这件事了，伍哥说今天想过海去拜山……"

一把火轰地烧起，许飞燕转过头瞪她哥一眼，声线拔高，噼里啪啦直念："哦，你不干脆等到明天再说？拜山不用买纸钱？不用买香烛？不用买生果？两手空空去吗？"

许超龙憨憨地僵在原地，头皮阵阵发麻，他妹发起脾气来真的好凶。

他急忙挤出笑脸道歉："是我的错！别气！我……我现在就去林伯家买纸钱！"

"……不用了！我等下去买菜时顺便买。"许飞燕再瞪他一眼，回过头把塑料袋子递给雷伍，"你吃吧，记得留几根给那几个小孩。"

雷伍接过袋子，把豆浆袋子递给她："你拿一袋去喝？"

"不用，我早上喝了，现在还饱着。"说完她走向厨房，留两个男人呆站在院子中。

"她怎么了？一大早心情就不好啊？"雷伍献媚不成也不恼，把豆浆袋子丢给许超龙，夹了根油条出来，直接张嘴咬了一口。

在厨房炒菜的许飞燕，抱着女儿笑得恬静的许飞燕，可以单手转方向盘利落倒车的许飞燕，碎碎念的许飞燕，发脾气的许飞燕，对红底裤的"功能"相当迷信的许飞燕……她的每一刻的样子，雷伍都觉得有趣。

他在重新认识许飞燕。

"我也不知道，可能昨晚睡得不好？"许超龙指指自己耳朵，声音压低，"这个之后，她时不时会耳鸣失眠。"

一口油条差点哽在喉咙中央，雷伍用力咽下："哦"。

自家炸的油条不像外面卖的体积那么大，雷伍没几口就吃完一根，意犹未尽地又取了一根。

许超龙拿了包豆浆，插上吸管喝一口，见雷伍狼吞虎咽的样子，眼睛微眯，问："你没吃早餐？"

雷伍摇头："本来想去吃碗米粉汤，你一跟我说有炸油条吃，我就直接骑着车过来了。"

他歪了歪脑袋指门外的助力车，颇有感慨："真是够方便的，扫一下二维码就能把车骑走，十年前谁会想到能有这玩意儿？"

昨天许超龙给他下载 APP 时就告诉过他现在可以扫码使用共享助力车，还教他怎么下单叫滴滴。现在雷伍没车没驾照，单独出门的话只能利用公共交通工具或打车了，许超龙还笑问他，要不要教他怎么用手机乘坐公交车。

雷伍家楼下就有个助力车停放点，一开始他不知道不同颜色的助力车得用不同的 APP 扫码，拿着支付宝扫了几辆都不成功。

一个穿校服的少年可能见他可怜，走过来问他用不用帮忙，后来跟他说支付宝只能扫深蓝色的那部，然后十分热心地教他如何领减碳骑行优惠券。最后少年还不留名地一挥手，说"叔叔再见"，直接把雷伍给气笑了。

"朵朵和浩浩他们叫我叔叔我还能接受，但早上那小孩估计都念高中了，还叫我叔叔，是不是太过分了？我的脸现在看上去有那么老吗？"雷伍摸了摸下巴，没留意到许超龙嘴里的吸管快被咬烂了。

许超龙没用心听雷伍早上的趣闻，他的注意力还停留在雷伍前面那段话上。终于，趁着四周没人，许超龙压低声音道："你的意图未免太过明显了，合着我昨天说的话都白说了……"

雷伍骤然一顿，很快反应过来许超龙说的是什么事。他斜睨许超龙一眼，含着油条的声音囫囵："你小子别给我装，我算是看出来了，要是真不想我同她接触，昨晚你就不会故意喝酒，让她自己提出送我回家。你不就是想看看她的态度，顺便也探一下我的心思？哦，昨天我没机会说，现在我明明白白告诉你，我很认真。"他把嘴里的油条咽下，再强调一次，"非常认真。"

"嚯，真敢说话……要是我那妹夫还在的话，你也要这么认真？"许超龙也斜眼看他。他察觉到雷伍态度变化，是在昨天说到妹夫蔡景尧几年前去世的时候，在说到那事之前，雷伍问起许飞燕的事还有些收敛，甚至连她的名字都不敢多提。

"要是她过得幸福，我肯定不打扰她。"雷伍耸肩，一脸死猪不怕开水烫的赖皮模样，"前提是她得幸福，但凡有一丁点儿不痛快，我都会试试看。"

许超龙被一口豆浆噎到，猛咳了好多声，呛得眼泪都流了出来。是了，这才是嚣张到不行的雷少爷。

他被雷伍莫名的自信惹笑了："你就这么自信？要是我妹对你没有感觉了呢？"

"不讨厌不排斥就行了，其他的慢慢来，不急。"雷伍又掏了一根油条，发现袋子里就剩三根了。

许超龙不客气，也拿了一根油条："你得知道，她现在的重心不在这方面了，或许以前她可以把你放在第一位，但现在，在她心里排第一的，一定是朵朵。"

听到这句，雷伍不再说话了。

胡军从厕所出来，院子里咬着油条的两个男人同时看向他，他被盯得心里发毛，揉了揉头发，又摸了摸嘴角："怎么了？我脸上还有牙膏泡沫？"

"没有，去吃早餐吧。"许超龙叹了口气，把豆浆袋子递给胡军。他妹是走了什么桃花运？一个雷伍就算了，这儿还有个傻小子呢。许超龙装傻装得心累，好想直接同胡军说别白费心思了，去找同龄人谈恋爱不好吗？

雷伍本来还想从袋子里再拿一根油条，但觉得不太厚道，只好把剩下的油条让出去，等小金毛进了前屋，他才开口："她觉得重要的，我也会放在心上。"

闻言，许超龙又叹了口气，一改之前老实的模样，沉着声音认真说道："其实我的内心挺矛盾的，一方面是我觉得你以前在男女关系上真的很混乱，你是个好老板，但绝不是个好对象，我不乐意让飞燕再掺和进你这潭浑水。那一年不知道你跟她说了什么，让她没在你这棵歪脖子树上吊死，我很感恩，可我也看得出来，只要是关于你的事，她还是会特殊对待……这好像成了她的一个习惯，习惯对你好，习惯不求回报。雷伍，那是我亲妹，我希望的是她如果真有下一段感情，对方能爱她多一些，而不是她一味付出。"

许超龙是真把心掏出来了，说的意思也比昨天更清楚明白，雷伍伸臂搭上他肩膀，重重拍了拍："兄弟，我之前做的一些事情是真的混账，错要认，打我也会站稳，给我个机会好吗？"

许超龙朝厨房方向扬扬下巴："给不给你机会，不是我说了算，还得看她。"

雷伍撩起眼帘，看许飞燕拉着辆小拉车走过来，车辘辘碾过地上的零配件和小石粒，喀啦喀啦直响。

雷伍郑重道："我知道，只要她愿意给我一点时间。"

时间是一阵风，它能卷来厚厚沙尘，掩住过往的悲喜哭笑，埋住那些不愿让人窥见的秘密。但它也能拂开尘土，让无人知晓的心事重见天日。

许飞燕走到两个男人面前，看看她哥，又看看雷伍，眼神带着探究："大冷天的，你们在这儿叽叽咕咕地聊什么呢？"

"没事没事。你现在去买菜？"许超龙转移话题。

"嗯，我就买今晚的吧？买完回来准备一下就得过海了，不然时间不够。中午我们就不在店里吃了，让胡军他们四个叫外卖吧。"

"哎呀，忘了说，我今天走不开，有个熟客等会儿要送车来做保养顺便报年审，今天还得辛苦你一下，陪伍哥去墓园一趟。"许超龙拍拍雷伍的肩。

雷伍会意，打蛇随棍上："行啊，你忙你的，昨天已经耽误你大半天时间了，今天有燕子陪我去就行。"

好像被根狗尾巴草突然撩拨过耳垂，许飞燕倏地伸手捏住右耳，用力揉散软肉上的痒意。连藏在头发下的左耳都仿佛感受到了什么，像是有一根熊熊燃烧的火把，朝结冰的湖面丢了过来。

许超龙表面笑呵呵，心里却忍不住骂。燕子？连他都没这么唤过他妹，雷伍却这么轻松自然地喊出口，到底是搁在心里默念了多少年？

"是不是顺路一起买拜山用的东西？我陪你去。"说着，雷伍已经伸手去拉许飞燕手里的小车。

"我自己拉就好了！"许飞燕急忙想夺回小拉车的主导权，雷伍拉着车侧过身，笑着转身想往铁门走，"今天这么冷，晚上干脆打边炉吧？"

许飞燕忙说："我买菜是去菜市场，不是去超市买的。"

雷伍回头奇怪地看着她说："我知道啊，超市没有纸钱卖吧。"

……

她掐了一把许超龙的胳膊，压着声音急躁地问："你们到底聊什么了？他以前哪会去菜市场？菜市场耶！"

许飞燕觉得事态似乎渐渐往她无法控制的方向发展，从早晨梦见青春期那些酸掉牙的回忆开始，到现在，她好像总被雷伍牵着鼻子走，这种感觉并不好，很不好。

许超龙又开始装傻，佯装疼得龇牙咧嘴："疼疼疼，老妹，真没有，他说他刚出来也没什么事情能做，先适应一下社会……你就陪他逛逛，毕竟他现在就像个孤寡老人，除了我们就没什么朋友了……"

拜　山

"你为什么不戴助听器？"走去菜市场的内街并不嘈杂，所以许飞燕能很清楚地听见雷伍的问题。

他还是走在她右手边，一手拉着小拉车，一手指间夹烟，声音被烟草熏得有些发哑，灌进许飞燕耳朵里，火烧火燎。

她没回答，反问："我哥全部都告诉你了？"

"对，他跟我说了一些你前几年的事。"

许飞燕哦了一声，说："一开始会戴，但适应得并不好，尤其特别吵的环境下反而更加听不清。而且我的右耳没什么问题，所以干脆就不戴了。"

雷伍侧过脸看她。今天空气淡凉清冷，她穿着黑色毛衣，领子高高拉起，遮着她的白皙的脖颈和尖下巴，外套是砖红色的，给这样的阴天增添了些许色彩。

他问："日常生活会有影响吗？"

"其实还好，就是有的时候不太有方向感，周围太多人说话的时候，就会听得不清楚……看电影听音乐的时候，会变成单声道……哦，还有右耳比较容易累。"许飞燕挠了挠右耳耳郭，微垂下头，"反正，习惯了就好了，嗯。"

两个人经过一家粉面店，店门口的大汤锅热气腾腾，香气飘溢，雷伍脚步顿住，朝店里看了一眼。

"想吃？"许飞燕问，"你早餐就吃几根油条不够吧？"

雷伍唔了一声："我们时间够吗？"

"时间够是够，但……"许飞燕对他说的"我们"感到疑惑，他想吃就吃啊，她又不吃，买菜让她一个人去就好了呀。

"够就好，走，一起吃。"

许飞燕睁大眼："啊？我还饱着呢，不用吃……"

话没有说完，许飞燕低下头，微微发愣。男人的手指粗长，骨节分明，浅麦颜色。如今，指侧有明显茧子的拇指食指轻轻拉住了她的外套袖口。

雷伍拉着她的袖子，还轻轻晃了晃："那陪我吃吧？"

许飞燕："……"

过了早高峰的粉面店只有三四桌客人，许飞燕坐最边上那桌，手拿两张纸巾擦着桌面，而目光一直停留在冰柜旁点菜的雷伍身上。

她有些懊恼自己又被雷伍牵着鼻子走。都怪他！好好说话不行吗，拉什么袖子啊！跟朵朵在超市见到心仪的玩具、零食求她买的样子如出一辙，让她的心一下子就软了。

冰柜里整齐罗列的食材琳琅满目，猪杂色泽红亮，猪雪花红白分明，还有新鲜生蚝鱼虾。雷伍想念这口热汤许久，目标明确，很快搭配好了自己喜欢的浇头。

走回桌旁的时候明显捕捉到许飞燕仓皇逃开的目光，他笑着坐下："我给你叫了一碗汤，你喝几口暖暖身子，今天比昨天还冷。"

许飞燕面露难色："我很饱。"

"你喝汤就好，其他吃不完的给我就行。让你看着我吃，我不好意思，另外还有件事要麻烦你。"

雷伍从后裤袋里摸出一小沓钞票，点了十来张递给许飞燕，说："我自己的银行卡在唐苑淇那边，没办法绑定到微信和支付宝，好在昨晚你哥往我支付宝打了点钱，早上我才能扫辆助力车骑过来。喏，这里一千五现金给你，你微信转我五百就好。"

"你这算数怎么回事？我拿一千五，给你转五百？"

"两百是还你哥的钱，剩下的几百块钱就当我的伙食费，这段时间我还得常来你们这边蹭吃蹭喝。"

他顿了顿，补充一句："家里只有我一个人，太安静了。"

许飞燕开不了口拒绝。眼前的雷伍就像被人遗弃在路边的大型犬，狗耳朵耷拉着，一身毛发被雨淋得湿答答的，好不可怜的模样。还有刚才许超龙说的什么孤寡老人、适应社会，像一块块小石头丢进她内心的湖里，激起圈圈涟漪。

她接过纸钞，抽出五张，把剩下的还给了雷伍，低声道："不过是添双筷子而已，伙食费就不用了，我哥的钱你回头直接给他就好。"

"行吧，那到时候我一起给超龙，"雷伍屈起指节敲了敲手机，嘴角微勾，"请问许小姐，现在能通过我的好友申请了吗？我从昨晚等到今早，微信里还是只有你哥一个人，太心酸了。"

原来在这里等着她。许飞燕皱了皱鼻子，打开微信，喃道："我没有故意不通过，昨晚看到消息后我就睡着了，早上起床后又一直忙，给忘了……"

男人的微信头像还是那块小鸟吊牌，许飞燕欲言又止，最终还是什么都没问出口，通过了他的好友申请，再给他转了五百块钱。

雷伍收到后，回了个"谢谢老板"的表情包。

许飞燕眤他一眼，这么快就能用上自定义表情包，看来适应得很快嘛……

店老板端着两个大瓷碗过来："米粉汤，益母草汤。"

雷伍把没有主食的那一碗推到许飞燕面前："吃不完的留给我。"

老板娘刚才已经把餐具送了过来，筷子瓷勺和蘸料小碟，双双对对，许飞燕问雷伍："你要蘸鱼露还是辣椒酱？"

"我都想要。"

"那我再去多拿个小碟……"

"这里不是有两个调料碟了吗？"雷伍已经拿起装鱼露的调料瓶。

水山市本地人吃粉面粿条汤有一个默认的习惯，只蘸自己面前的蘸料，一人一碟，或一人多碟，很少会共用蘸料。

许飞燕小声抗议："一个小碟是我的呀。"

"一起用就行了，别那么见外嘛。"话说出口，连雷伍都觉得自己够不要脸的，不禁为自己的厚颜无耻笑出声。

"雷伍你……"

许飞燕瞪着他那双笑起来像月牙的狭长眼眸，再一次欲言又止，咕噜一声，没说出口的话与口水一起咽落喉内："……算了，没事，快吃吧。"

雷伍深深地看着她，终是低下头敛了笑。鲜甜骨汤飘着香气，许飞燕勾低了毛衣领子，舀了勺汤水，红唇微嘟，把白气吹散。雷伍也埋头吃起那一海碗的猪杂海鲜米粉，不时会撩起眼帘，隔着若有若无的袅袅白烟看她一眼。

他依然吃得很快，许飞燕才刚喝了两三口汤，一抬头，见雷伍的碗里竟然已经只剩一半，忍不住开口提醒："你怎么总吃得这么快？这样对胃不好。"

雷伍一怔，赶紧解释："在里面……吃饭时间比较短，尤其是中午，吃完休息一会儿就要上工了，而且大家不能交谈说话，只能埋头吃自己的，就养成这坏毛病了。"

"那我陪你聊聊天吧，这样或许你就能吃慢一点。"勺子在汤水里搅了搅，许飞燕的声音轻且缓，"时间还有好多的，你不用急。"

雷伍本来夹起一大箸米粉，听她这么说，赶紧把米粉抖掉一半，刻意放慢动作夹到嘴边，嗦得响亮，连咀嚼和吞咽的速度都减慢一半，完了还非常认真地问一句："报告许教官，请问这个速度可以吗？"

这没个正形的模样竟惹得许飞燕忍俊不禁，她咧开嘴低头笑了，眉眼弯弯，一瞬间变得好柔软。突然之间，雷伍觉得自己胸腔里有一股暖流在肆意流动，裹住他冰封了多年的心。冰化了，心脏开始扑通扑通地用力跳动。

春天好像已经提前来了。

雷伍轻唤了她一声："燕子。"

"嗯？"许飞燕抬起头看他，嘴角笑意未退，一瞬间没去想这个称呼究竟有多暧昧。

许是笑意会传染，雷伍也咧开嘴笑："你终于愿意对我笑了啊。"

走到海鲜档口的时候，许飞燕还在回想雷伍说的那句话。她不禁思索，这两天自己面对他时，脸有那么臭吗？

档口人多，阿明家的海鲜货靓价平，总能吸引许多街坊，许飞燕耐心等着前面的阿婆阿婶买完离开，一见有空位立刻挤了过去。

"今天的虾蛄很鲜啊！所剩不多啦！要的赶紧！"阿明母亲正卖力大声吆喝。

雷伍个子高，不用往前挤也能看清档口上的海鲜，他就站在许飞燕身后，胸膛与她的背脊不过一个拳头左右的距离。

他以前哪曾来过传统市场，小时候母亲没带他去过，后来家里富贵有了阿姨保姆，再后来，母亲去世，父亲带了那女人进门，他除了过节回家露个面，其他时候都在外面吃饭。以前交往过的女友大多数是千金小姐，甚少动手下厨，就算有，也就是在超市买点牛排回来煎一煎。

这个市场面积不大，周边小区的住户多，每个档口前都挤满了人，雷伍拉着小车跟在许飞燕身后走，得时刻小心自己不要撞到别人，又要虚护在她身后。

许飞燕没想那么多，只觉得今天得到一个免费苦力不用自己拉车，格外轻松，她准备买点虾和贝类蚌类今晚打边炉，听见老板娘吆喝，有些心动。

她知道雷伍站在身后，便微微侧仰着脸说："你吃虾蛄吗？我可以做椒盐的。"

"行啊，你做什么我都可以，但我不太会掰虾蛄。"

周围声音太吵，许飞燕听不太清楚雷伍的话，脖子仰高了一些，想问他说了什么。但她预估错了他们的距离，没想到他们靠得那么近，她这么一后仰，后脑勺就撞到雷伍胸口。那一处硬邦邦的，似乎还散着炙热的温度，视线也落在雷伍带些短刺般胡楂的下巴处。突然一个想法在许飞燕脑子里自动生成：她忘了给雷伍准备刮胡刀了。

雷伍垂眸看见她眼中一闪而过的迷茫，想起她提起过在嘈杂环境中受到的困扰，立刻微弯了背，凑近她耳边把刚才的话重复了一遍。太近了，这个距离太近了，许飞燕内心警铃大作。

她努力压住内心的波动，指着鱼缸，大声对老板娘下单："阿姨，我再要四斤濑尿虾！"

阿明母亲一样样称完报价，由于今天阿明不在，优惠力度并不大，许飞燕正想再砍个价，身后的雷伍先开了口："头家，你这里收现金吗？"

"收的。"

"那我用现金付。"说着雷伍已经掏出现金，许飞燕来不及拦住他，只能眼睁睁看着老板娘笑着收下那几张红票子。

这个男人面生，长得俊，身高还高，阿明母亲刚才就已经留意到他。见他和汽修店的那个女人走得那么近，帮她拉车，现在还替她付钱，一看就知道两人关系不简单。

难道他是这女人一直没出现过的老公？可之前她从纸钱店打听八卦，林伯说这女人的老公已经过身了，那……这是她新的对象？阿明母亲决定试探一下，要是这女人已经有了对象，她正好可以劝儿子放弃追求对方。

她给那男人找了钱，再扯起嗓门问许飞燕："阿妹，第一次见有别人陪你来买菜，这是你老公啊？"

许飞燕是有些蒙的。环境太吵，她总分不清声音从何处而来，负担极重的右耳已经开始感觉到疲惫，老板娘的问题她其实没有完全听清，只听见"老公"一词，她下意识想摇头否认。这时，低哑沉稳的声音从她后方传来，雷伍替她解释："不是，我们目前还只是朋友。"

南湾半岛，与水山市老市区隔海相望，以前只能搭乘渡海小轮前往，后来南湾、北湾两道跨海大桥建成，交通方便很多。

而如今，水山市东区正紧锣密鼓地修着一条过海隧道，能直达南湾半岛，因此许多房地产开发商看中了半岛沿海区域的发展潜力，这两年高楼已如雨后春笋般迅速冒起，几个大楼盘近期陆续封顶交房。

楼盘售楼部挂出的巨大宣传海报吸引了雷伍的目光："这边真是大变样，我完全想不起来以前这里是什么样子了。"

南湾半岛这边弯弯绕绕山路不少，而且车少，他以前玩车的时候常来这边跑山路。没办法，《头文字 D》那些年太火，玩车的个个都以为自己要么是藤原拓海，要么是高桥凉介。

"我以前在车房偷听到老猴他们聊天，说你们这群人很喜欢晚上开车带着女朋友来这边，然后到荒山野岭里干一些……不可告人的事情。"许飞燕调侃道。

求生欲瞬间高涨，雷伍硬着头皮否认："别听他们瞎扯，没这回事，最多看看夜景，然后就开车回市区了。"

许飞燕撇撇嘴，哧了一声，意思是他说的都是骗小孩的鬼话。

雷伍摸摸鼻子，赶紧扯开话题："这边的房子卖多少钱一平？"

"不便宜哦，也就比东区低一两千而已，等明年过海隧道通车后，楼价应该就会开始上涨了。"

"楼盘配套如何？"

"说是学校和医院都会有，但你看看现在这环境嘛，背山面海，怎么也得个五至十年才能发展起来吧？让我选的话，宁愿选在老市区，虽然破旧了一些，胜在生活方便，好的学校和医院还扎堆。"

笔直的道路上没什么车辆，许飞燕单手握方向盘，说："但谁知道呢，三十年河东，三十年河西，说不准十年后这边就成了市中心了呢。"

车子开过了高楼林立的半岛新区，朝宁静的老区驶去。这半边岛屿有多个风景区，山峦起伏，群峰簇拥，有香火鼎盛的九天圣母庙，有这几年兴起的马术场，有绿树成荫的天然氧吧行山径，有占地面积庞大的临山墓园。

这个时候的墓园停车场只有零星三四辆车，许飞燕可以直接把车停到最邻近墓园入口的地方。她停好车，有些感慨地说："这几年墓园规模又扩大了，每一年清明车都没地方放，今年我们排了快一个小时才有位置停车。"

雷伍解开安全带，语气真诚地道谢："这些年麻烦你们帮忙看着我父母，真的辛苦你们了。"

许飞燕摇摇头："举手之劳，你想先去看看阿姨，还是先看看叔叔？"

雷伍望着墓园入口思索片刻，才开口："我想先去看看何刚。"

"……喂，梁伊！别闹，手不要伸出去！……梁伊！够了，你醉了！……不行！别抢方向盘！"

砰！

啊啊啊——

…………

午后穿破云层落下的阳光如昙花一现，灰蒙蒙的天像怎么擦都擦不干净的玻璃窗，冷风推起山林里的树叶，哗啦啦声好似海浪，将许多年前的声音卷到耳边。

雷伍想点根烟，手指在裤袋外摸了两下，最终还是没有掏出烟盒和火机。

墓碑上刻着何刚的姓名与生卒年，没有相片，大理石上蒙着厚厚的灰土，内凹字槽里的红颜料被风吹得皲裂剥落，就像失去了颜色的生命。

"今年清明我来给他送过花，那时看上去就好像已经很久没人来打理过墓碑了，然后我哥给他重新描了字……"

许飞燕边说边把白毛巾打湿，拧干水，走上前想擦去墓碑上的尘土，雷伍朝她摊开手："让我来吧。"

拂去沙尘后，雷伍开了罐红漆。毛笔蘸上红油漆，他半跪在墓碑前，沿着凹槽，一横一竖地描得认真。四周太安静了，只有树叶沙沙，偶有看不见踪影的鸟发出鸣叫，男人垂眸抿唇的侧脸落进许飞燕的眼里，她不知该说什么好，或许这个时候什么都不说才正确。

"我去车里拿点东西……你慢慢来。"

她找了个借口离开，回到停车场站着望天望地，数了十来分钟脚边的细碎砂石和渺小蚂蚁，从车后厢拿了瓶矿泉水，才重新走上山。

在整齐排列的墓碑尽头，许飞燕再次停下脚步。远处的雷伍已经描完字了，此时双膝跪地，背脊微弯，手扶三炷香，袅袅白烟缠绕着他的轮廓。这么远的距离，许飞燕其实是看不清雷伍的表情的，可她又似乎能与他感同身受。

无论过去十年、二十年，还是五十年，这根刺儿会一辈子扎在他心脏上，时不时搅得那一处血肉模糊，好不容易结痂，掉痂，接着又一次被搅得皮穿肉烂。或许在夜深人静，都会有一个声音在他耳边大声叫嚣——知道吗？你做错了，错得离谱，无论你做什么，都无法偿还这份罪孽！后悔吗？她想，是后悔的吧。

墓园不允许私下化纸，元宝纸钱需要统一在步道两旁的化纸炉里化掉，铸铁火炉被烟熏火燎好多年，早看不清原来的颜色，金灿灿的纸钱喂进通红火焰里，只需一瞬便燃烧殆尽。

将最后一份纸钱送进炉里，雷伍才开了口："这个时候才亲口跟他说一声对不起，太晚了吧？"

他好像吞了一块烧红的火炭，声音哑得不行，许飞燕把矿泉水递给他，答道："虽迟但到，总比没有好得多。"

雷伍深深看了她一眼，旋开瓶盖喝了一口，才道："希望如此。"

忽然刮起了一阵风，风灌进火炉肚子里，灰烬翻涌，又从炉口扑腾出来，如燕子掉落的羽毛。两人同时背过身挡住那些纷飞的灰絮，雷伍更是大步跨到许飞燕身旁，将她虚笼在自己的影子下，说："风大，你去车里把外套穿上。"

许飞燕又要骂她哥了，要是她提前知道今日要拜山，早上出门时就会穿件黑外套了。她阿妈常念叨，去墓园时切记不要穿色彩艳丽的衣服，她也觉得红色外套在这样的场合实在不妥，就脱去外套，身上只穿了一件高领纯黑毛衣。

"没事，我不冷……阿嚏！"话还没说完，她就被烟呛得连续打了几个喷嚏，连鼻涕泡都要冒出来了。

许飞燕心里慌乱，"这下坏了，糟糕了"的想法刚冒出头，下一秒，右耳已经生起一阵尖刺耳鸣，嗡嗡作响，像有只苍蝇钻进她耳洞里，胡乱扑打翅膀找不到出路，一味只晓得往她耳蜗里冲撞。自从左耳失聪后，时不时会有这种情况发生，只是打个喷嚏而已，就会引起右耳剧烈耳鸣，许飞燕知道自己即将要去平衡，却无能为力，身体控制不住地直往旁边倾倒。

"小心！"雷伍见状赶紧伸手去扶。

许飞燕捂着耳朵扑进他怀里，这时压根顾不上什么距离不距离的了，她咬着牙道歉："让我缓缓……缓一下……等耳鸣过去了……就好了……"

离化纸炉不远处有个小凉亭，雷伍低声问她："你能走吗？我扶你到旁边休息一下。"

许飞燕点了点头，但刚迈出一小步，耳边又是一阵刺耳尖鸣，她的眉毛皱得快打结，额头很快沁出颗颗冷汗。

雷伍开始着急了，头垂得更低了一些，几乎快要贴到她的发顶："燕子，你坚持一下，我抱你到椅子那里休息。"

啊？这人怎么又喊她燕子？还有……抱？什么抱？！

虽然身子不受控制，但许飞燕暂时还能正常思考，她以为是耳鸣听错，但紧接着身体一晃，她好像真成了一只燕子，飞上天空，飞进云层，飞至温暖太阳可以照耀到的地方。

雷伍横抱起她，步子跨得快又大，几乎要小跑起来。他很快走进凉亭，倾身把许飞燕轻放到长凳上，不顾地上的尘土，直接半跪在地，沉声问："要不要喝点水？飞燕，嘿，你能听见我说话吗？"

他全然不知自己的眉头早已深锁，着急的模样全然流露出来。等不到许飞燕的回答，雷伍摸向手机，想打电话给许超龙问他这个情况下自己能为她做些什么。可就在这时看见背脊蜷弯的许飞燕歪着脑袋，扬手就往自己右耳朵猛甩了几个耳光！

雷伍很快反应过来，赶紧抓住许飞燕的手掌，拉到她膝盖上压着："你别这样打自己……"

啪！啪！啪！刚才每一巴掌都像直接打在他脸上，火辣辣地疼。

许飞燕心跳快得就要失序，耳朵里恼人的苍蝇还在嗡嗡叫，手又被那人压着不让她"赶走"苍蝇，额头、脖子不停沁出汗珠。眼前的画面不停地摇晃旋转，她晕得厉害，只能细声呜咽着几个词。

雷伍一听见她好像说了一个"冷"字，赶紧把身上的黑色外套脱了下来，盖在她背上，垂头去看她苍白的脸，心里如有火烧："这样子有没有好一点？"

可她还是很难受，肩膀一颤一颤的，鼻头挂着细小汗珠。雷伍紧张焦虑，全然没了平日从容淡定的模样，他磨了下后槽牙，骂了自己一句，接着举起双臂，虚虚揽住了她。手稍一用力，她的额头便轻轻落在自己肩上。

掌心在她微颤的背脊轻拍，雷伍叹了口气，有白气渗出，裹着他沙哑的声音："这样子有没有暖和一点？对不起啊，虽然你刚才说虽迟但到，总比没有好，但迟了就是迟了……对不起啊……"

许飞燕觉得自己从脚指头到头发丝都要硬成石头块了。如她所想，耳鸣的情况持续了几分钟，接着渐渐减缓，那些连带影响也都消失了，只剩下扑通扑通的心跳。她眼角噙着泪水，心脏跳得好像比刚才眩晕时还快，身子好僵硬，连动动手指都没办法。她压根没明白她和雷伍怎么会成了这样的姿势。

"我……我没事了……"

许飞燕终于艰难举起手拍了拍他的身体，结果发现拍的地方是他的侧腰，隔着毛衣，都能感受到他身上散发出的暖意，手掌像被烙铁烫伤一样倏地收回。

雷伍自然知道这姿势有多暧昧，虽然眷恋倚在他身上的那份重量，但还是松开了她。他再次确认："真的没事了？"

许飞燕轻点头，稍微坐直身，想把身上的外套拿下来，雷伍阻止她，语气里带了些强硬："穿着，不然我就回去车里把你的外套拿来。"

"哦。"许飞燕只好拉住衣襟，伸手套进袖子里。

这件外套是她买的，一整套都是橱窗里假人模特身上的展示款。选码数的时候她纠结了下，太久没见过雷伍，也不知他是胖了还是瘦了，只能靠记忆回想雷伍的样子，还临时拉了个看着身材和雷伍有几分相似的路人，让他帮忙套上身试穿一下。如今衣服套自己身上，许飞燕才发现好大一件，内衬残留着雷伍的体温，烘得她渐渐暖和起来。

刚才情况太突然，他们的东西都留在化纸炉旁，雷伍走回去拿了矿泉水，开盖递给她："先喝口水。"

许飞燕没想太多，接过仰头就喝了两口，末了才想起……这瓶水刚才雷伍不是喝过吗!？含在嘴里的半口水差点没喷出来，她急忙旋回盖子，塞回给雷伍："不渴了。"

"放在这儿，你就在这里休息，不要再上山了，只要告诉我，我爸葬在哪里，我自己过去就好。"

许飞燕摇头："我已经没事了，陪你去吧。"

雷伍让许飞燕再休息一会儿，等她脸色恢复些许血色，才收拾好东西往山上走。

雷广没有和胡美芸葬在一起，本来胡美芸的墓是双穴墓，墓地在山顶，但雷广去世的时候雷伍心里多少还带着些怨懑，不乐意让他和母亲葬在一起，便叫许超龙和唐苑淇帮忙另外找块墓地葬了雷广。

雷广的墓地在山腰，许飞燕走在前头带路，低头听着原本错开的脚步声慢慢重叠。

走了一会儿，雷伍在她身后开口问："你刚才这种情况，经常会发生？"

"不是很经常，"许飞燕走慢了一点，余光很快便看见雷伍的影子，

"像今天这样，连续打好多个喷嚏，才可能会发生。"

"去检查过吗？"

"嗯，脊椎查过，耳朵也查过……西药、中药都吃过，有一段时间不怎么发生了，今天可能也是特殊情况。"许飞燕不愿意多提，抬起手指了指前方，"快到了，叔叔的墓在那边。"

雷广的墓碑和何刚的墓碑一样，也是字槽里红漆剥落。雷伍重新上了漆，用毛巾擦拭墓碑上父亲的黑白相片。许飞燕把点燃的香递给他，自己也手持三炷，弯腰拜了拜，把香插进坟头的泥土里。

"我去车里再拿瓶水……"她又想找借口离开，把空间让给雷伍。

"这次你不用走，我没什么话要跟他说，就算有，你也不用避开。"

雷伍跪着，三炷香高举在额前，闭眼颔首，把本来应该藏在心里默念的话大声说出口："当年你不忠，后来我不孝，你把我养得牛高马大，我帮你还了债，我们之间就算是扯平了吧。你入土的时候我没办法来送终，现在给你磕几个头补上。该怨的怨了，该恨的恨了，两父子没有隔夜仇，以后我得闲就会来看看你。最后希望你下辈子，能有个听话的乖仔吧。"

他把香先递给许飞燕，认真在父亲面前磕头。每一次俯身，额头都会触地，撞出沉闷的一声。最后雷伍把香插进黄土里，从烟盒里掏了根香烟点燃，放在墓碑前。

"走吧，上去看看我妈。"他拍拍膝上的尘土，没等烟烧完。

胡美芸的墓碑朝向大海，山顶风大，雷伍的火机刺啦响了好几次都点不着香，他苦笑："你看，我妈没原谅我。"

"胡说八道。"许飞燕白他一眼，走到他身前帮忙挡住一部分的风，双手笼在火机旁，"你再试一下。"

雷伍清楚，许飞燕这人其实就是刀子嘴豆腐心，极其护短。你对她强硬，她身上的刺就会越来越尖，越来越长，但你只要适当示弱，她就会用她的方法对你好。他知道自己卑鄙，利用了她这一点靠近她，意图缩减这些年两个人之间的距离，掩饰他干过的蠢事。

香点燃了，雷伍再次跪下，这次他没有把话说出口，阖眼垂首抿紧嘴唇。火星在风中闪烁，许飞燕背着手站在他身后，脖子缩进宽大的风衣里。不知雷伍与母亲讲了些什么，只见他微蜷的背脊蓦地微颤，如坚硬磐石快要裂开。

许飞燕赶紧低下头，移开视线，极力忽略一瞬间心脏被攥紧的疼痛。

直到香灰过半雷伍才睁开眼，眼角微微湿润，但嘴角高扬，最后对墓碑上笑得恬静的女人说："不过，我今天履行了其中一个以前对你许下的承诺……"

后面的话语被山风吹散吹远，许飞燕没听见后半句，明知这不关她事，还是在下山化纸的时候问他："你对阿姨许下的承诺是什么啊？"

雷伍看她一眼，轻笑道："以后有机会我再告诉你。"

车子启动后，许飞燕把车内的温度调高两度，再把外套脱下，递给旁边的雷伍："上面沾了灰，今晚记得洗了——哦，不过这样你明天出门就没有外套了，你约了唐律师对吧？"她想了想，"明天又要降温，说是入冬后最冷的一天了，今晚你赶紧去买几身衣服吧。"

雷伍本来没那么讲究，香灰而已，拍干净就行了，但听她这么提起，便试探道："你陪我去？"

许飞燕拉着安全带，一时没反应过来："啊？去哪儿？"

"商场啊。"

她踩下油门说："我今晚没空，得带朵朵出去。"

"你们今晚去哪儿？"

"商场，昨天答应了朵朵带她去挑份小礼物送同学的。"

"商场？"雷伍笑出声，"这么巧啊？那我陪你们去吧。"

"吱——"轮胎在沙石地上狠狠碾出刺耳的急刹声，惯性下雷伍猛地前倾，胸肩被安全带用力勒了一下。

雷伍蹙眉："怎么了？是不是耳朵又不舒服了？"

像下定了什么决心，许飞燕转过脸，认真看着他说："雷伍，可能是之前我有些话没说清楚，造成了误会，那现在我说明白一些，希望你别怪我直接。"

雷伍心一沉，似乎已经知道她接下来会说什么，心里开始泛酸："你说，我听着。"

"希望你不要误会，我做的这些事情，全都是在还以前的人情而已。你帮过我们家好几次，我们之间非亲非故的，但你还这么帮我们。我，我哥，还有我阿妈，全家都很感谢你。但无论是钱还是人情，我都不愿意欠你。你知道的，我哥是真的把你当成家人，买衣服、接风洗尘什么的，这些事情都是他拜托我，我才帮他做的。哦，还有拜山，现在既然你出来了，以后我和我哥就不用再插手了。"看着雷伍眼里的光芒渐渐暗了下去，许飞燕不敢再看他，低头看着自己的手指，继续说，"雷伍，我以前是喜欢过你，我承认的，但既然你已经明确拒绝过我，就……"

雷伍忍不住打断她："飞燕，那时候是我嘴贱，我发神经乱说话，我心态消极，谁都不想见，脑子不好使，搞不清自己究竟想要什么，说出来的话不过大脑……"

雷伍后悔的事情不少，那一晚撞到何刚后逃逸，是其中一件；七年前许飞燕托了不知多少层关系进来见他一面，他却赌气说垃圾话赶跑她，是另一件。

那是他在田滨的第三年，他整个人过得浑浑噩噩不知时日。

起床、洗漱、做操、吃饭、上工、吃饭、上工、吃饭、看《新闻联播》、学习、洗澡、睡觉，每一天的日子复制再粘贴，即便是不用上工的周末也没什么改变，他可以在监房里对着天花板望一天。

别的服刑人员都在努力积分争取减刑，他是毫无兴趣，认为减不减已无所谓，这日子都没了盼头。他的家分崩离析，能卖的几乎都卖了。朋友视他为洪水猛兽，多年后等他出去了，还得重新适应早已翻天覆地的世界。

雷广没亲的兄弟姐妹，表的、堂的、远房的亲戚在雷广暴富的时候来往得多，可雷家一倒，他们避之不及。雷伍的亲属只剩那个卷款跑路的小妈，在雷广去世之后，探视日于他没有任何意义，亲情电话更是一个可笑的存在。

教官知道他的家庭情况便经常找他做心理辅导，要他服从改造，争取减刑早点出去。他表面眉眼低垂，说"知道了，教官"，但心里又傲又怨，心想自己都天天踩缝纫机了还不算服从吗？

一开始许飞燕会给他写信，一个月一至两封。牛皮信封裹着带花边的少女信纸，字体圆滚滚的像冰糖葫芦，会在末尾加个笑脸表情，文笔不怎么样，和小学生日记差不多。

她写雷火被卖掉之后，许超龙和另外两个小工去了一家汽修厂打工，老板好刻薄，整天要他们加班又不愿意付加班费；写回老家开汽修店的老猴结婚了，她和许超龙去参加婚宴，新娘子的花球直接抛到她怀里，老猴说等她结婚了必须要请他喝喜酒。

写清明的时候帮他给父母都上了香，让他安心；写许超龙谈恋爱了，她嫂子叫周青，人长得好漂亮；写她之前工作的西餐厅歇业了，她重新找了家潮菜餐厅打工，现在每天身上都沾着卤水和海鲜的味道。

写谢谢他肯借钱给许超龙，还附上了汽修店的地址，说许超龙一开始想把汽修店名字改成雷龙或者火龙，她和嫂子都觉得太蠢了，他才改成"龙兴"。

来来去去就是这些话题，雷伍想想也是，他和许飞燕的生活圈除了车房，并没有太多其他的交集。

许超龙偶尔也会给他写信，文字更短了，好多错别字。兄妹两人的信写到最后，都会让他在里面保重身体，让他不要放弃，他们会等他出来。

雷伍没给他们回过信。一个人自暴自弃的时候，看什么都是灰暗的，他丝毫没从信件里获得什么正能量，相反还觉得，自己混到今时今日只能和他们兄妹俩有联系，好失败。

他托唐苑淇带话给许家兄妹，不用再给他寄信了，但每个月两封信依然雷打不动送到他手里，后来他干脆不拆了，每次收到信后就直接塞进箱子里。当时同监房的有一个老头，姓魏，已经进来快十年了，还剩十年刑期，他苦口婆心劝雷伍要知足，有人肯来信就不错了，真等到没探视、没电话、没信件的时候，那才是真正的与世隔绝。

有一天唐苑淇以律师身份来探他，说许飞燕想见他一面，关系都找好了，只要雷伍同意会见就行。雷伍那时又丧又颓，人瘦得没了形，要不是唐苑淇说要谈财产接管的事，他连律师都不愿意见，更别提许飞燕了。挑在这时候见她岂不是让人看他笑话？

唐苑淇瞪他，说明眼人都看得出许飞燕对他的感情，没名没分还帮他做那么多事，要是他心里没有飞燕，就干脆一五一十地当面说清楚，让她早点断了这点念想也好，难道还想拖拖拉拉地耽误人七八年？

一个月后他见了许飞燕，隔着玻璃说了一堆烂话：

"我托唐律告诉过你，不要再给我写信了，你是听不懂我的意思吗？许飞燕！"

"你替我做那么多事，是想我感动得不行，然后以身相许吗？许飞燕，我真没想到你手段这么高，就这么想和我在一起？"

"我不喜欢你，你别再花时间在我身上了。"

"对，我们是睡过一次，但我不是给你钱了吗？你以为我做慈善的吗，会无缘无故借钱给你们？给了你那么多钱，我也算仁至……"

他的烂话没能说完，因为红着眼眶的姑娘一巴掌拍到了玻璃上，接着，贴在耳边的话筒传来她嘶哑难听的声音："好，如你所愿，我不会再缠着你了。"

整个探视室鸦雀无声，无论是玻璃房子里面的还是外面的人，都竖着耳朵听他们吵架，最后管教大声呵斥了他们，把许飞燕带走了，探视提前结束。里面的管教押着他往外走，压低声音骂他真不是个男人。回到监房，雷伍才觉得自己的脸颊像被甩了许多个巴掌，连咽口水都觉得疼。

许飞燕没再寄过信来了。许超龙好像不知道发生了什么事，偶尔还是会给他来信，说他老婆怀孕了，说龙兴来了个小伙子挺能干，说他妹妹与相亲对象谈恋爱了……

他开始失眠，整宿睡不着觉。他把那些藏在箱子里的信全拆了，一遍遍翻来覆去地看，再把信偷偷压在枕头下，幻想这样或许能睡得安心一些。可还是失眠……

"真的,我当时坐牢坐……坐傻了,你就当……当我说的都是丧气话。"雷伍说到最后都有些结巴了,双手攥拳用力压在膝盖上。人啊,只有等到辗转难眠、寝食难安时,才能意识到自己真的失去了什么。

意外的是,他听见许飞燕轻叹一口气后说:"其实我知道你是故意说那些话,好让我死心。那一天我从田滨回市区,在大巴上一直想着你说的话,哪一句是真,哪一句是假。"许飞燕食指指着自己左胸膛,语气认真地说,"当然,无论是真是假,你说的话都太狠了,我每一次想到,这里都会难受到快要爆炸。"

"对不起。"雷伍苦笑,今天似乎把前半生所有的"对不起"都说完了。那些恶毒的话语他想了足足一个月。许飞燕这人倔得很,必须有多狠说多狠,才能让她真正死了这条心。

"我想那些话中大多数是你编派出来的,但有一句,应该是真的。"许飞燕重新踩下油门,笨重的 SUV 缓缓前进,她用几近冷淡的声音说,"雷伍,'我不喜欢你',你说的这句话,当初我听得清楚明白。现在,我也希望你能听得清楚明白。"

崩　溃

　　胡军每一次听见汽车引擎声，就会朝大铁门看去。五福刚忙完换机油的事，正准备检查车胎，回头一看胡军满脸哀怨的样子就生气，恨不得把手上的机油全糊他衣服上。但五福还是够兄弟的，给他支招："你总这么盯着，不如直接打个电话给燕姐，问她什么时候能回来呀，我们好提前把菜洗了择了呀，找个这样的借口不就成了吗？说不定燕姐还夸你长大了会帮忙择菜了，好乖哟。"他掐着嗓子学许飞燕说话。许超龙去接两个小孩了，他们能光明正大谈起这件事。

　　"啧，把我说得像个好吃懒做的熊孩子。"胡军白他一眼，但手已经伸进裤袋里去掏手机。

　　"讲真的，胡军，你真喜欢燕姐就赶紧冲吧，总这么扭捏下去，燕姐早晚跟别人走喽。"一旁的胖子昌煽风点火。

　　胡军刚打开许飞燕的微信聊天页面，胖子昌这么一句话送进耳朵里，心里难免有些挫败感。请问，他有什么资本冲？他一个汽修小工，年纪又小她那么多，拿什么去追求她？

　　反而平日憨木头一块的冯振强这时看出了胡军的心思，拍了拍胖子昌的肩膀："别瞎聊了，赶紧干活吧。"

胡军终于决定要语音通话，这时身后传来细弱迟疑的声音："小……小军……"

他怔了几秒，回过头见到来人，眉毛瞬间拧了起来，问："你怎么来了？"

面前的妇人矮小瘦弱，眼神闪烁，脸颊蜡黄，凌乱的头发遮住大半张脸。

五福八卦，细声问胡军："你认识？谁啊？"

胡军没搭理他，迈开腿跨出两步，攥住妇人手臂径直往店门外走。他力气不小，但妇人也没反抗，两人一直往前走出一小段距离才停下。

胡军再开口时，语气里的不耐烦压根儿藏不住："不是跟你说过不要来我工作的地方找我吗？"

妇人眼神飘忽得更厉害，唯唯诺诺地说："小军，我实在是没有办法，才来这里找你……你爸刚来电话，他被人扣住了，那些人说不把今天的钱结了，就要把他手指给切了！"

她的声线越来越激昂，胡军却越听越觉得可笑："这种鬼话也就只有你会信，不就是他赌到裤穿窿，让你拿钱过去给他继续赌？而且别说断一根手指，就算他子孙根被切了，也不关我的事。"

"小军，这次不是骗人的，我听得出来，你爸这次真遇上事了……"

妇人颤着手指想来抓胡军的衣服，胡军厌恶地拨开她的手，但妇人却不依不饶，紧紧扯住胡军的衣袖，好似生怕他下一秒便跑了，话语支离破碎："小军……小军……那好歹是你亲爸，你帮帮他，好吗？求求你了……"说着，妇人膝盖一弯就想跪下，胡军早就预料到她会来这一招，本想大声喝止她，这时眼角余光瞄见那辆眼熟的红色 SUV 朝他们驶来。

胡军顿时心脏猛颤，赶紧扶住妇人手臂，低声吼道："站好了！别动不动就跪下，你还嫌不够丢人吗？！"

妇人被他用力晃了下，稍微冷静了一些，但眼眶已经红了，细声嗫嚅："如果不是走投无路，我也不想来打扰你的……我连明天买菜的钱都没有啊……"

说话时间，那辆车已经在他们身侧停了下来，许飞燕降下副驾驶车窗，前倾了身子。看看胡军，再看看站他身旁的妇人。她眨了眨眼问胡军："你在这干吗呢？这位是？"

胡军强挤出笑容："我阿姨，来找我说点家里的事。"

许飞燕听她哥说过一些胡军的家事，若有所思地看着他问："需要我帮忙吗？"

胡军往前站一步把继母挡在身旁："不用不用，没什么事，就聊几句。"他此时格外乖巧，还对副驾驶的男人打了声招呼，"伍哥。"

雷伍扯一扯嘴角，没有说话。

许飞燕不再多言插嘴，笑着朝胡军身旁的妇人颔首，踩下油门。眼看车子开到汽修店门口，胡军才敛了嘴角的笑，回过身，看见继母已是泪流满面，终是心软了几分，他低声骂了几句那滥赌鬼，按亮手机："说吧，要多少钱？"

花钱消灾，花钱消灾，胡军不停在心中默念。走回店里时，雷伍正靠在铁门旁抽烟，胡军现在没心情喊他哥了，匆匆点了点头就想回举升机旁继续自己的工作。

"胡军。"雷伍喊住他，递了根烟过去。

胡军没接，摇摇头说："我戒烟好一段时间了。"

这倒是在雷伍的意料之外，香烟这东西，对于在里面待过的人而言，可说是意义特殊。他没勉强，只是问："怎么就戒了？"

胡军耸耸肩不以为意地说："有人不喜欢，我就戒了。"

胡军走回举升机旁，正准备钻车底下，许飞燕从厨房走出来，唤了他一声："小军，过来。"

胡军心一动，没理五福有些揶揄的眼神，乖乖走到她面前，微垂下头，故作轻松自在："怎么了？要赏我好吃的？"

下午许飞燕买了些饼食去拜山，刚刚切了两块朥饼、一块乌豆沙、一块绿豆沙，递给胡军："嗯，拿去和大家一起吃吧。"

胡军接过两个盘子，朥饼被平均切成八块，上面插着几根牙签，盘里掉了一些细碎的酥皮，金黄饼皮裹着香甜馅儿，还散发着香气。

见其他三人没留意这边，许飞燕倾身凑近胡军，低声道："有什么事记得跟龙哥或者跟我说，别自己一个人扛，懂吗？"

那一瞬间，胡军觉得自己的心就像被包在层层酥皮里的豆沙馅儿，又软又甜。他并不愿意让许飞燕知道太多他的家事，那些烂事，就好像许多只在臭水沟里死掉的老鼠，腐烂的尸体臭气熏天，那是胡军想极力掩盖的秘密。

他用力点了点头说："懂了。"

雷伍一根烟抽完，隔老远看着厨房前靠得很近的两人，想起许飞燕在墓园说的那一段话，还有回程的一路无言，心情郁闷，又把烟盒掏了出来。

许超龙骑着电动车回来时，雷伍第二根烟已经烧至一半，许超龙把车停稳问："怎么站在这儿？进去屋里坐啊。"接着提醒两个跳下车的小孩，"嘿，你们两个，要有礼貌哦。"

"雷叔叔好。"许浩乖巧地打招呼。

雷伍笑笑："哈喽！浩浩，回来啦？"

接着他看向小女孩："哈喽！朵朵。"

朵朵移开目光，抿了抿唇，还是与他打了声招呼，声音像糖果含在嘴里一样："……叔叔好。"

雷伍没想到能得到她的回应，直接怔愣住，几秒后，才有些受宠若惊地连续道了几声"你好"。

完成任务的两个小孩跑去水槽洗手，许飞燕听到动静迎了出来，对着女儿张开双臂，嘴角挂笑："宝贝，来抱抱。"

朵朵甩掉手上的水珠，像只归巢小鸟飞扑进母亲怀里，小声询问："妈妈，下一次你能来接我放学吗？"

许飞燕心疼极了，也压低了声音在她耳边道："今天是因为妈妈临时有事，之后一定去接你，好不好？"

"嗯嗯，拉钩。"朵朵伸出右手细细一根小尾指，神情认真。

"拉钩，一百年——"许飞燕钩住女儿的手指，刻意拉长音。

"不许变！"朵朵笑得眉眼弯弯，不知情的人还以为她俩在谈多么严肃的事情。

许超龙接过雷伍的烟，点燃后大抽一口，接着吐出白雾："哎，今天临时去接朵朵，也没提前跟她说一声，她见不是她妈来接，差点在幼儿园门口当场哭出来，要不是我和幼儿园的老师熟，怕是要被当成拐带小朋友的怪叔叔，那就太有挫败感了。"

"这么说，她刚才愿意跟我打招呼，算是我几生修来的福分了？"雷伍在许飞燕那边吃了瘪，在朵朵这边却有了丁点进展，心情平复了一点。

"嗯，确实是，你可好好珍惜吧。"许超龙佯装同意地点点头，接着转回正题，"今天拜山，你还好吗？"

"看看父母能有什么不好的？我还去看了何刚，给他上了香。"

听见这名字，许超龙倏地皱眉，犹豫了几秒，才愤愤不平道："他老婆也是个厉害角色，拿了丈夫的赔偿款和捐款带着情夫远走高飞了。"

雷伍摇头："那是别人的家事，我们管不着，而且无论如何，一开始犯错的都是我。"还把许飞燕头晕失衡的事告诉许超龙，问，"她这到底是什么毛病？我问了她，她不太愿意说。"

"说是耳什么……耳石症？也是自从她左耳不好之后才开始出现的，医生开的药吃是吃了，但偶尔还是会复发。我带她去做过推拿针灸，我阿妈还在村里搞了个土方给她煲中药……"许超龙解释。

既然已经知道了雷伍的心思，他也不再拐弯抹角，直接打听起来："你们今天还聊什么了？有进展吗？"

"没，聊了些不大紧要的话题。"雷伍敷衍过去，心想：还进展呢，一朝回到解放前了。食指点了点烧长的烟灰，把烟送到嘴边。

突然，他想起刚才黄毛小子说的那句话，他向许超龙确认："飞燕不喜欢人抽烟？"

今晚虽冷但无风，一弯银钩挂在夜空中笑。

瓦斯炉的火苗舔吻着锅底，汤水香气四溢，滚起的水泡刚破裂就有鱼虾或肉类蹦进汤里。把大漏勺子架在锅沿，筷子伸进袅袅白气，几秒便将新鲜热辣的食物瓜分完。

圆桌旁的座位顺序与昨日几乎相同，就是许飞燕身边加了两张垫高了的塑料凳，俩孩子靠坐在她身旁，由她布菜。虾要剥壳，鱼要剔刺，三花牛脚趾肉对小孩儿来说太难嚼，得用剪刀剪成几块，牛肉丸戳成两串冰糖葫芦模样搁在他们碗里放凉，还有蔬菜也不能少。

　　许超龙摇着头说她瞎讲究，小时候他们家里条件不好，餐桌上有盘咸菜炒猪肉条都不容易，肉老，他们不也是慢慢嚼成肉渣吞下肚？

　　许飞燕瞧都不瞧他一眼，揶揄道："瞧瞧，后爹样子又出来了。"

　　除了雷伍，其他四个人都知道"后爹梗"。确实，许超龙对儿子虽好但没那么上心，毕竟也是拿惯扳手钳子的糙汉子，心思不够细腻。几个人哈哈笑起来，雷伍闷声剥了两只虾，往俩小孩碗里各丢了一只。

　　许浩嘴甜："谢谢叔叔。"

　　朵朵没辙，只好跟着喊："谢谢叔叔。"

　　雷伍笑着说不用客气，目光瞄向视他为空气的许飞燕，心里不是滋味。他们之间的无言，从下午延续至现在。

　　饭后四个小伙负责收拾，许飞燕说要带朵朵去商场，许浩蹦跶得老高说自己也想去："姑姑！上次买的币还没用完！"

　　朵朵难得雀跃："妈妈，我还想坐小火车。"

　　明天周末，许浩的作业不用赶今晚做完，许飞燕问她哥要了车钥匙，说带俩娃娃去商场遛两圈。

　　许超龙正和雷伍站大门口抽饭后烟，两人对视一眼，许超龙心里明白，说："啊……那一起去吧，正好我带伍哥去买几身衣服。"

　　许飞燕与孩子坐进后排，死死瞪着车前方的后视镜，恨不得透过镜子剜她哥七八个眼刀。合着她下午一番话白说了，结果还是和雷伍去了商场。

　　这五六年来水山市接连开了好多个综合体，档次比不上北上广深，但也够好了。奢侈品牌子没有，中档服饰品牌不少。

　　他们去了附近的星汇广场，小周末了，进停车场还得排一小会儿队。儿童用品玩具在三楼，服饰品牌多在一、二楼，五人分头行动，前往不同楼层。

雷伍目的相当明确，与许超龙进了平价品牌服装店。他看到了与自己身上同款的牛仔裤和外套毛衣，下意识瞄了眼价格。老实说，虽然和以前他穿的那些牌子没法比，但现在细算一下，他这一身衣服加脚上的运动鞋，四位数没跑，比他预料的是要贵出一些。

许超龙貌似无意地提了一嘴："我妹平日给自己买衣服呢，要么淘宝买平价货，要么等这些牌子换季打折才会买，那天同她来买衣服，第一次见她价格都不计算，选好直接买单走人。哇，我和她好歹是同个阿妈生的，也不见她对我这么阔气哦。"

雷伍拿了两条牛仔裤，刚丢进许超龙的篮子里，听他这么说，突然有些意外，试探问道："难道不是因为刷你的卡，所以格外阔气吗？"

许超龙回忆着："现在都不刷卡啦，支付宝、微信直接付钱，那天她在排队结账，我有个电话进来就走开了，电话还没讲完她就拎着袋子出来了。"

"那你没给她报销？"

"她又没问我要。"

雷伍心思又猛地活络起来，嘴角不禁悄悄扬起，酸疼了好几个小时的心这时终于缓过劲。像是燃起斗志，他飞快挑了几件卫衣和套头T恤，再抓了件牛仔外套，也懒得试穿，直接拉着许超龙去结账。用的是许飞燕还给他的那张银行卡，卡应该是许飞燕去开的户，所以背后签了她的名字，有些不像她平时的圆滚滚字迹，一笔一画写得格外端正。

"麻烦签个名。"店员把小票和笔推给他。

雷伍拎笔，学着上面的笔迹签了"许飞燕"。

许超龙问："还逛逛别的不？"

"不了。"

"买这几件就够了？"

"够用了，那两条红底裤一天一换，都够穿到过年后了。"想起这事到底还是没忍住，雷伍扯开嘴笑，露出一口白牙。

许超龙侧脸认真看他许久，终是没再开口。冬天衣服体积大，几个纸袋沉甸甸的，两个人先把衣服放上车，再上三楼找那一大两小。

无轨电动小火车围着商场通道慢悠悠地行驶，车头铃铛清脆响亮，雷伍乘着手扶电梯上去，目光循着声音望去。

许超龙比他站高一阶，隔着老远对斜上方的小火车招手："浩浩！"

小火车第三节车厢坐着许飞燕和俩小孩，许浩听到声音，探了半个身子出去，小手在半空中猛挥着喊道："爸爸！"

许飞燕吓了个半死，把许浩扯回车厢："不能这样！太危险！"

"这火车开得这么慢，哪会危险哦。"许浩鼓起腮帮子，但还是乖乖跪在椅子上，靠着车窗对着爸爸傻笑。

两个男人倚在玻璃栏杆等火车绕一圈回来，雷伍看着渐行渐远的小火车，再看看停在一旁不停闪灯唱歌的好几台彩色小车。

有一对夫妇牵着小孩，丈夫扫码付款后，小姑娘兴奋地挑了辆粉色小车，工作人员拿卡在车头刷了一下，让母女两个坐上车。母亲似乎是第一次玩，踩住电动油门，歪歪扭扭把车子开了出去，男人小跑到前方，拿手机给她们拍照。小姑娘兴奋地跟爸爸挥手，说妈妈会开车啦。男人笑着说："是啊，妈妈可厉害了。"

雷伍看着男人一路伴在粉色小车旁走远，才收回目光，问许超龙："坐这么一趟小火车要多少钱？"

许超龙的食指指着上方，绕了几圈："充值的话就二十五，一大一小，加一个小孩再收十五，绕个三圈、四圈吧，小娃娃就喜欢这些。"

"没充值呢？"

"四十吧。"

"这种呢？"雷伍指那些单个的电动游乐车。

"也是一个价格。小孩的钱就是好赚，这里周末常得排队。你看我洗一辆车也就三十，这里五分钟不到，不用什么人工就能赚几十块钱……"

许超龙转头看他："你不会想着搞这个生意吧？从跑车到儿童'叮咚'？这个跨度有点大啊，哥。"

出狱那天他们聊过做生意这件事情。雷家虽家道中落，但烂船也有三斤钉，雷伍之前卖房、卖车、卖铺、卖工厂的资金还完雷父的外债后有一些剩余，钱在唐苑淇那儿代管，说多不多，但两三百万总是有的。大生意是别想了，做点小生意没问题。

雷伍耸耸肩："投资小的话倒也可以考虑，看样子这种小孩儿生意稳赚。"他转过身，手臂靠在栏杆上，视线如飞翔的海鸟跃过商场椭圆中空，准确落在彼岸慢腾腾行驶的小火车处，锁紧一直刻意回避他眼神的那个人。既然许飞燕已经看出了他的别有用心，他索性不再压抑掩饰自己的目光。走散了那么久，要找回她得花点时间，雷伍明白。"飞燕接下来有什么打算？一直留在龙兴给你们煮饭，大材小用了吧？"他若无其事地提了一嘴。

"她还是想开店的，之前和我妹夫……咳，就是那大排档，她还是舍不得的。"

雷伍皱眉："她想一个人开大排档？"

"倒也不是非得大排档，其他的与饮食相关的应该都行，她会的东西很多。"

"哦。"

两人一句接一句聊着,许超龙还"无意"透露了飞燕坚持要从他家搬出的事情。刚说完,小火车转了弯,朝他们的方向驶来。

许浩又趴在窗边招手了,许超龙不免俗地掏了手机给他拍照。雷伍手插裤袋,手刚触到手机,想了想,自己还没有合适的身份,叹了口气,最终作罢。

"唐律师说她在来的路上了,你先喝杯茶哦。"何芹弯腰把茶杯放到茶几上,抬眼不动声色地打量着沙发上的男人。

男人留着一头干净短寸,皮肤浅麦色,鼻梁高挺,剑眉浓黑,微微扬起的左眼角下方缀着颗淡淡的泪痣。他坐姿端正笔直,衣着简单,深蓝牛仔裤搭黑色连帽卫衣,脚上是国产基础款运动鞋,手腕没戴表……何芹在律所待的时间不算长,别的没有学到什么,以表辨人倒是学了几成。

雷伍噙着淡淡的笑:"谢谢你,我在这儿等她就行。"

何芹脸颊倏地微烫,对他点了点头便回前台了。

雷伍刷了会儿手机,正想打探许超龙他们今天什么安排,看看自己能不能找机会掺一脚,便听见门外一串高跟鞋的嗒嗒声。

刚抬起头,门就被大力推开了,唐苑淇一如既往雷厉风行,朝他扬了扬下巴:"走吧,去我办公室。"

唐苑淇的办公室面积不小,装修简约大方,落地窗面朝大海,今天空气很干净,能清楚瞧见远处的跨海大桥和青山绿岛。

雷伍挑眉揶揄道:"唐大状这里环境很好嘛,看来唐叔置业的眼光依然不错。"

"一见面就提那老家伙，你是存心和我过不去？"

唐苑淇把黑羊皮菱格包和羊绒围巾随手一丢，白他一眼说："不过确实，这里比起田滨那环境，是好不少。"

雷伍不同她客气，拉开大班桌前的椅子坐下，坐姿比在等候室时轻松不少，声音也懒散道："说这话就没意思了啊。"

视线上下扫过他全身，唐苑淇有些意外："哟哟哟，谁给你买的衣服啊？"

"我自己，昨晚买的。"

"什么品牌？"唐苑淇直接上手，扯开他帽领确认商标，柳眉微挑，十分刻意地"哇"了一声。

雷伍反手朝她手背一拍，仰头睨她："女孩家家，别动手动脚。"

唐苑淇扑哧笑出声，坐回自己的大班椅上，不避讳地脱去亮黑色高跟鞋，调侃回击："接受过改造还真是不一样了，现在还懂得要和姑娘保持距离？怎么，如今要守身如玉了？"

"对啊，万一出了什么事，被飞燕嫌弃了怎么办。"

"嚯，脸皮可真厚，说得好像飞燕现在还喜欢着你似的。"

说者无心听者有意，雷伍难免又立刻想到那一阵锥心之痛，像一把大锤子哐哐哐往他心脏钉钉子，每一次呼吸都疼痛难忍。尚未告白就被人拒绝，原来是这个感觉啊，按许飞燕的话说，他是清楚也明白了。

见他瞬间拉下了脸，换上拖鞋的唐苑淇狡黠一笑："看来雷大少是真栽了？"

雷伍没否认："我们半斤八两，就别五十步笑百步了。"

被戳中心事，唐苑淇收起笑容，明眸怒瞪，拉开抽屉抓了个发圈，把脑后的棕红鬈发随意扎成一束，再狠狠推上抽屉，砰一声响亮。

"气什么？我还没找你算账呢。"雷伍半阖眼帘，语气淡淡。

"算什么账？"唐苑淇疑惑。

"干吗不告诉我飞燕的事？让我一直以为她婚姻幸福，家庭和睦。"雷伍指了指自己的左耳。

但唐苑淇却一脸迷茫不解："你在说什么？飞燕怎么了？"

雷伍蓦地皱眉："你不知道？"

"知道什么？"

她迷惑的模样看起来是真不知情，雷伍便挑重点，把许飞燕的事讲述给唐苑淇听。

唐苑淇越听越怒，精致好看的双眉皱紧，到最后被气笑："这群人真当自己是岛上的土皇帝了？凭什么和解还要净身出户？"跟着她爆了句脏话，"不是，等等……飞燕怎么不来找我帮她打官司？！"

雷伍沉思一会儿，淡淡开口："恐怕是有人不想和你有太多牵连吧。"

唐苑淇猛地一震，一阵酸楚密密麻麻涌上脑门，再开口时声音里竟有几不可察的委屈："……呵，我又不会吃了他，他这么躲着我有必要吗？"

"我不知道你们没有联系了，但之前我不是还托你把我家钥匙拿去给他吗？"

唐苑淇嗤笑："就那次打了一个电话，他说他忙还是怎么，支支吾吾的，让我直接联系飞燕。之后我把钥匙交到飞燕那儿，没见着他。"

"于他的立场，他这样做并没什么问题，毕竟有老婆有孩子，将有可能发生的事情扼杀在摇篮里，没毛病。"雷伍强调了一句，"你知道的，他是个老好人。"

到底不是十七八的小姑娘了，唐苑淇长长吁了一口气，把那些酸楚都吹散，自嘲道："他大可以放心，我道德底线虽然不高，但还没低到会去破坏别人的婚姻。"

雷伍前倾身子，长臂一伸，抓起桌上棕牛皮烟盒："这些年你谈的那些对象，就没有一个能入你心里？"

这些话题，唐苑淇以律师身份去探监时他们都没法聊。

"我那些对象都是老家伙介绍的，无非是想交换家族利益，能走心到哪里去？有才吃了两顿饭就要睡我的，还有旁敲侧击我这私生女在唐家的地位的。哦，有一个更离谱，双方家人已经在谈下聘时间什么的了，他才说婚后要各玩各的……"唐苑淇掰着手指一个个吐槽过去，最后只支起食指中指，朝雷伍勾了勾。

雷伍会意，从皮烟盒里抽了根雪茄递给她："你以前不就说要找各玩各的，这不刚好合你意？"

唐苑淇接过，扯起嘴角说："他喜欢男的。"

雷伍恍然大悟，接着他也拿了根茄，凑到鼻前嗅嗅问："什么时候开始玩起这个的？"

"几年前了，普通香烟不带劲，没意思。"唐苑淇剪完茄帽，把雪茄剪推给他："尝尝？"

有别于普通香烟的淡淡烟草味飘进鼻腔，雷伍思索片刻，最终还是把雪茄放回原处："算了，抽不惯。"

唐苑淇正点燃手中雪茄，听他这么说，抬眸笑道说："不是抽不惯，是不想抽了对吧？"她把雪茄虚衔进嘴里，继续说，"今晚有个雪茄局，你跟我去吗？是几个跟我比较聊得来的朋友，人挺识趣，不是你以前那个圈子的。"

雷伍屈起指节敲敲桌面，随后说："不去，我是什么身份，跟你们有代沟。"

"你就坐那儿，不用怎么开口，听我们聊几句也好，多认识几个人，对你之后的路多少有点用。"

"我能有什么路，搞点生意投资一下就得了，也没多少钱。"雷伍耸耸肩，整个人后倚进椅子里。由俭入奢易，由奢入俭难。他经历那么多走到这一步，可以说是和过去的种种说再见了，唐苑淇如今的朋友，非富即贵，和他现在的世界截然不同。哪些是值得他用真心去对待的人，雷伍心中清明。

唐苑淇见他抵触，也知道这种事情没办法强求，椅子旋了半圈，看向窗外，海天一色，慢慢抽着雪茄，不再说话。

雷伍玩着雪茄剪，等她自己消化。

许久，唐苑淇开口："他汽修店生意怎么样？"

"说是还不错，养得起老婆、孩子和四个工人。现在加了飞燕和朵朵，我这两晚在他那儿吃饭，一大群人热热闹闹的，挺好。"

"哟，朵朵，叫得真亲切。"唐苑淇斜眼瞄他，话语在烟雾中模糊不清，"是该不错，我总给他做免费宣传呢……"

雷伍听清了，认真看她一会儿，把雪茄剪滑到一旁，突然冒出一句："苑淇，他抽芙蓉王。"

唐苑淇皱眉，指尖夹紧了雪茄，红唇微抿。

"你抽高希霸。"雷伍指着烟盒，"你知道的，雪茄和香烟不能混抽，你们不是一路人。"

唐苑淇望了一会儿大海蓝天，双脚一蹬，大班椅又转回正面。她肘撑桌面，掌撑下巴，指间松夹着雪茄，眼神有些清冷："我和许超龙不是一路人，那敢情你和许飞燕就是一路人了？"

雷伍知道自己戳中了唐苑淇的痛处，而唐苑淇的刀子也一点儿都不带客气地朝他胸口猛戳。

他坐直了身子，掌心在膝盖上摩挲了几下，才道："以前我们确实不是一路人，走不到一块儿，但以后飞燕走哪条路，我就会跟着走哪条路。"想起那人的笑，雷伍嘴角也渐渐扬起温柔的弧度，"她走得快也没事，我就追着她的影子，我想总有一天，能赶上她的。"

许飞燕交代中介一有合适的租房房源就立刻告诉她，中介点头说好。她牵着朵朵的小手离开中介行，走出一段距离，朵朵才轻轻晃了一下她的手。

许飞燕低头问："怎么了，宝贝？"

朵朵咬着嘴唇，好久才仰头问："妈妈，我们不能继续住在舅舅家了吗？"

"嗯，我们在舅舅家打扰好久了，是时候搬出来了。"许飞燕觉得女儿的小手有点冷，便拉着她的手放进自己外套兜里，"刚才看的两套房子，你有喜欢的吗？"

那天送雷伍回家，她留意到附近房产中介有部分楼梯房的房源出租。这片区离许浩读的幼衔小机构步行只需十分钟，许飞燕的计划是等明年朵朵读完幼儿园大班，就送到这边来读幼衔小。虽然学区房的房价高，但因为楼梯房楼龄较高，租房的价格反而在她能接受的范围内。而且她心里希望之后送朵朵进金源小学，提前在这里住下，要是到时候能想办法解决入学问题，那接送也方便不少。

下午她找了两家附近的中介，看了两处价格和环境都能接受的房源，其中一处格局面积实用，只是相片看着明亮，进去后发现自然光线极少，能做小孩房的次卧更是阴冷，朵朵刚走进去就打了个喷嚏。第二处房源离雷伍的住处很近，也在六楼，光线不错，但房子状态太旧了，家具也残破，价格还比第一套贵个两百块钱。她自己是无所谓，两套房子都能住，朵朵的选择最重要。

许飞燕等了一会儿，没等到女儿的回答，她以为是自己耳朵问题没听到，便又问了一次。这次她用余光留意着朵朵的表情，发现朵朵一直抿紧唇不说话。她停下脚步，弯下腰，平视着女儿问："宝贝，怎么了？是不是都不喜欢？"

朵朵眨了眨眼睛，摇头道："我……我都可以。"

许飞燕看出她心中藏事，索性蹲下，微仰头细声问："但怎么妈妈觉得你好像不太开心呢？"

她有些感慨，朵朵婴儿时候长得像她，但一年一年过去，小姑娘五官长开，竟越来越有蔡景尧的模样。

朵朵看着妈妈的眼睛，长翘的睫毛颤着，好似快要展翅而飞的蝴蝶，一双黑眸快速积聚起雾气，泛红的眼睛一眨，金豆豆就掉了下来。

许飞燕大惊失色，自从她们母女俩离开石沧岛，朵朵就很少当着她的面哭。她赶紧抬手去给她擦泪："宝贝儿，你别吓妈妈啊，怎么回事？房子都不喜欢对吧？怪妈妈啊，妈妈为了省钱，看的房子都很糟糕对不对？我们明天去看带电梯的房子好不好？哦，还有那种小区里面有滑滑梯的，住那种好不好？你别哭啊……"

她一句接一句，可小孩子那豆大的眼泪像断了线的珍珠，接连滚到她掌心。许飞燕着急，打开包去找纸巾，慌张中把润唇膏钥匙什么的都连带抽了出来，丁零当啷掉一地。她顾不上捡，抽出纸巾轻轻拭去朵朵脸上的泪痕。看女儿哭得小鼻子通红，许飞燕这时鼻子骤然一酸，瞬间也想跟着哭，硬是咬着槽牙忍住了。小孩的泪水化成雨，在她胸腔里淅沥沥落下，明明天空中有太阳，她却觉得湿冷渐渐漫满全身。

朵朵小声哭着，说话时一下一下往回抽气："这次是不是还是因为我，我们……我们才不能住在舅舅家了？"

许飞燕心惊，音量拔高："才不是呢！怎么会是这个原因呢！"

"可是，可是……"

接下来的话好像是小姑娘藏了好久的秘密，她憋得小脸通红，攥成拳的双手在身体两侧发颤，牙齿磕磕碰碰，每一句话不知要用多大的力量才能从小小的身体深处艰难挤出来："之前我偷听到姥姥和舅妈聊天，姥姥说我们不应该住在舅舅家，应该回外婆家住……姥姥说，舅舅没用，赚不到钱，又要……又要……"朵朵似乎不太明白这句话的意思，只能像复读机一样复述，"又要橙（逞）英雄……"

"姥姥"指的是周青的母亲，大人们图方便，让朵朵随许浩喊她姥姥。许飞燕心凉了大半截，怕是哪一天母女两人的对话让小孩儿听去了。成年人总以为小娃娃听不懂自己说的话，其实他们都能听懂，而且记得很深。许多成年人说完就忘的事，孩子即便在当下不清楚意思，却会将它牢牢锁进小脑袋瓜里，在未来的时日里它会悄悄生根发芽。

许飞燕来不及去埋怨任何人，伸手把朵朵揽进怀里，抱着她，一下下轻扫着她的背脊，颤声安抚："不是不是，是妈妈想得不够全面，不是朵朵的错……"

"可之前奶奶和叔叔，都说是我不好，爸爸才会离开……妈妈你的耳朵，是不是也是因为朵朵，所以才听不见的？"小女孩的脸深埋在母亲肩脖，凑近她那只听不见的耳朵讲话。

哭泣声从后脑绕了半圈,密密麻麻刺进许飞燕的右耳。

许飞燕很少在小孩面前提起婆家的事,她不愿意让朵朵陷进由成年人搅出的那些浑浊漩涡里。那些以污糟贪婪为养分滋生的恶之花,她更是不想让朵朵窥见分毫。而且说到底,许飞燕觉得是自己的责任。蔡家不成器的老幺想要大排档,她给他不就行了,跟他们较什么劲啊?婆家迷信,外加重男轻女,她忍一忍不就行了,嫁人不就是这么一回事吗?是的,是她太倔,说是为了守护蔡景尧的心血,为了保护朵朵不受冷眼和流言蜚语的伤害,但实际上,她不过是想维护自己低至尘埃的尊严罢了。

现在回想,那一天给朵朵造成最多阴影的,或许不是她婆婆,也不是她小叔子,而是拿着菜刀对那群地痞恶言相向的自己。那样的自己肯定像个疯婆子,像个会吃小孩的母夜叉。

"朵朵,你没有错,错的是妈妈……"

压抑许久的委屈是绵长阴冷的冬雨,许飞燕的坚强被女儿的哭声逐渐击溃,溃不成军,那个藏在深处的念头也从裂开缝的心中冒出头。要是她当初不去多管闲事,不去告诉蔡景尧有人溺水,是不是今时今日他们一家三口就能幸福美满?

那一天淹没蔡景尧的咸涩海水,如今从她胸口开始涨潮,堵住她喉咙,蹿上鼻腔,汹涌得她快要抑制不住,那条线的崩断只需要一瞬间。

许飞燕把头埋进女儿瘦小的肩膀处,不让人窥见她的崩溃,呢喃:"对不起……对不起……是妈妈的错……"

一大一小在步道上相拥而泣,有路人放慢脚步注目,但多数是低语几声就离开。唯有一人伫立在街巷对面,他长腿蹬地,坐在助力车上许久,最终稳稳放好助力车。他将指间还烧剩一半的香烟丢进下水道,回头进了路旁的小卖部，买了点东西，再朝那两母女走去。

许飞燕虽低着头，却隐约间察觉有人走到身边。那人高大，身体能挡住阳光，她被笼进一片温暖的影子里，像是有人隔空揽住了她和朵朵。还没来得及抬头，就听见对方开了口，低沉的声音很是熟悉："小家伙，哭够了就喝点甜的。"

许飞燕松开朵朵后抬头，视线被泪水模糊，男人的轮廓被逆光涂抹得朦胧，所有的一切都变得好不真实。她有些发愣，问道："你怎么在这里？"

雷伍咧开嘴笑着说："你蹲我家门口哭，你说呢？"

许飞燕这才反应过来身处的位置，也反应过来，自己哭得鼻涕冒泡的蠢样子让雷伍给看去了。她匆匆埋下头，胡乱用手背抹脸："可你喊谁小家伙呢……"

"想什么，当然是你女儿。"雷伍也蹲下身，手肘支着膝盖，把手里的玻璃瓶装奶递给朵朵，"喏，给你，朱古力味的哦。"

朵朵这时仍低着头，一双大眼水汪汪，但眼泪已经收住了，只不时噘起嘴吸一下鼻子。她没接，怯怯地看了看妈妈，又看回朱古力奶。

有旁人在，许飞燕没重提刚刚的事，低声问："你想喝吗？"

朵朵哭得口渴，舔了舔嘴唇，点头。

"那你要说什么呢？"许飞燕提醒道。

"谢谢叔叔……"

雷伍笑而不语，捏着瓶颈把玻璃瓶放进她小手里。朵朵双手捧住玻璃瓶，瓶身温热，熨得她手渐渐回温，小瓶嘴插着根透明吸管，还没靠近就能闻见香醇浓郁的巧克力香味。

见女孩脸上还挂着些泪水，许飞燕想用刚才的纸巾给她擦擦，才看到被攥成一团的纸巾不知何时掉落在地上，不能用了，她又去摸包里，只摸到一个空荡荡的纸巾袋，纸巾用完了。雷伍准备充足，在小卖部买的东西除了热饮，还有一包纸巾，他抽出一张递给她。许飞燕还有点蒙，没时间想太多，接过后给女儿擦脸颊。

女孩乖乖地站着，等她擦拭完，才把那瓶朱古力奶推到妈妈面前，细声说："妈妈，你先喝……"

雷伍愣住，许飞燕也是一怔。

只听小姑娘边吸鼻子，边软糯糯地说："你也要喝点甜的……"

沸　腾

许飞燕强撑起的所有坚强，在这个时候悉数瓦解，什么带刺的铠甲，当啷掉了一地，她只想好好抱着她懂事的女儿，把她深深揉进自己怀里。她吸了吸鼻子，就着朵朵递来的吸管嘬了一口，甜腻的味道一下子灌满口鼻，好甜。

"好了，妈妈喝完啦，你喝吧，如果有喝剩的再给我。"她把瓶子推回去，"朵朵不哭了哦！"

朵朵抿紧吸管，点头，偷偷去瞄又黑又壮的叔叔。见他快要看过来，朵朵急忙低头喝饮料。

雷伍见地上散落三四样杂物，润唇膏、钥匙什么的，他弯腰捡起，放进许飞燕丢在地上的包里，若无其事地问一句："你呢？也没事了？"

"没事了……"冷静下来后许飞燕开始觉得尴尬。小孩哭就算了，她跟着一起闹像什么样子。

雷伍没问她到底发生了什么事。

中午唐苑淇带雷伍吃日料，他太多年没吃过生的东西，有点怕肠胃会不适应，只敢拣些熟的、清淡的吃。

唐苑淇还给他两张银行卡，里面的金额比他预算的还多一些。她之前有个男友是小有名气的基金经理,虽然雷伍本金不算多,但趁着白酒和新能源飙得离谱,她赚连带着让他也小赚一笔。唐苑淇还开玩笑说,至少比他在田滨踩几年缝纫机赚得多吧。

吃完饭后雷伍扫了辆助力车,趁着天气好便四处认认路,也没开导航,骑到哪儿算哪儿。从中区骑到城市西边的老城区不到十公里,助力车亮起红灯,快没电了。正好到了修缮一新的老骑楼区,他下了车,沿着中西合璧的骑楼建筑往里走,很快便看见了绿瓦红檐的攒尖八角亭。老街不通车,没有高楼矗立,商埠骑楼经过修复,如今拥有了新的生命,早没了多年前破落凋敝、荒草丛生、宛如废墟的模样。

阳光在这里穿过,连风都变得温暖柔和。四处能见举着手机和长长自拍杆拍照的游客,有几个小年轻围成一群,时而仰头,时而低头,叽叽喳喳兴奋地交谈着什么。雷伍走到他们身后,看了一会儿,听见头顶有嗡嗡声,也跟着他们一起抬头,是个四只脚的小东西在天上飞。哦,航拍机是吧,雷伍摸摸下巴,觉得自己真是越来越有老古董那意思了。

老街游客多,商机好,骑楼下开了许多传统的小吃店。雷伍溜达着,见一家装修复古的甜汤店门口排队的人群像一条长龙,墙上显眼的位置挂了好几块金光闪闪的奖牌,是"中华老字号""中华名小吃"之类的。店内只摆几张小桌,已经坐满,有游客找不到位置,便站在门口,直接端着一次性小碗,用小勺吃起来。甜汤种类繁多,有热有冷。雷伍排队时已经想好了要点什么,轮到他的时候直接点了碗姜薯白果汤。

雷伍小时候挺喜欢吃甜食。胡美芸还在世的时候,会给他变着法子做各种甜汤,白果汤是最经常做的,因为他爹雷广也喜欢吃。放学后回家,雷伍洗完手坐在小木头板凳上,胡美芸坐他身旁。茶几上放一篮子还没去壳的银杏,胡美芸会用铁锤轻轻把银杏壳敲碎,取出鹅黄饱润的小果子，接着拿小刀将它一剖为二。然后他拈着根牙签，把躲在果里的那根嫩芯挑掉，最后将银杏果丢进盛清水的大碗里。

水中银杏宛如缓缓下沉的星辰碎片，胡美芸会轻声哼歌，见到他想偷偷摸起锤子，就会屈起指节朝他脑袋敲一记，说："小家伙可不能玩这些。"

只是，现在这碗有很多人拍照打卡的网红传统糖水，并没有办法让雷伍找回童年的味道。

许是因为生意太好，厨房来不及将材料熬煮绵软就端出来，入口的银杏和姜薯还很硬，汤水也只有十分单薄的甜味。囫囵喝完一碗糖水，雷伍再扫了一辆满电的助力车，从老城区往回骑。

骑车到处逛的时候，雷伍发现确实像唐苑淇说的那样，市内新开的咖啡店、奶茶店、甜品店多得不行。每走十步就能看见一家，路上穿黄色、蓝色衣服的外卖小哥风驰电掣，大大小小的电瓶车后都统一驮着一个大箱子。

他盘算着什么，一时没留意路牌，走错了一个路口，绕了一圈才找到回家的路。快骑到家时，离着老远雷伍就在路旁步道上看见她，穿着那件眼熟的砖红色外套。

雷伍觉得自己十三四岁还是个愣头青的时候，也没像当下这样，竟紧张得手心渗出薄汗。以前的他自信甚至自大，在男女关系方面向来只有他拒绝人的，哪试过还没开口就被人拒之门外。

车子还在向前行，内街很安静，很快雷伍便听见母女两人的声音。许飞燕蹲在地上背对着他，而她家的小姑娘突然哭了起来，许飞燕好慌张地从包里掏东西，东西掉了一地。

他在她们斜后方停下车，小姑娘哭得好不可怜，说的话也可怜，断断续续进了他耳朵里，房子、糟糕、省钱、姥姥、舅舅、逞英雄之类的。不知为何，他喉咙有点痒，便点了支烟，只是浅浅抽了一口，尼古丁咽进喉内，成了磨钝了的刀片，在他体内胡乱划着。没再抽第二口了，他把烟松夹在指间，慢慢地，烧出长长一截灰烬。

一大一小抱在一起，许飞燕的肩膀每一颤，雷伍的手指也跟着抖一下，指间簌簌滚落的烟灰或许就像她们的泪水，烫得他心颤。许久后他丢了烟，进小卖部跟阿婆要了瓶温的朱古力奶和一包纸巾。

许飞燕不知腿麻，站起时跟跄一步。雷伍扶住她手臂，但很快松开："能站？"

许飞燕点头，跺了几下脚，等麻意过去。

雷伍看她一眼，把刚收进裤袋里的纸巾包又拿出来，抽出一张，递给她。

许飞燕有些不解，但还是接过，雷伍指指自己右眼眼角说："你自己呢？擦擦。"

她刚才擦得马虎，自己的眼角还有点湿润。一颗心倏地跳得好高，接着飞快下坠，在快要触底的时候又再蹦起。许飞燕稳住心神，赶紧撇开眼神，低头拭去眼角残余的泪水。

雷伍装作自己没听见母女刚才的对话，问："你们来这附近……办事？"

许飞燕拾起掉在地上的纸团，和手里的纸巾一同塞进兜里，点头哑声道："我要租房子，今天过来看看。"

"哦，我有听你哥说起这件事，有看中的吗？"

"没有，看了两套，都不太合适。"

雷伍没有追问，换了个话题："刚才你哥喊我今晚一起吃饭，说带小孩们去北区一家新开的商场。你们现在要直接回店里吗？"

"嗯，也没别的房源看了，就先回去。朵朵中午没睡午觉，刚刚又……"许飞燕适时停住话语，继续道，"我怕她在公交车上晃来晃去，一下子会犯困。"

小女孩的眼皮有点肿，有点红，抿着吸管没有出声，手里的朱古力奶只剩半瓶，雷伍看她一眼，略一思索，指指自己家的方向，问许飞燕："要不，上我家去坐坐？时间也不早了，待会儿可以让超龙顺路来这里接我们。"

许飞燕正思索着要怎么拒绝，却没料到雷伍竟弯下腰，直接询问朵朵的意见："怎么样，小家伙？叔叔家就在那一栋，六楼，可以在那儿等你舅舅来接我们去吃饭。"

没想到，他竟听见朵朵开了口："……我能看动画片吗？"声音好小，像某种花开的声音。

雷伍和许飞燕均是一怔，尤其许飞燕，她也没想到朵朵居然能主动回应雷伍。他俩只见过几面，朵朵很少这么快就能接纳一个陌生成年男性。

雷伍点头："当然可以，哦，但需要你妈妈同意才行哦。"

朵朵说："但前两天，你跟许浩说你家里没小米盒子。"

这句把雷伍给乐笑了，敢情之前一直偷听他和许浩说话呢，他嘴角上扬："虽然还没买盒子，但可以看看电视里的卡通频道。"

朵朵沉默了几秒，接着点点头。

许飞燕瞪大了眼，视线在这一大一小两人之间来回移动，不可置信：这样就达成共识了？我呢？我的意见呢？！

沟通完毕，雷伍起身与许飞燕对上眼，见她欲言又止的样子就想笑，当妈的都不知怎么就被女儿安排得妥妥帖帖。

雷伍先走向小卖部，大声嚷了句："阿婆，牛奶瓶子我晚点下来再还给你啊。"

"喔！好！"

雷伍再走回许飞燕面前，低声解释一句："阿婆的耳朵不太好，说话得大声一些。"

许飞燕回头看一眼老人家，"哦"了一声。她也不好推拒了，该说的话昨天都说过，解释得太多反而显得此地无银三百两。"那就上去歇一会儿，你跟我哥讲一声，让他早点出门，今天周末路上容易塞车。"

"行，走吧。"

雷伍走在前，许飞燕一手牵着朵朵，一手帮她拿着那瓶还没喝完的朱古力奶，怕小孩手滑摔了瓶子。

开防盗门的时候，许飞燕瞄了眼雷伍手里的钥匙，钥匙圈上还挂着那只小鸟。她低下头，悄悄用手背揉了揉发痒的鼻翼。进屋后雷伍才记起家里没备客人用的拖鞋，直接跟她们说："不用脱鞋了。"他想着下次去超市时要记得买女式拖鞋，或许还可以再带一双小孩的。

朵朵抬头看了眼妈妈，等妈妈点头同意，她才慢慢往屋里走。屋里清冷，雷伍按开暖气，又开了电视，把遥控器放到茶几上，对朵朵说："你挑自己喜欢的看。"直起身后问许飞燕，"你要喝点什么吗？"

"你去过超市了？"许飞燕瞥向红木餐桌，上面放着两个塑料袋，是附近超市的，一个袋子瘪了，一个袋子里面还装着些东西。袋口敞开着，许飞燕眼尖，看见有包方便面，一包吐司，一罐橄榄菜，其他的掩在袋子里，她就看不清了，另外，还有一张餐椅上放着一包大米。

雷伍走到餐桌边："嗯，早上去的，去买些日用品和吃的。"他从袋子里拿出其余东西，一包剃须刀，两块香皂，几盒喉糖，一罐榛子巧克力酱，最后是一盒红茶。"给你泡杯茶？"雷伍拿起茶盒朝她摇一摇，"但我只买了这种茶包，不是茶叶，可以吗？"

许飞燕忙说："不用麻烦你了，我不喝也行。"

雷伍拿着盒装红茶朝厨房走："没多麻烦，我去烧壶热水，喝了能暖暖身子。"

许飞燕站在沙发旁，等雷伍走进厨房，完全看不见他了，她才收回目光，浅浅叹了口气，坐到朵朵身旁。朵朵脑袋微垂，小口小口吸着牛奶，没敢碰茶几上的遥控器，许飞燕看得出她的拘束，便拿起遥控器问她："想看金鹰还是嘉佳？"

"嘉佳吧，金鹰一整天都是《熊出没》。"

"好。"

但嘉佳这个时候也在播《熊出没》，小女孩看着都快能背出下一集剧情的动画片，开始犯困。许飞燕身子半倚沙发扶手，揽住朵朵的肩膀，有一下没一下在她手臂轻拍，心里回想的是刚刚女儿的突然崩溃。她反省自己一定是在什么地方做得不够好，才让女儿这么没有安全感。

"妈妈……"

"嗯？"许飞燕回了神。

"我想摸摸耳朵宝宝……"

许飞燕顿了顿："现在？宝贝你困了吗？"

这是朵朵从小至今的习惯，每晚睡觉总要摸着她的耳朵，才能安心入眠。毕竟是在陌生环境里，小姑娘不大愿意承认自己犯困，只说就是突然想摸一摸。

许飞燕自然清楚她的行为习惯，拍拍大腿说："行，那你先把鞋子脱了，坐到妈妈身上。"

朵朵赶紧把手里的瓶子放到茶几上，蹬掉波鞋，两三下就钻到她怀里。小孩进屋后脱去厚外套，如今半躺在她胸前，许飞燕能透过她薄薄的背脊，感受到明显比自己快出许多的心率：扑通，扑通……

朵朵举起左手，往后寻到妈妈的耳朵，小小的手指轻轻捻住小小的耳垂。

"妈妈，耳朵宝宝有点凉，它会感冒吗？"她问。

小孩无心的话语时不时会可爱得让人心头一暖，许飞燕笑声有点哑，吻了吻她的发顶，说："可能会哦，它感冒的话你就不能摸它了，不然会把感冒传染给你的。"

"那我给它呼呼，这样它就不会感冒了。"朵朵收回手，双手拢在嘴巴前，连呵了几口暖气，再用暖呼呼的手去揉妈妈的耳朵。她左耳能清楚感受到暖意，也许是带着巧克力味道的暖意。之前被突如其来的脆弱冲垮的堤防还没来得及重塑，这时内心又被这样的温暖紧紧包裹住，许飞燕鼻子一吸，眼角再一次泛湿。

她搂着女儿轻轻晃，很快察觉到女孩呼吸渐渐平缓，身上的重量稍微增加一些，揉掐着耳朵的小手也耷下了。许飞燕侧过头瞧一眼，小姑娘已经阖上眼，小嘴微张，睡着了。

她慢慢把小孩挪移到沙发上，让她打直腿，这样能睡得比较舒服些。刚把电视音量调至静音，许飞燕就听雷伍低声说："我去拿被子出来。"

许飞燕挑起眼角睨他："我以为你也在厨房里睡着了呢。"

雷伍把陶瓷杯轻轻放到茶几上，淡笑道："这不是为了给你们母女两个留点私人空间吗？"

十分钟前许飞燕就看见雷伍从厨房走出，但只迈出两步，刚与她对上眼，又立刻折返回厨房，等到朵朵睡着他才走出来。

"被子就不用了，"许飞燕脱下自己的砖红外套，盖在女儿身上，语气淡淡，"但是谢谢你。"

"谢我什么？"雷伍在旁边的单人沙发坐下。

"……总之就是谢谢你。"许飞燕搪塞过去。茶包像颗滚烫的陨石沉进水里，冒起缕缕白烟。她伸手去拿杯子，忽然发现，这深灰马克杯是她买的，给雷伍用的。手停住，她问："这不是你的杯子吗？"

"对啊，全屋上下只有这一个杯子，你先将就一下，等我明天去超市再买几个杯子。"看出她的为难，雷伍低声笑道，"谁让你只帮我买了一个杯子？整得我像个孤寡老人，还是脾气很差、拒绝客人上门的那种类型。"

许飞燕的脸一烫，像为了要掩饰什么，赶紧拎起杯子直接往嘴边送。

雷伍连忙阻止："哎，水很烫，你吹吹再喝。"

"嘶——"晚了，许飞燕嘴唇被茶水烫了下，半张脸皱成苦瓜。之后她吹了吹热气，小口抿着热茶，双眼直视电视上无声的动画片，却在余光里感受到雷伍的视线，灼热的、直接的、不加掩饰。

雷伍知道自己失礼，但他没办法移开目光。他回想起刚才那一幕，许飞燕怀抱女儿，身子轻轻晃，小姑娘则反手揉着母亲失去听觉的左耳。

西落的阳光穿过玻璃窗淌进屋内，如蜂蜜一样倾倒在她们身上和脸上，将她们的影子拉得好长。他视力忽然变得极好，连许飞燕眼角闪烁的碎光都能看得清，每一次她睫毛轻颤，都像有只失去方向的蝴蝶在他的胸膛内胡乱扑腾翅膀。

他转身走回厨房，觉得自己再待在那里，会破坏那样静谧安宁的画面。

像他这样的人，不配。

许朵朵睡着后，客厅安静得惊人。许飞燕没提昨天在车上与他摊牌的事，雷伍也不提她们母女俩在街边哭得鼻涕泡都出来的事。

雷伍还坐在单人沙发上，坐姿随意轻松，半阖的眼帘下是让人捉摸不透的眼神。相比之下，许飞燕整个人显得紧绷到不行，连藏在短靴里的脚指头都快僵成石头。

还是雷伍先起了个话题，讲今天去唐苑淇律所的事。

许飞燕把还剩一半茶水的杯子轻放到桌上说："我上次见到唐律师，是同她拿你家的钥匙，之后也有几个月没见过面了。"

"唐苑淇今天有些生气。"

许飞燕眨眨眼："啊？为什么？"

"她气你遇上那种事怎么不联系她给你打官司，你婆家的人，左右都不占理。"

"哦，是不是我哥讲故事的时候画蛇添足了？其实你说错了，不占理的是我。"她莞尔一笑，接着说，"海边那一小块地，我老公和他弟弟都有份儿，只不过他弟不成器，所以大排档向来是我老公在打理。我们结婚后就住在大排档后面自建的小屋里，而他弟一家和我婆婆住在岛内，这么一来，大家都默认了大排档是我老公的，甚至连我自己也这么认为。"

雷伍怔愣几秒，确实，许超龙没提起这件事。咳了一声，他又说："那他们也不能这么欺负你们孤儿寡母的啊。"

许飞燕点头，侧过头看向熟睡的小姑娘："确实，大家都说我被人逼急了，可最终干出伤人事情的人是我。"每次回想起那一天，许飞燕都会后悔不已，要是自己当时能够再冷静几分，多想想后果就好了。她把朵朵身上的外套往下拉了一点，盖住她的一双小脚丫，回过头，面上没什么表情，"你知道要是没和解的话，我要进去多久吗？"

雷伍皱眉，这点他是知道的。十年铁窗，不提别的，对常见犯罪量刑他可以说是背得滚瓜烂熟，毕竟身边全是一个个活生生的案例。故意伤害罪，三年以下有期徒刑，致人重伤，则是三年至十年。

同监房那个姓魏的老头儿，没坐牢之前才五十岁出头，在工地上干体力活。那一年，包工头拖欠工资，一群农民工辛苦了许久一分钱没拿到，便占着人多去找包工头要个说法。去了五六十个人，群情激昂。双方谈不拢，包工头一口咬死自己没钱，就算打死他，他也还是没钱。场面一度混乱，魏老头儿被人怂恿了几句，一想到一家老小等着他赚钱回去，气不过，抡起一板砖直接拍到包工头后脑勺，人当场就没了。然而这一板砖下去，魏老头就被判了二十年。

魏老头的儿子和媳妇都在省会城市打工，老家就剩他老婆，还有留守在村里的小孙女。家里离得远，魏大妈来探视一趟不容易，儿子更是没来看过他，只定期给老头儿的监狱账号里打一点零花钱。

那几年的亲情电话没像现在那么人性化，魏老头好长一段时间都没法和家里联系，魏大妈不识字，请村里识字的人帮忙写了信，给他寄了过来。可魏老头也不识字，又要拜托监房里的人帮他念信。

一个监房的大老爷们儿不定时轮流给他念信，雷伍后来也念过几次。其中有一封，信纸泛黄，折边磨损严重，信里大妈讲着些家里的日常，说村里要搞农村旅游了，说家里屋檐下有燕子来筑了巢，说小孙女问爷爷什么时候能回来给她唱儿歌。

每次一念到这封信，魏老头都要湿一次眼眶。还有一次，晚上睡觉的时候，魏老头讲梦话，还一遍一遍唱着"小燕子，穿花衣，年年春天来这里"。来来回回，也就这么两句，像一部唱针坏掉的黑胶唱片机，怎么都绕不出这个死循环。

除了雷伍，监房里也有别人被吵醒。有人不乐意了，嚷了一句"还让不让人睡觉了"，立刻有人回骂，说"就让老头子唱，趁着他还能记得孙女的模样"。那个晚上，雷伍在他的脑海里也跟着魏老头一直唱啊唱。

"然后呢？"许飞燕被雷伍描述的故事吸引，情不自禁地追问，"魏大爷的孙女现在应该长大了，有给他写过信吗？"

屋里没有开灯，光线暗得很快，只剩电视机的彩色光跳跃闪烁。雷伍抬起眼皮，眸里的光像落日余晖一点点黯下来。

沉默了片刻，他才说："几年前……嗯，就是我对你说了那些垃圾话后，大约过了一年多吧，魏大妈过身了，他孙女让父母接到城里念书，自那之后没人来探视过老头子，亲情电话打了总没人接，信件自然也停了。"

许飞燕双眸睁大，诧异道："怎么突然就成了这个样子？"

"嗯，但魏老头没放弃。他减了几年，估计明年就能出来，我在想，到时候如果没人接他出狱，我就去接他。"

"希望他儿子一家能接纳他吧，挺不容易的。"许飞燕叹了口气。

雷伍哑笑了一声："说起来，也得亏和魏老头同监房。你有没有看过一些拍监狱生活的电视剧或电影，总说有什么狱霸会欺负新来的人？"

她点点头说："还有许多小说里也是这么写。"

"我们监房'欺负'新人的方法，就是让他念几次老头子的家书，一般念到第三封，多半人都会哭着说想家了。"雷伍想起一个两个大老爷们儿哭得眼泪鼻涕一起流的模样，忍不住扬起嘴角。

许飞燕难得被他的描述惹笑，但很快又像个嗞嗞漏气的皮球，肩膀、脑袋轻轻垂了下去，轻声说："就像你刚才说的这件事，冲动坏事呐。我后知后觉才晓得害怕，你说，要是我进去了，朵朵怎么办？如果我手里不知轻重，那家伙背上的伤口再深个两三厘米……那可能等我出来的时候，朵朵都要认不得我了。"

许飞燕也不明白，为什么自己会在雷伍面前倾吐这件往事。想想，或许是觉得失去了十年自由的雷伍能够理解她的感受吧，那种被泥泞沼泽裹住了脚、被铅块石头压住了翅膀再也飞不起来的感受。

雷伍前倾身子，手肘撑在膝盖上，交错的十指随着许飞燕语话间的停顿，时松时紧。有一股无力感扯着他不停下坠，因为他知道许飞燕说的是事实。

许飞燕喝了口茶润润喉咙，突然想起一个画面，语气一下子变得戏谑："还有，要是当初没有和解，这个时候你就要透过那块玻璃才能见到我了，只不过这次是我坐在里面，而你在外头。"

雷伍皱眉"啧"了一声："说这些可就没意思了，你这不好端端地坐在这儿吗？"

许飞燕也觉得想象出来的这个画面太荒谬，低头轻笑："说笑而已，现在探视管得很严，像普通朋友这样的关系是没办法取得探视资格的。"

或许说者无心，但听者有意，一个"普通朋友"听在雷伍耳中太别扭。可更别扭的是他的肚子，此时不合时宜地响起一阵咕噜声，在这样安静的状况下，显得格外响亮。一连串咕噜声完结，还嫌不够，最后像抗议似的又响起弱弱的一声，咕——

身体的生物钟规律了那么多年，什么时候睡觉，什么时候起床，什么时候肚子饿，一时半会儿改不过来。闻声，许飞燕转头去瞧他，这下轮到雷伍僵在沙发上。

到底是雷伍脸皮厚，脸不红眼不眨地说："我肚子饿了。"

"你中午没吃饱吗？"

"嗯，唐苑淇带我去吃日料，分量好少，还贵。"雷伍如实禀告。

"我看你买了面包，先吃两块垫一下肚子？"许飞燕看看墙上的壁钟，"朵朵至少要睡一个小时。"

"不想吃面包……中午吃了那么多冷的，想喝口热的。"雷伍垂着眸胡说八道，明明中午一整盘冒冷气的刺身都让唐苑淇给吃了。

许飞燕看了眼还放餐桌上的方便面说："要不然你煮个面？"

"哦，说起这个，厨房的煤气炉我打不着。"

"啊？你怎么不早说。"许飞燕已经站了起来，"之前炉子送来的时候我检查过，是可以用的呀。"

雷伍也站起身，跟着她往厨房走："那你帮我看看是怎么回事。"

煤气炉确实打不出火，但问题也简单，燃气阀被关了，许飞燕旋开阀门，再试了一次，火苗很快唰一声冒出头。

她洗着手说："可能是我哥之前顺手把燃气阀关了，炉子没问题。"

雷伍拆了方便面的包装，取出一包，有些嫌麻烦："算了不煮了吧，我拿个碗泡一泡就行。"

许飞燕一手叉腰，睨他一会儿，问："你不会煮面？"

雷伍一噎，澄清道："笑话，煮个面谁不会啊，我后来被调到伙房了，菜都会炒几个呢。"

"哦，听起来很厉害嘛。"许飞燕语气很平。

"那是，我就是……懒得开火。"雷伍挠挠鼻子。

许飞燕斜眼睖他，从他手里拿走方便面："算了，我给你煮。"

锅具放在橱柜中，老式的橱柜吊得太高，许飞燕踮起脚伸长手还摸不到锅子。雷伍见状，说了句"我来"，走到她身后，长臂一探，轻松把长柄锅拿出来。

"用这个煮可以吗？"他低头问。

两人靠得近，一呼一吸之间，雷伍鼻息里全是许飞燕身上的味道，不知是乳液还是手霜散发的新鲜桃子的味道。

低哑磁性的声音突然在耳边炸开，许飞燕不禁打了个颤，耳后汗毛一根根立起来。她倏地抬手揉揉耳郭，抬脚从雷伍的影子里逃离："可以，你放着就行，我自己来。"

许飞燕在心里告诫自己，一定要守住普通朋友的距离，不要再像十七八岁的小姑娘那样，会因为他不经意的靠近就心跳如鼓擂。

雷伍看出她的刻意躲闪，抿紧唇角，两步就后退到厨房门口，说："那麻烦你了。"

许飞燕虚松了口气，先用水把锅子冲洗一遍，注了半锅水放火上："你早上有买鸡蛋吗？"

"有，"冰箱就在厨房门口，雷伍拉开冰箱门取了颗鸡蛋，"帮我打一颗进去。"

许飞燕答应："好。"

锅具是崭新的，许飞燕之前不知道雷伍是否在家做饭，便没给他备太多厨具，一个炒锅，一个汤锅，一个长柄奶锅，今天奶锅算是用一包方便面开了锅。

几分钟时间，面已经煮好。许飞燕单手握蛋，在锅子边缘敲了一下，鸡蛋落进沸腾的面汤里，再用筷子迅速搅散。熄了火，让滚汤慢慢烫熟蛋黄蛋白，软软乎乎黏附在面条上。

"要拿碗装还是直接端锅吃？"她边问边回过头，见雷伍慌慌张张把什么东西藏到背后。

雷伍背着手，扬了扬下巴："用锅吃就好。你吃吗？吃的话分你一碗。"

许飞燕挑起眉，呵呵两声："不用了，谢谢。"

雷伍去取了筷子，出来时见许飞燕还站在餐桌旁，低头看着那一锅子面发着呆。他拉开椅子坐下，仰头问她："真不来一点？看你一直盯着。"

许飞燕摇摇头，许久，她叹了口气："今天发生的事，你别跟我哥说，好吗？"

雷伍装傻："嗯？今天发生什么事了？我想不起来了。"

许飞燕白他一眼，手指在红木桌面上敲了两下："你少给我装，你到底在马路边偷听到多少了？"

雷伍拿起筷子搅了搅面条，温暖湿气扑面而来，说："真没有……我来的时候只看到你们母女俩抱在一起，之前你们在聊什么我真没听见。"

许飞燕喃喃："总之，哭的事情你千万别告诉我哥，要不然他肯定又要唠叨我好久。"

雷伍应承："知了。"

他埋头大口吃面，窣窣声不断，许飞燕见他每一口都只是匆匆嚼了两下就咽下，忍不住又像操心老母亲一样开口提醒他："你慢点吃啊，多嚼两下，这么个吃法胃早晚要出问题……"

雷伍腮帮子鼓鼓，边点头边把面条嚼得稀烂再吞下，含混着说："你搬家的事，超龙他不同意吗？"

"嗯，他总说我们住他家没问题，但时间久了肯定会打扰到他们的生活。"红木圆桌是老房子留下来的物件，木面上有若干道浅淡的划痕。许飞燕低着头，指腹轻抚过那些时间留下的痕迹，说："我不想把他们的善意，当成是理所当然的事。"

红木衬得她的手指纤长白皙，指甲上没有花里胡哨的颜色，圆润光滑，根部像印着小月牙。

雷伍的视线被吸引，咀嚼吞咽的速度放慢许多，等挪开了目光，才问："你想在这附近找房子？要什么样子的，我帮你留意一下。"

"不用太大，最好是两房两厅，等朵朵上小学了就可以自己睡一间房了。房间不能太阴冷，配套齐全一点，别是个空房子，还有装修不要太旧就行了。"

"好，预算呢？"

许飞燕顿了顿，屈起指节蹭蹭鼻尖说："两……两千左右的吧。"

她今天看的房子都是一千五左右的，但现在为了让朵朵居住的环境好一些，她开始考虑增加一些预算，也得去找新的工作了。

"两千？那你预算还挺高啊，我这两天帮你留意看看。"

许飞燕咬唇，眼珠子溜了一圈，最后还是补充一句："当然……要是租金能更便宜一些的话，就再好不过了。"

雷伍低头笑笑："知了。"

两人有一句没一句地聊，雷伍提起下午去了老街，还喝了碗平平无奇的甜汤，他很是不解为什么有那么多人排队。

许飞燕解释，现在是网红经济时代，衣食住行都全靠网红推广。尤其是食肆，一旦打造成了网红店，就会吸引很多客人去打卡，东西还没吃上一口，手机得先拍好多张照片。老街现在是网红旅游景点，而那家甜汤店的卖点是传统老字号，是来水山市旅游的必打卡店铺之一，好不好吃已经是其次了。

"就像以前的人去旅游，会在石头亭柱刻上'到此一游'，现在则是用一张相片告诉大家，'我来过这里啦'。"许飞燕站累了，拉了张椅子坐在雷伍斜对面，"我们那时候的大排档，也是因为有网红来探店，回去了在一些 APP 上给我们写了好几个好评，之后就被捧成了网红店。后来客人越来越多，还有不少熟客平日也会专门开车进岛来吃。哦，前提当然得是我们的菜品好吃，性价比高，回头客才会多。"她想起当年红红火火的小生意，颇有些自豪满意。

而雷伍的心又酸又胀，甚至得咬住槽牙才能缓解。每听许飞燕说一次"我们"，他的心就不受控地一直往下沉，连嘴里咽下的面条都像被一大瓶浓醋浸泡过。可又能怎样？这段过往真真实实存在于许飞燕的生命中，他没办法拒绝，没办法否认，没办法代替。

天色渐渐暗下来，雷伍埋头捞完最后一根面条，闷声拿锅子去洗。许飞燕没察觉他的异样，走去沙发处看了下朵朵。小姑娘睡得还很熟，脸蛋红扑扑的，小嘴微张，嘴角有亮晶晶的口津，许飞燕笑笑，伸出指头把她的口水擦去。

现在杯中茶水不再飘白气，那巧克力奶也已全凉。许飞燕看看时间，准备再让朵朵睡十分钟，就叫她起来了，睡多了，今晚又要睡不着的。她拿起杯子和瓶子朝厨房走，想给朵朵把奶加热了，等她起来了可以喝。

雷伍甩干手上的水珠，见她进来，问："茶凉了？"

"嗯，想加点热水。"

普通款电热水壶没有保温功能，雷伍按下煮沸按钮说："水得重新加热，稍等一下，一会儿就好。"

许飞燕把杯子递过去，说了声"好"。

老屋的厨房通道狭窄，许飞燕放下东西，朝旁边侧了侧身子，给雷伍让了条道。可雷伍没走，腰臀斜倚着流理台，不甚明亮的光线从厨房仅有的一扇小窗挤进来，让人看不出他眼中翻滚起伏的情绪。

狭窄空间内一时安静下来，只剩由微至响的沸腾水声，咕噜咕噜，好似沉寂许久的火山熔浆翻滚。有什么在酝酿发酵，有什么很快就要爆发。许飞燕被那双黑不见底的眸子紧紧锁住，好艰难才移开视线，匆匆转身想逃离这样凝滞的空气。既然他不走，那她走便是。

雷伍这次没让她逃，倏然伸手，牵住她的手腕说："等等，我想跟你讲几句话。"

肌肤相触的地方犹如火烫，许飞燕有些慌，她又不是未经人事的少女，结合雷伍这几天的各种反常行为，如今他想说什么她已能猜到七八分。刚刚还以为他们能像普通朋友那样正常聊天，许飞燕才放松了不少，这时整颗心又一次高高悬起。

许飞燕无法从他手里挣出，脸颊阵阵发烫，她怕大声一点要吵醒小孩，只能压低嗓子："你松开，该说的我昨天都说过了……"

下一秒雷伍倾身至她面前，许飞燕踉跄往后，后腰已经触及流理台边缘。雷伍松开她的手，但同时一双长臂从她身边两侧向前伸，手掌牢牢压在流理台上，把她圈在了身前的黑影中。

许飞燕凤眸骤睁："雷伍！"

他弓背耸肩，视线与许飞燕平行，鼓着腮长吐一口热气，像是下了多大的决定，认真道："你是说了，但我还没说。"末了还补充一句，"重要的全都没说。"

心跳得如脱笼疯窜的小兽，许飞燕被他锢在身前的方寸天地里，避无可避，只能低头垂眸，双手不知何时已经用力抵在他坚硬的肩膀上："可我已经拒绝你了呀……"

这个男人曾经在她心里住下过好多年，当年一切的付出都是她心甘情愿，而她向来有自知之明，即便是那个夏夜因醉酒糊涂两人发生了关系，她也没对他们之间抱持过幻想。

她全当绮梦一场。

前些天为雷伍打点出狱的琐事有点习惯使然，许飞燕以为自己能跟以前一样，干完活后便安静退场，从此之后他们各走各路，偶尔碰面可以心平气和地道一声"你好""再见"就足够了。

谁知这一次，雷伍在分岔口硬闯进她的道上，一直跟在她身后，踩着她的影子走，怎么赶都赶不走。这样的变化让许飞燕感到陌生，感到难以应付，要不是怕破坏气氛，雷伍真的要让她气得心灰意冷。

他学她压下嗓子说道："你要拒绝我，也要让我把话说清楚啊，怎么连说话的机会都不给我？"

"你爱说就说，我不听。"

许飞燕赶紧抬手捂住自己的右耳，只留一手去抵挡雷伍，可这家伙像块大石头怎么都推不动。这时候的她也不知道自己为什么会这么害怕，雷伍说的每一句话都像往她平静许久的心湖里投掷下滚烫的陨石，湖水沸腾，白烟四起，烫得她嘴皮子上下直哆嗦。

究竟她在害怕什么？

许飞燕毫不掩饰地抗拒和逃避也深深剜着雷伍的心，胸膛里下起了沙，沙砾裹着心，卡在血管缝隙，令每一次搏动都刺痛难忍。她就那么爱着那个男人？爱到连听他说一句话都难受？

热水壶里沸腾的水已在鼓噪叫嚣，白气从壶嘴喷泻而出。按钮"啪"一声跳起的瞬间，雷伍猛地拉下许飞燕捂耳朵的那只手，迅速欺身凑近她右耳，咬着牙道："许飞燕，我这些年一直在想你。"

戒 烟

朵朵醒来的时候，窗外的天已经全黑了。视线所及之处都是陌生，本来涌起的惊慌害怕的浪潮，在闻到熟悉的水蜜桃香味时，又退走了。身上还盖着妈妈的外套，妈妈还在身边。

她眨眨眼，电视上不再是光头强和两头熊，而是猪猪侠正在变身。她坐起身，身上外套滑落，她口渴，却没看到茶几上有刚才喝剩的牛奶。

地上一片淡淡的昏黄光线漫到客厅边缘，像落在地上的月亮，朵朵寻光看去，是从阳台那边透出的。妈妈在哪儿啊？

她悄声落地，忘了穿上鞋子，边揉眼睛边朝光源走，嘴里小声嘟囔："妈妈……你在吗？"

突然厨房里传来"锵"一声脆响，把朵朵吓得快跳起来！

接着又听见几声凌乱的脚步声，还有谁的闷哼，最后在她快要大叫出声的时候，才听见妈妈的声音："在……在！"

许飞燕脚步急促，嘴角挤着笑，匆匆走到女儿面前："你醒啦，宝贝。"

朵朵飞扑上去搂住妈妈的腰，一张小脸皱巴巴地说道："睡醒没见到你，差点以为你丢下我了……刚刚怎么了？好大的声音。"

"是妈妈不小心，打坏了一个杯子。"许飞燕半蹲下身，手从女孩的领子处探进，摸摸她后颈有没有出汗，才说："舅舅和浩浩快出门了，我们准备一下就可以离开。"

"好。"朵朵突然伸手捏住许飞燕圆润如水滴的耳垂，"妈妈，耳朵宝宝怎么那么红啊？还好烫，它发烧啦？"

闻言，许飞燕倏地捏住另一边耳垂。刚才与那人靠得太近，耳垂好像被他的气息吻过，滚烫至极。而他身上的淡淡烟草味，一直萦绕在她鼻息之间，无法消散。

她找了个借口说道："哪有，就是雷叔叔家的暖气太热了……"

在厨房的雷伍把两个人的对话听得一清二楚，他手撑在水槽边，用舌头顶了顶左腮帮子，缓解被打的左脸一阵接一阵的酥麻。还有胸骨，刚被她支起的手肘狠撞了一下，隐隐作痛。

陶瓷杯摔进水槽里，其他地方没坏，就是把手掉下来了。雷伍拾起解体的两半，安置在一边。他走出厨房，顺手把餐厅灯开了，问朵朵："醒了？剩下的牛奶还要不要喝？"

朵朵睡眼惺忪，点了点头，许飞燕没回头看雷伍，领着朵朵走向客厅的沙发。

雷伍则摸摸鼻子走回厨房，刚才热水已沸，他把玻璃瓶放进滚水中，温热后擦干瓶上的水渍，再走出来递给许朵朵。哭了一场又饱睡一觉，朵朵口渴极了，道了声谢，没几口就喝完了。

雷伍接了个电话，他按了扩音，许超龙让他们十分钟后走到路口等。

许飞燕被刚才的事扰乱得心神恍惚，本想说她不去了，但难得带小孩们出去吃饭，不想扫了女儿的兴，这时雷伍开口："你和朵朵先走吧，我去小卖部把瓶子还了。"

许飞燕沉沉应了声"好"，给女儿穿好外套和鞋子，把自己的外套挽在臂弯间，便匆忙往门口走。

门甩上的声音响亮刺耳，仿佛又朝雷伍脸上甩了一个耳光。他低头抬手，手背轻蹭过发麻的下颌。想想确实是够丢人的，这辈子也没告白过几次，更没试过告白后让人当流氓赏了一巴掌。回想刚才许飞燕的表情就像一只被踩到尾巴的猫，雷伍嘴角又忍不住上扬，低笑了两声。

许飞燕直到推开楼梯的防盗门，才用力吐出长长一口气。她右手牵着女儿，掌心微潮，左手手背被茶水溅到的部位火烧火燎般疼痒，可她举起手看一眼，皮肤上明明没有发红的迹象。在厨房里发生的事情、听到的话语，都变得好不真切，是真是假，这一刻都有些分不清了。

他说的，这些年都在想她。

想她干吗？

以前给他写的信一封没回，好不容易进去看他，他又没有几句好听话，如今再来讲这些想啊念啊的，有何意义？时隔多年，她嫁过人，生过孩子，死了老公，一只耳听不见，他才来道一声"我想你"。

很快许飞燕便顾不上胡思乱想了，仿佛后面有青面厉鬼追着她，脚步越来越急，索性弯腰抱起许朵朵，疾步往马路方向走。

好长时间没让妈妈抱过，小姑娘好开心，小脑袋搭在妈妈肩膀上，细声哼着前两天新学的儿歌："小燕子，穿花衣，年年春天……"

不知为何，许飞燕此时的脑子里直接浮现昨日在墓园时的那段小插曲。那人手臂好似坚硬钢筋，轻轻松松就能将她抱起，后面在凉亭揽住她时，那手臂又好似温暖翅膀，仿佛能替她挡下世上所有艰难……

不对，不对！

为什么需要他来挡？

她靠自己就可以，她能给朵朵撑起一片天！小姑娘最近总算养胖了一些，抱在怀里沉甸甸一团，许飞燕走得急，到了路边把朵朵放落地时，才察觉自己喘得厉害。喉咙注满腥甜的味道，整颗心乱蹦得欢，她使劲稳都稳不住。

许飞燕想起来了，那一个仲夏夜，她得偿所愿偷偷吻上雷伍的唇时，她的心也是跳得如此快。

大红 SUV 来得准时，许超龙见只有她们母女二人，便问她怎么没跟雷伍在一起。

许飞燕本来就心慌，听见这话更是躁得耳根发烫，小嘴吧啦吧啦跟机关枪似的："什么在一起？为什么我非得和他在一起？许超龙你什么意思？"

许超龙被她嚷嚷得眉心一跳，笃定雷伍这家伙绝对是有了什么行动，才把这颗小炮仗给点燃了。

再过了半分钟，雷伍上了副驾驶位，同许浩打完招呼便回过头，没再往后瞧一眼。许超龙察觉这两人之间的气氛不对劲，又不好当着他们面问话。为了缓和气氛，他只好主动同两个小孩讲冷笑话，好在两个小孩捧场，尤其亲儿子缠着他再来一个，再来一个。

商场是今年新开的综合体，入驻了多种风格的餐厅，许飞燕没什么心情，说挑简单的、小孩喜欢吃的就行。吃完她可要赶紧回家，把刚才的事埋进土里，让时间一点一点冲淡这一切。

小孩喜欢吃比萨和薯条，但平时他们常去的连锁平价意式餐厅门口等位区人满为患，中等价位的比萨店也需等上一阵。

周末饭点，几乎每家餐厅都爆满，许浩嚷着肚子饿，雷伍环顾四周，指着一家门口坐着只巨大啤啤熊的店，问："要不吃这家？"

是家亲子餐厅，许浩与朵朵眼尖看见店里面的螺旋滑梯和波波池，门口滚动广告屏上造型可爱精致的比萨和雪糕更是让他们移不开眼。两人对视一眼，心里有些雀跃，也不开口，只用期盼的目光仰头看各自的家长。

雷伍有心要讨好小孩，抓住机会带头往店里走，边走边说："走，雷叔叔今天请你俩吃比萨。"

许飞燕心里急得发颤，要知道小孩进了亲子餐厅，就是老鼠进了米缸，这两只小老鼠，不玩到商场放晚安曲誓不罢休。可见俩娃娃已经兴奋地拍起小手，许飞燕最终还是没有扫兴，闷声嘀咕："算了算了，从明天开始少同他来往就好……"

吃过意面和比萨，两个小孩扑腾着去玩儿了，场地里有好几个工作人员看管小孩，大人们乐得轻松。

但许飞燕面对雷伍是如坐针毡，借口说去商场逛两圈，抓起手机和耳机便离开了餐厅。吃饭的时候雷伍正坐在她对面，他的一举一动、一言一行她无处可避，越是想刻意忽略的事情越会不停在脑海里回荡。例如雷伍说的那句话。只是这样短短一句话，沉寂许久的心湖已经荡起微波，这让许飞燕懊恼不已，她将耳机戴上，开始随机播放歌单。虽然左耳失聪，但她还是两边耳朵都塞上了耳机。这样会让她觉得自己还是个正常人。

音乐如潮水从右耳灌进来，左耳却是死寂一片的黑洞。她甚至荒诞离奇地想，要是两只耳朵一起废掉就好了，这样就不用听见雷伍突如其来的告白，心也不会乱掉。耳机里在唱着什么她没仔细听，只漫无目的地走，一层层逛过去。

周末的商场多数以家庭为单位：三人家庭，四人家庭，五人家庭……

许飞燕看见一个与朵朵年龄差不多的小姑娘，一手牵着爸爸，一手牵着妈妈，走了几步就半蹲往下坐，父母相视一笑，用力举起手，就把小姑娘拎了起来。小姑娘笑嘎嘎，说自己飞起来喽。她猝然移开视线，不敢再看那温馨甜蜜的画面。

目光胡乱飘，突然，许飞燕猛刹住脚步。在香奈儿柜台前，一位打扮靓丽得体的年轻女子正试着护肤品，黑套装柜姐在她身侧毕恭毕敬，还有一个穿羊绒大衣的男人在她身旁替她拎着鳄鱼皮包，笑着在女子耳侧说了句什么，惹得女子娇嗔满面。

许飞燕立刻转身离开，匆匆往上行手扶电梯方向走。这两个人她知道是谁，男人是雷伍以前的所谓的朋友，名字她忘了，只记得姓邱。而女人是梁伊，雷伍前任女友之一。

小孩们似笑开花的向日葵扎堆在一块玩儿，许超龙秉着不浪费原则，还在努力清扫小孩盘中吃剩一半的意面。每嗦一口，就看雷伍一眼。

雷伍正低头在手机上搜索开一家亲子餐厅所需成本的相关文章，余光扫到许超龙的视线，撩起眼皮瞥他："干吗？"

"你刚才做了什么事，把她给惹毛了？"

"没什么。"雷伍三缄其口。

许超龙想到了什么，蓦然压低嗓子警告他："雷伍我告诉你，虽然我现在不阻止你接近她，但你可别乱来啊！"

雷伍哭笑不得，长腿在餐桌下朝许超龙的小腿骨踢去："你这家伙，那一天还说要一直喊我哥，这才过了几天，就直接喊我名字了。"

许超龙嘴里含着半烂意面，嘟囔道："我看你巴不得过些天能名正言顺喊我一声'哥'吧……"

"许超龙，你现在真是扮猪吃老虎。"雷伍似笑非笑地看他，又低下头搜寻资料，过了一会儿，缓慢道了一句，"我中午同唐苑淇吃饭，还聊起你呢。"

余光里的男人明显顿住了几秒，咕噜一声把满口意面咽下，接着捂嘴咳嗽好多声，匆忙端水灌了许多口才喘过气。

许超龙直接用手背抹去嘴边水渍，试探问："聊起我什么？"

雷伍不答，笑着反问："你说呢？"

许超龙幼稚地在桌下回踢他，剑眉紧蹙："到底说什么？"

"我跟她说，你们不是一路人。"雷伍不再逗他，扬扬下巴指他身后，"浩浩过来了。"

许超龙及时收住话语，嘴角挂上平日的笑容，转过头时小男孩已经快扑到自己身上。

"爸爸！水！我好口渴！"

许浩像小狗一样吐着舌头，许超龙给他的杯子斟满柠檬水："喝吧。朵朵呢？"

咕噜咕噜喝下半杯，许浩打了个嗝才说："在波波池等着我呢。"语毕放下杯子转身就跑。

一句"刚吃完饭别跑跑跳跳"还没来得及说，小鬼已经跑远了。

许超龙敛了笑，冷静看向雷伍："我和她什么事都没发生过，该讲的我好久前也同她讲了，结婚后更是尽量避开了她。"

雷伍耸耸肩："我知道，她和我说的也是这样，她只是不太高兴，飞燕出事的时候你没找她处理，好歹也是认识好多年的朋友。"

许超龙挠挠后脑勺，当时飞燕出事，他第一时间已经找出了唐苑淇的电话号码，但硬生生止住了，后来找了个做律师的客户，麻烦他跟进飞燕的事。

"这件事确实是我做得欠妥，下次要是你再见到唐律师，麻烦帮我同她说声对不起。还有，她这几年介绍不少客户来龙兴，你也帮我同她道声谢谢。"

看出男人是铁了心要避开唐苑淇，雷伍比了个OK的手势："知了。"

两个人都是雷伍认识多年的朋友，以前是唐苑淇单方面主动，许超龙拒绝了她。只不过，唐苑淇这么多年都没有放下，这点在雷伍意料之外。

每个人心里藏的秘密，或许是糖果，或许是沙砾，只有当事人才知道，自己咽下肚的究竟是顺滑奶糖，还是硌牙沙子。而做一个合格的成年人，就是即便含着满肚子沙砾，脸上也要挂着笑容。

他将话题转到做生意上。开亲子餐厅的成本有些高了，场地租金、游乐设施、餐厅厨房、餐饮原材料、人工宣传……要开一家档次稍高、面积稍大的亲子餐厅前期投入怎么都要一两百万起跳，他手头上的钱还不够店铺熬个半年。

许超龙不明白地问："你干吗总考虑做小孩的生意？"

不远处，几个小孩正排着队玩螺旋滑梯，雷伍手指轻敲桌面，眉眼变得温柔："要是开了，不就能让朵朵和浩浩玩免费的了？"

许超龙竟分不清他讲的是玩笑话还是认真话，又踢他一脚，笑骂道："你真是病得不轻！"

当年雷伍开车房，很大的一个原因就是方便自己玩车改车，典型财大气粗的富家公子哥作风。两人又研究了一会儿，许飞燕回来了，小口喘着气，好像是跑着过来的。

许超龙给妹妹斟了杯柠檬水，问道："怎么走得那么急，是哪里不舒服？"

雷伍安静地看着她，手指还在桌上无声轻敲。瞟了神情自若的男人一眼，许飞燕将要说的话就着柠檬水吞进肚子里，摇头说没事。她心不在焉，总时不时看向门外，好在雷伍坐的位置背对着餐厅入口，就算那两人经过，也不一定能和雷伍对上眼。

这城市虽不大，但要在路上遇上相熟的人并不容易，而且许飞燕一直以为，以梁伊的家境应该早搬去一线城市甚至出国了，没想到她还会在水山市出现。而且那两个人竟然走到了一起……身边没带小孩，是在谈恋爱还是已经结婚了？

姓邱的以前比雷伍还没个正形，许飞燕被他语言骚扰过几次，还是老猴他们嬉皮笑脸帮她挡下。如今男人穿西裤衬衫和金贵羊绒大衣，倒是人模人样。而这么多年没见，梁小姐是越来越美，皮肤如剥了壳的鸡蛋，明眸皓齿，身姿曼妙，一颦一笑都极具韵味，抹着高级护肤品的手指依然纤细白皙，如少女一般。

时间总是善待美人。而许飞燕垂下头，目光落在自己双手上。她守着大排档的那几年每天都要沾水沾油，手经常拿锅铲和菜刀，没时间捯饬自己，右手拇指和食指内侧早已长了薄茧，更不用说现在一到冬天双手就会开始皲裂掉皮，指尖掌心的皮肤变得斑驳难看。

她也曾感受过让人捧在手心里的美好。蔡景尧在世时经常督促她要好好保护双手，晚上睡觉前还会帮她抹上厚厚的手霜，如今人不在了，她经常等到指腹裂开小口，一碰水就会发疼，才记得要涂上一层凡士林。十指连心，她仿佛在用这样的疼痛来惩罚自己。

她悄悄将双手缩回自己大衣袖筒里，细声嘀咕："真是同人不同命呐……"

许飞燕不知自己的一举一动都落进雷伍眼里。雷伍一心两用，边同许超龙聊事情，边分出心留意低垂着脑袋明显有些沮丧的许飞燕。

他突然打断许超龙的话："快八点了，你不用给你老婆打电话吗？"

许超龙咬着小孩们吃剩的薯条，闻言按亮手机说："对哦，八点了，但我老婆最近好忙，我打过去她有时都没空接。"

桌下的小腿被踢了下，许超龙这才接收到雷伍的信号，白了他一眼，拿手机起身说："好好好……我出去打个电话。"

等"电灯泡"走了，雷伍扬手招来服务员，在他耳边交代两句。服务员离开，几分钟后再回来时端上一块精巧蛋糕切件，奶油绵厚如白雪，上方缀着这季节最鲜艳的红草莓。

许飞燕沉浸在自己的胡思乱想里，都没留意到亲哥离开，直到眼前出现一块蛋糕，才回过神。她抬起头，眉毛微蹙，但还没开口问，雷伍已经先出声："我给你道歉。"

"道什么歉？"许飞燕更加不解。

"刚才不应该强迫你听我告白，让你为难了，我道歉。"说是道歉，但雷伍仍是一副好整以暇的轻松模样，耸耸肩，"也不应该像个臭流氓，靠得你那么近，我再道歉。"

雷伍指了指盘中的奶油蛋糕，继续说："我明白你那天在车内说的话，作为修复我们之间友情的礼物，希望你能接受。"

看看，好话、孬话都让他给讲了。先是不顾岸边插着"禁止朝湖内乱丢石块"的警告牌，朝她原本平静一片的心湖投下一颗颗石块，再后退一步，举着双手说"哎呀我错了，请你别怪我呀"。

可石块早已沉入深深湖底，水面的圈圈涟漪荡来荡去，哪能那么轻易消散？她睨着雷伍，只怪自己过了这么多年还是道行太浅，看不清这男人葫芦里到底卖什么药。

她把盘子推了回去，没好气道："友情暂时还没破碎，礼物就不用了。"

"不闹你了，蛋糕专门给你叫的，吃吧，记得你以前很喜欢。"雷伍扯起嘴角笑笑，把盘子推向她，语气认真，"不要再一个人生闷气了。"

草莓与奶油，都是少女挚爱。

当时雷伍的办公室在车房二楼夹层。有一次倚在栏杆处抽烟，让他窥见个嘴馋的小姑娘，手捧蛋糕，躲在角落里吃得一脸满足，连下巴沾上了奶油都不自知。

弯弯睫毛眨了眨，许飞燕有些讶异雷伍竟清楚自己的喜好。她嘴硬道："谁喜欢了，又不是小孩子……"可到底还是拿起了盘中的银叉，轻轻一下，就把那份松软甜蜜的蛋糕切落一小角，喂进自己嘴里。

看着她丰润的红唇一开一合，雷伍胸口有些发热，移开目光，干咳一声再问："好吃吗？"

明明香甜奶油入口即化，许飞燕还是咀嚼得很慢，囫囵道："唔，还行吧。"

吃了两口就见她放下叉子，雷伍问："怎么不吃了？"

"剩下的留给朵朵吃。"

"不用，你自己吃，我已经给他们下单了雪糕，等他们两个人玩够了，再让服务员拿上来。"

雷伍不再讲话，重新拿出手机查资料，食指依然在木桌上一下接一下无声地敲，嘴边悬着温柔轻松的笑意。

许飞燕愣了几秒，才又拾起银叉，这次直接将尖尖叉子戳进红玛瑙宝石般的果子中，手腕轻转，果子便裹上一层奶油，咬一口就在嘴里迸出丰沛果汁。其实这草莓入口有些酸，但许飞燕觉得还挺甜的。

许飞燕都忘了上一次完整吃下一块蛋糕是什么时候了，尤其这两年，她基本都是和朵朵共享一份餐点，像蛋糕之类偶尔尝一尝过瘾的小点心，她多半是吃朵朵吃剩的。不知不觉蛋糕一角被她吃完，这时许超龙回来了，一声不吭坐回椅子上。

雷伍转头看他面无表情，问他："没事吧？"

好像放了空，许超龙过了会儿才摆摆手回答："没事没事，电话没打通，晚一点我再打。"

许飞燕嘴里含着奶油，声音黏糊："是不是嫂子在忙？"

他耸耸肩："可能是吧。"

两个小孩玩到满头大汗，许飞燕去喊他们回来休息，雷伍交代了服务员上雪糕。孩子们吃完雪糕，再玩了半个小时，许超龙就去逮他们回家，说回去后还得洗澡，别太晚了。

许飞燕看看时间，心想已经过了那么长时间，在一楼买护肤品的那两个人应该早就离开了吧。

一行人去商场服务台换完免费停车票，下了停车场朝停车的位置走。离着老远便瞧见有三个人背对着他们站在那辆红色 SUV 前，其中一个身穿保安制服，另外一个男的正叉腰和他讲话，还有一个女的站在旁边，长大衣下露出她纤细漂亮的小腿。

雷伍与许超龙对看一眼，许超龙撇撇嘴表示不明，接着松开许浩的手走到几人身后："请问你们站在这里有什么事吗？"

那男的闻声回头，旁边保安指着红色 SUV 急忙问："你是这车的车主吗？"

"对，怎么了？"许超龙点头，在看清眼前的男人是邱博威时，他睁大眼愣了愣，第一反应竟是回头去看雷伍。

雷伍自然也看见了邱博威，还有同时转过身的梁伊，他抿起嘴角，眸色沉了下来，心想，这可……真是巧了啊。同样的想法也出现在许飞燕心里，早知道就让两个小孩再玩半小时，说不定就能避开这两人。

保安还没察觉几人之间的暗涌，告诉许超龙："这位先生的车停在你的旁边，刚刚他来取车时发现车门上被撞了个小凹洞，掉了点漆，怀疑是你这边下车的时候没留意，车门磕碰上了……"

梁伊比邱博威更快认出了雷伍，眼皮眨得飞快，红唇一开一合，却吐不出话语。邱博威也反应过来了，咽了咽口水，视线从面前男人的极短板寸头，飞快扫视到脚上那双说不出牌子的波鞋。

邱博威朝雷伍挤出个不大自然的笑容问："你……什么时候出来的？"

雷伍回答得笼统："前些天。"

"雷……雷伍。"梁伊插了话，她总算找回了自己的声音，只是语无伦次，"没想到……你这么快就能出来……"

许飞燕忍不住皱眉，这话是什么意思？

雷伍眼皮微垂，斜睨着许多年未见的女子，嘴角弧线微勾，自嘲道："哦，没多坐几年，让你们失望了？"

梁伊被他冷冽陌生的眼神盯得一颤，知道自己因慌张而失言，赶紧摇头解释："我不是那意思，是替你感到开心，真的。"

"剐蹭在哪儿？指给我看看，我们赶时间要走。"许超龙直接打断梁伊，态度明显冷淡下来。

停在大狗旁的是辆七系，车身覆纯黑哑光膜，车头保险杠下方加了包围，车尾加改小尺寸扰流板，二十寸轮毂做了改色，几抹渐变炫彩绿在黑暗里像幽冥鬼火。

　　保安总算是看出来这几人认识，只是气氛不太好，甚至比刚才还糟糕。他给许超龙指路到轿车的后排座车门处说："就是这里。"

　　许超龙亮起手机高光电筒，仔细查看，轿车后车门上确实有一道小凹陷，哑光膜被刮破了，已见车身原漆。他回过头去看自家 SUV 的车门，没见着有掉漆的地方，但拉开门时，车门打开的角度正好和那凹陷处相吻合。许超龙回忆了一下，这个位置刚才是许浩坐着的。

　　邱博威这才看向许超龙，有些眼熟，却想不起来是谁。他朝保安摆摆手："没事了，是认识的人，我们自己处理就行，你可以走了。"

　　保安巴不得如此，同他确认是不是真的不需要帮助，停车场是不是也不用负责任，确认好后便走人。

　　"这两位是？"邱博威问着雷伍，眼睛却瞟向让他挡在身后的女人。

　　她个头不高，头发乌黑及肩，冬日厚重的大衣让人看不出她的身材，脸上一双凤眸里虽然炯炯有神，却带着警惕……凤眼？

　　邱博威在模糊记忆里找到那张年轻稚嫩的脸，是雷伍以前车房里偶尔出现的那个小姑娘？他眼珠往下，目光在女人牵着的小女孩脸上停留了几秒，心里飞快算计着时间。

　　"是以前在车房干活的小工对吧？"梁伊隐约记得当年帮自己的车子做内饰改装的是这个男人。

　　雷伍直接介绍："是我的朋友。"

　　梁伊微怔，再打量他身后女人时的目光很是直接："这位也是？"

　　雷伍点头，皮笑肉不笑道："对，也是我很要好的朋友。"

　　许飞燕移开了与梁伊对上的视线，把自己缩在雷伍宽阔肩膀后，只期盼梁小姐贵人事忙，不用将她这种无关人士放在心上。

　　邱博威笑笑，态度看似大气："既然是你的朋友，这事就算了，就一小磕碰，可能是小朋友们下车的时候没留心，推门时用力了……"

雷伍打断他："话可不能这么说，你这磕碰也没证据说是我们的车门撞的啊。我们来的时候这车位刚有一辆车驶走，要不然我们去跟商场保安讨一下监控？"

邱博威噎住，雷伍咄咄逼人的话语里敌意很是明显，他很难充耳不闻。

"对，对，你说得没错，不用麻烦查监控了，说不定是来商场之前就让人撞了呢。"邱博威故作大方，从口袋里掏出烟盒，递出一根中华给雷伍，笑问，"对了，你接下来有什么打算？还打算继续搞车房吗？"

"刚出来，先适应一段时间再考虑这些。"雷伍双手抱臂没接他的烟，拒绝道，"戒了，不抽。"

此话一出，最震惊的还数许飞燕，这人几小时之前还抽着呢。说大话可以脸不红气不喘的，真是厉害。而邱博威以为雷伍是真戒了烟，没勉强，把烟递给许超龙。许超龙接了，没点，直接把烟架耳朵上。

他递了张黑色卡片给邱博威，说："这样吧，我们带着小孩着急回家，这是我的名片，如果翻查监控后查实是我这边的责任，随时可来汽修店找我，我绝不推脱。但我刚看了下，你车贴的这膜质量有点次啊，不知道你当初改车时花了多少钱？你这次车门整块膜得撕了重贴，要是那家车房还给你用这种膜的话，你可以来我店里看看，膜和工钱我都给你打折哈。"他语气轻松，嘴角微勾，但笑意没进到眼睛里。

一直站在姑姑身侧的许浩颤了颤身子，退了一步，藏到姑姑身后。许飞燕察觉到了他的情绪，伸手在他发顶轻轻拍了两下。

邱博威接过许超龙的名片，扫看一眼，拈着那薄薄纸片在手心里拍了两下，说道："看来这些年混得不错嘛，都已经能自己开店了。我是没想过，雷少同以前的老员工关系还能维持得这么好。"

最后几个字他是看着许飞燕说的，狭长眼眸中带着些许玩味。许飞燕不怵，正想回瞪他，不过雷伍跨了一步，将她们母女挡得严实。靠得很近，她都能闻见雷伍身上淡淡的烟草味。

"我也没想过，你们两个人会走到一起。"雷伍逐渐锋利的目光在两人之间扫了个来回，最后停在梁伊脸上，声音缓慢低沉，"前几年唐苑淇来狱中探过我，说你结婚了，问我要不要包人情，好歹认识多年，我说那就包个行情价就好……可我记得，唐苑淇说你夫家不姓邱啊……"

邱梁两人皆是一颤。

但似乎早已想好了说辞，邱博威先开口解释："阿伊这些年都在上海，这几天回来探望家人，正好有时间就约着吃个饭，过两天她就要回去了。"

许飞燕心想：真扯，刚才你还替梁小姐提包，又在人耳边说悄悄话呢。但雷伍对他们之间的真实关系没什么兴趣，"嗯哼"一声就当听见了。

"没什么事我们就先走了，两个小孩困了。"他朝许浩头顶揉了一把，示意许飞燕带小孩上车。

梁伊一直看着一大两小上了车，才喊住雷伍。

邱博威不禁皱眉，梁伊轻声对他说："你先上车吧，我跟他讲两句话就来。"

邱博威再与许超龙客气了几句，上了自己的轿车。接着，许超龙睨了雷伍一眼，也上了车。

许浩知道自己做错了事，又一次忘了在开门的时候要留意周围的车，小脑袋从座椅中间探到前排，小声说了句："爸爸，对不起……"

153 | 戒 烟

许超龙启动了车，抬起手赏了儿子一颗爆栗，没好气地说："坐好，绑安全带。"

两辆车的引擎声相继响起，七系被改装过，轰隆音浪在停车场里如恶鬼咆哮。强光将车前两人的影子拉得很长，也能让所有魑魅魍魉无所遁形。

"要讲什么？"雷伍说着话，没看梁伊，脸侧了过去，透过车前玻璃看向乌压压的车厢内，语气冷硬，"如果是以前的事，就没必要再提了。"

许超龙车子后视镜下挂着个佛牌，在黑暗中，金身佛祖熠熠生辉，许飞燕的眼睛也是。

本来想说的话被雷伍一句话堵死，梁伊柳眉微蹙，轻咳两声："我就想说声对不起，当年我也是……身不由己……"

雷伍回过头，感到奇怪，本来想问她，什么叫身不由己？你吃那种东西，难道是别人强迫你的吗？但最终他还是没有说出口，决绝道："道歉我收下了，以后大家不用再联系了。"

月底，许飞燕接到了中介的电话，说有一套新放租的房源，满足她大部分的要求，而且租金只要一千四，就是楼层高了点，要爬八楼。许飞燕能理解，楼梯房就是楼层越高越便宜，但光线也更好一些，她立刻约了中介看房。

去往房源的路上，中介口若悬河，说房子里配套齐全，可拎包入住；又说那房子因为在顶层，所以还带有一小片天台，能种点花花草草；还说性价比这么高的房源，他在这个片区还是第一次遇见。

他的描述让许飞燕好心动，心里已经想，要是今天看过房子状况没问题，她就要直接签下来了。可当走到房源楼下时，她只想拔腿掉头就跑。出租的房源竟和雷伍的住处是同一栋楼。可人来都来了，许飞燕还是跟着中介上了楼，就是经过六楼时她恨不得走快两步。

房况正如中介所说，无论是装修还是家具，这一户都满足了许飞燕的要求。那片独立小天台更是让她中意得不行，她甚至已经想好，要是住下了，就能和朵朵在天台种上火龙果、百香果和草莓，施肥浇水都由她们自己来，等结出果儿的时候肯定特满足。

房东是一位四十多岁的妇女，姓陈，说本来这房子住的是她七十岁的老母亲，老人家腿脚不利索，她终于劝服母亲搬去和她一起住，所以房子才空了出来放租。

许飞燕是真的好心动，她深知一个屋子合眼缘是多么重要。许是老太太喜干净，房子一尘不染，家具家电都保护得不错，屋子里每个角落都浸着淡淡的线香味道。

她觉得，朵朵会喜欢这房子，蔡景尧也会。只是一想楼下住着雷伍，她便怎么也高兴不起来了。许飞燕没有立刻敲定下来，笑称需要回家与家人商量一下。

房东似乎有些惋惜，直到几人在楼下道别，她还极力同许飞燕介绍这房子的优点："你看，这里离金源那么近，之后要是你家女儿能在这儿念小学，接送好方便的。"

许飞燕苦笑，说金源好难进的，一时没去仔细想，怎么房东知道她女儿就要上小学了。晚上等晾完衣服之后，她跟许超龙提起这事，把白天拍的屋况相片给他看。

"你说这房租多少钱？"

"一千四。"

连许超龙都讶异："哎，这个价格挺便宜啊，还有个天台。"

许飞燕苦恼："对啊，我想都没想过能用这个价格租下这个地段的房子，各方面都很好，就是……"

"就是它在雷伍家楼上？"

许飞燕抿紧唇点头。

许超龙正倚在沙发上嗑瓜子，直截了当地问："那你现在还喜欢他吗？"

"当……当然没有了！"许飞燕呛了一口口水，说话都大舌头了。

"那不就行了，你在怕什么？你有你的生活，他有他的，大家各过各的就好了。"

想起那天在昏暗厨房里雷伍讲的那句话，许飞燕还会耳朵发痒，但这半个月来雷伍很是规矩，来龙兴吃饭也不再在她面前转悠，反倒和四个青年聊得开心，好似什么事都没发生过。

她也拈了颗瓜子搁齿间咬："我再看看有没有其他房源吧，说不定有更合适的呢。对了，嫂子下个礼拜的机票买了吗？"

许超龙顿了顿，反问："她说了下周回来？"

"我昨天给她发浩浩功课的时候问过她，她说应该是下周。她没跟你说？"许飞燕疑惑，皱眉问，"你们最近又吵架了？"

许超龙拍拍手上的瓜子壳碎屑，瞥她一眼："没有没有，我们感情那么好，哪有那么多事情吵呀！"他抓起手机按开微信，半小时前他问老婆在干吗，周青说准备去洗澡。在那之前是吃完晚饭后与周青的视频通话，大部分时间是许浩和周青聊天，姥姥和姥爷也过来打了招呼，许超龙在最后同周青聊了几句，就挂了电话。

他发给周青：

"飞燕说你下周回来？

"怎么不告诉我？确定好时间了吗？

"我帮你买票？"

等飞燕回了房，他一人在客厅呆坐了一会儿，等不到妻子的回复，索性直接给她拨了电话。但是没人接。

许超龙看看时间，快十一点了，这个时候也没法打电话去家里，岳父母早歇下了。他没往别处想，刚才视频时周青已经不停打哈欠，人看着没什么精神，许超龙还让她今晚早些睡，想想，可能是周青洗完澡躺床上刷小视频或连续剧，许是和往常一样，看着手机就睡过去了。

许超龙把桌上的瓜子壳收拾进垃圾桶里，去阳台抽烟。寒风刺骨，烟烧到一半时，手里的手机急促震起来。

来电的是周青，语音通话，许超龙赶紧把烟头在防盗网上摁灭，接起电话："喂，老婆。"

"我刚刷手机，唔，睡过去了，才看到你的信息……"周青声音含糊，好像闷在不透气的玻璃罐里。

"那你继续睡，我没事，就是刚才和飞燕聊天时，她说你下周要回来，你怎么没跟我说呀？"

周青反应有些慢，停顿一会儿才说："哦，这事啊……我只是跟她说有可能下周回，但具体哪一天还没决定，等这几天我跟我妈商量一下。"

"行行行，妈的身体最重要，家里有我，你就放心吧，时间你自己安排。"

"好，阿龙……"

"嗯？"

"你再……再给我一点时间，我很快就回家。"

许超龙顿了顿，笑道："老夫老妻的还讲这些，你也趁这段时间好好休息一下。这一个月我也算是体会到你之前有多辛苦了，要不是有飞燕帮忙，我可能到这个钟点还没能弄好浩浩的作业。"他垂着眸，语气感激，"老婆，这几年辛苦你了。"

电话那边安静了一会儿，许超龙才听见一声喑哑的"嗯"。

挂了电话，周青把手机调成静音模式。她叹了口气，手指轻捏隐隐作痛的眉心，对驾驶座上的男人说："很晚了，送我回家吧。"

停在山腰空地的黑色轿车一直没熄过火，引擎闷声低鸣，车灯灭了，中控音乐被按停了，只有空调口呼哧呼哧吹着暖气。

从车前玻璃望出去，是小县城明明灭灭的灯火，像从天神火炬里迸出洒落一地的火星，火光照不到的地方，藏匿了太多欲望和秘密。驾驶座的男人不吭声，指间夹着根烟，不时有猩红火星冒出，烟从敞开的车窗飘了出去。

"王言旭，开车！"周青又说了一次，态度强硬。

男人还是一动不动。

双方僵持的状态让周青感到窒息难受，她声音疲软无力："王言旭，该说的我之前都说清楚了，那一晚你就当……当什么都没发生过好不好？"

被他叫下楼时，周青刚洗完澡，以为只是说几句话就能完事，睡衣外裹着羽绒服就出了门，谁知他直接拐到半山腰来，冰寒山风灌进车内，即便车里有暖气，她还是冷得发颤。

王言旭冷笑一声，到底还是把剩一半的烟头弹到车外，抬手挥散白烟，关上车窗才道："你说得倒是容易，我见多了男人吃完就跑的，还没见过像你这样的……周青，现在我已经没提那晚的事了，怕一提连朋友都没得做，结果你还是想跟我断了关系？"

男人长相周正，鼻梁高挺，眼尾微微下垂，平时好脾气时看起来有些无辜呆萌，很多粉丝都好他这一款，然而一旦他动了火，眼神也比别人阴沉许多。

这个时候就是这样，他发狠瞪着周青，手指紧紧握住方向盘，指节泛白，手背青筋凸现："周青，我告诉你，这事没门儿。"

周青没让他的表情吓到，反而也起了火气，回瞪王言旭并朝他大吼："那你让想我怎么样！就当是我错了好不好？我渣、我坏、我贱，全部都是我的错，这样行了吗？！"

密闭车厢里回音震荡，之后车厢再一次安静下来。

王言旭看她难受，自己也没好到哪里去，平复情绪后哑声道："不许这样说你自己……好了，我听你的，当什么事都没发生。你继续去过你相夫教子的小日子，什么都不会改变，这样总行了吧？"

周青正想回他，眼角的余光便看见后视镜里有车灯闪过，有车子朝他们这边过来。这块儿空地能俯瞰县城夜景，不少年轻的情侣晚上都会驱车来这儿约会，虽然周青觉得遇上熟人的概率不高，但还是急忙拿羽绒服盖在头顶上，牢牢挡住自己大半张脸。

驶来的车辆停了下来，离他们有挺长一段距离，周青才慢慢把羽绒服取下来，不太放心，又确认一次："你真的没问题？"

王言旭不情不愿地举起右手尾指，在周青面前扬了扬。周青明白他意思，伸出左手尾指，轻勾他的，就像他们小时候那样。

宝　藏

许飞燕在日历翻到今年最后一页的时候决定租下那套房子。后来她又看了几个房源，位置好的太贵，便宜的房况糟糕。又不是同雷伍有十冤九仇，她实在没必要和钱过不去。

周青回程的时间推迟了一周，陪母亲去做个术后复查就可以回来。许超龙给她买好了下周的机票，两张，因为刚做过"通波仔"手术的岳母也要过来住上一段时间。算了算时间，今年周父和周母或许还会在水山市过农历新年。

许飞燕不想成为许超龙的负担，急着给他挪地儿，很快约了中介签合同。验收房子，交钱，收好合同，拿了钥匙，等房东和中介离开后，许飞燕进浴室洗了把脸，接着在沙发上呆坐了一会儿。这是个新的开始，顺利的话，未来的许多年她与朵朵都会在这里住了。她拍拍被冷水浸得微凉的脸颊，给自己打气。

加油啊，许飞燕。

加油啊，朵朵妈妈。

她将新屋还缺的东西在手机备忘录上一个个写上，床上用品、卫浴盥洗用品、新的碗筷，还有一些日用品。看看时钟，离接两个小孩的时间还有一个小时，许飞燕下楼，熟门熟路地找到上次给雷伍家换门锁的锁匠，要给新屋两道门换个锁芯。

锁匠还认得她，讶异道："怎么又要换？前段日子不是才换了新锁吗？"

许飞燕挠挠耳朵："这次是另外一套房子要换锁，上次那房子是我朋友的。"

换锁芯比换整把门锁简单许多，锁匠没一会儿就搞好，许飞燕拿新钥匙试了没问题后给他扫码付款。

"你记一下我的电话吧，要是忘带钥匙需要开锁，给我打个电话就行。"锁匠很是热情。

许飞燕想想有道理，就记下他手机号码："师傅贵姓？"

"姓……姓黄。"

刚回屋里把门阖上，门铃响了。许飞燕以为是锁匠折回，留了个心眼，只开了木门，接着撩起防盗门上挂着的半透扎染门帘，小心翼翼从铁门缝隙朝外看。来人不是锁匠，是她楼下的邻居——雷伍。

许飞燕一愣，打开门锁问："你怎么上来了？"

确定租下房子时她已经跟雷伍说过这件事，因为她觉得即便自己不说，许超龙也会同他讲，而且许飞燕那一天亲口说过友情没有破裂。

"你哥让我来看看你有没有什么需要帮忙的。"雷伍举起手里的塑料袋，泰然自若道，"还有，买了下午茶，庆祝你搬新家。"

许飞燕开门让他进来："买了什么？"

"番薯甜汤。"雷伍把两只小碗从塑料袋里拿出来，摸了摸薄薄的一次性塑料碗，"先吃吧，已经凉掉了。"

清透的糖水里躺着几块橙黄色番薯，雷伍还加点了鸭母捻和甜鸟蛋。

店铺配的一次性勺子又薄又小，番薯切得太大块，舀起来时快把勺子压弯。结果番薯不够绵软入味，鸟蛋则不知煮了多久，硬邦邦的像嚼着颗小石头。

他硬着头皮吞下，结果被齁得龇牙咧嘴："怎么是巧克力味的？以前不都是红豆馅儿、绿豆馅儿的吗？"

许飞燕咬了一颗，是芋泥的。她把碗里剩下两颗白嫩嫩的糯米丸子都拨到雷伍碗里，说："现在很多甜汤店的鸭母捻都买现成的，一大包直接煮，各种口味都混在一起，你看看这两颗里面有没有你想要的味道。"

雷伍心头一暖，想把自己碗里的料子分给她，却发现里头没有一样是出色的。

他表情悻悻地搅着糖水说："这些天我基本把周边的甜汤都试过了，还没有一家让我满意的。"

许飞燕觉得是他要求太高，嘴里嚼着番薯，瓮声瓮气地说："你想吃什么甜汤啊？实在有想吃的，找天我在龙兴做吧。"

她以为雷伍是太久没吃这些甜食，嘴馋，又找不到以前的味道。说到底他以前也是个富贵公子哥，舌头刁得很。

眼里涌起笑意，雷伍问："真的？我可以点菜？"

许飞燕语气自信且笃定："你点呗，潮式甜点、甜汤我都没问题。"

以前她在南海酒家干活时，师傅黎老先生让她负责的就是饭后的甜汤、糕烧番薯芋头、芋泥白果、翻沙芋头、落汤钱，以及各式各样的糖水……但凡叫得上名号的传统甜食，她都很擅长。

雷伍想了想："芋泥白果可以？"

这一道甜品他也想念了许久，但普通甜汤店都嫌它花费的功夫太多，很少有单卖的，要去酒楼或打冷档吃饭才能点得到。

许飞燕点头："可以啊，小军他们几个也喜欢吃，之前一直嚷嚷着要我做。"

本来雷伍的心轻飘飘悬在半空，听到这句话时，瞬间重重落下。他垂首，舀起颗硬邦邦的鹌鹑蛋丢进嘴里用力嚼。嗯，他得早点习惯，他早已不再是那个特殊的人。

两人吃完甜汤，雷伍收拾好垃圾，见许飞燕穿上外套，问："要去接小孩了？"

许飞燕点头："你呢？要去龙兴了吗？"

雷伍拿着塑料袋站起身："对，我记得是顺路的？一起走？"

许飞燕眨眨眼，想了几秒才反应过来："我开小电动来的。"

"我知道，我去扫辆助力车跟你后头。"

"呃，我得先去接浩浩，然后接朵朵，很花时间的，你不如直接去龙兴？"

雷伍耸耸肩："没关系，我一个无业游民，时间大把，陪你去接小孩吧。"

许飞燕赶时间，拗不过他，便随他跟着自己。

刚才的外卖小哥不上楼梯房，雷伍得自个儿跑到楼下拿糖水，身上穿得单薄，就一件许飞燕买的毛衣。

许飞燕还是唠叨了一句："你去套件风衣吧，别等会儿感冒了。"

"那你等我一会儿，我很快。"

风衣也是许飞燕买的那件。

许飞燕现在对雷伍心态不同了，看他穿自己买的衣服，怎么看就怎么别扭，更加不敢再回想那一堆底裤，一想起就要耳根发烫、扶额叹气。

她忍不住骂自己，许飞燕啊许飞燕，快收起你泛滥的圣母心吧，真是做多错多。

楼下街边就有共享助力车的停车点，许飞燕边开小电动的锁，边看雷伍熟练地扫助力车的码。

他先用手机扫了其中一辆，没解锁，说电量太少了。再扫了一辆，开锁后他先抓一抓刹车把手，见刹车没问题才踢开边撑。也就短短半个月，他现在用得可真够娴熟。

"之前有一次，我没检查刹车就骑出去了，你知道，助力车起步挺快的嘛，到路口我想减速时，才发现两边刹车都坏了。正好有辆小车迎面开来，我见快要撞上，一着急，直接扭了车头，才避开那小车……"雷伍话只说到一半，因为他一抬眸，就看见许飞燕眼睛睁得老大，满脸惊讶。

"然后呢？"许飞燕没察觉自己语气中的着急。

"然后……然后什么？"雷伍有些蒙。

"你避开那小车，然后呢？"

"哦，车打滑，摔到步道上了。"他伸长手臂指着摆放在路口的四个颜色各异的分类垃圾箱，嘴角还挂着轻松的笑，"就在那儿，直接撞翻那几个垃圾桶了，司机也急刹车了，降下车窗骂了好多句粗口，可把我逗乐了……"

"那人呢？受伤了吗？怎么没听你说过这件事啊？"许飞燕柳眉紧蹙，语速越来越快，"不是，你怎么还笑得出来啊！刹车坏了好危险的，你怎么这么不小心啊？"

雷伍的心又一次飘起来，突然鼻子有些泛酸，还是笑着自嘲道："好歹以前也是开法拉利到处跑的人呐，这么丢脸的事，说出来不得让车房那几个小孩笑我好几天吗？放心，现在每一次骑车之前我都要先检查刹车的，惜命得很。"

"想想，以前的跑车一个油门踩到底，轰上几秒就能破百，还总觉得慢，非得要改得快点，快点，再快点……可现在助力车最快就二十，我却已经觉得太快了。"雷伍坐在车上，双脚稳稳蹬地，不知想起什么，声调慢慢降低，"真的，才二十而已，已经快得让人害怕了。"

傍晚的落日余晖让树叶筛成金色光斑，碎了一地。

许飞燕蓦然抿紧嘴唇，这几天她又没顾上涂润唇膏，嘴唇裂开一个小口子，本来已经不再渗血，突然这么抿住，一下子便闻到淡淡血腥味道。鼻梁像被谁砸了一拳，酸涩从鼻尖直蹿上眉间。她发现怎么自从雷伍回来后，自己好容易眼浅，总是兜不住泪水。

许飞燕急忙低头，眨去眼里的蒙蒙水汽，手轻轻一扭，小电驴开出去，来到雷伍身边时，她轻声道一句："觉得快，那我们就慢慢开。"

五分钟后，两个人到了许浩幼衔小机构楼下，老师通报上楼，很快听到小男孩风风火火跑下楼梯的声音。

许浩见到雷伍，眼睛一亮，"雷叔叔？你怎么和姑姑一起来了？"

雷伍笑笑："我们在路上遇到的。"

小男孩利索地爬上许飞燕的车后座，说着不知在什么动画片里学来的对白："哇，那你们可真是有缘！"

许飞燕脸皮薄，小声喝了声："浩浩！"

雷伍被小孩佯装老成的模样惹得哈哈笑了几声，说他人小鬼大。许飞燕则白了嬉皮笑脸的男人一眼，这时挂在胸前的手机响起，一看，是朵朵幼儿园的蔡老师打来的。她接起电话："喂，蔡老师？"

"那个，朵朵妈，想问下你来接朵朵了吗？"

"我在路上了，再过两个路口就到。"

"好的，那个……"年轻老师的语气有些吞吐，"待会儿你有时间吗？需要耽误你一会儿，有些话需要同朵朵妈你说一下。"

许飞燕一颗心揪起来，她有些紧张："老师，是朵朵在学校发生什么事了吗？"

雷伍闻言看向许飞燕，等她挂了电话，他立即问："朵朵发生什么事了？"

"老师没说，说等我到了再谈。"许飞燕沉下气，回过头对侄子叮嘱，"浩浩，抱住姑姑的腰。"

"哦，好！"许浩急忙照做。

雷伍没多问，安慰道："没事，你别太紧张，我陪你去看看。"

许飞燕心里装事，没往别处多想，点头："走吧。"

幼儿园所在的内街已经让接送的车辆堵得水泄不通，骑电动车和摩托车的家长反而可以直接开上旁边步道走捷径。雷伍跟在许飞燕的车后，见她如鱼得水地游走在人车之间，偶尔一时没跟紧，就会被她抛在几米之外。

两个人在幼儿园围墙旁边找了地儿停好车，许飞燕锁了车，让雷伍在这儿帮她看着许浩，她自己一人进去就好。

雷伍没要求跟着，只交代一句："有什么事给我打电话。"

许飞燕应了声"好"，匆匆朝幼儿园大门走。

雷伍没有带小孩的经验，好在最近半个月来在汽修店和许浩也算混熟了，每天晚上吃完饭到他看《新闻联播》的时间，许浩还会主动把电视让出来给他。

他正想问许浩肚子有没有饿，要不要去买个面包吃，却听许浩问："叔，你想进幼儿园看看吗？"

雷伍低头，挑眉问他："我也能进去？"

"可以啊，我和门房阿伯很熟，不过只能进到操场，教学楼的话要刷接送卡才能进的。"许浩指指幼儿园门口的保安亭。他之前几年都在这个幼儿园念书，这里就是他的"地盘"。现在他就读的幼衔小机构位于一栋大楼内，没有户外操场。许浩怀念以前每天幼儿园放学后能在操场上玩上半个小时才回家的日子，姑姑知道了，来接朵朵的时候就会让他俩去操场玩一会儿。

许浩真的和保安阿伯很熟，一大一小好似老友打着招呼。保安见雷伍面生，问许浩这位是谁。

"是我叔叔，从外地刚回来的，我们一起来接表妹，刚我姑姑先进去啦。"许浩对答如流。

又是叔叔，又是姑姑，中年保安一时误会他们的关系，点点头，放他们进去了，提醒道："只能在操场玩哦。"

许浩应了声"好"，接着礼貌道谢。

"朵朵的班级在三楼，我以前也是……啊，是姑姑。"

许浩正领着雷叔叔朝教学楼方向走，却已经见到姑姑牵着朵朵走出来，但走在她们前面的，还有两个女人和一个小女孩。其中一人是蔡老师，许浩见过。

许飞燕微垂着头，手掌里牵着的小手好冰凉，冰得她好想帮她捂捂。朵朵也低着头，头发乱糟糟，早上给她戴在发顶上的发夹，现在已经被她取下来了。

想起那小熊发夹，许飞燕就头疼。半个月前雷伍出狱那天，女儿带回发夹，说是林兰送她的礼物，可如今林兰妈妈却说，是朵朵借走了发夹不愿意还给林兰。这话真的太重，四舍五入不就在说朵朵是贼吗？

刚才班级里面还有未走的学生，蔡老师提议不如到办公室，双方坐下来好好谈谈。办公室内没人，蔡老师半掩木门，笑着当和事佬："两位妈妈先别急啊，这两个小姑娘平日关系挺好的，午睡的时候还经常会偷偷聊天，我想可能只是个小误会而已。"

林兰妈妈挺年轻的，戴着时髦的金框眼镜，穿花呢子格纹套装，长相斯文，妆容精致，语气却不大和善："蔡老师，你带林兰也带了三年了，她性格和品行是怎么样的，你应该比我这个当妈的还清楚啊。你每个学期的期末手册上，不都写着林兰诚实善良吗？难道你不相信林兰说的话？"

蔡老师忙道："不不不，我不是这个意思。"

许飞燕听出对方话里的弦外之音，眉头微皱。她自然是相信自己女儿的，直接走到林兰面前蹲下身，态度尽量温和："兰兰啊，朵朵那一天回来后好开心，拿了发夹给我看，说是你送给她的礼物，你告诉阿姨，是这样吗？"

脸蛋圆圆的小姑娘面对这样的场面有些无措，羊毛衫下摆被手指捻得起了毛，抿着唇没吭声，只仰头看向自己妈妈。

"朵朵妈，要真的是我家兰兰亲手送出去的话，她就不会昨晚哭哭啼啼，说有人拿了她的发夹不还她了。"

林兰一下子嘴抿得更紧了，眉心也拱起小山。

心脏扑通跳个不停，越来越快的心跳让许飞燕的脑门刺痛，她强扯着笑，还是继续问林兰："那兰兰，你跟阿姨说说，是怎么一回事？"

林兰妈妈也说："没事啊女儿，你就照直说，妈妈在这儿陪着你。"

小姑娘支吾了一会儿，才断断续续道出："有一天，我戴的一个小熊发夹，朵朵说它好可爱，问我能不能让她戴一下，我就拿下来给她了……我见朵朵喜欢，就说可以借她戴几天……"

"不是的，你不是这样说的，你当时说，发夹送我的！"许朵朵突然大声反驳，小脸涨得通红，眼眶内湿漉漉的。

"没有！我说的是借！"林兰也大声起来。

"是送！"

"你说谎！"

"你……你！"

蔡老师蹲在两个人中间，急着想缓解两个小孩之间爆发的冲突："你们都冷静！"

许飞燕明白了，这么小的孩子对"送"与"借"或许还没有一个准确的认知，也有可能是两人在沟通的时候，输出和接收的信息没有对上号。她按了按有些不适的左耳，心想这事也怪她，当初朵朵拿出发夹的时候她就应该先跟老师说一声，如果真的是误会，也能来得及及时纠正。现在这可是罗生门，两个小孩各执一词，教室里又没有监控，怎么才知道谁说的是对的？

"朵朵，你先冷静下来……"

许飞燕话还没说完，就见女儿从外套口袋里摸出发夹，用力丢到了林兰身上，眼泪一直在眼眶里打转，嘴唇颤得厉害："那就还给你，我……我……我不要了！"

许飞燕知道女儿委屈，却不满她拿东西丢同学的举动，急得大喝一声："蔡朵朵！"

蔡老师也是一时着急，训斥道："朵朵，有话我们好好说，不能动手的！"

林兰妈妈立刻把林兰扯到身后，冷笑道："看看，这都是什么家教？小小年纪就动手动脚的。幼儿园现在招生就这么随便吗？只要交了赞助费就能把人塞进来了是吧？"

林兰妈妈的声音不重，但每一句话都如箭狠扎进许飞燕胸口。小孩就是家长的镜子，这句话很准确。

她以前的几份工作，工作环境里几乎都是男性，现在在龙兴也是。平时大大咧咧过了头，有些打来闹去的习惯性举动没有太在意，当她察觉到女儿会学习模仿她平日不经意的举动和话语时，才开始理解言传身教的意思。

办公室的门没有掩实，站在门外的雷伍和许浩把里头发生的事看得一清二楚。

许浩像颗小炮弹，推开门跑进办公室挡在朵朵身前，两道小小浓眉皱起，抬头对蔡老师说："蔡老师！朵朵的脾气虽然有时候很古怪，但她不会说谎的！"

许飞燕惊诧道："浩浩？你怎么进来了？！"

她急忙抬头，果然在门口看见了雷伍。雷伍也哭笑不得，哪知道许浩会这么激动，他想拉都拉不住。办公室门正对着幼儿园操场一角，雷伍回头看一眼闹嚷嚷的家长和小孩，索性也走进办公室内，把门阖上。

突然之间情况变得愈发复杂，许飞燕的眉心眼皮都在抽跳。不过也好在许浩的出现，让她压住了不停往上涨起的戾气，她深深吸了口气，再用力吐出。

"浩浩，你乖，去雷叔叔那边。"她皱着眉朝雷伍递眼色，警告他不要插手。

雷伍手插裤袋倚在门板上，无奈地耸了耸肩。

"兰兰抱歉啊，朵朵刚才这么做是不对的，阿姨先给你道歉。"许飞燕还是半蹲在地，虽然对着林兰说话，但已经伸手牵住女儿不停发颤的腕子。

她把朵朵带到身旁，顺着她薄薄的背脊轻轻拍，继续说："但我也相信朵朵没有说谎，因为她那晚说很喜欢你送她的礼物，所以我们去商场的时候，她专门挑了两张贴纸送给你，是迪士尼的，你有收到吗？"林兰回想了一下，接着才缓慢点头。

林兰妈顿了顿，低头问："这是什么时候的事？你怎么没跟我说？"

小女孩表情困惑，喃喃道："你忘了吗？有一晚你很晚才回家，我拿出来给你看过呀，你说……你说那贴纸不是正版的，说唐老鸭的脸都画歪了，让我把它们丢了，我就没跟你说那是同学给我的……"

她的声音越来越细，最后一个音落下时，办公室内已经是一片死寂，与屋外操场上的热闹嘈杂相比，突兀得不像在同一个空间。饶是雷伍这样见惯各种明争暗斗的人，此时都觉得在幼儿园里发生这一幕，简直荒唐得不可思议。他想，有些人似乎真的不适合当父母。总说童言无忌，有的时候小孩说出来的话，就像把锋利的匕首，能把成年人惺惺作态的面具干脆利落地割开。

看着林兰妈妈的表情瞬间僵硬，许飞燕丝毫没有愉悦感，她甚至想收回刚才问出口的话，想把朵朵的耳朵用力捂起来，不让她知道自己的一片真心让人当垃圾丢弃。可能是一开始没反应过来，等想明白后，朵朵一张小脸涨得通红，豆大的泪珠终于落下来。见女儿这样，许飞燕也瞬间鼻子泛酸。

她牵住女儿冰冷的小手，眸色和声音渐冷："蔡老师，我想这件事从一开始就有些误会，我相信朵朵，兰兰妈也肯定相信兰兰，如果真要再争论出个结果，只能找其他小朋友询问一下了。"

蔡老师的笑容很是尴尬，赶紧打圆场："对的，我刚才就说应该只是误会……要不然今天先到这儿？我明天找机会，和两个小朋友再好好聊聊天，两位妈妈这样可以吗？"

林兰妈挤出一抹硬笑："算了算了，只是个小发夹而已，也别麻烦蔡老师了，既然小姑娘喜欢，那就送给她好啦……"

许飞燕不是看不出蔡老师和林兰妈的关系匪浅，毕竟朵朵是插班生，而蔡老师已经带林兰带了三年。即便知道了这个乌龙始于误会，蔡老师话里话外，依然保护着林兰。或许从一开始，感情的天平早已倾斜。

许飞燕也知道，之后每天都要面对老师和同学的人是朵朵，如果把彼此关系搞得太僵，接下来对朵朵也不是一件好事。但一股混沌之气在她胸腔里胡闯乱窜，心里有一个声音在叫嚣，她自己怎么样都行，但不能让人欺负她女儿！

就在气氛僵持不下的时候，有人走到她们中间，弯腰拾起一直安静地躺在地上的小熊发夹。

雷伍也学许飞燕蹲下，手臂伸长，将发夹递给躲在母亲身后的圆脸小姑娘，嘴角带笑："兰兰是吧？我们家朵朵买贴纸的那晚我也在，她说你送她的发夹是迪士尼的，她也要送你迪士尼的贴纸。"他抬抬下巴，指向旁边的许浩，继续说，"许浩也想要贴纸，一直缠着她跟她讨，但朵朵没给，她说这是要给'好朋友兰兰'的礼物。"

许浩这时候才想起这事，高举小手，急着做证："是的是的，那两张贴纸她宝贝得要命，我想借来看看她都不让。"

许飞燕睁大了眼看着侄子，一大一小说的这件事她毫不知情。她又侧过脸去看女儿，只见小女孩淌着泪水的脸蛋突然泛起淡淡红晕。

林兰妈让忽然出现在眼前的高大男人吓得连退两步，赶紧把女儿严实地挡在身后："你又是谁？"

雷伍抬起头，他的眼仁儿很黑，水洗过一般，但笑意没进到眼里。

"朵朵她叔叔。"

不带情绪的眼神射过来，林兰妈不禁打了个寒战，还想嘴硬解释些什么时，一直被她拦在身后的小姑娘探了半颗脑袋出来。

林兰眼眶里蓄着泪，不知道要看向谁，最后只能看向蔡老师，扁着嘴嘟囔："蔡老师，我其实记不清当时的事了，但妈妈说肯定是借，还说了好多话我没听懂……"目光下移，她看向许朵朵，"还有就是，贴纸我没有丢的，我收起来了，夹在我很喜欢的那本公主故事书里……"

朵朵心里正别扭着，拧开脸不与林兰对视。

许飞燕松了口气，这个岁数的小娃娃们忘性大，一天一变。今天还手牵着手，明天就说不要同对方做好朋友了，后天指不定又说要邀请最好的朋友来家里。打打闹闹本来挺容易就过去的，一旦大人介入其中，就变了味。

小姑娘不敢过来接发夹，雷伍站起身把发夹搁在办公桌边角，视线对上眉毛已经拧得快打结的林兰妈，皮笑肉不笑地夸赞道："林兰妈妈，你家的家教还真挺好的啊。"

几人离开时许朵朵还在委屈，但泪水已经止住，就剩眼角带着没擦干的泪渍，宛如破碎的月光。而此时身后的办公室里传出小女孩号啕大哭的声音。

这下轮到许飞燕哭笑不得："你语气太凶了，看看，把人都吓哭了。"

"我凶？我怎么觉得我挺和蔼可亲的啊，一直都在笑着呢。"他低头问许浩，"浩浩，我凶吗？"

许浩把小脑袋摇成拨浪鼓："不凶不凶，雷叔人超好的！"

他其实还没看明白，为什么雷叔叔只是温温柔柔地说了几句话，就让那女孩扁嘴发颤，连女孩妈妈和蔡老师都没再多说话。

雷伍转过头去看鼻子一抽一抽的小姑娘，打趣问："朵朵觉得呢？我像会吃小孩的怪叔叔吗？"

还沉浸在坏情绪里的朵朵置若罔闻。雷伍知道小孩受到了不小的打击，他其实有些话想对她说，但环境不合适，自己身份也不合适，便暂时作罢。

许飞燕心里矛盾。一方面觉得让雷伍介入她的家事有些尴尬，充其量两人不过是认识了十多年的朋友；可另一方面又因为雷伍站出来替朵朵说话，她的心情着实舒畅了不少。

而且她感到有一点讶异。

"你怎么会知道朵朵和浩浩之间发生的事？"她问雷伍。

雷伍总不能直接同她说，因为她的关系，自己一直在留意朵朵的一举一动。他说："当时你帮你哥去弄停车票的事了，刚好没听到而已。"

许飞燕斜斜看他一眼，最终压低了嗓子说："谢谢你。"

雷伍挠挠突然发痒的鼻子："小事。"

朵朵这小孩内向又敏感，而且在某些方面确实挺像许飞燕，例如倔强。一回到汽修店，小姑娘就跑上二楼，砰一声把铁门关起来。

许飞燕也着急，停好小电动就急忙往楼上走。她叩响铁门，声音放软："宝贝，开开门好不好？妈妈想和你聊聊。"

铁皮门很薄，可许飞燕没能听见朵朵的回答，她以为是自己耳朵不好听不见，赶紧将右耳贴在冰冷金属上，等了一会儿，还是没听到朵朵回应。没有哭，没有闹，安静得让许飞燕心悸。

许飞燕很是挫败，她觉得或许是自己刚才在办公室里呵斥朵朵丢东西的那一声，让朵朵把自己藏回了蜗牛壳里。她又唤了几声，依然没听到动静，正想下楼跟胡军拿钥匙，一回头，见雷伍就站在楼梯下方。院子里的白炽灯亮着，有细如丝的刺刺电流声，照得雷伍一双眸子深邃黝黑。

他从裤袋里掏出盒薄荷喉糖，倒了几颗在手心，抛进嘴里，才说："让她先冷静冷静吧，现在小孩心里不舒坦，你说什么她都听不进去。"

许飞燕是知道的，当妈这么久了，她怎么会不知道女儿也有自己的小脾气。朵朵开始懂事时，就知道自己的家庭情况与别的小朋友不同。但小姑娘从不会歇斯底里哭闹，也从不问"为什么别的小朋友都有爸爸就她没有"这种问题，许飞燕本来为这类问题准备好了答案，准备在朵朵提问的时候能尽量自然轻松地回答她，结果都派不上用场。

蔡景尧母亲丧子之后性格大变，情绪时好时坏，总会在别人面前讲她在那个神棍处听来的话。有些小孩则会学家长讲八卦，朵朵在外头受了气，回家后就会躲进卧室，扯起被子包住自己，藏着泪水不让她看到。

许飞燕有些明白朵朵这样的举动。她这个当妈的，何曾不是这样？以往这种时候许飞燕会坐在床边，什么都不说，也不碰她，耐心等朵朵从蜗牛壳里钻出来，但今天他们在幼儿园耽误了不少时间，天黑了一半，路边已经亮起盏盏昏黄灯光。她今晚本来打算做两个小孩最喜欢的蒜香小排和咕噜肉，眼看天色已沉，自己却还没开始准备晚饭。

雷伍看出她眼里明显的焦虑，他手里无意识地把玩着糖盒，含着薄荷糖的声音含含糊糊："你先去忙，我帮你在门口看着。"

许飞燕看看紧闭的铁门，又看看他，狐疑道："你能帮我？"

雷伍抬脚走上楼梯，扯起嘴角笑笑："为什么不能？"

他几步就走到离许飞燕还有两阶台阶的地方，扬扬手中的糖盒："把手给我。"

许飞燕摊开手掌，沙沙两声，三颗乳白色小糖粒滚落在她掌心。

雷伍低声安慰："放心吧，我就在这儿陪着。"

雷伍说话时，有缕缕白烟从他口中渗出，淡淡的，裹着清凉薄荷味，与淡淡的灯光糅在一起，意外地抚平了许飞燕心里的些许焦虑。她这时才突然发现，从下午开始到现在，今天的雷伍身上少了一样常会闻到的味道。

她抬起手，含住几颗糖，想了想，问："你今天没抽烟？"

雷伍往上走一阶，离许飞燕更近了些，沉声道："没有，都说戒了。"

许飞燕顿了顿："为什么啊？"

雷伍深深看她一眼，没回答她这个问题，侧过身让出路给她："快去快去，刚胡军他们几个崽子又嚷嚷着肚子饿了。"

"……好，那麻烦你先帮我看着朵朵，我去做点她爱吃的菜。"许飞燕说完，从他身前钻过，下了楼。

他的目光一直跟着许飞燕游走，直到她进了厨房，雷伍才走到铁门口，也不出声，直接屈腿坐在门口地上。许浩时不时会从楼下钻出来，不说话，只仰着头看看铁门开了没，等雷伍朝他点头示意没事，他才钻回屋里。

许超龙今晚外出不回来吃饭，刚才店里一连来了几辆车都要洗，胡军几人正忙个不停，水枪喷水声、厨房炒菜声、电视动画片声全都融合在一起。雷伍小臂挂在膝盖上，仰着头，后脑勺抵在铁门上，放任这些声音把他的胸膛填得暖和且充实。

天一点一点暗了下来，最后成了浓浓墨色，月亮初升。渐渐地，能闻到厨房那边传来的香气，酸甜的，咸香的，还有一锅猪骨汤熬得浓郁。

忽然，门后有了动静。

雷伍坐直身，回头低声问："朵朵？雷叔在外面陪着你。"

"……嗯，我知道。"竟让他等到朵朵开口，小姑娘的声音半哑，像刚睡醒似的。

雷伍松了口气，说："肚子饿了吧？你妈妈快做好饭了。"

吱呀——铁门拉开了一条缝儿。

雷伍本以为会看到一张哭得惨兮兮、眼睛肿成核桃的小脸，但没有，朵朵挺平静的，眼眶鼻尖泛红，黑眼仁是两颗清澈干净的玻璃球。

他打趣道："我还以为你会哭得甩着两条小鼻涕虫呢，看来没有嘛，还是说把小鼻涕虫吃进肚子里了？"

朵朵平静地看着下午帮她讲话的"陌生叔叔"，与第一次见面相比，现在她已经能同他好好说话了。

她的腮帮子微鼓，嘟囔道："我没有哭，就是想一个人，嗝，静一静……"没忍住地打了个哭嗝。

雷伍笑出声："真没哭？"

朵朵嘴硬，骄傲地仰着小脖子："没有。"

雷伍给她比了个大拇哥，夸赞道："那可真厉害，心里头舒服点没有？"

"嗯……"朵朵再把门拉开一些，踮起脚，朝厨房方向看了眼，"我妈妈她还生气吗？"

雷伍挑眉："你妈妈没有生气啊。"

"她有的，她下午喊我以前的名字了……"

朵朵眉眼低垂，语气沮丧："妈妈一生气，就会连名带姓喊我的名字，'蔡朵朵'。"

雷伍愕然，他下午在办公室门口时听得不清楚，没想到还有这个细节。

朵朵继续自我反省："我下午拿发夹丢林兰，这样做是不对的，虽然我那个时候，嗯，很生气……但也是不对的。"

雷伍思索片刻，点头："你说得对，拿东西丢人这样是做得不好，但我也能理解，你当时心里一定很难受。"

朵朵眨了眨眼，她没想到叔叔会这么说，原本消极的情绪瞬间恢复了不少。

"唔，我跟你讲讲叔叔以前'在学校念书'的事好不好？"雷伍问。

小姑娘点头。

"以前我一生气时，也容易对'同学'动手动脚。有'老师'会罚我，把我关进一个小黑屋里，我心里难受啊，就躲在小黑屋里哇啦啦哭，哇，鼻涕虫好长一条哦……"

雷伍两指张开，在鼻孔下方比画着长度，夸张的表情惹得朵朵扑哧一笑。

"后来有位'老师'告诉我，发泄情绪其实有很多种办法，但动手打人是最糟糕的一种，而哭也不用躲在小黑屋里，光明正大地哭，一点都不丢脸。"

雷伍手掌撑地，嘿咻一声起身，转身半蹲，对站在门内的小姑娘继续说："还有啊，交朋友这件事，叔叔到二十多岁的时候还做不好，所以你可以慢慢来，找到你觉得最值得交的朋友。"他伸直左手小臂，右手食指中指在手臂上面一蹦一跳，扮成小人儿走路的模样，"你知道吗，找朋友就像挖宝藏一样，你可能一开始挖到了一块宝石，但往前走着走着，发现这块宝石原来只不过是块会发光的玻璃。但不要伤心，也不要气馁，前面的路好长好长，你可以慢慢找，一定会找到属于你的那块宝石。"

这时右手两指已经来到左手掌心，雷伍拢起左手掌，再摊开时，里面竟凭空出现了一颗裹着酒红亮面糖纸的糖果！他嘴角带笑："呐，给你宝石。"

朵朵惊讶地睁大了眼眸，一张小脸写满不可置信。她摸了摸泛红的鼻尖，把门完全打开，从他手里拿过糖果，拆开，是颗太妃糖。

"妈妈说过，不能吃陌生人给的东西。"可她一边说，一边把糖果丢进嘴里。

雷伍一下子就听出她的意思，眉眼越发温柔。

朵朵嚼着香甜糖果，突然提问："叔叔，那你现在找到你的宝藏了吗？"

这时，有人从厨房里喊一声"可以开饭啦"，二楼一大一小循声望过去。

雷伍眼睛里有着寒冷驱散不开的暖意，点头道："嗯，找到了。"

兄　妹

"先生，这是您的消费账单，请核对一下。"许超龙接过服务员递来的小票，尽管做好心理准备，但看见总金额时，他还是心揪在一块。哎哟喂，真疼，这钱都够给老婆买一部新手机了，顶配的那种……

今晚他做东，之前周青一直想找关系，能搭个桥让许浩进金源小学。许超龙虽然嘴里说着没必要，但最后还是拉下脸，主动找与自己相熟的客人问了问情况。还真让他找到了，一位姓林的客人说自己妻舅家的小孩今年去了金源读书，有点儿门路，问许超龙要不要约出来吃顿饭聊聊看。

这自然不能在海鲜大排档聊。许超龙在富丽堂皇的海鲜大酒楼订个包厢，林先生与妻舅同行，一起来的还有一位圆头圆耳的中年男人，姓陈，笑起来眯眯眼，看着好似很好说话的模样。

许超龙看出陈先生身份不低，唤经理来写菜时让对方决定，陈先生笑着说许先生点菜就好。都是客气话，许超龙点菜时还是每一样都问过陈先生，酒楼的几样名菜都点了，蒜焗蟹、炭烤响螺、卤水鹅肝，还要了条可遇不可求的野生乌耳鳗……陈先生后面补了几样，不过四个人而已，点了七八个人的分量，再让经理开了瓶酒。

美酒佳肴上桌，陈先生问了些小孩的情况，许超龙如实回答，之后陈先生便没再提起金源的事。许超龙试探着问了几句，对方模棱两可地带过话题，只说离小学摇号派位的时间还长着，过两个月再看看情况，明显是话中有话。

许超龙拿手机扫前台的二维码，叹了口气，知道之后这样的饭局少不了，但如果真能成事，这些钱也不算白花。毕竟飞燕也想朵朵未来能读金源，桥先搭起来，以后路能好走一些。

他结完账后往回走，门口的服务员不在，他正想推门，就听见包厢里头有声音传出。许超龙定住了，隐约能听见几人正在聊着他的经济情况。一些不太好听的字眼像玻璃碴，不受控地飞进他耳朵里，刚才敬酒时灌下的洋酒在胃里不停翻滚，仿佛滚烫的熔浆从身体里漫起，很快烧到喉咙。

他蹙起眉，捂住嘴，疾步冲向走廊尽头的洗手间。包厢里都附有洗手间，公用的反而没人，许超龙随便冲进一间厕格，抱住马桶，把刚才人均三千的那一顿全吐了出来。吐完，许超龙洗了把脸，看着镜子里吐到脖颈通红的自己，蓦地扯起嘴角嗤笑一声。

手机响了响，是林先生来了信息，说他们还有别的地方要去，叫的代驾已经来了，所以先走。

许超龙很快回复："好的，今晚真是麻烦您了，之后还需要您多多帮忙。"

走出洗手间，右手边有个小露台，许超龙推门而出。夜风冰寒，扫在发烫的脸上让他清醒了不少，他走到造型浮夸的罗马柱栏杆旁，从裤袋里掏出烟盒，是那天去接雷伍，雷伍没拆的那包中华，一直搁在他手套箱内，今晚拿来用了。

许超龙敲了敲，里面就剩两根，衔了一根进嘴里。刚想打火，身后的门被推开了，他本能地转过身。看见来人是唐苑淇时，他愣住了。唐苑淇也怔在原地，她憋了一晚上，好不容易找到机会离开包厢，在走廊里已经迫不及待地将细茄咬进嘴里，但没想到会在这里遇上好久没见面的人。

许超龙先打破了僵局，朝她点点头："好久不见。"

唐苑淇装作若无其事地把细茄拿下来，随意丢回手包里："唔，确实是好久不见了。"她朝许超龙走去，"你今晚来这儿吃饭？"

许超龙移开视线，回过头，看向酒楼下方的庭院："嗯，请人。"

高跟鞋叩在花岗岩步道上，风把她身上的香水味送到鼻前，许超龙皱了皱眉，手拢在嘴前想点烟。唐苑淇走到栏杆旁，背倚着罗马柱，拢了拢肩头快滑落的羊绒披肩，斜仰起脸，直勾勾盯着许超龙的侧颜。

庭院昏黄的灯火在他高挺的鼻梁镀上细细的光晕，他长相阳刚，但却有一双丹凤眼，眼皮内双，黑白分明的眼睛狭长，和飞燕一样，眼尾微微扬起。察觉到她的视线时，幽深黑眸会滑到眼尾，仅一瞬，又飞快滑回去。唐苑淇忍不住想笑，这家伙都当爹那么久了，怎么还跟以前一样？

不知是风太大还是火机不争气，许超龙好久都点不燃烟，这时一个打火机递到他眼前。

"用我的吧。"唐苑淇说。

小巧的复古火机机身被焦糖色真皮包裹，安静地躺在她掌心。许超龙没有接，背过去又划了次火机，这次点燃了。

他吸了一口，才说："不用，有火了。"

似乎是早预料到他有这样的回应，唐苑淇也不恼，收回手，问他："你还有烟吗？"

许超龙终于转过头看她，语气疑惑："你自己的呢？"

"雪茄要抽好久，烟一会儿就能抽完。"

唐苑淇抬起手将被风带起的发丝掖到耳后："我还得回包厢，未婚夫一家子都在等着我。"一句话轻飘飘的，好似刚出了口，就被风吹散，却落进了许超龙的耳中。

他掏出半扁的烟盒，递给她："最后一根了。"

"嗯，那正好，谢谢。"唐苑淇接过，双指轻捻烟嘴，衔进红唇间，娴熟点燃，一吸一呼，白烟袅袅。

她把玩着红色烟盒问："改抽中华了？"

许超龙摇头说："敬烟用的。"

唐苑淇清楚他的消费习惯，这家酒楼估计他还是第一次进来。是谁需要他大费功夫宴请？她掸掉烟灰问："遇上事了？"

"不是什么大事，小孩读书问题而已。"

唐苑淇很快明白，挑起眉尾："哪个小学？"不知是化了妆，还是她喝了点儿酒，她的眼皮上覆着淡淡绯红，昏黄灯光穿过她的睫毛，在她脸上落下精致的剪影。

许超龙不得不又一次避开她的目光，说："我老婆想送小孩进金源上学。"

"哦。"唐苑淇选择在她这里结束话题，一口接一口地抽烟。

猩红火星在白烟里明明暗暗，她没发现自己的手指竟有一丝控制不住地在发抖，烧长的烟灰落了下来，掉到披肩上烫污了羊绒，也烫到她的心脏，激起阵阵酸麻。没过一会儿，烟便烧到了尽头，唐苑淇拈着烟屁股，用力将烟头摁在栏杆上，残存的火星四溅。

她深呼吸，然后斩钉截铁地说："许超龙，我这次一定要把自己嫁出去。"

许超龙没看向她，他想可能是因为冷风加上刚才的呕吐，如今太阳穴如有针扎似的痛感。他哑声道："好，那我提前祝你新婚快乐，与未婚夫……与丈夫永结同心。"

唐苑淇仰起头，飞快眨着眼，将眼眶里快要聚集起来的泪水眨掉："朋友一场，到时候我给你派喜帖，你会来吧？"

"飞燕会去的。"

"那你呢？"

"雷少也会去。"

唐苑淇柳眉骤蹙，音量渐昂："我问的是你，许超龙，是你！"

她又钻进了那个怪圈。这些年自己交往过那么多对象，有能与她谈天说地的精英人士，有能与她吃喝玩乐的富二代，有会甜滋滋喊她姐姐的小男模，可到头来最无法忘怀的，还是拒绝过她好多次的许超龙。

她的闺蜜们恨铁不成钢地骂她：一个修车师傅到底有什么好，是不是鲍参翅肚吃多了，要吃点馒头榨菜解解腻；接着又嘲笑她，得不到的永远在骚动，等得到了说不定没一会儿就觉得厌倦了。

唐苑淇以前也怀疑过，只是因为得不到，所以才成了扎心里的一根刺。可后来她知道不是，她心里确确实实装着许超龙。

那洋酒的后劲这时候才涌上来，许超龙头疼得厉害，嘴唇抿紧。

唐苑淇等不来答复，在眼泪快要成形时抬脚离开，只丢下一句："好，算你厉害。"

直到听不见她的高跟鞋声，许超龙才长长吁了口气。烧长的烟灰簌簌从指间滚落，烫了他的手背。这才发现，这根烟他只抽了一口。站了一会儿，冷风吹得他小腿都快发麻，他弯下腰，把唐苑淇掉落的烟蒂拾起，摁灭了自己的那根，一起丢进旁边的垃圾桶里。

许超龙叫来的代驾小哥有些热情，不停地同他聊着话，但他没有用心听。唐苑淇刚才说了什么？哦，她说她有未婚夫了，说这次要把自己嫁出去。好，真好。一定要好好的，别再总记挂着他这个无用的修车师傅了。

他以前无法理解唐苑淇对他的感情。准确来讲，唐苑淇并不是雷伍以前经常有往来的朋友，只是偶尔会来车房倒腾一下车子，反而是等到雷伍出事时，委托唐苑淇做律师，两个人的往来才比较频密。

那时雷伍身边的狐朋狗友都怕沾上事，一个比一个跑得快，就剩唐苑淇留了下来，不厌其烦地东奔西跑去帮雷家处理财产债务问题。许超龙甚至以为唐苑淇是喜欢雷伍的。但往来得更频密的，其实是他和唐苑淇，雷伍有很多事情需要他帮忙处理，那段时间里许超龙几乎每天都要与唐苑淇见面。

第一次唐苑淇说喜欢他的时候，他很惊讶，而且那份惊讶很快转变为气愤和难堪。他觉得富家千金估计是和人玩真心话大冒险，输了就拿他当猴子耍。唐苑淇这人做事胆大直接，好像对什么都感到无所谓，许超龙拒绝了她几次，她也像无事人一样继续出现在他面前。

到后来，等到他与周青开始拍拖，唐苑淇便再也没提过这件事。可无论他有没有拍拖，他跟唐苑淇也是不可能的事。他是什么身份？唐苑淇是什么身份？两个人如果不是因为雷伍，半毛钱关系都扯不上。

刚才包厢里那三个男人也是这么说。不过是一个开汽修店的农村小子，花钱把孩子送进好的学校又能怎么样，孩子的出身早就注定好未来的路了不是吗？

他按亮手机，屏保是许浩的相片。当时小孩还不到三个月大，全身都肉乎乎的，皮肤像他一样有点黑，刚洗完澡，趴在床上。许超龙按网上的教程，鸡手鸭脚地给小孩做抚触按摩，嘴里还念叨着，城里人就是瞎讲究。

突然，许浩两只小拳头握得紧紧，手肘撑在床上，把头抬了起来，小嘴嗯嗯呜呜，鼻子皱巴巴。许超龙一边欣喜娃娃会抬头了，大喊着让周青拿手机来拍照，一边笑他怎么抬个头，却一副要拉屎的表情。结果刚拍完照，就听到噗一声响，带水声那种。

那次他乐了好久，眼泪都笑出来了。后来他把许浩第一次抬头的相片当作手机屏保，中间换手机了还是用回这相片。这一用，就用了快七年。

周青知道他今晚有饭局，发过几条微信给他，问他今晚有没有什么好消息，那时候他应该在给那三人敬酒吧？可能是见许超龙太久没回信息，周青又叮嘱他说些别人喜欢听的话，但别喝太多酒了，回家的时候记得叫代驾。最后说辛苦你了，爸爸你是最棒的。

他看着信息发了会儿呆，接着断断续续朝输入框里打了几个字，但没发出去，最终删了个干净，重打了一句："今晚对方没给准话，下个月找机会再请他们吃饭。"

短信发出去后，他放下手机，倚着椅背，眼皮重重落下来。许超龙从没嫌弃过自己的出身，农民家的孩子怎么了，他阿爸阿妈不偷不抢，面朝土地背朝天，一辈子勤勤恳恳，辛苦拉扯他两兄妹长大。

许超龙反倒觉得有点自豪，他父母没有那种重男轻女思想，他拥有的东西，妹妹就有，他没有的，妹妹也有。死去的阿爸最常挂在嘴边的，就是阿龙你当哥哥的，得好好看住妹妹。这话现在轮到他教给许浩："浩浩，你当哥哥的，得好好看住妹妹，不能让朵朵遭人欺负了……"

"阿哥，到了，我停哪里？"

许超龙回神，指了指前方的铁门，说："直接开进去就好，老伯有留位。"

门卫老阿伯认出许超龙的车，急忙披了大衣从门卫室走出，指挥着代驾停到角落的一个空位上。

等代驾走了之后，老阿伯才问许超龙："今晚喝了不少？"

许超龙浅笑着点头，声音有些哑："还行，都吐完了。"他拉开后排车门，拎出来两塑料袋子，递给老阿伯，解释，"你可有口福啦，今晚有红焖乌耳鳗，野生的，然后还有几个菜，几乎没人下过筷子的，你放心……哦，最下面那一盒的炸油粿是我重新点的，但现在凉了可能不好吃，明天你让阿婶重新炸一下，里面包芋泥的，很香。"

老阿伯喜笑颜开："哟，那可好，我家老太婆最喜欢吃香甜的了，谢谢你啊。"

许超龙终于露出今晚第一个真心的笑容："客气啦。"

许飞燕听见客厅的动静，轻声下床落地，在肩头搭了件外套，再给朵朵掖好被子，才走出房门。她给许超龙留了灯，小小一盏发出昏黄的光。

许超龙换好鞋，抬头见她走了出来，问："还没睡？"

"快睡了，听见声音出来看看。"许飞燕走近他一些，很快闻到他身上的烟酒味，微微皱眉，"喝很多酒了？"

许超龙没同她讲今晚饭局的事，只说和朋友出去吃饭。他笑笑："还行，清醒着呢，能走直线。"

"你去洗澡吧，我给你煮点解酒汤。"

许超龙摇摇头："解酒汤就不用了，我没喝多少，家里有汤圆吗？"

"你今晚没吃饱？"许飞燕心有疑惑，"速冻汤圆没了，我给你煮几个糯米丸好吗？"

"好啊，要阿妈煮那种……"

"知了，一颗颗小小的，里头什么都不要包，煮红糖姜水那种嘛。"

许超龙笑着点头。但许飞燕怔了怔，虽然许超龙笑得眉眼弯弯，但她已经很久没在他脸上看见这么明显的疲惫感。

她抿了抿嘴角，说："你快去洗澡，臭死了，小声一点，浩浩睡着好久了。"

许超龙低声回答："好。"

许飞燕看着他挺直了背走进卧室，才快步走进厨房。她先拿了块姜去皮拍扁切块，与红糖一起入锅，加水熬煮，再翻出糯米粉。小时候家里条件不好，俩兄妹嘴馋想吃点甜的，许母就会搓几颗斋丸子，接着用红糖水煮了给他俩吃。特别简单的味道，却永远在他们记忆里住下了。

每年等到冬至时，许母还会让他们帮忙搓小丸子。面团洁白柔软，轻松就能捏起一小坨，两手手心轻轻相靠，转啊转，一颗糯米丸就成了形。她贪心，总爱把丸子揉得好大一个，一口咬不完，小牙齿咬住，扯开时就好似在吃棉花糖。而她哥与她相反，揉出来的粉团子每一颗都小小的。许超龙说，这样丸子容易煮熟，糖水的味道也容易渗进面团内，吃起来比较甜。

兄妹两个人都没见过北方的雪，许超龙便拿了一颗她揉的大粉团，再加一颗自己揉的小粉团，找来根牙签儿，掰折成两截；用其中一截扎在两颗粉团中间，把粉团串在一起，再把另外一截掰成两小段，插在大粉团的两侧；又去厨房摸了两颗黑芝麻，歪歪斜斜摁在小粉团上，当雪人的眼睛。当时的许超龙门牙掉了俩，笑起来很傻。他把小雪人放到她面前，说："祝我妹妹生日快乐呀。"

…………

回忆随着红糖姜水里的小白玉团子浮浮沉沉，直到糖水再一次沸腾，软糯丸子浮上水面，许飞燕才关了火。她刚端着碗出了厨房，许超龙也擦着头发来到餐桌旁。

"糯米不好消化，你吃完后待一会儿再去睡觉。"她叮嘱道。

"知啦。"

许超龙舀起一颗丸子，轻吹去白气，张口吞下。老姜微辣，红糖甜腻，平平无奇的糯米丸本身没有味道，却将两者很好地糅合在一块。暖意慢慢缓解了他喉咙泛酸的不适感，他边嚼边问："今天房子签约怎么样，顺利吗？"

许飞燕没有吃糯米丸子，就倒了小半碗糖水坐在他对面，捧着碗喝："嗯，等我这几天把缺的东西买齐，再打扫一下卫生，就能搬进去了。"

"那你打算哪一天搬？提前告诉我一声，那天我不去店里了，帮你搬家。"

"我东西又不多，蚂蚁搬家，没几趟就能搬完了，你不用专门……"

"跟我客气？"许超龙打断她，挑起眉白她一眼。

许飞燕没辙，回头看了眼日历："那就周五吧，周六嫂子和阿姨就回来了。"

"行，这两天你先带我上去看看房子，水、电、煤气帮你再检查一下。"

许飞燕还慢条斯理喝着暖汤，突然想起一事："对了，哥，我忙完搬家，要去找工作了。"

"那么着急？过年前不好找工作吧？"

"也要先找找看，总不能坐吃山空啊，未来朵朵要用钱的地方还多着呢。"

"行吧，你先找找看，我也给你打听打听，但你可千万别像以前一样，为了赚钱把自己累坏了。"

许超龙直接端碗喝去半碗糖水，才发现碗底还沉着丸子，便拿勺子去舀："你哥虽然没什么本事，但添你和朵朵两双筷子也没什么问题……"

他突然顿住，舀起的丸子是连在一起的，虽然泡得有些软烂，但还是能看得出来。丸子一大一小，中间的小竹签隐约可见，和他小时候捏给许飞燕的小雪人一样。

许超龙抬起眼，只见妹妹淡淡笑着说："哥，这段时间谢谢你了啊。"

他很快低下头，及时掩去眼里波澜起伏的情绪。接着，他小心翼翼咬下一小团，声音模糊："烦人，一世人两兄妹，客气什么。"

音响里唱着周杰伦的歌，引擎声沉沉低鸣，林亚东躲在车里看了快半小时直播，烟都抽掉三四根。施菡连续发来的信息总在屏幕上方跳出来，没辙，林亚东只好熄了手机，把烟头掐了，开车驶进地下车库。

回到家，施菡正在客厅看韩剧，脸上敷着面膜，见丈夫来了，急忙跳下沙发，疾步走到林亚东面前，语气不耐烦到极点："给你发了那么多信息，怎么都不回啊？"

林亚东搪塞过去："开车呢，怎么回？"

他换了拖鞋往里走，住家保姆从工人房走出来，问："林生，要给你煮消夜吗？"

"好啊，煮个鸡丝面吧。"

施菡立刻制止保姆，瞥向丈夫日渐增大的啤酒肚，没好气地骂："不要给他煮！看他现在的身材都成什么模样了，吃得脑满肠肥的，还敢吃消夜！"

保姆缩了缩脖子，再看林亚东一眼。

林亚东不耐烦地挥挥手："算了算了，不吃了，阿姨你去休息吧。"

"好。"保姆脚底抹油，回了自己房间。

施菡跟在林亚东身后往主卧走："我给你发的信息你都看过没？今天下午女儿在幼儿园里遭人欺负了，你怎么一点反应都不给？"

一想到这事，林亚东翻了个白眼："不都说是误会一场了？这么点小事，你恨不得闹到全世界都知道，外头不知情的人还以为我们家是要破产，连个破烂发夹都这么斤斤计较。"

从下午就积着一肚子怨气的施菡终于爆发，反手用力摔门，朝着男人大喊大叫："什么斤斤计较？你以为我乐意去幼儿园当面对质吗？还不是因为不想让你女儿受委屈！"

林亚东被吵得头疼，茶铺和车房最近都有资金周转不灵的问题，回到家还一堆儿破事。他没心情跟施菡吵，选择息事宁人的做法："好了好了，园长为了这事刚才都打电话给我妈了，说是老师处理不得当，回头会批评教育老师的。"

施菡正在气头上，还继续骂："我从一开始就说要送兰兰进私立，是你们家一直说园长是你妈的好姐妹，我才同意的，你都不知道，现在这幼儿园里的学生和家长素质有多参差不齐！"

她一点都没觉得自己小题大做。从幼儿园开始，她就十分重视家长之间的社交，林兰班里的同学家长她每一个都认识，而且大部分的家庭情况她都了解，彼此知根知底的，三年来算是相安无事。

公立幼儿园的班级人数本来就比私立的多，家长们对这事一向有异议，觉得学校这样安排只会导致老师们超负荷工作，肯定会有顾及不到、照顾不周的情况。这个学期还突然加插了一人进来，大家在没有老师在的那个群里不停刷屏吐槽，说幼儿园就是掉钱眼里了。

"幼儿园而已，玩着玩着一下子几年就过去了，再说这幼儿园不知多少人想找关系进来，有园长多关照着，你难道没有觉得安心一点吗？"林亚东进衣帽间取了换洗衣物。这么多年夫妻，他深知说什么话能让老婆消气："月底圣诞了，你给兰兰请个假，去上海或者北京玩几天吧，她想买什么就给她买。"

果然，施菡一下态度软化，眨眨眼："那我呢？"

林亚东背着她，又小翻了个白眼："你也是，想买什么就买。"

施菡一下子痛快了，取下快干的面膜，跟着丈夫走到浴室门口，突然想起另一件事，说："不过要是下午你去了幼儿园，指不定要吓一跳，你猜猜看，对方家长是谁？"

林亚东脱着衣服，斜睨妻子一眼："我认识的？"

"是啊，我一开始也没认出来，他的变化太大了，只觉得眼熟，等到他离开后我才想起来……"

当年雷少的名字在富二代之间很是响亮，施菡虽家境殷实，但交友圈与雷伍那一圈子着实没什么交集，直到后来她和林亚东在一起了，才偶尔在夜店之类的场合见过雷伍。不过说起来，林亚东与雷伍也不算特别熟的朋友，林亚东是和雷伍的"好兄弟"邱博威比较熟。

施菡看着眼前身材开始走样的丈夫，忍不住拿他与下午幼儿园偶遇的那男人做比较。不得不说，以雷伍如今的样貌和身材，随便丢在一群奔四的准中年男人里头可说是鹤立鸡群，就是皮肤粗糙了些，晒得有些黑，看得出没怎么做过保养。

"到底看见谁了啊？"林亚东许久没得到答案，皱着眉不耐烦地问。

"你之前的车房是从谁手里买下来的呀？"施菡斜睨着他往前凸的肚子，越看越觉得碍眼，索性转身离开。

林亚东眼睛骤睁，赶紧追出来惊诧地问道："雷……雷伍?！"

"对啊，你说这城市是不是太小了，这样都能遇到。"施菡坐到梳妆台前，从镜子里看向林亚东，语气有些不屑地说，"还好你下午没来，如果你在场，说不定他还要揍你几拳。当年他进去了你们那群人谁去看过他？还说什么好兄弟一起走。"她吐舌头佯装呕吐状，接着说，"你最过分，趁着人家里急着用钱，用那么低的价格盘下了车房。"

林亚东脸涨成猪肝红，恼羞成怒地低吼："生意上的事你知道什么！"

施菡哼笑，拿了化妆水倒到化妆棉上："哦，我是没你会做生意，本来那么大间的车房，现在缩小成个龟样，按我说，还不如赶紧卖掉算了。"

"……懒得同你争。"林亚东被讲到痛处，"砰"一声甩上门。他从脱下来的裤子口袋里掏出烟盒、火机和手机，光着身子坐在马桶上点了根烟，给邱博威发了条信息："我老婆说她下午遇见了雷伍。"

邱博威没有秒回，林亚东看看时间，这家伙估计正在哪家会所喝着红酒品着雪茄。想到刚才妻子的吐槽，林亚东心里难免窝火。别人结婚他也结婚，怎么邱博威婚后能那么自由自在，该玩的一样没落下。别人开车房他也开车房，怎么雷伍能把车房越做越大，到他手里，则规模越来越小，熟手师傅总流失，客人也越来越少，如果不是还有邱博威这帮朋友定期来帮衬，他早就要关门大吉了。

一根烟快抽完，他才收到邱博威回的信息："在哪儿遇到？"

林亚东回："幼儿园。"

"？""幼儿园？"邱博威连发了两条。

林亚东："说是我女儿一个同学的家长。他结婚了？"

邱博威看见"结婚"二字有些出神，他把手里的红酒杯放下，回想那天在商场停车场的偶遇。那女人身边确实是跟着两个小孩，可俩娃娃看上去都不过是五六岁的模样，雷伍进去十年，怎么都不会是他的孩子。哦，难道是给人当后爹？突然想通了的邱博威嗤笑一声。

当年农村来的小姑娘底子是挺好，但难掩土里土气的气质，邱博威也就是习惯性撩撩妹，没真对她有多大兴趣。怎么都想不到如今的雷伍会掉价到与他们两兄妹混成朋友。

脑子里一有了龌龊的想法，邱博威很快想到，难道雷伍和他一样也有那种嗜好？像他家老头子总爱挂在嘴边的那句话，饭菜总是别人碗里的香，花也总是别人家养的美。他以己度人，邪邪地笑起来，在旁聊天的朋友见状，问他怎么了。

邱博威扬了扬手，淡淡一笑："没什么，想起一个老朋友的事情罢了。"

他没继续回林亚东的信息，把酒杯拿起仰头喝完，扬扬手，一直候在身旁的旗袍女子立即意会，捧起斜口酒壶为他斟酒。几个人聊近期基金股票的大好形势，过了一会儿，骤然响起的手机铃声打断了几人的对话。

邱博威看着来电显示的名字皱了皱眉，旗袍女子靠近他一些，声音娇软地打趣道："邱生，是不是邱太打来催你回家啦？"

邱博威眼睛里带着一丝警告的意味，对其他人说："我出去接个电话，你们先聊。"

等他出了包厢，同座的男人才跟那姑娘"指点一二"："邱太在外面玩得比邱生还疯，这个时间不知还在哪家夜店蹦迪呢，要邱生给她打电话喊她回家还差不多。"

邱博威走到无人的走廊尽头，刚才的电话已经挂了一次，但林亚东又打了过来。

他接起，语气不耐："干吗啊？"

浴室里的林亚东已经草草淋过身子，头发都没擦干，咽着口水问："你确定雷伍不知道当年那个晚上发生的事吧？"

"肯定不知道，要知道了，他出狱后不得第一时间来找我们？而且我偶遇他的那天，他见到我时情绪也没有特别激动。"邱博威左右看了一眼，确认周围没人，才狠声警告林亚东，"倒是你，嘴巴给我闭紧一点，撞到人的始终是他，这笔账怎么都算不到我们头上，懂吗？"

周五那天，雷伍依然起了个大早，下楼沿着内街跑圈。冬天的早晨天还很暗，路灯却已经熄了。天冷，雷伍只穿了长袖速干衣和运动裤，踩着黑暗，循着已经非常熟悉的路线往前跑。

内街很安静，店铺还没开，整条街上只有他规律匀速的跑步声。渐渐地，蒙在天空上的灰纱被一点点掀开，雷伍追着光跑，鼻息间的白雾聚拢又消散，冷冽的空气让他越来越清醒。

离开田滨还有一个礼拜就要满一个月，雷伍感觉自己适应得还行。至少如今脚下的每一步，他都走得十分踏实。等街上人和车开始多起来，他便知道已经到送小孩上学的时间了。

许超龙昨晚同他说，等送完俩娃娃上学，就陪着许飞燕搬东西过来。之前飞燕趁着白天有空，已经自个儿一点一点地搬了些小物件过来。雷伍这个礼拜"偶遇"过她几次，所以知道她今天最后整理出来的行李并不多，估摸着自己与许超龙搬个两三趟就能完事。

他速度慢慢降下来，不久后走进一家肠粉店。

老板见他来，笑笑问："还跟平时一样？"

雷伍扯起速干衣的衣摆，随意抹了把额头的汗，回答道："对，照常就行。"

早餐店里已经有不少附近的街坊，上学的、上班的，还有些人在店门口等着打包带走。门口的肠粉蒸箱热气腾腾，是温暖的人间烟火。

雷伍会在最里头的桌子坐下，将这些热热闹闹的画面用眼睛记录下来。对别人来说最寻常不过的生活，却是他隔了十年才再次获得的自由，如今他一刻都不想错过。

雷伍坐了一会儿，一盘刚出炉的肠粉落在他面前，热气腾腾，白烟袅袅。他朝老板道了谢，拿起筷子吃起来。筷尖轻松就能戳破白嫩的粉皮，一瞬间白烟裹着香气涌出，湿暖水蒸气扑上他的眼。菜脯咸甜香脆，肠粉皮半透晶莹，牛肉馅儿香嫩多汁，雷伍本来大口大口地吃着，突然想起她说过的话，猛地放慢咀嚼的速度。

店里客人渐渐多了起来，新进来的客人开始需要与其他人拼桌，有个中年妇女坐到雷伍的桌边。妇女取下脖子上的围巾，看了同桌的高壮男子两眼，讶异道："哇，阿弟，你又是穿这么少，不冷呀？"

雷伍笑笑："不冷，刚跑完步。"

妇女不动声色地打量他："哎哟，你这身体真够壮实的，还是年轻人好，我们年纪大的真不行了，这几天冷得啊都不想出门了。对了，阿弟你年纪多大啦？"

"三十六了。"

"上次听你说，你住凤阳楼啊？"

她不是第一次在肠粉店见过这青年了，这附近外来租房的人不多，住户多是年纪较大的中老年人，帮忙带孙儿孙女，一旦有个生面孔就特别显眼，尤其是这种样貌和身材都挺出众的青年小伙。

"对，是我爸妈以前的老房子。"

"那现在你一个人住哦？"

雷伍把最后的肠粉扒进嘴里，回答道："对，一个人。"

妇女微微眯起眼，眼尾纹路深邃，进一步打探消息："你今年三十六，还没娶老婆呀？"

"还没有。"

"那谈恋爱没有呀？你做什么工作的呀？"

雷伍还没来得及回答，送肠粉过来的老板帮他解围："阿姨，你又在给你侄女找对象啦？"

妇女哈哈笑了两声："哪有啦，就是最近常见到这帅阿弟，了解一下情况嘛。"

"没事。"雷伍扯张纸巾擦了嘴，才笑笑回答，"阿姨，我恋爱还没谈，但有喜欢的人了。"他说这话时的态度太坦然，笑起来时眼睛里有光。

雷伍离开肠粉店，往家的方向走，金源小学门口那条小小的街道已经被车和人挤得水泄不通。他嗓子突然有点痒，从运动腰包里掏出一条薄荷喉糖，拆了两颗直接丢进嘴里。

他的戒烟方式简单、直接、粗暴，尤其在一开始的戒断反应期，整天口干舌燥，情绪也难免焦躁不安，他硬生生用一盒又一盒的喉糖扛了下来。到现在他不再一闻到烟味就胸口滚烫，喉咙火烧火燎的，但嗓子还是偶尔会发痒，一旦起瘾了他就嚼凉糖，借着直冲脑门的凉意把烟瘾压下去。

　　回家冲了个澡，还在擦身时雷伍听见手机铃声，裤子没穿就冲出浴室接电话。是许超龙来电，雷伍接起直接开口："我刚去洗澡了，你们到了？"

　　许超龙："差不多，还有两个路口，路上塞车。"

　　"行，我去换衣服，待会儿见。"

　　"行嘞。"

　　许飞燕坐在副驾驶座，眼神探究地看着挂了电话的许超龙，低声嘟囔："都说了不用联系他……我搬家，关他什么事啊。"

　　许超龙耸耸肩："那么好的免费劳动力，不用白不用啊，而且是他自己主动要求的，我一开始也不让他帮，是他说以后大家就是邻居了，又是朋友，当然要互相帮忙的嘛。"

　　许飞燕转头看向窗外的街景，鼻哼一声，然后说："无事献殷勤……"

　　许超龙轻咳了一声，试探问："那你觉得他献殷勤的目的是啥？"

　　"你说呢？"许飞燕直接反问他，"许超龙，你实话告诉我，你们之间是不是有什么事情瞒着我？"

　　许超龙打了个颤，要命，只要他妹一连名带姓地喊他，他就莫名发怵。她的脸朝着车窗，许超龙看不清她的表情。

　　这时前方的车动了，他踩下油门，等车子过了交通灯，他才缓缓开口："雷伍跟我保证过的，他说他很认真。"

　　这样没头没脑的一句话，许飞燕竟然也听懂了。她睫毛飞快地眨了几下，心跳也随着车速加快："他认真什么？"

　　"还能认真什么？不就那事。"到底面对的是自己亲妹，有些话许超龙也不好意思说得那么清楚。车厢内一时安静下来，直至驶到下个红绿灯，许超龙才瞬间反应过来飞燕没再追问他。他狠狠一个刹车踩下去，急问道："雷伍他跟你说过了？"

许飞燕声音还是闷闷的："嗯，算是说过了吧。"

"哦，许飞燕，你现在也是很会藏事情嘛！"许超龙也学着连名带姓唤她，忍不住嘴角勾起笑，"这样看起来，那家伙速度够快的啊，不过也是，都当'单身狗'十来年了……"

"哥。"许飞燕打断他。

"嗯？"

"我拒绝他了。"

许超龙顿住，盯着红灯一秒一秒跳动的数字。过了一会儿他才开口："前些天他出狱的时候，你给他挑衣服、买东西，之后替他接风、跨火盆、买柚子叶……我以为你心里还有他的位置。"

"有又怎么样，没有又怎么样。"许飞燕长叹了口气，薄薄一层白雾缓慢地爬上车窗玻璃，模糊了她的视线，"喜欢能怎么样，不喜欢又能怎么样，喜不喜欢什么的……呵。"

许超龙听见一声轻笑，明白其中的无奈和妥协。像有一片枯萎的花瓣从花托断开，轻飘飘地掉落。

许飞燕轻轻摇了摇头："又不是当年能横冲直撞的小姑娘了，现在我可是个五岁女孩的妈妈，要考虑的才不是自己喜不喜欢，我要考虑未来的生活和工作，要考虑朵朵的想法，还有很多很多事情……但只有感情这回事，我目前没有心情去考虑。"

空气似乎凝滞了一会儿，绿灯了，许超龙一时没跟上前面的车，后面有喇叭声立刻叭叭响起。

过了这个十字路口再往前走一段路，很快车子拐进内街。今天有太阳，郁郁葱葱的树叶将早晨的阳光切成了细碎的星斑，从车前方掉进车厢内。

"妹啊。"许超龙突然开口。

"怎么了？"

许飞燕收回视线，回过头，发现她哥的表情难得严肃，与自己相似的丹凤眼微眯着，眼尾狭长清俊，可嘴角并不像往常一样带着温暖笑容。

"以前你还在读书的时候，考虑的是阿爸阿妈，考虑家里的环境，我都说我一个人赚钱就行，可你也偏要跟着念职高。虽说你也不是读书那块料，但阿爸阿妈还是希望你能继续读书的。后来你喜欢上雷伍，为他做了那么多事，再后来你与蔡景尧在一块儿，尽管他已经去世了，但你还是为他付出了许多，到现在你为的是朵朵……"许超龙的语速有些快，但每一个字都尽量咬得清晰。

他熟稔地朝雷伍那栋居民楼方向开，隔着很远，已经看见有个熟悉的身影站在路边。

"无论你要不要接受雷伍，还是说选择与别人过日子，又或者，你选择以后只和朵朵两人相依为命，我都会支持你。"他右手松开方向盘，伸到许飞燕头顶，胡乱揉了一把，就跟他揉许浩脑袋瓜子一样，接着说，"不过我希望你以后多想想'许飞燕'，多考虑一下自己。你是十七八岁的'许飞燕'也好，是现在有个五岁女儿的'许飞燕'也好，或者说，你是有过一次婚姻的'许飞燕'也好，你都有去喜欢一个人的权利啊。"

噩 梦

搬完第一趟行李，许飞燕留在屋里收拾东西，雷伍和许超龙下楼准备搬第二趟。

雷伍直截了当地问："你们刚才在车上发生什么事了？"

许超龙走在他身后，迟疑道："没啊，没什么事。"

雷伍回过头瞪他："她眼角都红了，你骂她了？"

"我骂她？"许超龙很刻意地哈哈了两声，"我要能骂醒她就好了，整天操心别人的事，永远把自己放到最后一位。"

雷伍疑惑："怎么突然就聊到这么走心的问题了？"

一想起这段对话是因面前的男人而起，许超龙难免语气悻悻："听说我妹拒绝你了？"

脚步突然顿住，雷伍站定转身，睁大眼压着声音问："你怎么知道的？"

难得看见雷伍脸上露出消极的表情，许超龙起了兴致，笑弯了眼："哦，不得了，我妹真够争气的，雷少以前被女人拒绝过吗？"

雷伍双颊烫了烫，瞥他一眼，抬脚继续往楼下走，说道："是没有，恭喜你妹妹勇夺我的'第一次'。"

许超龙快走两步追上他，勾着他的肩笑得贱兮兮：“怎么我听见你被飞燕拒绝了，就这么开心呐？”

楼道里狭窄，两个大高个挤在一起跟俩大傻子似的，雷伍没好气地说：“你们兄妹都是拒绝人的高手，你看看，现在的我和唐苑淇有差别吗？”

“哎哎哎，这样说可就没意思了吧！”

两人吵闹着走到楼下，许飞燕的行李还剩两个蛇皮大编织袋，正好一人一个。

许超龙拎着编织袋往回走：“你这人怎么追人和做生意一样，一确定好目标就风风火火地冲过去，也不管前面有没有墙，撞得头破血流才知道痛。”

雷伍心想，他风风火火干的事可不止追人和做生意，但这件事还得再保密一段时间，要是这时候被那人给知道了，效果恐怕要适得其反。他说：“有墙就砸，太坚固砸不动的话，就找个梯子往上爬啊。”

许超龙：“要是没有梯子呢？”

雷伍笑容自信：“自己造一个呗。”

两人往上爬了几层楼，许超龙满头大汗，中途停下来歇息，哼哧哼哧喘着气，看着雷伍依然面不改色，他着实有些佩服。

许超龙擦了擦汗，问：“你们这片区的楼梯房没有加装电梯的计划吗？”

“虽然还没个准信，但听邻居们聊过，说明年应该会装。”

“哇，这才不到一个月，你就和邻居们混得这么熟了？”

许超龙歇够了，提起袋子继续往上走：“不过，如果你们这儿装了电梯，这高楼层就成了香饽饽了，尤其是顶楼，阳光好又不用爬楼梯，也不知房东到时候会不会把房子收回去自己住，或者直接卖掉了。"

雷伍脱口而出："不会的。"

许超龙一时没反应过来："嗯？你说什么？"

"咳……没有，我没说话。"

许超龙狐疑，他明明听见雷伍说了句什么。

进屋时雷伍自觉脱下鞋子，光着脚把编织袋拎到客厅，问许飞燕："东西还是放这儿吗？"

电视柜旁有一个造型简单的原木色置物架，房东的东西早清空了，许飞燕在第三层的正中央处安放好擦拭干净的相框，回头对雷伍说："对，还和刚才那两袋放在一起就行。"

雷伍道："好。"

许飞燕视线一扫，落在雷伍光裸的脚背上，眉毛拧起："你不用脱鞋啊，地上太冷了。"

客厅铺的是光滑瓷砖，许飞燕穿着薄底拖鞋都觉得寒凉。

"不冷，而且你这地板擦得这么干净，踩脏了就不好了。"雷伍说着话，一抬头看见置物架上的相框，心脏忽地一沉。就像原本平稳飞行的飞机，突遇一场极端气流，机身开始不停颠簸，还骤然下坠。

这屋子的光线很好，周围无建筑物遮挡，只要有太阳，大半个客厅都能浸在暖阳里，雷伍当初第一眼见到就觉得许飞燕会喜欢。此时阳光恰好照射至置物架旁，温柔地笼着相框里安静笑着的男人，只不过那笑容是黑白色的。

雷伍是第一次见到蔡景尧——许飞燕去世的前夫。平心而论，蔡景尧长得不差，五官清秀，眉眼温柔，高挺的鼻梁上架着一副细黑框眼镜，不知是什么时候拍的照片，脖子处的衬衫领子线条笔直，纽扣也一丝不苟地扣好。

雷伍有些讶异，之前听许超龙的介绍，他总以为蔡景尧是个五大三粗的糙汉子，可这时他对蔡景尧的第一眼印象，倒觉得这人是搞文化的，说不定还是位老师——怎么看都觉得他与热火朝天的海边大排档丁点儿关系都没有，手里不应该拿锅铲，应该拿笔杆子。

雷伍发现，暖白的日光正好在他脚尖前停了下来，没有再往前一分，将客厅分成泾渭分明的两半。那男人在明媚阳光里，而他在清冷阴影中。突然之间，雷伍感到相形见绌。蔡景尧是因为救人而死，而他……

雷伍胸膛里的飞机还在下坠，仿佛所有机件都坏掉了，引擎轰隆隆冒出黑烟。强烈的下坠感让他来了强烈的烟瘾，他下意识朝裤袋摸去，才想到自己出门时忘带喉糖了。

雷伍匆忙转过身，想跟后进门的许超龙要一根烟来缓缓心头的焦躁以及一种陌生的情绪，却瞧见许飞燕拎着双拖鞋走过来。

许飞燕没察觉雷伍情绪异常，她把拖鞋放到地上，碎碎念叨着："喏，拖鞋给你，你们别总觉得自己还年轻就不好好照顾身体，过些年说不定就要得风湿的……"

许超龙喘着气把编织袋拉到茶几旁，听见她这么说，哈哈大笑："是呢，都奔四的人了，再过两年说不定发际线要后移了。"

"你别只说别人不看看自己，才爬八层楼就喘成这样，有多久没运动了啊？你快摸摸你的肚腩，再这么下去可要和胖子昌差不多了。"许飞燕走到玄关从鞋柜里再取了一双拖鞋，抛到许超龙脚边，"你也穿上。"

许超龙趿拉着拖鞋，摸了摸肚子，咕哝道："我这个样子还算可以吧？你是没见过浩浩一些同学的爸爸，那啤酒肚大得呀……你看，我还多少能摸到隐藏在脂肪下的深层肌肉。"

"许超龙你可真够不要脸的。"

许飞燕笑骂道，一转身，呆站在原地一动不动的雷伍把她吓了一跳。

男人逆在光里，许飞燕定睛一看，才看见他整个额头全是汗，还有豆大的汗珠已经滑至他鼻尖，将要坠落。

她不由自主地皱起眉头："你怎么了？哪里不舒服？怎么出了那么多汗？"

雷伍垂着头，脚边的男士拖鞋是藏蓝色的，崭新的。那架不停下坠的飞机，在快要撞毁的时候堪堪稳住了，失灵的机件重新运作了起来，引擎也恢复正常，擦着海面飞了过去。这时雷伍才察觉自己指尖有些刺麻，他尝试着动了一下手指，故作轻松地说："可能刚才爬楼梯时用力猛了些，现在开始出汗，没什么事啊。"接着他扯起领口，随意擦去一头冷汗，自嘲道，"年纪大了真是不中用了……"

许飞燕从纸巾盒里连抽了几张纸巾递给雷伍，戏谑道："我看啊，你和我哥都要去办个健身卡才行了。"

雷伍扯起嘴角似笑非笑，接过纸巾，没有说话。

许超龙也看见架子上安放好的相框了，嘴角的笑意微敛。之前许飞燕暂住他家，一开始蔡景尧的遗照是放在次卧的床头柜上的，后来他岳母、岳父来时，飞燕搬进了最小的那个房间，把相框也带了进去，房间里有个塑料收纳柜，她就暂时把相框安置在那儿。可有一天他发现，收纳柜上的相框被她收起来了。即便后来两位老人回去了，飞燕也没把相框再拿出来过。如今相框被珍而重之地放在全屋光线最充足最温暖的地方，许超龙也明白了，这或许是许飞燕坚持要搬出来住的原因。

"哥，你搭把手，把这两袋衣服拉进屋里。"

可能是因为日头正好，也可能是因为终于有属于她们母女的一所住处，许飞燕的心情放松许多，连声音都轻快不少，招呼着雷伍："你累就休息一下啊，无聊就打开电视看看，餐桌上有矿泉水，你自己拿。"

雷伍点点头："你去忙吧，不用理我。"

两兄妹拉着蛇皮袋进了房间，房门没关，雷伍能听见他们嘻嘻哈哈说着什么。他把纸巾团丢进垃圾桶里，踩着大小刚好的拖鞋，走到木架前，重新与相框里的男人对视。片刻之后，雷伍微微垂首，双手合十高举在鼻前，眼帘阖起。有微风拂起纱帘的一角，窗外偶有鸟儿叽喳叫，没有人知道，雷伍在这温暖日光中，同蔡景尧说了些什么。

这个早晨许飞燕是被雨声唤醒的。雨珠子落在雨棚上噼里啪啦，房东原本配好的窗帘遮光程度一般，但因为天气关系，这会儿房间还是一片昏暗。她转了个身，往被子里钻了钻，眼睛适应昏暗后，她凝视女儿小嘴微张的睡颜，很快，她止不住低笑出声。小家伙的枕头巾被口水浸湿一片，睡得可真熟。

沿海小城冬季罕见的雨水也没能影响许飞燕的好心情，自从蔡景尧去世后，她还未曾试过一睡醒就有如此强烈的安心感。就好像，这几年她带着朵朵飞来飞去，从北飞到南，寄居在别人家的屋檐下，直到今日才终于有了自己的窝。

昨晚她担心朵朵对新的环境不适应，八点半还没到就拉着女儿上床，准备给她讲半个小时的故事。结果灰姑娘还没来得及去参加晚会，小姑娘已经睡着了。

今天周六，许飞燕允许自己在床上再赖个半小时。而且不得不夸，房东新买的床垫未免也太好睡了，不会硬得硌骨头，又不会软得人腰酸腿疼。

　　许飞燕看房子的时候主卧、次卧的床上有旧床垫，但房东说屋子之前是老人家住的，怕租客介意，已经重新订了新的床垫，签完合同的第二天就会送来，房东还把床垫店家的联络电话留给她。

　　送床垫的工人说这是什么记忆棉还是乳胶棉，总之是他们店里卖得挺贵的一款，等床垫拆了薄膜胶套，许飞燕躺上去滚了两圈，已经舒服得不想起身了。枕头、被子、被套、床笠都是她新买的，有个小天台的好处在晒被子这事上得到完美体现，许飞燕深埋进被子里大力嗅了一口，仿佛还能闻到前两天太阳的味道。

　　许飞燕蹑手蹑脚下了床，披着外套走出卧室。洗漱后她正准备像往常一样往脸上随意糊上一层水和乳，突然她在镜子里发现右眼下眼睑长了一条好细好细的纹。她赶紧凑前，借着白冷的镜前灯，拉抻着薄薄的皮肤。真的是一条眼纹，还不算深，也不长，但当微眯起眼睛时，就会比较明显。

　　许飞燕一时怔愣，自己已经到了脸上长纹的年纪了啊？她看见镜柜上安放着的护肤品，属于她自己的就两瓶，一瓶水一瓶乳。精华和面霜去年她还有用的，但今年着实没闲钱乱花，就在"6·18"大促时随意买了一组水乳，预售付订金还送一罐面霜小样。

　　倒是女儿的瓶瓶罐罐比她的还多。朵朵的肤质有些敏感，一换季小脸就很容易成"红苹果"。刚出生时许飞燕还没太多育儿经验，买的乳液乳霜反而让朵朵浑身长出一颗颗小红疙瘩，吓得她连夜从岛上开车进市区医院挂急诊。

　　后来许飞燕在这方面格外上心，每半年一次大促销拆的包裹大部分都是朵朵的东西，谈不上特别贵，但也花了不少钱。

　　突然，许飞燕回想到昨天哥哥在车上同她说过的话。讲真的，她这几年确实从没将自己摆在第一位，凡事都只考虑着周围的人。她挤了点儿乳液在指腹，嘬着唇，轻轻拍打那条细纹。好吧，没什么用处，许飞燕对着镜子皱了皱鼻子，关灯走出浴室。

次卧连着小阳台，许飞燕拢紧衣襟走出去，湿冷空气里衣服很难干，昨晚洗的衣服现在还带着湿气。天气预报说接下来一周几乎是阴天或有雨，她伸手摸了摸朵朵的校服，心想看来要先把烘干机买了才行，等明年春天回南天时也能派上用场。

下着雨的周末早晨里老社区很安静，所以楼下街道传来的啪嗒啪嗒跑步声便显得响亮。许飞燕听到声音下意识往下扫了一眼，正想朝屋里走，顿觉那身影有些眼熟，再定睛一看，在雨中跑步的人貌似是雷伍，那头短寸太容易认了。

他很快跑出了她的视线范围，隔着细雨晨雾，她只能隐约看出雷伍没穿雨衣。许飞燕不自觉皱眉，这么冷的天又下着雨，他也不怕感冒了？

雷伍昨晚睡得不踏实，做了一堆怪异的梦。一开始他便坐在高速行驶的跑车里，手握方向盘，仪表盘上的指针失控地乱转。车头灯好像摔坏的手电筒，频闪的灯光根本照不清前方道路。

雷伍知道又梦到了那一晚。他叹了口气，清楚自己需要再一次经历那场梦魇。车子还是那辆黑色法拉利，开在如墨夜色里，宛如能隐身的鬼魅。副驾驶还是坐着嗨大了的梁伊，也不知道她究竟和邱博威那群人吃了些什么鬼东西，他去温泉别墅把人接走时，她已经是这样疯癫的状态了。但梁伊也不是完全失了心智，至少知道他的名字，还不停质问他为什么从不参与他们的派对，雷伍懒得理她。

以前刚开始做这梦的时候，他还会试着劝劝梁伊，不要把安全带解开，不要开窗把手伸出去，不要抢方向盘……等再多梦见几次，他就不再劝了，反正结局都一样。

再往前开了一会儿，县道两旁烂柠檬般的路灯开始啪啪熄灭，宛如有一条巨大蟒蛇从后方爬过来，一口一口吞噬着道路和光明。雷伍知道，时间到了。他现在已经懒得挣扎了，索性闭上眼，等着车前方传来闷钝的撞击声响，还有梁伊划破这片黑暗的刺耳尖叫声。

他已经开始在心里默念起"对不起"，但这次他没有等来碰撞，再睁开眼时，发现车子竟在一家麦当劳门口稳稳停了下来。只不过这家麦当劳开在荒郊野岭中，雷伍环顾四周，这里只停着他一辆车，而刚才还在吵闹的梁伊不见了，车上只剩他一人。

红底灯牌亮在黑暗中怪瘆人的，更吊诡的是门口还站着个黄衣服、红头发的白脸人偶，双手合十对着他笑。

怎么就跑到泰国的麦当劳来了？

雷伍皱起眉头，这个场景他是第一次梦见。他解开安全带下车，朝亮着昏黄灯光的大门走，本来他做好了心理准备，在这样诡异的梦境里，这位麦当劳叔叔或许会突然一百八十度转过头，咧着血盆大口对他说欢迎光临。

但预想中的可怖剧情没有发生，雷伍走进门，店内音响还唱着温馨的生日快乐歌，中文的、英文的，还有泰语版。快餐店里灯光明亮，面积快有一个足球场那么大，墙上贴满气球，天花板上垂落着彩带，点餐柜台在好远的地方，那边有欢声笑语，似乎在庆祝什么。

雷伍知道场景诡异，却不得不继续朝前方走，因为身后的玻璃门不知什么时候被粗长的铁链锁了起来。走到一半时，墙上出现了一面LED屏幕，上面跳闪着"雷家小少爷百日快乐"的卡通字体。

雷伍微怔，他意识到这是怎么一回事。当年雷文轩的百日宴，他买了机票飞去泰国了。果不其然，再往前走，雷伍见到了雷广。他没见过父亲病得消瘦憔悴的样子，所以这时的雷广是一副暴发户大老板的打扮，脖子上手指粗的金链子闪着金光。

他怀里的婴儿穿得喜庆，小脸埋在雷广的胸膛，雷伍只能见到婴儿手臂上箍着一个个金灿灿的手镯。边上还站着彭娅，她挽着雷广，见他来了还娇声笑道："哎呀，小伍来啦。"明明她的年纪不过大他几岁。

雷伍走上前，下意识看了眼点餐柜台的方向，可惜了，没见到想见的人。也是，这样混乱不堪的梦境，不应该让她掺和进来。他边自嘲边走到雷广身前，这时父亲怀里的小孩倏地转过头来，眼鼻模糊成一团，只剩一张还没长牙的小嘴。黑乎乎的嘴巴朝他笑，对着他喊："哥哥啊，哥哥。"

饶是雷伍做好心理准备，还是被吓了一跳，再抬头时，宴会上的宾客全没了五官，一个个朝他扑过来，他只好拔腿往回跑。墙上的气球像炸弹一样爆开，烟雾弥漫，天花板的彩带也簌簌落下，掉在他身上，一看，竟是一条条小蛇！他甩开身上缠着的蛇，加速朝那上锁的玻璃大门跑去，快到门前时，他没有减速，双臂挡在脸前，直直朝玻璃冲去。

锵！他撞破了玻璃门，好像有玻璃碎片划破了他的手和额头，只不过梦里感受不到疼痛。此时门旁的红发人偶真的咧开嘴——尖尖的獠牙在血色霓虹灯牌的映照下仿佛沾满鲜血——迈开腿，步姿诡异地朝他快速走来。

黑色法拉利不见了，但不远处有一堵红砖高墙，墙边立着把长长的梯子。雷伍攀上了梯子，手脚并用地不停往上爬，心里想的是，再忍耐一会儿，再忍耐一会儿，等到醒了，就能见到她了。

对，没错，等他醒了，这样的噩梦根本就不算什么。

恶心的丧尸和吊诡的小丑在他下方追着他，雷伍气喘吁吁终于爬到了梯子顶端。但高墙的另一边，竟是一望无际的大海。后有追兵，雷伍一咬牙，脚一蹬，跃过了高墙。强烈的失重后是扑通一声巨响，他沉进海里。

腥咸的海水冰冷刺骨，有巨大的海怪在他下方游着。他是会游泳的，此时却像被人捆住了手脚动弹不得，只能眼睁睁看着海面上的光斑像一只只发光的燕子，越飞越远。

啊，这个噩梦真是够长的。雷伍这么想着，正想闭上眼由得自己安静地沉入海底，却突然有人从海面跳了进来，朝他游过来。心脏开始狂跳，他在想，会不会是那人终于听见他心里的呼救。那人游得飞快，好似一条剑鱼，可随着来人愈来愈近，雷伍开始感到害怕了。

是的，他怕了。

来的人是他只见过一面的蔡景尧。

男人五官清秀温柔，戴的眼镜倒映着星芒，身穿白衬衫漂在海水里如半透明水母。可当看见溺水的人是他时，蔡景尧摇了摇头，口气遗憾——

"怎么是你啊，那我不能救你。

"谁让你喜欢我老婆呢？

"凭什么你觉得自己能照顾好我老婆和女儿呢？你配吗？"

雷伍睁大了眼想同他解释自己的心意和认真，嘴巴一开一合却只能发出含混的咕噜声，细小的水泡像萤火虫，不停地从他口中飞出来。他还在往下沉，但蔡景尧停在原地不动了。极冷的寒意在雷伍血液里流窜，黑暗再一次将他吞噬……

他"啊"一声从床上坐起！身上汗水多得跟刚从水里捞起似的，抬头，是老家样式考究的吸顶灯，天花板边角还有漏水的霉斑。很好，很好，他是在家里的床上……

雷伍抬手抹了把汗，不对，他的手变得好小。这时，有人推开他的房门，他猛地抬头，走进来的是胡美芸。母亲坐到床边，紧张地摸着他汗湿的额头问："小家伙，你没事吧，做噩梦了吗？"

雷伍苦笑，配合着说："没事，我没事。"

还在梦里啊。

他回到了小学六年级，吃完早餐后胡美芸把他送到校门口，他往前走出几步，想对母亲说声再见，可一回头，胡美芸已经不见了。他只好拉紧书包背带往校门走，却被站在门口检查校服的值日生拦了下来："同学，你不能进去。"

雷伍抬头，拦下他的竟是……许朵朵。

"为什么我不能进去？我戴着红领巾啊。"

"可是你没穿校服啊。"

他赶紧垂眸，身上的校服此时竟变成了囚服，他穿了十年的那一套，灰蓝色的，看起来死气沉沉。他满头大汗，混乱得快要窒息，想要跟许朵朵解释，可小姑娘也不见了，一堆无脸人围了上来，指着他污言秽语地骂：死监犯，杀人犯，快去偿命吧，去死……

再一次从床上坐起时，雷伍低吼了一声。房间昏暗，屋外雨水滴答，而屋里天花板好像也下起了雨，淅淅沥沥。他低着头，有水珠从他脸上往下滴，落在被子上。雷伍抹了把脸，他想，应该只是汗水而已。

雷伍叠好被子，匆匆洗漱好换了衣服，跑下楼去跑步，也不顾天有多冷，雨有多大。有雨水流进他左耳里，快要把蓝牙耳机浸湿透了，连里面唱出来的歌声都好似长满恶心黏滑的青苔。

不知跑了多久，音乐声突然中止了，取而代之的是手机来电铃声。雷伍喘着气看了眼臂包里的手机，蓦地停下脚步。他喘得太厉害了，喉咙里有冰凉的腥味，本想等顺了呼吸再接电话，又怕对方等太久挂了电话。

"喂……"接起电话时他才知道自己声音有多哑，赶紧咳了两声清清喉咙，"你起床啦？"

"我刚在阳台看见你了……怎么下雨你还出去跑步啊？我昨天说让你和我哥去办卡健身，是说笑的呀，你别当真。"

电话那边的声音好像才刚睡醒，雷伍微垂着头，低笑一声："我昨晚睡得不太好，很早就醒了，见没事做，就下来跑几圈。"

"哦，跑完了吗？我看你雨衣也没穿，今天那么冷……"

许飞燕人还站在阳台，朝下方张望，咕哝道："你吃早餐了吗？我等一下要煮面，你要不要吃？"

许飞燕换好衣服后去唤朵朵："小懒猪，太阳晒屁股啦，起床啦。"

"不要……我要再睡……"小姑娘翻了个身钻进被子里，又睡了过去。

许飞燕轻笑，正想爬上床去掀她被子，这时听见客厅传来很轻的敲门声。她走去开门，确认铁门外的是雷伍，才开了门。

雷伍进门时朝卧室方向看了眼，压低声音："朵朵还在睡吧？我就怕按门铃吵醒她了。"

"嗯，反正今天不用上学，就让她再睡多一会儿。"许飞燕轻阖上门，

"拖鞋在鞋柜里，你自己拿吧。"

"行。"

雷伍弯腰打开鞋柜，额角有水珠滴落到地板，许飞燕见到，眉角挑起："怎么淋成这样也不拿毛巾擦擦？"

"我淋过身子才上来的。"雷伍拿出昨天穿过的那双藏蓝色拖鞋，脱了鞋换上，随意挠了把自己还挂着水的脑袋，"不是雨水，只是刚洗完头没来得及擦干。"

他声音依然沙哑，许飞燕扫视他一眼，没说话，转身走进次卧，再出来时手里拿了条粉色毛巾。

她丢给呆站在鞋柜旁的雷伍说："擦擦，这样很容易感冒的。"

雷伍觉得自己的体温终于开始回升，他拿毛巾盖住脑袋，也盖住自己眼里快要倾泻而出的情绪，沉沉应了声"好"。

他现在真觉得自己以前所谓的谈恋爱，不过就是小孩儿在玩过家家，他终于体会到，心里真正住下一个人是什么感觉。混乱不堪的心情，会因为她的一个电话，很快变得平静；糟糕透顶的天气，会因为她释出的关心，瞬间放晴；就连恐怖阴森的梦魇，也会因为醒来就有机会看见她，变得不再难以忍受。

"我先给你煮面吧，跟上次一样，公仔面加个鸡蛋可以吗？"

许飞燕已经快走到厨房，等不到答复，回过头，发现雷伍还站在原地，她眉心微拧，又走了回去，问："你这是怎么啦？被雨淋傻了？"

颜色可爱的毛巾与雷伍低沉的表情很是格格不入，他眼帘半垂，如墨般漆黑的眸里仿佛藏着好多话，麦色皮肤此刻有些苍白，显得嘴唇格外鲜艳。

许飞燕眉间拧得更紧："你不会是发烧了吧？"她下意识抬手，翻了手背就想去碰他的额，快触上时才惊觉不妥。面前的是雷伍，不是朵朵或许浩啊，"在这个时候发烧可大可小的，你等等，我去拿体温计……"

许飞燕转身就想走，但没有成功，手腕被身后人轻轻牵住了。只不过这一次和上次在雷伍家厨房时不同，上一次他的手干燥炽热，但这一次，雷伍的手指潮湿冰冷，像在海水里浸了好久。

触碰的时间很短，雷伍很快松开她，淡声道："我没发烧，就是昨晚睡得不好，一直在做噩梦……"

被握过的肌肤一点点升温，许飞燕扯了袖口遮盖住那一处，见雷伍连挤出一个笑容都艰难，皱眉问："做了什么噩梦啊？整晚都没睡吗？"

"有睡，但好像还没……"雷伍顿了片刻，才接着说，"好像现在还没醒透，有一种自己还陷在梦里的错觉。"像一部被剪坏的低成本电影，总感觉下一秒画面就要开始胡乱跳蹿，跳到黑夜里失控的跑车上，跳到荒郊野岭的麦当劳里，跳到高耸入云的高墙顶端，跳到成了鲸鱼坟墓的深海底……

听到这句话，许飞燕睫毛止不住微颤。曾经她也有过这样的感觉，最严重的时候是蔡景尧刚走的那几天，她整宿地失眠，眼睛像摔坏了的玻璃杯，兜不住里面的泪水，可哭着哭着，一看到手机里"怀孕哭得很伤心对宝宝有没有影响"的搜索结果，就死咬着牙忍了下来。

那时正值暑假炎夏，本应该是大排档生意最好的时候，档口却安静得像燕子离巢后的空草窝。夏天进岛的游客不少，岛上没有限制，一拨又一拨小年轻们晚上就在海边放烟花。许飞燕躺在靠窗的床上，那一朵朵打上天的花火，红的、黄的、绿的，七彩又绚烂，落在她酸胀蓄泪的眼眶里，就像深海里游动的水母群。

她侧躺着，捧着大肚子强迫自己入眠，为了娃娃怎么都要撑下去。

她好似是睡着了，又好似没睡着，思绪浮浮沉沉，脑子里闪过细碎片段，一旦有蔡景尧出现她就会猛地睁开眼，但床的另一侧空空如也。只好又闭上眼睛浅浅睡过去，睁眼，闭眼，周而复始。

天空的颜色越来越淡，舢板马达声由近至远，沙滩渐渐又热闹起来，许飞燕下了床，却不知自己到底醒了没有。好像一走出门，就能看见院子里站着刚去晨泳回来、拿着水管淋身子的蔡景尧。可是现在门外空无一人，只有咸腥的海风拂面。半梦半醒的这种情况时而发生，直到朵朵出生，许飞燕才觉得踏实下来。

雷伍不知许飞燕也陷进了泥沼般的回忆，低头苦笑着道歉："不好意思啊，一大早的让你听我说这些。"他强打起精神，挑起眉岔开话题，"我好饿，你帮我煮两包面好不好？鸡蛋也要放两颗。"

许飞燕凝视他苍白的脸色片刻，点头："我去煮，你找地方坐。"

她转身往厨房走，走到餐桌边时，到底还是停下了脚步。许飞燕你这个人就是爱瞎操心！她骂了自己一句，回身对明显丢了三魂七魄的雷伍说："喂，你过来一下。"

雷伍怔愣，有些犯傻地左右各看了一眼，确认道："你叫我？"

许飞燕失笑："要不然呢？屋里还有别的人？"

雷伍心神微动，趿拉着拖鞋快步朝她走去。

许飞燕拉开餐椅，轻拍了一下椅背："坐这儿吧。"

雷伍虽有疑惑，但还是按她说的坐了下来，坐姿像在狱中看《新闻联播》时那么笔直，忍不住问："怎么了？"

许飞燕站在椅背后，双手抓住毛巾给他擦湿漉漉的头发，动作谈不上温柔，甚至可以说有些粗鲁。

她隔着毛巾揪扯着他短刺般的头发，碎碎念叨："再怎么可怕，那也只是梦呀，怕什么？我现在抓你头发，你有感觉到痛吧？有就证明你已经醒了嘛……哦，你要是不觉得痛，我还能抽你两耳光，你试试看疼不疼……这么大个人，能不能好好照顾一下自己呀？真是的……"

"……青青……青青……"

"啊！"周青从混沌中被唤醒，一时分不清楚场合，惊呼了一声。

张莲让女儿吓了一跳，连拍了几下胸脯，压着嗓子念叨："你这是怎么了，一惊一乍的！"

周青胸口起伏，冷静下来听到空姐播报着"飞机准备降落，洗手间在五分钟后关闭"的语音。她额头冒出了细汗，太阳穴如有针扎，闭上眼想要忘记刚才梦见的画面。

张莲见她脸色苍白，心疼道："丫头，你最近是怎么了，在家也跟没了魂似的，经常唤了你许多声都不应人，是不是哪里不舒服？等周一让超龙陪你去医院检查一下吧。"

周青吐了口浊气，摇摇头："没事，你叫我有什么事？"

"说是厕所要关了，我想去一下。"

"好，我陪你去。"

周青陪着张莲到机舱后方的洗手间，等母亲上完厕所，她也进去洗了把脸，等到空姐来敲门她才湿着发鬓走出。

回到座位时舷窗遮光板已经打开了，刚才还能看见阳光，可随着高度越来越低，飞机落进灰暗不清的云雾里，慢慢地，舷窗上凝聚起薄薄的水汽。高空下坠感让周青感到不适，总有种不停往深渊坠落的感觉，可又不想闭上眼休息，因为眼皮一阖上，刚才那个荒谬的梦又要跳进她脑子里了。

梦里她变成鱼缸里被养得好肥的一条鱼，每天最喜欢的事就是等着水面落下饵食。有一天她吃了那鱼饵，晕晕沉沉地再也游不动了，没了知觉，再醒来时她已经躺在砧板上，一把闪银光的菜刀从上方砍了下来，她连发出尖叫的机会都没有，已经被砍断了头。

惊醒前只看见，拿着菜刀的是王言旭……

偏偏这时母亲还提起他的名字："哎呀，刚才你睡过去了，我问你王言旭的事你还没给个准话呢。"

周青捏着泛疼的眉心："……你刚说什么事？"

"嘻，不就是你四表姨嘛，这些天一直缠着我，想让我给她王家小子的联系方式，我说我哪有哦，她说那青青肯定有的呀……"

"四表姨干吗要认识王言旭啊？"

"你傻啊，咱们家还没嫁的闺女，不就只剩她家刚大学毕业的小女儿了吗？"张莲扁着嘴说，"也不只你四表姨，合年巷里只要家里有适龄闺女还没嫁的，现在巴不得每天都去王家多走动走动，你看看这些人，就是势利眼……"

也不怪他们，谁会料到巷尾那低保户家的小孩如今摇身一变，竟成了炙手可热的钻石王老五。

"当初人家家里锅都掀不开的时候，他们怎么不给王家多送几回饭？呵呵，要不是咱们家接济着，王言旭能不能有命长大都不好说。"

上了年纪的妇女话一开了头就很难收住，吧啦吧啦什么都往外倒："丫头你不知道，王老头摆完大寿后，那几个总爱说人闲话的三姑六婆还假惺惺地来问我有没有落差感，哎哟我当场差点心梗……"

闻言，周青不悦地皱起眉头："什么落差？"

"还不是说，王家小子现在发展得那么好，都能在省城落户买房了，问我有没有觉得可惜，白白错过了一个有钱姑爷……"

周青心脏扑通扑通地跳，怒火上蹿："她们怎么这些话都说得出口啊！"

"就是！"张莲也愤愤不平，"放心，你妈一粗人，只有吵架最在行，我就直接说，难道我女婿很差吗？虽然赚得没有别人多，但他白手起家勤劳孝顺，爱老婆、爱孩子，把我们俩老当亲生父母供着，有哪里不好了？哦，就是人抠门儿点……"

周青哭笑不得："妈，超龙也就是对自己抠了点而已！"

"哎呀，我知道，要不是超龙这人性格好，你爸和我哪肯让你嫁得这么远……"

她们从天还没亮就出门，一直赶路到这会儿，老人家又坐车又坐飞机，脚都有些水肿了，周青心疼，握住母亲的手轻轻捏了捏："妈，超龙人真的很好。"

"知道、知道。"张莲白她一眼，另一只手搭上女儿的，拍了拍。

飞机轰隆隆地落了地，周青终于有种回到家的感觉。

机舱内陆续响起手机信息声，周青刚关了手机的飞行模式，电话就进来了，一看是许超龙，她欣喜地接起。

"喂，老婆，落地了是吧？"

"对，还在滑行，我准备拿行李的时候再通知你。"

"好，你和妈慢慢来，不急，我就在机场旁边等着。"

张莲见女儿都三十出头了，表情还像少女谈恋爱一般，心里感到欣慰。

等周青挂了电话，她才问："那你四表姨的事怎么说？她说问你要个微信号什么的，让年轻人自己去联系联系……"

周青按开手机联系簿，找了王言旭的手机号码复制给母亲："他的微信我删了，只能给你手机号码。"

张莲不解："怎么删了人家的微信？我见王老头大寿那晚你们聊得还挺开心的啊。"

周青顿了顿，声音沉沉："你别瞎说，哪有开心啊？"

周青走出航站楼时打了个喷嚏，沿海城市的冬天比她老家湿冷很多，加上刚下过雨，湿寒空气一缕缕从脚脖子往上攀爬，她冷得打战。

张莲更是冷得直跺脚，抱着手臂哆嗦着嚷嚷："哎哟，这地儿真的太冷了，你的好老公怎么还不来啊！"

话音刚落，周青已经看见家里那辆红色 SUV。许超龙把车停稳，下车咧着嘴对岳母笑："妈，延误这么久，辛苦啦。"

张莲也笑着回他："你也等很久了吧？辛苦了。"

许超龙拉过两个人手中的行李箱，开了车尾厢放好："来来来，快上车。"他回到车上，正想跟周青撒娇两句，想起岳母还在后排座，就只牵过她的手轻捏了两下。

周青回捏了几下，笑笑："快开车吧，天不早了。"

"遵命。"

车子朝高速方向开，许超龙看了看后视镜里的岳母，夸赞道："妈，您最近气色真好。"

"是吗？"张莲摸了摸脸庞，"不过做了那小手术后确实胸闷的情况轻了不少，睡觉情况也好了些……哎呀！"她猛地一拍大腿，"怪不得我总觉得带漏东西了，瞧我这笨脑壳，我忘记把枕头给带来了！你家那枕头都太软了，我睡不习惯，坏了坏了，今晚没法睡了。"老人家有些认枕头。

周青说："不就是个枕头嘛，今晚我陪你去商场买一个不就行了。"

"不用不用，你们不用买。"许超龙插上话，"飞燕前几天去买出租屋要用的床上用品时，给妈也买了个荞麦枕头，昨天日头好的时候晒得香喷喷的，今晚就能直接用。"

张莲一愣，忙问："你妹妹怎么知道我在老家是睡荞麦枕头的？"

许超龙看向周青："我也不知道呀，我以为她问过小青。"

周青赶紧摇头："没啊，她没问过我这事。"连她这个做女儿的都没注意到这种细节。

张莲笑容有点僵硬："……哎呀，她真是有心了，超龙，你替我谢谢她啊。"

许超龙急道："妈，您太客气啦，都是一家人。"

上了高速，车厢里有些安静。本地电台多是讲方言，周青来这么些年了还听不太懂，许超龙便扬扬下巴，指着储物盒里的手机对老婆说："你挑你喜欢的歌播呀。"

"好哦。"周青知道他的手机密码，拿起手机直接开了屏。

屏幕里是许超龙之前在看但还没来得及退出的小视频，一瞧见突然跳出来的那张脸，吓得周青差点要把手机甩出去。

在后排的张莲倒是眼尖，瞅着那视频里的人，惊讶道："哎，这手机里的，不就是王家小子吗？"

许超龙问："妈，你认识这网红？"

"对啊，他是我们家邻居，又是青青的同学！我们家住巷头，他们家在巷子尾，他爸残疾，他妈又跑了，家里以前穷得锅都揭不开，我们就让青青带他来家里吃顿便饭，小孩那布鞋穿得都破洞了，还是我给他补的……"

张莲有些自豪地把没多久前说过的事又说了一遍，末了才问："超龙，怎么连你都看他视频啊？他现在那么红？"

"我就是刚才等你们的时候随便看看，平台整天都有推送他的搞笑视频，经常能刷到。"

"哎哟，这真是没想到，王言旭这小子现在这么能赚钱，怪不得能在大城市买房呢……超龙你知道吗，前些天王老头摆寿宴，这小孩在巷子里摆了好多桌，大龙虾什么的，阔气得很。王老头这下可长脸了，谁还敢嘲笑他家穷呀。"

周青一直没掺和进她妈和许超龙的对话中，心跳忽快忽慢快乱了套。

她早把视频软件退出去了，正按了个歌单准备播放，这时，只听许超龙语气轻松地问了一句："哦？我怎么没听过小青提起这件事？有个这么出名的朋友，也不介绍介绍？"

周青咽了一口口水。刚落地的飞机，好似又一次冲上了云霄，摇摇欲坠。

告　白

　　阴冷冬雨断断续续下了两天，周一雨停了也没有放晴，整个城市像挂在阳台上好几天都没干透的衣服一样，拧一拧好似还能挤出点儿冰冷的水分。许飞燕把裹成颗粽子一样的朵朵送到教室门口，嘱咐她等会儿升完旗后，进教室就把外套脱掉，别闷出汗了。

　　"放心吧朵朵妈，我帮你看着她。"开口说话的是班里的生活阿姨，姓罗，许飞燕在开学时还麻烦她多照顾新来的朵朵。

　　"谢谢你啊，罗姨。"许飞燕笑笑，朝教室里看了一眼，疑惑地问道，"哎，今天只有陈老师一人啊？蔡老师呢？"

　　"刚让园长叫去办公室喽。"

　　"哦。"许飞燕若有所思片刻，弯下腰再同朵朵说了几句，才下了楼。

　　快走到门口时碰见林兰，但带她上学的是保姆，小姑娘见着许飞燕，有些紧张地唤了一声"阿姨"。

　　许飞燕哪能和个小娃娃置气，笑着回了声"早上好"。

　　上礼拜的乌龙插曲，第二天许飞燕试探着问过女儿，问她与林兰在幼儿园见面时还有没有吵架。朵朵说没有，林兰还主动同她又说了一次对不起，蔡老师也分别和她们两人谈了话。

小孩忘性大，昨天刚吵完架，今天就能好得一起牵手上厕所。但大人记性好，许飞燕之后没再见过林兰妈妈。一开始还担心对方会不会在幼儿园家长群里提起这件事，不过群里这几天倒是安静。没办法，她乱七八糟的事情想得比较多，毕竟朵朵是插班生，朵朵还没有特别交好的同学，就连许飞燕也没有特别交好的家长，而林兰妈恰恰就是那种能在家长群里说上话的"家长代表"。就怕家长们有意无意让家里小孩不和朵朵一起玩，以朵朵那敏感的小心思，让她给察觉了，肯定又要难受一阵子。虽然明年夏天朵朵就要毕业了，但许飞燕还是希望她这大半年在幼儿园里能玩得开心。

许飞燕没立刻离开，她在操场等了一小会儿，林兰家的保姆便下来了。她迎上去，嘴角挂上笑："请问，是林兰家的阿姨吗？"

保姆点点头："你是林兰同学的妈妈？"

"对的，是这样，我有点事情想跟林兰妈妈聊一下，不知道她一般什么时候来幼儿园呢？"

"平时林兰都是我接送，林太不经常来的。"中年妇人想了想，"要不你加一下林太微信，亲自问问她？"

许飞燕还是同阿姨道谢："谢谢你啊，那我直接联系她。"

等保姆走后，许飞燕也慢慢走到自己停电瓶车的地方。她坐在车上拿出手机，从家长群中找出林兰妈妈的微信号。许飞燕叹了口气，纠结再三，到底还是给对方发了好友申请：

"兰兰妈，我是朵朵妈妈，想和你聊聊上次两个小孩闹矛盾的事。"

许飞燕没有直接回龙兴，她今天要去面试，应聘北区一家私立幼儿园的食堂帮厨。这个机会是她结婚前工作的那家潮菜餐厅里头一位老师傅介绍的，本来老师傅听说许飞燕要找工作，想找她回来餐厅帮忙，但她拒绝了。餐厅厨房占用的时间太长，她需要多一点时间陪小孩。幼儿园的工资虽然远远不及餐厅，但上下班时间跟老师们一样，还有双休和寒暑假。

"……就是说，许女士家的小孩在读幼儿园大班是吧？那入职后许女士接送小孩方面，要怎么协调呢？"给许飞燕面试的是位四五十岁的行政老师，姓朱，边翻看着许飞燕的简历边问。婚姻状况一栏的"丧偶"二字很是醒目。

许飞燕坐姿笔直，淡笑回答："这个您放心，我妈妈说如果我有需要的时候，会从乡下过来帮忙。"

以前她也面试过不少次，但都是结婚生子之前。现在她的身份不同，要应答的问题也不同，她昨晚已经把对方可能会提的问题都自问自答了一次。

朱老师满意地点头："许女士经验是挺丰富，尤其是在南海酒家那几年，黎先生跟我夸你，说你很勤奋，责任心强，又很能吃苦耐劳，他还说当个幼儿园食堂的小帮厨，是埋没了你的能力。"

许飞燕急忙否认："不不不，老师您千万别这么说，在哪里干活都是一样的。"

朱老师站起身，笑道："那现在……我带你看看厨房？"

许飞燕眼睛一亮，看来这份工作十拿九稳了。

幼儿园厨房面积不大，这个时候里头两位厨师已经开始在备午餐的料。油烟机声音轰隆，许飞燕心跳超速，她掖起了耳畔发丝，但在嘈杂声中压根儿听不出对方打招呼的声音，她只能从对方的口型大概猜出意思，笑着打了招呼。

她唯一能用的耳朵如今好像灌满了水，嗡嗡的，什么都听不见。有人跟她说话，声音几乎被油烟机声音覆盖住，她看了看两位厨师，发现对方没有开口，这时肩膀被人拍了拍，是朱老师从后侧方唤了她一声。

许飞燕笑容有些僵硬，转了个向，伏低了身子，拿右耳向着朱老师问："不……不好意思，我听不清，您刚说什么？"

朱老师本来还想开口说话，突然意识到了什么，抿了抿唇，朝许飞燕勾勾手指，示意她到外头说话。许飞燕眼里的光黯了黯，跟在朱老师身后走出了厨房。

朱老师把她带到走廊一角，看了眼她的耳朵，语气有些犹豫："你的听力……"

许飞燕微微弓背，黑长睫毛几不可察地发颤，她双手垂在身前，左手无意识地抠右手指侧破皮的地方，轻声解释："我的左耳……左耳不太好，目前听不到，但您放心，我右边耳朵是没有问题的。"

"刚才看简历里面没写呢，是天生的？还是……"朱老师有些吞吐。

"不是天生的，之前出了点意外，真的，朱老师您放心，我的右耳……"

"好的……好的，我知道了。"朱老师打断她，镜片上的反光让许飞燕看不清她的眼神，只觉得朱老师嘴角勾起的模样好像个无情的鱼钩，银钩子生生卡进了她的心脏，扯得她血肉模糊。

"这样吧，今天我们先聊到这儿，然后呢，许女士你先回去，等我电话好吗？"

雷伍把小电动车停好，边在手机上操作还车，边走进店里。胖子昌在忙活着给一辆雅阁装行车记录仪，五福和阿强正在清洗一辆领克05，几个人看见雷伍都同他打了声招呼。

举升机旁还停了辆大众事故车，车屁股被追尾，凹进去一大块，尾灯破裂，还没开始修理。汽修方向的活儿一般是许超龙带着胡军一起干，或者胡军单干，但这会儿胡军不在。

雷伍问："胡军呢？没和你们一起来？"

离汽修店五分钟车程有一城中村，许超龙在那儿租了房子给他们当员工宿舍，四个人住在一块儿。

阿强说："他请了半天假，说吃完午饭才回来哦。"

"哦。"雷伍不打扰他们干活，绕过车间往厨房方向走。

许飞燕搬了张塑料小矮凳坐在厨房门口，脚边地面上放了俩不锈钢盆子，一盆装着颗颗饱满圆润的银杏，另一盆装着让刀子剖成两半的银杏。她低头弯背的模样明显有些沮丧，雷伍快走到她跟前时才发现她两个耳朵里都塞着耳机，耷拉的刘海遮住她好看的眉眼。

余光瞄见那双眼熟的运动鞋，许飞燕抬起头，看见雷伍，不打招呼，也没什么表情，低下头继续捣鼓银杏。她一手拿水果刀，一手拈起白果，锋利刀刃将鹅黄果子对半切开，刀尖熟练地挑去芯，轻抛进盆里，重复一次又一次。

雷伍挑了挑眉，在她面前蹲下，认真盯着她看。哟，果然……今天的许飞燕化妆了，谈不上多么精致的妆容，只是淡淡描了眉线，涂了睫毛膏和腮红。嘴唇应该也抹了口红，但被她自个儿吃得七七八八。

他脑子里飞快运转，思索是什么事情让向来素面朝天的许飞燕竟然化了妆。拍拖？不可能。家长会？没偷听到朵朵说起这事啊。突然雷伍想起什么，警铃大作。

人一着急起来也不再装模作样，他直接上手，夺下许飞燕右耳的耳机，两道浓眉皱得快要打结，语气紧张又严肃："你今天去相亲了？"

"啊？"许飞燕皱眉，用一种在看村口的狗打架的眼神看着雷伍问，"你说谁相亲？"

雷伍一噎，才发觉自己犯了傻，抬手揉了揉鼻子："是我误会了？我见你难得化了妆……"

许飞燕心情本就不好，雷伍的话让她回想起刚才不大顺利的面试。她平日不化妆，上一次化妆要追溯至她和蔡景尧结婚摆酒那时了，所以今天特意早起了一个小时，躲在浴室里捣饬了许久，就为了今早的面试，结果却让她自己给搞砸了。

这一年大环境不好，身体健全的人去应聘都不一定能中，她一个单耳失聪的单亲妈妈更难让用人单位看上。她多少有些侥幸心理，心想左耳的问题在日常生活中并没有造成特别大的困扰，就算有，她也能慢慢克服解决，所以就没写在简历里。要是她当时诚实写上，那就算对方因听力问题拒绝她，她也有心理准备，可这下对方肯定会觉得她刻意隐瞒，会觉得她这个人不实诚。

许飞燕心情差，不乐意搭理雷伍，把最后一颗银杏切完，捧起两个盆子站起身，嘴里也不饶人："我要是去相亲，那也和你没关系。"

雷伍跟着起身，脸皮倒是厚，屁颠屁颠追在她身后走，嘴里嘀咕："怎么没关系，关系大着呢……"

厨房里的炉子正开着大火，蒸锅里沸水咕噜冒泡，玻璃锅盖内覆满水珠，芋头的香气让白气裹着，不停往上蹿。

排气扇呼啦呼啦转，加上雷伍声音太小，许飞燕又听不清了，烦躁地把不锈钢盆摔到流理台上喊："你说话能不能大点声？我听不见！"

雷伍手里还拿着耳机，嘴唇抿紧。许飞燕朝他发脾气，他非但不恼，还有些心疼。他往前走两步，把耳机放在盆子旁边，说话音量大了点，但声音和在锅里蒸的芋头一样软了下来："这是怎么了？谁欺负你了？"

许飞燕去掀开蒸锅锅盖，故意就着雷伍的话，没好气道："……早上那位'相亲对象'嫌弃我耳朵听不见。"

挣脱束缚，锅里的蒸汽一拥而上。蒸腾起的水汽轻轻熨在她的眼眶和鼻腔，她闭上眼睛深呼吸，等白雾消去时，眼角和鼻尖都挂了浅浅一层湿。

不知是因为蒸汽，还是因为同样冲破了束缚的委屈，雷伍听着她说气话，单手撑住流理台边缘，安静地看着许飞燕被白雾掩了大半的侧颜。忽然之间，他说了一句话。声音不轻不重，喉咙轻颤，嘴唇开合，本来以为要花很大力气才能道出来的心事，原来这么简单就能说出口。

他的告白，没有在沙滩上摆出心形烟花告白阵，没有缀满发光气球的花路，没有手捧九十九朵玫瑰，没有把跑车行李箱填满的鲜花和星星小灯泡，没有许多亲朋好友的见证，而是在一个有些阴冷的冬日早晨，在一间白雾蒸腾的铁皮屋里，屋外的小伙子在嬉笑聊天，屋内空气里飘着芋头香气，流理台上有湿漉漉的水迹，锅里沸腾的水声咕噜咕噜响。

今天是普通得不能再普通的一天，只因为面前站的是许飞燕，雷伍便觉得，现在天时，地利，人和。他便觉得，今天是适合告白的好日子。

许飞燕像只受惊的小鹿，猛睁大了眼，声音颤得成了胡乱飞的小蝴蝶："你……你……你说什么……"

雷伍嘴角浅浅上扬，眉眼笑得温暖："谁敢说你听不到？明明就听得很清楚嘛。"

脸颊仿佛被水汽蒸得发烫，心脏扑通跳得比早上面试时还慌乱，跟攥不住耳朵的兔子似的。许飞燕有些胡言乱语，还成了个小结巴：

"不对……对！我听不到，就是听不到，你刚说的什么我一个字都没听清……"

她的脸颊染上了薄薄绯红，耳垂也成了透着淡粉的珍珠，雷伍全看在眼里。他觉得现在的许飞燕就像一只刺猬，平日不会主动攻击别人，偶尔心情好时还会露出软软的肚皮，但感情这件事对她而言就是危险源，一旦察觉到"危险"靠近，她浑身的刺儿就要竖起来，蜷成一团刺球让谁都不能接近。

"以前我是刺猬，到处扎人，现在你怎么也成了只小刺猬了……"雷伍眼里的笑意半是无奈半是酸涩，猛跨一步，双手直接捧住许飞燕发烫的双颊，指尖陷进黑直发丝中，掌心捂住她双耳。他俯下身，认真看向那双惊恐的黑眸。

许飞燕真的是被吓得没了半截魂魄！她以为雷伍要强吻，正准备抓起个锅铲还是长勺，身体力行来教一教雷伍什么是"能好好说话就不要动手动脚"这个道理，又或者她可以大声叫救命喊非礼，让外头那几个弟弟把雷伍拉出去揍一顿。

她担心害怕的事情没有发生。只有一双滚烫的掌紧紧捂住她的耳朵，使她陷入了一个无声的世界里，很快，她听到了自己的心跳声，一声又一声，似乎还听见了跳动的脉搏声。那只乱蹦的兔子快要从她胸口冲出来了，眼前的画面好像也被放进蒸炉里蒸过一样，颜色渐渐发白。

雷伍的嘴动了，但许飞燕听不见声音，一丁点儿都听不见。可是她知道，这次不是她听不见，而是雷伍根本没发出声音。他的嘴型从圆，到扁，再到圆，最后还是扁扁拉成一线，一口整齐的牙齿澄白又发亮。

雷伍只比画了一次嘴型，就松开了她，直起身问："刚才我说的，你听见了吗？"

"我，我……"许飞燕牙齿磕磕碰碰。

这次她确实是没听见，但却比一开始听见的那一声更清楚了。每一个字都清清楚楚的，直接撞进她脑子里。她"听"得好清楚，雷伍同她说"我喜欢你"，甚至都不需要耳朵。

"咳！咳咳！！"雷伍还想说什么，被一串咳嗽声打断。

回过头，许超龙正站在厨房外不远处，拉着张臭脸，死瞪着雷伍："你们挤在厨房里干吗呢？"

雷伍脸不红心不跳扯着谎："我来看看飞燕有没有什么事情需要我帮忙的。"

许飞燕这时才回过神，脸烧得像红脸关公，立刻厉声赶人："没有！你快出去！别在这里耽误我干活！"她急得直接甩了一巴掌到雷伍硬邦邦的肩背上。

……嘶，手疼。

雷伍被她推着走出铁皮屋，对眼神狐疑的许超龙耸了耸肩，笑得好无奈。等两个男人走远，许飞燕急忙开了水龙头，用水浸湿了手，匆匆拈住自己烫得发痒的两颗耳肉。

好一会儿她才平复了心情，这时才记起银杏还没放糖腌制。腌银杏的同时，她把蒸得软熟的芋头夹到料理盆中，把芋头块想象成雷伍那张痞里痞气的脸，用力捣碎捣烂，直到捣成浓稠芋泥糊糊才罢休。

她反手捂了捂脸，发现还是好烫。许飞燕长吁一口气，真是要了她老命。这么直接猛烈的攻势，再多来几回，什么铜墙铁壁都要让他给击垮了。

许飞燕不知道的是，前屋的雷伍并没有她想象的那么轻松自在。雷伍放了会儿空，发了会儿呆，才觉得口渴，端起茶盘上的白瓷茶杯往嘴边送，许超龙急忙阻止他："小心点！水刚烧开，很烫的！"

来不及了，雷伍被热茶烫得龇牙咧嘴。

许超龙懒懒地倚着沙发椅背，嗤笑道："看看你，魂不守舍的，又被我妹拒绝了？"

"没有。"雷伍死鸭子嘴硬，忍着烫，把杯中的单枞一饮而下。

许超龙看雷伍败北还不承认的模样心情倒是愉悦，忍着笑，斟滚水入茶碗，茶香瞬间扑鼻。

"飞燕说她早上去相亲了。"雷伍声音闷闷。

"相亲？不可能啊，谁做的媒？"许超龙不相信，这么重要的事飞燕肯定会告诉他。

"我怎么知道，你才是她哥，你……去打听打听。"

虽知雷伍拿他当枪使，但许超龙还是起身走去厨房。

过了一会儿，许超龙回来了，白他一眼："哪有相亲，她早上是去面试了。"

雷伍恍然大悟："哦，去哪儿面试了？"

"说是北区一家私立幼儿园，当食堂帮厨。"

"面试通过了吗？"

"说领导让她等电话通知。"

"……早上那位'相亲对象'嫌弃我耳朵听不见。"许飞燕说过的话，就像漂在湖面的浮标，在他心里起起伏伏。在心里盘算许久的计划他还没跟别人提起过，只是让唐苑淇帮忙把基金卖掉，同时问她自己想开的店如今市场刚需度如何。

雷伍开口："嘿，我跟你商量一件事。"

"你说。"

"我想要开一家……"

"阿姨阿姨，真没骗您，胡军今天真的没来这里！"

雷伍想说的话让屋外吵闹的声音打断，他皱了皱眉，和许超龙对视一眼。许超龙很快站起身走到屋外，见五福虚拦住一位身材瘦小的妇人。

他快步走到五福面前，问："怎么了？"

五福忙道："龙哥，这位阿姨说要找胡军，我说胡军今天没来，可她不信，非要往内走……"

许超龙低头同妇人解释："阿姨，胡军昨晚就跟我请假了，说白天去办点事，现在还没回来。"

妇人语气着急："你就是小军老板？我是小军他阿姨！找他有急事，你知道他去哪里了吗？能……能帮我找到他吗？"曹双玉一句话说得磕磕巴巴，还上手扯住许超龙的袖子。

许超龙皱眉，并不是因为对方的举止而感到不悦，而是妇人的面色憔悴不堪，眼珠子布满血丝，最骇人的是她的左颊有明显的巴掌印，一片通红，甚至已经肿起。

"阿姨，您先别急，给胡军打过电话了吗？"许超龙边问边转过头，指着摞成一沓的塑料凳，"五福，给阿姨拿张凳子，再去跟燕姐拿点冰块过来。"

雷伍也看见妇人脸上红肿着，对五福说："我去拿冰块，你拿凳子就好。"

"好！"五福疾步往旁边走，还给胖子昌使眼色，胖子昌会意，赶紧摸出手机给胡军打电话。

曹双玉俨然早已六神无主，慌张地拿出手机，哆嗦着手指按开电话拨打记录："打了，但一直说他手机暂时无法接通……"

胖子昌耳朵贴着手机，一听见妇人说的话，抬头看向冯振强，小声嘀咕："能打通，但没接……"

冯振强皱眉："那可能是胡军把阿姨的手机号码拉黑了。"

胡军的家事，许超龙知道一些，这小子挺要强，觉得家里的事很是丢人，从来不愿多提。

许超龙让妇人坐在凳子上，然后说："您别急，同事们已经在联系他了。阿姨，您能先告诉我到底发生什么事了吗？"

曹双玉眼神闪烁，咽了咽口水，细声喃喃："也不是什么大事，就是小军他爸又去打牌了……欠人钱，又让人扣住了……"

许超龙默了片刻，问："那打你的是胡叔，还是借钱那里的人？"

曹双玉突然就哭了起来，泪水满面："是借钱那里的人……我去找他们，说家里实在是没钱了，请他们通融几天，我好去借……但他们不肯，胡军他爸被他们打了几下，我想去拦，就让他们给……"说到最后，她捂住嘴泣不成声。

许飞燕过来时正好听到这段话，冰袋散出的寒气像一条条白色小虫，穿过毛巾，钻进掌心，咬得她好难受。她下意识抬头看向雷伍，果不其然，雷伍的表情不大好看。雷广和胡父一样，都败在一个"赌"字上。

许飞燕低声道："我拿冰袋过去就好，你别过去了。"

雷伍没反对，"嗯"了一声。

她走到妇人身旁，把冰袋递过去："阿姨，用这个先敷一下脸吧，虽然这天气冰敷会有点冷，但敷完之后会舒服一些的。"

曹双玉接过冰袋，抽泣道："谢谢你们，麻烦你们帮我找找小军，我实在是没办法了啊……"

"龙哥！"胖子昌忽然大叫一声。

曹双玉猛地站起，激动地问："是联系上小军了吗？！"

许超龙拦住她，睨了胖子昌一眼，道："别急，阿姨你先敷脸，我来跟胡军沟通一下。"

曹双玉犹豫了几秒，终是坐回凳子上："那麻烦你了……"

许超龙接过手机，跟妹妹交换一个眼神，才拿着手机往铁门外走。

那一头的胡军还在莫名其妙，胖子昌的来电没头没尾，他声音懒懒地喊着："喂喂喂，胖子你是掉进屎坑了吗？"

许超龙开口："胡军，是我，你现在人在哪儿？"

红灯转绿，车龙开始动，胡军也跟着踩下油门："龙哥？怎么变成你听电话了？"

"嗯，你现在人在哪里？"许超龙又问了一次，"你阿姨到龙兴来找你了。"

胡军眼前一花，猛地踩下刹车，身后顿时响起此起彼伏的喇叭声。

"你在开车？胡军，别急，你先好好开。"

耳机里传来许超龙沉稳的声音，胡军甩了甩头让自己清醒一点，再踩下油门。

"我现在快要上高速，我得跑趟机场接人……龙哥你等我一下，我找个路边停一下……"他思绪乱飞，话语凌乱。

胡军有个朋友是做私家车接送的，每天在机场、高铁站和周边城市之间来回跑。早上朋友临时有点私事，便问胡军能不能帮他替半天，收入全归胡军。刚好胡军最近有东西想买，需要点钱，当然爽快应承。他开进辅路停了下来，突然一股无力感涌上心头，鼻尖酸，眼角烫。

他声音沙哑："哥，听我说，无论她说什么，你都别管，肯定是那个滥赌鬼又把买菜钱用完了，她才跑来这里找我的……"

许超龙叹了口气："小军，既然你叫我一声哥，这事我不能当看不见，也不能什么都不做地直接把你阿姨请出去。"

"可是你管不了！"胡军突然咆哮出口，声音与尊严一起在密闭车厢里狼狈逃窜，"你要怎么管呢？只要这男人一天没死，他就会继续赌，赌到家破人亡为止！我一次又一次给他机会，但他给了我什么？除了这一笔笔的赌债，他……他什么都没给我！那女人管不了她老公，就只会来跟我要钱，说什么他是我亲爹……"

他连续骂了好几个脏字，双目赤红，牙缝里挤出一句："凭什么道德绑架我？我只是想重新开始，安稳踏实过个日子，怎么就这么难？嗯？"

困兽般的咆哮蹿出来，许飞燕站在许超龙身边都能清楚感受到胡军的愤怒。她朝许超龙摊开手，示意许超龙把手机给她，做了个口型：我跟他说说吧。许超龙摇摇头，这个时候的胡军，肯定最不想让许飞燕见到他这么狼狈的样子。

许飞燕没离开，听她哥对胡军说："这样，你先忙你的事，开车要小心，不要心急。至于你阿姨这边，让我帮你这一次，之后我就不插手了，行吗？"

那边胡军安静了一会儿，讲了句什么，没刚才音量大，所以许飞燕听不清。但她哥看了她一眼。

胡军弓着背，额头抵在方向盘上，挫败又不甘："哥，我不想让燕姐知道这些破事，太窝囊了，太难看了……"

许超龙想对他说这不窝囊也不难看，终是化成一声轻叹："我知道了，放心吧，没多大的事，这次就交给我吧。"

与许超龙共事多年，胡军知道他的性格，要是阿姨没有来到他面前，他还可以当不知情，但人都来了，他铁定没办法袖手旁观。

"一般他不会赌太大的，欠钱欠到一定金额，他就不敢再继续加码了……既然喊了那女人来要钱，都是虚报了金额的，譬如她说要三千，那就给她两千就可以了……"胡军吸了吸鼻子，说，"龙哥，这钱我肯定会还你的。"

许超龙被他这么一大段逻辑清晰的分析惹笑，但更多的是心酸："那肯定的，我才不白帮你，在你工资里扣，分期几个月，正好你别拿钱去充手机游戏了。"

胡军擦了擦眼角，嘟囔道："我有存钱的，回去我就还你。"

"行行行，知了，挂了。"

等许超龙挂了电话，许飞燕急忙问："怎么样？胡军让我们帮他吗？"

"他肯定不太愿意，但人都找上门了，我们不能不管。"许超龙草草挠了把后脑袋，压低声音说，"这件事你尽量当不知情吧，他说不想让你知道。"

许飞燕愕然，但很快反应过来："胡军要求的？"

"嗯，这小子脑袋就是一根筋，你要是对他没感觉，就找机会同他说清楚，委婉点，别太直接了，怕小屁孩失恋了受不住打击……"许超龙"哧"了一声，心想毕竟没几个人能像雷伍那样，脸皮比墙还厚，能经得起你一次次拒绝的。

眼下最重要的还是胡父和阿姨的事。许超龙拉了张塑料椅，坐在曹双玉面前："阿姨，你这次需要多少钱呢？"

曹双玉一听这句话，紧绷的肩膀终于卸了劲，颤巍巍竖起五根手指："五……五千，但我只要四千就够了，那边一般都会报高一点……"这个时候倒是实诚。

"阿姨，胡军在我这儿干活干了挺久，家里是什么情况我也清楚，这次他不在，我可以做个主帮你。但这钱说到底也还是胡军给的，希望你能明白，胡军他出来后过得挺不容易，现在是真想挺起腰杆过日子，虽然不是你亲生的，但他还是有叫你一声姨……"

许超龙的语气越来越认真严肃，接着说："我是不可能看着他又一次走上歧路，如果你们把他逼得狠，那我宁愿让他离开这里，去你们再也找不到的地方。毕竟他现在有手有脚，技术学得不错，去别的城市也能养活自己，要脱离你们其实不难。"

见曹双玉煞白了脸，一直哆嗦着嘴唇说不出话，许超龙才拿出自己的手机说："我还是给你五千，你还四千，剩下一千你自己收着，买菜也好，买药也好，不要让他知道了……"

没料到曹双玉主动拒绝了，眼神空洞："只要我有钱买菜，他就会问菜钱是从哪里来的……还是干脆不要有比较好，这样他也没钱去赌了。"

两兄妹对视一眼，最终许超龙给了她四千。曹双玉弯腰鞠躬道谢，连连夸胡军有许超龙这样为他着想的老板真是他的福气。许超龙哭笑不得，问她用不用陪她一起去领人，曹双玉忙道不用麻烦老板了。

雷伍则一直站在一旁，直到妇人离开，他才动了动身子。想起雷广以前至少一个月得去一趟澳门，最密集的时候，几乎整个月都在澳门度过，签证来不及签，就拿护照过关。讲真，他曾经佩服过雷广的运气，赢多输少，而且输得最多的一次，不过是把前几日赢来的都还给赌场。而后来雷伍得知父亲欠下巨额赌债时，他心中嗤笑，其实哪有那么多好运气，上天额外给你的，总有一天会全部收回去。虽然胡父只要了四五千，跟当年他偿还的金额根本没法比，但本质上胡父和雷广没有区别，他和胡军也没有区别。

雷伍回了回神，正想走去和许超龙说话，突然看见许飞燕转身跑进了厨房里，没一会儿又跑了出来。她怀里抱着一袋什么东西，直接从几人中间穿过，朝铁门方向飞快跑去。

"阿姨！阿姨！"许飞燕跑得很快，在路旁追上了曹双玉，把那袋东西塞到她怀里，"这些给你。"

曹双玉有些恍神，摊开袋口，传来浓郁的面包香。袋子里装着几个面包，看得出来是新鲜出炉的，捧在怀里像一团团温暖的云。

"我想你可能饿了好久，刚才听到……声音了，嗯。"

刚才给曹双玉敷冰块的时候，许飞燕听见她肚子里咕噜直叫，她挠了挠鼻尖，再指指脸颊："还有这里，虽然时间有些晚了，但最好你还是用手机什么的拍一下照片，保留一下证据……我不知道是谁动的手，但如果是胡军父亲动的手……"

听到这句话，曹双玉立刻焦急起来，急忙否认："不，不是他！"

看见她这样的反应，许飞燕更加笃定心中的想法，但她叫不醒装睡的人，而且以她的身份去介入胡军的家事也有些尴尬。

她只能劝妇人一句："阿姨，这种事就和赌博一样，不可能只有一次、两次的，如果你以后有什么需要帮忙的，可以来店里找我们，我们可以带你去报警，去验伤，也可以给你介绍律师……一直来找胡军要钱，是解决不了事情的。"

曹双玉垂首，脸上被胡伟甩耳光的地方又火辣辣疼起来。其实胡伟根本没让人扣起来，而且这半个月来打牌一直在赢，手头松动了不少。他总说一定是要开始走好运了，和几个赌友约好了过大海去玩两把，说不定运气好，单车就能变摩托。

胡伟没胆子去借高利贷，就想到了跟儿子讨点"本钱"，但曹双玉不肯，说这样是欺骗胡军，胡伟便动了手，叫她用一哭二闹三上吊的办法，怎么都要从胡军手里要来钱。

手里抱着的面包还带着温度，曹双玉强抑住鼻梁的酸楚，哑声道："谢谢你，麻烦你同小军说一声，是我对不住他……"

许飞燕拧起眉心，不明白曹双玉的意思，但也没有追问，应了一声"好"。

"车子停在茶叶铺门口，钱你算好后直接转我就行，店里有事，我先走了。"胡军把车钥匙抛给杜宏远，转身就要走。

杜宏远急忙喊住他："等等，有件事想找你谈谈呢。"

胡军看了看时间，有些焦急："那你赶紧说。"

"你要不要去搞辆车，跟着我一起拉私活？"杜宏远递了根烟给胡军，开门见山道，"我现在客人太多，经常在接送时间上有冲突，想找人一起干。"

胡军顿了顿，接过烟，沉声道："但我不想放弃汽修。"

杜宏远拿火机凑到他面前说："我知，但可以先试着捞一下外快嘛。你店晚上关门了，就可以来我这儿。跟你说，我接下来有挺长一段时间没办法接晚上的单了。"

胡军本来想跟他说戒烟了，听他这么一说，一时怔愣，烟就被点燃了。他问："怎么就没办法跑了？"

杜宏远吐了口白烟，黑瘦的脸上溢满爽朗的笑意："我老婆又有了，晚上我得在家伺候着。"

听到好消息，胡军不禁扬起嘴角："哎哟，杜哥哥宝刀未老，恭喜你啊！"

"我乡下七大姑八大姨都抱了好几个孙子了，我这还算晚的，我妈和丈母娘成天催。可你呢？女朋友还没有一个，哥哥还等着你那顿喜酒呢。"

忽然想起早上发生的事，胡军鼻梁又翻涌起酸涩。虽然他麻烦许超龙别让她看到他家里的不堪，但那个时间她多半会在店内，要想完全隐瞒几乎不可能。

杜宏远继续劝："你过几年就三十了，不趁着年轻赚几个钱，要怎么娶老婆买房子啊？你又不是不清楚，像我们这种有案底的人，连外卖小哥都没法做，只能跑黑的……"

指间的纸烟没被吸过，只干烧起细细的白丝，烟味蹿进胡军鼻腔里，像钩子一样，钩出他压了许久的烟瘾。胡军垂头看它一会儿，终是把烟衔进嘴里，浅浅吸了一口气，由于太久没抽了，烟滚进喉咙里火烧火燎，胡军被呛到，咳了好几声才停下。

胡军的胸口发烫，眼角飙泪，声音嘶哑地问道："我可以帮你接晚上的单子，休息日也可以，但我上哪里搞车子？"

"哎哟，我的傻弟弟，"杜宏伟用力拍了拍胡军肩膀，凑近他耳边，"你也不想想你在哪儿干活？什么没有，车子最多。"

胡军回到龙兴时已是下午一点多。天比早上更阴冷了，一阵风从衣领灌进，激得他打了个寒战。脚灌了铅似的，那道铁门近在咫尺，他却怎么都迈不开腿。

五福给他发过信息，没有提起早上发生了什么事，只说中午燕姐做了一桌子好吃的，还有他喜欢吃的芋泥白果，他没回来吃饭真是可惜了。但胡军知道大家都在照顾他的颜面，他不禁自嘲，他还有什么颜面需要大家照顾？

"傻站在这儿干吗呢，不进去？"背后骤然传来的声音吓了胡军一跳，他匆忙回头，竟是雷伍。两三米外，雷伍骑着一辆助力车，单腿蹬地站稳，眼睛直视着胡军。

胡军微微颔首："你要走了？"

"嗯，你中午吃了吗？"胡军微怔，他能感受到，雷伍的语气里头多少包含一丁点儿关心。

他回答："……吃了。"

其实他只早上吃了泡面，中间来回跑机场时连水都没敢怎么喝，到这时候已是饿得前胸贴后背。

雷伍默了几秒，扬扬下巴："你龙哥他有事刚出去了，飞燕给你留了点饭菜，快进去吧。"其实他有一些话想和这年轻人聊聊，但最终还是放弃了，毕竟两个人的关系还没好到促膝长谈的程度。

雷伍轻旋助力车手把，经过胡军身边时说了声"走了"。忽然之间，一股附着在衣服上的烟草味飘进他鼻腔里，他皱眉，停车喊住胡军。

"怎么了？"胡军站在原地。

雷伍从衣袋里摸出喉糖："这个给你。"糖盒在空中画出抛物线，稳稳落到胡军双手掌心中。

胡军不解："给我这个干吗？"

"既然好不容易戒掉了，那就别再轻易尝试。"雷伍意味深长看他一眼，扬扬手，骑着车离开。

胡军心跳倏地渐快，刚才那一刹那，他觉得自己就是只道行极浅的小妖，所有心事在老妖怪面前无所遁形。直到看不见雷伍的身影，胡军才稳了稳心神，走进汽修店。

午休时间，三个小伙一人占了一块地盘休息，胖子昌在前屋二楼，五福在沙发上蒙头大睡，冯振强坐在那辆大众事故车里，放低了椅背斜躺着看手机。

见胡军回来了，他坐直身探头出车窗："回来了？吃了没有？"

"吃了点……"

"哦，还好燕姐给你留了饭菜，你去厨房找她。"

冯振强也没提白天的事，胡军抬手搭了搭他的肩膀，哑声道："谢谢。"

还没走到厨房前，许飞燕已经走出来："回来啦？"

"阿燕，燕姐……"胡军突然紧张起来，"我回来了。"

"我给你留了饭菜，你吃过了吗？没的话我给你加热。"

"嗯，我没吃……好饿。"胡军温顺地低头，头发长长了，一截黑色很是明显，金色部分也褪得几近银白，在额前轻轻晃荡。

"那你去支个桌子，我去热菜。"

胡军的头更低了点："好。"

许飞燕没一会儿就把饭菜热好，胡军一看，四菜一汤，分量不少，而且还有只烧鸡腿。

他睁大眼睛问："怎么剩了这么多？你们都没吃啊？"

"吃了，这不专门给你留的，想着你早上忙，中午估计还没来得及吃。"许飞燕拉了张塑料凳在他对面坐下，敲敲桌子，"快吃，还有一小碗芋泥白果在锅里温着，等你吃完再端出来。"

胡军沉默地看着一桌子菜肴，声音沙哑："早上让你看笑话了吧？"

许飞燕很快摇头，说："别想太多了，晚点等我哥回来，你们再好好聊聊这件事。放心，总能解决的。"

"哪有那么简单就能解决？他一直都是这副德行，这辈子估计是没法改了，要是能改，我阿妈那一年忍受不了，丢下我离开家的时候，他就应该要改了……"胡军苦笑，眼里尽是无奈之色，"偏偏他这人又不是大赌至倾家荡产的人，运气好的时候大半年不作妖，但有时一个月要作妖一两次。就像贴灯柱上的那种牛皮癣小广告，刚清理干净，很快又有新的贴了上去。"

许飞燕抿了抿唇，垂眸，无意识地抠着指节处的死皮，缓声道："那是因为以前只有你自己扛着，之前我就说，有什么事就跟我或者我哥说，我们会帮你的呀。"

"……这是我的家事，你们就别管了。"

"可我们都把你当弟弟。"

许飞燕声音虽轻，但是态度十分果决，即便胡军早有心理准备，这时心脏还是一点点往下沉。

我才不想当你的弟弟！胡军几乎要大喊出声，但一想到许飞燕已经见到自己家庭不堪的一面，心里的火苗便渐渐弱下来。

他执起筷子，语气懊恼地说："长贫难顾，我自己的事情我自己会处理的，你们别管。"

"胡军……"

许飞燕还想说什么，被胡军直接打断："不说这事了，我吃完得开始干活。"

生　日

　　雷伍很快扫看完菜单，指着贴推荐标识的饮品说："要一杯这个。"扫码付款，他问店员，"请问洗手间在哪里？"

　　店员指他右后方："在那边，走廊尽头就是。"

　　这家咖啡店已经是这个下午他探的第四家，在前三家灌了一肚子水，雷伍急需解决一下生理问题。

　　这种小店的洗手间是男女共用的，里头有人拉开门走出，是两个十七八岁的小姑娘，身穿日系学生制服，脸上笑容青春洋溢。

　　雷伍侧身让出条道，小姑娘们从他身前经过，他才进了洗手间。再出来时他点的饮品已经做好了，店内桌子都坐满了，就剩吧台有位置。

　　雷伍拉开张高脚凳坐下，店员把饮品送到他面前："您好，您点的海石花拿铁，把旁边的浓缩咖啡倒进去，喝之前搅拌均匀就行啦。"

　　"好，谢谢。"透明啫喱状的海石花浸在冰牛奶中，浓缩咖啡从奶壶嘴里倾倒而出，透明杯里渐渐出现白色棕色半融合的漂亮分层。

　　雷伍还是第一次见传统小吃与西洋玩意儿相结合，海石花冻微甜软弹，拿铁香苦参半，他还不习惯吃喝之前要先拍照，等拿铁快见底时才摸出手机拍了两三张。相册里已经存了三家咖啡店的相片，这几家在大众点评里都是排名靠前的，雷伍拍了它们的门面店招、装修摆设、桌椅陈列、菜单出品、餐具……

每家店的风格都是不同的，有纯白简约的，有美式复古的，有户外营地主题的，还有像现在这家，走日系温暖风格的。他拍照是为了收集资料，以便了解如今市场的喜好。接着他打开手机备忘录，把留意到的细节要点用文字记录下来。

店里的顾客只有他一个男的，其他都是女性，几乎每一桌都点了店铺十二月的"季节限定"——一块圣诞树造型的小蛋糕，小姑娘们跟小麻雀一样叽叽喳喳，围着甜点拍了好久。

刚才那两个穿制服的小姑娘此时正在店里各个角落拍照，其中一个小姑娘坐到雷伍旁边的高脚凳摆 POSE 拍照，雷伍往旁挪了点位置，低头笑笑，在备忘录里记上几个关键词：装修温馨适合拍照、客户受众多为 10-30 岁女性、季节限定的甜品……

再坐了十多分钟，他喝完剩下的拿铁，唤了店员，指了指菜单上的另一款季节限定蛋糕说："您好，我想要一份这个，打包。"

走出店门时，制服少女已经移步至店门口又拍了一轮，两人凑在一起研究相机里的相片，雷伍经过时听她们聊着"这一张角度不行要重拍""这张可以当主图"，还挺专业的感觉。

他思索片刻，开口向两人询问："请问一下，你们是做自媒体的？"

两人对视一眼，其中一位双马尾少女点点头："对的，我们是 B 站阿婆（UP）主，也有做饮食公众号和微博。"

雷伍压根儿听不明白什么 B 站什么阿婆主，但面不改色地继续问："哦，那能请教你们几个问题吗？我接下来也要开一家店，想了解一下如今市场的喜好。"

另一个留俏丽短发的少女反问他："叔叔，你也要开咖啡店？"

如今雷伍对这个称呼已经没了脾气，摇了摇头，笑道："不是，我想开的是甜汤店，正好问问你们，你们对甜汤店有什么建议吗？"

许飞燕把故事书轻轻放至床柜上，为已经熟睡的朵朵轻掖起被角，调暗夜灯，才披着外套走出卧室。怕吵到朵朵睡觉，哄睡时她把手机放在客厅茶几上。她拿起手机按亮屏幕，锁屏上竟显示有几个未接来电，这让她眼前一亮。

她以为是面试的朱老师打来的，赶紧点开，结果五个未接来电都来自雷伍。许飞燕垂着脑袋，看来这份工作是没多大的机会了。深呼一口气，她迅速调整好心态，想着无论这事有没有成，之后得找天提个果篮去黎老先生家里登门道谢，想想，也有挺长一段时间没去看看他老人家了。

"打这么多个电话，有什么急事啊……"许飞燕边喃喃，边点开微信。

未读微信倒是只有一条，雷伍问她在干吗，朵朵睡了没有。

"睡没睡的关你什么事……"许飞燕小声嘀咕，直接给他回了电话。

这人好像一直守在手机旁，很快接起："喂。"

许飞燕敷衍地"嗯"一声。

"朵朵睡了？"

"嗯，我也要睡了，有什么事明天再说吧……"说完就想挂电话。

"等等等等，我下午买了点东西，想给你。"雷伍急道。

"……什么东西啊？"

"你等会儿就知道了，我现在上来。"他还说着话，许飞燕已经能听见电话那边踢踢踏踏的拖鞋趿拉声，这人做事总是说风就是雨，压根儿拦不住。

没一会儿家里防盗门传来敲门声，没挂断的电话里也说："你开下门，我不按门铃了。"

许飞燕站在木门旁，低头看着门把手，却迟迟没压下。

雷伍立在防盗门外："飞燕？"

"雷伍。"

"嗯？怎么了？"

"你早上说的话，其实我听清楚了。"

雷伍一愣，盯着铁门内的扎染门帘，他知道许飞燕就站在两道门内。

没等雷伍回应，许飞燕继续道："我早上没有去相亲，我是去面试工作了。"

"嗯，我知道，你哥跟我说了。"

"是你派他来问我的吧？"

"……嗯，我担心你。"雷伍直截了当。

许飞燕耳朵痒了痒，她转过身，直接蹲下，背对着木门："面试不太顺利，估计悬了，所以接下来我还得继续去找新的工作。"她掰着手指头算，"我得还钱给我哥嫂，得给朵朵存学费，得交房租，虽然我阿妈没跟我要，但我还是每个月会给她一点钱……"

"飞燕，你想说什么？"雷伍也背过身，倚着防盗门，抬头看糊成一团昏黄的廊灯。他望得眼酸，心里想着改天去买颗明亮一点的灯泡，给它换了。

"在这个时候我没心情考虑感情的事……"被撕掉死皮的手尖嫩肉红通通的，许飞燕叹了口气，哑着嗓子道，"所以这门，我不给你开了，有什么话就在电话里说清楚吧。"

接下来好一会儿，许飞燕都只能听见雷伍不轻不重的呼吸声，宛如直接在她右耳边呼着热气，燎得她耳垂发烫。

到底是按捺不住，她把脸埋进手臂里，压低着声音问："……喂，你还好吗？"她一直没对雷伍说过重话，伸手不打笑脸人，雷伍待她和她的家人都温柔，单单是他上次和这次没按门铃，这样的细心体贴，许飞燕已有些招架不住。

雷伍长吁一口气，贴着防盗门蹲下来，问："如果我说我不好，你会开门吗？"

"不开，你这人……"

"我这人怎么了？"

许飞燕声音像闷在铁皮罐头里，说道："你这人就不能好好说话，总爱动手动脚的，要是让别人看到了像什么样子……"

说到底，是她受不住雷伍这样直接敞亮的表白。虽然她说的是拒绝人的话，但尾音软糯，听进雷伍耳中，倒是中和了不少酸楚。

雷伍知道许飞燕心中顾虑不少，不再是能横冲直撞的青春少女，经历了那么多的变故，生命里早已出现了比爱情重要许多的人和事，这些许超龙早就提醒过他。被拒绝是意料之中的事，让他心痛上一会儿就没事了，一个大老爷们儿没那么脆弱。

雷伍低笑两声，干净爽朗的笑声在楼梯间回荡，接着他语气认真："刚才你说，因为要忙着讨生活，所以没心情考虑感情的事，对吧？"

许飞燕不明白他问这句的意义，想了想，说："……你要这么理解也是可以。"

雷伍站起身，紧接着问："那是不是把工作的问题解决了，你就有心情考虑一下我了？"

许飞燕支支吾吾："这，我的意思好像……不是这样。"

"今早你去面试那工作,给你开多少钱?"

"……转正后三千。"

"那你的理想薪资是多少?"

"最好要四五千以上吧,当然越多越好,但我的情况我自己清楚,肯定达不到那么高。"要不是地点不对,许飞燕差点以为自己正在面试,隔着两道门的楼梯间里站着她的未来老板。

"你问这个干吗啊?"她已经站起身,朝木门上的猫眼看。昏黄光线穿透了布帘子,映出模糊不清的身影。

"回头帮你打探打探有没有合适的工作。"雷伍像是自问自答,语气笃定,"嗯,我觉得很快就会有工作找上门了。"他把一直钩在手里的牛皮纸盒放到旁边通往天台的楼梯上,"我下去了,等会儿你记得出来拿东西,别太久,怕它融了。"

帘外的黑影晃晃悠悠,电话挂断的时候,影子也消失不见了。许飞燕呆站了一会儿,才打开门。楼梯上摆着一个牛皮纸盒,盒子有清冷寒气,是刚从冰箱里拿出来的。

许飞燕拎着盒子进门,打开,里面竟装着一个小蛋糕,是雪人形状的,巧克力豆是它的眼睛,玫红糖浆是它的嘴,团团的身子插了两根巧克力棒当作它的手,还有雪花糖片粘在它身上。好可爱的蛋糕,她想留到明天跟朵朵一起吃。

许飞燕把盒子合了起来,放进冰箱里,纠结了一会儿,还是拿起手机,给雷伍发了个谢谢的表情包。雷伍没立刻回,而许飞燕这时发现雷伍的微信名字后多了个深灰色小人儿,是个 24 小时动态。要知道雷伍可是个"老古董",连朋友圈都没发过。

许飞燕点进他的头像,动态区是张相片,拍的是刚才那个雪人蛋糕,配文是：希望你能喜欢。耳畔的热度还未散去，许飞燕心想，你说的是喜欢什么？是喜欢这个蛋糕，还是喜欢你？

许超龙躺在床上面无表情地看着手机。这老哥又玩什么花样？雷伍微信里面拢共才那么几个好友，是隔空跟谁喊话？总归不会是同他讲的吧？

"所以后来你有跟小军聊起他家的事吗？"周青仰着脸抹面霜。

"没呢，车房那么多人不好说话。今晚他已经把钱还给我了。这小子好面子，过些天我再找机会跟他聊聊。"

许超龙盯着床头柜那碗乌漆麻黑的药汤，委屈巴巴地问："老婆，这鬼玩意儿要喝多长时间啊？"

瞧他这拧巴样，周青不禁笑出了声："我妈大老远背了一堆中药材过来，没个把月估计喝不完，你就做好心理准备吧。"

乌黑药汤上面还浮着层油，吹开薄油就涌起一股刺鼻的味儿，许超龙屏住呼吸，闭眼咕噜几口把药汤灌下，脸皱成苦瓜："这也太苦了吧……"

"良药苦口呀，难得我妈一片苦心，你就忍一忍哈。"周青走到许超龙面前，揽住他的脖子，垂首在他唇上亲了一下。

啵一声响亮，周青笑着说："呐，这样子就甜啦。"她撩完要跑，许超龙把她拉了回来。儿子让姥姥带过去次卧睡了，一个月未见面的夫妻今晚能做许多事。

周青一开始乖顺地承着丈夫的亲吻，但渐渐地，一团混沌灌进她胸腔内，强烈的愧疚感汹涌袭来，挤得她快要无法呼吸。周青后悔得不行，她那晚就不应该答应王言旭的邀约。别人是小酌怡情，她是小酌酿大祸。

她和王言旭已经有好几年没见面。小时候王言旭家里穷，张莲常让他来家里吃饭，吃完饭两个人一起做完作业，王言旭才回家。小县城学校没什么选择，初中和高专他们也是同个学校。王言旭因家庭的关系受了不少冷眼和嘲笑，甚至还受过霸凌，周青是小辣椒性格，没少替他出头。

周青多少能察觉出王言旭对她有好感，可她对他更多的是从小一起长大的好友情感，加上王言旭没捅破那层窗纸，周青便当作不知情。后来周青南下打工，王言旭去了省城打拼，两个人的距离远了，联系也少了，只偶尔会在 QQ 上聊一会儿天，说说彼此的近况。

周青结婚时在微信上跟王言旭说了一声，第二天，王言旭给她转了1688 元，说是份子钱，祝她新婚快乐。隔年许浩出生，王言旭也给她转了红包。

再后来小视频平台开始火起来，王言旭乘上了第一波东风。长相帅气的靓仔刻意搞怪扮丑拍搞笑视频，这样的戏剧冲突感让他收获了许多粉丝和点赞，王言旭终于发达了。

王父大寿时王言旭特意在合年巷办了流水席，周青知道，他是想让以前看不起他的人，看清楚他如今风光的样子。寿宴上多年未见的两个人聊了会儿天，得知张莲月初刚做了个小手术，第二天王言旭就拎着大盒小盒登门拜访，张莲开心，留了他吃中饭。王言旭临走时问周青能不能晚上再见一次面，想跟她好好聊聊天，他还有工作，隔天就得回省城了，周青答应了。

王言旭没住家里，他住在县城最新建成的酒店里。两个人约在酒店三楼的清吧，一开始周青还有些拘谨，后来聊开了就轻松不少。他们从小时候在巷子里发生的点点滴滴，聊到学校里的人、事、物，再到之后彼此的人生轨迹。

周青酒量不太行，只是一罐啤酒就有点上头，借着酒意她瞎聊了不少婚后的事情，细碎且婆婆妈妈的，好像连"许超龙省钱省到底裤破了都不肯丢，说补补就好的"这种私密事都说出来了。周青不知不觉喝完了第二罐啤酒，再之后整个世界仿佛天旋地转。

后来的具体经过周青完全记不得了，怎么回了王言旭的房间她都想不起来，脑子里只留下很凌乱破碎的画面，再怎么努力去回想都拼凑不完整那经过。蒙蒙胧胧间王言旭靠了过来，周青不记得自己有没有回应他，只记得身体时而烫得像被火烧，时而冷得像被丢进冰湖……

再有清晰意识时已经夜深了，她躺着陌生的床上，看着一地的狼藉，她只觉得自己陷进了泥沼，怎样都拔不出脚。当王言旭的手臂缠上来，她吓得没了魂，跟跄跌落捡起自己的衣物，脑子嗡嗡响，完全听不清王言旭在身后说什么，见鬼似的逃离了房间。

后来王言旭联系她许多次，别说跟他见面，她连电话都不敢接，只有信息一条接一条地发到她手机上。王言旭跟她道歉，说他一直喜欢她，所以面对她的主动没有坚守住，最终酿成了这样的错误，都是他的错。

王言旭又说，虽然那晚是个错误，但她也确实说了许多家长里短，包括夫妻之间的一些不合，他还问她结婚后是不是真的那么不开心。周青懊恼不已，吐槽归吐槽，就跟多数媳妇会吐槽婆婆一样，吐槽完了日子还是继续过的啊。她跟了许超龙那么久，也不是第一天知道他的性格，怎么就干出这种糊涂事了呢？而且还是她主动？她到底在干什么啊？有那么饥渴吗？！

周青你怎么这么渣这么……

许超龙的吻停了下来，滴到他脸颊上的水滴让他怔愣："老婆，怎么哭了？"

周青揽住丈夫，声音闷闷："苦，你的嘴太苦了啦……"

许超龙笑出声，把她放到床上："在这儿等着。"

他拿起床柜上的空碗走出卧室，再回来时还是端着一瓷碗，但里面装的是小半碗芋泥白果。飞燕中午做多了，许超龙想着周青也好甜食，就带了回来。甜食在微波炉里转了一分钟，碗很烫，芋泥则温度刚好，入口不会烫舌。

许超龙皮糙肉厚，端着碗也不觉得烫手，坐到床边，舀了一勺喂到周青嘴边："小娇气，啊——"

看着努力想逗乐她的丈夫，周青忍不住"扑哧"笑出声，张嘴含住了瓷勺。芋泥虽甜但不齁，轻含几秒就会慢慢融化于口，能感受到做这份甜点的人有多温柔。原来里面还藏着宝藏，软糯银杏让砂糖腌渍过，令人舍不得用牙齿去咬它。

"好吃吗？"许超龙自己也吃了一口，睁大眼猛点头，自问自答，"嗯！真好吃，我妹真厉害。"

"对啊，飞燕真厉害。"周青笑笑，张大口跟他再讨一口。嗯，她一定可以的，把那样的错误，那样的秘密，深深闷烂在心里。

时间即将走到日历的尽头，小城市虽不像北上广深那么有圣诞气氛，但沿街店铺也开始张灯结彩，红的、绿的、黄的彩灯像一颗颗小行星围着大大小小的圣诞树运行，榛果焦糖的香气在空气中氤氲发酵。

年轻人一到了年底似乎都格外开心，圣诞、元旦接踵而来，可以参加各种聚会，吃火鸡、切蛋糕、喝香槟，和朋友交换包装精美的礼物，在这样的冬日里连宿醉都觉得痛快。

老一辈们不爱过这洋节，冬至当晚全家人能围坐一桌吃顿团圆饭才是正经事。冬至当天的菜市场人头攒动，女人们买菜都是用喊的，好像谁喊得最大声，笼子里最靓的那只走地鸡就归她。

许飞燕还没踏入菜市场，就已经感受到一波波声浪要把她掀翻，她咽了咽口水，准备进入战场。这时肩膀被拍了拍，回头见是雷伍，她也没多惊讶，毕竟这大半个月雷伍总陪她来买菜……不对，总死皮赖脸地跟着她来买菜才对。

"不是说让你在店里等着我？今天人那么多，你哪受得住？"雷伍喘着气唠叨，从她手里接过买菜车。

今天温度挺高，有些回南天的感觉，是冷空气即将袭来的前兆。他去汽修店见飞燕先溜了，便一路追过来，卫衣里已有汗流下。

"今天过节啊，你看，人这么多，我再不来，好东西都要让人买完了。"许飞燕睨他一眼，嘀咕的声音很小，"是你今天来晚了……"

雷伍倒是直接承认："嗯，我早上去办点事。"

许飞燕止不住好奇："什么事啊？"

这家伙最近神神秘秘的不知在倒腾什么，每天早上逮准了时间过来跟着她去菜市场，中午吃过饭了就跑得无影无踪，可到晚饭时间他又雷打不动地准时出现在桌子边。

许飞燕问过她哥，许超龙说只知道他要搞点小生意，具体是什么，雷伍也没跟他讲。

果然，雷伍一脸神秘，刻意压低嗓音："这是一个……秘密。"

许飞燕呵了一声，嗤笑道："继续装吧你。"

那一晚彼此把话都说开之后，他们两个人的关系倒自然了不少，就好像已经沸腾过一次的水，慢慢趋于平静，但还是温的，暖的。温度刚刚好，随时喝都不会烫到舌头，也不会冷了胃。

"对了，你有带耳机在身上吗？"雷伍突然问。

"有，你要用？"

"你戴上。"雷伍从裤袋掏出自己的蓝牙耳机，往她左耳塞了一颗，然后拿出手机，拨打了语音电话给她，"里面太吵了，这样你听我说话不会太累。"

许飞燕面露难色："但这样我不容易听见别人说话呀，要怎么买菜？"

雷伍本来想说"那我当你的耳朵就好啦"，但细想觉得太矫情肉麻。

他说："试试看嘛，我可以帮你传话，而且好歹我也来了这么多次菜市场，现在算是半个买菜小能手了吧！"

"你？你哪儿行啊，从来都不讲价的，对方说多少你就给多少，至少零头要抹掉的呀，真是一点都不懂得持家……"

许飞燕越说越小声，从包里摸出右耳耳机戴上，接通电话，像试麦一样："喂，喂喂——"

雷伍哈哈笑了几声，压着耳机："听到了。"两人好像是在交换暗号的特工。

许飞燕白他一眼，都快四十的人了，还这么幼稚。耳机挡住了一半噪音，许飞燕舒服不少，雷伍还像往常一样，若有似无地护在她身后。虽说戴耳机是为了方便通话，但雷伍也没怎么同她聊天，只问她要先去哪一个档口。

在南方沿海地区，过冬至就像过小年，许飞燕得到她哥的"财政拨款"，准备买些好料今晚回去打边炉。胡军四人，许飞燕母女，雷伍单丁，还有许超龙连上嫂子母亲一家四口，许飞燕得备九大二小的分量。

海鲜档前面挤满人，雷伍占着自己手长脚长，帮许飞燕挡住两边的客人，让她站到档口前。阿明和阿明父母都忙得鼻孔生烟，阿明见到许飞燕来，本很欣喜，可一看见她身后的跟屁虫，脸上的笑容就减了一半。

一个多月前母亲跟他说许飞燕带着一个男人来买菜，说明眼人一看就知道俩人关系不寻常。阿明不信，后来亲眼看见这大高个给飞燕拉买菜车，阿明才有了危机感。借着洗车，阿明同汽修店的胖子昌打探虚实，胖子昌说大高个是老板的朋友，和燕姐认识也有十来年了，但没见他俩有拍拖的迹象啊。

阿明溜到许飞燕面前，喊道："阿燕，你来啦！"

许飞燕拿下耳机，嘴角带着笑说："来啦，我要的东西你有帮忙留吗？"

"有的有的。"阿明走去档口角落抱起个泡沫箱。

雷伍杵在许飞燕身后，抿紧嘴角，看阿明跟献宝似的把海鲜一样一样拿出来放到她面前："喏，小象、带膏小青龙五只对半开、大鲍鱼切片、虎斑、竹节蚌、墨鱼、膏蟹两只……"每个打包盒里装着碎冰，仔细处理好的海鲜一片片一只只码得很漂亮。

许飞燕惊讶道："哇，你帮我都处理好啦？这样我能省下好多功夫。"

"对啊。"阿明笑得腼腆，今早货一来他就帮许飞燕留起她要的，怕被他妈拿去卖给别人，所以还提前处理好了。

旁边的街坊们看得怔愣，反应过来后开始七嘴八舌调侃他："阿头家呀，你这服务可够周到的啊！"

"对啊，我们帮衬你家这么久，怎么不知道还有留货服务哦？"

雷伍眼角扫过七嘴八舌的街坊，收回目光，伸长的手臂拿起了打包盒，还顺势在她耳边问："够吃吗？还要不要加多点？"

"够啦，等会儿还要买其他的。"

许飞燕心情愉悦，语气也轻松，因为从早上开始就一直有好事发生。先是起床的时候朵朵爬到她身上亲了她好几下，接着光着脚丫跑去次卧取了张蜡笔画回来，说是送给她的生日礼物。刚洗漱完，和村里几个姐妹去了普陀山的阿妈就来了电话，提醒她要吃红鸡蛋和甜面条，祝宝贝女儿生日快乐。接着是煎蛋的时候，居然敲出了颗双黄蛋！

送完朵朵上学，她在回汽修店的路上接到了一个电话，是上周去面试的一家小型动画公司，对方请一个煮饭阿姨，只需要负责中午那一餐，问她最快什么时候能办完健康证上岗。这算是这大半个月以来她得到的最好的消息了。

雷伍把海鲜盒装进拉车内，按亮手机，准备扫码付款，于是问："头家，一共多少钱，我来付。"

"不用，阿燕昨晚已经在微信付过了。"

雷伍顿了顿："微信上付过了？"

"对啊。"

雷伍收起手机，面无表情地瞥了眼许飞燕。

许飞燕被他盯得心慌，不知道他又发什么疯，赶紧和阿明道别："谢谢你啊阿明，我先走啦，拜拜。"

离开海鲜档后许飞燕重新戴回耳机。狭窄的过道里挤满人，摩肩接踵，她与雷伍被挤散，雷伍走在她前方，中间隔了两个阿婆。

许飞燕想着待买清单："接下来去买牛肉，不知道五花趾还有没有，没有的话就买三花趾吧？"

雷伍沉沉"嗯"了一声，没什么情绪。他以前从不知道自己这么能吃醋，吃蔡景尧的醋，吃胡军的醋，现在还要吃卖鱼阿明的醋。

耳机里传来声音："喂喂，你走过头啦，牛肉摊在这边。"

雷伍猛刹住车，回头见许飞燕站在后方一条过道上，指着另外一边。他停得太突然，跟在他身后的阿婆来不及停住脚步，差点就要撞上拉车轮子。阿婆吓了一跳，念了他两句，甩了个眼刀后离开了。雷伍挠挠后脑勺，返回到许飞燕身旁。

他发窘的样子真罕见，许飞燕"扑哧"笑出声。雷伍脸颊微烫，举起手朝她脑门轻轻弹了一下，嘟囔了句："笑够了就走吧，这回你走前面。"

许飞燕急忙捂住额头，咬住下唇瞪他，这个人又动手动脚！

许飞燕买到了今天最后一块五花趾，接连发生的好事让她心里乐开了花，扫码付款时还哼起了歌儿。

雷伍把几袋牛肉放到车篮里，见她开心，他也扬起嘴角："这是什么歌呢？"

"《你笑起来真好看》。"

"嗯？你说真的？"雷伍抬眸看她，渐渐地，嘴角扬起愉快的角度，"谢谢你的夸奖。"

他笑的时候会露出整齐的白牙，眼角挤出点皱褶，眼仁儿很黑，连左眼角浅浅的泪痣都变得生动。呲，时间也善待帅哥。

许飞燕移开目光："不是说你好吧，是一首儿歌，朵朵幼儿园有个文艺会演，她最近常在家里唱。"

"哦？什么时候表演？"

"三十一号，跨年那天。"

"哦。"

雷伍在蔬菜摊前重新码了一次菜篮子，把重的蔬菜放篮底，往上放肉和海鲜。然后两个人拉车往回走，暖和的阳光洒在脸上，光斑在脚下跳舞。不知为何，他们都没取下耳机。

雷伍突然开口："咳，你明天……"

"嗯？"

"你明天有什么安排啊？"

"明天？"许飞燕想起早上的电话，回答道，"明天周二……哦，送朵朵去幼儿园后，我要去一趟医院。"

"医院？怎么了？哪里不舒服？"雷伍立刻紧张起来。

"不是不是，我得去办健康证，上周面试的一家公司联系我了，办完证就可以上岗啦。"

这下雷伍更急了，早知道他就应该先跟许飞燕说自己的计划，做什么仪式啊，现在可好，她被别人"抢走"了！

他急问："面试的是什么公司啊？"

"一家小小的动画公司，负责员工们的午餐。"

"有多少个员工？"

"十一还是十二个来着？我忘了，反正要求挺简单的，荤素搭配、科学健康，能管饱，成本控制好，饭后有糖水喝，这样就可以了。"许飞燕认真给雷伍讲述她即将要开始的工作。

"薪资方面呢？"

"唔，上班时间比较短，所以工资也比较少，先做一段时间看看，能过了试用期再说吧。"许飞燕现在不大自信，毕竟也有好几年没给人打过工，需要一个过渡期。

雷伍思索片刻，问："那如果有更好的工作机会，你会再考虑吗？"

许飞燕耸肩呵笑，取下耳机，指着耳朵自嘲道："我现在这条件啊，能有人不嫌弃我就很幸运了，不敢强求太多。"

她的声音轻飘飘的好像柳絮，落在雷伍耳朵里却成了重石。他也取下耳机，眉心蹙起，十分不乐意听见她这么卑微的话语。

像是知道雷伍在想什么，许飞燕继续说："你知道我这大半个月被用人单位拒绝了多少次吗？有再多的自信都要被磨没啦。我挺容易知足的，现在能有公司愿意接受我，我就要去拜拜老爷（潮汕地区对神明的统称）啦。"她说得好轻松，尾音和发丝一同随风扬起。

两个人继续往前走，雷伍拿着手机不知在看信息还是刷视频，许飞燕见状也没再开口。即将有新工作的这个消息她还没有同其他人讲，连许超龙都没有，雷伍是第一个知道的，她本以为，雷伍会为她感到开心，可是看他的样子，好像并没有太在意。忽然，许飞燕觉得一早上积蓄下来的好心情一下子被风全吹散了。

快看见龙兴招牌的时候，雷伍突然停下脚步，喊住许飞燕："呐，你戴上这个。"他把自己的右耳耳机递给她。

许飞燕不明所以地问："干吗啊？"

"你戴上嘛。"

许飞燕眼神狐疑，但还是接过耳机塞进耳里，雷伍在手机上点了一下，耳机里立刻有歌声传出，清脆甜美的女声唱着："你笑起来真好看，像春天的花一样……"

许飞燕睁大眼："这不是刚刚说的那首歌吗？"

雷伍点头，笑容如春风和煦："对啊。"

歌声继续唱："你笑起来真好看，像夏天的阳光，整个世界全部的时光，美得像画卷……"

雷伍望向她的眼，黑玛瑙一样的通透眼珠倒映着一个小小的他。他微垂首，看着脚下糅合在一起的两道黑影，声音也变得很轻："你可要自信点啊，你很棒的。"

曾经的我走在无边无际的黑夜里，伸手不见五指，前路漫漫，不知该走向哪一方。只有你成了那璀璨流星，从黑夜里，还有我的心上划过。你照亮了夜空，也留在我的心里。

晚上有大餐，中午吃得简单一些，一人一大海碗的牛腩米粉把四个小伙吃得额头直冒汗。

五福回头看许飞燕进厨房了，小声问胡军："你订的东西什么时候送来啊？"

胡军答："我下午回来时顺路去自提。"过节嘛，许超龙给四个小伙放了半天假。

雷伍还在慢条斯理地嚼着牛腩，听他们鬼鬼祟祟的对话，挑眼问道："你们订了什么？"

"蛋糕啊，生日蛋糕。"

雷伍一顿，这时才察觉到什么，咽下牛腩急问："今天有人过生日？"

许超龙正跷着二郎腿抽饭后烟，斜眼睨他。

胖子昌抢先搭腔："燕姐啊，燕姐是冬至生日。"

坏了，坏了坏了。雷伍放下筷子，掏出手机按开浏览器，眉毛拧得要打结。

四个小伙吃完收拾了碗筷去水槽洗了，等人离开，许超龙才歪身子凑近他，戏谑道："你不知道这事？那你这功课做得可不怎么样嘛。"

雷伍骂了个粗字："她不是明天才生日吗？"

许超龙挑眉："哟，还知道她新历生日呀。"

"你小子怎么不告诉我这件事？"

雷伍查到了许飞燕出生那年的日历，那年的 12 月 22 日是冬至，但今年则是 21 日过冬至节。他暗戳戳订的蛋糕是今晚才让送到家里，打算像上次那样偷偷放她门口，踩准点跟她说一声生日快乐，顺便再跟她说说甜汤店的计划。好吧，现在计划落空。

"我妹出生那天刚好是冬至，小时候就习惯和冬至节一起过，但她不爱过生日，我妈会给她煮红鸡蛋和甜面，吃完就算过了，后来我们都有了小孩，就更少折腾这种事了。"

许超龙抬抬下巴，指了指在水槽边洗碗的几个年轻人，接着说："是他们几个说想谢谢飞燕这段时间给他们做那么多好吃的，才订了个蛋糕。"许超龙幼稚地用肘撞了他一下，"喂，你是怎么知道她明天生日的啊？你也没问过我啊。"

"我从她的……"雷伍及时刹住车，差点说漏嘴了。他把碗里剩下的料飞快吃完，一口汤都没剩下，拿起碗筷起身，"洗碗，洗碗。"

许超龙嗤笑了几声，也不追问了，去拿抹布擦桌子。

雷伍把碗洗净，倒扣几下把水珠甩掉，拿去厨房给许飞燕。

许飞燕正在处理番薯和芋头，抬头看一眼是他，说："碗放在旁边就好。"

"你怎么不告诉我啊？"

"啊？告诉你什么？"许飞燕在心里想这人怎么莫名其妙。

"你是今天生日啊。"

锋利的菜刀将去皮番薯一分为二，许飞燕没停下手中的活："我也没准备过呀，都老大不小的了。"

雷伍抿了抿唇，语气诚挚："……生日快乐。"

菜刀停住，许飞燕转过头，露出罕见的明媚笑容："知啦，谢谢你。"

雷伍走回院子时，头顶的太阳正猛。

胖子昌热得已经脱了外套，剩一件短袖 T 恤，看了雷伍一眼，小豆眼睛眨了眨："伍哥，你还好吗？……伍哥？"

雷伍回过神，连续摇了几下脑袋说："我？我没事啊。"

胖子昌指指自己的脸颊："但你的脸好红哦。"

归　家

傍晚开始起了薄薄的雾，烧红的落日像条红尾金鱼，鱼尾鲜红似血，却让细网紧紧裹住，无法动弹。车水马龙，导航地图上每一条主干道也是血红，每个人都赶着回家或去酒楼与家人团圆。许超龙的车在路上堵了一会儿，回到店里时天已经黑了一半。

许浩拉着张莲的手带她往屋里走："姥姥，我带你去看我和朵朵养的金鱼！"

"好好好，祖宗你走慢点。"张莲还是第一次来到许超龙的店，目光四处打量。

周青牵着朵朵跟在他们身后，一走进屋内，被干净整洁的屋子吓了一跳。几个大老爷们儿平日都不怎么注意卫生，茶几堆满杂物，烟灰缸不满出来都不处理，有时手上机油还没洗干净就往沙发上摸。

如今茶几干干净净，杂物和茶盘等家什分门别类地收在茶几下方，桌子上不再摆放着脏兮兮的烟灰缸，取而代之的是个金鱼缸，底铺洁白卵石，一红一白两条小鱼在水草中悠闲摇尾。沙发套着崭新的深灰色绒面罩套，地面瓷砖缝都让人仔细清洁过，电视机旁的墙角摆了盆及人高的琴叶榕……都是些简简单单的改变，却让整个小空间变得焕然一新。

周青上礼拜来店里还不是这模样，她悄声问许超龙："怎么突然变样了？"

许超龙笑嘻嘻，凑近她耳畔说："领导来检查，总要整点面子工程嘛。"

"飞燕教你的？"周青笑着朝他腰间掐了一把，许超龙不注重细节，这么细心的事肯定是许飞燕安排的。

许超龙笑而不语，此时院子里的大圆桌子已经支起来了，今晚比上一次打边炉时多了两张凳子，摆得整整齐齐。

胡军外出，另外三个人留在店里把院子和前屋整理干净，还乖巧地帮忙洗菜择菜，许飞燕省了好多功夫，只用熬锅高汤和做个糕烧番薯芋就完事。

听到人回来了，她洗干净手走出厨房，正好张莲从前屋走进院子，她迎了上去问好："阿姨，您来啦。"

张莲喜笑颜开："哎呀，飞燕，我正想找你。"

许飞燕讶异："阿姨找我什么事？"

张莲主动挽住许飞燕的臂弯，两个人走到墙边，张莲才从裤袋里摸出个红彤彤的利是封递给她："阿姨早上才知道你今天生日……来，小小心意，你收下。"

许飞燕睁大眼睛，急忙着拒绝："不用不用！阿姨您这实在太客气了！"

这红包是长形的那种，不算厚，但也不薄，已经超过一个人情红包的金额了。

"丫头，你拿着！"张莲力气大，几下就把红包袋塞进许飞燕的手心，紧握住了她的双手不让她推回来，"你给阿姨准备的荞麦枕和被子，阿姨要谢谢你的，连我亲闺女都不晓得我认枕头……她以前在家让她爸给宠坏了，心思远远没有你这么细腻啊，那床新被子盖着也好舒服的，肯定花了些钱吧？"

张莲收了些音量，有些忸怩，继续说："哎，你也是不容易的，一个女人带着娃娃，听超龙说你正忙着找工作……阿姨会在这边待到过年的，如果你接送孩子不方便，就跟你嫂子讲一声，阿姨去接了浩浩后，可以一并去接朵朵的，需要帮忙的时候记得开口，知道吧？"

许飞燕微微愣神，低头看着握住自己的那双手。妇女年轻时做的粗活多，布满皱褶的双手都是老茧，她忽然觉得这双手和她阿妈的很像。当初听到朵朵转述周母说过的话，许飞燕确实心有怨气。她哥不偷不抢，生活一年比一年好，虽说他抠门儿，但对身边人向来不计较金钱，该花的时候也没少花。

后来她跟阿妈通电话时抱怨过一次，可阿妈说，要是现在你远嫁到北方，先不说对方条件怎么样，光是这个距离，阿妈都会担心你，不知你在婆家过得好不好，毕竟那么远，你真出了什么事，阿妈没办法第一时间帮上忙啊。亲家也不是有什么坏心思的人，家里就一个女儿，要真嫌弃你哥，当时怎么都不会同意阿青嫁过来，只要我们家对阿青好，问心无愧，人心都是肉长的，亲家慢慢会理解的。

许飞燕紧了紧手心，握住利是封，笑容比那穿破了雾霾的落日还要灿烂："嗯，知道了，谢谢阿姨。"

"飞燕，糖水快烧没啦！"厨房传来一声叫唤，是雷伍。

许飞燕喊了一声"就来"，然后对张莲说："阿姨你先前屋坐一下，我们还差一个小弟没回来，等他回来就可以开饭哈。"

"行，你去忙吧。"

雷伍手里拿着长筷，认真给锅里每一块金黄番薯和嫩白芋头翻身，让它们都裹上黏稠晶莹的糖浆。糕烧番薯芋，他好久没吃过，早上在蔬菜摊买菜时看见番薯和芋头，一想起就馋了，许飞燕说可以做，就买了回来。

见许飞燕喜滋滋地走回来，手里还拿着个利是封，雷伍挑眉问："挺开心哦？"

"今天一直有好事发生，不开心很难哦。"许飞燕嘚瑟地向他扬扬利是封，"是阿姨给我的。"

雷伍煞有其事地点点头："哟，那确实棒，关系大跃进。"

许飞燕刚把利是封塞进后裤袋，听他这一句，支起手肘撞他手臂："上次还说你什么都没听到？"她指的是和女儿在雷伍家楼下哭的那一次。

雷伍假模假样地装作自己什么都没说过，指着锅问："糖浆收成这样可以了吗？"

许飞燕斜睨这脸皮比墙厚的男人，没好气道："行，关火装起，最后把芝麻撒上就好。"

灶台边有一小碟炒香过的白芝麻，两人同时去取，指尖与指尖就这么碰在了一起。两人皆是一愣，雷伍自然是不想先缩手，却没料，许飞燕也没有动。

胡军拎着蛋糕盒走进院子，先去前屋跟许超龙一家打了招呼，再往厨房走。五福和胖子昌围了上来，雀跃地往蛋糕盒里瞅。洁白滑顺的奶油蛋糕上错落缀着一朵朵淡彩小花，草绿藤蔓绕了一圈，图案清新简约，点睛之笔是小花旁竖着块燕子模样的小鸟曲奇。

"哇，好看好看，比外面卖的那些乱七八糟的款式要好看太多了！"五福发自真心地夸赞。

胡军有些得意,把饼干做成燕子形状可是他想出来的。他抬抬下巴指向厨房:"她在里面吗?"

"对,蛋糕要放冰箱吧?"

胡军点头,拔腿走向厨房。

"阿燕。"走到门口胡军唤了一声,没想回头的竟是两人。

他敛了些笑,看着雷伍:"……哦,你也在啊,你们在做什么?"

"饭后甜点。"许飞燕捧着撒完白芝麻的糕烧番薯芋头给他看,"都在等你呢,你快洗手,准备吃饭啦。"

胡军像献宝似的把透明蛋糕盒举高高:"饭后要先切蛋糕吹蜡烛才行。"

许飞燕走前两步:"你买了蛋糕?"

"嗯,是我们四个人合买的。"

"贵吗?"蛋糕虽简约但细节精致,许飞燕不想几个弟弟多花钱。

"哎呀,我们有钱的,你哥又不拖欠我们工资。"

"下次不要破费了哦,你们把钱好好存起来,以后娶老婆要用的。"

胡军差点被她气笑:"知啦、知啦。"

雷伍低头默默洗着沾满糖浆的锅,心中嘀咕:傻姑娘,金毛小子存着钱本想要娶的可是你!

天暗了下去,人齐开饭。桌上有海鲜有牛肉,还有小孩喜欢的波波肠和牛肉丸。

像上次一样,胖子昌想去冰箱拿啤酒,数着人头看要拿多少罐:"伍哥、燕姐、阿姨不要……"

周青扬了扬筷子说:"哦,我也不要。"

许超龙笑道:"你想喝就喝呗,难得过节开心,而且大家都见过你酒醉乱说话的样子，别怕丢脸哈。"

周青摇摇头，依然说："不要了，你喝吧，回去我开车。"

张莲和周青都无辣不欢，许飞燕为她们特制了一款辣椒酱，张莲试了猛夸这酱好吃，拿来炒肉拌面下饭都不得了，许飞燕笑说到时候可以做多一些让阿姨带回去。

张莲戴着老花镜检查勺子里的鱼肉有没有带刺，完了放进朵朵碗里，嘟囔着怎么几个月过去了小姑娘都没长什么肉，可得多吃一点。

奶白高汤咕噜冒泡，白烟袅袅裹挟着众人的欢声笑语，几个年轻人战斗力惊人，别说肉和菜，连一盘子金银交错的糕烧番薯芋他们都吃得一块儿不剩。

夜色笼罩，今晚有雾，有点可惜没能瞧见那弯弯月牙。

胡军把蛋糕拿了出来，店家送了星形蜡烛和生日帽，俩娃娃合力把帽子折好，粉色白波点的，朵朵郑重其事地把礼帽戴到妈妈头上。许飞燕嘴里嚷着"哎呀"，可脸上笑意不减。

烛光摇摇晃晃，如流星从她紧闭的眼皮滑落至唇前紧扣的十指，丝丝上升的白烟或许已经将她的愿望送至天上。

许浩唱完生日歌后，大大咧咧地问："姑姑你许了什么愿啊？"周青敲了一下他的小脑门，骂他傻儿子，说："说出来就不灵啦。"蛋糕切成许多份，最大的两块自然是给俩小孩。吃完蛋糕，再吃几颗红糖姜汁糯米丸应节，之后四个小伙照惯例收拾桌子，雷伍也过去帮忙。

许飞燕跟她哥说了面试成功的事，说想要明天一大早就去医院做体检，但这样的话出门时间比朵朵起床时间还早。

周青在旁边听着，提议道："那不如让朵朵今晚去我家睡吧，明天我送她上学，反正顺路的。"

许超龙赞同："这也是一个机会，让朵朵试着不要太依赖你。"

自出生后女儿每一晚都是跟着她睡，第一次让她外宿在亲戚家，许飞燕心里难免有些忧虑。她唤了女儿，母女两个走到角落，许飞燕把事情起因简单告诉她，征求她的意见。

小姑娘露出纠结的表情："那我今晚和舅妈睡吗？"

"对，上次我们去海边，舅妈不是也陪过你睡午觉，你还记得吗？"

"记得，在有帐篷的酒店……"

"舅舅说他今晚去睡小房间，大房间留给你和舅妈，浩浩跟他姥姥一起睡，你看这样可以吗？"

小姑娘没吱声，低头看脚尖，这时许浩蹦出来，说着："朵朵，妈妈给我买了好几样新玩具，你来我家过夜的话，我们今晚就可以一起玩了。"

闻言，朵朵心动了，但她还是要跟妈妈确认："是只睡一晚吗？"

许飞燕跟她拉钩："对，明天下午妈妈来接你放学，然后我们去吃好吃的，好不好？你喜欢上次那家有螺旋滑滑梯的餐厅吗？"

"喜欢！"许浩举手抢答。

"我也喜欢。"朵朵说。

"那明晚我们再去那家吃饭好不好呀？"

"好！"朵朵同意了，但条件是要带上她的兔公仔。

许超龙家没朵朵的睡衣和校服，许飞燕决定先带女儿回家洗澡，把东西备齐了再送她去许超龙家，开小电动的话很快就能到。

她去跟还在洗碗的几人道别，胡军急忙用衣摆擦干手，喊住她："阿燕！你等我一下，我有东西要给你。"

许飞燕停下脚步："还有东西给我？"

胡军笑道："嗯！"

雷伍心脏猛地一蹿，手里的瓷碗差点儿滑出去。他故作镇静，眼珠子却滑向眼尾，偷偷看那金毛小子要搞什么事。他暗暗地安慰自己，放心放心，飞燕是不会喜欢这种毛都没长齐的小孩的。

胡军把礼物藏在一辆车里，他去取了出来，掩在身后："你……过来一下。"

许飞燕跟着他走到角落："要给我什么呀？"

胡军眉眼低垂，把一个小袋子递给她："生日礼物。"

那袋子是宝蓝色的，小小一个，上面印着只白色天鹅和一串英文，S 开头的。许飞燕蓦地蹙眉，她知道这牌子，最便宜的一条天鹅项链也要好几百块。

她回头看了眼还在水槽边忙活的几人，压低声音直接拒绝："这个太贵了，我不能收的。"

胡军知道她的顾虑，急忙解释："我这几年存了点钱，没有乱花，而且我一直想送份像样一点的礼物给你，才选在这个时候。"

可是许飞燕顾虑的不只是金钱，如果胡军送的是项链、戒指这类首饰，那对朋友关系而言，也显得过分暧昧了。

她的声音还是很轻，斟酌着字句："小军，你的心意我收到了，我很感谢，但如果是首饰之类的话，我真不能收……"

虽然胡军一早就想到许飞燕会这么拒绝，但亲耳听见，心里难免阵阵泛酸。

"你想哪儿去了，不是首饰。"他挤出笑容，把袋子往她面前推，"你打开看看就知道了。"

"小军……"

"你打开看看嘛。"

许飞燕眉心微拧，终究还是接过纸袋。打开后，许飞燕微怔，里面确实不是什么项链、耳环、戒指，而是一个小巧的水晶摆件。

两只呈坐姿的水晶熊，一大一小，大的那只手拿粉色气球，小的手握蓝色小铃锤，憨态可掬，温馨可爱。

"这是熊妈妈和熊宝宝，除了是生日礼物，也是你搬新屋的礼物。"胡军有些害臊，移开了目光挠起后脑勺。

他又强调了一次："真的没有你想象中那么贵的，你收下好不好？"

胡军最后的语气已经有点接近恳求了，许飞燕不忍在这个时候拂他面子，思索了一会儿，才道："行吧，那我收下了，谢谢你呀，朵朵肯定也很喜欢。"礼物她可以收，之后再找机会还些别的礼物回去，或者今年过年时给他包个大红包也行。

胡军总算松了口气，笑得弯弯的眼睛里闪着光，开心地说："生日快乐。"

许飞燕将水晶小熊安放回盒里，盖上盖子，也对着他笑笑 说："谢谢你。"

"小兔公仔、睡衣、牙刷、毛巾、书包、水壶……"

许飞燕有些紧张，一遍遍清点着帆布袋里的物品，总怕会带漏了什么，于是问："宝贝，帮妈妈看看，你还需要带什么东西？"

"故事书带吗？妈妈！"朵朵洗完澡就直接换上了校服和外套，穿好了波鞋，正坐在餐椅上晃悠着两只小腿儿。

"那给你讲故事的是舅妈，可以吗？"

朵朵的小脑袋点了点，许飞燕接着去床头柜取了故事书，中间夹了张书签，是昨晚她们讲了一半的《彼得潘》故事。

她整理好帆布袋，走到朵朵面前，蹲下，握住小姑娘搁在膝盖上的那双小手，再与她确认一次："宝贝，明天放学妈妈来接你哦。"

"嗯嗯，我知道，我们之前拉过钩了。"朵朵扬起细小尾指。

许飞燕笑着也扬起小尾指："拉钩——"

夜越深雾越浓，整个城市像没擦干净的鱼缸，似一条条金鱼在迷雾中往前游走。抬头往上望，有些高楼让迷雾吞去一截，灯火扑朔迷离，叫人看不清也窥不透。地面的情况好一些，至少信号灯和车灯都能看清楚，小电动很快开到许超龙楼下，父子俩已经在街旁等着。

朵朵下了车，这时又有些闷闷不乐的样子。许超龙接过飞燕递过来的帆布袋，对小姑娘说："朵朵啊，哥哥最近睡觉之前总不爱刷牙，哎哟，嘴巴那个臭啊……你今晚就当个小监督员，帮舅舅监督哥哥刷牙好不好？"

"爸爸！"被掀老底的小男孩不满地大叫一声。

朵朵点头，认真道："他之前有的时候刷牙就只是含着牙刷，把牙膏吃完就……"

"朵朵！"许浩又叫了一声。

许超龙哈哈大笑，许飞燕也笑出声。

"那今晚就麻烦你帮我盯着这家伙刷牙咯。"许超龙轻推儿子的肩膀。

许浩走上前去牵朵朵的手说："走吧，我妈妈说今晚批准我们玩到九点半才睡觉！"

朵朵回头看妈妈，幼鹿般的眼睛黑黝黝的，许飞燕的一颗心顿时软了下来。她以为女儿还是离不开她，想着要不还是算了，晚点就晚点吧，最多就是在医院排队排久一点。没想到朵朵像只小鸟一样朝她张开了双臂，许飞燕一愣，赶紧蹲下，也朝她张开双臂，两人拥抱在一起。

朵朵拍拍妈妈的背，学着大人说话的模样："明天见咯妈妈，新工作要加油哦。"

许飞燕的心里好暖，脸颊蹭了蹭她柔软的发顶："好呀，明天见咯宝贝。"

和几人道了别，许飞燕骑车返回。难得朵朵愿意试着接受他人，她的心情有点儿轻松，连蒙着雾气的远方在她眼里都亮堂了不少。途经超市，她停车进去补充一些日用品，正在对比卷纸价格的时候雷伍来了电话，问她在哪里。

许飞燕用脖子夹着手机："在超市，买点东西就回去。"

"那你回来了告诉我。"

"告诉你干吗？你又要做什么？"

"我有一件事想跟你商量。"

"在电话里说不行？"

"这事很正经……"雷伍说了这一句，突然觉得不对劲，合着之前说的事情都不正经？轻咳了一声，他继续说，"反正得当面谈，你今晚得给我开个门啊，我不想蹲在楼梯间跟你说这么重要的事。"

许飞燕选了一款正做特价的卷纸放进购物车，嗤笑一声："大半夜的，我才不想引狼入室……"话说出口，她顿觉不对劲，什么狼？入室要干什么？

"晚……晚点再说，等我回去忙完家务再联系你。"她匆匆结束对话，挂了电话。

下午在厨房时那次不经意的碰触，她明明应该立刻逃开，但却没有，直到雷伍快握住她的指尖，她才后知后觉地抽离。这时候回想起来，像有蚂蚁沿着她指尖一路往上，爬到她后颈咬了几口，引起一阵阵酥麻。

许飞燕再买了些食物，回到家楼下时快九点，她一手卷纸一手购物袋慢慢上楼。快到六楼时她放轻了脚步，跟做贼似的，先探头看看雷伍家有没有开着木门。木门半阖，有暖黄的灯光从里面溢出，见雷伍在家，许飞燕才蹑手蹑脚上了楼，就怕他像块大石头一样蹲守在她家门口。

钥匙开锁，许飞燕进屋后习惯性往灯开关那处伸手，却看见客厅亮着灯。她皱了皱眉，是刚才出门时太着急忘关灯了？真是浪费电。许飞燕没多想，换了鞋，把购物袋拎到餐桌上准备开始整理物品，把东西一样样从袋子里拿出来。忽然，一抹异样感从她心上飞快闪过，流星似的，快得想抓住尾巴都没办法。她回头看了眼客厅，灯很亮，屋里很安静，茶几上摆放着电视遥控器，下面压着朵朵早上送她的蜡笔画一角，窗帘和刚才离开时一样拉得严实……

不对……

有什么地方不对……

许飞燕咽下口水，脑子里的画面像倒带，直到找到某一个画面她才猛地按下暂停键！不久前她和朵朵回家的时候，她将胡军送的礼物和周母给的利是封与朵朵的蜡笔画放在一块儿，而如今，那小蓝纸袋和红色利是封都不见了。而且离开时，她是关了灯的，因为当时窗帘敞开着，客厅里只有楼下街灯送进来的淡淡昏黄，那抹微光正好笼着置物架上蔡景尧的相框……

家里有人进来过！

心跳开始加速，扑通声在她坏掉的左耳里逐渐放大。虽然她家里不放现金，银行卡随身携带，但卧室衣柜带锁的小抽屉里存放着几件首饰，有七条金链子，虽然都不是特别粗的，但其中四条是当初结婚时许母给她的嫁妆，另外三条是蔡景尧送的。

还有一对白金素戒，一枚是她的，另一枚是蔡景尧的，是当初从遗体上取下的遗物。然后是一对婴儿金镯子，是她怀孕三个月的时候蔡景尧带回来的，说等娃娃摆满月酒的时候可以给他或她戴上，许飞燕当时还笑他想得可真够远的。这些首饰谈不上贵重，但却承载了太多回忆和感情。

所以当许飞燕冲进卧室，见到一片凌乱的房间，还有被撬开锁的那个小抽屉，她就像被人从高高的云端推落，不停往下跌，往下跌。果然，这一天好事连连，她早该预警的，她又不是第一次乐极生悲了！她宁愿这贼把她的银行卡和存折都拿去，把那些首饰还给她！

看着空空如也的抽屉，还有那几个被人当垃圾一样随意丢在地上的红绒盒和首饰袋，许飞燕气得直发抖，牙齿上下打架，耳朵也开始冒出嗡嗡声，那盲眼乌蝇又要开始乱撞了。她连忙屈起右手指节塞进嘴里，狠狠用力咬住，用痛意来掩盖不适，好让自己的注意力集中。

她扶着墙走到次卧，次卧没什么贵重物品，但收纳箱也被翻得狼藉不堪，小姑娘春夏的花花裙子落在地上，像极了凋零枯萎的花朵。眼泪在眼眶里打转，还没溢出就让她匆忙抹去，她一个劲地自言自语："别哭，别哭……现在要先……打电话，打给……"

这一刻，脑海里浮现出那人的样貌。但许飞燕很快甩着脑袋，否定了自己的想法："不对不对，我要先打110的……对了，要先报警……"

踏在地上的双脚都是软的，一点力气都使不上，她踉跄着跑回餐厅，拿出手机时手指都在不停地抖。这屋子什么都挺好，就是手机信号不太稳定，在卧室客厅信号极好，但餐厅厨房这个位置信号只剩一格。

许飞燕边解锁手机边走到客厅窗边，一手重重扯开窗帘，手指已经按下了三个数字。正要按下拨打键时，她忽然顿住，她的右耳听到了谁急促的呼吸声，鼻子也闻到不属于她家的味道。酒味，烟味，陌生人的体味。

她盯住玻璃窗上倒映出来的景象，身体就像今天傍晚被困进雾里的残阳落日，无法动弹。没了窗帘的遮挡，玻璃倒映出她身后侧那原木置物架旁躲着一个陌生男人，那人站得笔直，背脊贴紧墙边，脸上戴口罩，用死鱼眼死死瞪着她。

男人的身材中等偏瘦，没被遮住的半张脸有点眼熟，但许飞燕一时之间想不起来在哪儿见过他。她手里还拿着手机，心脏快要从喉咙飞出来，但这时冒出来的害怕感，让她反而比刚才遇事时清醒了许多。

她知道，她得逃跑，并按下拨话键。可男人一个箭步暴冲过来，许飞燕来不及躲开，手机让他啪的一下子打飞！

许飞燕突然返回打乱了他所有的计划，这贼人慌乱到不行，伸手就想去捂住她的嘴，许飞燕猛地一闪，刚好躲过，拔腿想往玄关跑，喊着："有贼……啊！！"

呼救像快要展翅飞翔的鸟儿被突然折了翅膀，许飞燕头皮陡然一阵刺疼，她被对方用力扯住头发，接着被一把推往旁边。

"砰！"肩背直接撞上了置物架，架子晃动，上面一些物品东倒西歪乒零乓啷往下掉。

贼人竟双手掐住许飞燕的脖子，他眼白布满血丝，故意压低的声音嘶哑难听："不许叫！叫我就……就……弄死你！"

眼前的贼人比她高小半个头，身前背着一个胸包，里面塞得鼓鼓的。许飞燕这时候竟还能想到，那些对她来说意义重大的物件，还有胡军送的礼物，阿姨给的利是封……或许全都在里面？

许飞燕被他压在架子上，肩膀一阵阵刺疼。这贼人的手一直在颤抖，力气时大时小，渐渐地，她有点儿呼吸困难，喉咙不停想要干呕，泪水涌出。忽然之间，许飞燕觉得还好刚才没有心软带朵朵回家，不然遇上这破事，小姑娘指不定又要被吓得有心理阴影。

朵朵。……她和朵朵约好了，明天要去接她放学的。……对，她们钩过小尾指的！

她左手用力掰着贼人的手，右手往后在架子上摸索什么。很快便摸到了那样东西，没多加考虑，一抓起来就使劲往男人太阳穴砸过去！

相框是黑胡桃木的，四角没有磨圆，尖尖角儿直接扎破了贼人的额角。

"啊！"男人大叫一声，突来的刺痛使他眯起眼，手也松了劲。

许飞燕得到机会，顾不上喘息，抬脚对他胯下就是一记狠踹！男人又嗷呜叫得凄厉，弯腰弓背捂住自己，许飞燕趁机推开他往外逃，刚才在昏暗楼梯间里的那抹暖黄如今在她脑子里不停扩大，是她黑暗中唯一的光。

雷伍他在家，雷伍他就在楼下……

许飞燕踉踉跄跄，嗓子眼腥甜刺疼，小腿撞到桌角发出刺耳吱呀声，打开门锁的手抖如风中落叶。总觉得那人就跟在她身后，好像下一秒就要把她又一次扯回去。冲出家门，许飞燕扶墙往下跑，有好几下都踩在楼梯边缘，她其实想直接呼救，但这时的喉咙实在发不出声音。

转了俩弯，手指刚按下雷伍家门铃时，她听见楼上有凌乱脚步声往下传来……是那小偷，他也下来了！也是，往上跑的话天台有铁门堵着，贼只能往下跑，许飞燕索性不按铃了，握紧的拳头把铁门拍得震天响，她从沙哑喉咙里痛苦挤出气音："雷伍……雷伍！"

重重的脚步声很快已经来到身后，可门还没开。许飞燕呼吸急促，猛咽一口口水，竟转过身张开双臂去拦那贼人："你不许……你不许跑……"

她用尽全部力气发出嘶吼："把我的东西还给我！！"

可那贼人哪有可能乖乖停下，眼见女人身后那屋子里的木门已经被人拉开，他急得不行，一把推开许飞燕："滚开啊！！"

"唔！"许飞燕被他一把推倒，肩膀硬生生撞到雷伍家的铁门上。

"砰"一声钝响，像把锤子直接砸到雷伍脑门上。

他刚在厨房，听见第一声门铃时还没觉得不对劲，但后面催命符一样的门铃声，还有砰砰作响的拍打声，把他的心脏一秒拽到高空。他跑出厨房，许飞燕豁出一切的咆哮从门缝隙钻了进来，她在叫谁把东西还给她。

雷伍两三步跑过去，刚扯开门，就看见许飞燕让个男人推了一把。轰，一股心火烧得通天高！眼眶烧烫，心跳加速，脑门发胀，雷伍手解门锁，隔着铁门问许飞燕："你有没有受伤？！"

许飞燕咬牙后退几步，连连摇头："他偷了我的东西，景尧留给朵朵的东西，还有我……我的嫁妆，呜——"

许飞燕终于撑不住了，让一声脆弱的哽咽突破防卫，但她不想也不愿意在雷伍面前示弱，蓦然用力咬住下唇，把剩下的负面情绪全吞回喉咙里。只是这一声细细的哽咽却像刀一样割断了雷伍的神经，一句"进屋等着"还没说完，他已经拔腿往楼下跑去。

"……你大着肚子别乱跑，快进屋等着……"

几乎相同的画面和话语如一道惊雷直直撞进许飞燕脑海里，她浑身寒毛竖起，对着下方乌压压的楼道里嘶哑大喊："等等！等等！！"

不可以……不可以追……不可以再有什么三长两短……

蓄不住的眼泪从眼角滑下，许飞燕懊恼地猛跺脚，那泪珠就啪地在水泥地上摔出花。但那贼人逃得快，雷伍听到许飞燕朦胧呼唤时他已经跑到四楼了。他咬紧牙，一步跨两三阶，到每层楼梯尽头时手撑住扶手，双腿离地直接跳了下去。

贼人先于他跑到一楼，推开防盗门时还撞到一位阿婶，阿婶踉跄两步，骂骂咧咧："哎哟！怎么走路的！赶着去投胎吗！"

男人没停下，拔腿往内街的另一边逃窜。

雷伍慢他几秒，一看被撞的是三楼王婶，急问："阿婶你有没有受伤？！"

阿婶惊魂未定，定睛一看是六楼阿弟，指着那人跑去的方向，尖叫道："那人……是那人撞的！"

"那人是小偷！阿婶你帮忙报个警！"雷伍大喊的声音嘹亮高亢，箭一样冲破夜晚的雾，"抓贼！前面黑衣服那个男人是贼！！"

这时内街没有太多的路人，因为过节，路上的店铺也早早关了门，雷伍没指望能有别人帮他，朝着那已经逃出一段距离的身影跑去。贼人身影一闪拐进一条小巷里，雷伍快要咬碎牙，加快了速度也跟着拐进巷子里。

巷里光线灰暗不清，狭长扭曲得如同老鼠巢穴，对方似乎很熟悉这片区四通八达的巷弄，左拐右转，意图甩掉身后穷追不舍的人。可雷伍死咬着他的尾巴，一点一点缩短两人之间的距离。那个人已经累了，速度明显慢了下来，终于雷伍找准了机会，一个暴冲，从后方直接扑倒他！

"你还真他……能跑……"雷伍整个人骑在他背上，喘着气脱下身上的长袖 T 恤，用力扯烂后当作绳子，把那人的双臂反剪在身后，打了个极紧的死结。

他一次又一次深呼吸，努力压下胸膛里那股浑浊戾气。冷静下来，冷静下来……记住，暴力解决不了问题……可一想到刚才许飞燕的样子，雷伍浑身血液又直冲脑门，拳头攥得死紧。

没料到身下那臭不要脸的贼人还倒打一耙，嘶吼着"打人啦""抢东西啦"。

雷伍气不过，一巴掌拍到他后脑勺："贼喊捉贼，你还真牛！"

这时有住巷子里一楼的住户探出头，看看到底发生了什么事。雷伍一直坐在贼人身上，他比身下的男人高壮出不少，直接用自身体重压制着他。男人一开始还想反抗，到底是力气用尽了，最后只能像一摊烂泥趴在地上，一动不动。

越来越多街坊走了出来，有的堵在巷口围观拍照和窃窃细语，有的大声问需不需要帮忙。一听见是抓了个小偷，有街坊赶紧回屋里翻了一卷尼龙绳出来给雷伍。

警察还没到场，许飞燕先到了。

她从围观人群中走过来，手里还拎着什么东西，雷伍眉心也要拧成死结，担忧道："你怎么来了？不是让你回屋等着吗？"他没敢起身，一直牢牢压制着贼人。

许飞燕气喘吁吁地走到他面前，直接说道："我担心你受伤，想跟你说……别追了……"

她一想都觉得后怕，要是这贼丧心病狂，身上有藏着刀啊匕首之类的，伤了雷伍，那该怎么办？她已经失去了蔡景尧，她不能……她不能……

许飞燕咬唇，看了看趴着的贼人，很快移开视线，眯着眼检查雷伍有没有受伤。目光从他不停滴汗的下巴，来到赤裸的胸膛，再往下时，许飞燕微怔。胸口里那壶一直温着没凉过的水，这会儿咕噜咕噜的，全烧开了。怎么一个两个的，都是这个样子……

她走前两步把手里的东西放到他脚边，声音里有哽咽："你先穿上……"

她放下的是他的拖鞋，雷伍这才知道自己把鞋都跑飞了，一双脚赤裸着，踩了污水，黏糊糊的，好像还有点臭味，脚心有些刺痛感，估计是被碎石划破了皮。

雷伍冲她浅浅一笑："别担心，我没事。"

许飞燕别过头，飞快地用手背擦了把眼角："嗯……"

有两个胆儿大的中年男人走过来，雷伍让他们帮忙拿绳子把贼人的脚捆起来，手上的捆绑也加固一些。有别人帮忙，谅这贼人插翅难飞，雷伍终于可以站起来，趿拉着拖鞋把贼人拉起身。

贼人像剪断线的木偶，耷拉着脑袋靠墙坐着，胸包的皮子被磨坏，整个包皱巴巴的。

遮挡住半张脸的口罩也在拉扯中变形，松垮垮地挂在耳上，一个帮忙的中年男人上前扯掉他的口罩，还拿手机对着他的脸拍，说道："看看这臭贼到底长什么样子！"

这时身旁的许飞燕发出一声惊呼："真的是你！"

大过节的派出所没几个人，雷伍做完笔录已经快十一点半了，他打着哈欠伸了个懒腰，走到走廊时，一眼就看见倚坐在墙边的许飞燕。她还穿着白天那套衣服，头发有些凌乱，耷着脑袋，像只被雨淋湿翅膀的燕子。

雷伍胸膛有细细密密的酸楚，大步朝她走去。许飞燕听见拖鞋啪嗒啪嗒的声音，知道是谁走过来，她没抬头，很快，低垂的视线里出现沾了些脏污的脚背。

白炽灯灯光阴冷，像在她小小发旋上覆了一层薄雪，也不知她撕了多久手皮，十指指尖均是通红一片，再深一点，或许就要撕破开始流血了。雷伍轻叹一声，蹲下，半蹲在她身前，轻轻地将她双手拢在手心里。她没有逃开，但手好冰，雷伍都差点怀疑她是因为冻僵了所以才没抽开手。

他拍拍她的手背："别怕，没事了。"

雷伍本来想同她说，有他在不用怕，可想想刚才，她在家里遇上那贼人的时候，他并没有在她身边。怎么可能不怕？再怎么坚强的人，遇上这种事，恐惧也在所难免。要是那男人存了其他龌龊肮脏的心思，侵犯伤害了她，或者对她施以更凶狠的暴力威胁……那画面不能想，一想就有密密麻麻的蚁群啃咬着雷伍的后脑勺。

许飞燕终于开口说话："……你家的门锁，得重新换。"

"为什么？"

"当初你家换锁找的也是这个锁匠，也不知道他有没有偷偷留了你家的钥匙。"

贼人就是那锁匠，给许飞燕家门换锁芯的那人，这件事她同警察说了。

"他之前还跟我说他姓黄，结果也不是啊……"

许飞燕眉心的皱褶越来越深，被雷伍包裹在温暖里的十指紧紧交错，哑声低喃："我没法想象，要是今晚朵朵没去我哥那儿，那该怎么办？我怎么样都好，朵朵不能出事……"

雷伍握紧她的手，不满意她的说法："你是不是傻啊？朵朵不能出事，你也不能出事。"想想，又强调了一句，"一根头发都不能掉的那种。"他表情好严肃，黝黑的眸子里装满认真，许飞燕落进他的眼中，如月亮映在平静的湖面上。

她喃喃道："……你也是……"

雷伍微微睁大眼："嗯？"

"下次你也别追了，要是那人带刀子，或者有同伙在附近接应，你怎么办？"许飞燕的声音越来越小，但眼神没有再躲闪分毫，"你也不能有事的。"

雷伍怔了片刻，很快反应过来，眉眼笑得渐弯："我知道了。"

一声清咳打破了两人之间有些微妙的气氛，是刚才给他们做笔录的警察，姓张，问道："许飞燕？"

许飞燕急忙站起身迎上去，雷伍起身跟过去。

张警官交代了几句："对方是初犯，涉及的金额不算太大，悔罪加上退赃，他应该很快能取保候审。他的家属或律师之后很可能会联系你请求谅解，争取刑事和解或者减轻量刑。刚才你说家里只住着你和你女儿，如果此后有人来住处骚扰你们，务必第一时间联系我们。"

许飞燕没想到还有这一层，心寒了一截，但警官的建议又让她觉得宽心："好的，这段时间我会小心，谢谢你。"

张警官继续说："还有，下次发现小偷进屋，要第一时间离开现场报警，保障不了自身安全的时候就要远离危险之地。"

雷伍心有余悸，非常赞同张警官的话，皱着眉道："对啊，你还够胆去拦那个贼，你都不知道我当时在屋里有多害怕，心都蹦到嗓子眼了。"

张警官扫了眼许飞燕身后那男人，说："还有，也别独自一人去追，保不准附近还有同伙，像今晚这样你们两人还能走能跳，是老爷保贺（方言，指神仙保佑）了。"

许飞燕点头如捣蒜："我知道了，今晚是我太心急，做事没过脑子。"

雷伍问："那我们现在可以先走了吗？"

"可以，先回去休息吧，有需要我们会再联系你们过来。"张警官又一次打量起眼前站姿笔直的男人。

"好，麻烦你了。"许飞燕轻轻颔首。

雷伍正想转身，发现张警官还在看他——从刚才做笔录时就是这样了，那眼神里有太多探究。

他心有疑惑，索性直接问："张警官是不是还有话要问我？"

走廊没其他人，张警官手插裤袋，似笑非笑地问："你之前在田滨待过？"

许飞燕睁大眼，差点要脱口而出对张警官说，雷伍出来后遵纪守法，行为良好，尊老爱幼……

雷伍长眸微眯，直截了当地回答："对，出来有俩月了。"

"适应得怎么样？"

"还行。"

张警官见他全身下意识地绷紧，爽朗地大笑几声："别紧张别紧张，我没别的意思，张建辉张教官你还记得？"

听到这名字，再仔细看张警官的五官，雷伍很快联想起来："当然记得，你是张教官的……"

"他是我哥。"

张警官右手掌在裤子上擦了擦，朝雷伍递出："谢谢你当时挺身而出。"

派出所旁边有一家便利店，许飞燕去买了瓶矿泉水，出来后两个男人还在大门口说着话。她站在路边树荫下没走过去，倒是雷伍对张警官指了指她的方向，张警官哈哈笑了几声，拍着他的肩膀又说了几句什么。雷伍笑得竟有些痞气，与张警官道别后朝她走来。

许飞燕把矿泉水递给他，雷伍道了声谢，扭开瓶盖喝了两口，许飞燕指指他的脚："你脚背上还沾了东西，再洗一下吧。"

雷伍低头看看："哦，那个应该是沾到机油了，暂时洗不去。"

"哦。"张警官已经回去了，许飞燕双手背在身后，细声问道，"刚才张警官说的那件事，是什么时候发生的啊？"

"嗯？什么事？"雷伍没反应过来。

"就是你在狱中保护了张警官他哥哥那件事呀。"

"哦，那事啊……"

派出所离凤阳楼不太远，开车三四分钟就能到，走路也就十来分钟。两个人刚才都是坐警车来的，雷伍抬抬下巴："要不然，我们慢慢走回去，边走边聊？"

许飞燕点了点头，两个人往家的方向走。这时浓雾已经沉了下来，灯火朦胧闪烁，似是藏在缥缈云中的流星。雷伍走在右侧，声音让雾裹着，将那件事的经过简单讲给她听。

他轻描淡写，许飞燕听着却不大好受，问道："那一次你受伤了吗？"

"多少有一些，但不碍事，没让人打成个傻子。"雷伍语气依然轻松，说话时白雾会从他嘴角溢出，"其实，那时我刚收到了超龙的信，说你结婚了。"

许飞燕脚步一顿，侧过脸看他。

"嗯，就是那时候发生的事。"雷伍回答她几分钟前的问题，他低声笑，"看到'结婚'俩字，我脑袋全蒙了，隔天白天上工时总做错，让教官批评了好几次。那天吃中饭时我还在蒙，当时也没想太多，只觉得自己不能总在里头行尸走肉一样过日子了，就冲上去给张教官挡了。"

许飞燕一开始在背后打成花的手指，过了第一道斑马线后已经松开，手随着步伐在身侧一前一后微晃，雷伍的也是。第二道斑马线处他们停下，两只手已经靠得好近，指甲蹭过肌肤，尾指轻触无名指，都会带起一连串噼里啪啦的火星。

忽然之间两人都没有再开口说话，只有信号灯发出缓慢的咔嗒、咔嗒声，比心跳声音慢好多。许飞燕面上无异样，其实右手臂发麻，都快要僵成石头了，脑袋一直低着，看两道黑影在昏黄中糅在一起，分不出谁是谁。她想要往前跨出一步，却不知该如何做。

嘀嘀嘀——

信号灯变色，雷伍也牵住了近在咫尺的那只手，五指滑向她的指间，握紧，将那宝藏牢牢抓在自己手中。

"绿灯了。"雷伍轻轻地晃了晃握实的手，确认她不会再跑，才别过头悄悄松了口气。他盼着这雾能再大一点，路灯再暗一些，别让许飞燕瞧见他耳朵发红。

胸腔里那壶热水咕噜咕噜直冒泡，许飞燕紧了紧手指，声音很轻："走吧。"

这路上，如今不再只有她一人的影子。

夜深，雾浓，但她仍能找到归家的方向。

如果
再次相爱

周板娘　著　下册

天地出版社 | TIANDI PRESS

目录

疤　痕　　　　　1

往　事　　　　26

善　果　　　　54

听　话　　　　75

爷　爷　　　　97

桥　梁　　　　120

婚　宴　　　　141

勇　敢　　　　163

惊　蛰　　　　185

尾　声　　　　208

番外一　　　　229

番外二　　　　240

番外三　　　　249

疤　痕

雷伍把人送到家门口，松开手时掌心还在发烫。两个人一路都没怎么说话，他一开口就要结巴，心跳时快时慢，手心热得覆上薄汗，还恨不得这段路能再长一点，好让他多牵一会儿她的手。就连初恋时都没尝试过这么纯情的过程，那时候一心想把头发梳成大人的成熟模样，这时却变成了一窍不通的青头仔。

他故作镇定地说："咳，你回去就洗个热水澡，什么都别想，好好睡个觉，其他的事情等明天睡醒了再一样样解决。"

许飞燕一直没怎么敢看他的眼，低声说："嗯，知道了，你今晚也累了，早点休息。"

她从口袋里掏出钥匙，快要插进门锁时发现手指有些颤，钥匙怎么都塞不进锁孔内。如果这门打开了，里面又藏了一个陌生人……她摇头猛甩去这样的想法，稳住心神开了门。

雷伍突然开口："等等，我先进去检查一下，你在门口等我一会儿。"

许飞燕松了口气："……好。"

刚才警察来看过现场，地砖上踩满淡灰鞋印，客厅置物架边躺着些小摆件，还有些玻璃碴。雷伍看了眼茶几上的相框，心一沉。蔡景尧还在温柔地笑，只不过压着相片的玻璃没了。

他检查了窗户和外面的防盗栏，厨房、浴室、次卧也仔细看了一遍，连不大能藏人的橱柜都打开看了一眼。主卧里的一片混乱让他眉头忍不住蹙起。这样的环境里，她今晚怎么睡得着？

他走回门口，见许飞燕站在门外没敢进来，扯起笑对她说："都检查好了，连只苍蝇都没见着，放心吧。"

许飞燕勉强笑笑："好。"

"但是你房间挺乱的，要不……"

雷伍的提议还没说出口，许飞燕已经摇头拒绝："没事，我换个床单挺快的。"

见她坚持，雷伍就没再继续："嗯，有事你就给我电话，我今晚手机不静音。"

"好，晚安。"

"晚安。"

门关上后，许飞燕敛了脸上本就不多的笑意。她先拿两张木头餐椅挡住门，把窗户锁死，才拿扫帚扫去散落一地的相框玻璃，将地上的小东西拾起放回架子上，最后拿拖把将全屋拖了一遍。

她避开玻璃碎片，小心翼翼打开相框，把蔡景尧的相片取出来。凝视许久，许飞燕举起相片贴在自己唇上，低喃一声："对不起啊，阿尧，我想要往前走一步了……"

卧室里被翻乱的斗柜她暂时无力整理，一想到这些物品都让那贼人碰过，许飞燕就犯恶心。她把床品取下来换了套新的，才拿睡衣走进浴室。热水兜头淋下，许飞燕闭着眼洗头。忽然间，她颈后骤起一阵鸡皮疙瘩，恐惧开始如小虫般钻进她身体内。

她觉得，浴室里似乎还有人，有一双眼睛隔着蒙雾的玻璃盯着她。顾不上眼角还有泡沫和水，许飞燕猛睁开眼，用手抹开玻璃上的雾气，又抬头去检查吊顶。可狭小的浴室里除了她哪儿还有别人。

刚才那贼人不敢用力，她脖子只留下浅浅的一道红痕，但此时那道红痕竟好像条小蛇缠住她的脖子，慢慢一点点收紧，她呼吸开始急促起来。

许飞燕匆匆冲去泡沫，草草擦身后套上睡衣。她小跑到客厅抓起手机，直接找出那人的号码拨打出去。手机里刚响了一声"嘟"，大门处同时响起手机铃声。她吓了一跳，盯住大门，很快就明白了。

雷伍接起电话："燕子，怎么了？"

但话筒那边没声音，雷伍皱眉，很快就听见门内有脚步声，接着是"吱吱呀呀"拉动重物的声音。许飞燕搬开餐椅，打开两道门，果然，雷伍就站在楼梯间。她门口本来昏黄不清的廊灯不知何时让人换成声控的 LED 灯泡，如今楼梯间光线明亮，她能清楚捕捉到雷伍脸上一闪而过的羞赧。

雷伍怕她觉得自己像个变态，赶紧低声解释："我刚洗澡的时候觉得还是不太妥当，就干脆上来在你门口守着……你放心啊，我真没有别的意思……"他本想在这儿守上一夜，这样如果许飞燕发生什么事，他也能第一时间出现在她面前。

许飞燕头发湿漉漉的，水珠不断往下滴，那印着卡通大狗的睡衣领口都湿了一小片。

雷伍见状，皱眉问："怎么了？头发都不擦干就跑出来了。"

"我……我有点害怕，总觉得家里还藏着人……"男人对她释出的温暖，她没办法再视而不见，翅膀被雨淋湿太久，只想朝温暖的太阳飞去。

许飞燕往前迈出两步，主动牵住雷伍的指尖。她终于愿意把脆弱的那一面在他面前摊开，声线微颤地问："我……今晚能去你家吗？"

她的手指微凉，有几不可察的颤抖。彼此都不是小孩子了，在这样的夜里提出这样的要求代表着什么，许飞燕懂，雷伍也懂。总不可能去他家玩一整晚大富翁游戏吧？

冷热交替的空气中灌满浓稠的雾，湿答答、黏糊糊的，就和他们之间的气氛一样暧昧不清，需要有一阵剧烈的风来吹散这片朦胧，让彼此在对方眼里留下清晰的模样。

雷伍一只手紧握住她的手，另一只手捧起她的脸颊，略糙的大拇指指腹轻蹭过她泛红的眼角，喉咙又哑又烫："你考虑好了？我可是个脸皮厚的，会一直缠着你不放的，你不能始乱终……"

还没听他说完，许飞燕就意图抽出手："你再废话就算了……"

"唔——"雷伍吻了下去。

他有些着急，像个盼着吃糖盼了许久的小孩，牙齿还隔着两瓣唇轻轻磕了一下。许飞燕被笼进他的影子里，鼻子倒吸一口气，凉气顺着鼻腔往下，很快化成一只只小白蝶，在她小腹和胸口欢快地扑腾。许飞燕在心里骂了句自己好不争气，发颤的眼皮落了下来，承住这隔了许多年的吻。

啪，廊灯倏地灭了，楼梯间重新陷入黑暗。只有从半阖木门里淌出的一道暖黄，像是怕打扰到他们，光停在他们脚边，没敢再靠近一寸。这个吻好甜、好柔软，犹如泡在薄荷苏打水里的橘子肉，让糖水腌制了好久，一口咬下，就有丰沛汁水爆开，甜入人心。

许飞燕让他吻得快喘不过气，膝盖都有点发软了，她往后踉跄了一步，脚步声又唤醒了廊灯。"嗒"一声，全世界都亮了起来。两个人眼中的暗流涌动全都来不及收起，鼻尖抵着鼻尖，呼出的气息炙热黏稠，就和他们交缠在一块儿的影子一样，分不出彼此。

到底还是脸皮薄，许飞燕用手背捂住微肿的唇，别过脸想逃开雷伍的灼热视线，喘着气道："已经够了吧……"

雷伍拉开她挡脸的手，湿润的唇蹭过她发烫的脸颊，最后落在她右耳耳畔，吻着她还湿漉漉的发丝："不够，怎么可能够？"

"雷伍……唔……"绵软的吻又落下来，将许飞燕的细声抗议堵住。

每一次唇舌交缠都带着越来越浓烈的情绪。一种是在干旱沙漠中孤身行走太久，终于找到绿洲水源的欣喜若狂。另一种是常年被层层枷锁困住了灵魂，终于挣脱束缚想疯狂一次的奋不顾身。

"啪"，灯又熄灭。像是有谁不愿意破坏这来之不易的温存。

雷伍牵着许飞燕往下走，微弓着背，走路姿势有些怪异，反而是许飞燕比他淡定许多。看着曾经似蝴蝶飞来飞去的雷少爷，如今只是接了几次吻，耳朵已经红得好似被火烧过，许飞燕觉得这还挺奇妙的，有种风水轮流转的感觉。

屋内没开灯，楼下路灯悄悄溢进来一团雾气裹着的昏黄的光。借着光，许飞燕能瞧见雷伍侵略性极强的目光，就像拉满弓，绷紧弦，箭头锋利的银芒盯紧了猎物，随时就要划破夜空和浓雾，刺穿猎物的心脏。

激情洇开成一片旖旎的海，载着相拥的两个人浮浮沉沉。莺啼燕啭落进房间每个角落里，也填满雷伍空荡许久的胸腔。雪峰在炽热火焰中融化，干涸皲裂的河道开始有潺潺水流涌入，野草丛生的山坡慢慢长出白的黄的野花，蝴蝶飞舞，春风拂过，树叶沙沙。

许飞燕缓过劲时，雷伍已经在用热毛巾给她擦身子，动作轻柔仔细，暖意从下至上，熨得她心口发烫。她有些不好意思，手肘后撑想起身："我自己来吧……"无奈四肢跟让人抽了骨头似的，完全使不上劲，扑通一声头又掉回枕头上。

雷伍白她一眼，捏了把她腰上的肉："好好躺着，别动来动去的。"

许飞燕痒得发颤，急道："别碰那儿！"

她不是那种骨感身材，食量向来不小，生了孩子后更是丰腴了些，刚才冲动的时候没细想，事后才惊觉自己并不在最佳状态。

雷伍不知她的小心思，给她擦完身就钻进被窝里，这才发现许飞燕像只刺猬蜷着身，背着他睡在床边，再过一点都要掉下去了。

他长臂一伸就把刺猬捞到自己身前，玩笑道："干吗背对着我？不认人了是吧？"

许飞燕羞得慌，怎么都不肯转过身，嘟囔着说："我这几年胖了好多……"

雷伍沉声低笑："这样特别可爱，你可别搞节食减肥什么的，白白胖胖的才好。"

许飞燕噘嘴皱鼻："我又不是猪……"

人一旦安下心就特别容易犯困，雷伍眯着眼咕哝道："反正我要把你和朵朵都养得胖胖的……"

一句话堂而皇之地闯进许飞燕心里。她在雷伍怀里渐渐泄了劲，许久，她试着去触雷伍的手背，指尖沿着他微凸的血管轻轻划过，立刻就被他逮住，牢牢攥在手心："看来你还不困，那可以……"

"不，我困了，马上就睡。"许飞燕赶紧阖上眼皮子，不再乱动。

可雷伍还在她肚脐处摸索着什么，手指突然停下，沿着那一道横线仔细摩挲。

许飞燕忍不住提醒："喂，那是……"

"嗯，我知道。"雷伍声音淡淡，用手指丈量着那道疤痕的长度。

刚才光线太暗他没看清，这时摸到了才有实际的感觉。他鼻尖埋在许飞燕发顶，闷声问道："那时候会痛吗？"

"大哥，剖宫产要打麻药的。"

一阵睡意汹涌袭来，许飞燕打了个哈欠，闭上眼睛："不过我是顺转剖，一开始挺顺利的，很快就全开了，但朵朵的位置不好，调整了几次胎位都不成功，就送去手术室了……"

许飞燕声音越来越弱，结尾还没说完，已经睡着了。等她呼吸均匀有规律，雷伍才睁开眼，慢慢把她转了个身。他没当过父亲，对于刚才那段话里一些词语不是很能理解，但他记下了。

吻像飘落的花瓣，落在她光洁的额头和薄薄的眼皮上，雷伍目光灼热，将她安睡的模样一点点刻进眼里。许久，他道了一声："辛苦你了。"

雷伍想，蔡景尧如果还在世，应该也会跟她说这句话。

这一晚两个人着实都累了，累到就算噩梦袭来也不会惊醒，沉沉地睡了一夜。

许飞燕醒来的时候天已全亮，她心肝一颤，猛地坐起，着急地去拍床的另一边："懒猪！太阳晒屁……"只见身边人已不在，那个小火炉没在她身边。

昨晚发生的一连串事情如走马灯冲进她脑子里，开始放映起来。吹蜡烛吃蛋糕，朵朵主动的拥抱，家里进贼……想到被那贼人箍住喉咙，许飞燕无意识地揉了揉脖子。后面的记忆很清晰，尤其是从雷伍在过马路时牵住她手开始，之后的每一个画面都历历在目。

许飞燕捏了捏滚烫的左耳耳垂，不知为何，仿佛昨晚左耳忽然恢复正常，雷伍的低沉呢喃听得好清楚，伴着一个个吻，烙进她的心里。

她的睡衣和睡裤搭在床尾，还有件藏蓝色外套，是雷伍的。她窸窸窣窣换上睡衣，拿起手机，居然已经九点了，平日这个时候她已经送完朵朵去幼儿园，准备去买菜了。手机里有几条新微信，是周青发来的几段小视频，从朵朵和许浩洗漱，到两人吃早餐，最后是朵朵背着书包走进教室。许飞燕重复看了几遍，见女儿精神不错，才安下心。

房门被敲了两下。

许飞燕急忙把外套也披上，有些紧张："可以进来。"

雷伍推门走进，语气轻松："醒了吧？我煮了早餐，你去刷牙洗脸吧。"

许飞燕双脚正欲落地，发现床边地面上整齐地摆放着一双崭新的女式拖鞋，浅粉色的，和她的粉色睡裤倒是挺配。

"你新买的拖鞋？"许飞燕套上拖鞋，大小刚好。

"嗯，牙刷和毛巾也都有，都是新的。"雷伍走到窗边拉开窗帘，一大片阳光迫不及待地涌入。

许飞燕不禁笑出声："你还真是准备充足。"

"机会总是留给有准备的人。"

雷伍走回床边，弯下腰，把许飞燕身上的外套拉链从下往上一直拉到脖子处："降温了，客厅有点凉。"

外套宽松，直接把许飞燕裹成只小企鹅，她把过长的袖子往上折："哦——"

刚睡醒的声音好柔软，雷伍忍不住了，低头去吻她。

"啪！"唇与唇轻碰时竟有静电，刺得许飞燕噉呜了一声："太干燥了……"

金色的微细颗粒在阳光中缓慢飘浮，轻颤的鸦睫投下淡淡阴影，连她耳朵上的小绒毛都能看得一清二楚。

雷伍心动不已，把脸凑上去："嗯，所以要润一润。"

"我还没刷牙……唔——"

两人黏糊了一会儿，雷伍想起早餐这回事，才把人松开。

洗漱完，许飞燕抹了点儿雷伍这精致老男人的面霜，边抹脸边走到餐厅，红木桌上已经摆了碗面条和两颗鸡蛋。虽然细长的面条有点坨了，但面汤清澈，有淡淡香甜味伴着白气飘起。好笑的是，那鸡蛋壳上用细头笔写了个"红"字。

她看向雷伍，笑问："这怎么回事？"

"我没染鸡蛋的材料嘛，今年先将就将就，明年再给你煮红鸡蛋。"雷伍把筷子递给她，"面应该还行，我尝过了，和我妈以前给我做的味道差不多。"这么短的一段话，但信息量还挺多的。

许飞燕夹起一箸甜面，吹了吹："我昨天过生日了呀。"

"今天不是你新历生日么？你哥跟我说的，说你们小时候，你妈妈会给你们煮甜面和红鸡蛋，我妈也会。"雷伍也端了碗甜面坐到她身旁。

其实许飞燕昨天已经吃过一次甜面，不过她不介意再吃一次，她偷撩眼帘："你刚说……明年还给我煮红鸡蛋？"

"哦，不对，我说错了。"雷伍把鸡蛋在红木桌面上磕了磕，褪去蛋壳，再把光滑嫩弹的鸡蛋放到许飞燕的面碗里，"应该是以后每年都给你煮。"

他嘴角的笑容与窗外的日光一样暖和，许飞燕心跳快了一些，埋头安静地吃起今天的生日甜面和"红鸡蛋"。

吃完面，许飞燕想收拾碗筷，被雷伍阻止："你的手这几天尽量别沾油水了，有什么护手霜能擦擦吗？"

许飞燕摊开十指，不以为意道："等会儿去擦擦凡士林就好。"

雷伍看着那红彤彤的指尖，抿了抿嘴角："必须沾水的时候就记得戴手套。"

"唔，知道啦。"

雷伍拿着碗筷进厨房，问："你今天有什么安排？"

许飞燕惊呼一声："啊，糟糕，我吃了东西！"

昨晚事发突然，许飞燕都忘了今天原本的计划，有些懊恼地说："本来我早上要去医院办健康证，得空腹的，这样的话今天就没法办了。"

"是为了那份新工作？"

"对啊，我昨天还跟对方说今天要去体检，得赶紧打电话告诉他们一声。"许飞燕急着去拿手机，雷伍先擦了擦手，跟了过去。

"嘿。"他喊住许飞燕，"你先等会儿，我跟你商量件事，昨晚没机会讲。"

"哦，对，你昨晚说有件很正经的事。"

"……不过我们昨晚做的事也挺正经的。"

"喂！"许飞燕举起手就想给他一拳。

"好好好，不逗你了。"雷伍笑得痞气十足，掏出手机按了几下，许飞燕的手机就响了响，他扬扬下巴，"我给你手机发了份合同，唐苑淇起草的，不是最终合同，你先看看，有什么问题可以一起商量。"

许飞燕点开微信，疑惑道："什么合同？"

雷伍敛了笑，眼神认真："许飞燕小姐，我想开一家甜汤店，诚邀您技术入股。"

许飞燕一顿，赶紧按开他发来的文档，抬头写着"厨师技术入股合作协议"。

雷伍不打扰她，回厨房把碗筷洗了，再出来时，许飞燕坐在餐桌旁，捧着手机看得认真仔细。他还坐在刚才的位置，手撑着下巴，目光落在许飞燕专心致志的侧颜上。

过了好一会儿，许飞燕放下手机，双眸里闪着灼灼光芒："你这个投资人，给我开的条件未免太好了吧？占总投资额 50%？我还没听说过哪个厨师技术入股能占这么大的比例。"

"你能和别人比？"雷伍斜睨她一眼。他巴不得把一整家店都送给许飞燕，但知道她肯定不愿意接受，只好用这样的办法。把规则条件写得清楚明白，这样她才不会那么抗拒。

雷伍把自己的手机推到许飞燕面前："这是我对甜汤店运营方向的想法，我希望我们店的目标受众主要是家庭和年轻情侣，男女老少都能尽量吸引到，可以把亲子元素作为我们的亮点。"

许飞燕皱眉："你是指做成亲子餐厅那种模式？在甜汤店里有个儿童乐园？"

雷伍摇头："不对，那样有些喧宾夺主，也不实际。目前我暂时有几个想法：一是可以出儿童分量的甜汤，比成人分量少一半，两者捆绑销售，就像亲子服那样，也可以设计一些家庭组合，每一碗甜汤的内容是不一样的，这样家人之间可以分享；二是限定款甜汤，可以以孩子们喜欢的卡通角色元素来设计甜汤，成人的话则是以季节时令食材来设计，这样才能源源不绝有话题性和新鲜度；还有一点，我们可以留一个空间，定期开亲子甜汤体验课，让家长带着孩子亲手做芋圆、汤圆，我看现在城市里的小孩连厨房都没什么机会进……"

手机备忘录上记录得密密麻麻，全都是雷伍对运营和推广的想法，其中有一些挺出人意料的小点子是许飞燕想都没想过的，也没见其他甜汤店有这样做过。许飞燕眼里的光芒越来越亮。她知道雷伍这人脑子向来转得快，只是没想到他在这么短的时间内已经想了这么多。

"有你把关，出品方面我不用担心。内厨和菜品开发你负责，运营和管理我来。股份比例方面你别有压力，虽然目前看着比例大，但具体能拿到多少也要看营业额，再按利润分成……我给你开这样的条件，说到底，还是希望你能无后顾之忧地参与进来，不用被其他事情绊住手脚，能放胆去做。只有生意兴隆，我们才能双赢。"

雷伍朝她递出手，摆出自觉最迷人帅气的表情，说出排练多次的话："怎么样，许师傅愿意和我一起从头开始吗？"

见许飞燕缓缓抬起手，雷伍心中雀跃，仿佛都已经看到了未来某天的画面——他单膝下跪，准备给说"我愿意"的许飞燕套上求婚戒指。

结果许飞燕狠狠朝他手掌打下去，"啪"的一声清脆响亮，然后白他一眼，把手机塞回他手上说："傻不傻？又不是在拍言情偶像剧。"

"……"

雷伍这下觉得是不是自信过头了，他有些紧张："是合同里有哪一条不合你心意，还是店铺的运营方向你不喜欢？我都可以改的，只要是你喜欢的就行。"

"我没有不喜欢，但你怎么也要给我一点时间考虑考虑。"许飞燕指指手机，"你把备忘录的东西也发给我，我今天有空了好好看一下。"

雷伍这才松了口气："行，你慢慢看，不着急。我已经看过几个开店的地点，基本在中区，你上下班还有接送朵朵都挺方便的，等会儿我把具体位置发你，我们一起研究看看。"

许飞燕被他逗乐了，看看，是谁在着急？但也让他一句话熨得心口发烫。别的老板店铺选址都在考虑客流量大不大和停车方不方便，只有这任性的家伙，考虑的是她方不方便接送小孩……

许飞燕伸手，把手往雷伍手里塞，有点不太好意思地直视他，细声道："昨晚我还没收拾好房间，我得上去收拾一下，等会儿……我们一起去买菜？"

雷伍眼睛一亮，捏了捏她手心："好啊，需要我帮你收拾吗？"

"不用了，我自己收拾就好。"她站起身，突然又说，"对了，你先别跟我哥说昨晚的事。"

雷伍以为她指的是两人走到一起的事，立刻不乐意了，他巴不得今天就在卖鱼明和金毛军面前宣示主权。他语气委屈地说："许飞燕，你是不是真想始乱终弃？"

许飞燕剜了他一眼："我说的不是我们的事，是家里进贼的事！要是他知道的话会立刻叫我搬去治安好一点的小区，而且分分钟会去找那贼人算账的。"

"哦。"雷伍心里乐滋滋的，想着要怎么跟许超龙说这件事。直接喊他一声"哥"会不会把他吓一大跳？

雷伍陪许飞燕走到玄关："昨晚那小偷的事你也别总记在心上，回头我把我们两家的门都换成一体式防盗安全门，再装个电子猫眼……"

听他说得轻松，许飞燕心有疑问："我楼上是租的，换门这么大一件事得问过房东的。"

雷伍说："只要是自己出钱，房东不会不同意的，而且你发生这种事，也应该跟陈姨讲一声。"

"也是，我等会儿给她打个电话。"

雷伍突然想起："哎，昨晚你在警局，说那锁匠跟你讲他姓黄？"

一想起这事，许飞燕立即有些闷闷不乐："对啊，张警官说，他都不姓黄，他姓胡，叫胡伟。"

胡伟走出警局大门时立刻对着曹双玉骂骂咧咧："你不等到我死了才来给我收尸？早干吗去了？！"

曹双玉面色苍白，对身旁男人的话置若罔闻，只低头走在树荫下。昨夜受到的耻辱还历历在目，一想起被那么多街坊看到他被警察带走，胡伟知道自己是没法在那片社区混了，恐怕连店铺都要关门大吉。他的心情已经是糟糕到极点，这时连曹双玉都敢忽视他，气不打一处来，他扬起巴掌就想往曹双玉脸上打！

一直在门口站着的胡军从后面冲上来，一把抓住胡伟的手，嘴角扯起鄙夷的笑："你在这里打人，是想再进去蹲一晚？是的话你就打，我立刻冲回去喊警察出来看看你什么德性。"

太久没见过这男人，胡军没想到原来自己已经能控住他的拳头了。是因为自己长大了，还是因为男人老了？

昨夜轮到他在店里值班，吃火锅时喝了点酒，他早早就睡了，早上起床一拉开铁门，让倚着门坐的曹双玉吓了一大跳。曹双玉说胡伟因盗窃让人抓了，可以交保证金领人，但她没那么多现金，只能又来找胡军。

知道胡伟犯了事，胡军倒有种"看，终于出事了吧"的心情。这次曹双玉不吵不闹，不玩下跪耍泼的把戏，让胡军也冷静了一些，取钱给了曹双玉，陪她一起来派出所，然后就在门口等着。

"你！你个不孝子！终于肯出现了是吗！放开我！"胡伟气得面红

耳赤，被抓住的手腕疼得不行。

"行啊，我不孝，你就该去找别人给你取保候审。"胡军嗤笑着甩开他的手，直呼其名，"胡伟我告诉你，这是最后一次了，以后你要赌要偷，或者被人斩成十块八块横尸街头，都不关我事，我不会再给你半毛钱。"

他半挡在曹双玉面前，气定神闲继续说："哦，不过你也没什么机会再赌了，偷东西被抓个正着，你就洗干净屁股，等着进去蹲吧。"

胡伟往后跟跄了两步，龇牙咧嘴直跳脚："只不过是偷了几条金链子和一千块钱现金，还有个破烂水晶……我这不是全都退回去了吗？为什么不肯和解啊？要是那女人想着要通过谅解书这事讹我，我一定告她！"

月初胡伟去澳门，还真让他踩着狗屎，赢了万把块钱，但从澳门回来后玩啥都输，运气一路下滑背到极点，输到差点离不开棋牌室，像是把这辈子的运气都透支光了。

昨晚冬至他在家吃饭喝了点酒，看着曹双玉那张衰脸就生气，摔门而出，想去棋牌室玩两圈，身上又没几个钱，就骑车回店里想要翻翻看抽屉里有没有钞票。结果让他遇上了之前换锁芯一女的，拎着个大包带着女儿，说要去哪儿过夜。他酒意上头，想起当时私藏了钥匙，就动了心思。

"哇，你可真厉害，入室盗窃还要逼别人给你写谅解书。"胡军懒得再和他说话，多说一句都要把自己逼疯的节奏，丢下一句"好自为之"就想走人。

"我去帮你求谅解书。"突然，一直沉默的曹双玉开了口。

胡军停下脚步，回头看曹双玉一脸认真，觉得可笑到不行。以胡伟的盗窃金额，除非和对方和解，不然怎么也要进去个一年半载。难得能松口气，为什么还要去帮他要谅解书？

胡伟惊喜道："真的？你去帮我求？"

曹双玉说："对，你不是说之前换锁芯的时候留过对方的电话吗？你给我吧，我去求求她。"

"哦，对对对，差点忘了你这方面挺在行，上次这小兔崽子进去时也是你去给他求了谅解书。"胡伟急忙摸出手机，眯着眼翻找手机号码。

胡军蹙眉看向继母……当年的谅解书是她去求的？

曹双玉也拿出手机，低头按了几下，她声音平淡，但语气坚定："但我有条件。"

胡伟皱眉："什么条件？要我以后都不赌了？写保证书？"

曹双玉摇头，再抬起头时眼睛里已是空无一物，用极其平淡的语气说道："我去要来谅解书，但你得同意跟我离婚。"

闻言，胡军挺惊讶，没想到曹双玉还能有这样的勇气，忍不住想给她鼓个掌，但又觉得她好天真，这男人是死性难改啊。

而曹双玉接下来的话更让他意外："而且你还得保证，不要再跟小军拿钱了。"

胡伟心里对曹双玉的要求不屑一顾，但求谅解书也只能靠她去要，他不能接触被害者和其家属，不然后果很严重。

他对曹双玉做出不值钱的口头承诺："行，等你把谅解书拿来了，我们再好好谈条件。"

平日唯唯诺诺的软弱妇人，这时却毫不示弱，曹双玉手里握紧手机，一字一句说得清楚："不行，你得先同意我的条件，我才打这个电话。"

胡伟咬紧牙，死瞪着她，片刻后才松口："……好，我同意，你现在就打电话。"

曹双玉保存好录音，拿过胡伟的手机，联系人名字是"凤阳楼803"。她有点老花眼了，微眯着眼边念号码，边在手机上按下一个个数字："188……345……"

听曹双玉念数字时，胡军还没什么感觉，只觉得这串数字似曾相识。

曹双玉输好数字，问胡伟："对方姓什么？"

胡伟翻了个白眼："我怎么知道，但好像叫什么燕……哦，飞燕！对对对！是这个名字！"

胡军瞬间如傻了一般，寒意从脚底直涌上心头，手控制不住颤抖，他打开自己手机的通信录，很快找到许飞燕的名字和手机号码。每对上一个数字，胡军的心脏就往下掉一些，直到最后一个数字，他的心脏已经坠落谷底，摔得血肉模糊。

电话响了几声，没人听。曹双玉挂了电话，正想对胡伟说晚点再打时，胡军已经冲了过去，一把扯住男人的衣领。他愤怒得几乎要把胡伟整个人从地上拎起，太阳穴和拳头的青筋暴跳，大喊道："你偷的是飞燕家的东西？！"

胡伟被青年压在路旁树干上，背脊火辣辣地疼，喉咙被锁得死紧，快透不过气来，他瞳孔震颤，胡乱喊叫道："你个小兔崽子……咳咳……呕……"

极其强烈的羞耻感如倾盆大雨从头浇淋到脚，胡军气得说不出一句完整的话，脑壳嗡嗡声不断，继续喊道："你怎么可以这样做！"

胡伟的脸已经涨成猪肝的颜色，胡乱掰着儿子的手，可无济于事，只能如同一只垂死的金鱼，嘴巴一张一合。

曹双玉吓傻了，赶紧冲上去阻止胡军："小军你别冲动！有话好好说！"

胡军长臂一挥就将曹双玉推到一边，胡伟想趁机逃开，到底力气不敌常干粗活的青年，还没喘上气，又让胡军扯住领子猛压在树干上。越来越多人围观，不明所以的路人窸窣说道赶紧去派出所里叫人，光天化日打人还有没有王法了。

曹双玉狼狈爬起身，再一次去掰胡军的手臂。看看已经快要窒息的胡伟，再看看胡军红得仿佛就要流出血水的眼睛，曹双玉哭着说："小军……你听姨讲，你还有很长的路要走，不能栽在这里啊……"

胡军不知道自己是怎么松开了这个把他生活搞得一团乱的男人，也不知自己是怎么拦下一辆出租车，回到了龙兴。

他浑浑噩噩地走进铁门，五福凑上来问："你的事办完了？没事吧？"

胡军直接忽略了五福还有其他人，脚步虚浮地朝厨房走去，可他想见的人并不在那儿。胡军这次受到的打击比曹双玉来当大家面要钱那次还大，他就整不明白了，怎么想过个安安稳稳的日子就这么不容易？先不论他对许飞燕的感情如何，许家兄妹对他有恩，可他的亲生父亲却干出这种事情，以后他要如何在他们面前抬起头？

许超龙从举升机下滑出来，脱下黑漆漆的手套，看见胡军烧红的双眼就觉得不对劲，正想问他发生什么事了，这时去买菜的许飞燕和雷伍回来了。两个人边走边讨论着传统潮式甜汤要如何进行改良和创新，一进院子发现全部人都望了过来，吓得许飞燕低头看了看：没啊，他们没有手牵着手。

许飞燕走向前，问道："你们都站在这儿干吗？怎么啦？"

胡军的脑子一片空白，眼里只看得见许飞燕一个人。他急步朝她走去，压根顾不上旁边站着的大叔，伸长手臂直接把许飞燕环抱住，收紧，一颗脑袋靠在她肩上。

雷伍瞪大眼，脸色一下子变得好难看，跟生吞了十颗酸涩青柠檬一样。

"……胡军？！"许飞燕也吓呆了，急忙想推开他。

院子里的几个人都愣住，许超龙心情有些复杂，一方面想去踹开那小兔崽子，另一方面看见雷伍臭到不行的脸又觉得有些幸灾乐祸。让你刚才嗫嗫瑟瑟地喊我"哥"！

雷伍伸手就想去扯金毛军的耳朵："喂，你这小子……"但看到胡军眼角滚落的泪珠子，他收了手。

许飞燕也察觉到了脖侧的异样，她冷静下来，举起手拍了拍胡军不停颤抖的背脊，轻声问："胡军，你怎么啦？"

"燕姐，我难受……我好难受……"胡军哭得像个小孩。

TVB有一个经典广告，一群小孩要去踢球，结果下大雨，其中一个小男孩沮丧地问："踢波才来落雨，是不是连个天都不中意我？"

胡军觉得现在的自己就是那个小男孩。好不容易穿上洗干净的新球衣，把足球擦得锃亮发光，向往着重新跑上绿茵场，却被突如其来的滂沱大雨淋得浑身湿透，狼狈不堪。

胖子昌把洗好的车开到门口的车位停好，走回院子时抬头看了眼前屋二楼紧闭的铁门。他小声问冯振强："用不用上去看看什么情况？他们已经在里面好久了。"

冯振强没停下手里工夫，安慰道："没事的，有龙哥他们陪着，再糟糕的事也能解决的。"

五福则是没什么心情干活，坐在铁梯处耷拉着脑袋抽闷烟："哪能没事呢，胡军那小子要面子得很，你们认识他这么久，有看过他哭成这样？是心里头有多憋屈才能这样？"

胖子昌跟五福讨了根烟，点燃后重重抽了一口，才说："我上次哭成这样，是在我外公葬礼上。"

胖子昌的母亲很早逝世，父亲重组了家庭不带他，他便跟着外公和外婆长大。没学好，初中就跟社会人士混在一起，高一时走了歪路，逃课、打架，还在网吧偷手机和钱包，得手过几次，最后一次让人逮住后打了一顿送进局子里。

后来知道他外公那么要强的一个老头儿，一家家受害者求过去，又是鞠躬又是道歉，就差跪下求他们的谅解书，胖子昌哭得不行。前两年外公去世，胖子昌在灵堂跪了一天一夜，把眼泪都哭干了，心里全是悔恨。

五福佝偻着背像个小老头儿，说道："讲真，我们几个真能开个比惨大会，讲起自己家庭都是一把辛酸泪……不过想想，我上次哭成这样，还挺开心的。"

五福的父亲酗酒。从他懂事开始，他的妈妈身上就没一块好肉，他和小他六岁的妹妹也总被打，他从小便身材瘦矮，想反抗也是细胳膊拧不过大腿。

他急于脱离这样的家庭，高三便辍学去镇上打工。可他结交的朋友三教九流，当时交的小女朋友在KTV让人搭讪纠缠，五福年轻气盛，头脑发热唤了兄弟们冲上去就把人打了一顿，一个酒瓶子砸下去，就被判了一年三个月。

从看守所出来后他没有直接回家，一天天在社会上游手好闲。那时妹妹已经读高一了，有一天五福接到她的电话，说父亲死了，而且是母亲杀死的……

他赶回家，妹妹情绪几近崩溃，对他又打又骂，骂他没有担当，只知道逃避。后来五福才知道，那禽兽酒醉后想对妹妹下手，母亲为了保护女儿，终是选择了最极端的办法。母亲被收监，五福去探视时母亲难得地露出笑容，让他好好照顾妹妹，说以后都不用怕再有人打他们了。

五福洗心革面后来到许超龙这儿，赚钱供妹妹读书，前几年妹妹十分争气地考上省城一所211师范大学，接到报喜电话的五福蹲在汽修店角落里号啕大哭。

胖子昌想起那一天，哈哈笑了几声："我记得，那天你哭到快岔气，嫂子还以为你失恋了，安慰了你好久。"

五福把烟头碾灭，心情恢复了一些，感叹了一句："这时间过得够快的，明年我妹妹都要考研了。"

"是啊，你看我乡下的房子都建好了，我阿嬷总问我什么时候回家一趟，要给我介绍对象。"想到这事胖子昌也头疼。

"哇，看把你美的！"五福挤眉弄眼地调侃，连冯振强也笑了笑。

不知怎么画风就变得如此走心，五福给冯振强递了根烟："小强你呢？最后一次哭成这样是什么时候？"

正在干活的冯振强不抽烟，接过纸烟后架耳朵上，想了想："应该是去年我爸住院，你们给我筹医药费的那次吧。"

他说的父亲是他的养父，冯振强的亲生父母在他很小的时候就不在了，是冯父收养了他。

冯父是开拳馆的。别看冯振强不说话的时候一副木讷憨厚甚至有点迟钝的模样，但他一站上拳台就跟变了一个人似的，在青少年时还拿过奖，只不过后来因各种变故，冯父的拳馆开不下去了，冯振强因伤人进了看守所，手也落下伤，再也打不了拳。

去年冯父出了车祸，情况挺不乐观。冯振强拿出所有积蓄也远远不够，许超龙和周青借了钱给他，另外三个小伙也凑了笔钱给他，冯振强拿着钱在医院缴欠费时终于忍不住溃堤的泪水。

"那时龙哥借我医药费的时候跟我说，以前他困难时有一个人帮他渡过了难关，如今他有能力了，能帮多少是多少。"冯振强抬抬下巴指向二楼，"那个人就是雷伍。"

五福这人的情绪来得快也去得快，打了满满鸡血一样跑回工位准备干活，胖子昌伸了个懒腰，也打起精神重新投入工作中。

只不过二楼的气氛和院子里截然不同。许飞燕在单人床边正襟危坐，雷伍站在书桌边，许超龙抱臂背靠铁门，胡军拉了凳子坐在屋子中央。

胡军已经把胡伟的事一五一十地告诉了他们，中间穿插了好多句"对不起"，他吸着鼻子抹泪，这时才疑惑地望向雷伍："……你为什么也在这儿？"这事应该不关雷伍的事啊。

雷伍面色不悦，和他大眼瞪小眼，一会儿才说："你亲爹昨晚是我逮住的，挺能跑，追得我鞋子都跑丢了。"

糨糊一样的脑袋终于开始动了，胡军很快意识到什么，呆呆看向许飞燕，问："你们……同居了？"

"没有没有，他住我楼下，只是邻居而已！"许飞燕急忙否认。

许飞燕偷瞥雷伍，好嘛，脸更臭了。但他们确实没有同居嘛，而且胡军现在状态不太好，就别火上浇油了。她又偷偷去看了另一个脸臭的男人。许超龙从头到尾一声不吭，半眯的眼睛狭长冷峻，嘴角抿得死紧。

"许飞燕。"许超龙幽幽唤了一声，"你这报喜不报忧的性格什么时候能改一改？要不是胡军说出来，你是要瞒我到几时？"

他声音不重，但许飞燕寒毛都竖起来了，心里咯噔一下，她哥这下是真生气了。

"我就是怕你担心，才没立刻说……"许飞燕细声道，交缠的手指快要打出花。

"可这不才是家人存在的意义吗？难道你觉得，这么大的事你瞒着我，我能开心吗？"

"不，我不是……"

"你知不知道之前你耳朵的事，我有多自责？我宁愿你把难题都丢给我，我去给你处理，而不是像现在这样，我成了最后知道的那个人。"

许飞燕心脏涨酸骤痛，像个被家长批评的小孩，垂着头道歉："对不起……"

雷伍看她委屈巴巴的样子就心疼，皱眉对许超龙说："差不多得了，她昨晚太累，从派出所回到家时都已经三更半夜了，是我让她先别说的，而且朵朵昨晚在你家你忘了？我们刚买菜的时候还在想要怎么跟你开口，不是刻意要瞒你。"

胡军双目通红，倏地站起身就想给许超龙跪下："龙哥，是我对不起你们——"

许超龙急忙扶住他，眉心紧蹙："好了好了，这不关你的事，你道歉有什么用。"他再剜了雷伍一眼，意思是：你的账我之后再跟你算。他走到一直低头的许飞燕面前，半蹲在地。在家人面前许超龙就是只纸老虎，才凶了几秒，语气已经软了下来："昨晚有没有受伤？"

许飞燕穿了一件高领打底衫，昨晚被贼人箍住的那一圈已经淡得看不见了，可问题是又有另外要遮掩的东西——

她红了红脸："没有没有，没受伤。"

"钱财都是身外物，以后千万别跟小偷硬碰硬，知道吗？"

"嗯，知了。"

"你呢？受伤没有？"许超龙没什么好气地问雷伍。

"有啊，我跑到腿都要断了，脚底还扎了石块，哗哗地猛流血……"

"行行行，你是见义勇为的好市民。"许超龙没等他说完就直接打断，懒得听他趁机发挥。

三人同时看向刚经历过一次崩溃的青年。

胡军不停吸着鼻子，许飞燕在桌上抽了几张纸巾递给他道："犯错的又不是你，所以你没必要跟我们道歉。"

胡军顾不上形象，直接擤了一大包鼻涕，都哭成这样了，还有什么形象可言。他哑着声音骂道："曹双玉……就是我阿姨，她很快会联系你，会跟你道歉求谅解书。她跟胡伟说好了，如果能拿到谅解书，胡伟就要同她办离婚。她最常用的招数就是一哭二闹三上吊，非逼得你没辙……照我说，你就别给她写，让那坏老头被抓进去蹲一段时间才好！"

"其实写不写谅解书，你爸的盗窃罪都是抹不去的。"开口的是雷伍，"但除非你们走刑事和解，可以依法从宽处罚。"

胡军低着头沉默，不知为何，他忽然想起了当年他聚众斗殴被抓的事。那时候他犟到不行，跟驴似的，放话说死活都不跟对方道歉，后来突然被通知说家人给他求来了谅解书，到今天，他才知道是曹双玉去求来的。所以曹双玉也为他跟别人跪下了吗？忽然眼眶一阵酸，胡军赶紧用手背抹去眼里的泪水。

雷伍看向许飞燕，问道："你的想法是？"

许飞燕心里矛盾，她摇摇头说："我还没想好。"

"要不我帮你问问唐苑淇的意见？"

许飞燕看向她哥，许超龙挠挠后脑勺，最后点了点头："行，帮忙问问吧。"

雷伍掏出手机走出小屋，许超龙弯下腰，重重拍了拍胡军微蜷的肩背："想哭也要挺起腰坐直了哭，你又没做错事，别什么事都往身上揽。"

胡军脑门一阵阵泛酸，哑着嗓子急切跟许超龙做出保证："龙哥，我真的想好好过日子，我拒绝杜宏远了，我没拿客人的车瞎搞、乱搞……"

许超龙听得云里雾里，没明白他说的什么意思，以为他哭蒙了，就顺着他的话哄他："知了知了，大老爷们儿别这么矫情，你先冷静一下，等会儿去洗把脸清醒清醒。"

胡军点头，两兄妹起身想把空间留给他，胡军喊住了许飞燕："燕姐，你能先别走吗？我有些话想跟你说。"

两兄妹互视一眼，许飞燕有些担忧，她大概能猜到胡军想要说什么。她肯定是要拒绝的，但就怕自己拒绝的话语会给他再一次带来打击。

"你现在情绪不太稳定，要不然等改天再说……"

"不会，我现在很清醒，我知道自己在做什么。"青年有些破釜沉舟的样子，恳求道，"拜托，不会占用你太多时间。"

往　事

　　"……大概就是这样的情况。你今天有没有空，要不我请你吃饭，顺便你给燕子捎捎这事？"

　　雷伍站在铁楼梯旁跟唐苑淇讲电话，听见铁门推开的吱呀声，他抬头，见许超龙走了下来。

　　唐苑淇说："中午……中午我已经约了人，推不掉，今晚你们可以吗？"

　　"今晚燕子和小孩们约好了。"

　　许超龙走下楼梯，雷伍抬抬下巴指着楼上，跟他比画口型："怎么那么快就聊完了？"

　　许超龙耸了耸肩小声回他："胡军想单独跟飞燕聊几句。"

　　雷伍危机天线立马竖起，这臭崽子要搞什么名堂？！

　　他立刻想往楼上走，这时话筒那边的唐苑淇一句话传来："那明天中午吧，但得约早一些，下午两点我得去试婚纱。"

　　脚步猛刹住，雷伍惊诧出声："试婚纱？结婚的那个婚纱？！"

　　原本想离开的许超龙，听到这句也停在原地。

　　唐苑淇用脖子夹着电话，蹬上高跟鞋，拎起包往外走："对啊，还能有哪种婚纱？你的份子钱可以先准备准备了，别像梁伊那样给我包个行情价啊，以我们的交情，至少得四个八吧？"

雷伍眉心微拧，他听出她话语里戏谑的成分。他看向许超龙，而许超龙神情淡淡。

他接着问："这年头还流行闪婚？对方是什么人？"

"我对婚礼又没有什么要求，速战速决别占用我太多时间就好。啊，指不定你还认识对方，他家也是做瓷砖起家的，姓马，马煜，你还记得吗？"

雷伍在回忆里搜索，名字是没什么印象，但瓷砖……

"是马老三的儿子？"他问。

"对对对。"

雷广以前是做瓷砖生意的，如果当年没有关了厂子好好发展的话，品牌说不定还能跻身粤东前十。而马老三当年厂子的规模还没有雷家的大，销售渠道也比雷家的少一些。雷伍出来后只顾着许飞燕的事，与以前相关的其他信息他都甚少接触，马老三家的生意是好是坏他以前没在意，现在更加不会刻意去关注。

如今看来这十年是发展得挺好，都能坐下来和唐家谈婚事了。

雷伍继续问："马老三家不是有好几个儿子吗？"

"对，四个儿子，订下婚事的是老三。哎，这么说他也叫马老三？不不不，应该是马小三？好，我等会儿见到他就这么喊他哈哈哈……"唐苑淇笑得停不下来。

她的笑声从薄薄的手机壳穿出来，撞进许超龙耳朵里，虽然听不清他们的对话，仍能感受到唐苑淇很开心。他没再停留，迈腿离开。

雷伍看着许超龙的背影，对唐苑淇说："好了，别笑岔气了……你考虑清楚了？"

唐苑淇笑出泪花，她伸手抹去，淡笑道："清楚啦，你别担心。我和马煜之前就认识，只不过很少在一块儿玩，有的时候在酒吧见到面了也会点点头，隔空举个杯。"

"他人品怎么样？"

"还行吧，正常人一个，没碰乱七八糟的东西，爱好同我相似，体检报告看着挺健康……哦，某方面意外地合拍。"

"喂喂喂……"雷伍没好气地提醒她不要偏题，"那你对他的感觉呢？"

唐苑淇对着电梯门整理拨弄鬓发，淡淡地说道："对我们这种人来说就是找个伴搭伙吃饭而已，婚前协议肯定会签的，合则来，不合就各玩各的，生活实质上没有太大的变化。"

电梯来了，唐苑淇走进空轿厢，等门合上才继续说："而且他和我有一点相似，他之前有个交往了挺多年的女朋友，家庭条件相差太大，家里一直不同意，后来女朋友嫁别人了，他没了想法，才接受了家里的安排。"

"……这是你自己查出来的？"

"不是，我们第一次约会时他就坦白了。"唐苑淇的声音在密闭金属盒子里显得格外清冷单薄，"他心里有人，我心里有人，只有这样才是公平的，才不会对对方有太多的愧疚感，关系也不会失衡。"

人的一辈子仿佛一直在坐电梯，上上又下下。有人在一楼进来，在十八楼出去，也有人在顶楼进来，从车库离开。轿厢里有时人多，有时人少，人多的时候挤得快透不过气，而有的时候明明只站了两个人，却不能容忍再走进来一个人。

到了今天，唐苑淇想，自己应该要按下开门按钮，目送许超龙离开，让其他人走进来。电梯数字不停跳动，很快到了一楼大堂，唐苑淇走出电梯，远远就看见马煜的车停在写字楼门外。

她说："雷伍，你可要好好珍惜，能跟自己喜欢的人走到一起，真是太不容易了。"

"我知道。"雷伍抬眸看向关着门的二楼小屋，叹了口气，"记得派请帖给我。"

唐苑淇和许超龙一个岁数，只比雷伍小一岁，这个年纪的女性没少被催婚催育，即便如唐苑淇这般独立的女性也无法完全漠视这些习俗。

在雷伍看来，唐苑淇的状态适合不婚不育，谈许多场恋爱便好，可偏偏他知道，唐苑淇是渴望拥有属于自己的家庭的，也不排斥生育小孩。

"那是当然要派给你的，你到时候要和飞燕一起来哦。"

"行，可别忘了朵朵。"

唐苑淇笑："知啦，一定阖府统请。明天中午吃什么你决定好了发信息给我就行。"

挂了电话后唐苑淇走向大门，马煜见到她来，开门下车，绕到另一边替她拉开车门。许是车内暖气充足，男人脱了西装和领带，挽起衬衫袖子露出名贵腕表。

唐苑淇怔愣一秒。有另一个男人，这辈子可能都不会戴百达翡丽、江诗丹顿或劳力士，连卡西欧电子表他都不戴，指关节常会沾上油污，要洗好久才能洗干净，但指甲总会修理得圆润干净没有毛刺。衣服常年都是那几件，为了不显脏，经常是黑色、深灰色、藏蓝色，还有几条沾了油污洗不掉又不舍得丢的牛仔裤。他长着一双很好看的眼，明明有些妖孽的眼型，笑起来却带了些傻里傻气，闺蜜总说他就是个乡下佬，实在无法理解唐小姐的恶趣味。是她们不知道，只要那人一笑，唐苑淇的天空就能亮起来……

"……苑淇？不上车？"马煜看她脸色有些发白，抬手想去探探她额头的温度，"是不是哪里不舒服？"

唐苑淇回神，别过脸避开了马煜的温柔，笑笑，弯腰钻进车厢内："没事没事，走吧，我饿了。"

"行。"马煜笑着收回手，揉了揉指腹，替唐苑淇关上车门。

雷伍收好手机，想了一会儿，还是没直接过去找许超龙。

他走上铁梯，原来小屋的门没有合拢，还留有条缝，刚想敲门，就听见胡军的声音："阿燕，我好喜欢你。"房间里，胡军站起身，微弓着背，认真地告白。

该来的总是会来，许飞燕心中暗叹一声，拒绝他："谢谢你，但是对不起，我……"

"我知道的，你没有喜欢我。"

仿佛一早就知道这个结果，胡军眼神平静，淡淡地说道："我年轻又幼稚，也没有足够的胆量去追求你，更不可能自私地缠着你说让你等等我。只不过我还是想好好跟你说一句，我喜欢你。"

如此直接炙热的告白，脸皮薄如蝉翼的许飞燕怎么能抵挡得住。她脸颊发烫地细声嘟囔："我知道了，谢谢你的心意……"

"我才要谢谢你当年给我的信任和希望。"

"其实那真的没什么……"

许飞燕知道胡军一直把这件事挂心上，可她那时确实没想那么多，只觉得胡军在学汽修上很用心，干活认真细心，如果因为过去的事情就全盘否定他如今付出的努力和改变，着实有些不公平。

胡军打断她，说道："不，你不知道你做的这件事，对我来说有多么的重要。前段时间，我有一个朋友……嗯，他是跑黑车的，让我找辆车也去跑跑外快，我说我没车，他的意思是我在汽修厂干活，可以先挪用一下客人们的车。"

见许飞燕瞪大眼，他赶紧摆手解释："但我没有，真的，我拒绝他了。"

许飞燕忍不住升起音量："胡军你可千万不要又走回去！知道吗？"

"知道，我努力了那么久，才来到今天，我不会，也不想再走回去了。"

不知想到了什么，胡军瞬间有些感触。他闭上眼，抬手摁住泛酸的眉心说："我也不想辜负了你和龙哥这么多年的信任，所以后来他再找我去跑黑车，我也没去了……"

忽然，发顶让人轻轻地揉了一把。

胡军没睁眼，许飞燕的声音如太阳般释出暖意："你还好年轻的，路很长，只要一步一步稳稳走下去，肯定会有收获的，而且以后肯定也会遇到更适合你的人。"

胡军释然一笑，声音有点哑："嗯，知道了。"

许飞燕离开后，胡军一个人在屋里待了一会儿，等到完全冷静下来，他才收拾好垃圾，拉开门走出。结果被站在门口倚着护栏的雷伍吓了一跳，他结巴道："你……你怎么还在这儿？"

雷伍盯着他泛红的眼角，道："关于你爸和你姨的事，我得再问清楚一点，明天好跟律师沟通。"

"……哦，你问吧。"

问问题只是借口，雷伍挑了些无关痛痒的事情，胡军一一回答。

"其实我已经很久没有回过家，也没跟他说上话。偶尔我会去我表姨家吃顿饭，是听说过他前几年顶了间锁具铺做，可具体在哪个位置我没过问过，也从来没放在心上，要是我问过的话……"

胡军还是后悔的，如果自己稍微上心一点，是不是就能在知道许飞燕新家地点后，提醒她多多留意这人。

"该发生的还是会发生，只要他一天没戒赌，就会像颗定时炸弹一样。"雷伍从裤袋里掏出条喉糖，递向胡军，"要吗？"

胡军摇头，从自己裤袋里也摸出个糖盒："我有。"

雷伍认出，是上次他丢给胡军的那一盒。

"那一天谢谢你。"胡军摇摇糖盒，里面唰唰作响，剩的清凉薄荷糖不多了。一句"好不容易戒掉了，那就别再轻易尝试"如当头棒喝。

"客气。"

"我也问个问题？"

"你说。"

"我听说你……你的爸爸当年也是这样？"

雷伍拆了颗喉糖丢进口中，他没有回避这个话题，如实回答："对，最后把整个身家都搭上了。"

"很多钱吗？"

"唔……在十年前算是挺多。"

"那你有恨过他吗？"

"以前肯定有啊，不过我恨他是因为他不忠。"

"哦……"胡军又问，"那现在呢？"

"现在啊……"雷伍把喉糖咬得嘎嘣脆，胡军定定看着他腮帮子一动一动，好似咬牙切齿的模样，接着听他说，"恨一个人实在好花时间，我已经没了那么多时间，现在只想把这十年时间追回来，确实没有心力再去记恨一个人了。"食指指着左心房，雷伍在胸膛上敲了敲，"这里只想装些美好的，不想把空间分出来装些乱七八糟的情绪了。你和我都失去过一次，应该比别的人更理解这种感觉。"

胡军当然理解，就是因为理解，所以才拼命奔跑想去追那一抹光。

雷伍手里还把玩着那条喉糖，胡军一把夺过来，塞进后裤腰。他垂着眼眸，喉咙竟又开始泛起酸，他对面前的男人说："你以后得对她好，很好很好的那种。"

这下愣住的是雷伍："……你怎么知道的？"

胡军挑起眼角瞥他一眼："我眼睛好着呢，阿燕不喜欢我，但喜欢的是谁，一眼就看出来了好吧。"

雷伍摸摸下巴问："有那么明显？"

胡军想逗逗他，皮了一下说："你求求我，我就告诉你一个秘密。"

雷伍眯起眼，像看傻子一样睨他，语气平平："行，求求你，你告诉我吧。"

讨不到好处，胡军呲了声，说："阿燕做菜的时候，是不乐意让人待在她身边的。我们平时也就只能等她做好饭时帮她端端菜，你自己想想，这个月你都进了多少次厨房？"

雷伍唇角渐渐勾起，细碎的阳光落进他眼中闪烁不已："哦，原来还有这种事？"

"要是你对她不好，我们娘家人可不放过你。"胡军说着说着就撸起卫衣袖子，露出一截精壮小臂，还丢下一句似真似假的话，"我这个人道德底线是很低的，可以随时准备把她抢过来。"

雷伍瞪大眼，挂嘴上的笑没来得及收起，看起来倒有点怒极反笑的意思，一抬脚就朝胡军小腿踢去，骂道："好你个小子，欠揍……"

胡军笑出了声。选择埋葬掉无疾而终的爱恋，胡军的心情轻松不少。

他支肘撞了雷伍一下，把以前雷伍问过他的问题丢回给他："你怎么就戒烟了？"

在高墙里头，把一个个高度复制的日子掰碎了，卷进纸烟里，朝点烟器一凑，这样每天一睁眼就开始涌上来的那些悔恨、懊恼、焦虑，就能伴着吐出的白烟轻飘飘往天上飞。似乎只有这样子，在里头的日子才没那么难过。

雷伍声音暖洋洋："还不是跟你一样，希望她能喜欢我多一点点啊。"

许家兄妹的相处模式还蛮妙的，一人生气的话，另一人就会软下来哄着。

许飞燕下楼后看着他哥脸上没什么表情，就觉得他哥肯定是气到爆炸了。她磨蹭到他身边，细声问："哥，午餐我们叫炸鸡吧？你挑一家，中午我请客哈。"

他哥在吃上面没有太特别的喜好，但是挺喜欢吃汉堡和炸鸡，可偏偏一吃煎炸类食物，就特别容易上火喉咙疼，所以许飞燕常像个管家婆一样限制他吃这些。

许超龙瞥她一眼："不吃，吃了喉咙疼。"

"不会的，偶尔才吃一次，我等会儿给你煮凉茶啊。"

许超龙挥挥手："那你安排吧，吃什么都可以。"

见许超龙兴致不高，飞燕巴巴地跟着他往车间走，主动承认错误："哥，你别生气了，我发誓，以后不再瞒着你事了。"

许超龙走回刚才折腾一半底盘的车旁，拾起手套戴上，低声道："我不是生你的气……不对，我没有生气。"

许超龙说不出自己当下的感受，他不太愿意承认，在刚才听见雷伍提起那个词语时，心脏有被攥紧了一瞬的感觉。和唐苑淇你追我逃了这些年，如今总算能告一段落，许超龙原本以为自己会松一口气，可是并没有他想象中的轻松。

说到底，没有人是高高在上的圣人。他主动避着躲着唐苑淇，无非是内心深处有惧，深恐接触得太多，那条线会变得模糊不清，那就干脆躲得远远的。见不到了，就不会发生乱七八糟的事情。

把许飞燕打发走，许超龙钻进车底，刚捣鼓没几下，头上便传来敲击声。他从车底滑出半个身子，警惕地看着笑得一脸没羞没臊的雷伍："干吗？"

雷伍直奔主题："刚才的话你听见了？"

许超龙翻了个白眼说："没听见。"

"唐苑淇在筹备婚礼了。"

"然后呢？"

"对方我算是认识，但不熟，听唐苑淇的意思，人品还算马马虎虎。"

许超龙立即皱眉："马马虎虎？很糟糕的？"

"不至于，算过得去吧，毕竟这圈子里鱼龙混杂，像我这样洗心革面、浪子回头的人不多了，你不能总拿我的标准去要求其他富二代。"

终于让雷伍臭不要脸的样子逗乐，许超龙脸上有了笑意："算了吧，有种你就别浪子回头啊，去继续做你的花花蝴蝶，放飞燕独自美丽也不错。"

雷伍笑："那可不行，我还等着给大舅哥敬茶的那一天呢。"

许超龙这一刻明白了雷伍是存心想逗他开心，这些事情雷伍经历得比他多得多，他那点儿欲盖弥彰到底逃不开雷伍一双眼。

他淡声道："好歹认识了那么多年，回头去喝喜酒的时候你帮我递个红包吧？"

"行，包多少？"雷伍还好心给他意见，"唐苑淇说我跟她朋友一场，得包四个八，吉利。"

许超龙腿一蹬又回了车底下："那就四个八，跟你一样。"

当天晚上许飞燕母女加雷伍，再加许超龙一家三口，六个人浩浩荡荡地去了上次那家亲子餐厅。

雷伍对着周青一口一个嫂子，唤得周青好不习惯，毕竟之前她也随着老公喊雷伍叫伍哥。

周青趁着和许飞燕带着娃去洗手时，偷偷问她："你俩在一块儿了？"

许飞燕正帮朵朵挤着洗手液，在镜子里跟周青打眼色，意思是小孩子们都在呢。

周青实在好奇，回桌子后小孩跑去玩，但她又不好意思当着雷伍的面问，只好在微信上问许飞燕："怎么回事？从实招来！"

她是知道许飞燕曾经喜欢过雷伍的，如今得知他们在一块儿，她的心情就跟老母亲似的，非常欣慰。

许飞燕抿着唇摁信息："唔，算是在一起了……"

周青朝她睁大眼，再快速打字："恭喜你啊燕子！呜呜呜我可太开心了！"

许飞燕："但我还没跟朵朵说这件事，你先别在浩浩面前提起啊，他在朵朵面前是守不住秘密的，一下子全抖出来了。"

周青："没问题！但你打算什么时候跟朵朵说这事呀？话说回来，朵朵能接受伍哥吗？"

这就是许飞燕担心的事，她终于在蜗牛壳里探出头，试着往前走，但朵朵呢？朵朵愿意从蜗牛壳里走出来吗？

"回头找机会问问她，再说了，我和雷伍现在才刚开始，指不定过几天散了呢！"

"不许说这种晦气话！你们一定会长长久久的！"

周青悄悄抬头看雷伍一眼，她没见识过开跑车满街跑的雷伍，关于他的过去都是许超龙告诉她的：借钱给许家，锒铛入狱，父亲去世，变卖家产还债等等。

雷伍前半生的故事在她听起来就跟电视电影情节一样，可如今这样一个人，却陪他们一家子坐在亲子餐厅，跟许超龙商量着要点什么餐，还按出大众点评上的套餐对比着看划不划算，这感觉可真奇妙。

她还发现雷伍虽然低头在手机上点菜比价，但时不时会抬眸看向某一个地方。周青顺着他的目光回过头，发现是在波波池玩丢球的两个娃娃。

周青给许飞燕发信息，十分笃定："我觉得他能成为一个好爸爸的，和你哥一样。"

雷伍对着镜子把短刺胡楂剃了个干净，再转过身，浅麦色的肩背上有一道道小红痕。那家伙看着指甲不长，没想，跟只野猫似的。倒是不觉得疼，反而痒得慌，一道接一道的，挠在他背上，痒在他心肝上。

涂上须后水，抹好面霜，换上红色福字底裤和睡衣，为了让目的性没那么明显，雷伍从冰箱里取出昨晚没机会亮相的生日蛋糕，春风满面地往楼上走去。

门铃不敢按，这时候小孩应该睡下了。

他给许飞燕发了信息："在门口，给我开个门呗。"

许飞燕没回，雷伍轻敲门，也没人应，他只好倚着门耐心等待。今天降温，夜晚的楼道里湿冷，廊灯每隔两分钟就灭一次，他打个响指，灯就亮起。

打了几次响指，手机闪了闪，许飞燕发来微信："你上来干吗？"

这问号把雷伍看得牙痒痒。我上来干吗？来讨个晚安吻行吗？

但他尿，怕说了许飞燕就坚决不开门了，便拍了张蛋糕盒的相片给她发过去："是昨天订的生日蛋糕，还没吃呢。"

"我现在走不开，朵朵还没睡熟。"

"好，那我等你。"

"那我等你"，许飞燕看着这四个字，脸有点烫。如今雷伍随随便便说句什么话，都能轻易撩乱她的心湖。

这时朵朵翻了个身，小肉腮动了动，发出几声轻微磨牙声，吓得许飞燕赶紧熄了手机，跟做贼心虚似的。朵朵最近睡觉时偶尔会像刚刚那样磨牙，许飞燕查过，说换牙期有轻微磨牙是正常的。

她侧着身，静静凝视着女儿的眼耳口鼻。对比她作为微信头像的照片，朵朵真的长大了不少，脸颊光滑有肉，弯翘的睫毛根根分明，许飞燕忍不住伸手指，轻戳一下女儿好似布丁一样软嫩的脸蛋儿，朵朵含糊地嘟哝了一声，鼻尖皱起。

许飞燕怕自己弄醒她，赶紧缩回手，把小夜灯关了，等朵朵睡熟，她才躲进被子里按亮手机。

后面雷伍没发新信息了，但一直在"拍"她，不停给她"钱包里塞两千万"，头像不停抖。

"你得再等等，朵朵还没睡熟，干吗一直拍我！"

"我拍了你那么多下，你怎么不拍拍我？快拍。"

许飞燕嘀咕了句"不知又有什么奇奇怪怪的心思"，点了两下雷伍那小鸟头像。

立刻弹出一句：我拍了拍"5"说"我喜欢你"。

许飞燕眨了两下眼睛才反应过来，哼哧哼哧地打字："雷狗，你占我便宜！"

雷伍蹲在她家门口，哈哈笑得跟傻子一样。两个人有一句没一句地瞎聊，雷伍也不催她，觉得这样子也挺好玩的，很像早恋的小孩躲着家长发信息不肯睡觉。

过了五六分钟，他才进了许飞燕家。

"给我吧，我放进冰箱里，明天带去龙兴给他们吃。"许飞燕接过蛋糕盒，"谢谢咯。"

闻言，雷伍有些不高兴地问："你不吃吗？"

"我明天再吃啊，这么大一份，我和朵朵两个人得吃多少天啊。"

"我饿了，现在先切一块来吃吧。"

听他这么说，许飞燕直接在流理台上打开蛋糕盒，斜睨他："你是不是最近肚子里长虫？整天肚子饿。"

蛋糕尺寸不大，没有浮夸的装饰，雪白奶油上缀着颗颗鲜红的草莓，许飞燕给他切了一角，把纸盘递给他，然后问："够吗？"

雷伍点点头，又起一块送进嘴里。

牛高马大的男人堵在门口，许飞燕想从他左侧钻出，雷伍却跨一步挡住她，许飞燕走右边，他也堵住。

许飞燕的去路被他堵得严实，斜瞪的凤眸里倒是没多少怒意，反而有几分娇媚，直接说："我就知道！"

雷伍笑得死皮赖脸地问："知道什么？"

"这么晚了就不能给黄鼠狼开——啊！"话还没说完，许飞燕让他单手抱起，突来的失重感让她不得不紧紧攀住他宽阔的肩膀。

"我是黄鼠狼？"雷伍笑着把她放到流理台上。

他把她再一次困在身前，但这次比起在他家厨房的那次，两个人之间的空气全变了味。明明是冬天，却感觉有夏天的海风吹进来，炙热，潮湿，缠绕在他们鼻尖和指尖，每一次呼吸和碰触都会在彼此皮肤上留下黏稠的痕迹。

叉子切了一小块软绵蛋糕送到许飞燕嘴边，许飞燕嘟囔着"不安好心"，张嘴含住。口中的蛋糕还没全部咽下，雷伍的脸已经来到眼前，伴着一声："我确实是不安好心。"

又是一个缠绵旖旎的吻，雷伍每喂她吃一口，就要索一个吻。一小块蛋糕让两人分吃得干净，那吻却停不下来了。

这时厨房外传来拖鞋趿拉声，两人同时一颤，互看对方一秒，便知道怎么回事。

许飞燕急急忙忙拉好衣摆，还没来得及从流理台上跳下来，朵朵的声音已经出现在厨房门口："妈妈……我要上厕所……"

许飞燕再次替女儿把被角掖好，熄灯走出卧室。雷伍在沙发上坐着，低头看手里的一张纸，嘴角挂着浅浅的笑。他拿的是朵朵送她的那幅蜡笔画，昨晚值得庆幸的其中一件事，就是这幅画没让那贼人当垃圾踩踏或丢弃，不然许飞燕又得难受多一会儿。

画中是一片蔚蓝的大海，远处是蓝天白云和阳光普照，白花花的海浪涌上金黄的沙滩，沙滩上堆出一个双层蛋糕，上面有七彩贝壳点缀，星形蜡烛亮着火光，还有只红螃蟹在一旁想偷吃上一口。一大一小两个短发人儿手牵手站在蛋糕旁边，随风飘起的花花裙摆鲜活又夺目，母女脸上的笑容也是，脸颊红彤彤的可爱极了。画工虽稚嫩，但看得出作画者当时满满的用心。

指腹轻轻抚过那带有微微凹凸感的蜡笔颜料，雷伍夸赞："她画得真好，你送她学过画画吗？"

许飞燕坐到他旁边，目光也落在画上："没有，就在幼儿园里上过美术课而已。"

"那回头给她报个班试试看？说不定有天分。"

"还是先看看她兴趣，不过寒假确实可以给她安排点兴趣班，我还想送她去学轮滑，街舞好像也不错。"

雷伍笑着说："哦？是要十三年后成为大明星吗？"

许飞燕白他一眼："不是啦，主要希望她能多活动活动，这样或许性格能稍微外向一些。"

许飞燕拿起蜡笔画，将边角一道几不可见的细纹抚平，小心翼翼的程度，比她对待自己眼睑下那道细纹还要上心。

"我想等会儿到网上挑个画框把它裱起来，今天太忙，还没抽出时间刷淘宝。"

雷伍："可以啊。"

许飞燕抬眸看看置物架："唔，还得重新买个相框。"

雷伍微怔，顺着她的目光一同看过去，置物架第三层的正中央恰好空出了一个位置，那个破碎的相框被收起来了。

月初许飞燕搬家那会儿，他在蔡景尧面前发过了誓，说的是无论许飞燕愿不愿意接受他，他都会帮他好好照顾他们母女。结果晚上就做了那样一个梦，而昨晚的危急关头，仿佛也是蔡景尧在冥冥之中保护了许飞燕。说他迷信也好，雷伍觉得如今能和许飞燕走到一块儿，他应该同蔡景尧再说一声，之后蔡景尧要在梦里打他骂他，他也认了。

"嗯，挑个结实的好看的。"雷伍揉了把许飞燕的发顶，站起身，"我走了，你也赶紧去睡觉。"

他走到玄关时看见那两张用来堵门的餐椅，斟酌了一会儿，问："换门的事你同房东说了吗？"

许飞燕"啊"了一声后道："恰好下午房东来电话了，问我昨晚被窃的事。我问她是怎么知道的，她说有个相熟老街坊给她妈妈打电话了……我就顺势提起了换门的事，她说没问题，还说她那边付钱，这两天去门窗店订好样式，就会有师傅上门量尺寸什么的。"

雷伍很捧场地夸赞："哇，这个房东人好好哦。"

突然想起什么，许飞燕问："哎，房东说过她们住这房子很多年了，你小时候也在这儿住过好几年，你们认识吗？"

拉门的手骤停，雷伍急忙否认道："我都多久没回凤阳楼了，小时候的事哪还能记得清……好了，我走啦。"他怕再多说要露馅儿，揽住许飞燕的腰又偷了个吻，急匆匆下了楼。

许飞燕咕哝着"早上不还知道人阿姨姓陈吗"，关门上锁，用餐椅堵住门，再仔细检查了窗锁和阳台门锁。

她没有直接回卧室，给自己泡了杯鸭屎香，盘腿坐在沙发上，开始仔细看雷伍白天发给她的资料。一看才知道雷伍那些不见踪影的下午都去了哪里，那些在小红书和大众点评首页上经常能刷到的咖啡店、甜品店，他都去过并做了记录。

许飞燕平日不怎么留意网红店，有好多店名她都感到陌生，但文档里把一家家记录得详细，还配上了相片，把每家店的受众定位和卖点特色总结得很精准。目前市内的甜汤店多数是传统的经营模式，堂食的主要受众是老街坊和外地游客，而年轻人们如果想吃甜汤，多数会选择叫外卖。雷伍想改变这个现状，让传统与现代结合。

其实许飞燕没有告诉雷伍，今天她总忍不住开始想象那小店的模样，它是两层楼还是三层楼高，它的门面装修是复古传统还是时髦潮流，它作为卖点的甜汤是哪一款……

每每跳出一个新想法，她就兴奋得想跟雷伍分享，而现在她又有了新的想法。她索性坐到地上，从茶几下拿出朵朵的蜡笔和画纸，喝了口茶，开始将脑子里的图画画出来。笔画声窸窸窣窣，像树叶被春风吹拂过的声音。

唐苑淇低头喝茶，眉毛却挑起，一双杏眸滴溜溜转。往左看看许飞燕，宛如十七八岁的恋爱少女般满脸娇媚；再看看雷伍，笑得见牙不见眼，跟个地主家娶到媳妇的傻儿子一样，就是这地主家也没剩几个钱了。

唐苑淇放下茶杯，坐姿慵懒，调侃道："你们可别比我还早派帖啊。"

许飞燕差点被茶水呛到，急忙摆手："你在说什么呢！我们怎么可能——"

眼见傻儿子脸上的笑容明显消失，唐苑淇会意，赶紧嘻嘻哈哈地打断许飞燕的否认："哎呀我说笑的！等过段时间我的喜帖做好了拿给你们呀。"

点心送上来之前他们谈了谈胡伟谅解书的事。

许飞燕打开手机短信，放到餐桌上推到唐苑淇面前："胡军的阿姨……就是曹双玉昨天打过好些电话给我，我没接，后面她发了信息，一直道歉，说胡伟知错了……"她把曹双玉与胡伟的事告诉唐苑淇，包括胡伟常年赌博，还有家暴的事。

唐苑淇边看着曹双玉的短信边说："嗯……我说句实话啊，虽然胡伟有悔罪加退赃行为，无论有没有你的谅解书，是有一定概率会被判缓刑的。具体怎么判还是得看法官，另外我觉得法庭外调解的可能性也挺大。至于曹双玉和他的婚姻，除非曹双玉愿意找律师帮她，不然她想以获取谅解书的方式去和那个男人谈离婚……"她没说完，只是勾起嘴角笑着摇头，表示这个想法实在太天真。

"我知道她这个想法很天真，而且这种情况下的道歉也不见得有多真诚。"

许飞燕不自觉地又想去撕手皮，忽然雷伍伸手过来，把她十指指尖都拢进他的手掌中，直接阻止了她无意识的自虐行为。

她定了定神，抬眸看向唐苑淇："但这确实是曹双玉觉得唯一能拿来和胡伟谈判的筹码，难得她有了想要挣脱的勇气，我就想尽量帮帮她，别让她连一丁点希望都抓不到。"

唐苑淇轻笑一声："是那个胡军拜托你帮忙的？"

许飞燕摇摇头说："没有，不关胡军的事，只是觉得都是女人，都是母亲。"

唐苑淇有些怔愣，心里暗暗想着：许飞燕的眼睛和那人真像，这滥好人的性格也像到不行，真不愧是一家人呐……

她把手机还回去，从铂金包里取了张早已准备好的名片，递给许飞燕："这位律师主打离婚的，像曹双玉这样丈夫常年赌博的官司她接过许多，这方面的经验比我丰富，收费也适中，如果曹双玉愿意走出这一步，就让她直接联系名片上的电话吧。"

雷伍替许飞燕接过名片，看了一眼，笑着说："谢啦。"

唐苑淇敲敲桌子："谅解书的话，我想你的心里早有答案了。"

许飞燕也笑得眉眼弯弯："嗯。"

点心上桌，一屉屉蒸笼热气腾腾，几个人边饮茶边聊唐苑淇的闪婚和雷伍的开店计划。

唐苑淇对他们的甜汤店理念很感兴趣，想要注资入股，雷伍不同意，说第一家店必须是属于他和许飞燕的，不过之后如有开分店的计划，欢迎唐小姐慷慨解囊。

唐苑淇戏谑道，指不定到那时她没兴趣入股了呢。雷伍耸耸肩，说那就可惜了，到时候肯定有别人看中商机来谈合作加盟。这嘚瑟模样气得唐苑淇牙痒，硬要雷伍立下口头协议说有扩充加盟计划的时候，第一个伙伴位置必须留给她。

说起下午要去试婚纱，唐苑淇还翻出了设计师给的几款白色婚纱图片让许飞燕给点意见。许飞燕推搪着说自己眼光好差的，唐苑淇调侃道挑得再差也没有比雷伍这玩意儿差啦，雷伍气笑，说那份子钱就包 88.88 元就好啦，也是四个八。

两个人你一句我一句斗起嘴来，许飞燕却让精致漂亮的白色婚纱吸引住了目光。

中午这顿饭许飞燕坚持要请唐苑淇，所以雷伍选的餐厅人均不超一百，也不与她争埋单，让她做一回东。

趁着许飞燕去结账，唐苑淇直勾勾盯着正拿餐盒打包吃剩餐食的雷伍，揶揄道："你现在可真够勤俭持家的啊。"

雷伍眼皮都不抬："谢谢你的夸奖，这可是中华民族传统美德。"

唐苑淇皮笑肉不笑地呵呵两声："服务生让你多买一个打包盒你都不愿意，可七八十万的房子，倒是眼皮不眨一下就买下来，你的这种操作那么多，我望尘莫及呐。"

雷伍将最后一只凤爪压在豉油皇炒面上方，透明打包盒被填得满满当当，一点儿空间都没浪费。他下意识转过头去寻许飞燕的身影，压低声音说："这事她还不知道的啊，你别说漏嘴了。"

"知啦，祝你早日能把飞燕的名字加到你家户口本儿上吧。"恰好有电话进来，唐苑淇接起，"……嗯，刚吃完……行啊，你在门口等我一下。"

等她挂了电话，雷伍问："马小三？"

唐苑淇点头，从包里又摸出一张纸片，轻轻一抛，纸片就落在雷伍面前："你把这个给他，那边我都打点交代过了，确定要读，就把小孩名字给这人就行。"

雷伍拿起纸片，片刻后就明白唐苑淇说的"他"指的是谁，也明白说的是哪一件事。

唐苑淇提醒道："别说我给的，就说是你的关系就好。"

雷伍收好纸片，笑叹一声："唐律被传染啦，也成了滥好人了。"

唐苑淇笑笑没再说话，心想就以此为终点，画上个完美的句号吧。

等许飞燕回来，三个人往门口走，门外停着辆没熄火的奔驰 S350，身材高挑的男人正倚在车旁抽烟。

马煜见到唐苑淇，掐了烟头笑迎上去："来啦。"

唐苑淇想跟他介绍雷伍，没想到马煜主动伸出了手："雷少，好久不见。"

雷伍难免一愣，马煜他是真不熟。水山市太小，尤其十几年前，富家子弟能去消遣的地方就那么几家，抬头不见低头见的，两家人的老子做同一行生意，即便明面上不显，暗地里多少有些钩心斗角，所以小辈也只能是点头之交。

如今时过境迁物是人非，雷伍没想过马煜会这么主动，赶紧伸手与他相握："好久不见，别叫什么雷少了，叫我雷伍就好。"

马煜脸上一直挂着笑："我不知道苑淇中午是和你们一起吃饭，早知道我也来蹭顿午饭了。"

雷伍客气回答："下次吧，有机会的。"

马煜没有过多打量雷伍外貌和衣着的变化，他看向雷伍身侧的女子："这位是？"

雷伍牵回许飞燕的手，同马煜介绍："我女朋友，姓许。"

马煜道："许小姐，你好。"

男人的礼数恰到好处又不会咄咄逼人，许飞燕点头，微笑回应："你好呀。"

"你们现在要去哪儿？我送你们回去？"提议的是唐苑淇。

"不用了，我们骑车来的。"雷伍抬抬下巴，指向路旁树荫下停着的一排共享助力车，"你们去忙你们的，过几天我去律所找你。"

"行。"唐苑淇转头对未婚夫说，"那我们走吧？"

马煜替她拉开车门，关上门后对两人说："届时我和苑淇的婚宴，还请你们多多赏面。"

雷伍应承："一定。"

黑色轿车先开出一段距离，在红灯路口停下时，唐苑淇才开了口：

"原来你还记得雷伍？"

"对，当年见面能点点头就算不错了，毕竟我爸以前总在家里骂雷伍他爸，搞得好像有什么血海深仇，其实不过是客户来来去去的问题。"

马煜这时候想想都觉得挺可笑，那时候老头子还总拿雷伍来刺激他们四兄弟，说把他们四个的脑袋瓜子缝起来都抵不上一个雷伍，又说好在雷广没把厂子直接交给儿子，要是给了他，马家的厂子早就要关了。

唐苑淇听了呵呵直笑："你家老头子就这么不待见你们呀？说得你们四个跟草包似的。"

马煜听了也不恼，阵阵清脆笑声让他嘴角也跟着扬起："但他确实说得没错，你看，现在我两个哥哥都只想拿钱逍遥快活不管事，老幺又是那副德行，只剩我在公司给他们做牛做马……"

唐苑淇笑得更开心了，车厢里的空气都被传染得欢快暖和。马煜侧过脸去看她，正午的日光落在她蓬松的发顶，闪着璀璨的金芒，她笑得眼角弯弯，睫毛似翩翩飞舞的蝴蝶。

察觉到停留许久的目光，唐苑淇侧过头问："……干吗老看着我？"

马煜轻咳两声，指了指副驾驶座车窗："没有没有，你看那边。"

车子停在左转车道，车窗望出去能看见非机动车道，而雷伍和许飞燕各骑一辆助力车并排停着，两个人不知聊到什么，许飞燕松了车把，只留脚蹬地，双手在胸前比画着动作，脸上神采飞扬。而雷伍则一直侧脸望着她，眼神专注且着迷，嘴角笑意渐浓，最后笑得宽阔的肩膀轻颤。实在看不出这两个人只是重逢一个多月，反而会觉得他们好像已经在一起好久好久，久得旁人无法再插足半分。直行绿灯亮起，两辆助力车驶了出去。

唐苑淇听见马煜问："你羡慕他们吗？"

她没回答，直接反问："你呢？"

"嗯，还蛮羡慕的。"

马煜右手松开方向盘，牵住唐苑淇搁在大腿上的左手，朝她笑了笑："羡慕他们能一起骑电动车。要不找一天我们不开车，也试试骑小电动？"

唐苑淇勾起嘴角："好啊，下次试试看吧。"

婚礼的时间逼近，唐苑淇懒得去大城市，直接在本地找了个婚纱工作室定制。工作室创办人是两姐妹，她们都在米兰待过。

唐苑淇进了试纱室，马煜在等候室等她，工作人员为他送上茶水后离开。马煜起身走到窗边，拿出手机拨了个电话出去。打了几次都没人接，马煜看了眼手表，那边是凌晨一点多，那家伙没那么早睡觉。他直接给对方发了条短信，没一会儿对方就回拨了。

"三哥，刚才在忙哈，才没接到你电话……别砍我下个月的生活费啊！"

马煜不跟对方废话，直截了当地问："阿渊，十年前你是不是有去过一个什么温泉别墅派对？"

马家老幺云里雾里："啊？十年前的事我哪能记得啊，我现在连昨天吃了什么都记不得……"

马煜耐心地提醒弟弟："雷伍，雷家入狱的大儿子，你还记得他吗？"

马渊猛地打了个颤，这下整个脑袋都清醒了，吞吞吐吐地否认："我……谁啊这是，我不记得了……"

马煜知道草包老幺掩饰自己时的尿样，他边按开手机录音软件，边故作轻松地跟他"讲八卦"："哎，其实我也忘了这个人了，是刚才我在路上偶遇他，才想起来他的事，原来他出狱了。阿渊你是不知道，他整个人瘦得都没形了，穿得邋里邋遢的，跟个乞丐一样。"

马煜眸色渐沉，但语气不变："我才突然想起，好多年前我和爸在书房谈事情，你冲进来一脸慌张，说有事要同爸讲，是关于雷伍的事……后来爸让我出去，我就没听见你们说了什么。阿渊，我就是突然好奇，当时你跟爸说了什么事啊？"

马渊听见雷伍如今过得潦倒，稍微没那么紧张。他推开身上的女伴，摸了床头柜上的威士忌润了润喉，才小心翼翼地开口："三哥，你看，这件事过了这么多年，当时我也没求证过……"

"没事，我就是特别好奇，你知道那感觉吧，突然想起来一事但又不清不楚的，挠得心痒。"

马渊这个时候竟还记得要谈条件："那我下个月的生活费……"

马煜把手机拿开一些，侧过脸暗嗤一声之后，才把手机贴回耳边："三哥私下加30%给你。"

"OK！那我告诉你，你别传出去啊……哎，算了算了，你都说雷伍成个半废的人了，就算让他知道了也没多大关系。"

十年前，在美国读大学的马渊暑假回国，刚到家没几天就被朋友约去一个温泉别墅开派对。那晚气氛到了，他很快喝到醉醺醺，跑进其中一空房间的浴室抱着马桶吐了个精光，吐完就困，直接倒在厕所里。

等他醒来时听见门外房间里有两个男人在争论，虽然压着嗓子，马渊还是能听清他们说的内容：

"雷伍撞的那个人还没死，我们就这么走了……如果那个人最后死了，我们是不是也有责任啊？"

"蠢货！撞人的又不是我们，你给我记住，我们只是经过！你就当什么都没看见，懂了吗？！"

"但……但是……"

"没有但是！你想雷伍出事还是我们出事？"

………

颈后鸡皮疙瘩一阵接一阵，马煜实在没想到这事有这么意外的发现。

他轻咳一声后继续套着弟弟的话："也就是说，那个时候除了雷伍，还有其他人在现场？说话的那两个人是谁啊？"

马渊纠结了一会儿，才说："我只认出其中一个是邱博威，那天的派对是他搞的……"

这名字有点耳熟，马煜想了想，问："日报社社长的儿子？"

"对……另外一个我不认识，估计是他的朋友。"

两个人如此害怕报警，也就是说，当晚他们干了什么亏心事？

马煜心中有了答案，又试探问："那派对是不是有什么猫腻啊，怎么他们那么害怕呢？"

电话那边沉默，看来老幺还没有蠢到极致，知道什么事情不能说。

马煜干脆佯装紧张，语气急促起来："是飞叶子还是溜冰？阿渊你是不是也碰那些东西了？！"

果然，老幺立刻急着表明自己的立场："没有！你别瞎说，我就只是喝了酒！什么东西不能碰我知道的！"

哦，老幺没有，别人有。

马渊有些担心了，语气有些害怕地说道："三哥你听听就算了，别往心里去啊，连爸当年都叫我别多管闲事，管不来，你知道的吧……"

马煜心一沉，敷衍了几句就挂了语音通话。说实话，他和雷伍确实算不上熟，今天会这么巧碰上面，才让他想起了这件陈年往事。虽然刚听到的事情实属意料之外，但他本来以为，马渊知道些什么内情，例如雷伍是被冤枉的，或者替谁顶了罪，白白坐了十年冤狱之类的，可惜并不是。

马煜把录音保存好，刚一转身，让抱臂站在门口的女子吓了一跳。他咽了口口水，轻唤一声："苑淇。"

唐苑淇眼神有点冷，戏谑道："马生的警觉性不够啊，门没锁。婚后可要小心一点，不要让我听见不该听见的事咯。"

马煜无奈一笑："又不是说什么机密事，而且也没想瞒着你。"他把手机递给唐苑淇，"这是刚才的录音，你听一下，和你猜想的估计也有出入。"

唐苑淇走到他面前，仰脸静静看着他。

马煜没有躲闪她的目光，边点开录音，边解释自己也是刚知情。

录音播放结束后小房间一片寂静，马煜推开窗通风透气，从衣袋里摸出烟盒，敲出一根，问："要吗？"

唐苑淇接过，衔进红唇间。

马煜为她点上："你打算怎么给雷伍说这事？"

火星明明灭灭，唐苑淇没说话，又点开录音再听了一次。烟草味从窗外散了出去，马煜手撑窗台，安静等了一会儿。

片刻之后，唐苑淇把剩下半根纸烟递到他嘴边。马煜挑眉，就着烟嘴上的红唇印，把烟含进嘴里。

唐苑淇声音幽幽："我考虑的不是怎么说，而是要不要说。"

组织派对的邱博威，一口咬死车上只有雷伍，第二个月突然出国的梁伊，而如今已经晋升省级高位的梁父，还有梁父和邱父之间的关系……唐家经商，在官场上走动少不了，这里头的圈圈绕绕，仔细捋一捋就能清楚明白。

　　唐苑淇犹豫，因为当年的雷伍没办法扭转的局面，如今更加无法扭转。而且他好不容易见到了太阳，有了正常的生活，难道要将他再一次拉进黑暗中。还不如把这陈芝麻烂谷子的事，咕噜一声咽下肚，让它烂在心里。

善　果

　　幼儿园大门敞开，人来人往，门上拉着长长的彩色横幅，写着"欢迎各位家长莅临"。广播里孩童的歌声嘹亮欢快，操场竖起大型活动背景板，地上划出一块块区域，摆放了许多七彩小凳子，各位家长按班级指示牌坐下。来的家长不少，许飞燕和雷伍没能坐上凳子，只能站在后方，好在操场面积小，这样站着视野也不错，无须把手机举得老高就能拍照录像。

　　许飞燕调整着手机焦距，试拍了几张相片，嘟囔道："我手机真的太旧了，这么远的距离手稍微一动，相片就糊了……"

　　"我看看。"雷伍弯背凑近她脸旁，举着自己的手机同她的手机放一起做对比，型号相差几代的手机成像确实有差异。

　　他靠在她右耳边说："没事，等会儿还是用我的手机拍，拍完我传给你就行。"

　　耳朵被他的气息挠得好痒，许飞燕躲了躲，细声埋怨："你靠太近了啦！"

　　如今雷伍的套路多得不行。虽然已经给了曹双玉谅解书，但雷伍美其名曰担心胡伟会再次出现，要求每天都要同出同归，才能在她身边保护她和朵朵。每天早上雷伍都来她家吃早饭，时不时跑步回来就打包了三条肠粉，他们两个人吃牛肉的，朵朵吃她爱吃的猪肉加鸡蛋的。接着一人一辆小电动送朵朵去幼儿园，再去菜市场买菜。

进菜市场雷伍一定要一手拉买菜车另一手牵着她，说是人多地滑，牵着手才安全一点。哦，尤其在海鲜档口前，总爱搭着她的肩，还偷偷捏她耳垂！她控诉，因为这样阿明再也没给过她优惠了，大大增加了她的买菜成本。

雷伍一脸惊讶，说许飞燕啊许飞燕，真没想到你为了这种蝇头小利出卖色相，我真是太伤心了。等买完菜回到龙兴，雷伍也总赖在厨房不走，找机会偷偷搂她一下或亲她一口，被许超龙看见了两个人就要打一场小学生嘴炮。

下午他们会去实地考察铺面的地段位置和客流情况，雷伍还会带她去口碑好的店铺吃吃喝喝，顺便学习一下对方的经营细节，从中获取一些灵感。傍晚依然两个人一起去幼儿园接朵朵，雷伍会变着法子给朵朵送礼物，有时是刚出炉的香喷喷的肠仔面包，有时是仙女棒泡泡机，有时是蝴蝶结发夹，有时是立体公主换装贴纸。

圣诞那天许浩和朵朵都收到了雷伍的礼物。许浩的是一套轨道四驱车，结果比许浩更开心的是许超龙，说他小学时要有一辆这车就能在学校里横着走。朵朵的礼物则是一套冰雪奇缘的绘画礼盒。许飞燕说这是资本家的糖衣炮弹，雷伍还一脸得意扬扬，说只要能在小姑娘心里头加分，他愿意当那个人人喊打的资本家。

哦，昨天放学时发生了一件小事。见雷伍从背后变出支兔子脑袋形状的粉色棉花糖，朵朵眼睛都亮了，一路上紧紧拿在手里保护着，结果回到龙兴门口一个不小心摔了跤，粉兔子成了只脏兔子，糖丝上沾满灰尘碎石，没法子吃了。

小姑娘抖着唇蓄着泪，想哭又不敢哭的样子让许飞燕既心酸又好笑，正想安慰她时，见雷伍扫开助力车，一支箭般飞了出去。晚饭前雷伍赶了回来，手里拿着只新的兔子棉花糖，朵朵破涕为笑，饭后吃棉花糖时她小心翼翼把兔子的两只耳朵撕了下来，一只给了许飞燕，另一只给了雷伍。

新换的防盗门带指纹密码锁，晚上等女儿熟睡，许飞燕会给雷伍发条信息，再过大约五分钟就会隐约听见密码锁开锁的嘀嘀声音。手机也会收到信息：我进屋啦。一来一回搞得神秘又暧昧，让她心跳扑通加速。

坐地上太凉，坐沙发太容易擦出火花，他们便选在餐厅谈"公事"。一人一杯茶，顶着昏黄灯火，复盘总结今天看过的铺面和去过的店铺。还有一个月就要过年了，所以雷伍不那么着急，打算年前先定好选址，和装修设计公司沟通好，年后出了设计图后施工队就能陆续进场。

沿海小城过了回南天后就会渐渐升温。雷伍计划，甜汤店最好在三月中旬开张，这样能有半个月时间试业和调整，接着会迎来清明小长假，再之后是五一长假和暑假旺季。

许飞燕给他看了自己的甜品设计图。说是设计图，其实就是简笔画，雷伍指着其中黑乎乎的一团问她是什么，她眼珠子滴溜溜转，支支吾吾地说是草粿（黑凉粉）。

雷伍乐得直笑，怕吵醒屋内的小孩还得使劲压低声音，调侃道，可以看看有没有寒假亲子美术班，她陪朵朵去上个几节课进修一下绘画技术。气得许飞燕抓过他的小臂张嘴就咬下去，雷伍皮糙肉厚不觉得痛，倒是被她咬得心痒痒。

许飞燕趁机批评他不讲信用，明明答应了她在胡军面前不要做得太明显，结果晚上吃饭时还总在餐桌下偷钩她手指头。结果这家伙耷拉着狗耳朵，说已经很克制自己了，说自己也好难受，需要燕子抱抱。这一抱就从餐桌抱到厨房，续上了前几天戛然而止的乐曲。

…………

今天暖阳充足，在操场上主持的老师说欢迎园长致辞，许飞燕掖起发丝，露出泛红的耳郭，雷伍看得心痒，趁着周围没人注意，低下头在她脸颊旁轻啄一下。许飞燕哪曾试过在人前有这样亲昵的行为，一个轻吻就把她吓得小声惊呼："雷伍！"

雷伍揽住她的腰笑得胸口起伏。

前方坐小椅子的家长有几个人闻声回头看，许飞燕本想别过脸当什么都没发生，直到与林兰妈——施菡的视线碰撞上。笑容稍微僵住，很快许飞燕朝对方笑着点了点头。施菡也回了个笑，颔首后回过身子。

面前递过来一部手机，备忘录里写着："你后来和她说过话吗？"

许飞燕挑起眼角看看他，雷伍噘了噘唇，示意她直接在他手机里打字。

"我加了她微信，聊了几句上次的事，她挺客气的，彼此都为上次的事道了歉，后来没什么话题，就没同她聊过了。"

雷伍"哦"了一声，取回手机。

再等了一会儿，轮到朵朵班级上场了。小姑娘们穿着统一购买的红绒及膝连衣裙、白裤袜搭黑皮鞋，乖巧得不行，后方穿红毛衣黑西裤的小男孩们也不见了平时调皮捣蛋的模样。

许飞燕很快找到排在前排左侧的朵朵，开心地朝她招手，朵朵也看见她了，抿紧唇目光灼灼。

"你看到了吗看到了吗？朵朵站在那儿。"许飞燕兴奋地反手去抓雷伍的手臂，指着朵朵的方向提醒他。

"看到了看到了，最可爱的小天使，怎么会错过呢。"雷伍笑着调整好焦距，按下录制键。

许飞燕循着他的声音仰起脖子，他们靠得好近，比之前菜市场那次还近，后脑勺轻易撞到雷伍的胸口。

她咧着嘴笑："是吧是吧，她是我的小天使呀。"

有光的碎片窸窣落进她的眼里熠熠发光，雷伍心神颤动，低头吻上她发顶。

是啊，你也是我的天使。

"整个世界全部的时光，美得像画卷——"

娃娃们稚嫩、可爱的歌声让观众们由衷发出欢笑声，接着全部小娃娃鞠躬谢幕，由老师领着往教学楼走，他们下午要照常上课。

雷伍朝着朵朵挥手，直到另一个班级上场，他才问许飞燕："怎么没看见之前那个老师了？在办公室那个，姓什么来着？"

"哦，蔡老师？确实，最近总没见到她，学校说她生病请假了，换了另一个老师来带班……"

站他们旁边的一位家长突然探身过来小声道："朵朵妈，你还不知道吗？"

许飞燕记起对方是班里一位叫正奇的小男孩的妈妈。小男孩刚才就站朵朵后面，两个人还有一段转圈圈舞的互动。

她也压低声音："知道什么事哦？"

"我们在私下说蔡老师应该是跳槽啦。"

许飞燕惊讶："这是怎么知道的？"

"正奇小班的时候也有一位老师请了好久病假，换了陈老师进来，后来才知道那位老师是跳槽去私立了。"

正奇妈看了看观众席前方，几乎用气音说："当时那个老师不小心得罪了'某个人'，我们怀疑这次蔡老师也是这样。"

许飞燕顺着正奇妈的目光飞快看过去……是施菡？她眉心拧紧，和雷伍对视一眼。难道只是因为老师没能给出她想要的结果，就要让老师离开？这也太荒唐了吧？

正奇妈加了许飞燕的微信，说是刚才正奇和朵朵搭档跳舞的相片她拍了不少，可以发给她。

雷伍趁热打铁："刚才我也录了视频，等会儿让飞燕传给你哈。"

正奇妈笑着道："行啊，不着急。"

她打量着这高大男子，语气羡慕："朵朵爸真有心，能来参加幼儿园活动，我家那个，让他请假来看看他儿子表演，他推三阻四地死活不乐意……"

两个人听见"朵朵爸"这个陌生的词语都有些怔愣。许飞燕下意识想解释，却不知怎么开口。不解释好像白占了雷伍便宜，人明明未婚未育，彼此也才刚开始拍拖没多久，未来的事八字还没有一撇，指不定过段时间两人会因为起矛盾分手，他还平白担了个"后爹"的名号。但一旦开口解释雷伍不是朵朵父亲，只是她目前的男朋友，对方可能会开始窥探她的过去和现在。她不是个喜欢到处说自己私事的人，丧偶、失聪、与婆家不合、单亲妈妈……这样的标签太容易得到别人的同情，无论那份同情是发自内心还是流于表面，许飞燕都不大喜欢。她有自知之明，自己的过往实在太容易成为别人茶余饭后的话题，她也不想让自己和朵朵再次成为别人的八卦谈资。

雷伍怔愣过后察觉到许飞燕身上有什么隐隐冒出来，主动笑着回答："正好早上有空就来了。"

正奇妈的目光在两人之间扫了个来回："朵朵是像妈妈多点？唔，好像又有点像爸爸。哇，如果随了爸爸这身高，指不定小姑娘以后可以当模特呢！"

"哎呀，像我有什么好，又黑又壮，像她妈妈才好，皮肤白……"雷伍八面玲珑，这样也能和正奇妈一人一句聊起来，可是许飞燕听不进去，只知道自己嘴角勾着僵硬的笑。

校园会演结束，家长陆续退场，许飞燕和正奇妈道了别，牵住雷伍的手指，一言不发拉着他往门外走。雷伍跟着她，经过门口往保安室里头看了一眼，发现上次跟许浩关系不错的那个保安没有在。

他疑惑着说："嗯？之前的保安也换人了？"可没有得到回应。

雷伍晃了晃许飞燕的手："嘿。"

许飞燕反应过来，停下脚步："嗯？你跟我说话？"

"你怎么了？从刚才开始就一直在出神。"

"……没有，可能是被太阳晒太久了。"

雷伍眼神幽晦，走到车旁，他松开许飞燕的手，侧身坐在蓝色小电动车上："要聊聊吗？"

许飞燕鼓了鼓腮帮，好不容易开了口："刚才不好意思。"

雷伍云里雾里："不好意思什么？"

许飞燕眨了眨眼："我没跟人解释……你不是朵朵她爸爸。"

浓眉微微一紧又很快舒展开，雷伍语气轻松："没关系啊，我以为多大的事！"

许飞燕坦白道："我不是故意想隐瞒，只是我不太喜欢跟人解释我的家。以前在岛上，关于我和朵朵的难听话一向不少，难得来到一个新的环境重新开始，我就想尽量减少这些事情给朵朵带来的影响。"

流言蜚语是细菌病毒，只要一阵风吹来，它便四处飞散。从一个人的嘴巴里钻进去，混着固有思想不停发酵，滋生出一幅幅莫须有的画面和一个个荒谬不堪的标签，又从那人的嘴巴飘出去，钻进其他人嘴巴。

三人成虎，人言可畏！

"如果这件事给你造成困扰，回头我再跟对方私底下解释一下……"

"许飞燕，"雷伍打断她，"你为什么会觉得我有困扰？"

许飞燕避开雷伍如炬的眼神。

雷伍看出她又要缩回自己的壳里，赶紧牵住她的手，把她拉到自己身前："许飞燕，你看着我的眼睛说话。"

眼皮子开开阖阖，许飞燕终是直望他深邃的眼眸，轻声道："我不知道你有没有做好当一个父亲的准备，我也不清楚我有没有再婚的勇气……毕竟我们才刚开始，未来的事谁也说不准呀。"

许飞燕心里多少有些矛盾存在。她既想跟雷伍好好交往，但又怕自己沉溺在雷伍给的温柔里，而忘了曾经受过的伤痛。雷伍对她说的喜欢，里面是不是包含了许多的内疚和同情？——因为探视室里说的烂话感到内疚，因为她丧偶失聪感到同情，如果除去这些多余的情绪，雷伍还会觉得是喜欢她的吗？

上次雷伍说要把她和朵朵养得白白胖胖，这句话她听进心里了，可到底不是年少无知的岁数了，男人在那个状态里说过的话能信吗？谈恋爱是谈恋爱，欢爱是欢爱，但说到过日子，就上升到另一个层面了。

说到底是她还没有足够的安全感，给自己准备了随时可以撤退的后路。如果激情褪去，两个人有一天终要分开，只要那个时候她没有投入那么多的感情，是不是就不会又一次疼得撕心裂肺？

散场的家长熙熙攘攘，有几声喇叭声尖刺般响起，这里实在不是个适合聊心事的地点。

见雷伍一直不说话，许飞燕以为自己说的正好猜中了雷伍的心思，情绪好像坐上了过山车，许飞燕低头苦笑："时候不早了，我还要去买菜回龙兴……"

"你打个电话给超龙，就说我们中午不回去吃了，让他们自己叫外卖。"

雷伍收紧了手指牢牢握紧不让她逃开："你之前和蔡景尧相亲的时候，在什么餐厅吃饭？"

当年与蔡景尧相亲的那家西餐厅在一个月前关门大吉了，两个人看着门上贴着的"旺铺招租"有些发愣。

雷伍着实没想到这一点，挠着后脑勺左右张望："呃，那边有一家茶餐厅，吃那家可以吗？"

许飞燕无所谓，点头说好。

到了茶餐厅门口，雷伍让许飞燕先在门口等一下："你先进去占位，我等五分钟后再进来。"

许飞燕眼里满满的困惑："你这又是什么新花招？"

"我们来一场相亲吧。"雷伍捏捏她手心，笑道，"等会儿是我们的'第一次见面'。"

许飞燕选了个一楼边角的皮椅卡座，嘴里还在念叨着"这人的鬼点子就是多"，手已经探进斜挎包里取出润唇膏，按开手机前置镜头，对着屏幕抹上一层薄薄的淡粉，抿唇，再松开。唔，是不是餐厅内太热？

脸颊都有点发红了。

这时微信跳出来一条新信息，是雷伍发来的："许小姐，我可能还需要两三分钟才能到，如果你已经到了就先进餐厅找个位置坐下。"许飞燕被逗乐，回他已经到了，并把桌号给了他。

坐立不安了几分钟，许飞燕看见雷伍从大门口走进来，正想举起手朝他挥，突然想到雷伍说的，要装作"第一次见面"，手又灰溜溜缩到桌底下。

服务员上前询问，他对对方说了两句，服务员便领着他朝角落的卡座走。

"许小姐？"雷伍微伏着背，笑得抱歉，"不好意思，刚去买这个，花了点时间。"他像变魔术一样从身后变出一扎郁金香，鲜红色的，"初次见面的礼物，希望你喜欢。"

小心脏扑通乱跳，许飞燕自认俗人一个，以前逃不开雷伍好看的桃花眼，如今逃不开雷伍手中的鲜花。

她双手接过，低声说："谢谢你，我很喜欢……"

相亲要聊什么？无非是彼此的家庭、工作和兴趣爱好，挖深一点就会讲讲自己的过去，聊聊彼此的未来，有些实际一点的会直接聊择偶标准，几套房几辆车，房子地段在哪儿，汽车牌子是什么，连提亲彩礼都可以提一嘴。

但一般人都晓得要扬长避短，像这对男女把自己的底儿都掏穿的，还真是少见。服务员恨不得能一直黏在角落里听八卦，什么肇事逃逸蹲号子蹲了十年，什么前夫因救人溺水身亡，什么父亲欠债几千万继母卷款逃跑，什么因为与婆婆起了纠纷聋了一只耳……这两位前半生的精彩程度都可以拿来写小说了！

后面的聊天才比较正常，谈谈兴趣和爱好，这才是正常相亲的路数嘛。

纸吸管搅动着柠檬茶里面的冰块，丁零当啷，许飞燕已经明白雷伍做这场戏的用意，嘬了口柠檬茶后主动问道："雷先生来相亲，是因为自己已经到了婚娶的年纪吗？"

尽管是做戏，雷伍也还是被她这一句话气笑，这是变着法子说他年纪大了啊。

雷伍擦了擦嘴，把餐盘推到桌边，慢条斯理道："确实是，我年纪也不小了，就想找个喜欢的、她也喜欢我的人过日子。"

许飞燕还在搅着冰块："但如果和我一起过日子的话，就要从黄金单身汉直接跳级成为一个五岁女孩的爸爸了哦，你心里难道真的一点都不介意？"

雷伍眼帘微阖，空气安静了几秒，他才开口说："我其实会介意一件事。"

"什么事？"

"如果因为我以前犯过错的原因，让那孩子在学校或者外面遭受到不平等的对待，甚至是被孤立欺凌，我会非常介意的。"

冰块重重撞上杯壁，当啷一声清脆，许飞燕停下动作，静静看着他。

雷伍的声音很慢很低："你千万不要想什么会给我造成困扰，其实我才要担心，我会不会成为你和朵朵的困扰。"所以早上那位家长叫他"朵朵爸"的时候，他好煎熬，好想大声告诉对方，不是的，朵朵才没有他这样的爸爸。

许飞燕皱眉："雷伍……"

她能感觉到，那个在大雨中不停跑步的雷伍又出现了，阴郁且沮丧，衣服和头发永远湿透，没有太阳能晒干。

雷伍摇摇头，示意许飞燕让他把自己的心结全部说出来："我确实不知道自己有没有做好当父亲的准备，因为我总觉得自己没有资格。钱没了我能赚回来，那些我不会的事我可以学，我唯一无法做到的就是开车了，连摩托车证都没法考……我想要拼命对你们好一点，再好一点，这样将来如果真的发生了我担心的事，你们能不能……"他眉头深锁，喘了一口大气才说出最后一句，"能不能不要太快放弃我？"

雷伍向来意气风发，即便是身陷囹圄时也没有像如今这么卑微。许飞燕胸腔内翻涌起酸涩的浪，以前自卑的是她，如今自卑的是雷伍，但这样的身份调转并没有让她开心。

她把还剩半杯的冻柠茶推到雷伍面前，也决定坦白心事："其实，我是害怕你把同情和内疚当成了喜欢，怕你是因为可怜我，才说要照顾我和朵朵……可我最不想要的，就是你的同情和可怜。"

雷伍叹了口气，咬住吸管，狠狠一口就吸走了三分之一柠茶，才咕哝道："谁可怜你了……哦，如果可怜也能转化成喜欢，那许小姐，麻烦你多可怜可怜我。我如今无父无母，迫切需要家庭温暖，每晚睡觉被窝都是凉冰冰的，好羡慕那些有老婆孩子热炕头的人……"

"啊，你不要咬吸管，我还要喝的！"许飞燕抢回杯子，剜了他一眼，"冷你就开暖气啊，再不济就去买个暖被机，不过也不怪你，你年纪大了有老寒腿。"

雷伍终于笑出声，原本绷紧的肩膀也泄了劲，整个人往后倚上椅背："啊，许小姐，我真是太喜欢你了。"

嘴里含着柠茶，许飞燕声音含糊不清："哦，谢谢雷先生的厚爱。"

"该说的都说了，请问许小姐愿意接受以结婚为前提的交往吗？"

雷伍心里没底，想想还是给自己留点余地比较好，补充道，"如果许小姐暂时不考虑结婚也没关系，慢慢来嘛……"

许飞燕左手两指拈着吸管，低头喝饮料，只撩起眼帘瞄了他一眼。

突然，她伸出右手小尾指，朝雷伍的方向勾了勾："你没办法开车没关系啊，我会的，而且现在车技还不赖。"

雷伍愣了一会儿才反应过来，急忙也伸出小尾指，与她的勾缠在一起。

拉钩，拉钩。

路上有尖刺荆棘，前方有浓雾弥漫，天空飞着叽喳乱叫的怪鸟，你心中有惧怕，我心中有担忧，但也没有关系，就交给时间去斩断，去冲淡，去驱散，去跨越，去证明。不求一百年那么长，但求有生之年能与你一起白头已经足矣。

许飞燕晃了晃小尾指："吃饱了我们就回家吧？"

雷伍笑了笑："好。"

元旦假期后没多久，许母罗萍来了。听闻女儿出租屋里遭窃，向来随和的罗萍都无法淡定了，本来想马上过来，但许飞燕跟她再三保证自己没事，她才把剩下的禅修课程完成了，再飞来水山市。

两兄妹加上周青，三个人一起去机场接老太太。罗萍眼泪汪汪，虽然之前视频过好多次了，但还是抓着女儿转了好几圈，见她真没什么大碍才安了点心。

上车后她捏着许飞燕的手，语气担忧："之前你哥在电话里说，那贼人是在你住处附近开锁具铺的，现在呢？他还在那儿吗？"

"店铺还在那儿，但听街坊说，两个礼拜都没开过门，门上也贴了招租信息，应该是做不下去了。毕竟挺多街坊在他那里配过锁或换过锁芯，现在都提心吊胆的。但你放心啊，最近常有民警来巡逻。"

那个热心的"街坊"就是雷伍，每天去胡伟锁具铺附近溜达，最近还跟楼里其他邻居商量，要不要集资在楼道里装上监控。

许飞燕软声安慰她："这次人没事就是万幸了，而且好在朵朵那晚去哥家里过夜了，不然肯定要把她吓坏。哦，妈你可记得别在她面前提这事啊，我没告诉她，怕她害怕。"

"知道啦。"罗萍从包外袋里掏出两个平安符塞到女儿手里，"在寺里求的，你和朵朵都要放在包里。"

"好好好，谢谢妈。"

许超龙不乐意了，回过头问："阿妈你偏心，我们一家三口的呢？"

"也求啦。"她又摸出三个符，递给副驾驶的周青，"小青，这三个给你们的，人能平安健康，就是赚来的福气。"

周青笑着接过，然后说："谢谢妈，你这次就在这边住久点吧，今年我爸妈也在这边过年，大家可以一起吃年夜饭，热闹热闹。"

乡下只剩罗萍一人，老太太虽然身体硬朗，但年纪逐渐大了，也不大能干农活，前两年家里几亩地都承包出去了。之前周青跟许超龙商量过把罗萍接来城里住，但罗萍不乐意，笑说她现在无事一身轻，要跟老姐妹到处走走散散心，才不要给他们带孙子呢。

许飞燕主动牵住母亲的手，撒娇道："我不管，你怎么都要住到过完年了，我再考虑放你走。反正我那儿空出个房间，你就安心住下，朵朵还一直念叨说要跟外婆一起睡呢。"

罗萍宠溺地看着她："知啦，但不知道这个月村里要不要开会讲拆迁的事，必要的时候你们还得陪我回去一趟，他们说的那些赔偿款什么的，听得我头疼。"

老家霞丰村年初被划进拆迁名单里了，初步给出的赔偿款金额大部分村民都认可，只有几家家里人口比较多的嫌钱太少。

许超龙笑道："行啊，许飞燕这小财迷对钱银最敏感了，妈你带她去，少一分钱她都要同对方吵起来。"

许飞燕龇牙咧嘴："许超龙！"

车子上了高速后，许飞燕手机响起，是雷伍，问接到人没有。

"接到啦，已经上高速了。"

"那一会儿回到市区了你给我短信，我到楼下等你们。"雷伍脖子夹着手机，脑袋歪歪对着镜子刮胡子。

其实他早上已经刮过一遍了，还在附近找了家剃头铺把头发修短一些，看上去清爽不少，但心里总觉得还有哪儿不大干净，于是又抓紧时间洗了个澡，重刮一次胡子。

"嘶！"骤疼令雷伍眯起眼。

下巴被刮出一道口子，鲜血缓慢渗出。

许飞燕听到声音："怎么了？"

"没事没事，不小心刮了道口子而已。"雷伍用指腹刮去血珠，压制着心头涌起的不安感。

许飞燕一样样交代："那你赶紧去拿止血贴贴上，别等它自己收口啊，药箱在次卧斗柜的第二层抽屉，你记得要先消毒。"

雷伍笑得开心："知道啦，小管家婆。"

挂了电话许飞燕才发现母亲一直看着她。

罗萍先开口："是小雷打来的？"

许飞燕点点头："我那儿没有电梯嘛，他等会儿来楼下帮忙拿行李。"

她与雷伍拍拖的事已经跟母亲如实交代了，包括她租的房子在雷伍家楼上，还有他们打算合伙开店的事。

当年雷伍入狱的事罗萍是知情的，那个电话许飞燕讲得好紧张，不停地给雷伍说好话，但电话另一边有些安静，罗萍没有说不好，也没有说好。当然，许飞燕都这个年纪了，想要跟谁拍拖也不用得到家长批准，只不过她自然是希望母亲能支持她重新开始的这段恋情。

罗萍淡淡"哦"了一声，没再继续聊这个话题，搞得许飞燕提心吊胆，不知道还要不要继续帮雷伍说好话。

许超龙还想助攻："妈，雷伍知道你要来，老早就订下今晚那家素菜馆了。"

"是吗？小雷有心了。"还是轻飘飘的一句，接着罗萍绕开话题，问周青周母做完手术后恢复得如何。

两兄妹在后视镜里撞了目光，许飞燕抿紧嘴角微微耸肩，许超龙则是眨眨眼，示意让她放心。

一个钟头后，车子驶进内街，依然隔着老远就看见了雷伍的身影。许超龙心里"嚯"一声，这身棕红高领毛衣是什么时候买的？见准丈母娘也用不着这么隆重吧？

雷伍紧张的一颗心七上八下的，虽多年前在乡下许家灵堂上见过许母，但这时身份可全不一样了。

车子在面前刚停稳，他便迫不及待去给罗萍拉开车门，认真唤了一声："阿姨好。"

罗萍解开安全带下车，浅笑回应："小雷啊，好久不见了，等很久了吗？"

"不会不会，我刚下来的。"

他跟许飞燕眨了眨眼，接着走去车后厢把罗萍的行李箱拿下车。

许超龙下车，伸臂搭了搭雷伍的肩，对母亲和妹妹说："今晚我就不过来接你们了，我们直接素菜馆那儿见面咯。"

许飞燕："好哦。"

老楼楼梯狭窄，两母女走前头，雷伍拎着箱子跟在后面。自从打完招呼之后，他与罗萍就没有说过话了。这下可好，他的心脏一直往下掉，连谷底在哪儿都不知道。看看，他穿得喜气洋洋，拎着一个行李箱，就跟酒店门童一样，可门童还能跟客人聊上几句，而他却一声不敢吱。

许飞燕对这样的情况也有些头疼，照理来说不应该啊，她阿妈不是那种会戴有色眼镜看人的人。很快到了八楼许飞燕家，进门后，许飞燕把崭新的拖鞋放到母亲脚边，也习惯性把雷伍的拖鞋拿起想丢给他。

雷伍急忙道："你放着放着，我自己来就好。"他心想，怕是坐过十年牢这一点在阿姨心里已经扣了四十分，他可不能再出差错再丢分了，随便一个小细节都会让他直接不及格出局。

换好鞋子后他主动问罗萍："阿姨，行李箱直接帮您放次卧可以吗？"

罗萍点头："行，麻烦你了小雷。"

次卧床品全都是新换上的，让阳光晒得松软温暖，雷伍把箱子放好，走出卧室。

许飞燕给罗萍倒了杯茶水："妈，你先回房间休息一下吧，等会儿我们一起去接朵朵。"

没料到，罗萍竟说："阿燕，你进房间帮我把行李收拾一下吧，我有些话想同小雷说。"

一句话如飞机投下核弹，雷伍瞪大眼看向同样瞪大眼的许飞燕。雷伍愈发不安，难道阿姨这么快就要判他死刑并棒打鸳鸯了吗？他也越来越痛恨自己当初不努力改造获得减刑，现在才出来两个月，再怎么拼命用心，时间也实在太短了，根本还看不见成效。

罗萍见两人满脸全是担忧，终于忍不住笑了一声："你们放心吧，就聊点家常事。"

许飞燕凑到罗萍耳边，小声嘟囔："妈，他现在对我和朵朵都很好很好的……"

"知道啦，快去快去，把门关上别偷听啊。"

许飞燕又走到雷伍身边，没说话，只伸出手在他身后勾了勾他手指头。雷伍会意，也回勾了一下。

等许飞燕进了卧室，罗萍坐到沙发边上，拍了拍扶手："小雷，来，坐下聊吧。"

雷伍坐到单人沙发处，腰杆挺得笔直，就跟在里头听教官训话时一样："阿姨，您说吧……"

罗萍拿起杯子抿湿嘴唇，才缓慢开口："你别这么紧张，你的事，两兄妹都同我说过，其实你们年轻人要谈恋爱什么的我都没有意见……"她抬眸，认真看向雷伍，"阿姨只有一个要求，希望你不要再让阿燕哭得像那一天一样。"

"轰"的一声，雷伍耳朵嗡嗡作响，仿佛两只耳朵都要坏掉了。那天指的是哪一天，他还没问，心里已经有了答案。他觉得自己在阿姨心里不是不及格，估计都已经负分了。

"那晚我都快睡下了，忽然院里的大黄嗷呜嗷呜叫，我听着不像是对陌生人嚎啊，一开门，竟然是阿燕跑回来了……"

罗萍的声音平且缓，像在给孩子讲睡前故事，沙漏里的沙砾一颗接一颗落下，积聚成雷伍不知道的过往。

许飞燕自小就是个牛脾气，小时候没个女孩子样，下河上树，跟着他哥一群猴孩儿满山跑，和村里的小男孩打架输了没哭，跑回家拖鞋少了一只也没在意，气呼呼找哥哥去帮她出头。

那时候许飞燕住在工作餐厅的宿舍里，每一两个月和许超龙回一趟家看看她，还没试过这么晚独自一人回家，而且还哭得眼睛肿成核桃。当她阿妈那么久，罗萍极少见女儿哭成这么惨的样子，再上一次，是许父去世的时候。

月光照地堂，那晚两母女挤一张床，罗萍等到快睡着，才听女儿缓缓道出，白天去探监了，然后雷伍拒绝了她。许飞燕说暗恋一个人好累，被暗恋的人拒绝了好难受。她捶着自己的左胸口哭着问，阿妈，为什么会这么难受。罗萍也跟着难受，但只能握住她的手，拍着手背给她轻轻唱小时候的童谣哄她睡。

雷伍如坐针毡，冷汗流满背，光是听到许飞燕捶自己胸口的那一段他已经难受得不行了，鼻梁全酸了。之前他跟许飞燕解释过，现在他试着跟罗萍再解释一遍："阿姨，那时候我的情绪很差，还没意识到谁对我是真心好。而且我当时还得蹲好多年，想着不能让她把大好时间花在我身上，实在不值当啊。现在我后悔了，真的很后悔。"

罗萍喝了口茶，才点头道："阿姨信佛的，知道许多事都讲一个缘。如今你们能再走到一块儿，就代表你们还有缘，你和我能坐下来说这么一段话，也代表我们还有缘。阿姨只有一个请求，别让她再哭成那样子就可以了，你说行吗，小雷？"

上次见许母已过去十多年，岁月在她脸上毫不留情地刻下了印记，可她一双眼却通透明亮，灼灼眼神烧烫了雷伍的胸膛。雷伍鼻酸想哭，他到底何德何能，遇上这样一家人，坚忍又无比温柔，总能让他湿漉漉的心变得干燥暖和，再妥帖地放回心房中。

他重重点了点头："阿姨，我知道了，您放心吧。"

"哎哎，你看我，说着说着就搞得好严肃的样子。"罗萍拉开尼龙包拉链，从最深处的地方取出一个巴掌大的红色锦盒，递给雷伍，"我给几个小孩都带了平安符，本来也想给你带的，但想想，还是给你这个吧。"

"阿姨您这就太客气了……"雷伍连连摆手，虽不知那盒子装着什么，但他怎么好意思收？

罗萍性子也是个大大咧咧的，力气也很大，一股脑就把锦盒塞到雷伍手里，然后说："你就收下，我给它诵经的时候想的是你的事，除了你我也没法给别人了。"

那锦布谈不上是多高级的料子，盒子轻飘飘，可雷伍仿佛拿着举世珍宝。开盒有淡淡檀香扑鼻，是条手串，棕褐色珠子很是圆润饱满。

"阿姨，这……我确实不能收。"雷伍连伸手去碰的勇气都没有，有些为难地看着阿姨。

罗萍看出他的犹豫，直接问："为什么不敢收？"

"你知道的，我犯过事。"雷伍想把盖子盖回去，但又被若有若无的甘醇檀香吸引，那手串尚未产生包浆，但质如犀角，一颗颗珠子里倒映着一个个他。

阿姨还专程为他诵了经，可他哪有资格去触碰？连看多一眼都觉得佛祖会怪罪。

客厅安静得能听得清墙钟的嘀嗒声，罗萍问："小雷，你觉得善恶能相抵吗？"

这个问题雷伍之前想过多次。他摇头，声音已经有点哑："无论我做了多少好事，犯过的错还在那儿，就像……嗯，就好比我惹燕子哭的那一次。"他并没有用肇事逃逸的事情打比方，"我说过的话，就像钉子一样扎进她心里，就算我现在把钉子拔出来，那儿还是留着一个坑不是吗？"

罗萍眼尾的皱褶深了一些，眼里竟有些惊喜："对的，善恶无法相抵，因为它们是不同的种子，善结善果，恶结恶果。你说的，钉子拔出来还有坑，但这个坑未来你是想播善种还是恶种，这个你可以自己选择的呀，把坑都种上好看的花，也是可以的。"

雷伍已经明白了罗萍的意思，道理其实他都懂，张警官以前成天苦口婆心跟他说，有一颗悔过的心比什么都重要。这个心结是他自己系上的，为的就是要时刻提醒自己不能行差踏错，可提醒得久了，想要完全平和下来就很难很难。

而这时，手中如千斤重的手串静静散着幽香，阿姨的话语似温暖的春风从耳朵灌入，起伏不断的情绪慢慢平稳了。

"撞了人的这件事，你应该尝到恶果了。"看雷伍点头后，罗萍从他手里把小盒子拿了回来，"当初你二话不说就借钱给超龙让他爹看病，这件事你可还记得？"

雷伍不明所以，但又点了点头。罗萍也不扭捏，拿起手串，前倾身子，直接把手串戴到雷伍的手腕上。她挑的珠子尺寸较大，挺适合雷伍牛高马大的身材，虽然不是几百上千的料子，但还是好看的。

雷伍还在怔愣，手背已经被重重拍了两下，接着听罗萍说："善恶不相抵，所以这就是那时候结出来的善果。"

听 话

许超龙洗着手，一抬头就看见镜子里一脸傻笑的雷伍。

"你能不能矜持一点？好歹以前也是高贵公子，现在怎么看就怎么像个傻员外……"他说着关了水龙头，随意甩了甩手上的水珠。

雷伍被水珠溅到也不恼，问："阿姨是不是给你带了平安符啊？"

"对啊，她给你带了吗？"许超龙觉得自己问得多余，雷伍笑成这模样，证明罗萍不仅没怎么刁难他，甚至结果比预期好。

雷伍抽了一张擦手巾："带了带了，阿姨人美心善，给我带了别的手信。"

"哟，是什么呀？"

"就不告诉你。"

许超龙气笑，两个老男人又幼稚地推推搡搡起来。

这家素菜馆是私房菜，采取预约制，隐身在老市区一独栋三层小楼内。装修古朴别致，充满禅意，菜单每月一换，按季节时令设计。菜肴精致可口，但人均价格不贵，连一向重口喜辣的张莲都赞不绝口。

从洗手间出来后，雷伍先去一楼买了单。他们的包房在三楼，往上走时，突然下方有人唤他名字："雷伍？"

雷伍探出头一看，眼睛逐渐睁大，他还没出声，对方已经爽朗笑道："你小子，才两个月，别跟我说不认得我了啊！"

"哎哟喂，张警官！哪敢不认得你啊！"雷伍急忙走下楼梯，嘴角漾开笑。

张建辉上下左右来回打量他，啧啧几声："要不是你发型没变，穿这么身喜庆衣服，我还真不敢认。"

雷伍也笑："你好意思说我？你穿便服我也差点认不出来好吧。"

今天是工作日，但张建辉穿着便装，看来是调休了假。

果然，张建辉指指身后一间包房："我爱人今天生日，特地换了班出来陪家人吃顿饭。你呢？"

包房房门半掩，雷伍能听见里面嘻嘻哈哈的声音，他指指楼上："我和女朋友家人吃饭呢。"

"女朋友？"张建辉惊得手里的烟盒都要掉了，突然想起什么，眼睛睁得老大，"哦，我弟跟我说过，冬至那晚见到你了，你给邻居一姑娘抓了个小偷，是那姑娘吗？"

雷伍笑着说："对，就是她。"

张建辉先是愣了几秒，下一秒喘了口大气，最后笑得眉眼弯弯，像雷伍出狱那天，使劲拍了几下他的手臂："你这融入社会的速度可以啊！是不是过些时日娃娃都要落地跑了？"

雷伍挠挠鬓角，差点要跟张建辉开口说，其实早有落地跑的娃娃了，都快要上小学了。

能在这儿相遇也算是缘分，张建辉搭着雷伍肩，带着他往包房走："来来来，我得跟家里人好好介绍介绍你。"

原木色大圆桌围坐着五人，其中两女一男是中年人，还有两个正脑袋碰脑袋刷着手机的年轻少女。

见张建辉这么快折返，除了两个少女，另外三人都抬头齐刷刷看向他。

"给大家介绍一下，这位是我总挂在嘴边的那个刺儿头，雷伍。"

许是张建辉经常提起他的名字和事情，其中一位戴着细框眼镜的女士已经惊讶地站起身打招呼："你好你好，怎么这么巧碰上面了？"

"他在楼上的包房和女朋友吃饭呢。"张建辉给雷伍介绍，"我爱人。"

接着指向另一对中年夫妇："我小舅子和弟妹。"

雷伍一一打了招呼。

"我女儿，和她表姐，不过两人同岁，前后相差就一个月哈。"张建辉指节敲敲木桌面，对俩姑娘说，"嘿，你们两个低头族，要喊人呐。"

这时俩姑娘才缓缓抬起头，可看清楚对方后，两个人竟默契十足地同时喊了声："叔叔？"

雷伍一开始只是觉得俩姑娘的样子有点脸熟，但想不起是什么时候见过，直到她们这声叔叔，他才想起："啊，你们是咖啡店的……阿婆什么主？"好不容易想起这称呼。

张建辉见毫不相干的三人竟然认得，更是惊诧，雷伍便同他简单解释了一下那天请教两人开店的事。

"哦，我是知道她们在搞什么媒体什么的……"张建辉有点说不清楚，女儿搞的那些玩意儿对他来说太复杂了。

短发少女语气无奈："爸，是自媒体，你们监狱现在不是也开了公众号和抖音吗？差不多一个道理，现在是新媒体时代了。"

"她俩在水山大学读新媒体的。"张建辉爱人取了个空茶杯，斟了杯茶水，笑着递给雷伍，"当年谢谢你，真的谢谢。"

雷伍急忙接过："嫂子你太客气了。"

之前在派出所另一个张警官跟他道谢，他已经觉得很不好意思了，他真没干什么啊，就是上去帮张建辉挡了几拳。

"如果当时老张出了事，我哪还能像现在这样坐在这儿和家人同乐呢，这声道谢之前也没机会对你说，来迟了一些，希望你别介意。"张建辉爱人有些感触，"以前老张和我提过你家的事，如果你不嫌弃，以后来家里吃顿便饭吧。"

雷伍举起茶杯抿了口茶，茶温正好，不冷不烫。他笑得坦然："怎么会嫌弃呢，以后会有机会的。"心中想，这应该就是当时帮张建辉时结下的善果吧?

张建辉刚才起了烟瘾，跟家人再唠了几句后就拉着雷伍出去了。道别的时候张家姑娘还跟雷叔叔交换了微信，说等甜汤店开了就告诉她，她们可以为他写推文做宣传，不收钱的那种。

雷伍深知"网红"的重要性，连声道谢，说他们有计划在试营业之前先邀请本地的新媒体人到店里试吃，到时候一定给她俩发出邀请。

这家素菜馆的二、三楼都有一个小露台作吸烟区，张建辉敲了两根烟，递一根给雷伍，雷伍摇头："我戒啦。"

"戒了?！"

"嗯，我女朋友不喜欢，而且二手烟对小孩子不好。"

"咳——你这是准备要孩子了?！"这下张建辉更惊吓了，烟还没衔进嘴里就被自己口水呛到。

"没有……哎，我和她之间的事一时半会儿没办法解释得清楚，等下次去你家吃饭再说。"

张建辉睨了他一眼："神神秘秘……你不抽，那我自己抽了?"

"你也少抽点啊，也不看看自己年纪多大了。"

"滚蛋。"

趁着张建辉点烟，雷伍发了条信息给许飞燕，说遇上个熟人了，聊一会儿再上来，还很自觉地同她报备，说是田滨的那个张警官。

等张建辉吐了口烟，雷伍才继续说："但我这样的身份，和你有往来的话会不会不太合适？"

张建辉蹙眉："你什么身份？"

雷伍仰起脖子笑着自嘲："有案底啊。"

"我脱了那身衣服，就是一个普通人；你脱了那身衣服，也是一个普通人。我们之间没有利益关系，有什么不合适的？"

雷伍拍拍后脑勺，低笑道："张警官说得对，是我犯糊涂了，我改正。"

"对了，我屋那群牛鬼蛇神怎么样了？"雷伍突然提问，而张建辉拿烟的手蓦地一颤，那半长烟灰就这么簌簌落下。

见他忽然严肃起来的表情，雷伍心头很快漫上不安："是不是不能说？里面有人犯事了？林老幺犯蠢了？"

"老幺没事，你走之后他乖了许多，其他人也没什么大毛病……"张建辉又停了下来，只一口接一口抽烟。

雷伍没催他，但那不安已经变成了不祥的预感——有人出事了。

最后张建辉把烟屁股摁灭，嗓音沙哑："魏大牛死了。"

许飞燕察觉到雷伍情绪不对劲，虽然他说话时还能嘴角带笑，但那笑意没有进到眼里。他们打车回凤阳楼时，雷伍坐在副驾驶座，透过车前玻璃洒进来的昏黄阳光在他宽阔的肩膀上镀了层金色，模糊了界线，那身酒红毛衣逆在烂橘子色的光里，也变成了铁锈般的颜色。

从离开素菜馆到这会儿，已经吃了五颗喉糖，他烟瘾上来了。

许飞燕发了微信给雷伍："你怎么啦？"

雷伍很快回复："今晚等朵朵睡了之后，你能下来六楼吗？有件事想跟你说一下。"

"行啊，等她睡熟了我就下来。跟什么有关的事？"

过了一会儿，许飞燕才收到回复："和田滨有关"。

后来许飞燕没有多问，一颗心一直悬着，等朵朵睡着后，她披了外套走出卧室。罗萍还没睡，正在客厅茶几旁盘腿抄经。许飞燕坐到沙发旁，静静看着阿妈十分缓慢地落笔、提笔。阿妈以前也就是跟着地方习俗在初一、十五拜拜地主爷而已，是从阿爸过身之后，她才开始诚心礼佛。

阿妈文化水平不高，一开始甚至不太能看明白经书，于是便让两兄妹帮她找相关音频，自己一点点对着经书来听。开始抄经的时候也是，很多字阿妈只能照着字一笔一画硬抄下来，不明白经文含义时，也会麻烦他们兄妹上网查一查资料。

随着一年年的功课做下来，如今阿妈的字虽算不上有多好看，至少是工整干净的。许飞燕觉得，至少比自己圆滚滚的字体好看多了。罗萍身上有一股温柔的韧性，面对挫折时不会怨天尤人，生活安稳时不会扬扬得意。有这样一位母亲，许飞燕心里总觉得很庆幸且自豪。

收完最后一笔，罗萍吁了口气，问："朵朵睡啦？"

许飞燕点头："妈，雷伍有点事要跟我谈，我去楼下一趟。朵朵睡得挺熟的，你睡前帮忙看看她有没有踢被子就行。"

"行，你去吧。"

"你抄完经就早点睡啊，今天坐飞机也累了吧。"

"行，我再抄完一小段就睡。"

许飞燕轻手轻脚走下两层楼。雷伍的密码锁已经录入了她的指纹，她开锁推门，客厅竟没开灯，仿佛每个角落的烛火都让雨水浇灭，湿淋淋一片。

"雷伍？"她边换拖鞋边问，"怎么不开灯？"

许飞燕的手已经快摸到灯开关了，却听见一声："别开，我在这儿。"

眼睛习惯了昏暗后，能看见沙发上幽暗的身影。雷伍弯了背脊，脑袋低垂。许飞燕心脏忽然一揪一揪地疼，她趿拉着拖鞋走到沙发旁。雷伍回家后没换衣服，还是那件高领毛衣。矮几上散落许多银箔糖纸，几乎都被捏成一小团，在屋外淡淡的路灯映照下宛如能连成线的星辰。给他买的蜂蜜喉糖都快被吃完了。

"睡前吃这么多糖，等会儿要记得刷牙哦。"许飞燕语气故作轻松，弯腰把桌上的纸团收进手心里，走两步丢进垃圾桶内。

"燕子。"

"嗯？"

"抱一下。"

"好啊。"

雷伍背脊后倚，摊开双臂，许飞燕踢了拖鞋，腿一跨，直接坐到他大腿上。许飞燕还没来得及看清他似乎红透的眼睛，雷伍已经低头深埋进她肩颈处。

"魏大牛他过身了。"

"魏大牛？"

"就是那个……咳，去跟包工头讨工资，结果一板砖下去……的那个老头儿。"

许飞燕记起来了，是姓魏的那个老大爷。

她皱眉问："怎么这么突然？他不是明年就能出来吗？"

"嗯……"雷伍苦笑了一声，"你说，老天爷怎么那么爱开玩笑呢？嗯？就差那么一点时间，怎么就突然来了个心梗啊？我都跟他说好了，明年要是他儿子不去接他，我就去接他……你说，老天爷这是什么个意思？"

刚才张建辉说，冬至那晚狱中加了菜，饭后一人还有一碗汤圆。吃饭时魏老头人还好好的，但看《新闻联播》时，就突然抓着胸口倒下了。值班狱警已经第一时间通知监狱医院，监区卫生员也及时为其进行心肺复苏，可当医生赶到时，老头子还是走了。

这都是命呐，张建辉叹着气说，而让人心酸的是监狱怎么都通知不上魏老头的儿子。魏老头的儿子叫魏天明，手机号码显示已经停机，他们再联系他儿媳，也是停机状态。只能联系魏老头户籍所在地的村委会，让他们帮忙找一下魏家亲戚，兜兜转转好不容易找到他亡妻家里的人，再麻烦他们联系一下魏天明。

魏老头属正常死亡。在检察院调查结束后，监狱出具了死亡证明，这个时候也终于联系上魏天明，尸体在殡仪馆摆了整整五天，魏天明才出现。监狱负责火化、骨灰盒等基本丧葬费，魏天明跟监狱要求，看了监控，最后没对死亡报告提出异议，只取走了魏老头生活卡里的钱，其他遗物都没要，直接离开了田滨。

张建辉说，骨灰盒都没拿，他们只好暂时寄存在殡仪馆内。

"有什么仇什么怨，连骨灰都不要？我真……搞不懂！"雷伍的声音就像潮湿的牛皮纸被用力撕开，许飞燕好想帮他，却无能为力。

她是第一次见雷伍哭成这样，衣襟都湿了。雷伍的泪水一点点往下渗，浸得她的锁骨和再往下一些的心脏都冰冷发凉。说真的，她没和魏大爷接触过，只能感到有些许惋惜，到底没办法像雷伍这样悲伤，可她受不住雷伍哭得肩膀发颤，和之前胡军趴在她肩膀哭，完全是两个感觉。她忍着泪，所有安慰的话语都哽在喉中，只能一下下轻拍男人颤抖的背脊，希望这样他能好受一些。

"后来他没收到生活费，可每个月的工资还都省了下来，偶尔就买点苏打饼干解解馋……有人笑他是不是省下钱留给儿子买房子，他说想出去后给孙女买好看的小裙子，说小燕子得要穿花衣的呀……"说到这儿，雷伍不知被触动了哪一条神经，几乎是放声大哭。一句接一句骂着粗口，到底是骂老天爷还是骂魏老头的儿子，许飞燕分辨不出来。

"你别哭了，我会心疼的……"泪水沿着脸颊无声洇落，许飞燕低头吻雷伍的发顶，接着往下一下一下轻啄，想要抚平他额角因情绪激动凸起的青筋。

雷伍有所感觉，肩膀颤了颤后抬起头，哽咽着问："你怎么也跟着哭了啊……"

许飞燕弯下脖子吻他咸湿的眼角和温热的眼皮："我也不知道啊，看见你哭，我心里难受。"

唇落到了他的唇上，分不清糅进吻里的是谁的泪水，好似一块还没融化的盐，咸得心里发苦，却还要继续往下咽。潮水般的悲伤灌满夜晚，溺水的两个人嘴对嘴，仿佛在为对方做人工呼吸。

许飞燕用睡衣袖子给他擦去眼泪和鼻涕："你哭得比朵朵还傻，丢不丢人哦？"

雷伍稍微冷静下来，想起自己刚才的样子就有些懊恼："丢死人了，你千万别告诉你哥，不然要被他笑好几个月的。"之前还敢笑话胡军哭成那个样子，现在他自己不也是这样？

"哦，有人害羞了。"许飞燕眼角泪花闪烁，捧着他的脸傻笑。

雷伍的下巴贴着块肉色胶布，许飞燕指尖轻点那处："这里还疼不疼？"

"你多亲几下就不疼了。"雷伍鼻尖拱了拱她的鼻翼，两人滚烫的鼻息密集地交缠着。

"怎么比朵朵还会撒娇啊你？"许飞燕嘴里是埋怨，嘴唇还是熨上了胶布。

吻着吻着差点又要过了火，雷伍先松开了她，头埋在她肩颈处喘气，平复着自己的情绪。一封封泛黄起毛边的信纸，在睡梦中吟唱的童谣，苦口婆心的劝导，分给他一半的苏打饼干……雷伍没办法忘记。

老头的愿望好简单，他不求家人能原谅他缺席了这么多年，只希望能见见长大了的孙女。雷伍想帮魏老头实现心愿，可他支吾了一会儿开不了口。

许飞燕轻轻拍着他的背："先去洗个热水澡，想说什么，洗完澡再说。"

"好……你能别走吗？"

"嗯，要给你煮点什么吃吗？"

"好啊，想吃点甜的。"

听见浴室里淅沥沥的水声，许飞燕才叹了口气，走进厨房。冰箱里还有一点芋泥和杏仁奶，都是昨天剩下的。元旦假期他们在试各种材料搭配，光是芋泥的制作就试了好几种芋头，荔浦的、江永的、乐昌的，每一天厨房里都灌满芋头香气。

杏仁奶在奶锅里温热至冒出第一个小泡，就倒入芋泥，木勺一圈圈地绕，许飞燕的思绪也跟着绕，她大概知道雷伍刚才想说什么。直至奶液不断冒泡热气腾腾时，腰间环上了一对温暖手臂。

雷伍一开口说话都带着湿热水汽："好香哦。"

"嘿，我问你一件事。"

"你说。"雷伍接过她手里的木勺继续搅拌。

许飞燕直接在他怀里转了个身，回抱住他的腰，问道："你想去找魏大爷他孙女吗？"

"许浩，别磨磨蹭蹭的，快来洗澡！都九点了，就算明天不用上学也不能这么晚睡啊！"

周青对着客厅喊话，听见许浩应了声"哦"，却好久都没等来他的影子，她只好亲自去客厅逮人。许浩正趴在沙发上玩她手机的宾果消消消，一双小腿在半空快活地晃来晃去。

周青走过去一把抓走手机，许浩急忙抗议："啊！还差一点就能过关了！"

"喊了你多少遍了？你爸都快洗完了，你再不进去等会儿就自己洗！"周青捏着他后颈跟抓猫崽一样，带着他往主卧浴室走。

许浩还在挣扎："我刚才那一关你别碰啊，等我自己过！"

"知道啦，祖宗！"周青没好气地把他推进浴室，关上门，没一会儿里面就传出两父子嘻嘻哈哈的笑声。

从许浩幼儿园大班开始，淋澡这个任务就交给许超龙了，儿子渐渐大了，最好由爸爸带着他洗澡。想想这时间也是过得够快的，许浩刚出生的时候好小一只，周青把他放盆里洗澡时总心惊胆战，生怕一个不小心把他小胳膊小腿给弄折了，这会儿像个猴孙样，都快能上房揭瓦了。

她坐在床边，把刚从阳台收下的衣服一件件叠好，也跟着一起笑。只是笑着笑着，一想起那件事，嘴角就会慢慢下垂。收拾好衣服后两父子还没完事，周青走到客厅，她的手机安静地躺在沙发上，已经自动熄了屏。

她刚坐到沙发上，这时张莲从外面推开了门，嘴里还哼着曲儿。

周青见老太太心情好，她也愉快一些，笑问："看来今晚让你领舞了？"

张莲坐在小凳子上，把舞鞋脱下，然后说："嘿，说中了，今晚我和阿娟领舞。"

周青真挺佩服母亲的，才来这么一个月，已经成为星洲公园广场舞的领舞。这样也好，她一直希望这个城市能让母亲也有归属感，在这里长住才不会觉得无趣。

"跳归跳，你可得自己把握好度，怎么说也是做过手术的人了，小心点好。"她叮嘱道。

"知道啦。"张莲正准备去卧室拿换洗衣物，忽然停住，问周青，"丫头，你和王言旭到底怎么了？"

头皮嗡一声麻了半边，周青佯装淡定地反问母亲："什么怎么了？"

"我刚跳完舞，一看手机，有好几个未接来电，全是王家小子。我打回去问他什么事，他说有事想找你，但你之前的手机号总是关机，问我你是不是有新的手机号码。"

又是一阵麻意袭来，周青开始觉得恶心发寒，缓缓问道："……你给他了吗？"

"没呢，我想说你没给他号码估计是有什么事，我还问他你们是不是闹矛盾了，因什么事闹矛盾，他又不吱声了。"

张莲突然看一眼主卧，再看回女儿，低声问："你上次说删了他微信，前些日子又突然换手机号码，你跟妈老实讲，你俩到底怎么回事？"

周青强颜欢笑："没事，删微信是俩人聊不到一块儿，你知道的，他现在那么红，朋友圈早就跟我不一样了，价值观也不同。手机号码的事不是也说过，我原来那联通在屋里总没信号，才换成电信的。"

张莲松了口气："不过话说回来，你现在什么身份啊，要是还跟他聊得来，那也不合适啊。咱可不能犯迷糊，你晓得的吧？"

一颗心都蹦到嗓子眼了，周青甚至都觉得母亲是不是已经看出了什么，急忙否认："妈！你在说什么呀！真的是……哎哟，你快去洗澡，我等着你的衣服一块儿洗呢！"

"行行行。"张莲起身，嘴里还嘀咕着，"这小子老找你干吗呢，总不能是借钱吧。"

等母亲离开，周青才察觉自己喉咙酸涩到已经开不了口，她憋了一肚子话，却连个能诉说的对象都没有。如今一听见"王言旭"这个名字她就要打寒战，但不是因为她心虚，而是因为内心深处总有抑制不住的恶心。

之前周青只是单纯想逃避不想面对他，即便王言旭说当什么事都没发生过，但她怕不小心让许超龙看见她手机里他的联系方式，所以把他微信删了，电话拉黑了。周青觉得完全斩断联系就能各过各的日子，典型掩耳盗铃的心态。

那晚的事周青一开始不愿意回想，可后来逐渐产生怀疑，她再去努力回想，却发现记忆蒙上了雾，灰蒙蒙一片怎么都看不清。饶是她酒量再差、再怎么醉也不可能完全意识不清啊！——那天晚上我是不是被下药了？

这个想法一跳出来，周青立刻感到整个世界天旋地转，再搜了几个关键词，她已经顶不住，冲到厕所把刚吃下没多久的午饭吐了个精光。那天家里只有她和母亲在，母亲见她吐时还十分惊喜，问她是不是有了。

躲得过初一，躲不过十五，王言旭隔三岔五就换个手机号码打过来或发短信来，周青越来越心寒，索性拔了原来的手机卡，换了一个新的号码，但现在王言旭竟然直接找到她母亲那儿！如果她产生的怀疑并不是没来由的臆想，那王言旭这家伙……怎么还有脸找过来？！

好像有条冰冷的蟒蛇沿着脚一直往上爬到周青的脖子，慢慢收紧，快要让她喘不过气。她咬牙按开手机，点开了浏览器。

这半个月来她一直在翻看各个和她类似的案例，多是受害者与网友初次见面被下了药，之后失去意识遭受迷奸。那些案例下面的评论都阴阳怪气的，什么"苍蝇不叮无缝的鸡蛋""是有多寂寞才想去约网友""这不就是送上门吗"。最恶心的是，甚至还有不少求链接求渠道的人。遇上受害者和她一样是三十岁左右的少妇，评论就会说"不守妇道能怪谁""她老公才惨了吧，头顶青青草原""你婚内出轨你活该"。

周青上个礼拜通过审核后进了一个 QQ 匿名互助群，里面基本是被下药迷奸的受害者，让她心惊的是，除了和网络案例一样是遇上陌生人下药的，另外大部分受害者都是遭遇熟人作案。朋友、同学、同事，甚至还有亲人。人面对陌生人时还能有一定的警惕心，可面对熟人，往往会松懈下来，防不胜防。

几百人的群里，只有十分之一的受害者报了警，其中还有人已经和对方达成了和解。不选择报警的原因有许多，大部分是因为取证极其困难，就像周青这样，一开始压根儿没往那方向想，她们大多会觉得是自己酒后乱了性。

其中有一个女孩说出自己的经历，她和男朋友交往时已经提出了自己不接受婚前性行为，男朋友表示他能接受，两年来两个人一直相处和谐，她甚至觉得自己遇上了这辈子对的那个人。但就在他们交往两周年纪念日时，男朋友在家亲手准备了烛光晚餐，她喝了不少酒，再清醒时已经和男朋友睡在床上了，两个人都赤裸着身子。

男朋友说是两个人都喝多了，情到浓时实在抵挡不住，还搂着她安慰说以后一定会更加爱她呵护她。生米煮成熟饭，女孩只能这么接受了，可有一天在男朋友与兄弟的聊天记录里，女孩看见他们在讨论什么"神仙水"，一开始她还以为是某品牌很出名的护肤品，后来觉得不对劲，才回想起纪念日那天的诡异之处。

神仙水、听话水、乖乖水……全都是迷奸水的别称。

女孩气得去报警，但警察说单凭这么一句话和她的一面之词根本没法立案，还劝他们小两口好好过日子，别一吵架就报警。男朋友也一口咬定那晚是双方自愿，反过来说是女孩有被害妄想症，这样要怎么继续交往下去。

看着女孩的经历，周青立刻联想到王言旭当时也说过类似的话，可她遇上这种口说无凭的事，除了把互助群当树洞倾吐心声，现实中她还能与谁提起呢？这时她隐约听见浴室的水声没了，赶紧把浏览器窗口关掉，用手背擦了擦眼角，提醒自己等会儿看见丈夫、儿子时要笑脸迎人。

浴室中，许超龙半蹲在地给儿子擦身子，嘱咐道："再玩一下下游戏就要去睡觉了知道吗，别老惹你妈生气。"

许浩没好气，拉着长音说："知道啦。"

"你乖乖听话啊。下个礼拜就放假了，我和姑姑商量过了，寒假找几天带你和朵朵去长隆玩，好不好？"小男孩突然不吱声了，许超龙疑惑，因为长隆是许浩从一年前就嚷嚷着想去的。

他给许浩穿上睡衣，套裤子的时候许浩趴在他耳边，细声问："爸爸，我会听话的，你能不能让妈妈别给我喝'听话水'啊？"

许超龙停了动作，睁大眼问："……儿子，你在说什么？"

"锵！"砸在墙上的酒杯四分五裂，看着琥珀色的酒液沿着墙壁缓缓洇下，王言旭觉得，好像回到了那墙壁长满壁癌的老房子，鼻子也闻到了那股浓臭呛人的药酒味。他痛恨他的过去，无论他如今赚了多少钱，买了地段多好的房子，开上多名贵的车，那些暗无天日的回忆却总像吸血水蛭一样，粘在他的骨头和血肉上，怎么甩都甩不掉。

他童年唯一的光就是周青。巷里没有小朋友愿意和他玩，只有周青过来牵他的手，说我们一起玩吧；他的书桌被人写满污言秽语的时候，还是周青帮他擦干净；被人堵在学校旁暗巷里往死里欺负，依然是周青救了他。

可如今那道光也要离他而去了，而始作俑者就是他自己，是他鬼迷心窍、抵受不住欲望干了那件蠢事。微信被拉黑，电话再也打不通，连周母都不愿意告诉他周青新的电话号码，王言旭想，周青或许已经猜到了什么。

可他也知道，周青手上是没有证据的。如果有证据的话，当初在老家他把周青从合年巷叫出来的时候，她应该就有所戒备了，但周青没有，她相信了他说的"经过"。他自嘲，干这行干久了，编造剧情的能力倒是挺强的。

如今已经过了一段时间，即便周青猜到了他做过的事，她也没办法追究什么。互助群里的人经常交流经验，在没有证据的情况下，只要死死咬住双方是你情我愿就行了。更何况，他根本就没有……

一想起这件事，强烈的挫败感从王言旭的脚底漫起，绕过了毫无动静的某个地方，直上心头。挫败感渐渐成了怒火，他一把抓起威士忌酒瓶，猛地朝墙壁丢过去！"哐啷"，玻璃碎成片。

酒意上头，王言旭摇摇晃晃走到墙角置物架处，那里堆满了各种推广商品，其中有几瓶廉价红酒，难喝得要命，他当时还在视频里找机会植入广告，努力把这破玩意儿包装得价格极高。他抓起红酒一瓶接一瓶全砸向墙边，鲜红的液体溅得到处都是，一片狼藉。

他是有错，但周青也有错！她为什么要那么早就嫁给那么个修车工，不能再等等他？如今他有钱了发达了，周青为什么不像其他人一样围着他转？明明勾了小尾指，为什么还要拉黑我？！

叮咚——

急促的门铃声打断了王言旭的泄愤。

开了门，门外是他的邻居，一个金棕鬈发的年轻女子，对方抱臂，语气不爽："先生！你知道现在几点了吗！！"

王言旭微垂着眸，忽然觉得眼前的女人样貌渐渐和记忆里的那人重合。

女人骂着骂着，越来越小声，末了有些惊讶："你是……那谁吗？抖音上很红的那个……"一口郁气瞬间烟消云散。

王言旭嘴角微扬起，对啊，这才是正确的反应啊。他放低姿态主动道歉："不好意思，我刚搬过来的，正在收拾东西，手滑打烂了几个酒瓶，给你添麻烦了。"

女人气也消了一半："算了，没事，别再吵就行了。"

"你住我楼下吗？"

"对的。"

王言旭浅浅一笑："好的，回头等我收拾好房子，亲自登门道歉。"

夜安静得令人窒息，听着身边人均匀的呼吸声，许超龙缓缓睁开眼，掀开被子下床，光脚悄声走到妻子那一侧的床柜处。周青的手机正在充电，拔下充电线时屏幕亮起，许超龙借着白光看了眼熟睡的妻子。很快屏幕暗下去，房间不再有光，许超龙走出了卧室，虚掩上门。

周青的手机密码和他的一样，也是 111213，是他们一家三口的生日连起来的数字，而屏保不知道哪一天起，换成了和他一样的，许浩婴儿时抬头的那张相片。

无论婚前还是婚后，他一向坦荡，从来不介意周青查他手机，周青也没藏着掖着，但这么多年来两人除了用对方的手机看视频、拍照、支付等，很少会特地翻查对方的微信和 QQ 聊天记录。

前段时间周青的情绪和行为都有些古怪，有时会半夜惊醒，有时会对着手机发呆，她还把用了很久的手机号换了，即便是这样，许超龙也不愿意去翻查她的手机。可如果事情的发展根本不是他想象的那样，许超龙就有点控制不住自己了。

客厅没有开灯，手机的光打在许超龙脸上让他显得苍白无色。许浩跟他说，是玩游戏的时候看到了妈妈的手机里有"听话水"这个词语，许超龙猜测，儿子应该是不小心看到了后台浏览器页面。他点开浏览器，后台的窗口都关闭了，他盯着历史记录的图标许久，终于按下。

一瞬间头脑嗡嗡声不断。历史记录里全是高度相似的关键词页面，在里面许超龙看见了许浩说的那样东西，而且只剩一天的记录，之前的全被清空了。

许超龙是知道这玩意儿的，以前他还看过一个网红拍了个亲身试验"听话水"的视频，三滴水溶于可乐里，成年男性喝下之后不到几分钟就如喝醉一样，再过一会儿就睡得不省人事，整整睡了三个多小时才恢复意识。虽然不知道有没有做戏的成分，但视频当时挺轰动，到处有人转发。

许超龙点开微信，没有翻查聊天记录，只看了她通信录黑名单，没什么可疑的人。再点开 QQ——自从有了微信后他们就很少用 QQ 发信息了，一进入，许超龙就看见了一个近期有人说话的互助群。

只是扫看过几条信息而已，许超龙已经心如刀割，太阳穴阵阵刺痛。手指飞快地往下滑，他心里又急又怕，想知道周青身上发生了什么，也害怕知道周青身上发生了什么。可聊天记录刷到顶了，也没看到周青有发出信息。妻子应该是把自己发过的话删除了，里面有几段对话的衔接有些不太自然。

许超龙熄了手机，取了烟盒走出阳台。他只穿单薄打底睡衣，脚还光着，就这么一根接一根地抽，抽得猛，连眼睛都被烟熏得通红。烟灰缸里的烟蒂越来越多，直到烟盒瘪了，他才拿着烟灰缸和烟盒回屋，烟盒丢垃圾桶，烟蒂烟灰倒公卫的马桶里，手一按，那些坏透了的情绪便随着烟蒂被水冲走。

他走回卧室，将手机重新插上线放回原位。妻子的睡姿没有太大变化，许超龙蹲在床边凝视她许久，才抬手将滑落脸颊的发丝轻拢到她耳后。

他对着空气问："傻不傻哦？"

许超龙把沾满烟味的睡衣脱了下来，钻进已经凉了一半的被窝里，侧躺着，手轻轻环上妻子的腰。

等到身后的人呼吸渐渐平缓下来，周青终于忍不住了，睁开眼睛，泪水从眼角滑落，在枕头上洇开一片。

过完安检，许飞燕才长吁出一口气。他们的飞机十点起飞，早晨两个人不到七点就从家里出发了，雷伍说肚子饿，牵着许飞燕到肯德基买了几个蛋挞。

今天天气很好，干净明亮的玻璃外是宽敞的跑道和蓝天白云，许飞燕慢慢咬着蛋挞："天气这么好，应该不会有气流什么的吧……"

"天气好跟气流没什么关系呀，也有晴空乱流的情况，尤其以前我飞日本时，那气流大得呀，跟坐过山车一样……"雷伍正准备拿第二个蛋挞，一看许飞燕脸都僵了，急忙改了口风，"不会不会，肯定顺顺利利，阿姨给你的平安符你不是带着吗？放心放心。"

许飞燕是第一次坐飞机，之前她与蔡景尧的蜜月没有特意安排，去了港澳溜达一圈就回来了。主要是她其实有些轻微恐高，如今再加上耳朵的问题，多少有些担心。

"而且我这么一个高壮猛男坐在你身边，你应该有满满的安全感才对啊。"雷伍笑得赖皮赖脸，用拇指指腹把许飞燕唇边一小块金黄碎屑沾了下来，送进自己嘴里。

"你和我都坐同一架飞机里，要是真遇上什么事，我们两人都——啊啊啊呸呸呸，都快上机了我还说这些，真是乌鸦嘴！"许飞燕翻了个白眼，送给瞎操心的自己。

怕许飞燕胡思乱想，雷伍变着法子想让她放松心情，但登机前的所有轻松在飞机加速狂奔时画上了句号。上升过程中许飞燕紧张得死死抱紧雷伍的小臂，身体坐得笔直，怎么都不敢望向舷窗外。而雷伍担心的是她的耳朵会不会因为起飞气压骤变而感到不舒服。

他在单侧耳聋贴吧里面发帖询问过许飞燕这样的情况能不能坐飞机，但因为每个患者情况不同，给出的答案也都不同。于是他早早就给她的右耳塞了耳机，放着她爱听的周杰伦的歌，也给她喂了口香糖，让她嚼着，多少能缓解些许不适。

等到飞机逐渐平稳飞行，雷伍赶紧伸手把小窗板拉下，捏了捏她的手，示意她把耳机取下来。他有些紧张地问："怎么样，耳朵有没有哪里不舒服？能听见我说话吗？"

许飞燕张着嘴做打哈欠的样子，然后左右扭扭脖子，等没有异样才回答："没有不舒服，就是右耳有点被塞住了的感觉，但没有耳鸣。"

雷伍松了口气："那继续把耳机戴上，我们用手机打字。"

许飞燕点点头，把耳机重新塞进耳朵里，这才发现，周董正唱着："我一路向北，离开有你的季节，你说你好累，已无法再爱上谁……"

她在自己手机备忘录里快速打字："这是你的歌耶！"

雷伍不解，打了个问号。

许飞燕解释："以前我看《头文字D》电影，总觉得你就是活在里面的人，好像余文乐或陈冠希，后来一听这首歌就会想到你。你知道吗，去监狱探望你又被你赶跑的那天，我就一直重复听着这首歌，什么离开你的季节，什么街景一直在后退……心里还想，周杰伦怎么知道我失恋了！"

许飞燕没想过自己能心平气和地打下这么长的一段话。曾经觉得失恋大过天，如今回头看，其实不过是生命里浅浅的一个小水洼而已，轻轻一跳就跃过了它。那一年在大巴车上哭得双眼红肿的少女，怎么也没能想到兜兜转转许多年，如今会和雷伍走到一起。

雷伍既心酸又欣慰，他拿过许飞燕的手机，紧跟着打了一句话："其实周董也有一首歌，是我在里头经常唱的。"

轮到许飞燕打了个问号。

雷伍从歌单里搜出那一首，直接按下播放键。2002 年发行的歌许飞燕依然能记得清楚，副歌响起时她望向雷伍的眼。

"想回到过去，试着抱你在怀里，羞怯的脸带有一点稚气……想回到过去，试着让故事继续，至少不再让你离我而去……"

许飞燕低头打字："如果让你有一个机会回到过去，你想选哪一个时间点？"

雷伍接过手机，没考虑太久就回答："那一个夏天的晚上吧，你和我都喝了酒的那一次。"

许飞燕睫毛轻颤，赶紧抓过手机："为什么啊？是觉得你自己喝过酒发挥得不够好吗？"

雷伍气笑，屈指朝她脑门弹了一下，拿回手机，认真地一个字一个字地打出来："我希望回到那一晚，我们不要在那样的情况下发生关系，对你来说那样不公平，你值得更好的。"

只不过这样的话，或许就没有后来发生的其他事情了，他和她也不一定能走到一起。但只要她是健康幸福的，雷伍就觉得值得。

屏幕上的字打了删，删了打，许飞燕纠结了一会儿，最终打下最后一句："那还是算了，不要回到过去了，我觉得现在这样也挺好的。"

她把手机放好，脑袋斜倚着他肩膀，雷伍手指滑进她的指间，两个人不约而同地闭上眼睛。是啊，这样就挺好。飞行时间有两个半小时，他们还能听好多首歌，将流逝的时间一点一点追回来。

爷 爷

决定要去找魏老头孙女的时候雷伍联系了张建辉。魏老头的孙女叫魏春燕，雷伍能记得清楚，除了因为魏老头总挂在嘴边，也因为孙女名字里面有个燕字，春天的燕子，很好记。

张建辉跟魏天明打探过他如今的生活，夫妻俩原本在省城打工，前两年离开城市了，但没回村里，在魏家村所在的县城用积蓄盘了家烤串摊，经营情况还算不错。他的女儿今年二十二了，跟他们一块儿回的县城，也在店里帮忙，再多的就没说了。

魏老头的个人物品还存放在田滨，既然他儿子不要了，那监狱就要负责处理掉。雷伍提出想带上老头珍重的那些信件去找魏春燕，过了两天，雷伍收到张建辉托人送出来的文件袋，薄薄的几张泛黄信纸，被妥善收在透明文件袋里。

但魏天明的具体地址张建辉也没有，只知道一家三口定居在老家县城，店铺开在老城区。其实两个人也不确定这一趟能不能找着人，张建辉把魏天明的手机号码也给了雷伍，但为了避免给张建辉惹上麻烦，雷伍决定等到最后实在找不到人了，再考虑打这个电话。

雷伍问许飞燕，如果真找不到人，白跑一趟怎么办？

许飞燕笑道,那就当出去旅游散散心呗。

小县城不是什么旅游景点,位于云南与四川交界处,面积不大。从水山市过去,得先坐两个半小时的飞机,再坐两个半小时的车,才能到县城。

许飞燕在车子出了高速后才醒过来,睡眼惺忪地问:"到哪儿了?"

"快进县城啦!妹子,你老公真是没话说,你睡多久,他就有多久动都不敢动,估计这会儿腿都麻了吧。"司机朝着后视镜笑。

许飞燕还没完全清醒,一时没反应过来师傅说的"老公",窗外的天全暗下来了,她细声问雷伍:"你腿不舒服怎么不叫醒我,换个姿势也好啊。"

雷伍在空间局限的车厢里伸了个懒腰,顺势捏了捏她印出衣服印子的脸蛋,凑她耳边,用只有两人能听见的音量说:"多大事,今晚你帮我捏捏揉揉就好了。"

许飞燕白了他一眼,朝他大腿用力掐了一把,让你不正经。

走了一段有些颠簸的县道,车子进了老县城,这里被大山环绕着,城被一条南北向的河流分割为两半。披上夜色的县城宛如归山巨兽,沉沉睡在大山旁边,脚边流淌着蜿蜒湍急的河流,有辆绿皮火车从巨兽背脊上哐唧哐唧跑过,伴着河水声,给这样的小城平添了不少生气。

县城小,能选择的酒店不多,雷伍订了老城区中心的一家。酒店装修有些年代感,但干净整洁。酒店坐落于县城老区最繁华的斜坡老街,雷伍饿坏了,两个人放下行李后就去老街觅食。山城夜里冷到不行,许飞燕怕冷,把自己裹成颗小粽子,雷伍牵着她的手放进自己外套口袋。窄街上车来人往,两人沿着斜坡往上,找了一家店,要了两碗肉帽米线。

雷伍的社交能力太强了,米线才吃了一半,已经跟店老板聊得好似多年未见的老朋友，还顺便跟老板打探了一下，县城内有没有一家这两三年内新开的烤串店，老板是一家三口，不是县城人。

店老板想了想，说："斜坡再往上走一段路有一条横巷，巷口是家小超市，拐进去往里走几步，就有一家叫阿明烧烤的店，老板不是本地人……"

阿明？许飞燕拉了拉雷伍的手，雷伍会意，轻轻点了点头。

吃完米线，谢过老板，两个人继续往上走，按照店老板的指示，找到了那家烤串店。店里已经坐了几桌客人，有年轻人也有中年人，邻近门口的一桌有两个喝到半醉的男人，用露骨直白的眼光扫看着许飞燕，雷伍冷了冷脸，把她挡在了身侧。

很快他们也看见了坐在店铺后方的年轻姑娘，年龄二十出头，和魏老头孙女的岁数相近，不过姑娘身边有一辆体积不小的婴儿车，遮阳篷拉得极低，姑娘正低头对着车内哼唱着曲儿。

两个人坐下后直接扫桌上二维码点单，没一会儿就听见后厨有人唤姑娘的名字，燕儿。许飞燕和雷伍互看一眼，看来没找错地儿，只不过没想到"燕儿"那么早就结婚生子了。

燕儿来递单子让他们核对的时候，许飞燕一直盯着人不放，末了还让雷伍回过头看看，燕儿和她爷爷长得像不像。姑娘脸上有明显的疲累感，穿梭在小小店铺内送烤串送啤酒，婴儿车里的小孩时不时哭啼一声，她又会立刻跑过去温柔地哄几声。

"燕儿，上串儿。"后厨布帘撩起，一位中年妇女唤了一声。

"好……"

魏春燕端了盘子，走到靠近门口的一号桌，把盘子摆下转身就想走，却被两个男人拦下。两个男人满嘴酒气，眼神不怀好意，缠着她让她陪他们喝一杯，甚至有一个男人借着醉意毛手毛脚，手已经摸到她的肩膀。

魏春燕气得发抖，恨不得拿扫帚把两人赶出去！但店里还有另外几桌客人，这时候跟他们吵起来吃亏的一定是自己，这家店好不容易才在这县城站住了脚，她实在不想再给父母添麻烦了！

她忍着恶心拨开男客人的手："是不是要半打啤酒？我去拿。"

另一个男人突然开口："算了，不想喝啤酒了。"

"那你想喝什么？"

男人笑得猥琐："有没有奶啊？来几瓶呗。"

轰！魏春燕脑袋嗡嗡响，整张脸迅速涨红，泪花都要飙出来了。

她压着声音骂："你们别欺人太甚了……"

酒醉男还没脸没皮："你想到哪儿去了？我就是想喝牛奶配烤串怎么了，不行吗？"

"哎呀，这么大一家店，连一瓶牛奶都没有啊？怎么做生意的？"两个无赖声音不小，惹得店里其他桌的客人看过来。

雷伍皱眉，正想起身，不过有人比他更快。

许飞燕站起来后快步走向门口，但她经过了有些吵闹的那一桌，径直走出店门，雷伍云里雾里，决定再等一等。

不到两分钟，许飞燕小跑着回来，直接往一号桌桌上丢了两罐旺仔牛奶，扯起一抹冷笑："来，要牛奶是吧？请你们喝。"

两个无赖愣了一会儿，慢慢反应过来，涨红着脸，指着许飞燕口沫横飞："我们就是开个玩笑，要这么认真吗？！"

许飞燕挡在燕儿面前，护着她往后退了一步，满眼嫌弃地盯着说话已经大舌头的男人："你们这叫开玩笑吗？妥妥的就是性骚扰好吧，没看见人已经不想跟你们说话了吗？要是有人这样跟你们老婆、女儿说这种话，你们能乐意？啊？"她的声音越来越激昂，眼神却越来越冷。

两个男人被她看得发怵又恼怒，理亏之下就想动手，"哗啦"一声就把桌上的东西都推倒在地，赖死不承认自己说过的话："我们哪里有骚扰她！证据呢？有证据吗？"

听到吵闹声，魏母赶紧从后厨跑了出来："燕儿，怎么回事啊这是？"

"妈，他们两个人……"魏春燕委屈得不行，那些话脏得不知道要怎么复述。

见老板娘出来，鸭声男扯着脖子喊："你们店这都什么服务啊！我只是问有没有牛奶，就被你女儿说我性骚扰！"

这副恶人先告状的嘴脸把许飞燕气得够呛，换她以前在大排档被人骚扰调戏，她都能直接和对方撕起来。

这时雷伍走了过来，拍拍她肩膀："冷静一点，别冲动。"

他重播手机里录下的视频，那两个人从一开始说过的话一句不漏都被录了下来，连带两人的清晰样貌。魏母听完也拧紧眉心，斜目瞪着两个无赖。

雷伍冷着眸看向两个醉汉："这可以当证据了吧？"

"删了！你把视频删了！"其中一个男人说着就要扑上来打掉雷伍的手机。

雷伍身高在他之上，手一挥就把手机高高举起，厉声道："你们跟她道歉，我就把视频删了。"

"哇——"

一声婴儿哭啼声插入了这剑拔弩张的氛围里，魏春燕顾不上吵架，跑到婴儿车旁抱起娃娃，低声哄着："乖乖哦，困了是不是……等一等哦……"

见有男人站出来，其他桌客人的谴责姗姗来迟："两个大老爷们儿欺负个姑娘害不害臊？""对啊，快道歉吧！"

俩酒鬼这时纵是脸皮再厚也抵不住群众的呼声，看到越来越多人拿出手机拍他们，丢下句脏话就想走人。

许飞燕更是上前一步，冷声道："要走也要把账结了，吃霸王餐可要报警的哦。"

最后两人丢下一张红票子就离开了烧烤店，这时店内反而比刚才还要嘈杂，几桌客人很兴奋。

魏母安抚每一桌客人的情绪："大家别因为这事坏了兴致哈，等我一会儿多烤几串肠请大家吃哈。"

她把那张红票子收好，问女儿："要不你先去后屋哄他睡？这里放着我收拾。"

"没事，你回厨房吧，我哄完他就收拾。"

魏母快步回了厨房，魏春燕抱着孩子跟身边的客人道谢："真是不好意思，给你们添麻烦了，谢谢你们。"

她看向许飞燕，郑重地又道了一声："谢谢你。"

"没事，我以前也是……"许飞燕只说一半就顿住，没留意到雷伍看她的眼神复杂，很快继续说，"对这种嘴炮男不用客气，该骂就得骂，千万不能退缩，你一软下来他们就会更肆无忌惮。等会儿我把那段视频发给你，如果他们还来纠缠捣乱，你一定要报警啊。"

"我会的，他们已经不是第一次这样了……"魏春燕叹了口气，把安静下来的孩子放进婴儿车内，"你们赶紧吃吧，牛肉冷了口感就不好了，我妈烤的牛肉串很好吃的，等会儿我给你们再送几串。"

许飞燕想帮她收拾地板的东西，魏春燕怎么都不同意。

店里安静了一些，又有新的客人进店，魏春燕来来回回忙了好一会儿才给四号桌再上了剩余的烤串，外加两串烤热狗和四串烤牛肉。

"你太客气了，我们吃不完的！"许飞燕急忙拒绝。

"你先生食量看着就大，肯定能吃完的。"

雷伍很满意这个称呼，笑道："谢谢你了，春燕是吧？"

魏春燕睁大眼："……你怎么知道我的名字？"

许飞燕悄悄看了眼厨房方向，才细声说："我们专门来找你的。"

魏春燕表情疑惑，起了些戒备。

雷伍敛了些笑："我是你爷爷魏大牛的朋友。"

等魏天明送完外卖回来，店里的客人已经换了一拨。魏春燕有些心急，早给儿子穿好了羽绒服："爸，我带宝出去一下，很快回来。"

魏天明逗了下胖嘟嘟的小男孩："行，你去吧。"

魏春燕出了巷子，往老街下方走，很快进了一家奶茶店，上了二楼，刚才帮她忙的那对男女坐在临街窗边。

许飞燕站起身："你喝什么吗？我去给你买。"

"不用了，有什么话直接说吧，等会儿我爸还得去送外卖，我得快点回去。"魏春燕拉开男人对面的椅子，坐下后帮儿子把外套脱下，室内太热了。

女子的态度有些冷硬，许飞燕能理解，他们两个人突然出现肯定给她添了不少压力。

雷伍直接进入主题："魏小姐，我先道歉，我们突然来找你，给你添麻烦了。我和你爷爷是同个监房的，共处了十年。前几天听人说他去世之后你父亲没有将他的骨灰和遗物带走，我心里实在有些难受，所以才想来这边找你。"

魏春燕皱了眉头："可这事你不是应该找我爸吗？找我干吗呢？"

雷伍几乎没等她问完，就直接回答："因为这些年，他挂在嘴边最多的就是你。"

魏春燕深吸了口气，嘴唇抿紧，好一会儿才说："我对他，实在没什么印象，那时候我太小了，反而是我奶奶的事我还能记得住许多。其实我和我妈对他没有那么大的意见，是我爸……哎，我家的事你们不懂。"

雷伍点头表示理解："我没想要求你们一定要怎么做，那就成了道德绑架。这一趟过来，我只是想圆了老人家这十几年来的一个念想，之后绝对不会再打扰你们的生活，请你放心。"

面前的男人眼神十分诚恳，魏春燕叹了口气，正想开口，怀里的小孩突然皱起张小脸，"哇"一声哭起来。

魏春燕慢慢晃着小孩，嘴里也呢喃："怎么啦，今天一直不肯睡觉，妈妈唱歌哄你睡好不好呀？"

接着抬起头对两人说："不好意思，我先哄哄他。"

仿佛看到了以前的自己，许飞燕眨眨眼，说："没事，你先忙。"

当着陌生人的面哄孩子还是有些尴尬，魏春燕侧过身子，面对着星火闪烁的老街，哼唱起了歌谣："小燕子，穿花衣，年年春天……"

那一瞬间，许飞燕耳侧的鸡皮疙瘩全嗦啦啦冒出来了，她立刻看向雷伍，很明显的，雷伍全身肌肉都绷紧了，人都坐直了一些。

魏春燕不觉两人的异样，等儿子吮着大拇指昏昏欲睡的时候，她才回过身。

桌子对面两人眼里的笑意让她怔愣住："怎……怎么了？"

雷伍总算有些欣慰，低声说："其实你还记得他。"

雷伍在清晨准时睁开眼。房间一片昏暗，天还没全亮，身边的人也还在沉睡，雷伍没有立即起身，今天他不想去跑步了，只想陪她再多睡一会儿。窗帘没有完全拉拢，随着时间一点点过去，开始有白光渗了进来，薄薄一片盖在许飞燕的侧脸上，雷伍才发现，她的眼皮好薄，像哪种花的花瓣，连经络都能看得清楚。

隔音窗户把窗外的河水声和行人车辆声阻隔在外，雷伍仿佛能听见两人速度不大一样的心跳声，扑通扑通。暖意灌满他的胸腔，安心得让人很想再睡上个回笼觉，却又不舍得把目光从她脸上移开。

过了不知多久，可能是十分钟，也可能是半小时，雷伍将她所有的动静都看在眼里时，许飞燕醒了。

四目相对时，许飞燕眨了眨眼，好半天才挤出一句："……你看了我多久了？"接着又赶紧捂住自己的嘴："我还没刷牙哦……"

雷伍笑得眉眼弯弯，拉低她的手，吻了上去。

山城的清晨被白雾笼罩，许飞燕站在窗边，面前就是云雾缥缈的青山和翻滚不息的河水，她轻叹了声："好美。"

雷伍拿着围巾走到她身后，目光停留在她没被乌黑发丝遮住的耳郭上，笑道："嗯，对，好美。"

把围巾给她一圈圈绕好，雷伍肚子已经开始叫了："走吧，昨晚米线店的老板给我推荐了一家早餐店，是他从小吃到大的。"

两个人按照导航定位找到了炊烟缭绕的早餐店，店里已经坐满了人。白米饵块包住金黄香脆的油糕，在清香黏稠的稀豆粉里泡了泡，入口有点像麦当劳薯饼浸着豆浆。许飞燕也饿了，几口吃完油糕，再咕噜喝下大半碗稀豆粉，打了个嗝，感觉很舒服。

雷伍吃完后也打了个嗝："这炸土豆片也太好吃了吧。"

许飞燕被他惹笑："回去你还想吃的话，我可以学着做。"

"许飞燕，我发现了一件事。"雷伍突然认真起来。

"什么？"

"我可能是上辈子拯救了银河系，才让我捡到了这么个大宝贝，出得了厅堂，进得了厨房，还……"

"喂喂喂！"许飞燕吓了个半死，赶紧在桌子下踢了他一脚，周围都是客人，他又在这儿瞎说八道！

雷伍哈哈低声笑，起身走去结账。

许飞燕的手机这时响起，她低头一看，是魏春燕的信息，说她已经到酒店楼下。

早餐店离酒店不过五分钟路程，两个人回到酒店时，魏春燕已经坐在大堂角落的旧沙发上。她今天一个人，没带着宝宝，一身玫红羽绒服衬得她唇红齿白，看着还有些少女的样子在。许飞燕差点忘了，魏春燕才二十二岁，不过是大学生刚毕业的年龄。

雷伍走快两步到她面前："你等我一下，我上去把东西拿下来。"

魏春燕站起身："没事，不着急。"

许飞燕在她对面的沙发上坐下。昨晚在奶茶店，雷伍跟魏春燕说这次把魏大牛一直当心肝宝贝的信件带了过来，问魏春燕愿不愿意收下。如果不愿意，雷伍请求她至少看一眼，毕竟那也是她奶奶留下来的物件，多少有些纪念意义。

"你爷爷对你的记忆，一直停在你四五岁那个时候。他说你很乖很好养，不挑食，给米饭就吃米饭，给红薯就吃红薯，也很少闹着要找爸爸妈妈……

"有一段时间他一直哼着《小燕子》那首歌，哼得我们都觉得他魔怔了，结果魔怔的是我们自己，从醒了就开始哼，只要有人哼第一句，很快就有人跟着唱……

"你奶奶去世后，这么多年也没人去探视过他。虽然他自己说没关系，是他自作自受，是老天给他的惩罚，但我们都看得出来他很想家，很想你们……"

最后魏春燕抱着儿子离开奶茶店时，答应收下那些信，并约定好今天在酒店大堂见面。

"你家宝宝多大啦？"许飞燕主动找聊天话题。

"刚好六个月。"

"哦，会坐了，能加辅食了。"

"对的，这几天开始让他吃米糊了，小家伙吃得还挺开心的。"说起孩子的事，魏春燕的脸上很自然地展露出笑容，"姐你的小孩多大啦？"

"快六岁了，幼儿园大班。"

两人聊了一会儿妈妈经，魏春燕突然问："姐，你是单亲妈妈吗？"

许飞燕一愣，反问道："为什么会这么问？"

"不好意思啊，昨晚我看了一下你的朋友圈，只有你和你女儿的相片，没有提起过'爸爸'。"

"嗯，我前夫去世了。"许飞燕指指电梯方向，坦然回答，"跟他一起之前我都是一个人带着孩子。"

魏春燕看上去有些紧张："我能不能问问，单亲妈妈有什么需要特别注意的地方吗？就是以后小孩慢慢长大了，要怎么跟他解释家里的情况与别人家不同呢？"

许飞燕突然明白了，这时也想起魏春燕的朋友圈和她的很类似，都是没有小孩爸爸的影子。她问："你也是……"

魏春燕笑得有些无奈："对的，我也是。"

许飞燕正想开口，余光看见雷伍从电梯走出来，她小声说："这样吧，反正你加了我的微信，之后有什么问题，你随时都可以找我。"

魏春燕眼神变得温柔，点了点头："谢谢你。"

"客气。"

雷伍在许飞燕那侧沙发上坐下，将文件袋推到魏春燕面前问："你想在这里看还是回家再看？在这里看的话我俩就先离开。"信里文字虽简单淳朴，却十分容易触动人最深层的情绪，雷伍觉得应该给魏春燕留出单独读信的空间。

魏春燕拿起文件袋，透过薄薄透明塑料皮，能看见最上方的那一页信纸，边角磨损严重，折痕明显让周围的字体都已经模糊了。她记得奶奶是不识字的，每个月会带她去村里会写字的阿姨家里坐一会儿，奶奶还说，等她长大了会写字了，就不用麻烦别人了，可以由她代笔写信给爷爷。

她跟奶奶说，那她要快点长大才行。

"我回家再看吧。"魏春燕的眼眶已经有些湿润，像昨晚雷伍所说，她其实多少记得一些。

"好，那这沓信件就交给你了。"雷伍从衣袋里再摸出一个牛皮信封，里面装得鼓鼓胀胀，"还有，这个是我一点心意。"

"这我不能收。"魏春燕连忙拒绝。

"收下吧，以前你爷爷总说出来了要给你买好看的花裙子，说小燕子得穿花衣……在里面你爷爷照顾我许多，就当是我替他圆了念想吧。"

魏春燕思索片刻，接过那沉甸甸的信封，打趣道："现在我可不怎么穿花裙子了，这笔钱，留着以后给他的曾孙上学时用吧。"她抬起头看向对面两人，"谢谢你们。"

雷伍把人送到酒店门口，魏春燕朝他微微欠身："可能在你们看来，我爸的做法挺不近人情的，但他确实因为爷爷的事遭受了太多，尤其是当被害者家属找上门的时候……这么多年，他和我妈一直在偿还补偿款，外人看不见，只有我们自己家人才知道，直到前两年才还完……"她扬扬文件袋，接着说，"之后我会试着劝劝我爸，去把爷爷接回来。"

直到此时，雷伍的心才稳稳落了地，总算是不枉此行，而且知道了这件事还有内情。有些事情就像一颗洋葱，你惧怕流泪，惧怕受伤，就会永远都剥不开那层皮，也看不见洋葱的心是好还是坏。

他弯腰，也给魏春燕鞠了个躬："谢谢你。"

许飞燕轻咬着下唇，抬起头眨散眼中泛起的泪花。灌满山城的白雾已经慢慢散去，暖阳洒落大地，新的一天开始了。

回程的时候雷伍在机场的玩具店里给朵朵买了套"超级飞侠"的玩具，自然不会少了许浩的份。许飞燕笑骂他败家的本事倒是这么多年都没变过，这些玩具在网上买能便宜好多，在机场买就是被人当水鱼宰咯。

空姐耐心地提醒着每个乘客将手机调至飞行模式，雷伍把耳机和口香糖递给许飞燕，正想调飞行模式，微信跳出个信息提醒。是唐苑淇发来的，让他回来后找一天带飞燕去律所把技术入股的合同签了，因为她之后要开始忙婚宴的事了，还发来了电子请帖。

唐苑淇和马煜这场婚事虽急但不失精致，婚纱照也拍得有模有样。

男的俊女的俏，身着白纱的唐苑淇手持捧花，嘴角挂着明媚的笑，身旁西装笔挺的男人低头望她，目光深情且认真。若不知情，光看这婚纱照是真看不出两人是极速闪婚。

许飞燕也收到了请帖，手指划来划去，看唐苑淇穿着不同婚纱和礼服的相片，她感叹了声："唐律这腰也太细了吧！"

"那都是 P 的，美图秀秀我都会用。"雷伍瞥了眼那身白纱，想起那天和唐苑淇吃饭时，许飞燕盯着那一套套婚纱都快移不开眼睛，他嘀咕一声，"你穿婚纱也一定很好看的。"

许飞燕坐直了身子，然后凑近雷伍耳边问："你又没看过，怎么知道好看？"

这趟飞机没坐满，多数是两人为一排，使得他们的聊天也更轻松自在一些。

雷伍低头挑着歌曲："你穿什么都好看，不——"

像是知道他下一句要接什么话，许飞燕羞怒得急忙用手去捂他的嘴。雷伍唔唔嗯嗯地笑个不停，挑了首《可爱女人》播放，感谢周董，让他把那些没能说出口的话都能直接送到她的耳里。

这次起飞两个人的心情轻松了不少，平稳飞行后雷伍想把小窗板拉下，许飞燕阻止了，探着脑袋看了看棉絮一样的云层："没事，先开着吧，好像没那么可怕了。"

"好，不舒服就告诉我。"

许飞燕没忍住，又点开唐苑淇的电子请帖。她看得那么认真，雷伍都开始怀疑她其实不是在看唐苑淇，而是在看那长得还算不赖的新郎了。

他心里酸滋滋的，在备忘录上打了字递给她："你干吗老看马小三，我穿西装一定比他好看。"

许飞燕没好气地睨他一眼，然后突然想起什么，摘下耳机，又凑到雷伍耳边说："其实，我手机里有我穿婚纱的相片，你要不要看？"

雷伍一开始没反应过来，想明白的时候眼睛睁得铜铃大，猛抽一口大气，委屈道："许飞燕你好狠的心！"

许飞燕没理他的控诉，耸耸肩塞回耳机。可身边的男人好像委屈得不行，脸扭过去看舷窗外，许飞燕伸手指戳戳他硬邦邦的手臂，他把脖子扭得更开了。

过了一会儿，许飞燕的小桌板上滑过来雷伍的手机，她拿起看，上面写"有没有你单人的啊"，她忍住笑，正想打字回他，下一秒手机被雷伍夺了回去。

他打了一句话又递过来："双人的你用美图秀秀先把他的脸贴个贴纸，再给我看！"

像往常接机一样，许超龙把车停在了离机场还有三四分钟车程的马路旁，熄火开窗。刚才这边突然来了一场雷暴雨，许飞燕乘坐的那班飞机延误了。他点燃了支烟，只抽了一口，就夹在指间再没有吸过。

手机里正播着那个网红亲身试验"听话水"的视频，让许超龙没想到的是，原来那网红就是周青青梅竹马的伙伴，叫什么来着？哦，王言旭。

在视频里，平日装傻搞笑的王言旭用难得认真的语气，开场就说做这个视频是想让女孩子们知道现在市面上的迷药有多么可怕，叮嘱大家出去玩一定要好好保护自己。

一开始王言旭还说不信这玩意儿的效果有那么厉害，结果一喝完掺了药的可乐，没一会儿就睡倒在沙发上，任团队成员怎么叫唤都没有动静。许超龙看到有许多评论说他是演的，可如果不是演戏，那王言旭就是亲身体验过这药水威力的人了。

想事想得入神，连烟烧得精光都不知，直到烟灰烫手，许超龙才缓慢地眨了眨酸涩的眼皮。他关了视频，开了携程，开始查下周长隆动物园附近酒店的价格。早上送许浩上学后，他同周青说了带儿子去动物园的事，周青爽快应了，还贼兮兮地说可以安排俩小孩晚上跟老太太们住一屋，见妻子脸上带笑，许超龙也笑。

半小时后接到雷伍两人时，许超龙已经调整好自己的情绪。

见亲妹妹打着战坐进车里，许超龙把暖气温度调高，问："有那么冷吗？"

"不是……是那飞机……"

雷伍坐副驾驶位，忍不住笑出声："刚我们的飞机一直在天空打转，每一次转弯的时候飞机要打侧飞的嘛，然后还不能关窗板，把她给吓坏了。"

许飞燕觉得丢脸死了，手探到前方去捏他胳膊肌肉："你还笑！"

听着两人你一句我一句拌嘴，许超龙的心情总算好了一些。

许飞燕："对了，哥，唐律给你发电子请帖了吗？她立春那天结婚，让我带朵朵一起去婚宴。"

"收到了，但我不去，我托了雷伍给她带礼金了。"

"好哦。"

车子上了高速路，许飞燕又开始羡慕起唐律的身材，她想了想，说："不过嫂子身材也好好的，好可惜，我还没看过嫂子穿婚纱的样子。"

雷伍刚给唐苑淇回了信息，抬起头问许超龙："你们当时结婚没拍婚纱照？"

许超龙摇头，语气有些遗憾："当时条件没现在这么好，几乎是裸婚，我跟周青说怎么都得拍一套相片吧，可她说有那钱不如存下来开店……"

那一年雷伍的车房卖掉了，大部分师傅不愿意跟着姓林的新老板干活，因为对方趁着雷家急着用钱，把买价压低了不少。许超龙与两个小工去了另一家汽修厂打工，老板在附近城中村租了房子给他们当宿舍，两房一厅的屋子住了八个人。

周青当时在汽修厂旁边的电商园里干活，做了一家玩具电商的客服，正好，她和另外几个外地同事的宿舍就在许超龙屋子对门。

许超龙那屋都是血气方刚的年轻小伙，周青那屋则都是相貌娇美的年轻姑娘，十来个年轻人常聚在一块儿吃饭，朝见口晚见面，擦出火花是迟早的事。后来周青对许超龙告白，他接受了，说可以试着处处看。

许超龙从汽修厂辞职单干时，周青还拿出自己这几年打工存的一笔钱给他当开店资金，后来龙兴开张，周青更是辞了职到店里帮他忙，再过一年，许超龙就跟周青求婚了。

…………

"哥？"见许超龙沉默不语，许飞燕唤他一声。

"阿燕，你帮我件事好不好？"

"你说呀。"

阳光挤破了远处厚重的灰云，许超龙有些眼酸："帮我问问你嫂子，看她喜欢哪种风格的婚纱照，但别让她知道是我问的。"

许飞燕来精神了，说道："好，等我给你探探口风，然后给你物色一家合适的工作室！"

"还有，我刚查了长隆附近的酒店和民宿，等会儿回去了发给你，你和你嫂子一起挑。"末了许超龙补充一句，"不用替我省钱，选你们喜欢的住啊。"

"哇，许超龙，怎么我才走开两天，你就好像转性了。"

许超龙笑笑："难得一家人出去，玩得开心最重要。"

下车的时候许超龙还是喊住了许飞燕："如果你最近有空的话……多陪陪嫂子，同她聊聊天。"

雷伍站在树下，安静地看着许超龙，树叶上有水珠滚落，啪嗒打在他额头，有些冰凉。最后雷伍还是没问许超龙，家里发生什么事了。

幼儿园门口人头攒动，今天是期末最后一天，家长需要把小孩午睡用的被子、枕头带回家。林家的保姆李凤一手牵着林兰，一手拎着沉甸甸的被袋，肩上还得背着儿童书包，早上崴到的右脚脚踝一阵阵刺疼，她只好把走路重心都放到左脚。

林兰抬头问："姨，你为什么走路像企鹅一样啊？"

李凤把小女孩护在身侧："姨今天脚痛，兰兰走我里面啊，小心点车。"

"姨脚痛，那姨慢点走。"

"哎，好呢。"

李凤挺欣慰，林兰其实没那么刁蛮任性的，就是她那妈实在有些事儿多，明明只是小娃娃之间的问题，施菡就偏要插一脚。一直以来就是这样，非要通过一些事来凸显自己与众不同，她自己这样就算了，还硬要拉女儿陪着她，弄得林兰的脾气也学着她好时坏阴晴不定。

想想林兰这娃娃也是够可怜的，李凤负责平日的接送，切身感受要比施菡清楚许多。小姑娘在幼儿园里没几个小朋友愿意同她玩，那些表面上跟施菡抱团的家长，指不定在背后让自家孩子别跟林兰玩呢。

"兰兰，拜拜。"李凤听到声音，停下了脚步。一回头，看见上一

115 | 爷 爷

次跟她聊过几句的那位小朋友的家长和她家的小姑娘。

林兰也回过头，眼睛睁得越来越大，接着大声回应对方："朵朵，拜拜！"

小朋友的家长弯下腰和林兰道别，说下个学期再见，对方这么有礼貌，李凤心情也跟着好起来。带着林兰往马路方向走，李凤突然接到施菡的电话。

女人声音里混着哗啦哗啦的麻将声，问道："李姨，你是不是在网上买了菜，但写了我手机啊？"

李凤疑惑道："没啊，我早上已经买了菜了呀。"

"奇怪……刚有个跑腿儿打电话给我，说有一泡沫箱送我们家的，家里没人，问我能不能放家门口。"

"是不是林生的东西啊？你问过他了吗？"

听到阿姨提起老公，施菡顿了顿，视线扫向坐她对家的男人，慢吞吞回应道："算了，可能是婆婆让人送来的海鲜吧，你回到家的时候打开看看。"

李凤不疑有他："好呢，我和兰兰现在坐车回家了。"

"对了，我今晚不回家吃饭的。"

"好的，我知道了。"

挂了电话，施菡伸手摸牌，恰好指尖碰到了对面邱博威的手背，一触即离。

她唉声叹气："哎，今天手气真差，再输我可就不玩了。"

邱博威理着自己的牌，开玩笑道："那可不行，等会儿你要什么牌告诉我，我松张给你啊。眨眼是万子，摸耳朵是索子……踢我腿就是要筒子。"

牌桌上另外两位太太笑骂邱博威偏心老朋友，但都只当作是玩笑话，没留意到邱博威接下来的这一圈真的一直在出筒子。

李凤回到家，家门口地上摆着个泡沫箱，和平日菜市场海鲜佬送来的类似。她先带林兰进屋，把手里的东西放下，再走到门口捧箱子。箱子倒是不重，盖子处有层层胶带封口，李凤用剪刀划开，盖子只是稍微移了点位，腥臭的血腥味已经从缝隙中迫不及待地涌出。

她掀开盖子，一看清里面的东西，立刻吓得不停后退，尖声大叫："啊——！！"里面不是海鲜，不是冻肉，而是一只毛都没拔、首身分离的大公鸡！

林亚东喘着气推开门，鞋都没换就往屋内跑。

李凤此时正搂着小声啜泣的林兰低声安抚，见林亚东回来，赶紧喊了声"林生"，又对林兰说："不怕了不怕了，爸爸回来了。"

林亚东没什么耐心，随便哄了林兰两句就说："姨，你带兰兰回房间。"

"好……"

李凤心有余悸地指着厨房："那盒东西还在厨房里，有好多苍蝇，我没来得及处理……林生，要报警吗？"

激出了一身冷汗，衬衫湿答答贴附在背脊上，好像遇到了冤魂不散的幽灵，林亚东朝李凤大吼了一声："不行！不能报警！"

林兰被父亲突来的吼声吓了一跳，又"哇"的一声坐在地上哭起来。

林亚东脑袋嗡嗡作响，挥挥手示意李凤进屋，自己走进厨房，泡沫箱还搁在流理台上，那血腥味冲得他得立刻用领带捂住鼻子。死公鸡他倒是不怕，真让他心惊胆战的是泡沫箱盖子背面写的几个血字。血淋淋几个字的笔画有些糊在了一起，但还是能看出写的是"不是不报，时候未到"！

什么意思？指的是他当年见死不救的事吗？

这死鸡到底是谁送来的？难不成是……雷伍？！

林亚东打开纱窗把苍蝇赶出去，越想越觉得不对劲，赶紧给邱博威打电话。嘟声响起的同时，林亚东就听见了大门外有极弱的手机铃声响起，下一秒家里密码锁被打开，手机铃声突然一下子变得很大声。

他走出厨房，见到施菡走进家门，可她身后竟跟着邱博威。

林亚东蓦地拧紧眉心："你们怎么会在一块儿？"

邱博威淡定地解释："天隆翡翠的陈太约我老婆打牌，我老婆没空，刚好我在那附近，陈太就硬拉着我给她们凑牌角。"

"对，只是刚好遇上，麻将打了一半就接到李姨电话……"施菡探头看了厨房一眼，心中害怕，"到底是谁恶作剧啊！也太变态了吧！"

林亚东的目光在妻子和兄弟之间扫了几个来回，眸色暗了些许，最后看向施菡哑声问道："你是不是在外面又乱惹事了？"

施菡立刻炸毛："我？我哪有！是你吧！你自己以前做了什么事心里没点数吗！"

邱博威蓦地一个眼刀扫向林亚东，林亚东抖了抖，大声否认："你胡说什么！我做过什么事？！"

施菡鄙夷地哼了一声，抱着手臂不说话了。

邱博威收回犀利的眼神，说："跑腿的电话打回去，问是哪里送的件。"

这话是对施菡说的，施菡反应过来，赶紧找出刚才的电话打回去，但对方手机关机了——不知是真关机，还是把卡拔了。

这事明显是有人针对林家，邱博威微拧眉心说："带我去看看那盒东西。"

施菡也想跟着去看，邱博威指了指楼上的儿童房："你先去陪一下兰兰吧。"

"我……好吧。"

邱博威径直走进厨房，跟在自己家里那么自然，林亚东跟在他身后，思绪纷飞。那泡沫箱打开着，和林亚东一样，邱博威对那死鸡没什么感觉，他比较在意的是盖子上的血字。

邱博威直截了当地问："你最近欠钱了？"

林亚东悻悻道："欠了点，但不是欠别人啊，就是跟我岳父借了一笔钱周转而已，总不能是岳父搞的事吧？"

邱博威斜睨他："女人债呢？"

林亚东觉得好笑至极，不屑道："我可没你那么有本事，家里光一个就够我烦的了。"

邱博威没搭理他的冷嘲热讽，拿起泡沫盖子，仔细研究那上头的字迹："那阿菡呢？最近有没有和谁吵架？"

虽然邱博威之前也是这么称呼施菡，但林亚东今天怎么听怎么别扭，不耐烦道："上次不是跟你提过，阿菡在幼儿园见到雷伍了吗……"林亚东记忆渐渐清晰，声音也跟着激动起来，"连上了连上了，我看就是雷伍搞的事，他一定是知道当晚的事，装神弄鬼想要吓死我们！"

邱博威被他气得脑门发烫，狠狠推了他一把，低吼："林亚东你又发什么神经？是不是有被害妄想症？动不动就提那一晚，你到底在害怕什么！"

平日林亚东什么事都听他的，但近期种种不顺和憋屈让他今天格外反常，红着眼也用力推了邱博威一下："你没心没肺当然不害怕，那可是一条人命！我做了多久噩梦你知道吗？那人高矮胖瘦长什么样我都不知道，就只能梦见一个无脸鬼从床底爬上来，抓住我的脚问我为什么不能帮帮他！"

邱博威一时不备，让他推得跟跄了两步，他怒火攻心，扬起手直接给了林亚东一个大嘴巴子，狰狞丑陋的面目和许多年前阻止林亚东报警时一模一样："那你去跟警察说啊，说我们那晚开毒品派对！我们车里还藏着足够让你和我进去蹲个十几年的冰！"

林亚东被这一巴掌打得有些蒙，但也终于冷静了下来。

邱博威情绪还有些激动，但已经能有条有理地交代道："先去跟物业要监控，走廊没装摄像头，但电梯和出入口总该有吧？打给阿菡的那个电话我会找人帮忙查，搞事的是人是鬼，一下子就能揪出来。"

林亚东吞吞吐吐："那如果……如果真是雷伍干的呢？"

邱博威忽然想起一件事："唐苑淇的婚宴肯定会邀请雷伍的。"邱博威的声音阴森，"我们去找老朋友叙叙旧。"

桥　梁

"啊啊！我不要看蛇！"朵朵双手紧拉着妈妈的手，两只小细腿儿直往后撤。

本来按游玩顺序，是要先去爬行动物区，但见小姑娘瑟瑟发抖，许飞燕也不勉强她，跟周青建议："那要不我们分两路走，我们先去前面熊猫馆，你们逛完这个区域，就去那边找我们。"

"行啊。"

罗萍跟着许超龙他们去看蛇，雷伍则陪许飞燕和朵朵去看熊猫。

小姑娘张开手撒娇要妈妈抱，许飞燕心软成糊糊，立刻弯腰抱起她，哼哧哼哧道："许朵朵，你最近重了好多哦，妈妈快要抱不动你了。"

说是这么说，许飞燕低头埋在女儿脖侧，她好喜欢闻她身上淡淡乳液的味道，像刚从树上摘下来的小水蜜桃的味儿。

"那我不吃饭了，我要减肥……"

许飞燕朝她小屁股轻轻打了一巴掌，哭笑不得："什么减肥！这些词语从哪儿学来的啊！"

"《小猪佩奇》有一集，是猪爸爸要减肥的……"朵朵趴在妈妈肩膀上，手指绕着妈妈的发尾玩，小声说，"我就想要你多抱抱我啊。"

别说许飞燕了，走在旁边的雷伍听见这一句，心都要融化。

"好啊，以后妈妈每天都抱抱你，一直到妈妈变成个老太太了，再也抱不动你为止，好不好呀？"许飞燕双手用力，将往下滑的小姑娘抱高一点。

朵朵亲了亲妈妈的脸颊："等妈妈变成老太太了，我就天天亲亲你。"

许飞燕笑得好欣慰："好呀。"

没到熊猫馆，人流已经多了起来。小娃娃到底有些重量，许飞燕走动有些吃力，雷伍想帮她分担这份重量，又觉得朵朵不乐意让他抱，只好护着母女俩慢慢排队往里走。

队伍里有不少小孩都坐在爸爸的肩膀上，排在他们后面的父子就是这样，小男孩抱着爸爸的脑袋，笑得好像朵太阳花。朵朵回头看了他一会儿，有些落寞地别开了眼。她轻声耳语："妈妈，我自己下来走吧。"

许飞燕有点喘："现在人有点多，妈妈怕你被人撞到……"

雷伍转过头，看见那和乐融融的一家三口。他回过头，发现朵朵正看着他，一双湿润黑眸跟幼鹿的一样。深吸一口气，雷伍终于朝朵朵伸出双手："要……要不要抱高高呀？"

"阿伍，抱高高好不好？"

"仔啊，看不看得到那只老虎？看不到？好，站到老爸肩膀上！"

"哇，现在够高了吧，你看，你比妈妈还要高！"

…………

以为早被遗忘的画面，忽然像涨起的潮水不停涌进脑海内，雷伍有些怔愣。小时候他们一家三口会去中山公园玩，里头有个很小的动物园，小到不到十分钟就能逛完。动物园里有一头懒洋洋的老虎，一头臭烘烘的黑熊，几只红屁股猴子，还有没见过它开屏的孔雀。可那个时候，站在父亲肩膀上的雷伍仿佛已经看到了整个非洲动物世界。

孩童的世界真的好简单，家里有爸妈、饭桌有热菜、电视里有七龙珠、枕头下有小人书，夏天能从小瓷猪里抠拉两个硬币去买雪糕，冬天能在冷冰冰的早晨喝一碗鲜奶煮鸡蛋，就已经能让一整天都拥有好心情。

是从什么时候开始的呢？他想要的越来越多，也越来越难满足。好像是从母亲去世之后，他的心就被硬生生扯开了个黑洞，深不见底，怎么填都填不满。而把许朵朵扛到肩上的那一瞬间，雷伍忽然觉得，那个无底洞悄声无息地被填上了。

他双手牢牢握紧小姑娘纤细的脚腕子，有些紧张地叮嘱道："朵朵，你坐稳了啊，身体不要突然向后倒。"

朵朵也有些紧张，她好像喝了变大药水的爱丽丝，比妈妈都高了呢！

许飞燕心情则是好复杂，朵朵能同意雷伍扛她坐肩膀上这事的稀奇程度，简直跟太阳从西边升起没什么两样。而且她这时才觉得，虽然朵朵很少主动提过爸爸，但在心里，或许小姑娘一直渴望能像现在这样，有人把她高高扛在肩上。

雷伍跟雕塑似的，只剩嘴巴在动："朵朵，现在能看得见熊猫了吗？"

小姑娘兴奋的声音像清泉叮咚："看见了！有一只大的和一只小的在吃竹子，还有一只在睡觉！"她低头大声问，"它们是一家三口吗？"

雷伍也不确定："应该是……的吧！"

朵朵呢喃了一声："哦，它们好幸福。"

雷伍和许飞燕相视一眼，两人眼里都有细碎的光，许飞燕的手悄悄落在雷伍的背脊上，轻轻拍了拍。

两个小孩玩疯了，回住处洗完澡，眼皮子已经完全睁不开了。他们订的是两套同一楼层的家庭式公寓，两房一厅，装修布置温馨。

周青洗完澡出来，先去次卧看了看，张莲早早陪着许浩一起睡下，房间里传出老人细细的鼾声和小孩沙沙的磨牙声。

大门传来开门声，许超龙推门走进来，周青迎了上去，小声问："你去哪儿啦？"

许超龙举起手里的几个袋子："你不是说等会儿要看电影吗，去便利店买了些零食和饮料。"

他们睡的那间卧室里有投影仪，可以躺在床上看电影。把门窗关上，周青钻进暖和的被子里，许超龙从袋子里取了两包上好佳虾条抛到被子上，把果粒橙开了盖，旋紧，再递给她。

一开始周青还没察觉异样，直到白墙上跳出熟悉的电影开头——一辆大货车行驶在广袤田野中的小路上，才猛地反应过来。她低笑道："你今天怎么这么浪漫啊？"

许超龙把她揽进怀里，故意反问道："哦？我怎么浪漫啦？"

周青笑而不语，把虾条丢回给许超龙："你帮我打开呀。"

他们两个人的第一次单独约会，小年轻不免俗地选择了最保险的项目：看电影。那一年还不能手机在线购票，两人在电影海报前纠结了一会儿，从当时最热门的两部电影中选择了《铁甲钢拳》——总不能第一次约会就看《失恋33天》吧！

第一次约会两人都有点紧张，周青指着爆米花机问要不要买点吃的喝的带进去，许超龙像做贼一样先看了看旁边的工作人员，再鬼鬼祟祟拉开自己的书包，压着嗓子说他带吃的了。包里装着好几包零食还有两瓶水，一瓶是果粒橙，一瓶是矿泉水。

许超龙说，看她喜好，如果想喝甜的就选果粒橙，矿泉水留给他，如果觉得果汁太甜腻，那就喝矿泉水，果粒橙给自己。周青问他为什么会给她买果粒橙，许超龙说平时一群人吃夜宵的时候多少都会喝点啤酒，就她一人喝橙汁，以为她喜欢。周青笑嘻嘻，说那是因为她酒量好差，喝醉了在喜欢的人面前做出丢脸的事那可怎么办。

许超龙从一开始就知道，两个人刚开始交往的时候，谈不上感情有多浓厚，但比起遥不可及的唐苑淇，周青更适合自己。之后的许多年，他都觉得那一天选了《铁甲钢拳》是挺正确的决定，因为电影结尾时周青一直流的眼泪，不知不觉将他心里某个地方浸得很软很软。

…………

电影字幕里出现了故事发生的年份，2020 年。

周青拈了根虾条喂到丈夫嘴边，回忆着往事说："那一次我还问过你，到 2020 年时不知道我们还会不会在一起。"

许超龙张嘴咬住："嗯，结果现在都 2021 年了。"

"但还没有机器人拳击比赛。"

"以后说不定会有呢。"

"到时候我们可能都没牙齿咬虾条咯，哦，可能还有糖尿病，不能喝果粒橙了。"

周青突然想起之前用自拍软件的变老特效拍照，相片中两人头发斑白满脸皱纹的样子好搞笑，她笑得肩膀一颤一颤，膨化虾条在袋子里沙沙声作响。

"那我就把虾条含在嘴里，含成烂糊，再喂给你吃。"

"啊——许超龙你恶心死了！"

许超龙笑着挑了根长一点的虾条，衔在唇间，嘴对嘴喂给周青。咔嚓咔嚓两声，两片唇已经贴在一起，和他们初次接吻时是一个味道，只不过如今不再轻轻一碰就分开。

许超龙手长，边吻着她，边把吃了一半的虾条悄悄放回床柜上。墙上的电影还在安静地播放，不停变换的光影落在床上，斑驳且摇晃。

许超龙有好几次想问周青有没有话想对他说，话都漫到嘴边了，硬生生让槽牙给咬碎了吞回肚子里。周青有好几次想将那件事向许超龙和盘托出，话都滚到舌尖了，却让不停上升的温度烧成了含糊的呢喃。

偏偏相处了近十年的两个人有心照不宣的默契，都知道对方其实有话要说，只不过都说不出口。最后，许超龙说："老婆，我们再要个妹妹吧。"周青又哭又笑，说："如果不是妹妹怎么办，再来个弟弟我可是不要了。"

许超龙吻去她眼角的泪，笑道："好，是弟弟的话就把他丢垃圾桶，谁要谁去捡。"

"你再等两天吧，"周青终于下定决心，"等回家了，我有事想跟你说。"

许超龙与她四目相对许久，最后俯身吻了吻她："好，这几天先好好玩，不要胡乱想太多。"

如果那些坏的记忆没办法在短时间内忘却，那就去制造更多美好的回忆，来替代，来冲淡。白日能驱逐黑夜，阳光能刺穿乌云，那个黑森森的无底洞，总有一天会被填满。

回到水山市的那个晚上，等母亲和儿子都睡着后，周青与许超龙两个人在卧室里待了很久。周青说得很快，没有添油加醋，没有过多修饰，自己记得什么就说了什么，又把自己怀疑却没有证据的事情告诉了许超龙。这一段话她在心里演练了许多次，说的时候也一直告诉自己不要哭，但泪水还是无声地淌了下来。

那晚和王言旭见最后一面时她骂自己贱也不完全是气话，在她心里早就给自己宣判了罪名，从一开始犯错的就是她，那天如果她没有答应和王言旭单独见面，就不会发生后面的事。

她都能想象得到，这件事如果被发布到网上，那些评论会怎么说。会说她肯定有出轨的念头，不然怎么会答应对方的邀约；会说她单独赴约就算了，还敢和对方喝酒；会说她所谓的怀疑不过是在给自己的行为洗白，失德就是失德，别扯那些没用的……

而许超龙听完之后说的第一句话是："周青，你不能再怪你自己了，这件事你也是受害者。"

许超龙详细问了她还记不记得那一晚喝的是什么酒，是罐装啤酒还是杯装红酒，喝酒中途有没有离开过酒桌。

周青说喝的是啤酒，因为她喝红的、白的、洋的都会很快就有醉意，啤酒她还能喝个两三罐，中间她上过一次洗手间，用凉水洗了把脸想清醒清醒。她说着说着又开始流泪，她早应该察觉到异常的。

"好了好了，不想这破事了……"一见她哭，许超龙急忙揽住她低声哄，心脏阵阵抽疼。妻子的酒量他是知道的，如果只是这么点酒就醉得不省人事，那酒里头就肯定是被人动了手脚。

许超龙自嘲道："那几天有几次我打不通你电话，那时候我还怀疑过你，以为你不要我了，是不是嫌我赚钱太慢、太少，房子太老、太小，是不是还嫌我最近眼尾长了纹，还有了点小肚子。"

周青泪珠子一颗颗往下掉："许超龙你想什么呢……你知道我什么时候喜欢上你的吗？"

看着妻子哭，许超龙的心脏又有某个地方被浸得发软，点头道："你说过啊，不就是遇见变态露体狂的那一晚吗？"

有一次周青公司搞大促销活动，她忙到凌晨两三点才下班，同寝室的同事比她早走，结果她在回宿舍的途中碰上个露体狂，吓得她拔腿狂跑。那变态就喜欢看女人惊慌失措的样子，敞开风衣追着她跑。那晚正好许超龙也加班到那一会儿，看见这事便立刻冲上去，一脚飞踢踹趴那变态，再狠狠踩了脚他的裆部，最后变态顾不上疼撒丫子跑了。这事之后没多久，周青就同他表白了。

周青吸了吸鼻子，摇摇头："虽然你那晚是很帅，但其实在那一晚之前……"

当时一群年轻人聚餐吃饭时，最后吃不完的都是许超龙一人包办那些残羹冷炙，连大家都嫌弃的鱼头和鱼骨头许超龙都照收。有人嘲笑他，这么抠门以后谈恋爱时可别把女朋友给吓坏了。许超龙不以为意，说因为父母都是农民，所以他深知每一口粮食都是来之不易的，不能因为生活逐渐变好起来，就忘了本。

周青清楚记得，许超龙还拿筷子将盘里浸了鱼酱油的葱段夹起，说可别小看这一口葱，一盘清蒸鱼，鱼固然是主角，但浸满豉油的葱段也是精华。

"我当时听完，就觉得，你这人真挺厉害的……"

"哦？那时候就觉得我是个勤俭持家的好男人了吗？"许超龙淡笑着打趣，直接拿睡衣袖子去给她擦眼泪。

"不是，是觉得你抠门抠得如此理直气壮，挺厉害的……"周青吸了吸鼻子，声音沙哑，"看上去是个可以过日子的对象。"

许超龙愣了几秒，才低笑出声："真没想到你的择偶标准这么奇特。"

周青上一秒还在笑，下一秒又开始哭，声音像被大雨淋湿："老公，我……我……"

可没等她说完许超龙就说："我知道了。"

"我都还没说完……"

"不用说我也知道你要说什么，"许超龙吻过她发顶，"这件事我们就当粉笔字抹了去，但如果你想找他摊牌问个清楚明白，那我就陪你飞一趟。"

"他不会承认的，我都没有证据。"

许超龙扯了扯嘴角："那我也会帮你把他垫高的鼻子打歪。"

"……你怎么知道他垫了鼻子？"

"网上说的，还有他整容前后的相片作对比。"

许超龙越是故作轻松，周青就越难受，鼻尖和眼角通红一片："你不要笑，我知道你不开心的。"她其实已经做了最坏的打算，没有几个男人能坦然接受这种事，如果许超龙要和她离婚，她也认。

额角抽跳了两下，许超龙上扬的嘴角缓缓下落，向来温柔的眼眸中掺进了许多其他的情绪，说着："我当然难受，巴不得现在就飞过去把他痛打一顿。"他攥紧拳头，手背上青筋跳动，接着说，"可是不行啊，我怕我如果下手重了点，把他给打残打废了怎么办？十年以上有期徒刑或无期、死期，我没办法接受和你跟浩浩分开那么久。"

周青好心疼在这个时候还能那么温柔的男人，她揽住许超龙，低喃道："你不许去，不要去……"

许超龙回抱她，手臂紧紧箍住她。即便有了心理准备，他还是控制不住怒火，不仅气那龟孙欺负周青，也气越来越理智的自己。他气自己没办法再像以前对待变态露体狂那样，不管三七二十一冲上去打一顿再说。现在的他不是一人吃饱全家不饿的单身寡佬，他有老婆有孩子，做每一件事、说每一句话之前都要过一遍脑子。这种事情他也不愿意在网上大肆宣扬，不是怕自己丢面子，是不想周青受到二次伤害。

他平静一些后才说："总之，以后无论发生什么事，都不要再闷在心里了，知道了没？"

周青突然抬起头问："那你呢？你有什么事情藏在心里吗？"

卧室内突然变得好安静，许超龙看着她黑眸中倒映出的自己，片刻后开口："唐律结婚了。"

周青忍着鼻酸，含糊嘟囔："嗯，前两天我听飞燕和雷伍聊起过这件事。"

"然后上次为了金源的事，我不是请人吃饭吗？那一晚在酒楼里遇见她了。"见周青蓦然睁大眼眸，许超龙赶紧解释，"那晚她和未婚夫吃饭，我们简单聊了几句，只不过我提了一嘴浩浩读小学的事……"

他起身走到斗柜前，翻出一张名片，接着说："雷伍给我的，说金源的事已经交代好了，确定让浩浩读的话就打电话给这个人，"他把名片递给周青，"虽然雷伍没说得明白，但我想，多半是唐律帮的忙。"

接过名片后周青没说话，默默看着那张白色卡片，过了会儿她才缓缓问道："如果不考虑唐律的事，你的想法是怎么样的呢？你希望浩浩读金源吗？"

许超龙缓缓开口："其实我这段时间也做了功课，问了不少咱们这附近的街坊，挺多小孩都读我们片区那所公立学校，目前的副校长是前些年从金源跳槽过来的，在学习方面抓得很认真，所以近几年学校的学习氛围很不错，老师也挺有经验和耐心……"

许超龙是放养型家长，向来不怎么管许浩读书的事，难得能听他讲这么多关于学校的事，周青也有点讶异。

她心中很快有了决定，轻轻拍了拍许超龙的手背打断他，说："我知道了，也不是非金源不可，等我下个学期去和家长妈妈们了解一下情况。"她把名片放到他掌心，叮嘱道，"金源的名额不好拿的，唐律那边，还是要谢谢她的，劳烦她上心了。"

胸口里憋着的紧张终于散去一些，许超龙点头："好，我知道了。"

突然房门紧锁的门把手响了一下，屋内两人肩膀同时抖了抖，接着就听见儿子梦呓一声："爸爸……"

许超龙走去开门，周青则是匆忙擦干眼角的泪花，小男孩站在门口揉着眼睛，又软软唤了声："妈妈……"

"怎么了儿子？要尿尿吗？"许超龙弯腰抱起他，"爸爸带你去。"

许浩摇摇头："我想和你们一起睡……"

"姥姥呢？姥姥知道你跑出来吗？"

许浩又摇摇头，没回答，趴在爸爸肩膀上，声音含糊得快听不清："你们不要吵架啦，我会听话的……"

其实两个人今晚的谈话一直压着声音，连哭都没怎么出声，就是生怕隔壁屋的孩子和老人担心，隔着两道门，按理来说许浩应该听不见他们的说话声。还是说，这孩子敏锐地察觉到了他们之间的情绪变化？

周青掀开被子，许超龙把孩子轻放到床中央，和周青各守在孩子一边。

被温暖的被子包裹，许浩安心地翻了身，嘴里咕哝着听不明白的词语，周青隔着被子轻拍他肩膀，声音轻得好似在夜空中飘着的云："没有，爸爸妈妈没有吵架，是浩浩做噩梦了……给你拍拍，噩梦就飞走哦……"

很快小孩重新睡着，许超龙用气音问："要把他抱回去吗？"

周青摇摇头说："今晚我们三个人挤一挤吧？"

以前许浩还没长个儿的时候他们一家三口也常这样睡，他们的睡姿像一个"川"字形，但往往中间那一竖会东倒或西歪，甚至变成一横，就好像一道小小的却很坚固的桥梁，连接起了他们两人。

有些事情似乎是冥冥中注定，雷伍和许飞燕最终租下的铺面，竟是当初许飞燕与蔡景尧相亲见面的那家餐厅。店铺是一个小区的门面房，店面高六米，两个人觉得可做成小三层的模式。一楼为厨房和厅面，二楼为挑空夹层厅面，三楼为员工休息区和储物仓库，还能空出一个空间做亲子教室。

位置虽在内街，但附近有不少已经成熟的新、老小区，有小学和幼儿园。步行十来分钟即可达中区核心商圈，最重要的是，附近四通八达的内街里有好几家街区咖啡店，都是散步可达的区域。雷伍看中的是水山市的短途旅游前景和这片老社区未来的发展潜力。

之前的餐厅撤场时把店铺清空了，只留下原来的装修，但需要全部铲掉重装。设计师进场测量的那天，许飞燕上了二楼夹层，走到尽头铸铁栏杆的位置，手扶栏杆，俯视着一楼正在和设计师团队沟通布局动线的雷伍。

察觉到目光，雷伍抬起头，两人的视线在半空中碰上，许飞燕悄悄对着他勾了勾手指。

雷伍上楼，走到许飞燕身边："怎么了？"

许飞燕指了指靠墙的某个位置说："当时我就在这个位置相亲哦。"

从她眼睛里看到了一闪而过的狡黠，雷伍抿紧嘴角，突然抬起手捧住她的脸，把她当颗糯米丸子一样搓圆又揿扁，恶狠狠道："许飞燕你越来越坏了，跟谁学的啊？整天就想让我难堪。"

许飞燕被他揉得嘴巴嘟起，她才不会坐以待毙，伸手就朝雷伍的左侧旁肋探去。即便隔着有些厚度的卫衣，雷伍也痒得寒毛直竖，全身瞬间僵硬。自从被许飞燕发现他这个部位怕痒，就很容易被她占了上风并反将一军。

"好了好了，别挠了啊……"雷伍痒得想逃，却被许飞燕扯住了衣兜拉到身前。

许飞燕不顾楼下还有别人，双手紧紧揽住雷伍的腰，右耳贴在他胸膛上，说："下个月8号是他的生忌，我想去看看他，跟他说一下最近的事。"

雷伍一怔，很快回答："好啊，我能陪你去吗？"

"你可以吗？我想让他看看你。"许飞燕没抬头，耳内被雷伍"怦怦怦"的心跳声灌满。

雷伍语气认真："可以，我也想见见他。"

"我这样穿真的不奇怪吗？"许飞燕一手牵着朵朵，另一手拉了拉毛呢裙摆，细声嘟囔。她好久没穿过裙子了，脚上那双低跟小皮鞋也让她不习惯，总觉得走着走着就要同手同脚。

雷伍牵住她无处安放的那只手，紧了紧手指："我说多少遍了，一点都不奇怪，美若天仙你懂吗？"

"你这就太夸张了。"许飞燕瞥他一眼。

男人今晚穿得正经，深灰毛呢西装没扣纽扣，肩线流畅，里头没搭正经的衬衫，而是穿了和她一样的高领薄款黑毛衣，笔挺的焦糖棕灯芯绒西裤包裹着一双长腿，裤口稍高，正好露出与毛衣同色的过踝长袜，黑皮鞋擦得锃亮，显得整个人优雅又带着些痞气。

如果不是陪着去买的，她着实看不出他这一整套衣服都是快消服装店的换季折扣款式，他还左挑右选，说反正平日没什么机会穿，买最便宜的就好了。倒是她和朵朵两套毛呢连衣裙花了些钱，雷伍付的账，说这衣服平日也能穿，得买材质好的。

"你不信就问问朵朵。"雷伍弯腰看向小姑娘，"朵朵，妈妈这样穿好看吗？"

朵朵抬起头，格外认真地回答："妈妈好看，我也好看。"

雷伍打了个响指，点头赞同："说得没错！"

许飞燕撇了撇嘴说："好嘛，你们两个人现在是统一战线了。"

朵朵不解地问："什么叫作统一战线？"

雷伍笑着解释："就代表我和你现在是好朋友啦。"

马唐婚宴在四楼宴会厅，从走出电梯开始就有布置了，地上铺满深绿的草皮，墙壁铺满绿植，天花板垂落翠枝绿叶，暖黄的灯光倾泻而下，宛如穿过茂密树冠的束束阳光，这唯美奢华的场景看得许飞燕目瞪口呆。

三个人沿着绿道往迎宾处走，雷伍见母女俩眼里闪闪发光，便凑近许飞燕耳边问："你喜欢这种风格的婚礼布置啊？"

许飞燕没多想："喜欢啊，这么漂亮没几个姑娘能抵挡得住。"她皱皱鼻尖，压低声音继续说，"不过这实在太烧钱了，我都快从树叶中闻到钞票的味道了。"

雷伍低声笑："那以后的婚礼，要不要也弄这种风格的？"

"啊？谁的婚礼？"许飞燕没反应过来。

雷伍啧一声："还能是谁啊？你和我，朵朵还可以做小花童。"

他从一开始追许飞燕就是奔着和她结婚去的，这方面的知识可没少吸取，什么森系婚礼、摩洛哥风格婚礼、星空婚礼……哟，现代人还真是讲究。

"等等，你等一下……"许飞燕今天化了淡妆，眼皮中后段涂了带点闪粉的眼影，快速眨眼的时候仿佛有星辰碎片掉落，她小声提醒雷伍，"我是二婚耶。"

"啊？然后呢？"

"呃，二婚是……是不能设宴的……"

雷伍高高挑起眉毛，不可置信道："这是谁说的？"

许飞燕一噎，眼珠子转了转："就，呃，大家都这么说……二婚不能大搞的呀，多数人都是私下请亲戚朋友吃顿饭就完事啦。"

他们已经见到了迎宾的唐苑淇和马煜，唐苑淇眼尖，趁着一拨宾客拍完照时举着捧花朝他们挥手。

二婚设宴这个话题暂时被放一边，等前面的宾客进场后，许飞燕才带着朵朵上前，衷心祝贺道："唐律，恭喜你呀。"

唐苑淇勾唇道谢，她身着一袭曳地鱼尾白纱，不过上方缀着的璀璨星钻不及她眼中的光芒。

"恭喜你们。"雷伍与马煜握了握手，打趣道，"把室内搞成大森林，马先生破费了，破费了。"

马煜笑道："苑淇喜欢就行，她本来想办西式户外婚礼，但你知道的，我们两家的老一辈都传统，还好这家婚礼策划工作室的能力还行。"

"恭喜你啊马先生，祝你们新婚快乐。"许飞燕也朝他笑笑，接着低头晃晃女儿的小手，"宝贝，你要说什么呀？妈妈在家教过你的。"

朵朵眨着大眼睛，另一只小手背在身后，有些紧张，但还是乖巧地开口："祝唐姨姨和马叔叔新婚快乐，百年好合……"

唐苑淇的裙子不方便蹲下身，只能尽量弯腰，她笑得眉眼温柔："谢谢朵朵宝贝。"

"谢谢你哦。"马煜扶着唐苑淇，唤来婚礼管家，叮嘱等会儿落座之后给这位小朋友多送一份小礼物。

唐苑淇凑近许飞燕低声道："最后抛花球的环节你站我左后方。"

雷伍也听见的了，扯起笑："人美心善的唐菩萨，感谢感谢。"

唐苑淇剜他一眼："你在开心什么，我只是丢给飞燕，对象又不一定是你啊。"

几个人拍过照，雷伍掏出两个厚厚的利是袋，递给许飞燕："你帮我先交到礼金台那儿，我同唐律再讲两句话。"

"好哦。"

许飞燕走出几步后，忽然回过头看了眼，瞧见雷伍微垂着头，对唐苑淇说着什么，唐苑淇也低着头，嘴角的笑容不再灿烂。而马煜走远了几步，正在招呼另外的宾客，像是特意为两人谈话留出空间。

"妈妈？"许飞燕回过神，捏捏女儿的手，继续往签到台走。

刚签完名字，雷伍已经走到她身后，接着有服务人员带着他们往宴会厅内走。

宴会厅内的布置更华丽精致，舞台上白烟缥缈，仿佛爱丽丝误入的梦幻秘境。三个人一落座，婚礼管家立刻送来了一只头戴彩色花环的紫色兔子玩偶，朵朵眼睛都亮了，珍重地抱住小兔，礼貌地跟对方说谢谢。

同桌的宾客还没来，许飞燕抓紧机会问雷伍："刚才你和唐律说了什么呀？是不是我哥托你带话啊？"

一语惊人，雷伍眉脚高高挑起："你知道你哥的事？"

许飞燕点头："他这人说不了谎，唐律又做得太明显，不过他们应该都不知道我知道这件事。"

许飞燕在嘴边做了个拉拉链的手势，压低声音说："所以你偷偷告诉我嘛，我就是好奇，保证不说出去的。"

"超龙让我告诉她，谢谢她喜欢过他，也谢谢她这些年为他做过的事，他这辈子都会记得。以后好好过日子，要幸福，要快乐，要好好的……还有什么来着，哦，对了，他还让她以后别再喝醉酒跟人玩真心话大冒险了……"

唐苑淇嘴角笑得有些酸，眼睛也是，接下来无论是哪位宾客来，她都只是笑笑说"谢谢"，像个在商场门口迎宾的机器人。马煜手掌一直搭在唐苑淇腰侧，希望这样能给她一些力量，好撑过这烦琐无趣的迎宾环节，直到婚礼管家上前提醒可以回休息室准备接下来的入场时，两个人都同时敛了嘴角的笑。

进了休息室，马煜让婚礼管家和工作人员都先出去一下，他有话想跟妻子说。

"可是马生，我们的时间很紧张……"

"就两分钟，麻烦你们。"马煜的笑意没进眼里，婚礼管家便清空了休息室给这一对新人。

唐苑淇把脚上的满钻高跟鞋踢开，坐到梳妆椅上默不作声。马煜跟在她身后，弯腰拾起她的鞋子，慢慢走到她身前，半跪在地。手探进鱼尾裙摆，捞出人鱼偷偷藏在尾巴下的纤细脚踝，慢条斯理把高跟鞋重新套回她足上。

唐苑淇依然没出声，但也没阻止马煜的动作。为她穿好鞋，马煜站起身，保持着弯腰的姿势，修长的手指轻抬起她的下巴。

看着她有些花了的红唇，马煜眸色黯了，低声道："唐苑淇，我现在好像有点嫉妒他了。"他倾身，吻住了那抹艳红。

由于唐苑淇身份的特殊性，主桌上女方亲人只坐了唐父和唐苑淇同父异母的大哥和二姐，男方亲人则是马父马母还有马煜的两个哥哥，马家老幺在美国回不来。

看见唐父啜泣至一度中断了家长致辞，许飞燕忍不住八卦地望向主桌——哇，唐苑淇的哥哥和姐姐表情果然很精彩……这真是现实版的《溏心风暴》啊！

雷伍拈了颗糖霜腰果送到她嘴边，还贴着她右耳调侃道："小八卦精！"

许飞燕藏在白色桌布下的手很快摸到那硬邦邦的大腿肌肉，狠狠掐了一把，才咬住那颗腰果。

许是唐苑淇特意安排，他们坐的这一桌没有雷伍以前认识的朋友。来婚宴之前，许飞燕问过雷伍，如果遇上了以前那些朋友，要假模假式打招呼，还是装不认识避开，雷伍嫌弃道，这种晦气东西，看多一眼都要去洗眼睛，当然是装不认识赶紧跑。

所以隔着老远看见姓邱的，两个人都不约而同地翻了个白眼。呲，好大一坨脏东西。但让许飞燕意外的是，在邱博威那桌还看见了施菡，但林兰不在，施菡和邱博威之间隔了一个男人，有一丁点眼熟，但她想不起来是谁，心想应该是林兰爸爸吧。

市内的交际圈说大不大说小不小，许飞燕觉得现场一定还有雷伍以前的朋友，但没人上前来跟雷伍打招呼。可能是雷伍变了些样子让他们没认出来，也可能是他们看不起现在的雷伍了，还可能是他们顾忌着什么，不敢认他。这样也好，他们乐得轻松，许飞燕还怕雷伍脾气上头的时候砸唐苑淇婚礼的场子。

婚礼流程结束，香气四溢的脆皮乳猪也上桌了，宾客纷纷起筷。雷伍给母女俩布菜，男子高大帅气，女子风韵娇媚，还有个文静乖巧的小女孩，很容易就吸引住旁人的目光。

同桌的宾客之间开始客套攀谈，有带着两个小孩的妈妈问许飞燕朵朵几岁了，许飞燕如实回答。对方说那和她家老大一样大啊，问准备在哪里读小学，许飞燕笑说暂时还没确定。

雷伍用公筷起了块东星斑的白嫩鱼腩肉，检查了没鱼刺后再放进朵朵碗里，插了一嘴说："没什么意外的话，应该是读金源的。"

轻描淡写一句话，却让许飞燕脑袋瓜子里搅成糨糊。这话里头的意思很明显，就是要把她和朵朵的名字加到户口本上。对面的妈妈还在这个问题上滔滔不绝，许飞燕听不进去了，在备忘录里啪啪啪打字，接着塞给雷伍。

"那如果有意外呢？"看着"意外"俩字，雷伍的眼皮突然跳了跳。

他自信又霸道："你那两个追求者都知难而退了，不可能有意外！哥哥我绝对不允许有意外！"

许飞燕被他气乐了，又在桌布下狠掐了他一把，但还没来得及逃开就让他给逮住了。

雷伍在她掌心一笔一画写了几个字。掌心嫩肉敏感，许飞燕痒得直发颤，压根儿没留意他写了什么字，只知道一个字比一个字笔画少。

雷伍写完字就松开她，许飞燕正想问他写了什么，朵朵唤了她一声："妈妈，我想上厕所。"

"好，妈妈带你去。"

"我跟你们一起？"雷伍问。

"不用啦，一下就回来。"问了服务员洗手间的方向，许飞燕牵着女儿走出宴会厅。

雷伍夹起最后一片乳猪脆皮放许飞燕碗里，目光下意识瞟向邱博威坐的那一桌，这一瞟让他蓦地皱紧眉头。邱博威那家伙不在座位上。

许飞燕抽了张擦手纸递出去，朵朵接过，擦干小手后拿到垃圾桶丢掉："妈妈，我好了。"

"好哦，你等我一下下。"许飞燕对着镜子检查了一下妆容，没问题了才牵着朵朵走出洗手间。

眼角余光瞄见门口走廊里站着个人，一开始她没看清，直到对方挡住去路她才抬头一看，竟是邱博威。许飞燕眉心骤然拧紧，立刻把朵朵挡在身后。

邱博威有些讶异，不得不说，佛靠金装人靠衣装，这乡下小少妇才稍微打扮一下，就挺能上得了场面。他笑着主动开口："上次在商场都没机会跟你打声招呼，你还记得我吗？"

讨厌一个人的时候，连听见他的声音都觉得难受，许飞燕冷睨他一眼："不好意思，我这人记性不好，无关紧要的人和事都记不得了。"

说完她想带着朵朵绕过邱博威，可邱博威后跨一步，又挡住她的路，直奔主题："我问问啊，你和雷伍现在是什么关系啊？是情侣？"

也是诡异了，这个时候走廊上除了他们三个人，没有其他人在。

男人不怀好意地打探让许飞燕浑身的刺儿全冒出尖，再抬眸时眼里已经充满敌意，可考虑到小孩在场，她还是收敛了些许语气："这关你什么事啊？"

邱博威双手一摊，一副委屈样："我就是关心关心老朋友而已，挺好奇的，你们怎么会走到一起的啊？"接着，他弯腰去看那躲在妈妈身后的小女孩，笑着问，"小妹妹叫什么名字啊？今年几岁啦？"

朵朵向来敏感，早已察觉到气氛异常，一双小手攥紧了妈妈的手，呼吸渐渐急促起来，像只感知到危险的兔崽。她觉得眼前这位叔叔的脸长得好像她害怕的蛇，嘴角都要咧开到太阳穴了！

许飞燕脑子嗡嗡响，一把抱起朵朵，连退了几步，走廊又不是死胡同，她不想和这人起正面冲突，转身就想从走廊另一头离开。

邱博威几步便追上她，又挡在她身前，纠缠着她不放："难得重逢，我们交换个微信好不好？"

许飞燕终于忍不住，声音渐大："不好，你这都什么毛病啊？是不是每个和雷伍谈过恋爱的姑娘你都非要掺上一腿？"

邱博威脸色一僵，问道："你什么意思？"

"之前不是跟梁小姐逛商场逛得挺开心的吗？有说有笑的。"许飞燕冷哼一声，"我没什么意思，我们也完全不熟，你爱跟哪位太太一起逛商场就去逛，跟我没半毛钱关系，所以麻烦你让让，别挡我路。"

朵朵被妈妈紧抱在身前，她有点想哭，记起了那一天，平时就很凶的叔叔带着好多人冲进她们家，要把她和妈妈赶走。为什么他们总要欺负妈妈？就因为她没有爸爸吗？她咬着唇不让眼眶里的泪珠子落下来，模糊的视线中忽然出现了熟悉的影子，她一眨眼，眼里的潮水就涌出来一些，那影子也就清晰一点。

所以她连连眨眼，朝着那越来越近的人喊了一声："叔叔——"

婚 宴

许飞燕猛地回头，见雷伍快步走来，整张脸黑得快能滴墨。她心一惊，急忙转身走向他。

雷伍浓眉紧蹙，急问："他说什么了？"

许飞燕生怕他和邱博威直接在这里吵起来，低声哄他："没事，没说什么……"

一见小姑娘满脸憋得通红，晶莹的泪珠簌簌往下掉，雷伍瞬间脸更黑了，问道："没说什么朵朵会哭成这样？"

他身上没纸，又着急，便直接用手掌小心翼翼拭去朵朵脸上的泪："朵朵别哭啊，不要怕。"

许飞燕也委屈地说："我要走他总缠着我，走哪儿就跟到哪儿。"

"你和朵朵先站到后面，我和他聊两句。"雷伍抬眸，目光箭一样刺向不远处的邱博威。

许飞燕越想越觉得邱博威另有所图，忙说道："算了，你别靠他太近，等下他碰瓷怎么办？"

雷伍出来后的第一个五年很重要，她不想他因为这些无谓的事情二进宫。

许飞燕把朵朵抱高一些，对雷伍说："我手酸了，你帮我抱抱朵朵嘛。"

雷伍还在瞪着邱博威，尤其看见邱博威那微仰着下巴的模样就浑身血液沸腾，恨不得把他的一口牙齿全打掉。不行……不行，牙齿脱落或者折断七枚以上属重伤，三到十年跑不了……

他像上次逮住胡伟时那样不停用各种犯罪量刑控住自己，可邱博威那似笑非笑的表情实在太让人闹心，他仿佛在说：雷伍，你现在真是个孬种。

突然眼前递来一双小手，朵朵朝他举高手，眼仁儿泪汪汪的，还强装镇定地低喃了声："要抱……"

一下子所有戾气散得一干二净，雷伍急忙伸手接住朵朵："好好，抱高高。"

他现在单手就能稳稳地托住小姑娘，还能空出另一手牵住许飞燕，最后冷冷乜了眼邱博威，对母女俩说："走，我们回去。"

看着三个人离开的背影，尤其是雷伍挺直腰杆的模样，以前那种事事都让雷伍压一头、怎么努力都只能成为影子的憋屈劲儿又出现了。邱博威嘴角越来越往下塌，狠狠地骂了个脏字。

回到宴会厅时新人已经换了敬酒礼服，从前往后开始敬酒。雷伍瞥了眼邱博威坐的那张圆桌，邱博威还没回来，他的妻子不在位子上，上次和朵朵起矛盾的那小女孩的妈妈也不在。四个位置空了三个，只剩林亚东跟他大眼瞪小眼。哦，他确实有些意外，林亚东竟然就是林兰的父亲，可真是巧了。

朵朵经刚才一事，没心情继续吃饭了，抱着兔子问妈妈什么时候能回家，许飞燕也不想等会儿和邱博威又一次撞上，小声问雷伍能不能提前离席。

"花球呢？你不要啦？"雷伍觉得自己比她还在乎这些小姑娘家家的仪式感。

"有没有花球不是都一样吗？难不成没接到花球，你明天就要和我分手？"许飞燕睨他。

雷伍心情立刻舒坦了，一颗心像被热烘烘的熨斗烫得服服帖帖，他算了算新人的敬酒速度，说："应该很快就轮到我们这一桌，敬完酒我们再走吧。"

许飞燕点头赞成。

敬酒时候唐苑淇凑雷伍跟前小声说："那什么……等我度完蜜月回来，约你吃顿饭，我有事情要跟你讲。"

雷伍问："什么事？这么神神秘秘。"

唐苑淇揉了把朵朵的柔软发顶说："回来再说。"

带着许飞燕和朵朵往外走的时候，雷伍特意看向林亚东，表情凝重，还似乎很遗憾地摇了摇头，叹了口气。

许飞燕疑惑："你干吗？"

雷伍在她耳边低语："等会儿你先带朵朵下楼，我很快跟上来。"

许飞燕皱眉提醒他："你可不要做傻事！"

"放心吧，我现在很冷静，"雷伍笑道，"我也跟老朋友叙叙旧。"

送了许飞燕母女进电梯，雷伍就在电梯口等着。他又看了看手机时间，推敲着林亚东此时的心思，算计着等会儿要说什么话才能一击即中。如他所料，很快身后有沙沙的脚步声，回头一看，哟，林亚东还真追过来了。

林亚东喝了不少，脸红耳赤地走到他面前，好像要提刀上战场，可鼓满的劲儿在和雷伍犀利的眼神对上时，又好像气球泄了气，声音弱下去："雷……伍哥，好久不见，你你……你最近怎么样啊？"

雷伍佯装很不耐烦，又按了一下电梯，才扫看他一眼，嗤笑道："托你们的福，过得还不赖。"

他倒不是故意讽刺，林亚东低价收了车房这件事他虽不爽，但做生意嘛，没有稳赚不赔的道理。他只是单纯讨厌这一群人而已，就像他厌恶以前嚣张跋扈的自己。

但这话听进林亚东耳里就不是滋味，往家里送死公鸡的人上个礼拜其实已经被揪出来了，是个二十来岁的年轻男子。经警方调查，他是林兰幼儿园以前那位蔡老师的男朋友。经男子交代，女友总跟自己哭诉抱怨班里以林兰家长为首的"怪兽家长团"有多么难伺候，这三年她一直战战兢兢地干活，就怕自己一没顺家长团的意就丢了饭碗。

最终女朋友还是让幼儿园辞退了，女朋友还说，除了她，学校还辞退了一个干了许多年的保安，理由是对方不时会放非学生家长的人员入园，这给校园安全带来了严重隐患。女友去林家做过几次家访，男子找机会问出来地址，为了给女朋友出口恶气，才整了这么出恶作剧。

死公鸡的事是解决了，他和施菡却因为这件事大吵一架冷战了好些天。而如今林亚东还是心存芥蒂，这一次不是雷伍，那下一次呢？下下一次呢？

林亚东向来能屈能伸，他决定先退一步。他小心翼翼地开口："哥，以前的事有什么得罪的地方，我跟你道个歉，和气才能生财嘛……而且祸不及家人，你说对不对？"

雷伍有点莫名其妙："你在说什么啊？喝大了吧。"

林亚东闷声道："总之，以前有什么不痛快的地方，你就直接找我，别骚扰我家人……我现在给你道歉。"

雷伍挑眉，真有点儿好奇是什么事让林亚东如此主动地低声下气。

"我搞你干吗？就因为车房的事？傻不傻，都多久之前的事了。"

"不，不是车房的事……"发现雷伍似乎是真不清楚那一晚的小插曲，林亚东小松了口气，结果打了个酸臭酒嗝。

雷伍嫌弃地往后退了一步，问："不是因为车房？那你是为了什么跟我道歉？"

林亚东骤颤，很快故作镇定大方地挥挥手："以前年轻不懂事嘛，肯定有做得不好的地方……"

此时电梯"叮"一声，到了。

看着电梯门打开，林亚东正想和雷伍说声再见不送，却听见雷伍笑了声："呵……"

轻飘飘的一声，却好像透明鱼丝往他脖子上缠了一圈又一圈，慢慢收紧，林亚东本能地抓了抓脖子，抠出了红痕也没能缓解呼吸困难的错觉。

"你的电梯到了……"他提醒道，还主动走过去给雷伍按住电梯门。

雷伍经过林亚东身边时，低声说："你说以前年轻不懂事，但我怎么觉得十年过去了，你也没多懂事啊。"

林亚东立刻皱眉："你什么意思？"

"你到现在还跟邱博威混在一块儿，能懂事到哪儿去？"

走进轿厢，雷伍按紧了开门键，善意提醒着"老朋友"："你和他认识那么久，还不知道他的癖好？我上次遇见他，还看见和梁伊在一起……你也是个心大的，兄弟，看你之前顶下车房时付钱还算爽快，哥哥才多说几句，你……好自为之吧。"

他松开手指，朝林亚东挥挥手，眼神怜悯："回去吧，不用送了。"

直到电梯门映出自己瞪大眼睛的样子，林亚东才反应过来雷伍话中有话。走廊里被布置得绿油油一片，光打在头上，林亚东恍惚间觉得，自己整个头都是绿的。

喝下的酒在胃部灼烧，涌起的热气从下往上直蹿天灵盖。林亚东想起刚才敬酒前邱博威先离席，接着施菡说要打个电话也出去了，他等了好久都没见老婆回来，打她电话还真是占线，便没往别的地方想。可这会儿听雷伍说上这么一段话，还提起了梁伊，他就只能往那地方想了！

看了眼手机，不知不觉两人离席都快二十分钟了，足够干点什么腥膻事！林亚东急匆匆往宴会厅冲，邱博威还没回来，不过施菡已经回来了，正在桌旁拿着手机自拍。她为了今晚的婚宴专门去做了头发，暖棕色调的鬈发看上去倒有几分少女感。

林亚东松了口气，坐回自己位置，低声问："你刚上哪儿去了？"

"都说是打电话了呀。"

林亚东闻到一丝烟味，他悄悄检查着妻子的妆容，突然心跳漏了一拍，马上问道："怎么突然补上口红了？"

施菡莫名其妙地瞪他，不耐烦地说道："刚才吃东西掉了就补啊，你是不是喝多了？"

"……算了，没事。"林亚东拿起酒杯，把剩下的红酒喝完。

"奇奇怪怪的……"施菡咕哝一句，继续玩自拍。

等新人敬酒敬得差不多，邱博威才回来，林亚东一直斜眼盯着他，邱博威皱眉："你干吗？"

邱博威身上也有烟草味。林亚东安慰自己，这很正常，邱博威烟瘾不小，有烟草味很正常的。他领口的纽扣没系上，脖子有些泛红，林亚东又替他解释，没什么的，喝酒嘛，自己不也是脖子红了一片吗？而且衬衫上没有口红印之类的，是他想多了……都怪雷伍说些奇奇怪怪的话，让他现在胡思乱想！

"没事……"林亚东正想收回视线，突然瞳孔定住，紧紧锁在邱博威右肩后侧，那里沾了条棕红色的发丝。

这条细小的毛发仿佛又成了鱼丝，一圈圈箍住他喉咙，脑子被浇了勺热油，"嗞"一声全熟透了。椅子后翻倒地，碗盘跌落地毯，红酒杯滚了几圈也坠落在地，"当啷"破碎，白桌布上淌开一片血红，宾客错愕了几秒之后猛地倒抽凉气。

只见揪住邱博威西装领口的林亚东双目通红，愤怒的咆哮里灌满酒气："邱博威，这么多年兄弟你就这么对我？"接着一拳砸到邱博威鼻梁上！

婚礼现场出现闹剧的时候，许飞燕三人已经坐上了网约车，而雷伍全然不知自己精准地戳中了林亚东心里最介意的那个地方。在狱中三教九流什么人都有，两面三刀的阴险小人自然不少，雷伍以前是挺不屑这种挑拨离间的戏码，但如今把这一招用在邱博威和林亚东身上，倒是挺舒爽的。

邱博威奸诈，林亚东狗腿，两人能在一起绑定那么久，肯定是手握对方的把柄或秘密。雷伍猜测，表面上两人似乎有着很坚固的结盟关系，可实际上或许早已充满了不信任和防备，如果他说的话能让两人的缝隙扩大，那就达到目的了。

许飞燕叫车的时候没填具体的家庭地址，经过上次入屋盗窃的事，她的警戒心又提高了不少，事事尽量不透露自己的信息。

车子在大马路旁停下，三人下车后慢慢沿着内街步道往家的方向走，明明还是那条每天都会跑上几圈的内街，但雷伍觉得今晚的氛围似乎有些不同。脚下红砖还是那些红砖，头顶路灯也还是那些路灯，连映在地面上的光都是一样的色调。雷伍想起三个月前自己刚出狱那晚，他和许飞燕走在这样的灯光下，影子忽长忽短。那时候是两道影子，如今增加到了三道。

八九点的时间，有些店铺早关了门，有些则还亮着灯，遇上相熟的头家，雷伍会笑笑同他们打招呼，对方也会笑笑回他。再往前走一段，离着老远就看见小卖部的阿婆正准备收铺，拿着铁钩准备去钩卷帘门，许飞燕还没来得及开口，雷伍已经小跑上去帮忙了。

"阿婆！我帮你！"雷伍刻意放大了音量，接过了阿婆手里的铁钩，轻松把笨重的卷帘门拉了下来。

因为耳背，阿婆的声音也响亮："你们一家人穿得这么漂亮，是去哪里玩了呀？"

雷伍偷瞄向许飞燕，见她没有反对"一家人"这个说法，才又大声回答阿婆："我们去吃喜酒啦，朋友结婚！"

"哦，欢喜！"阿婆笑得眼角挤出一道道沟壑。

"嗯，欢喜。"雷伍也笑了。

雷伍把两母女送到家门口。

"你刚才没吃饱吧？晚点煮个面给你吃？"开门前许飞燕问道。她如今深知雷伍的饭量有多大，他可以不吃肉不吃菜，但主食必须得管饱。

雷伍连连点头，眼里亮晶晶的，还比了个 OK 的手势："等你。"

回家时罗萍正在抄经，朵朵抱着紫色小兔跑到她面前，献宝一样让外婆看她的新伙伴。罗萍放下水笔，温柔地问她今晚开不开心，小姑娘默了几秒，然后点头说很开心。

她给外婆说今天的婚礼现场好像森林，到处都是花花草草，还有亮晶晶的宝石。罗萍一直笑着，看见她还有些泛红的眼角，没有拆穿小姑娘在逞强。朵朵像飞燕，而飞燕像她，都是报喜不报忧的类型啊。还能怎么办？亲生的，认了呗！

洗澡的时候许飞燕帮朵朵洗了头，接着让她坐在床上，帮她吹头发。

头发渐渐变干，柔顺且乌黑的一片。许飞燕这时候把风筒风量转至最小，趁这个机会问了句："宝贝，嗯……你觉得雷叔叔这个人怎么样呀？"

"什么？"朵朵大声问，她没听清妈妈的问题。

许飞燕关了风筒，搂着女儿一起倒在床垫上，表面嬉皮笑脸，心里忐忑不安地又问了一次："就是，宝贝喜欢雷叔叔吗？"

朵朵一双眼仁儿乌黑透亮，定定地看着母亲，不笑也不出声。这下许飞燕被她看得有点没底了，本来今晚朵朵主动要雷伍抱，她还觉得两人的关系有了大跃进。

忽然朵朵伸手，摸了摸妈妈的耳朵宝宝，认真问："妈妈喜欢雷叔叔吗？"

许飞燕一愣，她没想到朵朵会反问她。

"唔，妈妈……妈妈是喜欢雷叔叔的。"她的脸颊逐渐升温，这样直白的表白她还没跟雷伍说过，反倒是跟女儿先坦白了。在这个时候，她和面前的小姑娘仿佛不再是母女关系，而是相处了五年多的亲密友人。

"那你们以后会像《小猪佩奇》的猪爸爸和猪妈妈那样结婚吗？"朵朵的声音有些软乎乎的，像在锅里蒸了许久的甜米糕。

"现在还不知道哦，但有这个可能性的。"许飞燕照实回答。

"那如果之后你们有了'乔治'……妈妈还会要我吗？"

许飞燕大惊，急忙回答："小傻瓜，你在想什么呢！"

她把朵朵揉进怀里："傻瓜呀，无论有没有'乔治'，你都是妈妈的'佩奇'呀，永远都是的。"

朵朵有些安心地阖上眼皮，许久之后才咕哝一声："……我不讨厌雷叔叔。"

许飞燕暗暗松了口气，也没去细想这句话似曾相识。

小姑娘快进入梦境了，她又咕哝了句："你要像公主一样……和王子过上幸福的……咕噜……"

最后的词语含糊得听不清了，可每晚睡前都会陪女儿讲故事的许飞燕知道她要说的是哪个词语，心里暖和得好似春风拂过。

她吻了吻女儿的发顶，低喃道："宝贝，谢谢你哦。"

唐苑淇发来的第一手视频实在太精彩，精彩到雷伍反反复复看了五六次，许飞燕白他一眼说："再不吃，面就糊啦。"

他有些傻气地"哦"了一声，把手机递给她，赶紧夹起一大夹面条呼噜呼噜大口吸入。

"吃慢点。"许飞燕习惯性提醒他注意细嚼慢咽，眼睛却没离开手机屏幕，"唐律这婚礼被他们搞砸了啊。"

"别替她操心，出了这么一个岔子她估计乐死了，不过长辈们私底下铁定把林邱两家骂个半死。"

视频是他们没亲眼看见的林邱打架经过。看得出林亚东气得够呛，被好几人拦着都还想冲上去踹邱博威，口中骂骂咧咧着什么，因为现场太嘈杂了听不清。而邱博威微弯着腰，手捂着口鼻，白衬衫溅上了血迹，很是狼狈，不知是不是被林亚东打蒙了，身子摇摇晃晃。

林亚东不知道从哪儿得到的勇气和力量，竟挣脱了几人的阻拦，像头黑熊一样往邱博威身上扑，邱博威这时终于反应过来，也冲上去和林亚东扭打作一团。

许飞燕对两个男人反目成仇的戏码没多大兴趣，反而注意力被镜头里的另外两人吸引过去："可能真被你说中了，你看啊，邱博威流鼻血的时候，林兰妈妈是第一个跑过去递餐巾给他的，而邱太则相反，都站到镜头外了。"

"嗯，就好像怕林亚东的怒火会波及她的样子，估计以后如果出了什么事，邱家两公婆也是大难临头各自飞的。"

雷伍边小口吃面边分析道："平时肯定都是邱博威压制着林亚东，林亚东估计忍挺久了，才借酒意发那么大的疯。"

"哎，不过现在他们狗咬狗咬一嘴毛也不关我们事，你真要反省一下自己，以前怎么会跟这些人玩一起呢？"

雷伍放下筷子，竖起三根手指郑重发誓："对，感谢领导对我的批评，我一定深刻反省以前犯过的错误。"

许飞燕朝他皱了皱鼻尖，说："不正经……"

"倒不能这么说，我今晚说的事也是很正经的。"雷伍夹了颗牛肉丸送到许飞燕嘴边。

许飞燕倒也不客气，一口咬住肉丸，含糊地问他哪件事是正经的。

雷伍说："朵朵读金源的事，我是认真的。"

牛肉丸还没来得及被嚼得稀碎，已经囫囵咽落喉，许飞燕愣了愣，说："她还有一年多才读小学呢……"

"行啊，反正我也不急这么一时半会儿。"

雷伍咨询过相关单位，小孩只要能在 2022 年 6 月前入了户口，就能赶得上 7 月的摇号派位。一年半的时间，他怎么着都能求婚成功吧？

许飞燕思索片刻，把刚才朵朵问她"乔治"的事告诉了雷伍，雷伍听完直笑个不停："小家伙想得倒还挺远，我自己都没怎么考虑过这个问题！"

"现在小孩子懂好多的，她以前还问过我，她是怎么来的。"许飞燕肘撑桌面，双手托腮，"你说我们小时候哪懂这些，到小学几年级了都还以为自己是爸妈垃圾桶里捡来的……"

雷伍好奇："那你怎么回答她的？"

"我怕你听了之后又要吃醋了。"

"我是这么小气的人吗？"

许飞燕瞥他一眼，没好气道："前几次你也是这么说的，但后来总在别的地方打击报复我。"

雷伍听了差点笑喷，咽了面条后笑嘻嘻道："你放心说，我今天绝对不打击报复你。"

"其实也没什么……我就跟她说，是爸爸那里有一颗小种子，种到了妈妈的身体里，渐渐地种子长大了，开花了，结出了一个小果子，名字叫朵朵。"

"嗯，这样的回答很好啊，既生动又可爱。"雷伍故作大方。

"但她之后又问，小种子是怎么种到我身体里的，是不是打针……"说着说着许飞燕都觉得乐，捂着嘴笑得眉眼弯弯。

接下来她看着雷伍把剩下的面和汤两三口吃完，吧唧吧唧着拖鞋跑去厨房把锅碗洗了，又吧唧吧唧进了浴室刷牙漱口。许飞燕知道他要干吗，踢了拖鞋，脚穿粉黄相间的毛绒家居袜踩在红木餐椅上，抱着膝盖，笑得眼珠子亮晶晶。

直到最后被公主抱抱起，许飞燕哈哈笑，揽住他脖子问，不是说好了不打击报复吗。而雷伍脸臭到不行，说不是打击报复，是打针。雷伍突然停了下来，在许飞燕耳边说，其实有没有乔治都无所谓，有猪妈妈和佩奇就已经足够了。

2月8号是蔡景尧的生忌。早晨天朗气清，但过了午后云开始多了起来，风也变冷了一些。许飞燕没有选在早上的时候去墓园，因为她想避开蔡家人。

开车的是许超龙，他浓眉微蹙的模样看着比平日凶狠许多，车子驶进墓园时他开始细声嘀咕："要是等会儿看见他妈和他弟，你们记得要死死按住我啊，我怕我脑子一热做些不该做的事……"

罗萍一巴掌拍到他椅背上："你小子嘀嘀咕咕什么呀，朵朵还在呢。"

许飞燕翻了个白眼，安慰他："他们这些年一般都早上来的，你不想见到他们，说不定他们也不想撞见我们呀。"

雷伍抬头望向几个月前刚来过的墓园，回过头，很严肃地问许飞燕："怎么之前我来的那次，你没跟我说他也在这儿？"

许飞燕用奇怪的眼神看他："那时候我们什么关系都没有，我干吗跟你说哦？"

雷伍撇了撇嘴，心想也是。

蔡景尧葬在山腰，就在雷广的墓再往上两行。大理石墓碑擦拭得干净，上方的红字绿字重新描过了，墓围的边角有烟灰残留，风使劲吹灰烬也散不去。

在他们之前已经有人来看过蔡景尧了。许飞燕稍稍松了口气，没碰上婆家的人，就能免去一场狗血闹剧。她把拜山祭品一样样拿出来，香烛、纸钱、生果、饼食，还有她来之前亲手煎的蚝烙，这是当年大排档的招牌，也是蔡景尧最喜欢吃的一道菜。

在饭盒里装了一阵子，蚝烙金黄的饼皮有些变软，但香气依然四溢，许飞燕半跪在地，把祭品码得整整齐齐，低喃的声音很轻，好似随时都要被淹没在山风中："我和朵朵来看你啦，还有阿哥和阿妈……然后今天还有'他'，嗯，就是以前我跟你提起过的那个人……"

雷伍也半跪在她身旁帮忙，听她这么一说，猛转过头。天阴沉沉的，昏暗的日光从她的脸庞安静淌落。他静静听着许飞燕跟蔡景尧讲话，讲家里遇贼的事，讲朵朵念幼儿园的事，讲他们要开甜汤店的事，讲他们正在交往的事。山风把树叶吹得哗啦啦作响，好似翻涌的海浪，卷着思念送去天上的人那儿。

许超龙手握一把香背风点燃，一人分三炷，递给雷伍的时候，他低声交代："你等会儿弯腰拜拜就好，不用跪了。"

雷伍应着好，但最后还是跟许飞燕一样跪在墓碑前，许超龙想阻止他，罗萍拦住儿子，摇摇头说随他去吧。

墓碑上没有相片，不过雷伍的脑海里一直记得蔡景尧的样貌，双手捧香高贴在额前，他闭上眼，跟蔡景尧正式介绍自己。"我会照顾好飞燕和朵朵的，请你放心。"他最后对蔡景尧说。

许飞燕起身的时候眼角有零星的泪光闪烁，好似被捣碎的珍珠粉末，她递手给还跪在地上的雷伍，笑笑说："起来吧，他会知道的。"

纸钱依然要拿到化纸炉里化掉，想起上次来墓园时的那个小意外，许飞燕和雷伍两人相视一笑。

纸钱化得差不多了，许飞燕低头问朵朵："宝贝，你要给爸爸的东西呢？"

"哦！"朵朵从大衣口袋里拿出一张折叠工整的蜡笔画，递给妈妈。

雷伍凑过去看了看，和上次画给许飞燕生日时那张蜡笔画有点相似，也是大海和沙滩，但这次上面只画一个人，戴眼镜的男人，白衬衫搭配红艳艳的沙滩裤，眼睛笑得眯成一条线，头顶上有鹅黄色的天使光环。

许飞燕指着化纸炉小口里跳动的火苗跟女儿确认："那妈妈把画放进去了哦。"

朵朵望着她点头说："我知道的，这样爸爸才能收到。"

蜡笔画让火苗舔吻过，化成缕缕青烟往上飘，成了看不见的信笺，朵朵希望，天堂的邮差能帮她把信送到爸爸手中。

纸钱全部化完，天又暗了一些，云厚得任风怎么吹都纹丝不动。一行人收拾完东西就往斜坡下走，快到停车场时，走在前面的许超龙突然停下脚步。在身边的雷伍没刹住，往前走了两步，一回头，见许家四人全站住了，如石化的雕像一样。

"怎么了？"他眉间微蹙，顺着他们的视线看过去。

斜坡的尽头站着一个中年男人，和罗萍差不多的年纪，头发却已经是落雪的颜色，皮肤像被风吹得失去水分的橘子皮，鼓起的裤管能看出他身材消瘦。雷伍本来想问这是谁，但从几人面上凝滞住的表情，他心里已经大致有了答案。是蔡家人，而且以对方的年纪推算，应该是蔡景尧的父亲。

本来说见到蔡母和蔡家老幺就要和对方杠起来的许超龙，这下心情有点不上不下的。蔡父可以算是蔡家人里对飞燕母女比较友好的人，当初母女要被小儿子赶走也只有他一人反对，但那时他身体时好时坏，有时人一犯病，就得躺床上个把礼拜，根本做不了主。

后来许飞燕从蔡家离开，蔡父还来汽修店找过她。蔡父递了一张银行卡，说里面有十万块钱，朵朵读书生活都需要钱，算是他补偿给母女俩的，但许飞燕没收，退回去了。

手里牵着的小手蓦地一僵，许飞燕赶紧轻揉着朵朵的手指，安抚她不用紧张，连罗萍脸上都有罕见的严肃表情。雷伍发现，在这件事里他是外人一个，似乎连开口说话的资格都没有。

许飞燕牵着朵朵往前走，心中庆幸只有蔡父在，要是换成是蔡母或蔡老幺在场，恐怕她也很难控制住情绪。

"妈妈……"朵朵走得很慢，一直想往妈妈身后躲。

"宝贝别怕，蔡老伯他——"许飞燕想了想，终还是放下心中芥蒂，叹了口气，改了个说法，"爷爷没有恶意的。"

蔡父蔡生涛拄着拐杖，往上走了几步，快到两人面前时轻唤："飞燕，朵朵……"

许飞燕勉强笑笑："爸，您怎么还在这儿？我以为你们都回去了。"

"是回去了，想着你们应该是下午来，刚才偷偷让人送我过来的，想和你们见一面。"蔡生涛朝着许飞燕身后的几人打招呼，"亲家母、阿龙……这位是？"

高大健壮的陌生男子让蔡生涛有些许恍惚，阿尧的身高似乎和他差不多，就是比他精瘦一些，表情也没他那么冷酷。

许飞燕还没想好怎么跟蔡父介绍雷伍的身份，还揪着妈妈衣摆的小女孩竟然主动开口了："那是雷叔叔，是妈妈的朋友。"

蔡生涛愣了几秒，很快反应过来，他也没再跟许飞燕确认孙女口中说的"朋友"指的是哪种朋友，只点头道了一声："好，好，有朋友是好事……"

寒风凛冽，蔡生涛有些站不稳，踉跄了一小步，许飞燕空出一手去扶他："爸，风大，到旁边避避吧。"

蔡生涛摇摇头说："时候不早了，我要回岛上了，能见你们一面就行。"他紧握着拐杖，不顾许飞燕的阻止，慢慢蹲下身，与小女孩对视，嘴角挂着浅浅的笑，"朵朵长高了好多啊，头发也长了……"

朵朵眼里的光芒扑闪，她没有出声，只是轻轻点了点头。

"在新的幼儿园里开心吗？"

朵朵点头。

"有认识新的小朋友吗？"

朵朵还是点头。

"爸，您腿脚不好，起来说吧。"许飞燕想去搀他，蔡生涛摆摆手拒绝了。

透过小女孩乌黑清澈的眼珠子，他能看见些许大儿子的影子。他心中酸涩难耐，苦笑着问："朵朵今年夏天能来岛上找爷爷吗？爷爷陪你去沙滩挖贝壳、抓螃蟹好不好？"

朵朵抬头，用眼神咨询母亲的意见，许飞燕朝她眨眨眼，低声道："宝贝可以自己决定的。"

蔡生涛语气讨好："朵朵去年不是说过想放烟花吗，你想放哪一种的？要冲天的那种，还是拿在手里亮晶晶那种？告诉爷爷，爷爷去买。"

"想要拿在手里亮晶晶的那种。"朵朵终于开了口，只不过声音没有往常清朗，"但我很怕叔叔，叔叔太凶了。"

蔡生涛鼻酸脑涨，大儿媳和孙女受到的委屈他心中明白，也知道自家小儿子不成器，可到底是自己的亲生骨肉，他已经没了大儿子，没办法再跟小儿子决裂。

他只能跟孙女做出保证："没有没有，爷爷不让叔叔来，朵朵放心。"

朵朵看向爷爷的拐杖，细声道："爷爷要好好养病，你拿拐杖的话就没办法和我一起去捉螃蟹了，因为螃蟹跑得很快的，找到洞一下子就钻进去了……"

蔡生涛眼角有了湿意，拐杖"啪"一声掉在地上，他膝盖着地，伸直的手臂有些微颤："爷爷能不能抱一抱朵朵？"

细长的拐杖在水泥地面往下滑，许飞燕想去帮蔡生涛捡起，有人速度比她快一些，在她身边带起一阵风。雷伍快跑几步，弯腰拾起拐杖，再往回走，交给许飞燕。

朵朵自己做了决定，往前走到爷爷面前，张开似雏燕翅膀一样的双臂，轻轻落在爷爷有些弯弯的肩背上。

晚上，许飞燕要洗衣服时，在朵朵的大衣口袋里，摸到了一张套了塑料保护套的银行卡。塑料套里还有一张小字条，上面写着："密码是朵朵生日。"

接到唐苑淇电话时，雷伍正和许飞燕在设计公司看店铺的初步设计方案。甜汤店的店名定为"燕巢甜汤"，八九十年代偏复古风格为整体基调，水磨石地面、绿墙裙、拱形门……从进门开始便宛如回到小时候的家中。

暖黄的灯光营造出温馨放松的氛围，干净简洁的流线感，高低错落的空间感，没有因追求怀旧而显得老气，反而显得设计感十足。挑高的天花下是外露的老木屋梁，屋梁上安放着草织的燕巢，从二楼夹层的小窗户可以瞧见，里面还住着一窝嗷嗷待哺的仿真小燕子。

许飞燕特别中意这个小细节，不过总觉得少了什么，发现后她像小学生一样举手问设计师："老师，那母燕到哪儿去啦？"

负责空间设计的阿力有些骄傲，给她看了下一张场景动态效果图。原来顶灯的设计也有小巧思，灯光下方悬挂着一块燕子剪影造型的黄铜装饰，光从上方打下来，就会有燕子的影子出现在地上。虽然母燕没有以实际的样子出现，却如影随形。

"其实这里也隐喻着母亲的关怀和爱意总无时无刻地笼在我们身上。有时就算阿妈或阿嬷不在我们身边，但一碗带有阿妈阿嬷味道的甜汤，就能让我们瞬间有回到家的感觉。"阿力是个年轻男生，笑得真诚，对她说，"之前试吃过你们家的出品，我就立刻想起我阿嬷了。"

雷伍非常捧场地给他鼓掌："这个细节很棒，我得让老板给你加鸡腿。"

一屋子人哈哈笑，阿力接着继续演示其他效果图。店内设计各处都藏着细节，按雷伍的提议，设计师们添加了不少能体现当地传统手工艺的小物件，比如藤编屏风和圆椅头、竹编儿童凳，餐具到时也会联系潮瓷厂家专门定做。

值得一提的是，瓷碗的图案是许飞燕设计的，就用朵朵的蜡笔和画纸。雷伍坚持让设计师帮忙把她的想法体现出来，瓷碗边缘是燕子喂食的剪影，剪刀般的燕尾优雅朝下，尖嘴衔着一颗果子，随着甜汤越吃越少，渐渐露出碗底的几只小雏燕。她看着自己之前粗糙的"儿童画"，如今在设计师手里竟变了个模样，双眸闪闪发光。

雷伍嘴角一直挂着浅笑，他女朋友脑袋瓜里的小点子真挺多，除瓷碗之外，还有店里的桌子也采用了她的创意。他们的圆桌是用筒（竹编的扁平大筐）做成的。

一开始许飞燕是想用筒直接倒扣当桌面，但阿力觉得太难实现，雷伍不愿放弃许飞燕的想法，和阿力讨论了几个晚上才找到可行方案：定制黄铜边框箍住箿，再往上面加盖玻璃桌面，底部则是加固后连接桌脚。

这样子做，既能满足他们的使用要求，又能赋予箿这个民俗用品新的生命力。阿力觉得这个做法可行且新颖，还做了实物效果图给他们演示。桌面的那块玻璃是可以拿起的，这样就能在箿面上贴上红剪纸或大红"囍"字，或者用仿真的芋圆、糯米丸、红桃粿等等作为装饰点缀。

"我们这边冬至的时候，阿妈和阿嬤不是都会搓糯米丸吗？她们会把捏好的一颗颗糯米丸子码在箿上，而我的想法也是从这里来的。"阿力详细解释道，还调出他搜集的资料给大伙看，"以这样一张桌子来做情感纽带和记忆传承，也能使品牌的温度上升，容易给顾客留下较深的记忆。"

初步设计方案展示，雷伍和许飞燕两个人都很满意，许飞燕的小记事本里记得密密麻麻，雷伍凑过去想偷看，许飞燕盖住本子，故作神秘地说这可是商业机密。这时唐苑淇打电话来，说飞机刚落地，中午赏不赏脸一起吃饭。

雷伍走出会议室，说："吃饭可以啊，去饮茶？你老公一起吗？"

唐苑淇轻笑一声说："他刚一出机场就被公司的司机接走了，后天除夕，他得赶去工厂走一圈，今晚还有公司年会，忙得不行哦。"

"哇，真不愧是霸总，新婚期的行程都比别人忙。"

"不过今天我要同你说的事，他不太方便在场，"唐苑淇想了想，建议道，"最好你也别带飞燕。"

打翻的茶水在白桌布上飞快洇开一片铁锈红，宛如伤口不停淌血。许飞燕愣了一会儿才回神，这时雷伍已经抽了纸巾替她压住了桌布上的茶渍。

她怒不可遏，可看雷伍一副从容淡定的样子，心里一沉，皱眉直接问："雷伍，这件事你一早知道了？"

唐苑淇也有点意外，她预想中雷伍听完这件事应该会暴跳如雷，就算不暴怒，至少也要骂邱林两人几句，可雷伍没有。

雷伍摇头，把半湿的纸巾丢到一旁说："这件事我不知。"

许飞燕愤愤不平："那你还能这么冷静？那两人如果当时报了警，何刚或许就不会死了，这样你也不会被判了那么多年啊。"

"不能这么说，我还是要负主要责任的，这和别人无关，错就是错了。"雷伍倾身拿起瓷壶，给许飞燕面前的杯子再斟上茶水。他指着桌布上泛红一片，淡声道，"就像这茶水，洒都洒了，并不是我拿纸巾去擦，再给你斟上一杯，就能当没这回事。"

这时服务员从包厢外推门而入，打断了三个人的谈话。

热腾腾的点心一笼笼放到玻璃转盘上，等服务员离开，雷伍夹了个虾饺到许飞燕的碗中，笑着揉了把她的发顶说："别因为这种事生气啊，每件事都有因果，现在回头看看，我倒觉得多坐几年也不赖。"

他又夹了个虾饺，伸长手臂放到唐苑淇碗里，笑得痞里痞气的："但还是要谢谢唐大状跟我说了这件事，让我更深刻认识到以前和邱博威玩在一起的自己有多么愚蠢。"

唐苑淇杏眸微闪，问："其实，你现在应该可以说了吧？"

"嗯？说什么？"

"那晚具体发生了什么事啊，你怎么会出现在那条县道上？"

"事情都过了这么久，不记得啦。"雷伍想蒙混过关，结果大腿肉让许飞燕掐了一把。

许飞燕恍然大悟："刚才唐律说邱博威开的是那种乱七八糟的派对，雷伍你是不是也去参加了！"

雷伍急忙澄清："冤枉啊，领导。我这人好歹有底线的，不该碰的东西我都没碰过！"

许飞燕急问："那你那晚怎么会出现在那儿？"

她和许超龙其实并不清楚当时的案件细节。当年大家都传雷伍那晚一个人在那县道附近飙车，道路黑灯瞎火的，车子开太快最后出了事故。但现在邱博威和林亚东组织糜烂派对的过去被爆出，事情似乎又有些不一样了。

唐苑淇在旁边煽风点火："你自己都说事情过了那么久了，现在说出来也不会引来谁的清算吧？"

"她家那位还在上面呢，要是我说出来，唐大状是能保我周全吗？"雷伍忙着哄生气的女友，拿她小碗舀了菜干烧骨粥，再夹小半根金黄油条浸在粥水中。

"现在又不是只手就能遮天的年代了，我推荐你看一部电视剧，前几年爆红，叫《人民的名义》。"唐苑淇懒懒地掀起眼帘，"说不准那大老虎什么时候就让儿女给坑了呢。"

"你们在说谁啊？"喝了口暖粥的许飞燕稍微缓了语气。

"没谁，反正许飞燕你要记得，你哥哥我没碰那些玩意儿就行了。"雷伍说话还是有些谨慎。

"哦，我知道了，你没有碰，但有别人碰了，背后来头还不小，"小八卦精眼睛眨得飞快，突然顿悟，"我想想……是不是梁小姐？"

勇 敢

深夜的汽车露天电影院，一排排汽车跟被水浸过的火柴盒一样，谁都不知道那些小小的盒子里藏着怎样的灵魂。

梁伊猛吸了一口电子烟，烟雾进了喉咙，皮肉下的骨头上似有一只小手在不停挠，挠得她止不住发痒颤抖。再过一会儿，那股痒劲儿才散了，骨头也变轻了，她泄了劲瘫靠在椅背上，眼睛无神地望向那让城市灯火染得通明的夜空。

从加拿大回来后，梁伊就没再见过黑得让人安心的夜了。国内的一线城市就是这样，连夜晚都变得不再纯粹，没有月亮没有星，天空边缘永远像被火烤过，斑驳又泛红，和盛着白粉的锡纸一样。

爸爸刚打电话来，让她最近做好随时飞加拿大的准备，就和十年前那一晚一样。只不过十年前是她自己的原因，十年后，则是爸爸的原因。可以的话她当然想留在国内，一旦出了国，衣食住行都不方便，她那满柜子的铂金包也不知要带哪几个出去。她一边想着两个行李箱能塞多少东西，一边又吸了口电子烟。

暗红天空下的巨幕上是模糊不清的蓝脸外星人，《阿凡达》的剧情她忘得七七八八，当年跟谁一起去看的也记不得了，是雷伍还是邱博威？

算了……不重要……

这时车窗被敲了两下，梁伊懒懒吊起眼角，窗外一位外卖小哥打扮的男子扬了扬手中的黄色纸袋："你好，你定的药。"

车窗降下又升起，梁伊撕开纸袋口，里面是一盒布洛芬。拆开纸盒，从里面倒出的不是药片，而是一个电子烟烟弹，上面贴着贴纸，写着"西瓜泡泡"。她卸了原电子烟上几乎就要见底的烟弹，装了新的上去。

她和老公默契地认为，要是有小孩的话会影响他们今后分手，所以结婚后这些年一直没有要孩子，这也给了她借口，一直没把毒瘾完全戒断。只不过她现在不敢像以前那么疯狂了，还好现在有这种"上头电子烟"，小巧便携，剂量不大，她自以为控制得好的话，既能满足自己的需求，又不会过分依赖。

身子又轻了一些，梁伊索性把椅背放平，和年轻时没有太大变化的脸倒映在天窗玻璃上。但只有她自己知道，她用了多少金钱来维持住这样的容颜，内里早就烂掉了，连一口牙也靠的是烤瓷贴面。

她皱着眉闭上眼睛，烦死了，走之前再去做一次热玛吉（一种美容项目）吧。

过年前是龙兴的旺季，院子里几乎每个时间段都停满了车，每个人都忙得跟陀螺似的。许多人准备在新年期间与家人自驾游，所以把车子送来检查保养的客人特别多，更别提洗车打蜡了。人要换新衣过新年，车子也一样，要洗得干净漂亮。

周青往年这个时候也会帮忙洗车，今年许超龙死活不让她帮忙。许飞燕仿佛知道了什么大秘密，但当事人不说的话，她也没敢问。

今年的除夕夜很是热闹，周青的父亲周德英来了，光是兄妹两家的家人就已经八个人，再加雷伍就能坐一桌。胖子昌和冯振强回家与家人过年，五福的妹妹刚从省城回来，许超龙知道两兄妹回家也是对着空空四面墙，留他俩在店里一起打边炉。

而胡军悄悄问许飞燕，能不能再添两双筷子，许飞燕惊讶地问他是不是要带女朋友来，胡军翻了个白眼，没好气地回答她，是他想带曹双玉来吃顿饭。

一个半月前，曹双玉自然没像她想象那样能成功协议离婚，所以如今她想起诉离婚。她本来在一家餐馆当清洁洗碗工，离开胡家之后，胡伟气急败坏地去餐馆逮她，还想让曹双玉像往常一样把工资给他，曹双玉不肯，胡伟恼羞成怒，在餐馆门口就直接对她大打出手。餐馆老板娘以前也被前夫家暴过，遇见这种事没法忍，火冒三丈地找了店里的年轻小伙一起把人赶走。

胡军替曹双玉联系了律师，寻求了相关组织帮助，还帮她在城中村租了个小单间，让她先暂住一段时间。餐馆门口有监控摄像头，胡伟对曹双玉动粗的画面被记录下来，胡军跟餐馆老板娘要了视频，作为证据交给了律师。如今胡军和曹双玉两人之间虽然还是有隔阂，但跟以前比起来，情况算是好多了，至少胡军现在没有一见到她就垮着张难看的臭脸。

许飞燕本人当然同意，胡伟犯的错，不应该"连坐"到曹双玉那儿。她征求了许超龙和罗萍的同意，让胡军带着阿姨来吃年夜饭。

这下倒是曹双玉觉得不好意思，丈夫搞出那样的事，她哪还有脸见许飞燕，一开始说什么都不肯来，最后是胡军硬把她拉了过来。曹双玉来了之后大家默契地没提胡伟的事，她给许家两个小娃娃各包了一个小利是，也给胡军包了一个。

"我自己都能赚钱了，你给我干吗？"胡军翻了个白眼，把红包推回去。

"拿着吧，以前每一年我都给你包利是，但都等不到你回家过年，结果那些钱都让你爸拿去赌了。今年他没机会拿走了，你就收下吧。"曹双玉说着硬把利是塞回胡军手里。

胡军挠了挠后脑勺，支支吾吾了几句。

曹双玉好不容易听出来了，胡军说的是"多谢"。

平日的圆桌不够坐那么多人，索性在院里再支起一张。雷伍坐在桌旁，跷着二郎腿，手里揸着铁锤，将一颗颗银杏坚硬的外壳敲开，剥出里头光滑的果仁，再用小刀切成两半。

许浩和朵朵两个娃娃则在雷伍的指引下用牙签剔掉黄绿色的芯尖。

"小金毛，过来帮忙。"雷伍唤了一声。

胡军走到雷伍跟前剜他一眼："我现在头上可没金毛了。"他昨天去剪头发，把一截金发全剪掉了，现在就剩短短一楂黑发，看上去没那么像村口的杀马特少年了。

"要我做什么？"胡军在桌旁坐下。

"你砸壳，我切半，小孩们剔芯。"

"叔，我想砸壳！"许浩举起手请示任务，朵朵也跟着举起手。

"小家伙不能碰这些，锤子啊刀子啊，都不行的。"雷伍自然而然就说出口，当话音落地时，他才想起母亲当时也这么跟他说过。

童年的记忆就像放风筝，总以为它已经随风飘远了，其实那根线一直牢牢握在自己手里，把线收一收，那风筝就能飞回来。

几人分工合作效率极高，没一会儿就把银杏处理完毕，雷伍把三个小鬼打发走，捧着钢盆走去厨房领奖。

"白果都弄好了，接下来有什么要做？"他把钢盆放到流理台上，低头偷了个吻。

"鹌鹑蛋剥一下，让五福、小军帮忙摆凳子和碗筷。"许飞燕把另一个钢盆递给他，后仰身子看向院子，"哎，两位老太太去哪儿啦？"

刚才还看见罗萍和张莲在院里的，这会儿两人都不见了。

雷伍："说是菜市场旁边那家花木店的水仙花开始降价了，两人说去看看有没有合适的。"

"哦，等会儿让我哥给她们打电话，差不多开饭啦。"

"好哦。"

市场外的花木店这时最热闹，不少街坊抓紧最后时间挑选着年花。这几天天气转暖了，水仙花提前开放，罗萍蹲在地上挑好了一盆，回过头想问张莲选好了没有，却见她面无表情，好像想什么事情想到发怔。

"阿莲，你这是怎么了？"

她唤了两声张莲才有反应，大梦初醒般打了个战，说着："没事，没事，你看这花……这花长得真好看，我就要这一盆吧。"

罗萍看出张莲有心事，但没有追问。

付完钱，一人捧着一盆水仙花往汽修店方向走，罗萍望着渐渐暗下来的天，缓缓开口问："姥姥，你是不是有什么事要跟我讲？"

其实罗萍的普通话并不好，带有很浓的地方口音，那一年陪儿子去提亲的时候，罗萍与亲家的沟通几乎是鸡同鸭讲，直到这两年才稍微好了一点。或者应该说，即便她发音不标准，张莲也能听得懂了。

张莲看了亲家母一眼，最终摇摇头，说："算了算了，没事。"

"你从我们旅游回来后就不大对劲，是不是身体哪里不舒服？是的话让阿龙带你去医院看看。"

"不是，我身体现在挺好的，没有什么不舒服……"

张莲喉咙发酸苦涩，自从那晚在女儿和女婿卧室门口偷听到那段对话后，她那动过手术的心脏又开始痛了。那晚她本来已经睡着，可许浩睡得不踏实，翻身时一肘子把她撞醒了，她便干脆起来上个厕所。结果隔着门板，她听见了女儿刻意压低的声音，虽然有些断断续续，但还是让张莲抓住了几个关键词。

王家小子……不对，那小王八蛋怎么能做出这种事？！张莲一想到周青吃了这么大的哑巴亏就心疼得不行，早知道那一年就不让那小王八蛋来家里吃饭了！应该活活饿死那白眼狼！而这种事是万万不能传出去的，别说在他们那小县城，就算在城里，让人知道了，受害的姑娘要被三姑六婆戳脊梁骨好多年……

"亲家母，我问问你啊，当年你家丫头遭人欺负时，你有没有生气哦？"张莲本想伸手指指自己耳朵，无奈双手都捧着青花瓷盆，空不出手。

罗萍立刻明白了她的意思："当然生气啊，我那次气得脑门儿嗡嗡的，直接跑去飞燕婆家，想要讨个说法。"

张莲瞪大眼，有些不敢相信："我以为你信佛的不会生气呢……"

罗萍扑哧一笑："怎么可能，我又不是大圣人，那可是我的亲生骨肉，谁欺负她就等于在我心肝上捅刀子。而且如果连我都不站在她那边，她得多难受啊！"

张莲若有所思地点了点头，默念着："对，那可是我女儿，不能让人给欺负了……"

她声音含在喉咙里，罗萍听不清："啊？谁欺负谁？"

张莲挤出个苦笑："没事，咱们赶紧回去吧，他们等着我们开饭呢。"

大铁门上贴了红彤彤的福字贴，前屋收拾得很干净，矮几上的水仙花亭亭玉立，连金鱼缸都涮洗得干干净净。两张圆桌并在一块儿意外地成了吉利的"8"字，火苗欢快跳动，奶白汤水沸腾，袅袅白烟让一张张笑脸时而朦胧时而清晰。

今晚没人提出喝酒，因为事前五福特意拜托了大家，他担心妹妹对喝酒这件事有阴影，希望大家能帮帮忙。周青拍拍胸脯，说没问题，今晚的龙兴不供应酒。

电视机从前屋搬了出来，熟悉的《新闻联播》开始曲放完之后，是穿着喜庆颜色服装的主持人给观众们拜年。雷伍一边掰虾壳，一边偷偷凑许飞燕耳边说："康辉这套立领唐装有点儿好看哦，酒红色，显白，不知道淘宝上有没有同款。"

许飞燕笑说，这么正式隆重的衣服，哪有什么机会穿哦。雷伍把掰好的九节虾仁儿丢进她碗里，撇撇嘴提示道，总有些场合是需要这类衣服的，唐装搭上旗袍，好看到不行哦。等到虾仁吃完，许飞燕才反应过来雷伍说的是什么场合，她有点庆幸院子里灯光不够亮，才能遮去她脸上泛起的红晕。

胡军负责服务他那一桌，熟门熟路，一筛子牛脚趾肉总能烫得口感刚刚好。曹双玉和五福妹妹有些拘谨，每次都只夹一小块碎肉，胡军皱着眉，把大块大块的牛肉分到她俩碗中。

许飞燕就坐五福妹妹斜对面，小八卦精黑眸滴溜溜才转了两下，就从年轻女生有点害羞的眼神里看出了些什么。她以前也常有这样的眼神，悄咪咪地看向某人，在两人视线快要对上的时候，又飞快逃开，呜，年轻真好。

春节联欢晚会开始的时候桌上的东西也差不多清盘了，两个娃娃学着电视里的主持人们给大伙作揖拜年，收获了好几个红包，有薄的有厚的。

许浩扬着红包，开心地朝妈妈身上扑去："妈妈！我可以买奥特曼卡牌啦！"

许超龙拉开他，凶巴巴地训他："臭小子，别总这么冒冒失失的。"

许浩拉着长长的"哦"声，朝朵朵勾了勾手指："朵朵，我们去喂金鱼啊。"

这是他们要说悄悄话的暗号。小姑娘跟着许浩走进前屋，一人拈着一小撮朱红鱼饵往鱼缸里撒，朵朵低声问："有什么事情呀？"

许浩把食指竖在唇前，也细声说："我想我可能要有弟弟或者妹妹啦。"

大年初五，许超龙一家送周父和周母去机场。

"姥姥、姥爷，我们下次什么时候见面呀？"许浩晃着姥姥的手问。

"等五一假期你让爸妈带你来姥姥和姥爷这边，姥爷带你去吃糖油粑粑和大香肠！"周德英见大外孙的时间太短，有些不舍。

许浩抱了抱姥姥、姥爷，开朗道："好呀，现在是二月，还有三个月就能再见面啦。"

张莲笑着摸了摸小男孩圆滚滚的脑袋："下周就要开学了，浩浩不要再赖床啦。"

"知啦。"

张莲走到周青面前，举起手，像许浩刚才抱她那样，也抱住了女儿。

周青怔愣了片刻，虽然在她嫁人后跟母亲的关系是亲密了一些，但像这样的拥抱，她成年后就没有过，到底是有些洋派的做法，周青没想过张莲会主动这样做。

她轻声问："妈，你怎么啦？"

"没怎么，这段时间辛苦你了……"张莲拍拍她的背脊，忍住鼻酸，松开她后，又去抱了抱许超龙，"也辛苦你了阿龙。"

这下许超龙和周青都惊呆了。从没试过有这样的待遇，许超龙吓得打了个战，急忙回答："不辛苦不辛苦，应该的应该的……"

其实他也不清楚丈母娘说的"辛苦"指的是哪个方面。

周青向来准时的姨妈这个月迟迟未来，两个人心中多少有些预感，在除夕那天早晨周青更是测出了清晰的两条杠，月份太浅怕肚中娃娃小气，两个人便没跟任何人说起，想过一段时间再跟家人宣布这个好消息。

等到父母的身影进了安检通道，周青才一脸不解地问丈夫："妈这是怎么了啊？奇奇怪怪的。"

"她是不是察觉到你……有了？"

周青耸耸肩表示不知，母亲的表现虽有些反常，但夫妻二人很快就忘了这件事。

大年初八，万物复苏，生机勃勃。甜汤店的装修也开始动工，材料进场，雷伍也开始着手办理相关的证件。试业的第一版菜单确定下来，雷伍和许飞燕两人认真统计原材料的数量，计算成本价格，挑选原材料供货商，并开始准备聘请员工的事。

聘请员工这方面两人都有一定的经验，他们预估很快能请满人。许飞燕还有个小私心，甜汤店里有少量的兼职岗位，她问雷伍在挑选职工的时候能不能优先考虑单亲妈妈这个群体。雷伍明白她的出发点，说如果有合适的人选，是可以优先考虑的。

大年十一，娃娃们开学了，家长们也迎来这个学期第一个"家庭作业"：利用身边的小物件做个环保的元宵灯笼。

许飞燕挑了两个空奶盒，洗干净，让朵朵和许浩在纸盒上画上房屋线条，由她和许超龙用美工刀切割出镂空的门窗，再将电子迷你蜡烛粘到纸盒底部，最后小孩们在纸盒上作画，系上绳子和提手，一个房屋形状的纸灯笼就做好了。

暖黄的烛光从纸灯笼的门窗透出来，是万千平凡灯火中的一星一点。光斑在孩子脸上跳动，从扬起的嘴角飞跃到眉脚，那是最简单却最真挚的笑容。

两家人约好了元宵那晚一起去骑楼老街那边迎灯笼，可就在元宵节前一晚，周青接到了父亲的电话，语气紧张地说张莲进了派出所，他正从县城包了辆车往省城赶。

信号不好，父亲的声音断断续续，说："你妈不知道怎么就把王言旭打得头破血流了。"

热水灌进保温杯中，咕噜咕噜声好似火山里快要爆发的岩浆沸腾声。周青一时恍惚，没留意到滚烫的水已经从杯口满溢出来。

"你别碰，我来搞。"许超龙及时抓住她的手，避免了那几根手指被烫伤。

"对不起……"

周青知道自己魂不守舍，她一夜没睡，订最早一班飞去C市的机票，拜托飞燕帮忙照顾许浩几天，每半个小时就给父亲打电话了解情况，安慰父亲不要着急……身体是疲倦的，但精神却是绷紧的。

"傻不傻，说这些干吗？你别太紧张了，爸都说了妈没事，就是老人家被这事磨了一夜，有些累了。"许超龙牵住周青的手带她往登机口的长凳走，接着说，"而且也说明白了，一开始是爸听错，不是咱妈动的手。"

"可是妈去找了王言旭，就代表妈知道了那件事……"周青叹了口气，面上愁意渐浓。

许超龙紧了紧手指，说："放心，万事有我在。"

飞机准时起飞，到底是困极了，周青倚着许超龙睡了过去。

之前变成鱼睡砧板上的那个诡梦又一次出现，但这次视角不同了，躺在砧板上的鱼是王言旭，而手里拿着菜刀的是她。刀落下，刀举起，飞溅起的鱼血落进她不带一丝温度的眼里，腥臭无比……

她猛地睁眼，一股恶心漫到嗓子眼，想跑去洗手间已经来不及，还好许超龙早有准备，把卫生袋递到她唇边。周青吐着酸水，眼角泛泪，许超龙边轻拍着她的背，边跟前来关心的空姐和周围的乘客解释："抱歉，我老婆怀孕了。"

张莲半夜做完笔录已经离开了派出所，周德英陪她住在一家便捷酒店里，许超龙两人赶到的时候，张莲刚刚睡醒。两母女看见对方憔悴不堪的样子，一下子忍不住眼泪，什么都还没说，就哇哇直哭。

周德英陪了一晚上，自然是知道了来龙去脉。老头子一夜间鬓角白发丛生，红着眼想跟许超龙说些什么，却说不出口，只掏个烟盒让许超龙陪他去楼梯间抽几口。许超龙走近老丈人耳边说他开始戒烟了，不好让周青吸二手烟，周德英睁大眼，最后重重在女婿肩背上拍了两下，哽咽地道了声谢谢。

翁婿退到门外，把空间让给了两母女讲心事。狭窄的走廊尽头有一扇打不开的窗，许超龙跟着老丈人走到那儿，才开口问："爸，昨晚到底是怎么回事？"

周德英声音低沉："你妈说跟跳广场舞的老姐妹来省城玩两天，原来她是跟王老头打探到王言旭在省城的住址，想来找那臭小子算账……"

房间里，周青轻揉着张莲双手上的老茧，安静地听她讲昨晚惊心动魄的经过。

昨晚张莲自己一个人到了省城，打车来到王言旭住的小区，在小区对面的超市里随便称了袋苹果，进小区后她找到王言旭住的那栋楼，等了一会儿，等到个外卖小哥，就跟着进了楼。

"找到那王八蛋家的时候我还心想，这件事会不会有误会，会不会是那小子被人带坏了……"张莲想到接下来的事情，面上难掩厌恶嫌弃之色，"我门铃还没按呢，就听屋里乒零乓啷声，哎哟，声音大得吓我一跳！"

王言旭家就一道带电子锁的门，张莲趴在门上听着，屋内隐约有姑娘喊着救命，但声音很虚弱，跟小猫似的，很快声响没了，再过几秒，又有人咳嗽的声音，像是呛到水了！姑娘边咳边含糊不清地喊救命，话音还没落又安静了下来，然后有男人压着嗓子大骂，还说什么敬酒不吃吃罚酒之类的话。

"也不知屋里究竟发生了什么，可我哪儿遇到过这种事啊，吓得就想立刻跑，你知道，那小子比我高一个半头呢……"

张莲的情绪渐渐激动起来，周青担心她情绪波动太大对心脏不好，赶紧安抚她："你别急，慢慢说。"

后来张莲跑回电梯那儿了，可她转念又想，如果在屋里受欺负、喊救命的是周青呢？那她也要跑吗？当什么都没听到吗？那屋里头的就算不是她家丫头，也是别人家的丫头啊！

"我先是打了110，就跟公安同志说我听到邻居家家暴了，那女的就要被老公打死啦，请公安同志赶紧来抓那王八蛋。我挂了电话之后，不知道他们要多久才来，要是来得晚，屋里那姑娘已经出事了，那怎么办？我脑子一热，就去按那家伙的门铃了……"

本来一直在眼眶里晃荡的泪珠子直接掉了下来，周青激动地大叫："妈你疯啦！逞什么英雄啊！要是王言旭冲出来追着打你怎么办？！"

"能拦住一会儿是一会儿吧，要是真出了什么事，我也认了……"张莲声音半哑，"以前我总嫌阿龙他爱逞英雄，可真轮到自己碰上事了，就觉得，还是得做点什么吧，要不然……以后的日子怎么过？整天后悔当初怎么不去按门铃？"

但她按了几次门铃，王言旭都没来开门，张莲一咬牙，直接给王言旭打了电话。

许是因为她打的电话妨碍到王言旭，屋里一时没了声响，她铁了心堵在门口不停打电话，直到听见电梯在这一层停了下来。

见到两名警察，张莲的泪水才淌了下来，指着门说："公安同志，是我报的警！我刚才听见里头有丫头喊救命，屋里明明有人，但他就是不开门！"

来的是一位中年男警和一位年轻女警。刚开始任警察怎么按门铃都没人开，张莲再打王言旭的电话，对方已经关机了。男警按了一会儿门铃，突然年轻女警"嘘"了一声，让他停下，瞬间安静下来的环境里，能听见门内极其微弱的呻吟声和玻璃划过地板的声音，男警这时才开始大力拍打门。

再过了一会儿，门从里面拉开了，一身狼狈的王言旭走了出来。警察出示证件，说有人报警这户有家暴事件，需要进屋看看情况。王言旭无奈地说，女朋友喝醉了酒发酒疯，又指着自己流血的脑袋，说自己才是被打的那一个。

金棕鬓发的年轻女子就躺在沙发上，可面色苍白如纸。女警觉得不对劲，说她之前处理一单酒吧闹事时看过一个被下药的姑娘，也是这个样子，这种事男警见得更多，喝醉哪是这个样子，立刻叫了救护车。

急救人员来到的时候，王言旭的谎言终于兜不住了，有看热闹的邻居七嘴八舌地讨论着男屋主的身份。男警小声问同事，他是明星吗，女警剜了沙发上铁青着脸的男人一眼刀，回答说不过是个网红而已。

如今的时代名气就是一把双刃剑，做好事的时候能传千里，干坏事的时候则会一秒把你打得社会性死亡。很快有人把王言旭关联上了，王言旭的微博和视频平台下方留言一片混乱，粉丝和水军忙着控评。

"昨晚受害的那姑娘后来情况怎么样了？"天空下起了毛毛细雨，许超龙说话时有白烟覆在窗玻璃上。

"我赶到派出所的时候也快十二点多，听人说那姑娘在医院醒过来了，具体的情况公安同志没说。不过听你妈说，这王八蛋把药啊、酒啊都倒掉了，也不知道有没有足够的证据……"

周德英愤愤道："我现在一想到上次他来家里时我还留他吃饭，就想一棍子打死我自己！"

证据，又是证据……许超龙看着玻璃上朦胧的白雾没由来地糟心。

他等老丈人抽完烟，两个人一起回了房间，而这时周青正在浴室里抱着洗脸盆吐酸水，张莲在一旁惊慌失措："青青你怎么吐成这样啊，是不是肠胃不好啊？"

周青吐得上气不接下气，许超龙只好跟岳母坦白，张莲待了一会儿，嘴里细碎念叨："没想到那土方子还真有点儿灵啊……"

当年周青怀许浩时，孕初期反应远远没像现在这样大，许超龙心疼，给周青递了条热毛巾："到饭点了，我们先去吃饭吧，你有没有什么想吃的啊？"

周青抓过毛巾擦了擦嘴，说："老公，你陪我去一趟派出所好不好？"

许超龙皱眉，周德英和张莲惊讶地对视一眼，但三人都没有出声。

周青走出浴室，泪水洗过的眼眸如光滑的鹅卵石，坚定且清澈："这件事总要有个了断，逃避没什么用，只会让事情越来越糟糕。"

许超龙跟在她身后："但我们没有证据啊。"

"如果都因为没有证据或者因为害怕受到二次伤害，每个受害者都不愿意站出来指证，那么那些人就会越来越心存侥幸，会觉得他们无论怎么做都不会有风险，然后又会跟其他人'推广'这个方法……"

周青擦了把脸，让自己更清醒一些，继续说："我在的那个受害人互助群里，她们都说对方也有'互助群'，而且卖药的还会给他们使用指南，教他们怎么做才能规避风险……"

许超龙走到妻子面前拿过毛巾，牵起她的手，用毛巾仔细擦过手指，然后说："只要你考虑清楚了，想做的事我都会陪在你身边，早上我也说了，万事有我在。"

周青终于露出了久违的笑容。许超龙微愣，自从那件事之后，周青的笑容明显少了许多，即便上次两个人已经互相坦白，可她的笑容里也依然藏着一些心事，而这时妻子脸上的笑容，是坚韧的、明媚的，是好久不见的轻松洒脱。

周青此时觉得，自己身子和脑袋都轻了许多，像是终于剪掉了绑在脚踝的沉重石头，游上海面大口呼吸的那种舒畅感。在这个过程中内心可能会被明枪暗箭所伤，但她也不再战战兢兢如履薄冰。

许超龙的信任，父亲的哽咽，母亲的勇气，许浩的撒娇，腹里新的生命……每一样都让她迫不及待想敲开那层封住内心的水泥，与那一晚的混浊记忆直接面对面。

张莲把派出所的地址给了许超龙，两个人打车过去。接警室的民警联系了昨天出警的两位同事，女警很快赶来给周青做笔录。

女警姓佟，马尾梳在脑后显得干练精神，周青把和王言旭之间的关系、怀疑自己被迷奸的事情、还依稀记得的经过，一五一十全部倾诉出来。

佟警官沉吟一会儿，语气有些严肃："在没有其他证据证明的情况之下，只有单方面证人证言的话很难定罪。"

周青苦笑道："我明白的，而且我一开始没反应过来，以为是我自己酒后乱性出了轨。"

"酒后乱性，嗯……"笔头在记事本上点了点，佟警官若有所思，问，"你说当时你们是在酒店的清吧喝酒吃串，后来你清醒的时候已经在王的房间，对吗？"

"对的，具体是哪一层、怎么进了他的房间我都记不得了。"

"那就是说，你应该是在清吧里被下了药。"佟警官目光灼灼，"那清吧里有没有监控摄像头之类的，你还记得吗？"

周青眨了眨眼，心跳渐快地说："那酒店是新开的，我也是第一次去，不太确定有没有。"

佟警官低头在小本子上飞快书写，说："不记得也没事，接下来我们会跟进。"

"谢……谢谢你。"周青有些不敢相信，这件事竟然还有一线转机。

"我才要谢谢你，愿意把这件事讲出来，你和你妈妈一样都好有勇气。"佟警官的笑容明朗动人，"虽然目前阶段我没办法跟你保证什么，但我希望未来有一天能给你带来好消息。"

周青跟佟警官道别，走出接警室后，看见自家老公在大门口低着头踱来踱去。许超龙刚戒烟不久，戒断反应十分强烈，尤其是心里有焦虑时更甚。雷伍教他用薄荷糖直接压住烟瘾，他便跟着做，大冬天下着雨，还要吃凉糖，冷得脑门都要麻了。

突然身后有人飞扑过来抱住他，软软的声音从背后传来："老公，我完事了。"

许超龙把人拉到面前："没哭吧？"

周青笑吟吟："没有，警官夸我呢，说我勇敢。"

许超龙总算松了口气："那回去吧，我刚在手机上定好房间了，就住爸妈他们那家，方便照应。"

"嗯，行啊。"周青踮起脚，脸埋在他肩膀前轻蹭，"我想家了，想浩浩了，要是明天爸妈他们没事能回家，我们也回家吧？"

许超龙大掌在她背脊上轻拍，笑道："行，回家。"

误打误撞，一家四口倒是在异地过上了元宵节。肚子里的娃娃似乎不愿意闻到辣椒味道，周青平日最爱的辣椒炒肉一块没吃，只能扒着白米饭配清淡的蒸水蛋。

应节的汤圆倒是合胃口，她刚吃下第三个，许飞燕就拨了视频电话过来。视频里，朵朵和许浩两人手中晃着那牛奶盒灯笼，身后是流光溢彩的八角亭。小孩对大人身上发生的事情毫不知情，笑容灿烂地大喊迎灯笼好开心，雷叔叔还请他们吃了冰淇淋。

许浩把灯笼凑到手机摄像头前，一直问妈妈有没有看出什么地方不同，周青眯着眼仔细寻找，许超龙比她眼尖，笑着指灯笼底部一个小小的角落。周青恍然大悟，灯笼上画了几个火柴人，高高的是许超龙，稍矮一点的是周青，两人中间牵着小小的许浩。周青旁边还牵着另一个小人儿，火柴脑袋上长有两条小辫子。

许飞燕移开镜头，背过身偷偷对着麦克风说："你们保密工作可做得不行呐，我都说了浩浩这小家伙守不住秘密的……"

在机舱里等飞机起飞时，许超龙刷到了 C 市警方情况通报的微博。

"经公安机关调查，综合现场证据、被害人陈述、其他证人证言等，王某某的行为涉嫌构成猥亵罪……目前该案正在进一步开展深入调查，警方将坚决一查到底，对此类犯罪事件将依法严厉打击……"

猥亵罪是判多少年来着？许超龙打开百度搜索了，看着看着便皱起眉头："五年以下，还可能从轻，怎么这么少？！"

周青多少有点沮丧："要是我当时第一时间报警的话，那就……"

许超龙打断她："哪有那么多'要是'？你已经做得很棒啦，他自己做了坏事终会有报应的，就算不是这次也会是下次。"

他拿回手机，拍了拍妻子的肩膀说："翻篇了，回去后安心过你的小日子，他要敢再出现在你面前，我就派店里的高矮胖瘦四大金刚上场，给他套个麻布袋打一顿……哦，还有一个雷伍，还能派雷伍咬他。"

周青被逗乐了："我要去跟飞燕投诉，说你把雷伍说成哮天犬了。"

"嗯？这么说，飞燕岂不是二郎神？"许超龙也乐了，凤眸笑成细长弧线。

周青认真看了他好一会儿，脑袋斜倚在他肩膀，呢喃道："我困了……"

"那睡一下，到家了我喊你。"

周青很快睡过去，这次她睡得好沉，连飞机起飞时的推背感都没能唤醒她。她没有梦见那腥臭黏湿的鱼砧板了，也没有砍断她脖子的大菜刀，鱼缸里的水变得很清澈，缸底铺满七彩玻璃珠子，在她鱼尾尖尖映出绚烂彩虹……

在回市区的高速公路上，周青接到了张莲打来的电话，说那天险些被王言旭糟蹋的那姑娘打电话给她道谢。

那金棕鬈发的姑娘叫阿湘，不是本地人，楼下的房子是租的，两个月前认识了住楼上的王言旭，也认出他是视频平台上很红的网红。恰好阿湘是个美食自媒体博主，也当主播，一开始想着和王言旭搞好友邻关系，指不定以后能沾点资源的光，没想到会遇上这样的事。

张莲无法理解："不是，你说这小王八蛋是不是有病啊，怎么整天要用这种方式跟人处对象呢？按道理说他长得好看，还能赚钱，有房有车，去正常交个女朋友不行吗？肯定有不少姑娘喜欢他这种类型的吧？可他非得用药迷晕人家是怎么回事啊？"

许超龙不屑地插了一嘴："说不定还真是有些什么'难'言之隐呢。"

隐约有什么画面在周青脑海中一闪而过，但她没抓得住。

她问张莲："那阿湘的案件有没有新的进展啊？"

"哦，对！有好消息！"

张莲的声音突然激动起来，开心道："那姑娘的手机原来一直开着什么录音软件，把王言旭的声音全录进去了！那臭小子这次可算是逃不掉了！"

顶流网红的视频号被封禁，微博被删号，淘宝上有挂他相片带货的商家都出了声明，说与劣迹KOL（营销概念，意为关键意见领袖）不会再有任何合作关系。还有"热心群众"将王言旭接过的营销的品牌和商品都整理了出来，仿佛等这一天等了许久，要把他从神坛上拉下来，折了他的羽翼，让他再也无法飞起来。

但是，没人在乎王言旭的违禁药物是从哪里来的，没人过问那受害者如今情况如何，更没人问还有没有其他受害者。这条新闻也就占据了一两天的热搜，仿佛石头在湖面荡开几圈涟漪，等它缓缓往湖底下沉时，湖面又恢复了平静，仿佛什么都没发生过的模样。

"这事就这么完了？那也太便宜他了。"许飞燕愤愤不平地咬着柠檬茶的吸管。

她和雷伍准备去店铺检查装修进度，正好赶上工人们吃饭午休，他们就先到上次"相亲"的茶餐厅吃个碟头饭。

周青从C市回来的那天就找她谈话，许飞燕听到一半已经气到脑门发涨，恨不得立刻加入网上谩骂的队伍中。

雷伍把烧鹅髀最下方连着骨头的那块腿肉夹起，放到许飞燕的窝蛋免治牛肉饭上，然后说："他现在的事情被曝光出来了，可那些没被曝光的受害者又有多少，你我都不知道。"

许飞燕把瓷盘推到桌子中央，舀了几勺咸香牛肉末到雷伍盘中，左右环顾见周围没人，才细声问他："你们之前里头有这类的犯人吗？说强奸犯在里面的待遇是最惨的是吗？"

"你想想就知道了，谁能待见这种人？一个个都是有老婆有小孩的，尤其是碰未成年人的那些人渣，牙齿都要让人打烂的……我的屋子是没进来过这种，要有，估计那群大老爷们儿就坐不住了。"雷伍阻止她再舀肉酱，"好了好了，你把肉都分给我了你吃西北风啊？"

"那如果，我是说如果啊……"许飞燕嚼着牛肉饭，腮帮子鼓鼓，"如果遇上事的是我，那你会怎么做哦？"

"我不回答这种假设性的问题。"

"只是如果！"

雷伍呲了一声，调侃道："那我们又要隔着玻璃才能见面了，每个月就跟那什么牛郎织女一样。哦，对了，前提是你得先跟我结婚，是你自己说过的，'现在探视管得很严，像普通朋友这样的关系是没办法取得探视资格的'哟……"

他故意掐紧嗓子，学许飞燕的语气说话，许飞燕被逗乐，桌子下踢了他一脚。

经过短短十天，店铺的装修已经初具雏形。两个人每天都会过来看一眼，以便与设计师和施工队伍及时进行沟通，许飞燕也会带些甜汤给师傅们当下午茶点心。如今整体结构和楼梯已经完成，水电布线也完成了，瓦工进场开始铺厨房和洗手间的瓷砖了。

雷伍看完铺砖情况，从厨房走出来，余光瞥见许飞燕站在二楼夹层边缘，那夹层还没封墙，他赶紧皱眉提醒："你往里挪一点，别等会儿摔下来。"

许飞燕心情不错，开玩笑地问他："这高度，我跳下来你能不能抱住我呀？"

"来来来，你试试看。"

夹层离一楼地面也就两米五左右的高度，雷伍伸长了手臂，还差一点就能够着许飞燕。他说着说着已经撸起了卫衣的衣袖，露出结实的麦色小臂，作势真的要去抱她。

今天刚来的瓦工师傅不清楚他们的关系，笑着打趣道："你们小夫妻这么恩爱，将来这甜汤店开起来生意一定红红火火。"

许飞燕不明白这两者之间有什么关系："为什么恩爱就会红红火火啊？"

师傅笑道："小两口感情甜得跟糖一样，做出来的甜汤岂不是甜得客人入心入肺？那生意必须得好啊。"

这话把雷伍哄得开心，他赶紧给瓦工递上烟，说："承你贵言啊，师傅。"

惊 蛰

　　无论店铺的事情多忙，他俩每天下午仍会准时去幼儿园接朵朵。许飞燕一直用的电动车是跟他哥借的，最近想要自己买一辆。恰好雷伍也准备买一辆电动车，起因是有一天许飞燕来月事，人不舒服，雷伍便自告奋勇，申请下午放学去接朵朵。朵朵见到是雷叔来接，倒也没太大排斥感。只不过雷伍骑的是共享助力车，朵朵站在他身前脚踏的那一块小空间，正好碰上那天交警严查，逮住了雷伍说共享助力车不能这么载小孩，而且没有头盔也很危险。雷伍真诚认错，交警罚他穿荧光小马甲在斑马线举小旗子，举了十五分钟才放他走。

　　两个人从店铺离开后就去了趟小牛实体看车，最后一人挑了一台，雷伍的是黑灰色，许飞燕的是珠光粉。

　　下午三点五十分，两个人准时到了幼儿园门口，不少家长已经候在铁门外，三三两两聚在一起聊天。雷伍无意识地朝人群最外围的地方扫视一圈，目光骤停，眉心蹙紧。

　　他又看见了第一次来幼儿园时遇上的那个保安阿伯，就是许浩说跟他关系挺好的那位，后来有段时间阿伯没了踪影，反而是这学期开学后，雷伍时不时会在幼儿园附近看见他。阿伯穿着不知多久没洗的黑棉外套，胡子邋里邋遢的，眼神有些涣散。

雷伍在狱中见过太多类似的眼神，是对未来没了希望、日子得过且过的眼神。

许飞燕见他不走，拉拉他手指："怎么了？"

雷伍回神，摇摇头说没事，再抬眸时，那位阿伯已经不见踪影。

见到几个妈妈，点头之交那种，许飞燕主动跟她们打招呼，几人也扯起笑回应她："啊，朵朵妈来啦。"

几人的眼珠子似乎是对着许飞燕，但其实都偏往"朵朵爸"那边，飞快从他头顶扫视至脚上，接着又飞快移开目光，继续小声窸窣她们刚才的话题。许飞燕没把几人的微小异常放在心上，可当其中一位妈妈的视线第四次与雷伍对视上的时候，他有种不好的预感。

惊蛰那晚，春雷始鸣。雷声沉得好似野兽低吼，在阳台收衣服的许飞燕眼皮又狠狠跳了一下，她安慰自己，只是天气变化导致心神不宁而已。看来明天多半会下雨，幸运的是明天是周六，朵朵那小懒猪能多睡一会儿。

明天中午雷伍要和她们全家去饮茶，有一家粤式餐厅生意火爆到不行，据说甜品做得精致好看、造型创新，两人都想去偷偷师。

许飞燕走回屋内，罗萍刚洗漱完准备进房间，指着客厅沙发说："你的手机刚一直在闪，好像有人找你，你去看看吧。"

"好，你快去睡吧。"

"嗯，你也别太晚了。"

未读信息的数字高达二十几条，都是正奇妈发来的，而且数字还在不停增加。许飞燕点开，划到最上方，有许多张截图，才只看了第一张图，她已瞬间头晕目眩。那是一个群里的聊天，左边一列头像都打了马赛克，所以看不出具体是谁说的话。

"朵朵爸真的是坐过牢的？犯了什么事啊？"

"是伤人？诈骗？"

"都不是，那谁说是肇事逃逸。"

"从监狱里出来的就没几个好东西，学校怎么能收这样的人的小孩做学生？都不用先审查一下的吗？"

在众多白泡泡中突然插入了一个绿色泡泡，是正奇妈，她说了一句："也不能就这么一竿子全打死吧？我平日和朵朵家有往来的，没觉得朵朵爸有什么问题啊。"

立刻有人反驳："知人知面不知心啊，你看最近的社会新闻，那个网红不也是看上去没什么问题，结果干的事情多脏啊！"

"对啊，谁知道他有没有其他什么特殊癖好？里面都是些三教九流，他肯定也没干净到哪里去。"

后来甚至有家长问，要不要去人肉起底朵朵爸的过去，有家长则担心自己家的孩子跟朵朵走得太近，有家长说不如和园方讲一声，让园方出面和朵朵家沟通转校……

一句句唯我的推测判断，如根根银针插进许飞燕的太阳穴处，不停搅动。久违的阴暗戾气终是冲破了桎梏，从上锁的箱子里钻了出来，成了地狱业火里丑陋的小鬼，不停在她心头蹦跶叫嚣。

许飞燕讨厌这种——只知道死死盯着那些发出嗡嗡声直打转的苍蝇蚊虫，想着要用什么办法才能把它们一一击落；而身边明明还有更多明亮美好的事物，却总会选择性失明。

轰！一声惊天雷鸣炸醒了许飞燕，她闭上眼深呼吸。

母亲每晚做功课的时候会习惯性点颗塔香，雷伍还送了个倒流香炉给她。此时塔香虽然已经烧尽，但客厅里的空气中仍留有淡淡清香，若有似无地帮着许飞燕压下了浮躁不安的心绪。

等心情平复一些，她才再按亮手机。正奇妈后面又发了好几段语音，先说自己很不屑家长们这种鬼鬼祟祟背后搞事的做法，再让许飞燕别紧张，如果想要澄清的话就告诉她，她拉许飞燕进群。最后正奇妈说，这事不对劲，那几个在群里煽风点火的都是和"某位家长"交好的家长。

许飞燕慢慢沉下心，她给正奇妈回了信息，真心感谢她的告知和维护，她会尽快处理好这件事，不给大家添麻烦。

她走到木架旁，皱皱鼻尖，对相框里的男人说："我还是太容易冲动了，对不对？"

男人一如既往温柔地笑，眼神里透着无穷无尽的包容。

许飞燕蹑手蹑脚走进次卧，留了张字条在罗萍的床头柜上，说她今晚不在楼上睡了。春天第一场雨落了下来，铁皮雨篷叮当响，她踩着雨水的声音往楼下跑。

雷伍刚关了花洒就听见门锁音乐声，他朝客厅方向大喊："我在洗澡！"

他一个人住，习惯不锁浴室的门，很快许飞燕风风火火地闯进来。水雾氤氲，雷伍透过淋浴间玻璃看着她，水珠下滑，他的视线也随之往下。春雨淅沥沥一直下，听得那些惊蛰日从土中爬出来的百虫脸红心跳，咕叽咕叽又钻进湿土中。

疯狂发泄过后是身心舒畅的疲倦，许飞燕眯着眼睛休息，雷伍让她枕着自己手臂，即便屋外下着雨，他也不再觉得家中天花板漏水了，左胸口被填得满满当当的，温暖干燥，惬意舒心。

但他自然也看出了许飞燕的反常，捏了捏她的耳垂，哑声问："谁惹你生气了？"

许飞燕摸来手机，按出正奇妈发来的内容，递给雷伍，闷声道："你自己看吧。"

雷伍接过来，认真看着那些聊天记录。

"肯定是那谁说的……你说这些有钱人怎么这么闲呐？"许飞燕越想越气，"气死我了，我要问清楚她到底要干吗。"

雷伍收紧手臂，把她揽得更紧，笑道："这么多年了，我宝贝还是这么爱护短啊？"

许飞燕抬头在他下巴重重咬了一口："你还笑得出来！"

雷伍笑得胸口起伏，直接把正奇妈的微信名片推到自己的微信里，语气很冷静："我去跟他们说就好，你别掺和进来。"

许飞燕跪起身趴在他肩膀处问："你要怎么说哦？"

雷伍拿来自己手机加上正奇妈，说："做过的事我认，没做过的可别往我头上扣帽子。"

正奇妈是个夜猫子，很快就通过了雷伍的申请。雷伍先是跟她表达了谢意，再麻烦她把他拉进群中。

大家好，我是大家口中的"朵朵爸"，没想过我的事情会引发大家的关注和猜测，十分抱歉，给大家添麻烦了。与其让大家继续惊惶不安，不如由我来亲自解释一次。

首先我确实在田滨服刑过十年，不知是从哪里传出了这件事，但对方的确没有说错，我是犯过错的，而且不是像小朋友做错题目这类的小错。这十年来我经常做噩梦，梦见犯错的那个时候，一遍又一遍，无论我怎么挽救都永远离不开那个结局。

我经常想，当初如果我不那么浮躁懦弱、不那么心存侥幸、不那么轻信他人，今时今日是不是就会变得完全不一样？答案其实是不一定的。我可能依然会过浑浑噩噩、今朝有酒今朝醉的生活，可能会在歧路上越走越远，远到再也看不见身后那些默默关心着我的人。我改变不了过去，如今能做到的，就是踏踏实实过好每一天，不再重蹈覆辙，不再步上歧途。

对了，很抱歉占用了"朵朵爸"这个称呼许久，其实我只是朵朵妈的男朋友，她目前还没答应嫁给我，所以暂时我还不能用上这个称呼。朵朵的亲生父亲是一位我很尊敬很佩服的人，在朵朵还没出生的时候，他就不幸去世了。他是因为救一名溺水者而牺牲的，小孩出生后，一直都是由朵朵妈一个人带着。

在这里我恳求大家，不要因为我的个人问题迁怒在孩子身上，朵朵妈和朵朵没有任何过错，她们不应该受到歧视和怀疑。我相信，在座各位家长都是明白事理的人。请大家放心，我没有特殊癖好，没有不良嗜好，烟酒都已经戒了。如果大家仍然觉得不安心，我可以尽量减少去幼儿园接送朵朵的次数。但有时朵朵妈身体不舒服或比较忙，我还是会去接送的，还请大家多多包涵。

那件事具体的事发经过因为涉及太多人和事，在这里我不便多说，犯下的错我认，这个债我也会用这辈子去偿还。下个月我和朵朵妈将会开一家甜汤店，只要店在我人就会在，不跑不逃，欢迎大家未来的日子里常常来监督我。我们店的地址在……

盘腿坐在雷伍身旁的许飞燕看得目瞪口呆，也不知他这篇小作文在心里打稿打了多长时间，好像不用过脑子就自动蹦出来了，手机打字的嗒嗒声比窗外的雨水声更令人身心舒畅。真诚道歉，坦白交代，述说朵朵身世，夸家长们明事理，看似放低了位置但其实立场坚定，最后竟还顺势推了一波甜汤店的宣传，让她喜出望外。这人脑袋瓜子到底装了什么东西呀，这张小嘴怎么这么会说话呢？

中间雷伍还不忘问许飞燕同不同意让他将蔡景尧的事情说出来，他说，"朵朵爸"是个好人，不应该让人污蔑误会，许飞燕点头同意。她说，其实不只是"朵朵爸"，朵朵、雷伍、她自己，如今每个人都在十分认真地过好自己的日子，问心无愧，谁都不应该这样被人贴上标签。

雷伍检查一遍文字后就发了出去，绿色气泡很长很长，像通天高的藤蔓，得划拉一会儿才能看完。许飞燕捧着手机来来回回看了好多遍这段发言，心脏扑通扑通跟出笼兔子似的，抬起头想跟雷伍说话时，才发现他不在房间里。

走廊有厨房那边照过来的光，热水沸腾起小泡的声音她很熟悉，夹杂着能令人安下心的锅碗瓢盆声。她光着脚丫走到厨房门口，探出脑袋偷看。哟，美男下厨这画面挺赏心悦目的。

"要不我来煮？"许飞燕习惯了站在炉前那个位置，看见别人代替了自己的工作总有些浑身不得劲。

"你也给个机会我表现表现，别总抢着活干。"雷伍扫了她一眼，"去去去，去把拖鞋穿上。"

"哦——"虽然是这么应他，但许飞燕还是杵在原地，突然想起什么，她问雷伍，"你的手机密码有没有改哦？"

"没啊。"

"我能看吗？"

雷伍白了她一眼，意思是你还需要问我吗？虽然雷伍很早之前就跟她说过密码，但许飞燕还没有试过输入，也从没翻过他手机。密码是雷伍出狱那天的日期。她点开相册，手指轻点屏幕上方的"刘海儿"，相册飞快跳转到最上方。

许飞燕记得，那是他出狱后的第三天，她和朵朵来这附近找房子，一大一小在街边突然崩溃哭得鼻涕冒泡，后来莫名其妙就被拐到雷伍家来，还给他煮了一锅面。那时雷伍偷偷摸摸做了一件事，许飞燕现在才回想起来。

"哦，原来那时候你真的是在偷拍我。"

相片是当时她在炉前煮着面的模样。许飞燕嘴角悄悄上扬，鬼马精灵地把手机递到雷伍眼角边不停晃。

"让我看看，这拍的是谁啊？"雷伍侧过头，眯眼皱眉的样子好似一个白发苍苍老花眼的阿伯，"哎哟，这不是我家那出得厅堂入得厨房的老婆子嘛——"

他们在小小厨房里嬉笑打闹，仿佛同时忘记了没多久前刚发生的事。许飞燕忽然觉得，心里的阴影消散了，她又能看见雷伍明亮的桃花眼了，还有锅中噗噗冒起的暖和白气。

这种安心感有多久没出现过了呢？蔡景尧去世后，她几乎以一己之力扛下全部：挺着大肚子跪在灵堂里，小腿肿到无法走路；被婆婆责备说她倒霉透顶，挨了耳光一只耳聋了；还有守不住的大排档，与小叔的争吵，离家后的生活，朵朵的教育……

她不是没崩溃过，但她的崩溃点很奇怪。天大的事压下来她都能扛，偏偏像切菜切到手指头，只是渗了颗小血珠子，她哭；做饭做到一半家里盐没了，她想唤老公去买，发现家里只有刚会爬的小婴儿，她哭；朵朵摸着她听不到的耳朵第一次喊妈妈，她哭……

都说什么为母则刚，可许飞燕并不想总那么刚啊。她也想偶尔能有喘息的机会，能有半天让她稍微忘了自己的身份，换上漂亮的花花连衣裙，抹上口红，去买块草莓奶油蛋糕，去看场电影。

肩膀上的重量越来越沉，脚便陷在泥沼里越来越深，她的眼睛、耳朵、翅膀都被泥糊住，被裹住了好多好多个日夜，时间长到她觉得自己这辈子都要飞不起来了，连自己叫许飞燕都要忘记了。

这时，面前这个男人强势地闯进她生活，也不顾她乐不乐意，就先把她从泥潭里拽起来，看似粗手粗脚，实质很温柔地把她身上的泥巴清理干净，再捧着她，高高举起。他说，许飞燕，你飞啊，你可以飞的。要是她还害怕，问如果她飞起来后，又一次跌下来怎么办？那人就会说，我就在下面等着你，你落下来，我会扑过去把你抱住。

"好了好了，不闹了，你去饭厅等，我……"雷伍还没说完，怀里就扑进了馨香温软的人儿，他急忙单手关火，再揽住她腰。

扬起的手臂好似紧而有力地挂在雷伍肩脖上，许飞燕觉得这时的自己真成了一只归巢燕鸟，度过了漫长的冬天，终于能在暖春里再次飞翔。

她双脚踩在雷伍脚背上，娇声咕哝道："我没力气了，你抱抱我吧。"

难得的撒娇像熬煮得黏稠拉丝的麦芽糖，雷伍笑得见牙不见眼，就着这个姿势一步一步往外挪："许飞燕，你比朵朵还小对不对？要不要举高高啊？"

许飞燕抬头横他一眼，用下巴尖撞他锁骨以示抗议。

她不饿，只要了两个水饺垫垫肚子，其他的都留给那大胃王。她边吹着瓷勺里白白胖胖的水饺，边问："要不明天中午吃完饭后去买衣服吧？你没有薄一点的春天衣服。"

"好啊，直接买几件短袖 T 恤就行了，嘶——"雷伍被热饺子烫得嘶嘶叫，另一手点开微信。

下方通信录处这时多了个红色圆点，雷伍愣了愣，声音含糊道："还真有人来监督我啊？"

许飞燕急忙凑过去看，他的微信来了六个好友申请，都是男士，但那个家长群倒是安静，不知其他家长们是睡了还是尴尬了。

许飞燕也紧张地问："那要加吗？"

"我坦坦荡荡的没做亏心事……就……就加呗。"

"你大舌头了。"

"才不是，烫，是饺子烫……"

雷伍一一通过好友，而许飞燕这时也连续收到了正奇妈的几条信息："看出来了，你男朋友是个厉害角色！"

"朵朵妈你也是，从来没听你说起家事，没想到是这样，这么多年来不容易吧？以后有什么需要帮忙的地方一定要告诉我啊，千万不要客气！"

许飞燕刚回完正奇妈的信息，就轮到雷伍的手机响起来。令他们意外的是那几位家长对坐牢的事只字不提，只说甜汤店开了记得通知他们，一定会带家人上门捧场。其中一个张姓爸爸更热心肠，他说他开的滋补行就在幼儿园隔壁街，如果朵朵妈和他都有事不方便接送小孩的话，可以让他老婆一同把小孩接来店里。

张爸爸还说，他年轻不懂事的时候也做过错事，可能就只是比雷伍运气好一点点而已，如今深知能踏踏实实过日子有多不容易。嗡嗡的震动声和信息声此起彼伏，两人回了好一会儿才能喘口气。

夜深了，铁皮上的雨水滴答声渐弱，水饺的温度也恰恰好能入口，两人不约而同把手机的铃声关掉，视线相撞，同时释然一笑。

雷伍再拨一个饺子进许飞燕碗里："快吃，吃完睡觉。"

许飞燕笑得眉眼弯弯："好。"

这一夜两人都睡得极沉，像终于找到栖身之所相拥而眠的两只雀鸟。第二天醒来时，两个人的微信又多了十来个好友申请，近半个班级的小孩家长都加了他们，基本上是爸爸加雷伍，妈妈加许飞燕。光是按小孩名字给各个新增好友改备注他俩都用了些时间——雷伍是乐在其中的，感觉自己突然捡着个大便宜。

至于那个"朵朵爸声讨群"里，本来群里有近五十人，但从昨天半夜开始就有人主动退出群聊。先是张爸爸，言简意赅又霸气十足地发了句"没必要"就退了群，后是正奇妈，直接引用了张爸爸的话，打上"+1"后退群，到了早上，越来越多家长退群，如今群内人数只剩不到二十，里面还有一个暗戳戳偷窥情况的雷伍。

这一天周六，中午吃完饭后，雷伍带许飞燕母女逛街买换季衣物。橱窗里一片春意盎然，雷伍很快就给自己挑好了几件短袖 T 恤，牵着母女俩去买好看的小裙子。

"我衣服够穿的，不要乱花钱了……"许飞燕嘴里是这么说，但还是捧着一条浅紫色小碎花连衣裙在全身镜前比画，雪纺裙摆晃荡起一层层波浪，宛如飘逸浪漫的卷边鸢尾花。

"去去去，都拿去试试看。"雷伍在衣架上再挑了几条裙子，一股脑塞进飞燕怀里，"这些都要试，穿上后拍张相片给我看。"

"啊？这太多啦！"

"试而已嘛，又不要钱。"

许飞燕横他一眼，最后还是捧着一堆衣服往试衣间走，不忘交代女儿："宝贝，你跟着雷叔叔，不要乱跑哦。"

雷伍替朵朵回答："我带她去童装那边看看。"

周末的店里人来人往，雷伍弯下背，摊开手掌递给朵朵："牵着手走好不好？人有点多，怕你走丢啦。"

朵朵盯着面前的大手掌看了一会儿，才举起小手轻轻落在雷叔叔手掌中。

"好像小小熊猫。"她突然无厘头地说了一句。

雷伍眉毛扬起，小姑娘的手白，在他肤色的映衬下，好似一只刚出生的熊猫幼崽。

他小心翼翼地包小手，像裹着一捧好容易融化的新雪，问："你很喜欢熊猫吗？"

"喜欢呀，它们圆圆胖胖的，好可爱，我也好想当熊猫饲养员，能天天喂熊猫，跟熊猫玩。"

"那等你下次放假，我和妈妈带你去成都看熊猫好不好？"

"好呀。"

两个人边聊着天边走到童装部，花花草草图案的春款小裙子好看极了。雷伍眼尖地发现，刚才许飞燕一直抱在身前的那条紫色裙子，小女孩的也有类似款式，可以搭成母女装。

"这裙子好看吗朵朵？和你妈妈刚挑的那条一样。"他半蹲在地，直接提着裙子在朵朵身前比画，称赞道，"哦，好好看，朵朵喜欢吗？"

朵朵点点头："好看，喜欢，像紫色的花……是牵牛花吗？"

"嗯，这么说确实很像！"

他拿下来的裙子尺码不太适合，裙摆都快及朵朵脚踝了，他看了下吊牌，上面都是数字："130cm？什么意思？"

"是指小孩身高。"旁边一位抱着婴儿还牵着一个小男孩的女士搭腔，她指了指小姑娘，解释道，"你女儿身高是多少，就按吊牌的数字买就好。"

雷伍恍然大悟，最后挑了件110cm的，再挑了两条新款连衣裙，满心欢喜地牵着孩子往回走。

许飞燕刚试完衣服出来，刚才那一摞衣服她只留下那条紫色裙子。雷伍皱眉问她其他的干吗不拿上，许飞燕说买一条就够啦，平时骑小电动穿长裙也不方便的。

雷伍给她显摆自己给朵朵挑的花花裙儿："好看吧，这条还能跟你这裙子搭亲子装。"

许飞燕嘟囔："这店没请你去做销售真是亏了。"说着要去翻吊牌看价格。

雷伍心惊，赶紧把裙子全部塞进购物袋里："不贵的。"

许飞燕瞪他一眼，小声骂："你还是那个大败家子，家里现在没金山银山了，你省着点花好不好！"

雷伍一手牵朵朵，一手揽住许飞燕的腰，凑在她耳边说："哎呀，给我点机会讨好朵朵嘛。"

许飞燕知道他心里总担心朵朵不接受他，便没再反对。

结完账走出商店，头顶传来当当的清脆铃声，小女孩突然睁大眼，对妈妈说："是小火车！这里也有小火车！"

雷伍比小孩还兴奋："对，走，我们去搭小火车！"

许飞燕哭笑不得，把昨晚雷伍问的问题反抛给他："雷伍你今年多少岁了？是不是比朵朵还小？"

和之前去的商场类似，售卖儿童商品楼层有一辆电动小火车在绕着圈开，旁边也停着几辆那种可以自己开的亲子电动小汽车，朵朵见火车排队的人多，指指小汽车："妈妈，今天坐那种好不好？"

"可以啊，你自己挑一辆喜欢的。"

有辆是"超级飞侠"小爱造型的小汽车，粉红色的，唱着动画片主题曲，车顶的螺旋桨还会缓缓转动，朵朵兴奋地一直绕着它跑。

雷伍给工作人员扫码付款，对许飞燕说："可以了，你们上车吧。"

许飞燕让朵朵先上车，正拉开车门，突然顿住，回头问雷伍："你要试试看吗？"

"试试看什么？"雷伍没反应过来。

"开车呀。"许飞燕指了指空出来的驾驶位，"开这个，不用看驾驶证哒。"

昨晚入睡前，雷伍跟她讲了那个逃不开的梦魇。

许飞燕弯下腰问女儿："宝贝，雷叔叔好久没开过车，让他过过瘾好不好呀？"

担心朵朵不乐意，她还自动加码："或者让叔叔开一圈，然后再换妈妈开？"

朵朵已经开始捣鼓起车头的喇叭按钮了，她朝着雷伍勾勾手，语气着急："可以，叔叔你快点上车，它的数字在动啦！"

电动游戏车是有时间限制的，400秒，沿着商家在地面设定好的路线，能绕着商场慢悠悠逛个两圈，如果时间结束，车子就会停止供电。

雷伍坐上车后发呆，他本来是计划像上次在商场看到那一家三口那样，妈妈开车，爸爸跟在车旁边走边拍照录视频，没想到坐进车里的竟变成了自己。车厢对他的身高来说太小了，得耸肩弯背，屈起的膝盖也卡在方向盘和他的胸口中间。

好久……好久好久没握上方向盘了……他竟紧张到咽了咽口水，拧紧眉跟许飞燕说："要不还是你来吧？"

许飞燕看他这么不自信的模样，有些好笑，又有些心酸，她一手伸进电动车里，揉了把他毛毛刺刺的短寸："别怕呀，我在旁边陪着你。"

工作人员以为这位爸爸是第一次玩，对车子操作不熟悉，正想上前指导，没想车内的小姑娘比他速度还快——

朵朵拍拍雷伍的膝盖，指着下方："叔，要踩住那里，车子就会动了，然后我们沿着地上那些星星走就可以了。你不要怕，车子速度好慢好慢的，而且如果前面有人的话，我会帮你按喇叭。"说着她按下方向盘旁的一个按钮，电动车音响就传出"卟卟"两声。

雷伍看着朵朵那张认真的小脸，握住方向盘的双手越来越紧，有些大舌头地说："那……那你要坐稳啊。"

踩下启动电源的小小踏板，粉红车子缓缓开动，他几乎不敢眨眼地看着前方还有地上的星星，许是看得太聚精会神，眼前的画面渐渐发白变亮。

"你别这么紧张啦，表情放松点。"车速真的很慢，许飞燕用正常步速就能跟在车子旁边，笑着用手机录下雷伍难得一见的紧张模样。

"卟卟——卟卟——"朵朵则跟着欢快的卡通音乐节奏，不时按下喇叭。

"燕子。"雷伍忽然唤了她一声。

"干吗？"许飞燕不明所以。

"燕子。"雷伍没回答她，有点魔怔地念着她的名字。

许飞燕明白了，抬起手拍了粉色小车的车顶两下，温柔道："我在。"

"燕子。"

"在，我在。"

…………

那天晚上许飞燕把录下来的视频给雷伍看。视频里除了小车子一直在唱的音乐和喇叭声，剩下的就是他跟复读机一样重复念着"燕子"，而许飞燕也重复回他"我在"。

雷伍看了一会儿，忽然用手背捂住发烫的眼眶，咧着一口大白牙笑道："我坐在车子里头真像头大狗熊……"

许飞燕没回应他突如其来的自嘲，只是嘻嘻笑着抱住他。不知今天的美好能不能慢慢覆盖之前噩梦的记忆呢？他的副驾驶座不再是疯疯癫癫的梁伊，而是嘟嘴学着喇叭叫的小女孩；车窗外不再只有照不亮黑暗的昏黄路灯，而是光灿灿的璀璨星河。粉红卡通小车在星空中翱翔，飞到哪儿都可以，只要是三个人在一起就行了。

视频还在自动播放，商场里的路人声音也被录进去了。

"老公，我也想开这个电动车，你看那一家三口玩得多开心。"

"爸爸、爸爸，我要坐！"

"好好好，你去挑一辆自己喜欢的车……"

"林兰妈妈呀……那个，我们几个人商量过了，周一都不去跟园方了解那位家长的情况了，然后，那个临时群我也解散啦。"

"我看那人说得挺真诚的，虽然以前是犯过错坐过牢，但我们总该给改过自新的人一个机会嘛，林兰妈你说对吗？"

"哎，反正我们几个就不掺和这事了……"

语音一段接一段地从手机扩音器里挤出来，施菰听得直咬牙。

"砰！"突如其来的甩门声把施菰吓得心脏都要蹦出来，"啊"地大叫了一声！

林亚东气得不轻，把外套狠狠丢向墙壁，哑声道："我真是服了你了……"

施菰大声叫："你干吗啊！喝醉酒啦？！"

林亚东满脸通红："不是让你别跟幼儿园的家长提起雷伍以前的事吗？你是不是嫌我烦的事情还不够多，非得再惹点事才痛快？"

施菰被他没由来的指责激起了火气，整个人跳起，站在床上居高临下为自己的行为辩驳："可我说的都是事实，我有诽谤他吗？家长们也有知情权的啊！就像上次那个保安，要不是我找人去查过，哪知道他曾经进去过半年啊。这学校也真是的，挑这样的人当保安，早晚都要出事的！"她语气咄咄逼人，"现在因为还没出事，所以提醒大家要小心的我就成了罪人，那万一他真有什么癖好或暴力倾向，哪一天爆发出来，到时候小孩子们受了伤，大家是不是又要夸我有警惕心和先见之明？那些家长一个个就是墙头草，见风使舵的小人！"

林亚东找不到话来反驳她这个看似冠冕堂皇的理由，鼻孔一下接一下喷气："那那个老师呢？上次死公鸡的事还没让你得到教训是不是？"

想起这事，施菰更气了："都说了那老师被炒鱿鱼压根儿不关我的事！园长要炒谁留谁我哪知道啊？你怎么都不相信我啊？"

"我要怎么信你？"林亚东仰着脑袋大吼，"大家都不信你，因为你又不是第一次搬弄是非，仗着自己家有几个臭钱眼睛都长头顶上了。"

丈夫平日再怎么发怒也不曾这样埋怨过她，施菰一下子红了眼眶，抓起枕头就朝他身上打："是啊，我就是这副臭德行！你和我结婚之前不知道的吗？现在还嫌弃我家的钱？那你有种就别跟我爸借钱啊！"

林亚东被枕头狠砸了几下，低声嗤笑："是……我是没邱博威那么有种……"

他从裤袋里摸出个蓝色戒指盒，狠狠丢到床上，一枚璀璨钻戒从弹开的盒子里掉了出来，今天本是他们的结婚纪念日。

林亚东冷声道："明天开始兰兰会送去我爸妈家，反正你也不爱带孩子，你中意学邱太那一套就学吧，爱上哪儿玩就上哪儿玩，我不伺候你千金大小姐了。"说完他转身就走，到门口时，他停下来补充一句，"跟家长提起雷伍的事，是有人怂恿你这么做的吧？你自己好好想想，你把其他家长当枪使，那人其实也是拿你当枪使。你这种一点亏都不愿意吃的做事风格再不改改，迟早也会出事。"

林亚东摔门而出，屋内传出的哭闹吼叫让他身心俱疲。

"爸爸……"小女孩软糯的哭腔把他喊住，林亚冬回头，看见保姆抱着满脸都是泪水的林兰。

他走过去揉揉女儿的发顶，挤出疲惫的笑容说："兰兰继续睡吧，明天让李姨给你收拾些衣服，我们回爷爷奶奶家住一段时间。"

"那妈妈呢？"林兰吸着鼻涕问。

不知不觉，女儿长高了，脸型和五官都有了变化。林亚东忽然记不起，上一次陪女儿玩是什么时候的事，还有上一次抱她举高高、上一次带她上学、上一次给她买衣服玩具礼物……这些他都忘了是在什么时候做过。

是上了年纪了吗？以前他总会不自觉地仰望坐在火红跑车里意气风发的雷伍，如今他竟开始羡慕单手抱着孩子满眼只剩温柔的雷伍。怎么无论遇上什么事，这男人总能活得那么潇洒呢？

林亚东眼角通红，从李姨手里接过小姑娘。太久没抱小孩，他的姿势有些别扭，哑声哽咽道："等妈妈把自己的事情处理好了，我们再回家……"

"哇，燕姐，你们要去约会啊？"在店铺监工的设计师助理小郭扶了扶黑框眼镜，看着和平时打扮风格完全不同的许飞燕，语气有些难以置信。

许飞燕脸颊发烫，掖起荡在耳边的发丝，小声道："嗯，要去看电影。"

她今日穿的是上周末买的那一条碎花紫色连衣裙。小城温度乍暖还寒，她便在外面加了件男装牛仔外套，柔美但又显得格外有朝气。牛仔外套版型硬挺，是雷伍的，她裹在里头显得小小一个，袖子折起一道以免盖住手，年龄都减了几岁的模样。

雷伍刚才在家里等她换衣服，见她从房间里走出来时还像个臭流氓一样吹了个口哨，问她成年了没有哦，出门有没有跟家长报备哦。

小郭哦了一声："今天是《阿凡达》重映是吧？"

雷伍跟在许飞燕身后，笑答："对，小郭你当年进电影院里看过吗？"

小郭是刚毕业一年的社会新人，大笑道："我？当年我还没拿零用钱去买电影票的觉悟呢，只听人说电影院门口好多卖黄牛票的，有的一张票炒到一百来块呢。"

这事许飞燕记得清楚，她当时白天在西餐厅工作，晚上在快餐店兼职，两家餐厅的同事好几天都在谈论这件事。那一年，水山市还没有建起大型综合体，许多民营电影院的硬件软件都是赶在电影上映之前匆忙进行了升级，而且只是普通 3D，还不是 IMAX。

《阿凡达》对那时的老百姓来说就是最新潮的玩意儿，上映后场场爆满一票难求，甚至听说还有电影院拿塑料凳搁过道上，增加了一些临时位置。要是哪位的男朋友或老公能买到两张位置好的电影票，那可比什么玫瑰花和戒指来得金贵。

甜汤店的装修已经进入后半段，营业执照和卫生许可证都批下来了，商标正在注册，下单小程序和线上外卖系统正在逐点调试内测，已经到位的员工正在进行入职培训，试业邀请函和伴手礼着手准备中……一切都在有条不紊地顺利进行。

日子忙碌且充实，陀螺打转似的两人已经没空闲时间去理会还在暗处游荡的风言风语，把活儿干好了就行，直接用行动说话。

从甜汤店步行到商场不过十来分钟，电影是下午一点的场次，许飞燕指着墙边一排取票机，问："你知道怎么取票吗？"

雷伍摇头，按出个取票二维码："是去那儿扫码吗？"

"对，你自己试一次，很容易的。"

许飞燕牵着他走到机子前，雷伍捣弄了几秒，很快刷码成功取票，还去买了一大桶脆脆薯条和两瓶乌龙茶，一脸兴奋的样子。等待进场时，许飞燕用眼神瞟着旁边一个也捧着脆脆薯条的小男孩，笑雷伍的年龄跟这胖娃娃应该差不多大。雷伍咬了一根薯条嘴对嘴喂她，许飞燕本能地咬住另一端，雷伍笑睨她一眼，说咱们半斤八两，谁都别笑谁。

微博上有一个热搜话题，问：如今和你一起看《阿凡达》重映的人，和十一年前的那位是同一个人吗？

有人答：人还是那个人，当年的我是青春貌美的大学生，而如今我已是两个孩子的妈妈。

有人答：十一年前和男朋友看的，今年和我八岁的儿子一起看的。不知道《阿凡达2》上映的时候有没有机会一家四口一起看。

有人答：虽然她有自己的家庭，我也有自己的家庭，我们在同一个城市，连彼此的联系方式都丢掉了，但还是好想跟她再看一次。

有人答：当年我才小学六年级，是老妈带我进电影院的，现在轮到我带老妈去电影院里看了！

影院顶灯还没暗下来，客人陆续入座。

雷伍捣弄着那 IMAX3D 眼镜，低声嘟囔："这么多年没看这玩意儿了也不知道会不会头晕……先说好了，要是等会儿我中途跑出去吐，你可别跟许超龙说这事啊。"

过一会儿都没得到回应，雷伍转过脸，见许飞燕静静看着前方大屏幕。

"你怎么了？"他问。

许飞燕看了他一眼，淡声道："其实那一年，我去电影院了，用你给的票。"

雷伍倏地敛起嬉皮笑脸，出狱那晚许飞燕送他回家时，他问过她这个问题，当时她回答"没去看"。

许飞燕清楚记得，那一晚她第一次觉得夜班没有那么难熬，因为她的书包里装着周六晚上八点的电影票，是许超龙送过来的，说是雷伍给她的。可能是因为那段时间她顾着赚钱忙得头脑发涨，竟会以为雷伍只邀请她一个人去看电影。

她向快餐店请了一晚上的假。西餐厅同宿舍的同事知道她要去约会，纷纷借出自己的"家当"：过膝袜和翻边小短靴，要用别针收紧一寸的呢子裙和毛领牛角扣大衣，还有当年最流行的麂皮流苏斜挎包。最可怕的是同事照着《昕薇》杂志给她化了烟熏妆，还在下眼睑给她点上亮晶晶的一道白光，说是日本最流行的心机卧蚕妆，约会必备。

当她强装自信地到了影院，却发现前后左右都是认识的人，许超龙就坐她左手边，定定地看着"盛装出席"的她若有所思。有两个不明所以的小工开她玩笑，说飞燕妹妹穿得这么漂亮，不知情的还以为要同哪个男生约会呢，两个人被老猴敲了个爆栗后才收了口。

"……那短靴不合脚，脚底被磨出水泡；外套太厚了，领子上的毛毛扎得我脖子发痒；最惨的是那扣在裙子后方的别针不知道什么时候掉了，我一直坐得笔直，就怕裙子掉下来……"

灯渐渐暗下来，眼前的巨幕开始播放映前广告。

许飞燕如今回想那件往事只觉得挺有趣的，就当一个玩笑话讲给雷伍乐呵乐呵："我坐在椅子上哪儿哪儿都难受，要命的是我还没开始看就喝了大半瓶水，结果这电影真的好长，憋到快要爆炸都不敢说要去厕所……那个时候我才领悟到，高跟短靴、毛领外套、呢子裙，还有雷伍，真的都不属于我。"

两手一直紧牵着，十指似藤蔓一样缠绕，收紧。雷伍听不得这种话，眼睛有些泛酸刺疼，还要故作轻松地骂道："真是服了你哥，说话只说一半是什么毛病……等我今晚回龙兴的时候一定要重重踢他两脚。"

"都是好久以前的事了，好丢脸，但也确实都是我的过去。"许飞燕低低笑了几声，从他怀抱着的薯条桶里拈了一根喂他吃。

电影很快开始了。一开头是从潘多拉星球的丛林上方飞跃而过的第一视角。时隔多年，能在大银幕上再次看到这样的画面，仍然深受震撼。而且随着年龄增长，这时再看许多对白和剧情，似乎能产生新的体会和理解。

"在经历了一场人生巨变之后，我被送进了退伍军人管理局医院，那段时间我经常会梦到自己在飞翔，终获自由。"

雷伍眼睛猛地睁大，显然已经忘了电影开头有这么一段独白，也没有想到会产生如此强烈的共鸣，随着电影配乐里的鼓点渐强，他的呼吸也逐渐急促。

许飞燕捏了捏他的指节，倾身在他耳边凑得好近，另一手笼在唇前，好似不想让别人听见他们的悄悄话："不过这样也好，我们就都当作是第一次看这部电影吧！"

银幕上的荧蓝光芒映在雷伍的镜片上，掩去了他目光中的潮起与潮涌，同样的荧光也落在许飞燕的镜片上，成了能倒映出月光和星辰的海洋。雷伍轻点头，海面上的月影便能晃出金光。

当天晚上，在那条微博热搜下，多了一个回答：

策狗奔腾的燕子：当年我好喜欢的人给了我一张票，我误以为他要同我约会，开心了好久，最后发现他请了一群朋友，我只是其中之一。可谁又能想到，兜兜转转，今天电影院里坐在我身边的竟是他，票还是他买的，选了很好的位置。感谢电影重映，给了我们一个重拾旧梦的机会，想学电影里男女主角的那句话对他说，I see you。

尾　声

　　许飞燕觉得最近运气挺好的，惊蛰之后小城就没再下过雨，甜汤店装修进程比预想的要快，后厨设备搬运、安装很顺利，原本空洞的壳子如今被一样一样物品填满。

　　当主灯亮起来的那一刻，许飞燕胸腔中蹦出了一两颗细小却璀璨的火星，忽隐忽现，只等着南风起，把这火越吹越旺。

　　胡伟被判处一年有期徒刑，缓期两年执行，锁具铺被房东收回，而且听说他死性不改，在牌桌上手脚不干净，让人逮住狠狠地打了一顿，所以最近稍微老实了一些。

　　时隔多月，许飞燕终于拿回当时被盗的赃物，她打开胡军送的那个水晶盒，果不其然水晶碎了，但情况比她想象的好得多，主要是大熊拿着的粉色气球折了。雷伍问她要不要重新买一个代替，许飞燕摇头，说这是胡军一番心意，她想好好保存下来。

　　后来许飞燕查了资料，买了粘水晶专用的胶水，小心翼翼把断了的气球柄粘了回去，虽然有道很明显的裂痕，形状也不太对劲，但总归是完整了。一大一小的水晶熊安放在木架上的相框旁，早晨阳光洒在水晶上，折射出璀璨的光斑，如羽毛般轻落在蔡景尧温柔的嘴角。

除了接送小孩，其余时间雷伍和许飞燕基本在店铺忙装修收尾的工作。软装到位，里里外外都清理得干干净净。许雷两人坐在主灯正下方的座位上，暖光把那悬在半空的燕鸟黄铜挂牌映在地上，映出浅浅的影子，许飞燕双手捧脸痴痴地笑，雷伍也陪着她笑。

一开始许飞燕怕最近太忙会让朵朵觉得受到冷落，晚上尽量早些赶回家，争取给女儿讲一小段睡前故事。有好几次讲着讲着，许飞燕的眼皮子就耷拉下来了，再睁眼时小夜灯已经关了，卧室内安静且温暖，女儿就睡在她身侧，依然跟个小火炉似的，不停地散着暖意。

店铺试营业用的邀请函印好了，邀请函上的信是由许飞燕手写的，后期进行的设计和印刷。她本来想让雷伍写的，他字如其人，一笔一画都雷厉风行，跟她圆不溜秋的字体天差地别，但雷伍坚持，说圆圆的字体才亲切可爱呀。

许飞燕亲自邀请了母亲和朵朵，哥嫂和侄子一家，龙兴四人，还有正奇一家做试业前的"特邀嘉宾"，让他们扮成不认识店老板的客人进店体验，从交通、环境、服务、出品等多方面给出反馈信息。

不同年龄层和不同组合的客人让他们得到了一些特别的意见。像罗萍带着孙女这种老少组合，两人对手机扫码下单都不熟悉，于是雷伍让人搞来一部平板电脑，把菜单相片导入，放在收银台可供不会扫码下单的客人使用。

许飞燕还从周青身上想到了被忽略的一点，孕妇怕有妊糖症状出现，一般孕期内都需要控糖，她在小笔记本上唰唰记上一句：要设计一款适合孕妇的甜汤。

龙兴四个年轻小伙把马屁拍到通天高，就是胖子昌说吃了甜的嘴容易腻，如果能有一些咸的来中和一下那就完美不过了。这点许雷两人还真想过，许飞燕以前在潮菜餐厅偷偷同黎老先生学过几手卤味绝活，打算等未来甜汤的出品稳定下来，再考虑陆续增加品类。

胡军默默看着许飞燕，她脸上溢满自信的笑容，眉头舒展，眼眸里有火花熠熠闪光。这才是轻松自在的许飞燕，是那个人剪断了之前捆住她手脚的粗长绳索，让她像今天这样眉开眼笑。而那个人发现了他的沉默，挤到他身边坐下。雷伍揶揄胡军，是不是觉得他这个情敌做得还蛮好的，胡军翻了个白眼，说论厚脸皮的程度真是无人能及你。

团队磨合了两天，店员们提出的意见和建议两位老板都会认真听取，再一一解决，之后便到了美食类自媒体们到店的日子。同样分成两天，每天分为午晚两场，每场接待十位自媒体人。张建辉家的俩小姑娘是第一天晚上那场来的，正好张建辉轮休回了趟家，听见这事赶紧申请亲自开车送她俩来。

雷伍没料到还有这稀客，急忙迎进来，张建辉学着他闺女对着店内环境和一样样甜汤拍照，拍得比小姑娘还要认真，最后离开前还让女儿帮他在店门口和雷伍拍张合照，笑嘻嘻地说要拿回去给其他同事看看。

媒体试吃也挺顺利，有人给出了很高的评价，也有人给出中肯的意见，团队认真听取，准备第二天再接再厉。可第二天出了一点点问题。店铺的鲜奶来自市郊一个小牧场，由一对老年夫妻经营着，牧场虽小，但牛奶和羊奶的品质很不错，价格还低。鲜奶由老头子的儿子每天下午开车送进市区，再统一配送到各个商家。而这天下午鲜奶一直迟迟没到货，许飞燕接到牧场老头的电话，抱歉地说儿子的面包车临时出了故障，还要一个多钟头才能修好，进市区得等到傍晚了。自媒体人是晚上八点后到店，照理来说时间是充裕的，不过许飞燕想要保险一些，决定去超市买些鲜奶做后备，预防有鲜奶来不及送到的情况发生。

雷伍看了看时间，已经下午三点半了，于是说："那我去超市买鲜奶，你去接朵朵？"

许飞燕脱下围裙："换过来吧，我去超市，你去接朵朵，我想自己看看买哪款鲜奶。"

本来接送的事还能麻烦罗萍或许超龙，但许家村子这两天开拆迁会议，许超龙今早陪母亲回村，许飞燕更不想麻烦有孕在身的周青跑来跑去。

雷伍点头："行，那你骑车小心点啊。"

"嗯嗯，你也是呀。"

从甜汤店到幼儿园骑车不过十分钟。雷伍把车停好，走到大门口和扎堆的家长们打了招呼，张爸爸问他周六开业的贺喜花篮够不够啊，要不要家长们集资送几个给他撑场面，雷伍笑说心领了心领了，到时候有空来捧个人场就行。

他边和家长们聊天，边留意人群里的人，目光绕了一圈，没看见那位保安的身影，才暗松一口气。雷伍这半个月又见过他两三次，状态虽没有之前那么糟糕，但眼睛依然黯淡无神，如同一条困在网里将死的鱼。他问过正奇妈知不知道被学校换掉的保安叫什么名字，正奇妈摇头，说一直都只喊他阿伯。

时间到，铁门开，家长们蜂拥而进，在教学楼下排队一个个刷接送卡，嘀嘀声此起彼伏，再拥向不同楼层不同教室。雷伍熟门熟路找到教室，高大的影子出现在门外时，还没等陈老师唤名字，朵朵已经抱着书包小跑出来。

"妈妈呢？"她还是会问一句。

"送牛奶的伯伯车坏了，店里牛奶不太够，妈妈去超市买一些做备用，我们到店里时她估计也差不多回来了。"雷伍很详细地同她解释，顺手帮她提拎起书包，靠近她的那只手递到她面前。小姑娘没想太多就牵住了，虽然只是松松握住他两根手指头。

圆头圆脑的小男孩从后方大喊："朵朵，去不去玩滑滑梯啊？"

一回头，是正奇，小短手在半空摇。

雷伍低头笑问："你想玩吗？"

小姑娘点了点头。

放学后的操场熙熙攘攘很是热闹，小孩们在滑梯组合上蹿下跳，雷伍给许飞燕打去电话，目光一直锁在朵朵身上。

电话接起，雷伍还没开口，那边着急道："你等一下呀，我要扫码付钱！"

"嗯，你慢慢来。"

许飞燕在机子上付好钱，才用脖子夹着手机，双手忙着把鲜奶装进购物袋里："我刚买好东西了，你呢，接到朵朵了吗？"

"接了，她现在和小同学们在玩滑梯，可能玩个十来分钟。"

"哦，那至少十五分钟起跳，估计得半小时呢。没事，你让她玩吧，辛苦你啦。"许飞燕嘿咻一声把沉甸甸的购物袋背起。

"你才辛苦啦，超能干的许飞燕。"雷伍笑道。

挂了电话，雷伍才发现正奇妈和其他几位妈妈直愣愣盯着他看，他轻咳两声，有些不好意思地别过脸，目光移向铁门那边，突然顿住，他看到了施菡。

有其他家长也发现了，小声嘀咕："哇，今天是她来接林兰啊？还真难得，好几个月没见过她了吧？"

正奇妈耸耸肩："是啊，平日都是她家保姆来接。"

雷伍微微蹙眉，心里有些不太好的预感。他知道是自己多疑，但也不知为何，每次有林亚东他老婆出现的场合都弄得不太愉快。

富太太带着保姆进了教学楼，不到五分钟又走了出来，富太太走在前面刷着手机，保姆牵着小女孩跟在后头。似乎是察觉到有一道视线落在她身上，富太太终于抬起头左顾右盼，当看见雷伍时，她皱起眉，像看到什么脏东西一样，甩头就走。

雷伍看了眼正等着滑滑梯的朵朵，再瞄向施菡，非要目送她离开才能安心。循着施菡离开的路线，他下意识瞥向幼儿园大开的铁门外，一瞬间就看见了那个男人。

保安阿伯今天收拾得意外干净，头发剪了，胡子剃了，脸色看上去还挺好，目光炯炯，只不过身上还是那件脏兮兮的黑棉服，双手都插在衣兜里。雷伍离他有好长一段距离，但仍感觉到他浑身散发的异常气息，像一条垂死的鱼正在奋力挣扎。

雷伍心率止不住地往上飘升，他倏地朝着滑梯大喊："朵朵，我们要回家了！"

朵朵不太乐意："可我还想再玩一下，叔叔，再玩五分钟可以吗？"

"不——"他还没来得及说完，门口方向已经传来女人的尖叫声，就像尖刃刺破纸张，生生划破了操场上空的欢声笑语。

"嘶啦——"

许飞燕在这时把购物袋放到桌子上，长呼一口气："还好还好，万事顺利！"

前厅服务员小丽赶紧走过来帮忙："燕姐你这是买了多少啊，把购物袋带子都坠断喽。"

许飞燕捻着断掉的带子，皱眉道："是这玩意儿质量太差！"

　　几个人把鲜奶帮忙放进冰箱，许飞燕看看墙上的时钟，让学徒开始熬今晚要用的鸭屎香奶茶。甜汤的大部分配料今早已经都备好，就是芋泥要再做一份，两颗大芋头去皮切片，得蒸大半个小时，趁着有时间，许飞燕让学徒们聊聊这几天干活时会遇上的问题，她好帮忙解决。

　　芋头蒸得软烂，锅盖聚满密密麻麻的水珠，讨论也结束了，可雷伍和朵朵还没有回来。许飞燕心头漾起不安，走到店铺门口给雷伍打电话，电话响了许多声，直至提示音说无人接听。而这时，大马路方向传来了救护车警报声，刺耳且急促，呼啸而过。

　　雷伍也不知道自己怎么就冲上去了，就像当初给张建辉挡拳头的那次一样，脑门"唰"一声变空白，就不管不顾了。若是说他当时在狱中过得浑浑噩噩像条发臭咸鱼，还能说得通，可他现在的小日子过得明明挺快活的呀，能遮风挡雨的屋子有了，朋友有了，未来家人有了，小店要开起来了，那生意肯定是红红火火的……

　　为什么要冲过去呢？还是为林亚东他老婆和女儿挡了一刀。林亚东……我是上辈子欠你的？你这次没给我跪下来磕头感激我的大恩大德我就一脚踹——

　　啊嘶，手好痛，现在这刀不能拔吧……哎，雷伍你也就是个傻子，干吗不用左手挡，要用右手？要是残废了下半辈子就得练左手拿筷子了……

　　雷伍胡思乱想着，任由思绪肆意奔跑，用一句句粗口和一次次深呼吸来压住从右手手腕往上蔓延的丝丝凉意和痛感。

　　他坐在地上，左手虚扶着右手小臂，也不知要举高好还是垂着好，算了，就这么垂着吧。锋利的水果刀还扎在他手掌心，仿佛有一只只火红的蚂蚁从那被刀贯穿的伤口处爬出来，逮住块儿肉就狠狠咬下去。

红蚂蚁落了一地，可定睛一看，哪还有什么红蚂蚁？那是从他伤口滴落的鲜血。他突然想到，这手掌要是留疤了，朵朵会不会害怕到不让他牵手了？她会不会说，雷叔你手上长了条蜈蚣……

…………

几分钟之前，校门口传来尖叫声，雷伍扭过头一看，阿伯手握水果刀堵在施菡几人面前。刀尖泛银光，众人如被惊动的鸟兽胡乱四散，而雷伍本来寄望新保安能上前阻止，他却像个石雕站在不远处，呆看着这一切发生。

雷伍脑门一炸，对滑梯旁的正奇妈喊了一句"麻烦帮我看着朵朵"，再看了眼滑梯上的小姑娘，转身就朝校门跑。

那小刀划破空气引发尖叫，雷伍听不清阿伯在咒骂什么，他被抱着小孩逃窜的家长撞了两下，旁边不停有人跟跄摔倒又爬起来继续跑。他中途回过头，见正奇妈牵着儿子和朵朵，与其他人快步往操场另一边走。

再回头，只见施菡嘴巴一开一合不知说了什么，刺激得阿伯像红面恶鬼一般，疯魔了，刀尖直接转向林兰！她家保姆反应过来，立刻拉着林兰想跑，可小姑娘吓得不知要逃，两条小腿死死钉在原地。

雷伍的耳边只剩自己喘气的声音，哼哼哧哧的，其他声音都听不见了，只朝那快要因冲动酿成大祸的男人身上扑了过去……

…………

周围声音嘈杂，有母亲安慰着被吓哭的小孩，有老人家惊魂未定，有人大喊已经报警和叫救护车了，有人紧张问有没有人会急救包扎，有人说老师去喊校医了……在一片嘈杂中，雷伍竟还能清楚地听见一个男人悲恸的哭声。

他缓慢转头过去，阿伯被反应过来的保安和其他男家长制服住，脸被压在地面上，不停啜泣流泪。旁边的施菡吓得脸色苍白，披头散发毫无形象地跌坐在地，她家保姆紧紧揽住林兰，小姑娘哇哇大哭。

小姑娘？！

雷伍缓慢地移动视线，想从人群中找找他家小姑娘的身影。哦，找到了，正奇妈挡在小孩们面前正焦急地给谁打着电话，朵朵则还像只小土拨鼠一样躲在大人身后，只探出半张脸，直直看着他。

一想到自己流血的样子可能会吓坏她，雷伍就想把受伤的手藏起来，可这么一动，又是一阵钻心的疼。

下一秒就看见朵朵飞快抹了把眼睛，似乎忍得很辛苦，雷伍心一颤，忍痛挤出了一个笑容，朝着她说："别哭。"

"你别急，你先来幼儿园一趟……对，救护车在路上了……啊！朵朵你先别过去！"正在给许飞燕打电话的正奇妈忽然大喊。

连正奇也在旁边大叫："朵朵！"

可是太迟了，小丫头从人群缝隙中间飞似的钻了出来，她跑得好快，像背后长出翅膀。

这下轮到雷伍急了，用尽力气朝她大喊："你别过来啊！我没事！"

眼见小炮弹已经快冲到眼前，雷伍都顾不上疼了，哭笑不得："哎，怎么母女俩都是这个样子……麻烦谁借件衣服给我遮遮血！"

"我来我来！"张佳腾让别人帮忙压着行凶阿伯，急忙脱了外套，展开了挡在鲜血淋漓的伤口前方。

雷伍扯起有些起皮的唇角，笑着道谢："谢谢你了，张爸爸。"

张佳腾脸红耳赤还在激动状态："你就别逞强了，再忍一忍，救护车快到了。"

跑到雷伍面前的朵朵喘着气，憋得眼角通红硬是没哭鼻子，好半天才挤出一句："你痛不痛啊？妈妈很快就来了……"

雷伍反问："你去医院打针的时候会不会痛啊？"

朵朵想了想，点点头，又摇摇头："有一下下痛，但我没哭的时候妈妈就会夸我勇敢。"

"好，那我也是有一下下痛。"他努力咧开嘴，"我也不哭。"

"那你也很勇敢。"朵朵毫不吝啬地给出很高的评价。

她突然抬起头望向天空，胸口起起伏伏似是有好多话要讲。

正奇妈跟着朵朵跑了过来，心有余悸地看着雷伍，关心道："你感觉怎么样？那个，飞燕想看看你，跟你说说话……"

雷伍没办法拿手机，正奇妈直接把手机屏幕对着他，尽量不照到地上身上的血迹。

终于见到人，许飞燕才泄了全身的劲，咚一声坐到椅子上，一口一口地大喘气，接着发泄一般大骂道："雷伍你混蛋！你！臭混蛋！你管这种事干什么啊！你是超人吗，还是钢铁侠？你真是个混账！"

刚才正奇妈告知她事情经过时，许飞燕仿佛又被那片大海逐渐淹没，即便正奇妈跟她说雷伍就手受了伤，其他地方没事，她还是被没过头顶的咸湿海水浸得快要窒息。她发现没有办法再承受一次爱人生命的逝去。

小丽和其他店员很担忧，但都没有打扰她和雷老板的视频。

雷伍半耷着眼皮说："我没事，你不要紧张，不过今晚那场试吃怎么办啊？"

"你还操心这个！"许飞燕对着摄像头又是一顿大骂，店员们纷纷出声，说老板你放心，料都备好了，今晚我们会撑起场子的。

"行，行，等我回头好了请你们吃饭……"雷伍低声笑，可声音在周遭吵闹的环境里渐渐弱了下去，"宝贝，你别紧张，我真的没事。"

"你说什么我听不见，你大点声！"许飞燕直接把右耳贴到手机上，可只能听见雷伍模糊不清的呢喃。

忽然想起什么，她又移开手机，认真盯着屏幕上雷伍的口型，他像朵耷拉脑袋的向日葵，嘴唇开合，只说了三个字。是了，他说的是"我爱你"。

"我听到了，我听到了，我也是。"许飞燕吸了吸泛酸的鼻子，哑声道，"我现在就过来，雷伍，你会没事的。"

正奇妈挂了视频，这时校医也拎着医药箱挤开人群跑过来，雷伍请正奇妈先带走朵朵，他不想让她看到那么可怕的伤口。

"朵朵，医生来了，不用怕，你跟着阿姨先到一边，妈妈很快来接你。"雷伍很想伸手去捏捏小孩泛红的脸颊，可不行，他满手沾满血。

朵朵突然开口问："那你呢？你去哪里？"她食指指向多云的天空，细细的声音里已经有些哭腔，"你会和我爸爸一样吗？"

虽然疼痛挤满脑袋，雷伍还是不禁笑出声，肩膀一颤一颤的，蹲下身的校医立刻制止他，让他别乱动。他哪有资格去天堂？

雷伍咧着一口白牙，尽力使笑容轻松自然："叔叔是去医院，把受伤的地方包上绷带，等过几天伤口长好就没事啦。"

金豆子掉了一两颗下来，朵朵大喊一声："拉钩！"

雷伍轻点头："拉钩。"

"一百年——"

"不许变。"

把掌心刺了个对穿的水果刀此时不能直接拔出，校医用干净毛巾为他先进行加压包扎，接着救护车来了，警车也来了。

看到来人，雷伍愣了愣："小张警官，我们可真有缘啊……"

张建辉的弟弟张庆国也怔愣："怎么又是你……"

出警之前他们已经大概了解了现场情况，张庆国没有多说，赶紧让医护人员先救人。

等雷伍躺上担架床，张庆国才凑他耳边说："这事儿闹得够大，等会儿估计有市局的人和一堆媒体会来，你就什么都先别管，把伤口整好了再说。"

"行，谢谢了。"

快被送进救护车时，雷伍看见天空中有几只黑鸟正自由飞翔。他不禁想，春天快来了，这飞着的鸟儿，是准备返回北方旧巢的燕子吗？

冯振强拿着面包和水回到手术室外时，许飞燕还在来回走动，坐都坐不住。

"燕姐，你先吃点东西。"冯振强把袋子递给她，语气里有罕见的强硬，"多少也要吃一点，龙哥吩咐的，说要我拍下你吃东西的视频给他，不然就要扣我下个月人工。"

许飞燕瞪他一眼，但她确实是饿了，也不矫情，拆了个面包，没几口就全部吞下喉，又咕噜咕噜猛灌了半瓶矿泉水，打了个响嗝。

冯振强完成了任务，就安静地陪许飞燕等着。许飞燕的微信一直在跳出新的信息，未读信息数量一秒一变。哥哥给她发语音，说还有十多公里就进市区了，会直接到医院找她，别担心；母亲也一起回来，说小雷吉人天相，一定会大步跨过，别担心；嫂子说朵朵情绪稳定，现在正和许浩看着超人的电影，别担心；胡军几人说，等手头几辆车的活干完了他们回家洗个澡，然后就过来医院看看，别担心；店里同事说，一个小时后的试吃会他们会好好干的，别担心。

家长群像一座沸腾的火山，不停吐出新的消息，太多人发信息给她，可许飞燕没有心思去一一翻看，直接私信问正奇妈，得知他们在讨论那个行凶的阿伯。阿伯没妻子儿女，一直都是孤身一人，五年前因为与人起了争执把人打伤了，进看守所待过半年，出来后他隐瞒了过往，经人介绍来幼儿园当保安。施菡那时找人去查了他的经历，然后把实情告知园方，阿伯被辞退之后情绪出了问题，认为这一切都是施菡的错。

"也不知他怎么想的，他说本来只是想让施菡看看，炒了他之后新来的那个保安遇上这种事是多无能……说自己一开始并没想伤人，那刀子只是拿出来唬唬人而已，但当他发现施菡连他是谁都认不出来时，他就完全崩溃了……"

正奇妈有些丧气："他当时对着施菡喊，'是你摧毁我的生活的，你怎么可以连我的名字都记不住？'……哎，都什么破事。"

戾气就像蝴蝶的翅膀，有时连轻薄花瓣都无法扇动，可有时却会引起巨大的暗黑的可怖风暴，让每个经过的人无法轻易逃开。有些人因风暴受了伤，会自我调节自我疗愈，会继续以温柔对待这个世界，也有些人无法再恢复成原来的样子，会变成另一只引发风暴的蝴蝶。

"哦，后面大家都在聊'朵朵叔叔'的事，哎，你家老雷确实……"正奇妈后面连发十几个大拇哥表情包。

开业的事要延迟，许飞燕用雷伍的微信联系花店和供货商，确保对方都收到这个临时消息，才熄了手机。她又想去手术室门口等着，这时她瞧见冯振强的左手，突然明白了，为什么许超龙会派冯振强来医院陪她。冯振强左手臂被刀砍过，据说当时伤口能瞧见白骨，夏天时许飞燕也见过那疤痕，跟蜈蚣一样爬在他小臂上。

许飞燕细声问："小强，你当时手受伤，对日常生活会有什么影响吗？"

冯振强本能地握了握左拳头，但很快就松开，说话依然慢条斯理："特别的影响没有，就是没以前那么有力气，不能拿重物。"他停顿几秒，又说，"伍哥会没事的，别担心。"

许飞燕不禁苦笑，怎么每个人都像约好了一样叫她别担心。

忽然有医护人员喊名字："雷伍家属？雷伍家属在吗？"

许飞燕猛地站起身，快步走向手术室门口："在！我在！"

雷伍只是局麻，没多久就完全清醒了。他很幸运，刀子刚好避开了手指肌腱，说是如果刀子再歪一点点就会切断肌腱了。右手打了石膏，大拇指和食指能轻微活动，其他三个还有些麻，而随着麻药逐渐退去，他感受到了伤口撕裂般的疼痛。

外科病房全满，雷伍的床位被安排在走廊最尾端。他的衣服被换掉，身上的病号服有点紧，经过一场小手术，浑身汗津津黏糊糊的哪儿哪儿都不舒服。他饿了，好饿好饿，急需大量食物填满他的胃。可这都不是太大的问题，他头疼的是面前泪流不停的许飞燕。

下午市区内某公立幼儿园有凶徒持刀意图攻击小孩子的新闻传得沸沸扬扬，只不过大多数是道听途说添油加醋的版本，当事人表示真实性太低，但当事人什么都不说。

"宝贝，你别哭了好不好，医生都说了，只要伤口没感染，慢慢养就会好的。"雷伍左手还是能用的，想去给她擦泪，却被她避开了。

许飞燕捧了面盆和毛巾，垂着头："我去打水给你擦擦脸和身子。"

水盆搁在木椅上，许飞燕借来屏风做遮挡，熟练地将病床摇起。她把雷伍的病号服纽扣一颗颗解开，拧干温热毛巾，默不作声地给他擦身。

眼泪就这么啪嗒啪嗒落在他胸口，往下流至小腹，雷伍忍不住了，伸手扯落她的口罩，扣住她后颈，仰头吻了上去。很快嘴角尝到了淡咸味道，像被温柔稀释了许多的海水。

一帘薄薄的蓝色屏风将消毒水味和嘈杂声隔开在外，无人理会这对恋人在这方寸空间里做着什么事，纠缠、逃离、追逐，再次纠缠，更多的咸湿流进两人的吻中，碎成一地柔和的月光。

一吻结束，许飞燕气喘吁吁拉回口罩，不满道："我忍了几个小时都没哭，现在这里就只有你和我，我哭一下怎么了？"

雷伍点头如捣蒜地说："可以可以，你哭，尽情哭，我没有任何意见。"

许飞燕边小声骂，边用毛巾搓他胸膛："你总说没事，要是那刀不是朝手扎来，是朝心肝脾肺肾，那怎么办？也是没事吗？伤筋动骨要养一百天的你知道吗？……"

想到雷伍刚做完手术，许飞燕渐渐放轻力气，骂声也成了咕哝："我不想再经历一次了，那样我真成扫把星了。"

雷伍瞪她一眼，但没什么锐气："别趁着我行动不方便就瞎说话，咬你哦。"

擦完前胸和后背，许飞燕还把他裤管卷起，把小腿肚和脚心脚背都擦了一遍，干净且温暖，雷伍浑身都舒坦了，顿时觉得自己这一刀挨得还挺值。

直到许飞燕拿起塑料尿壶，雷伍脸才垮了下来："我不要用尿壶，我可以走去厕所的。"

"不要啦，你才做完手术，别动来动去的了，碰到伤口了怎么办？"许飞燕把尿壶放到他腿间，另一手捂住眼，"我不看你，你嘘嘘吧。"

他哪曾用过这玩意儿，可自己已经憋了挺久，情景不允许他继续高傲，最终只好妥协："……你帮帮我。"

许飞燕直接上手，闭着眼都能找到门路，摆放好后还背过身："行啦，你完事了喊我。"

雷伍也不好意思，别开视线望天花板，闭着眼解决完后嗷呜了声："好了……"

许飞燕拎着尿壶去厕所，处理完回来后，瞧见雷伍定定地看着她，他的眼眸里蒙了一层薄薄的疲倦，这样更显得眼神深邃。

许飞燕从旅行袋里找出眼罩和降噪耳塞："还好我聪明，我就猜到今晚要睡走廊，让我哥问我嫂讨了片蒸汽眼罩，这样就不会因为开着灯睡不着了。"

"灯开着我也能睡的，"雷伍突然说，"在里面一直都是开着灯。"

"但你现在在外面了啊，还是用吧。睡觉本来就是要关灯，睡眠质量才会高。"

"……嗯，你说得对。"

走廊尽头空间较宽阔，许飞燕洗漱后拉出租借的陪护椅在病床边打开，这是她今晚的小床。

"我就在你旁边睡着，你有事就伸手往下拍拍，知道吗？"她边说边给雷伍掖好被子。

"燕子，给我手。"雷伍从被子下探出左手。

"干吗？"

"上次唐苑淇婚礼，我在桌子底下给你写的字你是不是不知道是什么啊？"雷伍牵住她的手，指腹划过柔嫩掌心。

"不知道，你写得太潦草了。"

"那我再写一次，用左手写，我会写得很慢。"掌心痒痒的像狗尾巴草挠过，许飞燕就一直想笑。

这次她知道雷伍写什么了——女，家，纟，合，我。

第二天雷伍被移进独立病房，据说是马煜帮的忙。特殊时期，住院部人员进出管控得严格，雷伍不想大家总往医院跑，所以建议大家用了时髦的云探病模式。唐苑淇调侃说，得给他订一面见义勇为的锦旗挂店门口才行，还提醒他要小心媒体人肉抄底，如果有需要帮忙的地方随时给她打电话。

团队的小伙伴跟雷老板报告昨晚的试吃会很顺利很成功，让老板好好养伤。龙兴四子、许超龙一家、罗萍，还有以张爸爸为代表的幼儿园家长，都陆续发来问候语。

最让他开心的自然是朵朵的问候，小姑娘给他画了张画，背景是蓝天白云和绿油油的草坪，三个红脸火柴人儿骑着一辆三人单车，笑得见牙不见眼，空中还有剪刀尾巴的黑色燕子在飞翔，是春天的感觉。

她发了句语音："等你伤好了，让妈妈带我们去春游！"

许飞燕不解为什么是她带，雷伍笑说："证明你是一家之主呀。"

警察来做了笔录，结束时雷伍问警官，那位阿伯叫什么名字。

"宋福。你问这个干吗？"警官问。

"他在幼儿园干了这么些年，却没人记得他的名字，有点心酸。"雷伍说。

第三天，雷伍接到一个意料之外的电话，是林亚东打来的，问他具体在哪间病房。不到五分钟，林亚东站在了病床尾，表情严肃得要命，许飞燕不放心雷伍一人，也留了下来。

"有事就说，有屁出去放，我要睡午觉了。"雷伍打了个哈欠直接赶客。

"我知道，你觉得我一直跟在邱博威身边就跟条狗一样，但我也没有蠢到什么都听他的话。"

林亚东从外套口袋里摸出个什么，一道银色抛物线后，那小物件轻落在被子上，接着说："这U盘里是这十年来邱博威某些事情的证据，是副本，正本在我那儿收着。你想要直接弄他也可以，就是得花时间和花精力，还得小心别让他跳起来反咬一口，如果不弄他，这里头的玩意儿也能让他很长很长一段时间不能来招惹你。"

雷伍嗤笑："你们哥俩翻脸了？"

"这圈子的友谊也就是这样了，以前邱博威能那样对你，未来一样能这么对我。"林亚东耸耸肩，"既然我做不成邱博威，也做不成雷伍，那就收心做回林亚东吧。"

雷伍拿起U盘在手指间把玩，声音沉下来，问："为什么要帮我？"

"谢谢你救了我老婆和女儿。"林亚东不再吊儿郎当，认真道，"还有，对不起。"

"喊……昨天的热搜已经不见了，现在又是一堆娱乐圈的新闻霸屏，无趣死了。"小丽撇撇嘴，干脆关了微博刷起朋友圈。

"昨天什么热搜？"同样是前厅服务员的阿国好奇地问道。

小丽放下手机，做了个双手手握缰绳骑马奔腾的动作，故作玄虚道："梁某某从马上掉下来的那个啦。"

许飞燕从厨房走出，杀他们个出其不意："你们又在聊天偷懒哦，小心我不给你们加鸡腿。"

"准备工作早就做好啦，燕姐。还有十分钟开店，请您开恩让我再冲一下浪！"

"好好好，今天的老巢就交给你们了，我和老雷晚上跟家人吃完饭才过来帮忙。"

经过四个月的打磨，甜汤店已经站住了脚跟，从放暑假开始，学生客人和外来游客人数暴增。春季时他们推出限定口味的艾草丸子，而夏天的品类更多，黄皮雪山牛奶冰、芋泥兔子糕、油柑啫喱布丁……每一样新品都大受好评。团队相处融洽，合作默契，如今许飞燕和雷伍已经可以把活儿放手给几个年轻人自己去安排发挥。

许飞燕走进洗手间整理了一下衬衫领子，本想对镜补个口红，想想算了，这么热的天，还没到民政局妆都要花了，不如等去到那儿再补妆。

"哇哇哇！雷老板你穿白衬衫也太好看了吧！"外头传来小丽的尖声惊叹。

"阿国你真要学学小丽，看看，这家伙多会拍老板马屁。"穿着黑西裤白衬衫的雷伍径直走到空调口处，扯开领口灌冷气。

天气一热起来骑小电动要被烧成炭的，给老婆仔买车的事得赶紧安排安排了。

"我好啦，可以走了。"许飞燕背起小包朝雷伍走去。

"老婆，你今天真美。"雷伍嬉皮笑脸，递手想牵她。

"打住，还没领证的，别叫得这么亲密。"许飞燕斜睨他，但手还是伸了过去。

望着两人离开的背影，小丽手托着腮一脸怀春少女模样："今年夏天这么热，恋爱也应该这么热烈才对呀……"

阿国憨憨地问她："那等到冬天变冷的时候，是不是就要分手了？"

"……钢铁大直男滚蛋！"

雷伍的黑灰色电动车停在门口的画线车位，车镜上一边挂一个半盔，天气热了，戴半盔更凉快。这时一阵轰轰低鸣的音浪声从内街另外一边咆哮而来，两个人对视一眼，这种声音着实耳熟。

一辆火红色跑车由远至近，咆哮声也越来越大，来到他们面前时吱一声停下，副驾的车窗降了下来，先是看见了一位白肤红唇的靓女，再看到驾驶座那边穿潮牌 T 恤的靓仔，两个人都是二十岁出头的模样。

靓仔指指路边车位上的那台小电动，毫不客气地问："阿叔，这车是你的吗？"

雷伍气得直咬牙："……是啊。"

"麻烦挪挪位，我要停。"说完就把副驾车窗升上去了。

雷伍在心里骂了一万句不懂礼貌的臭小鬼，把车推到了一旁。跑车靓仔停好车，带着女朋友走到"燕巢甜汤"门口，阿国解释说还有五分钟就开店，让他们先在门口等候区坐一坐，俩年轻人倒是没发脾气，乖乖坐在椅子上等开门。

雷伍心里舒爽了一些，一回头，见许飞燕笑得好像只偷吃了蛋糕的小老鼠，眯眯眼，弯弯眉。

"阿叔——"

"其实没毛病，别人也喊你阿姨，那喊我阿叔，我觉得，嗯，也是合理的。"

许飞燕看了眼火红跑车，踮脚悄悄在他耳边说："你知道吗，以前我还蛮想试试看坐你跑车副驾驶位的，尤其是红色那辆，哇，好像在拍电影。"

刚跨上车的雷伍一顿，反应过来后笑得乐不可支："然后带你去山顶看夜景，对不对？"

许飞燕用力掐他大腿根："我很纯洁的，不想那些事。"

雷伍把崭新的米白色半盔递给她，低笑道："请问许飞燕小姐，跑车现在是没有了，小电驴的后座可以吗？"

许飞燕接过，小声嘟囔着："看你这么有诚意，我就勉为其难地接受吧。"

她又问："你只买了一个头盔啊？"

雷伍明白她意思，掏出手机打开淘宝，给她看购买记录："朵朵的也买了。你看，买了个小猪佩奇的，明天派送。难得公主殿下批准了下学期幼衔小由我接送，我肯定得做好万全准备的嘛。"

许飞燕戴好头盔，侧坐在后座，手揽住他的腰，右耳贴在他温暖宽厚的背脊上，笑道："辛苦你啦，雷爸爸。"

番外一

"小姐姐们，我给你们上甜汤哦，小心烫——"小丽笑脸迎客，娴熟地把一碗碗甜汤放到桌子上。

桌面玻璃下是箱，上方应景地放着一颗颗仿真的糯米丸子，小小的，白的红的，还有一张喜气洋洋的红纸，写着"冬日快乐"。其他箱面也放了与圣诞节相关的小物件，例如乐高圣诞老人，棕色的榛果、绿色的松叶、红色的蝴蝶结之类的，下方压着张方形红纸，黑墨写着"Merry Christmas"。

这个冬天，"燕巢甜汤"推出冬季限定出品：热款的甜汤里可选加糯米丸"小雪人"——白丸子上有黑芝麻点出的两颗眼睛，身子两侧插着细饼干棍儿是举双手欢呼的模样；而冷款的甜品则可选加时下最流行的奶油雪顶，这抹茶雪顶是绿色的，像圣诞树一样，撒上彩色冰糖和坚果碎片，再插上星星饼干块，可爱得足以俘获所有小姐姐们的欢心。

传统与新潮很巧妙地融合在一起，再加上"仅在十二月内特供"这种特别容易激起客人消费欲望的字眼，让这个月的甜汤店又一次迎来生意高峰，连上元旦小长假，营业额可能会比十月再高出 10%—20%。

小丽送来小吃时小姐姐们还在拍照，她放下盘子后准备离开，其中一位客人喊住她："请问一下，明天是不是不开门营业呀？"

"对的，我们周一休息哒，而且明天我们东主有喜，小姐姐们如果下周来，我们会有喜糖派哟。"

"哦？有人要结婚吗？"

"是呀，我们两位老板明天结婚。"

隔壁桌是从开张时就陪伴至今的情侣熟客，闻言立刻问："哇，燕姐终于同意摆酒啦？"

"也不算摆酒，就是请大家正式吃顿饭，没那么隆重哈。"

"那雷老板能愿意？"

小丽弯腰细声道："当然不愿意，他这种恨不得把结婚照挂店里的人，也恨不得把店里的熟客都邀去喝他喜酒，还是听者有份的那种。"

熟客还想调侃两句，余光见着走进店门的男人，立马噤了声。

"哟，是哪位勤劳好员工在说我闲话呢？"雷伍头盔手套口罩都没摘，睨了表情鬼鬼祟祟的小丽一眼，径直走向外卖架。

阿国负责外卖配货部分，他把其中三个纸袋交给雷伍："两份是星群大厦的，一份是清禧园。"

"行，正好顺路。"他探头看了眼外面等座的客人，还有半小时就到收铺时间了，但拿号等位的人有增无减。

他交代另一个服务员："给外面新到的客人送热茶，问问有没有需要小毯子的，然后把休息的立牌推出去吧。"

"好的。"

今晚的外卖量多了些，雷伍像往常一样帮忙送外卖，他把一个个纸袋放好才拿出手机。屏保是他俩的婚照，今年夏天的日头要把人晒融化，所以雷伍耐心等到十月份降温才去拍。除了骑楼老街八角亭、中山公园石滑梯，两人还在甜汤店拿店员们当背景板拍了一辑港风复古婚照。

雷伍穿豹纹衬衫和格纹西装，衬衫扣到最上颗纽扣，再搭一条熠熠闪光的大金链；许飞燕则是着酒红色的丝绒旗袍，头发烫成大波浪，红唇潋滟，小丽这个会说话的猛夸两位老板就是天造地设的一对。

下午他们去了海边，换成正式的三件套西装和曳地白纱，一直拍到夕阳渐沉，天空被火烧得通红，两个人心跳扑通扑通，鼓起温柔的风。雷伍脱了鞋袜，托臀把许飞燕高高抱起，在她的惊呼中一步一步走进海里，劈开了粼粼波光，许飞燕双腿被浸湿的白纱和蕾丝裹住，仿佛是珍珠色的人鱼尾巴。他们在落日中接吻，海浪裹着欢笑和呢喃，咔嚓的快门声不停，锁住他们烙在天空和大海之间的剪影。

雷伍坐在电动车上翻看婚照，傻笑了好一会儿，才给许飞燕发了条语音，说外卖老哥准备再一次出发喽。不过许飞燕正在三楼小教室里忙周末的亲子活动，这个时候不会看手机。他拉下头盔风镜，踢开边撑，迎着寒风，朝灯火通明的大马路驶去。

许飞燕帮客人把做好的甜汤分装打包好，提醒道："回家后要是今晚不吃的话就先冷藏起来，明天加热一下就可以啦。"

"今晚爸爸回来会吃吗？"扎着羊角辫的小女孩抬头问自己的母亲。

母亲笑答："当然会，刚刚我把你做芋圆的相片发到群里了，爷爷和外公已经在问有没有留一份给他们，说宝贝你做的甜汤一定很好吃。"

许飞燕帮忙把小碗装进大纸袋里，听着母女俩的温馨对话，突然就好想女儿了，这个月忙得连轴转，好久没给朵朵讲睡前故事了。

送走客人后，许飞燕伸了个懒腰后才摸出围裙袋子里的手机。有几条信息，母亲说朵朵已经睡了，让她今晚别忙得太晚，明天怎么也算是个大日子。接着是雷伍的语音，许飞燕扬起笑，回了条语音，让外卖老哥骑车小心点。

曹双玉推门而进，一见许飞燕已经准备收拾中岛流理台台面，忙道："你放着就好！我来收拾！"

"哎呀没事，谁收拾都是一样。"

"怎么会都一样呢，你给我工资了，我当然要干活的。"曹双玉挤开她，开始熟练地收拾台面。

曹双玉第一次起诉就成功和胡伟离了婚，这半年来她的精神好了不少，如今面色红润，眼里有光，不再像摇摇欲坠的叶子。她在餐馆的工作是两班倒，许飞燕便问她愿不愿意在不用上班的时候来甜汤店兼个职，工作挺轻松，负责二楼的传菜和卫生就可以了，如果是夜班，再帮忙收拾一下小教室就可以。曹双玉知道许飞燕就是想帮她，让她在经济上能宽裕一些。

收拾完东西，曹双玉从裤袋摸出个小利是，红底上面是烫金囍字，不顾许飞燕的推拒，硬是塞到她的围裙兜里，眼角沟壑闪烁着细碎的光："阿燕，明晚我要上班没办法来喝你的喜酒，但你一定得收。"

本来曹双玉以为，这个世界上已经没有人能听见她内心的声音——她睡得好不好，肚子饿不饿，有没有被人打，都没有人在意，但许飞燕是个例外，她永远会记得，那天许飞燕递来的面包是怎样的味道，有怎样的温度。

"好，谢谢玉姨。"许飞燕终是收下，笑得露出一口贝齿。

许飞燕下楼时门口还坐着近十人，还有三四个号的样子。她亲自去厨房里舀了些温的绿豆爽出来给客人先暖暖胃，接着回厨房帮忙。

最后一桌客人离店时，雷伍也回来了，先跑进去厨房亲了许飞燕一口，才跟厨房同事说："收尾就交给你们咯，我先把人带走了。"

"快去吧！老板你今晚可要记得敷面膜，明天好上妆，天天在路上被北风吹，吹得脸皮都有皱纹了。"

雷伍反驳："不可能，我天天在家都在做面膜。"

许飞燕脱下围裙，睨他一眼："确实，他还跟着人刷什么酸，什么早C晚A，哇，搞得跟什么美妆博主一样，那些专业名词我听都听不懂。"

别说许飞燕了，连小丽都没听明白，一脸蒙圈地看着雷伍："老板原来你在家里这么爱捯饬啊……"

雷伍懒得搭理他们，牵着许飞燕往外走。

湿冷寒风袭来，许飞燕打了个战，坐上电动后座时抱住雷伍的腰，把手藏进男人暖和的衣袋里，呢喃道："今天好冷啊。"

"嗯，回家后给你捂脚。"雷伍像哄孩子一样哄她。

他骑得不快，等红灯的时候他问许飞燕："车子挑得怎么样了？有看中的我们就去4S店里试试车。"

"哎哟，不用买啦，有小电动就够了。"

"不行，迟早要买的，你别老拖。"

许飞燕敷衍道："知道啦，等明天忙完我再选……"

雷伍知道许飞燕就是想给他省钱，除了店铺开销的大头由他来支付，其他生活上的开支许飞燕恨不得全部跟他AA制。

看来买车这事也应该跟买房子那时一样，偷偷给它买下来……

红灯转绿了，雷伍正想骑出去，这时只听身后的许飞燕幽幽道了声："雷伍，你别像买房子一样，瞒着我偷偷跑去买车啊……"

许飞燕是在和雷伍领证之后才察觉到这事儿的些许端倪。当时周青快到孕晚期，肚子鼓得老大，腿常抽筋，翻来覆去的怎么睡都不舒坦，一个夜里还得起身好几次。许超龙寻思着是不是床垫不舒服的原因，想去换一床新的。许飞燕提了一嘴，说她房东给买的床垫倒是挺舒服的，每次一倒上床几乎能立刻入睡，让她睡眠质量很高，连睡次卧的罗萍都夸那床垫真不错。

许超龙说，那可以问问房东是在哪儿买的，他好去实体门店试试看。许飞燕便打电话给房东陈姨问她这件事，可陈姨支支吾吾许久，说当初是随意进了一家店买下来的，至于具体是哪一家床品门店，她已经忘记了。

而许飞燕清楚记得，那时送床垫来的工人说，这两张床垫都是他们店里卖得挺贵的款式，两床加起来估计接近万元了。这么贵的大件，陈姨怎么会轻易忘了？

后来许飞燕从床垫边找到了品牌的名称，她打电话到品牌客服那儿，很快查到了市内门店的地址。找到门店后，许飞燕把收到床垫的时间还有收货地址都给了店员，她说床垫是朋友送的，想问问那个型号还有没有，准备给家人也买一床。

店员找到了去年冬天的送货记录，问许飞燕："小姐，你的朋友是不是姓雷呀？你可以提供一下他的手机尾号让我核对一下吗？"

许飞燕忽然就明白了——为什么会凭空出现一套符合她所有要求，而且还低于周边租价的房子；为什么就这么巧，屋子刚刚好就在雷伍家楼上；为什么每一次她家的小物件小电器出了问题，例如空调没雪种、厨房水槽漏水，她都还没跟房东打电话，修理工已经上门了……

许飞燕手指不大老实，在口袋里隔着布料抠来捏去："你这家伙还真能守得住秘密！你说，做了好事不留名是不是你这样的？"

"求求别挠，痒……其实你别不信，这事真的是赶巧，你才刚跟我说想要租屋，第二天我在楼道里就碰见陈姨带着中介上楼看房……我问了一下，她说是要卖，我就问她那能不能租呀，可阿姨说只卖不租。"

雷伍怕痒，硬生生忍住。

雷伍咨询了房子售价，陈姨的户型较小，又是楼梯房高楼层，价格本就比低层的少一些，而天台面积没计算在房产证内，相当于买房子送天台。他觉得这房子值得买，与唐苑淇讨论了一会儿，研究了周边房价的涨势，很快决定要买下陈姨的房子。

"我问过中介，周围的房子虽然老旧了些，但因为有金源在，这几年价格一直在往上涨，涨幅不算特别大，但对于楼梯房来说算是不错了。"

在楼下停好小电动，雷伍上好锁后牵着许飞燕往单元门走，继续道："挺多人为了孩子读书专门在这边买了套'老破小'，所以这房子买了也不会掉价，而且你看，装电梯也提上日程了，高层住户要大逆袭了。"

"我当然知道房子不会掉价，所以才会当作不知情呀，但车子不一样，一落地就掉价了，而且我们这老式小区停车好麻烦的，哪有小电动那么方便哦。"

许飞燕给雷伍认真分析买车的"弊与弊"，她知道要怎么让雷伍顺毛，声音像含了麦芽糖一样，又软又甜："老公，我们最近结婚花的钱不少，然后过两个月要过年也得花钱，等过完年了，看看店里盈利如何，再考虑买车好不好嘛？"

她还故意把尾音拉得老长，甜滋滋的嗓音在狭长楼梯间里圈圈绕绕。

雷伍睨她一眼："过完年可以，但必须在清明前。"

许飞燕不解："为什么？"

"上次拜山的时候，我跟蔡景尧说好了今年要给你配辆车的，电动车是人包铁，始终不安全。"

许飞燕瞪大眼一脸不可思议，你俩什么时候还"聊"上了？

雷伍态度坚决："所以在清明前得把这件事情落实下来，还请许同志你好好配合一下。"

许飞燕"嗷"了一声，直接在楼梯拐角处跳到雷伍的背上："背我上楼，我才考虑配合！"

雷伍紧紧托住她双腿，哈哈哈地笑个不停，爽朗笑声沿着狭小楼梯间往上传，感应灯一盏盏啪啪亮起，好似小雏菊开了花。

四楼的邻居听见声音撩起门帘，见是他们小两口儿，呵笑道："哎哟，这么晚了你们还不回家呀？"

"就回就回，黄婶，我们明天摆喜酒啦。"

"知道啦，你啊，就应该拿个大声公放自行车上，跟收废品的那些老头子一样，骑着车满大街溜达大声广播……"黄婶没好气地念叨，但最后还是笑着送上祝福，"替你们欢喜啊，祝你们白头偕老！"

许飞燕趴在雷伍背上，笑嘻嘻道："谢谢黄婶。"

谁都没想到在婚宴上哭得最厉害的居然是许超龙。婚宴按许飞燕的意思一切从简，倒不是因为二婚的关系，单纯因为她不喜欢烦琐复杂的婚宴流程罢了。

他们没有要婚礼策划，没有走流程，没有把现场布置成森林或星空，也不需要来宾随份子。没有奢华的婚纱和礼服，许飞燕身穿喜庆红色的连衣裙，柔顺光滑的发丝披至耳后，露出戴着珍珠耳环的耳朵；雷伍则是正儿八经的西裤和白衬衫，再打了条领带，发型仍是极短的板寸，大家如今也看习惯了，仿佛他一直就是如此。虽然没有司仪主持，但家长致辞这个环节必不可少。

其实在甜汤店开张三个月后，部分跟雷伍断联了十年的亲戚们忽然冒了出来，变着花样夸雷伍真厉害，才出来半年就有这样的成绩，说着说着就拐弯抹角地问，开店资金哪儿来的呀，雷广是不是给你留了一笔遗产呀。

雷伍嘴角的笑容客气又疏远，说他现在就是个穷光蛋，刚出来的那会儿连条底裤都买不起，如今开店的资金都是他女朋友的，他只是帮她打工而已。接着戴上头盔，说自己还得去送外卖，很忙，没时间聊天，被女朋友看到要嫌弃他的。

雷伍自然没有邀请雷家的那些亲戚来参加婚宴，但他们请了以前雷火车房的老猴和另外几位小工，大家都早已成家，一大桌子热热闹闹。张建辉一家都来了，还有弟弟张庆国一家。

雷伍提前问过张建辉愿不愿意在这个环节致辞，张建辉答应了。雷伍说你就随便讲两句贺喜话就好，可张建辉写满了一张小抄放在衣袋里。小抄只念到一半张建辉已经有些哽咽，最后他收起小抄，笑着祝愿这对新人从今日开始，能拥有全新的人生。

女方的致辞人是许超龙。他在家背了好长时间，结果全忘光了，他手捂着湿润的眼眶，在许浩的细声提醒下，硬是把贺词一句句说完了。

红酒一杯接一杯下肚，这个奔四老男人的哭相比他家不到百天的小娃娃惨烈得多。周青一手轻拍安抚在背带里昏昏欲睡的婴儿，另一手把手机递给许浩，悄声怂恿儿子："浩浩，赶紧把你老爸哭的样子拍下来，以后他一训你，你就可以拿这视频出来嘲笑他。"

周父和周母特地从老家赶过来喝许飞燕的喜酒，两人都笑许超龙，说不知道的还以为他今天嫁女儿呢。

敬酒的雷伍手端装着王老吉的红酒杯，有些不知所措，凑过去问许飞燕："你上次摆酒那会儿，他也哭成这样？"

看哥哥泪流满面，许飞燕忍不住鼻头泛酸，她塞了条餐巾到许超龙手里，细声安慰他道："哥，我这次一定会好好的，你放心啊。"

许超龙擤了擤鼻涕，瞪了眼雷伍，再对许飞燕交代道："这家伙要是以后敢欺负你，你就立刻告诉我……我让那四个小伙，揍他……"

隔壁桌的龙兴四子闻声望过来，雷伍斜睨了眼胡军，警告他们几个别乱凑热闹。

侍应送了杯热茶过来，雷伍接过，毕恭毕敬地弯下背脊，认认真真给许超龙敬上茶，喊了声"哥"。许超龙只愣了两三秒，很快，他接过飘着白气的茶水，仰脖咕噜一下就把热茶喝完。发烫的眼皮半阖着，他对雷伍说："我妹就交给你了，好好待她。"

另一张圆桌旁，马煜拈着剥好壳的九节虾在葱花酱油里蘸了蘸，放进唐苑淇碗里。他拿湿毛巾擦着手，倾身在唐苑淇耳边道："他还真是……挺妙的一个人。"

唐苑淇收回投向主桌的目光，点头表示赞同，还坦坦荡荡地承认："那是，要不然我怎么会中意他那么长时间？"

马煜一怔，紧接着眉心微蹙，唐苑淇正想夹起碗中的虾子，没料到马煜又把虾子夹了回去。

"啊，你不是给我的吗！"她不满道。

马煜咬着弹牙虾肉，狭长眼眸斜斜看向她："突然心里头有些不大痛快，不想给你吃了。"

说是这么说，在新人来到这桌敬酒之前，马煜还是给唐苑淇再掰了两只大虾："赶紧吃完，赶紧回家。"

唐苑淇嚼着虾肉："那么着急干吗？"

马煜沉声笑笑："人家家里都两个娃娃了，我们可不能输啊。"

番外二

夜空中的云时拢时散，月亮有时让薄云遮掩得迷离朦胧，有时则像一头出海巨鲸，喷洒出的水珠落在夜幕上，变成了繁星点点。

唐苑淇好不容易才缓过神，无力地趴在床上，抱着枕头细声嗫嚅："你是不是吃错药了啊……"

马煜长臂一捞把她抱进怀里，声音像被火苗燎过，哑笑道："我也是有求必应。"

唐苑淇的眼皮泛红又湿润，好像被露水打湿的绣球花瓣，半透明的肉粉色，薄薄一片，连上面的纹理都能看得清。马煜一时心动，吻住她的唇又缠绵起来。

"好了……好了！"唐苑淇被他吻得晕头转向，赶紧叫停，"我明早要见客户，得睡觉了！"

马煜松开她，缓了缓起伏的气息，从床柜上拿了玻璃杯递给她："喝水，嗓子都哑了。"

唐苑淇坐起身，捧着玻璃杯一口接一口，眼皮半耷的样子倒是挺乖巧，黝黑水眸一直看着马煜。

"看着我干吗？"马煜嗓子也哑，拿回杯子也喝了一口。

"我在想，以前我们偶尔碰上面的时候，如果那时你过来找我搭讪，我们会不会早一些走到一起哦？"唐苑淇像是自问自答，"不过那时候我觉得你是个闷蛋。"

马煜顿了顿说："闷蛋？我有这么不讨喜？"

唐苑淇说："你和朋友在一起时总是坐在角落里，他们聊上头了多少有点吵闹，就你一直在旁边安静地抽烟喝酒。他们身边都有女伴，你呢，我是没见过你有带女生一起出席。"

马煜把剩下半杯水又递给唐苑淇，然后问："真没想到，唐大小姐当时就这么在意我啊！"

"矮子里面拔将军嘛，至少你脸长得还行。"唐苑淇笑道，"而且你的那段凄美爱情故事可不是什么秘密，我那些姐妹时不时就在我耳边念叨这件事，用实际案例来劝我别吊死在'歪脖子树'上。"

马煜围上浴巾，无奈地笑笑："我自己都不知道会被传成这样，不就是正常的谈恋爱吗？"

黑眼仁儿滴溜溜转了一圈，唐苑淇含糊问道："她……最近没找你了？"

她没明讲，但马煜知道她说的是谁。他如实回答："嗯，上次我把人介绍给她之后，她就没有再找过我了。"

唐苑淇长长拉了一声"哦"。

去年马唐婚宴派帖子时，唐苑淇问过马煜用不用请他的前女友姚雪一家。因为唐苑淇除了许超龙，另外还保持着联系的几个前男友她也派帖子了。多少有点女王的恶趣味，她就想让他们看见自己穿婚纱的美丽模样。

当时马煜摇摇头，说两人虽然长跑那么多年，可分手时闹得不怎么愉快，也不知姚雪当时说的是气话还是真心话，她说就当这些年是一场梦，以后各走各路不要再有联系。

分手后不到一年，马煜便听说姚雪结婚了，对象是她公司里的同事，比她大三岁，家境小康。马煜那时候也已经放下了，托她的朋友递了人情，之后就没跟姚雪联系过了。但今年十月份，姚雪联系过马煜，说有件事情想麻烦他一下，问能不能出来见个面。

那一天两夫妻正好在万宁度假，刚吃完晚饭，在酒店私人沙滩上散步，唐苑淇觉得站在旁边听马煜和前女友讲话多少有些尴尬，想回避，却被马煜紧紧拉住手。奔过来的海浪像白绣球花落下来的花瓣，时不时挠得唐苑淇脚板底发痒，马煜拿手机的指节上还挂着妻子的红色人字拖，当着唐苑淇面，跟姚雪简单谈了几句。

他说，见面的话不大方便，而且他没在市内，要是有急事，可以直接在电话里面说。姚雪也不拐弯抹角，直接问马煜在龙腾花园有没有认识的人，她家想买套新房子，想问问价格能不能优惠一些。

电话虽然不是扩音，但唐苑淇听得很清楚，她瞪大眼一脸惊讶，马煜也有些愕然，两人四目相对。龙腾花园是唐家老头最新开发的一个楼盘项目，已经开盘预售，三年后交房。

马煜没有直接答复姚雪，反而是唐苑淇笑说，既然对方都主动联系上他了，那得大度一点，还调侃马煜，要是一平方没给帮忙减个两三千，那可就对不起唐家姑爷这个身份了。

…………

"所以你吃醋吗？"

唐苑淇往电动牙刷上挤牙膏，微挑起泛红的眼角，从镜子里睨他："又不是小朋友过家家了，怎么，你很希望我吃醋吗？"

"是啊,要是你一点感觉都没有,那我可觉得自己太失败了。"

马煜笑着拿起自己的电动牙刷,这时唐苑淇把牙膏递到他面前,他挑了挑眉,直接把牙刷送到牙膏口边,示意她满上。

唐苑淇给他挤上一条长长的牙膏,小翻个白眼:"那人家也没跟你纠缠不清啊,而且我对自己好有自信的,才不浪费时间吃这种无谓的醋。"说完开始嘟噜噜刷起牙。

马煜嘴角的笑自刚才起就没有消失过,他想起几年前有一晚在清吧见到唐苑淇。那一晚的唐苑淇不像平时那样一袭红裙冶艳,而是穿了一套干练帅气的职业装,棕红头发干净利落地绑在后脑勺,如点亮了昏暗的一抹火焰。

他们之间有共同朋友,唐苑淇走来他们卡座打招呼,马煜的朋友问她怎么今天穿这样就来了,她说自己本来还在律所加班呢,但有个闺蜜失恋了找人陪喝酒,结果她来了,闺蜜却还没到。

朋友留她先喝一杯,挪了个位让她坐中间,可唐苑淇没过去,走到卡座边坐下,正好坐在马煜旁边。唐苑淇刚掏出烟盒,桌子旁已经前后响起几声火机金属盖子打开的嗒嗒声,马煜一见同桌的几个朋友都蠢蠢欲动,就把不知何时掏出的火机虚握在手心里。

唐苑淇敲了根烟衔进唇间,顺手把马尾的发圈取了下来,发丝如瀑而下,发尾在金光下飘摇,如融在夕阳中的芦苇草。有两三个燃起火苗的火机递到她面前,但她没要,在慵懒沙哑的爵士歌曲中低声问身旁的马煜:"喂,借个火吧?"

…………

马煜满嘴都是泡沫,想起这事还是忍不住叹了口气,口齿不清地自言自语："早知道那一次就该跟你要电话号码……"

"嗯？你说什么？"电动牙刷震动声音太大，唐苑淇没听清。

马煜吐掉泡沫漱完口才说："没什么，问你明早的早餐要吃什么，中式还是西式。"

他不习惯家里有别人服侍，只让钟点工定时上门清洁，其他都是自己来。

唐苑淇擦擦嘴："都可以，但不用冲咖啡了。"

马煜挑眉："哦？为什么不喝了？"

他的小妻子可是习惯了每天早晨一杯美式，雷打不动。

"戒咖啡因、戒烟、戒酒。"

唐苑淇探指勾去马煜嘴角的水渍，眼睛里有光："你也要的哦，回头陪我去医院，把孕前检查给做了吧。"

唐苑淇现在没再叫丈夫是马小三了，因为马煜和她一样，是非婚生子。和中途暴富的雷家不同，马家是有些家底的，但情况又比不上唐家，属于那种表面上看着家大业大，实际上是个用太久的箪，里头的东西都快漏光了。

马鑫，就是马老三，干瓷砖生意时赚了几个臭钱，开始在外鬼混。身边莺莺燕燕不少，唯独马煜的生母冯彩花有了孩子，而在马煜五岁的时候，冯彩花得了癌症。那个年代的医疗条件远不如当今，一得了癌症几乎等于整个人躺进棺材里了，冯彩花只好把他托付给马鑫，说不求小孩未来能大富大贵，只希望马鑫能把他养大成人就行了。

马鑫想应承下来，但原配马夫人郑昕怎么可能同意，终是抵不过马老太态度强硬，说容不得马家的娃流落在外，一副封建家族的大家长模样。郑昕心里暗骂诅咒不断，最后还是让马煜进了家门，作为交换条件，她让丈夫发誓不得再在外勾三搭四，并且要他签下马煜无权继承家产的协议。

马煜的两个哥哥都比他大出许多，当年一个十三岁，一个十一岁。郑昕明面上表现得慷慨大方不计前嫌，俩儿子吃什么穿什么，马煜也跟着吃什么穿什么，但暗地里小动作不断，恨不得把马煜是私生子这件事唱通街，别说郑家那边的亲戚，就连马家的亲戚都没人待见马煜，也就只有马老太对这孩子稍微亲近一点。

每年过时过节，大家族你我往地串门聚餐，马煜总是被忽略的那个小孩，像个透明人安安静静坐在大宅子的一角，无论大人还是小孩，都没人记起还有这么一个娃娃。有马家的小孩走来想同长相秀气的男孩玩，才刚靠近，就被自己的父母大呼小叫地拽走。

直到两年后，一样是农历新年，小孩们拜年时马老太发现马煜穿的衣服看着很新，但尺寸不合身，裹在身上紧绷绷的，裤腿还是吊着的，在大冬天里露出细细一截脚踝。这才知道郑昕这两年没给他买过新衣服，所以他前年去年来拜年，都是穿的这一套。

马老太让人找了套合适的衣服给他，换衣服时又发现他身上青一块紫一块，追问之下，才知道是两个哥哥欺负他，郑昕知情，却视而不见。马老太看着小孩可怜兮兮的样子就受不住，跟郑昕要了马煜带在身边。

马煜远比同龄小孩乖巧听话，很讨马老太欢喜，他也格外聪明，小学考试经常科科满分，初中高中都考上重点学校。但学校里偶尔还是会有风言风语，不知从哪里传出来的，同学们会在背后指指点点说他是私生子，他妈妈是狐狸精。

马煜被欺负过、霸凌过，而他选择反抗的方式就是争取坐在年级第一这个位置上，足够耀眼的成绩确实能堵住悠悠之口。

婚前的一次约会中，唐苑淇开玩笑地唤过"马小三"这个称呼，那次是她第一回看见马煜眼里出现了受伤的情绪。他的眼眸像掉到地上的黑玻璃珠子，有了裂痕，沾了薄灰，没了光芒。但马煜没有因这事朝她发脾气，只是静静拿了烟盒走出餐厅。那天晚上唐苑淇留宿马煜家，经过她提议，两人索性来了个彻夜促膝长谈。听完马煜回忆完他的小前半生，唐苑淇愤愤不平，说马家居然藏着这样的野史，也不知唐老头知不知情，反正她是没听说过。

马煜给两人的酒杯各添了一些威士忌，浅笑着自嘲道，这样是不是代表他们现在都承认我是马家的人了？毕竟家丑不可外扬。他停顿了一下，继续说，要是你现在想要悔婚，还来得及的。

唐苑淇刚好喝下一口烈酒，听到后面这半句，瞬间呛得不停咳嗽。马煜替她一下下扫背，笑问，别是我说中了你心里的想法吧。他低哑的笑声里隐约藏了些不自信，唐苑淇竟然听出来了。她咳得满脸通红，放下酒杯后双臂揽住他的肩膀，湿漉漉的一双眼看着他。

怎么办，在这件事情上我们两个人还蛮配的嘛，她笑吟吟地说道。

…………

身旁的妻子已经睡得很熟，马煜侧躺着，在昏暗中静静凝视着她的脸庞。

唐苑淇同他一样，都是母亲去世后才进了父亲家门。虽然唐苑淇自小受唐父宠爱，但马煜知道，要是让年幼时的他们有选择的权利，或许他们宁愿在孤儿院里长大，也不愿进这样的家庭里。

年轻气盛时他曾经怨过恨过，一心想着等他终有一日坐到巅峰之位，一定要把草包兄弟和他们的母亲全赶出家门，一定要让所有欺负过他的人好看。

大三时，马老太病重，马煜从北京赶回家时，病榻上的老人已经快睁不开眼。马煜有些慌，虽说奶奶传统迷信又固执，但这些年来，要是没有她的额外照顾，马煜指不定还得再挨好多年的打。马老太知道马煜回来，艰难地睁开眼，让其他人都出去，她要单独跟马煜说些话。

弥留之际的老人没戴假牙，嘴巴瘪瘪的，声音断断续续，思绪也不清晰，一会儿说马煜小时候的事，一会儿跳回来说最近的事。

马煜认真分辨她说的每个词语，听出她说的是，她知道那一年拜年时，他是故意把那本来就小一号的衣服洗缩水了，穿在身上显得格外突出寒酸；也知道他是故意在快消退的淤青处再掐了几把，把自己包装成个小可怜，好让长辈们心生怜悯。

马老太说，把你带在我身边，不是怕我另外那两个笨孙欺负你，是怕你总有一天受不住欺负，因一时怒火攻心走上了歪路。于是在马老太逝世后的这些年里，马煜都在努力尝试与过去的自己和解。

回想起促膝长谈的那一晚，马煜觉得就在唐苑淇说他俩挺配的那一刻，他实实在在地动心了。与过去和解，第一步是得坦然接受它，他确确实实是非婚生子，他不应该以此为耻。

其实一开始他对这场婚姻没抱太大希望。唐苑淇的身边总有男人围着她转，而且富家小姐喜欢穷小子这件事不是什么秘密。马煜甚至做好了心理准备，唐苑淇或许会跟他提出想要婚后各玩各的，或许他们的婚姻和许多夫妻一样是名存实亡，他只是她的"挂名丈夫"。

让马煜意外的是，一开始两人之间确实显得有些生分，但许是因为成长经历类似，加上他们的喜好特别接近，能聊的话题不少。一般只要其中一人打开了一个话题，另一个人都能精准跟上，日日夜夜地接触下来，他们相处得越来越融洽。

就像无意中翻开了一本全新的书，无论是内容立意还是文笔辞藻都是他喜欢的模样，字里行间更是处处藏着细小却让人动心的惊喜，让人忍不住想一页接一页读下去，瞧瞧后面还有什么让人欣喜的情节，却又舍不得一下子全看完，想藏起来，不愿让别人瞧见半分。

忽然唐苑淇的睫毛微微颤动，还低喃了两三句梦话。马煜心一颤，立即屏住呼吸。唐苑淇的话语太模糊，分辨不出她在说什么，但好在她没有念出那人的名字。马煜长叹了口气，真够丢脸的，都几岁的人了，还吃无谓的干醋。

他动了动半麻的手臂，把妻子揽进怀里，一垂首嘴唇刚刚好就能碰上她的发顶。唐苑淇，你做的什么梦，梦里有没有我？马煜缓缓阖上眼，在心里无声问道。

仿佛听见了他的声音，唐苑淇在暖炉般的胸膛上蹭了蹭，呢喃了声："唔……"

声音很轻很轻，宛如那虽遥远但一直澄澈明亮的月光，令人心安。

番外三

　　九月底的水山市仍如炼丹炉般火热，许飞燕浑身汗津津的，她拨开堆在床上的衣服，找到了掩埋于下方的空调遥控，按低了两度。随后跪在地上，从床底下拉出一个储物箱，先用湿布擦去上面薄薄一层浮灰，再打开。里面装的是朵朵从幼儿园到高中的部分画作和作文，虽然每一张都妥善地装进了文件夹里，但许飞燕还是时不时就会拿出来检查一下，看纸张有没有受潮或被虫蛀。

　　朵朵小时候的画作多是使用蜡笔或彩色马克笔画的。虽然笔触画风稚嫩，但颜色鲜艳且搭配和谐，有的是写实的，例如戴着厨师帽的许飞燕在教小朋友们做"星星糖水"，也有天马行空的想象的，例如巨大的雷伍和喷火霸王龙对峙。

　　从小学开始，她的落笔明显更自信更潇洒，她不再追求一幅画里包含过多的元素和颜色，构图感变得利落许多，甚至学会了留白。作画尺寸也不再仅限于 A3 画纸，大幅的画作雷伍都是第一时间送去装裱，信心满满地说未来存够一定数量，就能给朵朵开画展了。

　　不变的是朵朵依然喜欢画身边的人、事、物：龙兴院子角落里长出来的小野花，社区里的流浪小狗小猫，自家天台种的火龙果和阳桃，家人、同学、老师……

"老婆，妈做功课的东西我都帮她收好了。"雷伍走进卧室，就见到许飞燕坐在地上翻看着画纸，他笑问，"又开始看咱家小画家的大作啦？"

许飞燕点点头，说："虽然朵朵现在画画很厉害了，可我还是最喜欢她小时候的这些画。"

"小孩子看世界就是不一样，很特别的。"

雷伍把地上收拾一半的编织袋拎到旁边，盘腿在许飞燕身边坐下，也拎起其中一张看："我们新家那边空白的墙那么多，要不然挑几幅送去装裱，在家里挂起来怎么样？"

许飞燕立刻冲他笑得眉眼弯弯说："好巧哦，我也有这个想法。"

雷伍前两年在南湾半岛那边买了套顶楼复式房，装修好了，家具也齐全，但为了朵朵上学方便他们一直没有搬，等到九月初朵朵去羊城上大学了，他们才开始收拾东西准备搬过去。住了十二年的两套房子，东西着实不少，楼上基本都是朵朵的东西，还有部分罗萍的物件。

许飞燕得到女儿的许可，才帮她收拾东西。毕竟女孩儿长大了，心里都藏着小秘密，就和当年的许飞燕一样。

雷伍瞄了眼书桌下方上锁的抽屉，撇嘴说道："不知道那本画册，朵朵有没有带去学校……"

许朵朵从初二开始接触漫画，大学报的也是相关专业。她有一本私人画本，里面画的都是同一个少年。少年名字叫陈思扬，是他们多年老友兼生意合作伙伴陈山野的大儿子。

陈家一家四口住在羊城。陈思扬和许朵朵同岁，两个小孩相处融洽。大人们也常安排自驾游和亲子活动，每年夏天陈家都会来水山市玩，陈思扬是山里头出生的孩子，对大海情有独钟。

许飞燕一直很重视小孩的隐私，只不过有一次打扫女儿房间时，她不小心把桌上一沓画本弄落地，收拾过程中，许飞燕发现了小姑娘心里的小秘密。

家有青春期少女的老父亲表示万分担忧，皱着眉头问许飞燕："你说我要不要跟老陈讲一声，让他跟陈思扬探探口风？"

"千万别！"许飞燕白了他一眼，把画纸收回风琴夹内，"都什么年代了，还搞这套！朵朵成年了，她也很清楚自己在做什么，小孩的事就让小孩他们自己去解决。"

雷伍又撇了撇嘴，搬出"友军"撑场子："要是蔡景尧在的话，他估计也会这么说的，哎呀，我们这些老父亲的心情你不懂……"

许飞燕不客气地捶了他肩膀一拳，笑骂："你别老拉蔡景尧下水！"

箱子里还有一些朵朵写的作文，雷伍熟门熟路地抽出一张。那是朵朵三年级时的一篇命题作文，题目是《我的爸爸》。

见他清了清喉咙，许飞燕就知道他要全篇朗读，赶紧扑过去捂他嘴巴："好了好了，你不用再念这篇作文了，我都快会背了！"

当时这篇作文被老师在家长群里点名表扬，看到群信息时他们正在店里，雷伍刚看了一半眼眶就红了，拿着手机跑进厕所，好久才出来，明显是哭惨了，连鼻尖都红红的。后来雷伍每隔一段时间就要把这篇作文拿出来，在她或许超龙面前高声朗诵一遍。

雷伍拉住许飞燕的手把她搂进怀里，下巴搭在她肩膀上，边咯咯地笑，边把小作文读出声："我有两个爸爸，一个是蔡爸爸，一个是雷爸爸……"

雷伍永远能记得那一天。他先是在甜汤店里看小作文看哭了，更让他受不住的，是当天下午他去接娃放学，朵朵坐上小电动后座，小声地对他说了一句："雷爸我坐好了。"

于是从小学回到店里那段短短的路程，雷伍眼里的泪水就没停下来过，连鼻涕都快淌出来了。后来朵朵一直喊他"雷爸"，至今没变过。

雷伍确实已经能把这篇小作文背下来了，他闭上眼，念出最后一段："……'我喜欢我的亲生父亲，也喜欢雷爸，我是拥有两个爸爸的小女孩，我很幸福。'呜——许飞燕，我也好幸福！"

许飞燕窝在雷伍温暖的怀抱里，午后的阳光从小窗户悄悄淌进来，晒得她眼皮滚烫，而耳朵也被丈夫的气息挠得发痒。

她挠了挠耳朵上的助听器，笑着骂了他一句："病得不轻，等下送你去医院看看脑袋。"

老房子大件物品留着不动，小件物品他们打算慢慢来个"蚂蚁搬家"。凤阳楼前几年加装电梯了，电梯上上下下几趟，编织袋就已经塞满SUV的后排座和车后厢。

如今去南湾半岛已经无须多绕一大圈，走过海隧道的话，从凤阳楼到他们新家所在的小区还不到二十分钟。车子刚进隧道，许超龙就来了电话，雷伍帮许飞燕在中控屏上按下接听。

许飞燕："哥，什么事？"

"没什么事，就跟你们说一声，今晚包厢订好了，七点你们能到吗？还是要再晚点？"

"可以，我们把几袋东西拎上楼就可以回来了。小军他们到了吗？"

"还没呢，说是刚上高速，最快也要一小时后才能到。"

见雷伍表情明显不爽，许飞燕笑出声，挂了电话后调侃他："雷伍你是不是更年期到了？整天都气呼呼的。"

雷伍小声嘀咕："这小黄毛一天不结婚，我就一天睡不好觉。"

许飞燕哈哈大笑："别瞎说，你睡眠质量好得惊人。"

龙兴四子在几年前陆陆续续离开了龙兴。先是胖子昌，因为家里老人年纪大了，他选择回去照顾老人。接着是许超龙在隔壁城市开了龙兴分店，他把新店交给胡军和五福去打理，所以他们两兄弟现在都不住水山市了。

最让人意想不到的是冯振强，几年前有个姑娘追着要他教打拳，谁知道真让他教出一个冠军。姑娘刚刚勇夺新加坡一场 MMA（综合格斗）比赛雏量级的金腰带，今晚许超龙为了庆祝冯振强他们凯旋，自掏腰包请大家吃全牛宴，自然也把胡军和五福给叫上了。

胡军这几年开始健身，人也沉稳许多，做事不再毛毛躁躁，却一直没听说有恋情，所以雷伍的危机感很强。毕竟胡军正值青年，而他已经是奔五的老大叔了，就怕许飞燕嫌弃他年纪大，被这年轻小狼狗勾了魂。

许飞燕哪里知道雷伍的小心思，她笑道："我听我哥说，胡军今晚是携伴出席哦。"

雷伍猛地睁大眼说："真的假的？女朋友吗？"

许飞燕耸耸肩："那我就不知道了，胡军没说。"

雷伍心情一上一下，觉得自己一大把年纪，还吃这种莫名其妙的干醋，好丢脸，"喊"了一声，看向窗外。

车子快速行驶在明亮的隧道中。顶上的照明灯光是白光里带一点点淡蓝，雷伍每一次穿梭于这条隧道时都有一种错觉，仿佛这一辆辆过海车辆，都是一条条想要归家的游鱼，从海的这一边游往另一边。他和许飞燕也是如此。

许飞燕正跟着车内音乐哼着曲儿，眼看隧道口就在前方，忽然她听见雷伍唤了她一声："老婆，谢谢你。"

许飞燕不解："嗯？干吗谢我？"

雷伍没回答她，肘撑在车门边，笑得眼角长出了细纹。

许飞燕眼角余光睨他一眼，嘴里轻声说着："奇奇怪怪……"心里想，时间还是善待靓仔的，这家伙看上去，样子和十二年前没什么两样啊，好可恶哦。

十二年的光阴如白驹过隙，雷伍还清楚记得当年他出狱后的第二天，也是和许飞燕去了南湾半岛。当时许飞燕说，三十年河东三十年河西，谁都不知道未来是什么样子。

那一天他还未告白就被许飞燕拒绝，从南湾半岛回来的路上两个人一路无言。那时还没和社会接上轨的雷伍完全不敢想象，十多年后的他们会是这样子。他们有引以为傲的事业，他们有重要的家人朋友，他们能有说有笑，他们能通过过海隧道朝着他们的新居所奔去。

谢谢你啊许飞燕。

谢谢你愿意，再爱我一次。